巴别塔

[美]匡灵秀 著
陈阳 译

BABEL

中信出版集团 | 北京

图书在版编目（CIP）数据

巴别塔 /（美）匡灵秀著；陈阳译 . -- 北京：中信出版社，2023.10（2024.12 重印）
ISBN 978-7-5217-5796-5

I.①巴⋯ II.①匡⋯②陈⋯ III.①幻想小说－美国－现代 IV.① I712.45

中国国家版本馆 CIP 数据核字（2023）第 116059 号

BABEL
Copyright © 2022 by Rebecca Kuang
Published by arrangement with Liza Dawson Associates, through The Grayhawk Agency Ltd.
Simplified Chinese translation copyright © 2023 by CITIC Press Corporation
ALL RIGHTS RESERVED
本书仅限中国大陆地区发行销售

巴别塔
著者：　　　[美]匡灵秀
译者：　　　陈阳
出版发行：中信出版集团股份有限公司
　　　　　（北京市朝阳区东三环北路 27 号嘉铭中心　邮编　100020）
承印者：　　河北鹏润印刷有限公司

开本：787mm×1092mm 1/16　　印张：40.25　　字数：527 千字
版次：2023 年 10 月第 1 版　　　　印次：2024 年 12 月第 11 次印刷
京权图字：01-2023-4112　　　　　 书号：ISBN 978-7-5217-5796-5
定价：98.00 元

版权所有·侵权必究
如有印刷、装订问题，本公司负责调换。
服务热线：400-600-8099
投稿邮箱：author@citicpub.com

献给本内特，
你是这世间的全部光明与欢笑。

宽　街

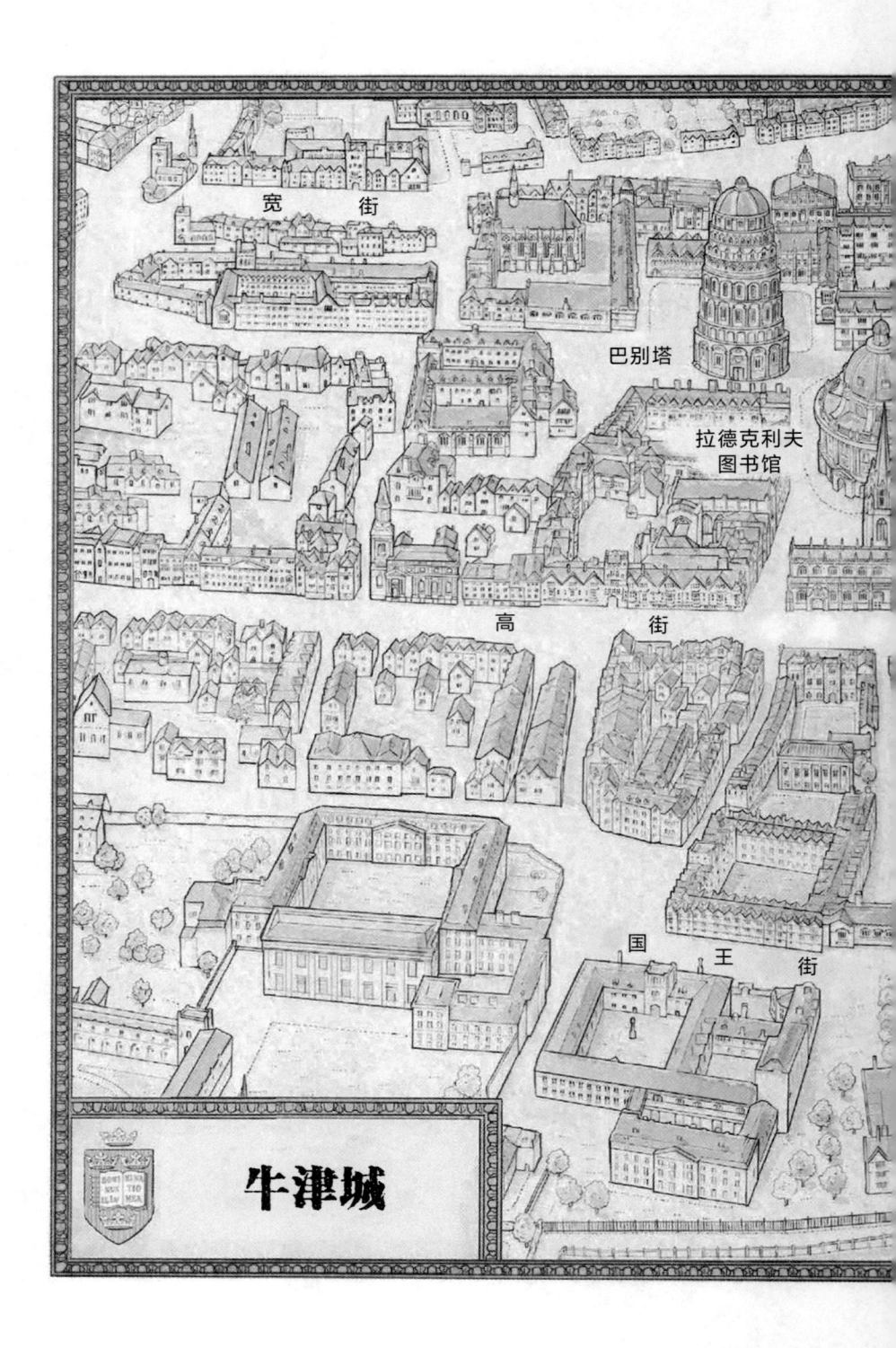

巴别塔

拉德克利夫
图书馆

高　街

国　王　街

牛津城

博德利
图书馆

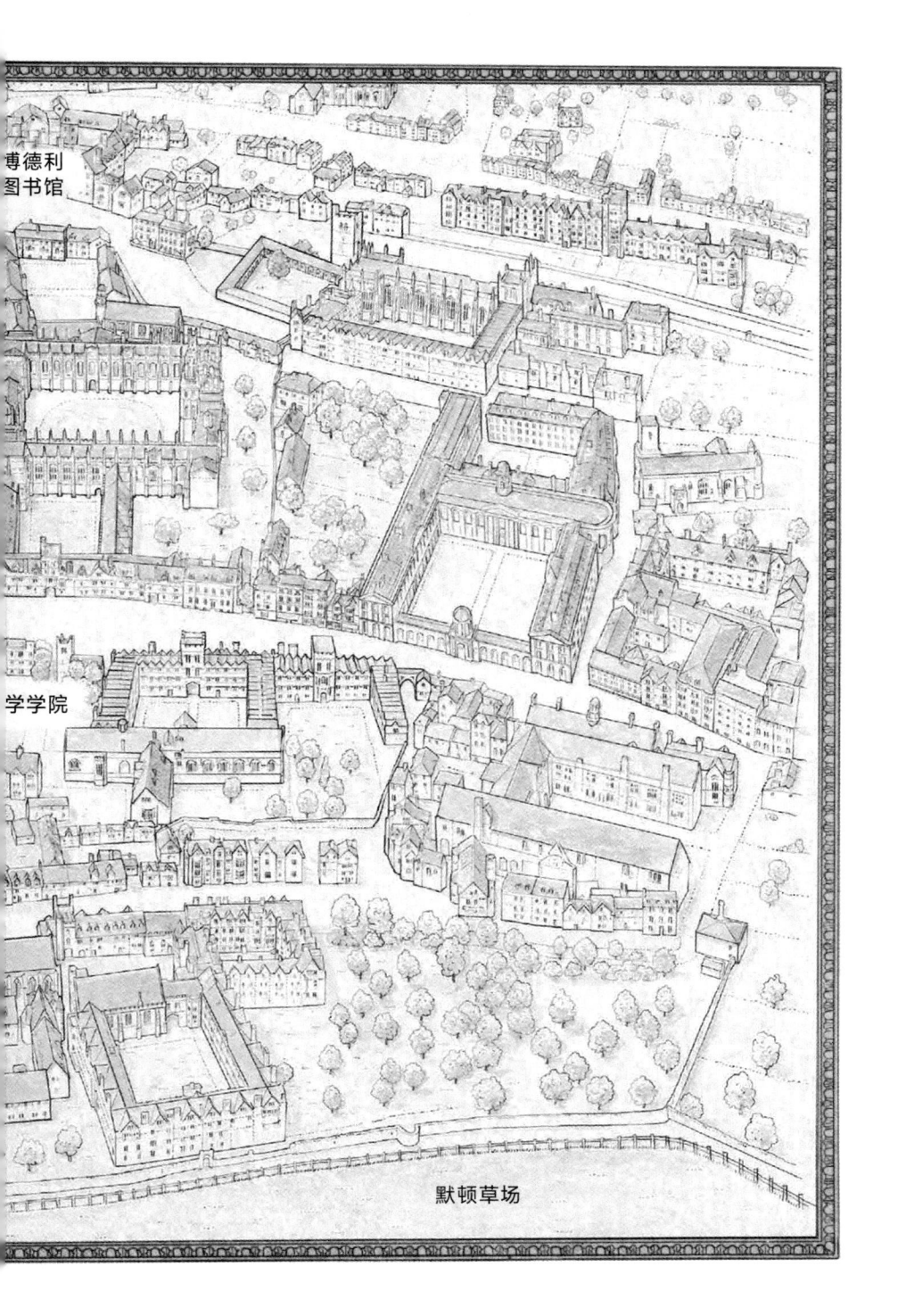

学学院

默顿草场

**巴别塔
地图**

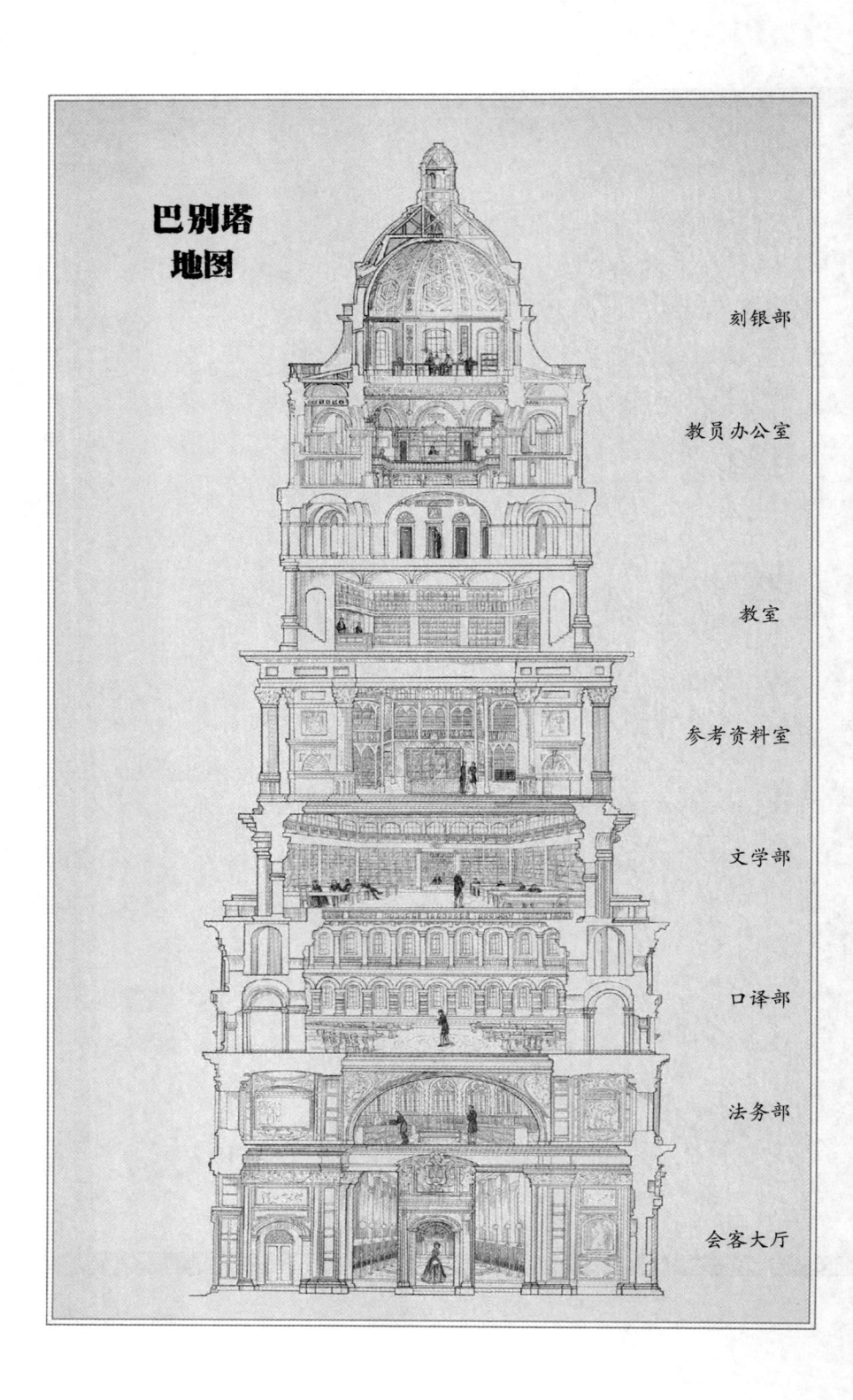

刻银部

教员办公室

教室

参考资料室

文学部

口译部

法务部

会客大厅

目 录

作者的话
关于笔下的英国历史及牛津大学　　i

第一卷
　第一章　　003
　第二章　　021
　第三章　　053
　第四章　　080

第二卷
　第五章　　109
　第六章　　122
　第七章　　142
　第八章　　155
　第九章　　179
　第十章　　201
　第十一章　　219
　第十二章　　234

第三卷

    第十三章   255

    第十四章   271

    第十五章   288

    插曲   308

    第十六章   314

    第十七章   333

    第十八章   359

第四卷

    第十九章   371

    第二十章   388

    第二十一章   407

    第二十二章   428

    第二十三章   454

    第二十四章   469

    第二十五章   491

第五卷

- 插曲 497
- 第二十六章 503
- 第二十七章 526
- 第二十八章 546
- 第二十九章 569
- 第三十章 581
- 第三十一章 583
- 第三十二章 588
- 第三十三章 601

尾声 613
致谢 619
译后记　语词的盛宴 621

作者的话

关于笔下的英国历史及牛津大学

以牛津为背景写小说的麻烦在于，任何在牛津生活过的人都会仔细审视你的文字，检查你笔下的牛津是否与他们记忆中的相一致。如果你是以牛津为背景写小说的美国人，那就更糟了，毕竟美国人懂什么牛津？在此，我要为自己辩护。

《巴别塔》是一部推想小说，故事发生在19世纪30年代的牛津，历史因刻银术而彻底改变（稍后详述）。不过，我尽量忠实于维多利亚时代早期牛津大学的历史记录，只有在叙事需要时才引入虚构成分。关于19世纪早期的牛津，我参考的资料包括：詹姆斯·J.穆尔妙趣横生的《牛津历史手册和指南》（1878年），M. G. 布罗克和M. C. 柯托伊斯编纂的《牛津大学史》第六卷与第七卷（分别出版于1997年和2000年），以及其他著作。

对于措辞和日常生活细节（比如与当代牛津俚语差距甚远的19世纪早期牛津俚语[1]），我参考了一些原始文献，如亚历克斯·查默斯的《牛津大学学院、宴会厅和附属公共建筑的历史，以及创始人的生平》（1810年）、G. V. 考克斯的《牛津忆往》（1868年）、托马斯·莫兹利的《回忆录：以奥里尔学院和牛津运动为主》（1882年），以及W. 塔克韦尔的《牛津回忆录》（1908年）。小说同样对当年的生活方式，至少

---

[1] 比如我在牛津时从未听人将高街（High Street）简称为高地（the High），但G.V.考克斯却记录了这种说法。——原注

是人们眼中的生活方式着墨甚多。因此，我也从下述小说中吸收了部分细节：卡思伯特·M.比德的《碧绿先生历险记》（1857年）、托马斯·休斯的《汤姆·布朗在牛津》（1861年）和威廉·梅克皮斯·萨克雷的《潘登尼斯》（1850年）。剩下的就靠我自己的记忆和想象。

有些熟悉牛津的读者迫不及待地喊道："不，牛津不是这样的！"对此，我要对一些特殊情况做出解释。牛津大学辩论社创立于1856年，因此在这部小说中，我以其前身"联合辩论协会"（创办于1823年）来称呼这一机构。我钟爱的"穹顶与花园"咖啡馆在2003年之前并不存在，但我在那里度过了许多时光（也吃了很多司康），我想让罗宾和他的伙伴也享受这份快乐。故事中的"扭树根"并不存在，据我所知，牛津没有叫这个名字的酒吧。温切斯特路上也没有泰勒烘焙屋，只不过我很喜欢高街上的那家泰勒烘焙屋。牛津殉道者纪念碑确实存在，但直到1843年，也就是小说故事结束后三年才建成。我将它的建造日期提前了一些，作为一个有趣的参照。维多利亚女王在1838年6月加冕，而不是1839年。牛津到帕丁顿的铁路线直到1844年才建成，但在故事里提前了几年，原因有二：其一，鉴于故事中的历史变革，这一改动是合理的；其二，我需要让故事中的人物更快到达伦敦。

我对纪念舞会进行了大量艺术加工，让它看起来更像是当代"牛桥"[1]的五月舞会和纪念舞会，而不像是维多利亚时代早期的社交活动。比如，我知道牡蛎是维多利亚时代早期穷人的主食，但我将它描绘为一种珍馐，起源是我2019年在剑桥大学莫德林学院参加五月舞会的第一印象：一堆堆摆在冰上的牡蛎（当时我没带手提包，只能用同一只手摆弄着手机、香槟和牡蛎，结果将香槟洒在了一位老人精美的正装鞋上）。

---

[1] 原文中的Oxbridge为牛津大学和剑桥大学的合称。——译注

有些人可能对皇家翻译学院（巴别塔）的具体位置感到疑惑。因为我略微调整了地理布局，为它腾出了空间。请在博德利图书馆、谢尔登剧院和拉德克利夫图书馆之间想象出一片草坪，将其扩大，而巴别塔就在草坪正中央。

如果你发现其他不符合现实的细节，请提醒自己：这是一部虚构作品。

第一卷

第一章

> 语言是帝国永远的伙伴。它们就这样一起开始,一起成长,一起走向繁荣。后来又一起衰落。
>
> ——安东尼奥·德·内夫里哈,《卡斯蒂利亚语语法》

理查德·洛弗尔教授在广州的狭窄巷陌间穿行,当他找到他日记中那个墨迹淡褪的地址时,整座屋子里唯一活着的是个男孩。

空气中弥漫着臭气,地板黏腻湿滑。装满水的水壶搁在床边,没有动过。起初,男孩不敢喝水,生怕喝下去反胃;此刻,他连提起水壶的力气都没有了。他仍有知觉,但已处于昏昏欲睡、半梦半醒的迷糊状态。他知道自己很快就会陷入深沉的睡眠,再也无法醒来。一周之前,他的外祖父母就是这样睡去,一天之后是他的几位姨妈,又一天之后是那个唤作贝蒂小姐的英国女人。

他的母亲在那天早晨咽了气。他躺在母亲的尸体旁,看着她的皮肤渐渐变成深沉的青紫色。母亲对他说的最后一句话是他的名字,翕动的唇齿间飘出两个没有气息的音节。接着,她的脸变得松弛、凹凸不平,舌头也从嘴里耷拉下来。男孩想阖上她浑浊的双眼,可她的眼帘总是滑开。

洛弗尔教授敲了敲门,没有人应声。他一脚踢开前门,没有人惊慌呼喊。门上了锁,因为趁瘟疫作乱的窃贼正在洗劫这一带的住户,虽然这个家里没什么值钱的物件,但男孩和他的母亲想在被病魔带走前寻得几个时辰的安宁。男孩在楼上听到了每一声响动,但他没有心力去关注这些。

当时他只求一死。

洛弗尔教授来到楼上，走进房间，在男孩身前伫立许久。他没有理会，或者说刻意不去理会床上那个死去的女人。男孩静静卧在男人的阴影里，心想，这个高大苍白的黑衣人是不是来索取他魂魄的死神。

"你感觉怎么样？"洛弗尔教授问。

男孩呼吸困难，无法回答。

洛弗尔教授跪在床边。他从胸前的口袋里掏出一根细巧的银条，将它放在男孩裸露的胸口。男孩打了个哆嗦。那金属像冰块一样冷得刺骨。

"Triacle，"洛弗尔教授先后用法语和英语念道，"Treacle。"

银条发出隐隐的白光。不知从何处传来一阵诡异的声响，像是铃声，又像是吟唱。男孩发出呜咽，侧身蜷成一团。他困惑地用舌头在口腔里探寻。

"忍住，"洛弗尔教授低声说，"把你嘴里的东西咽下去。"

几秒钟过去了。男孩的呼吸平稳下来。他睁开眼睛。

现在，洛弗尔教授的形象在他眼里清晰起来，他看清那双蓝灰色的眼睛和弯曲的高鼻梁，这就是人们常说的"鹰钩鼻"——只有外国人才会长着这样的鼻子。

"现在感觉怎么样？"洛弗尔教授问。

男孩又深吸了一口气，然后用出奇流利的英语答道："是甜的。那味道甜极了……"

"很好。那说明它起作用了。"洛弗尔教授将银条放回口袋，说："这里还有其他活着的人吗？"

"没了，"男孩喃喃道，"就我一个。"

"有什么你舍不得丢下的东西吗？"

男孩沉默片刻。一只苍蝇落在他母亲的面颊上，爬过她的鼻梁。他想赶走它，可他连抬手的力气也没有。

"这我可带不走，"洛弗尔教授说，"带尸体没法去我们要去的地方。"

男孩盯着母亲看了很久很久。

"我的书，"他终于开口说，"在床底下。"

洛弗尔教授弯腰探身到床下，拖出四本厚书。那些都是用英语写成的书，书脊已被翻得破损，有些书页磨得极薄，几乎无法辨认出纸上印的字迹。教授匆匆翻了几页，不禁微微一笑，随后将书放进他的包里。接着，他一把架起男孩孱弱的身躯，扛着他走出了这间屋子。

1829年，那场被后世称为"亚洲霍乱"的瘟疫从加尔各答跨越孟加拉湾，向远东地区蔓延——暹罗[1]首当其冲，马尼拉随后沦陷，最终，瘟疫随着商船来到了中国沿海。那些眼窝深陷、身体脱水的水手将污物倒进珠江，污染了数千人饮水浣衣、游泳洗浴的水域。瘟疫如潮水一般席卷广州，从码头很快蔓延至内陆的居民区。在短短几周内，男孩生活的街区就被击垮，一户又一户人家无助地命丧家中。当洛弗尔教授带着男孩走出广州的窄巷时，那条街上的其他人已经死光了。

男孩是在醒来之后得知这一切的，那时他已身在广州某家英国商行里的一间窗明几净的房间里，裹在身上的被褥比他此生触摸过的任何东西都更柔软洁白。不过这些被褥只能稍稍缓解他的不适。他浑身燥热，肿胀干涩的舌头顶在口腔里，仿佛坚硬的石块。他觉得自己好像悬浮在距离身体很远的上空。每一次听见教授说话，他的太阳穴便传来尖锐的刺痛，眼前也泛起红光。

"你运气非常好，"洛弗尔教授说，"染上这种病几乎必死无疑。"

男孩盯着他，这个外国人瘦长的脸型和蓝灰色的眼睛让男孩看得入了迷。如果他不定睛凝神，这个外国人的形象就会虚化成一只大鸟，一

---

[1] 暹罗为泰国的旧称。——译注

只乌鸦,不,一只猛禽,或某种狠戾而强悍的鸟。

"你能听懂我说的话吗?"

男孩舔了舔干裂的嘴唇,勉强挤出一个回答。

洛弗尔教授摇了摇头。"英语。你得说英语。"

男孩的喉咙似火烧一般。他咳嗽起来。

"我知道你懂英语,"洛弗尔教授的声音听起来像是警告,"说英语。"

"我母亲,"男孩气息微弱地说,"您忘了我母亲。"

洛弗尔教授没有回答,只是利落地站起身,掸了掸膝头便离开了,尽管男孩不明白他只坐了短短几分钟,哪里来的灰尘。

* * *

第二天早晨,男孩已经能在不恶心干呕的情况下喝完一碗肉汤。第三天早晨,他可以挣扎着站起身来,不再眩晕得厉害,不过膝盖长久不用,还是会抖,男孩不得不紧紧攥住床架以免摔倒。高烧退去后,他渐渐有了胃口。那天下午,他午觉醒来时发现,汤碗被换成了盘子,盘中是两片厚厚的面包和一大块烤牛肉。饥肠辘辘的他用手抓起食物,狼吞虎咽地吃了下去。

他在无梦的沉睡中度过了一天中的大部分时间,只有一位派珀太太会按时来唤醒他。那是一位性情活泼、身材圆润的妇人,她为男孩拍松枕头,用沁凉的湿布为他擦拭额头。她的英语带着一种独特的口音,男孩经常得请她重复好几遍才能听明白。

第一次听他提出这个要求时,她轻笑道:"哎呀,你一定是从没见过苏格兰人。"

"苏……格兰人?什么是苏格兰人?"

"别担心,"她轻轻拍了拍男孩的面颊,"你很快就会了解大不列颠的风土人情。"

那天夜里，派珀太太为男孩端来晚餐（又是面包和牛肉），还告诉他，教授在办公室里等着见他。"办公室就在楼上。右手边第二个房间。先吃完饭再说，教授哪里也不会去。"

男孩迅速吃完，又在派珀太太的帮助下穿戴整齐。他不知道这些衣服来自哪里，这些都是西式服装，穿在他矮小瘦削的身上却意外地合身。但他太疲倦了，没力气再多打听。

上楼时，他瑟瑟发抖，但不知道是因为疲惫还是紧张。教授的书房关着门。他在门前驻足片刻，稳住呼吸的节奏，然后敲了敲门。

"进来。"教授朗声说。

木门很重。男孩不得不将整个身体倚在门扉上才能将它顶开。一走进房间，他立刻淹没在书本令人沉醉的油墨香气里。房间里到处都堆着书本；有些书整整齐齐地摆在书架上，有些书则乱糟糟地散落各处，堆成一座座岌岌可危的金字塔；有些书摊在地板上，有些书则在书桌边缘摇摇欲坠；几张书桌的摆放也十分随意，光线昏暗的房间宛如一座迷宫。

"到这边来。"教授在书架后面，男孩几乎看不见他。男孩蹑手蹑脚地穿过房间，生怕哪一步失之毫厘，就让书堆轰然倒塌。

"别害羞。"教授坐在一张大书桌后面，书桌上堆满书籍、散开的纸张和信封。教授做了个手势，示意男孩在他对面坐下。"他们让你读了很多书吗？那英语对你来说应该不成问题？"

"我读过一点书。"男孩战战兢兢地坐下，留神不要踩到摞在他脚旁的几本书——他注意到那是理查德·哈克卢特[1]的旅行笔记。"我们家的书不多。我总是重读手头的几本。"

---

[1] 理查德·哈克卢特（Richard Hakluyt，1552—1616），文艺复兴时期欧洲航海家和探险家。他编辑了第一手英国的探险报告，著有《英国主要航海、航行、交通和地理发现》一书。——译注

作为一个这辈子从未走出过广州的人，男孩的英语相当出色，只有一丝轻微的口音。这要感谢一位英国女人伊丽莎白·斯莱特小姐，男孩一直喊她贝蒂小姐，从他记事起，贝蒂小姐就和他们一家人生活在一起。他始终不太明白贝蒂小姐究竟在家里做什么。他们家显然没有富裕到能雇用人的程度，更何况贝蒂小姐还是外国人。但一定有人在给她付薪水，因为她一直没有离开，哪怕在瘟疫袭来时也没走。贝蒂小姐的粤语还算不错，在城里走动不会有任何麻烦，但她和男孩之间只说英语。她唯一的职责似乎就是照料男孩。正是通过和她交谈，后来又和码头的英国水手聊天，男孩的英语才这么流利。

相比于说英语，他更擅长阅读。从四岁起，男孩每年都会收到两个装满英文书的大包裹。寄信地址是伦敦郊外汉普斯特德区的一座宅邸——贝蒂小姐对那个地方不太熟悉，男孩更是一无所知。不过，他和贝蒂小姐常常一起坐在烛光下，一边费劲地用手指划过每一个单词，一边大声念出来。等到男孩长大一些，他便独自一人翻阅那些磨损的书页，一读就是一整个下午。但十几本书往往不到六个月就读完了；每一本书他都会读上许多遍，等到下一份包裹寄来时，他已能熟读成诵。

虽然还没看清事情的全貌，但现在男孩隐约意识到，那些包裹一定是教授寄来的。

"我很喜欢读书，"他虚弱地补充道，随即又觉得应该再多说几句，"没问题。英语对我不成问题。"

"很好。"洛弗尔教授从身后的书架上随手抽出一本书，从桌面上滑了过来，"这本我猜你还没读过？"

男孩瞥了一眼书名。《国富论》，亚当·斯密著。他摇了摇头。"抱歉，我没读过。"

"没关系。"教授将书翻到中间某一页，指向其中一行，"大声读给我听。从这里开始。"

男孩咽了咽口水，咳嗽几声清了清嗓子，随即朗读起来。这本书厚得吓人，文字很小，内容也极其艰深，比他和贝蒂小姐一起读过的、让人如饮甘霖的探险小说难多了。不认识的单词搞得他舌头打结，他只能连蒙带猜地拼读出来。

"各殖……殖民国从其殖——殖民地得到的特殊……利益分为……两类：第一类，是各帝国从……？"他清了清嗓子，"从其管辖下的……省份得到的一般……一般利益……"[1]

"可以了。"

他完全不知道自己刚才读了些什么。"先生，这是——"

"没事，挺好的，"教授说，"我没指望你现在就理解国际经济。你读得很好。"他将书推到一旁，从书桌抽屉深处拿出一根银条。"还记得这个吗？"

男孩瞪大眼睛，盯着银条，却惶恐得不敢去触碰。

他见过类似的银条。这种东西在广州很少见，但所有人都听说过——银符箓，白银打造的秘宝。他见过它们被嵌在船头，镶在轿子两侧，或者安在外国人聚居区的库房门楣上。他一直不明白那些究竟是什么东西，家里也没人能解释清楚。外祖母说，那是富人的法术，是承载着神明祝福的金属护身符；母亲则认为银条里困着受到召唤、奉主人命令行事的鬼怪。贝蒂小姐一向对中国本土迷信嗤之以鼻，对他母亲口中的饿鬼大加批判，但她也觉得那些银条让人很不自在。当男孩问起时，贝蒂小姐这样答道："那都是巫术，它们是魔鬼的作品。就是这样。"

因此，此刻的男孩不知道该如何看待这块银符箓。他只知道几天

---

[1] 出自《国富论》第四卷第七章，亚当·斯密在此处反对殖民活动的理论依据是：殖民地的反抗是对资源的消耗，通过垄断殖民地贸易获得经济收益是一种幻想。他写道："大不列颠从其殖民地统治中一无所得，只有损失。"在当时秉持这一观点的人并不多。——原注

前，一根类似的银条救了他的命。

"拿去。"洛弗尔教授将银条递给他，"好好看看。它不咬人。"

男孩犹豫片刻，随即用双手接过。银条摸起来光滑而冰冷，但看起来十分普通。倘若里面真困着鬼怪，那也是潜伏得很深的鬼怪。

"你能看懂上面的字吗？"

男孩凑近细看，这才发现银条上确有字迹，两侧都工工整整地刻有精巧的小字：一侧是英语字母，另一侧是汉字。男孩答道："能。"

"大声念出来。先念汉语，再念英语。发音一定要清晰。"

男孩认得那几个汉字，但那字体略有些古怪，仿佛刻字的人并不知道这几个字的意思，只是一笔一画依样临摹着"囫囵吞枣"。

"**囫囵吞枣**。"他慢慢念出来，清晰地发出每一个音节。接着，他翻到刻着英语那一面，念道："To accept without thinking（不加思考地接受）。"

银条开始嗡嗡作响。

他的舌头立刻膨胀起来，堵住了呼吸道。男孩揪住喉咙干咳起来。银条掉落在他腿上，像着魔一般疯狂振动。甜腻滋味充斥着他的口腔。像蜜枣，男孩有气无力地想道，视野边缘渐渐发黑发暗。香气浓郁、口感黏糊的蜜枣，熟得令人反胃。他快要被蜜枣噎死了。喉咙堵得严严实实，他无法呼吸——

"好了。"洛弗尔教授探身，从他腿上拿走银条。窒息感立刻消失了。男孩瘫倒在桌上，大口喘着气。

"有意思，"洛弗尔教授说，"我以前不知道它的效果这么明显。你尝到了什么味道？"

"红枣。"泪水从男孩脸上滑落。他赶忙改用英语又说了一遍，"Dates（蜜枣）。"

"很好，非常好。"洛弗尔教授观察了他许久，然后把银条丢回抽屉里。"说实话，好极了。"

男孩抽噎着抹去眼泪。洛弗尔教授坐回椅子里，等男孩缓过劲来才继续说下去："两天后，派珀太太和我将离开这个国家，前往一座叫作伦敦的城市，它位于一个叫作英国的国家。你肯定听说过这两个地方。"

男孩不知所措地点了点头。对他而言，伦敦和《格列佛游记》里的小人国差不多，都是想象中的遥远奇幻之地，当地人的相貌、衣着和语言都与他的完全不同。

"我打算带你和我们一起去。你将住在我的庄园，我为你提供食宿，直到你足以自谋生计。作为回报，你必须按我的课程规划接受教育。你将学习各种语言——拉丁语，古希腊语，当然还有中国官话。你将拥有轻松舒适的生活，得到你能得到的最好的教育。而你要全身心投入学习，这就是我期待的全部回报。"

洛弗尔教授像祷告似的紧握双手。男孩困惑不已，教授的语调平静无比，不带任何情绪。他完全听不出洛弗尔教授究竟想不想让他去伦敦。说实在的，教授不像是要收养他，倒像是在提出一个商业计划。

"我强烈建议你认真考虑一下，"洛弗尔教授继续说，"你没有其他家人了，你的母亲和外祖父母都死了，你父亲不知是谁。留在这里，你将身无分文，今后的日子里只剩贫穷、疾病和饥饿。运气好的话，你能在码头找到活儿干，但你年纪还小，起初的几年只能靠要饭或者偷盗过活。就算你能活到成年，你能指望的最好出路就是在船上拼死拼活做苦力。"

在洛弗尔教授说话时，男孩不禁饶有兴趣地打量着教授的脸。倒不是他以前从没遇到过英国男人。他在码头见过很多水手，也看过各式白人的脸，有的是红润的宽脸，有的是蜡黄的病容，有的是苍白严肃的长脸。但教授的脸完全是另一种气质。那张脸具备标准人类面孔的一切要素——眼睛、嘴唇、鼻子、牙齿，全都健康且正常。他的声音低沉，略显单调，但无疑是正常人类的声音。然而，他说话时的语气和表情却没有流露出一丝情绪。他就像一块空白的岩板。男孩完全猜不出他在想什么。在描述男孩注定早死的命运时，他的口气就像在背诵炖菜的配料。

"为什么？"男孩问。

"什么为什么？"

"为什么想要我去？"

教授对装着银条的抽屉点了点头。"因为你能用那个。"

直到那时男孩才意识到，这是一场测试。

"这是我的监护条款。"洛弗尔教授将一份两页纸的文件滑过桌面。男孩低头瞧了一眼便放弃了细读的打算；紧凑的字母一环套一环，几乎无法辨认。"条款很简单，但你有必要完整读一遍再签字。可以在今晚睡觉前读完吗？"

男孩震惊得说不出话，只能点点头。

"非常好。"洛弗尔教授说，"还有一件事。我突然想起来，你需要一个名字。"

"我有名字，"男孩说，"我叫——"

"不，那名字不行。英国人发不出那个音。斯莱特小姐给你取名字了吗？"

事实上，她取了。男孩刚满四岁时，她便坚持给他取一个能让英国人把他当回事的名字，尽管她从未说明会有哪些英国人同他打交道。两人从一本童谣绘本中随便挑了个名字，男孩很喜欢它读起来踏实而圆润的音节，所以也没有怨言。不过，家里从来没人用这个名字，没过多久，贝蒂小姐也将它抛在脑后。男孩费力思索了一阵才想起那个名字。

"罗宾[1]。"

洛弗尔教授沉吟片刻。他的表情令男孩困惑——皱起沟壑般的眉头似乎在发火，一侧上扬的唇角又似乎露出喜色。"再选个姓氏怎么样？"

---

1 罗宾（Robin）这个名字有"知更鸟"的意思。出自英国童谣《谁杀死了知更鸟》："我杀了知更鸟 / 谁看见他死去？"——原注

"我有姓氏。"

"要能在伦敦用的姓氏。随便挑个你喜欢的。"

男孩眨了眨眼，望着他。"挑个……姓氏？"

家族的姓氏不是想丢就丢，说换就换的，男孩心想。它们是血脉的标记，是归属感的标记。

"英国人经常改动自己的姓氏，"洛弗尔教授说，"只有需要继承头衔的家族才会一直保留他们的姓氏，而你显然没有任何头衔。你只需要一个用来自我介绍的完整名字，是什么都可以。"

"那我可以用您的姓吗，洛弗尔？"

"噢，那不成，"洛弗尔教授说，"别人会以为我是你父亲。"

"噢——确实。"男孩急切地四下张望，搜寻一切派得上用场的单词或发音。他的目光落在洛弗尔教授头顶的书架上，那儿有一本熟悉的书——《格列佛游记》。异乡人在异国他乡，倘若不想死就必须学习当地的语言。他觉得自己现在非常理解格列佛的感受。

"斯威夫特？"他大着胆子说道，"如果不行——"

出乎他意料的是，洛弗尔教授大笑起来。从那张严肃的嘴里发出爽朗的笑声显得很奇怪，那笑声听起来太过突兀，甚至有些残忍，男孩情不自禁地向后退去。"非常好。你就叫罗宾·斯威夫特吧。很高兴认识你，斯威夫特先生。"

教授站起身，隔着桌面伸出手。男孩见过外国水手在码头上互相问候，他知道该怎么做。他伸出自己的手，握住那只宽大而干燥、冷得令他不适的手掌。他们握了握手。

两天后，洛弗尔教授、派珀太太和新得了名字的罗宾·斯威夫特登上了驶向伦敦的航船。此时，得益于长时间的卧床休息与派珀太太持续供应的热牛奶和丰盛菜肴，罗宾已经可以自己走路了。他拖着装满书

第一章　013

的沉重行李箱走上跳板，尽力跟上教授的步伐。

广州的港口是中国邂逅世界的门户，也是各种语言交汇的天地。响快的葡萄牙语、法语、荷兰语、瑞典语、丹麦语、英语和汉语在咸涩的空气中浮动，融汇成一种令人难以置信的混合语言，所有人都能大致听懂别人的意思，但说得流利的却寥寥无几。罗宾对此十分熟悉。他最早接触的外语教育就是在码头上跑来跑去时听到的；他经常为水手们做翻译，作为交换，他们会抛来一枚硬币，给他一个微笑。他还从来没有想象过，有一天会跟随这种混合语言的碎片前往它们的发源地。

他们沿着滨海路走向"哈考特伯爵夫人号"的登船队伍，这艘东印度公司的航船每次航行都会接收少量商务旅客。那一天，海面波涛汹涌而喧嚣。海边刺骨的狂风无情地穿透罗宾的大衣，吹得他瑟瑟发抖。他急切地渴望登船，躲进船舱或任何四面有墙的地方。然而，有什么东西挡住了登船的队伍。洛弗尔教授走出队伍去打探情况。罗宾跟在他身后。在跳板尽头，一个船员正在训斥一名乘客，尖刻的英语元音刺穿了清晨的寒气。

"你怎么就听不懂我的话呢？泥好？雷猴？懂吗？"

船员怒目相对的是一个中国劳工，他单肩扛着帆布包裹，被压得直不起腰。那个劳工似乎说了句什么，但罗宾没有听见。

"我的话他一个字也听不懂，"船员没好气地说，他转向人群，"这家伙不能上船，有没有人能告诉他？"

"噢，那个可怜人。"派珀太太用胳膊肘轻轻推了推洛弗尔教授的手臂，"你能去翻译吗？"

"我不会说粤语，"洛弗尔教授说，"罗宾，你去和他说。"

罗宾犹豫了。他突然觉得害怕。

"去。"洛弗尔教授把他推了出去。

罗宾跌跌撞撞地走向正在争执的两人。船员和劳工都转过身来望着他。船员看上去只是有点心烦,但那个劳工却显得如释重负——看到罗宾的面孔,看到周围除了自己以外的唯一一个中国人,他立刻觉得有了帮手。

"怎么回事?"罗宾用粤语问他。

"他不让我上船,"劳工着急地说,"但我和这艘船签了合同,一直到伦敦的,看嘛,这上面写着呢。"

他塞给罗宾一张折起来的单据。

罗宾展开那张纸。纸上写的英语,看起来的确是一份远东水手合同,准确地说,是一份从广州到伦敦的单程付款凭证。罗宾曾经见过类似的合同。近几年来,由于海外奴隶贸易遭遇困难,对中国契约佣工的需求不断增长,这种合同也越来越常见。这不是他翻译过的第一份合同;他曾见过中国劳工的派工单,目的地远至葡萄牙、印度和西印度群岛。

罗宾觉得合同中规中矩。他问:"有什么问题吗?"

"他都和你说什么了?"船员问他,"你告诉他,那合同没用。我不可能让中国佬上这艘船。上次我的船载了中国佬,结果被虱子搞得一塌糊涂。我再也不会冒险让不洗澡的人上船了。这家伙,就算我冲他大声嚷嚷,他也不明白洗澡这个词是什么意思。你在听吗?小孩?你明白我在说什么吗?"

"明白,明白。"罗宾赶紧改用英语,"我明白,只是——给我一点时间,我只是想试试……"

但他能说什么呢?

一头雾水的劳工向罗宾投来恳求的眼神。他的脸满是皱纹,饱经风霜,被太阳晒成深棕色,让他看起来年过六十,尽管他实际上可能才三十多岁。远东水手都老得很快。工作摧垮了他们的身体。罗宾在码头附近见过上千副这样的面孔。有些人给他糖吃;有些人和他熟络到能喊出他的名字。在他心里,这副面孔等同于他的同胞。可是,他从没见过比他年长的人用如此无助的神情望着他。

愧疚感让他胃里翻江倒海。冷酷而残忍的话语堆在他的舌尖，可他怎么也说不出口。

"罗宾。"洛弗尔教授在他身边，紧紧攥住他的肩膀，攥得他生疼。"请翻译吧。"

罗宾忽然意识到，这一切都取决于他。这是他的选择。只有他能决定真相，因为只有他能向各方传达真相。

可他又能说什么呢？他注意到那个船员的火气越来越大。他注意到排队等候的其他乘客正在渐渐失去耐心。他们很累，他们很冷，他们不理解自己为什么到现在还没有上船。他觉得洛弗尔教授的拇指快要在他锁骨上按出一个深坑。这时，一个想法掠过他的脑海，那是个让他惊恐得膝盖发抖的想法：倘若他把事态闹大，倘若他惹出麻烦，"哈考特伯爵夫人号"或许会毫不犹豫地把他也留在岸上。

"你的合同在这里没用，"他嘟囔着告诉劳工，"试试下一班船吧。"

劳工难以置信地瞪大眼睛。"你到底看没看啊？上面写着伦敦，写着东印度公司，写着是这艘船，就是哈考特——"

罗宾摇了摇头。"合同没用，"他说着，然后又重复了一遍，仿佛这样能让他的话更像真的。"合同没用，你只能试试下一班船了。"

"这合同到底哪里不对？"劳工质问道。

罗宾吃力地挤出一句回答："就是没用。"

劳工茫然地望着他。那张沧桑的脸上涌起无数种情绪——气愤，沮丧，最后是退让。罗宾原本担心那名劳工会争论，会动手，但他很快就看出，对于这个男人来说，这种待遇根本不是新鲜事，他早就遇到过。劳工转过身去，沿着跳板往回走，将挡路的乘客推到一旁。片刻之后，他便消失在视野中。

罗宾觉得头晕目眩。他沿着跳板逃回到派珀太太身边："我觉得好冷。"

"哎呀，你在发抖呢，可怜的小东西。"她立刻将罗宾裹进自己的披肩里，像母鸡保护小鸡一般。她对洛弗尔教授厉声说了一句什么。教授叹了口气，然后点了点头。接着，他们跟着队伍挤到最前面，随即被人领到船舱里，搬运工拖着行李跟在他们身后。

一小时后，"哈考特伯爵夫人号"驶离港口。

罗宾舒舒服服地坐在他的铺位上，肩头裹着厚毛毯。他倒是很乐意在床上待一整天，但派珀太太非要他去甲板上欣赏渐行渐远的海岸线。看到广州消失在地平线外的那一刻，他感到胸口一阵刺痛，紧接着是一种生冷的空洞，他的心仿佛被抓钩猛然扯离了身体。直到此刻他才切身体会到，在未来许多年里他都不会再踏上这片他出生的海岸，甚至一生都不会再回来。对于这一事实，他不确定该作何感想。失落这个词并不恰当。失落仅仅意味着缺失，意味着缺少某种东西，它无法充分表达这种割裂的状态，这种脱离他熟悉的一切事物、什么都抓不住的可怕感受。

他不顾海风吹拂，久久凝望着辽阔的海面，一直到他想象中的海岸也消失不见。

在旅程的最初几天里，罗宾一直在睡觉。他的身体还在恢复期。为了他的健康，派珀太太坚持要他每天上甲板走一走。一开始，他勉强走上几分钟就不得不回船舱躺下。好在他没有晕船，不会犯恶心；在码头与河边度过的童年早已让他的感官适应这种无法站稳的摇荡。等到他感觉身体好些，可以在甲板上待上整个下午之后，他总爱坐在栏杆边，看着永不止息的海浪与天空一起变换色彩，感受大海的水雾洒落在脸上。

洛弗尔教授偶尔会和他一起在甲板上散步，同他闲聊几句。罗宾很快发现，教授是个一丝不苟、沉默寡言的男人。如果他认为罗宾需要知道某些事情，他会主动告知，但在相反的情况下，他便对罗宾的问题置之不理。

教授告诉罗宾,抵达英国后,他们将住在他位于汉普斯特德的宅邸里。他没有说那里是否还住着他的家人,只是肯定了罗宾的猜测:这些年一直是他在支付贝蒂小姐的薪水,但他没有解释背后的缘由。他暗示自己早就认识罗宾的母亲,所以才知道住址,但他没有细说他们究竟是什么关系,又是怎么认识的。他问罗宾,他们一家怎么会沦落到住进河边的棚户区,那是他唯一一次承认他与罗宾的母亲是旧相识。

"我认识这家人的时候,他们还在做生意,日子过得不错,"他说,"南下之前,他们在北京还有一座宅院。后来怎么了,赌博?我猜是那个做兄弟的,对吗?"

换做几个月前,如果有人如此冷酷地谈论他的家人,罗宾一定会啐对方一脸。但此时此地,独自漂浮于大洋之上,举目无亲,身无分文,他再也发不出火来。他心中已经没了火气,只是觉得害怕,还有疲惫。

话说回来,教授的话印证了罗宾从前听说过的家族旧事:他们曾经富有过,但在罗宾出生之后,家中的财产渐渐被挥霍殆尽。母亲经常念叨这件事,一提起就愁容满面。罗宾不清楚其中的细节,但他们的经历与大清无数家道中落的故事如出一辙:年事已高的老爷,放荡不羁的少爷,暗中使坏的狐朋狗友,还有一个不知出于何故无人肯娶的、无依无靠的小姐。罗宾听说,当年他睡的是雕漆小床。他们一家曾有十几个家仆伺候着,厨子做饭用的是山珍海味。他家大宅子能容下五户人家,孔雀在院中闲庭信步。然而,在罗宾的记忆里,就只有那间滨河小屋。

"我母亲说,舅舅把家里的钱全花在烟馆了。"罗宾告诉教授,"债主收走了宅子,我们只能搬家。后来,在我三岁的时候,舅舅失踪了,只剩下姨妈和外祖父母。还有贝蒂小姐。"

洛弗尔教授不置可否地哼了一声,以表同情。"真是太糟糕了。"

除了这些交谈以外,教授一天中的大部分时间都窝在他自己的船舱里。罗宾和派珀太太只在拥挤忙乱的用餐时间见过他几次；大多数时候，派珀太太不得不装满一盘压缩饼干和猪肉干送到他的房间里。

"教授忙着做翻译呢，"派珀太太告诉罗宾，"你知道的，他总能在这样的旅途中发现一些卷轴和旧书，在回到伦敦之前，他想早点把它们译成英语。等他一回去，他们就会让他忙得团团转——他非常重要，你知道的，他是皇家亚洲学会[1]的成员——他说海上旅行是他唯一能安心清静的时候。这话说得可真有意思。他在澳门买到几本不错的韵书——挺漂亮的，不过他连碰都不让我碰，说是纸张太脆了。"

听说他们去过澳门，罗宾很是诧异，之前没听他们提起过任何关于澳门之行的事；他天真地以为自己是洛弗尔教授来中国的唯一理由。"你们在那里待了多久？我是说在澳门。"

"噢，前后两周多一点吧。本来的计划是两周整，但我们在海关耽搁了几天。他们不肯放外国女人上岸，我不得不女扮男装，假装是教授的叔父！你能想象吗！"

两周。

两周前，罗宾的母亲还活着。

"你还好吗，亲爱的？"派珀太太揉了揉他的头发，"你的脸色不好。"

罗宾点点头，咽下那些他知道不该说出口的话。

他没有愤恨的权利。洛弗尔教授承诺给他一切，但不欠他任何东西。罗宾还没能完全理解他即将踏入的这个世界的规则，但他明白自己需要懂得感恩，懂得顺从。人不能以怨报德。

"你想要我把这盘食物拿下去给教授吗？"他问。

---

[1] 皇家亚洲学会，全称大不列颠及爱尔兰皇家亚洲学会（Royal Asiatic Society of Great Britain and Ireland，简称 RAS），1824 年成立，以"调查研究与亚洲相关的科学、文学及自然产物的课题"为宗旨。自成立起，该学会通过讲座、期刊和其他出版物，成为代表亚洲文化和社会学术研究最高水平的论坛。——译注

"谢谢你,亲爱的。你真是贴心。一会儿来甲板找我,咱们一起看日落吧。"

时间渐渐变得模糊起来。太阳升起又落下,只是没有日常生活的节律——他没有杂活可做,不需要打水和跑腿。无论什么时辰,每一天看起来似乎都一样。罗宾靠睡觉、重读旧书和在甲板上散步度日。偶尔,他也会同其他乘客聊上两句,他们似乎很乐于听到这个东方小男孩用近乎完美的伦敦口音说话。罗宾回想起洛弗尔教授的话,他尽全力让生活中只有英语。每当脑海里冒出汉语的想法,他就将它们用力按下。

他将回忆也都按在心底。他在广州的生活——他的母亲,他的外祖父母,他在码头奔波的那十年——抛下这一切竟然如此简单,或许是因为整个过程让他太过错愕,割裂得太过彻底。他将自己了解的一切都抛在脑后。没有任何可以牵挂、可以寄托的事物。现在,他的世界里只有洛弗尔教授和派珀太太,还有关于大洋彼岸某个国度的承诺。他将从前的生活埋葬,不是因为那段日子太过痛苦,而是因为放弃它才是唯一的生存之道。他用英国口音包裹自己,仿佛披上一件崭新的大衣,他尽可能让自己适应这件大衣,而在几周之后,它就变得合身且舒适。几周之后,再也没人让他说几句汉语逗大家开心。又过了几周,似乎再也没人记得他是个中国人。

一天清晨,派珀太太早早将他叫醒。他咕哝着不想起床,但派珀太太非要他起来不可。"快起来,亲爱的,你肯定不想错过这个。"他打着哈欠披上外衣,跟着派珀太太一起登上甲板,罗宾揉着惺忪的睡眼,在厚重而寒冷的晨雾里,他甚至连船头都看不清。就在这时,浓雾突然散去,地平线上蓦然出现一片灰黑的剪影,那就是罗宾对伦敦的第一印象:白银之城,大不列颠帝国的心脏,当时全世界最大、最富有的城市。

第二章

> 那通都大邑，是我国命运的源泉，
> 亦是世界命运的起源。
>
> ——威廉·华兹华斯，《序曲》[1]

伦敦，这座城市阴沉而灰暗，同时也充斥着令人眼花缭乱的纷繁色彩；这座城市人声鼎沸，喧嚣中洋溢着生机，同时也是鬼魂游荡、墓园林立之地，安静得阴森诡异。当"哈考特伯爵夫人号"沿泰晤士河逆流而上驶入船坞，驶向首都跳动的心脏时，罗宾一眼就看出伦敦和广州一样，是一座矛盾且多元的城市，任何一座作为面向世界的门户的城市都是如此。

与广州不同的是，伦敦有一颗机械之心。白银的轰鸣响彻全城。白银的光泽在出租马车和私人马车的车轮与马蹄上闪动；白银在建筑的窗框下方和门楣上方熠熠生辉；白银埋藏在街道的路石之下，嵌于钟楼的指针之上；白银镶在沿街店铺的门脸上，一张张招牌骄傲地展示本店出售的面包、靴子和各种华而不实的小装饰品，夸耀它们的神奇功效。伦敦的命脉呈现着金属质感的尖厉音色，与广州随处可闻的、松散的竹竿咔嗒声完全不同。这里的声音是人造的金属之音，是尖刀刮于磨刀石之上的声音。这是一座怪诞的工业迷宫，是威廉·布莱克笔下的"残酷作品／出自我眼前的巨轮，那没有轮辐、齿轮暴虐的巨轮，逼迫彼此向

---

[1] 引自《序曲或一位诗人心灵的成长》，[英]威廉·华兹华斯著，丁宏为译，北京大学出版社，2017年。——译注

前推进"[1]。

伦敦坐拥全世界最多的白银和语言,由此造就了一座硕大、沉重、明亮的快节奏城市,在各方面都超过了大自然允许的限度。伦敦贪得无厌地吞食它的战利品,吃得脑满肠肥,却始终饥肠辘辘。伦敦既富庶得超乎想象,同时又一贫如洗。伦敦——可爱又丑陋,高尚又虚伪,向外扩张又向内蜷缩,又打嗝又嗅探,闪耀白银光泽的伦敦——已临近生死关头:终有一天,它要么由内部将自身吞噬,要么向外扩张,寻找新的劳动力、资本和文化供它吞食,而那一天已为时不远。

不过,天平还没有倒向任何一边,此刻的狂欢还可以维系。罗宾、洛弗尔教授和派珀太太在伦敦港踏上这片土地,正值殖民贸易全盛时期,码头熙熙攘攘。一艘艘船满载着成箱的茶叶、棉花和烟草,桅杆和横梁上镶嵌的白银让舰船航行得更快、更安全,此刻这些船只静静停泊在那里等待卸货,准备前往印度、西印度群岛、非洲和远东的下一场航行。它们将不列颠的货物运往世界各地,带回整箱的白银。

银条在伦敦——准确地说是在世界各地——的应用已有一千年的历史,但从西班牙帝国的全盛时期至今,全世界任何其他地方都不曾拥有这么多的白银,亦不曾如此依赖白银的力量。沿运河安置的银条让泰晤士河的水比任何一条河流都更清澈洁净。阴沟里的银条掩盖了雨水、烂泥和污水的气味,取而代之的是可闻不可见的玫瑰花香。钟楼里的银条让钟声飘荡到数英里[2]之外,在它们原本无法企及的城市和乡村上空碰撞出不和谐的声响。

清关之后,洛弗尔教授招来两辆汉瑟姆双轮马车——一辆供他们三人乘坐,一辆用来运送行李。马车的座位上也嵌有银条。三人在空间局促的车厢里挤挤挨挨地坐好,洛弗尔教授向下伸出手,将嵌在车厢地

---

[1] 出自威廉·布莱克的诗歌《耶路撒冷》(1804)。——原注
[2] 1英里约合1.6千米。——译注

板上的银条指给罗宾看。

"认识上面的字吗?"他问道。

罗宾弯下腰仔细辨认。"Speed(速度),另一个是……spes?"

"是 spēs,"洛弗尔教授说,"这是拉丁语,是英语 speed 的词根,同时也有'获得希望、财富、成功'和'实现目标'的意思。这样的银条让马车跑起来更安全,也更快。"

罗宾皱起眉头,伸出手指轻轻抚摸那根银条。它看起来那么小,那么无关紧要,他完全想不到它能产生如此强大的效果。"可这是怎么做到的呢?"一秒钟后,他更加急切地问,"我能不能——"

"需要一段时间。"洛弗尔教授拍了拍他的肩膀。"但是你能,罗宾·斯威夫特。你将成为世界上为数不多掌握刻银术奥秘的学者之一。这就是我带你来这里的原因。"

两小时后,出租马车带他们来到位于伦敦核心城区以北数英里的那座名叫汉普斯特德的小镇。在那里,洛弗尔教授拥有一栋以浅红砖石筑成、饰以白色灰泥的四层小楼,外围是一圈长势喜人、修剪整齐的绿色灌木。

"你的房间在顶楼,"洛弗尔教授一边开门一边对罗宾说,"上楼后往右走。"

屋子里昏暗阴冷。派珀太太四处走动,拉开窗帘。罗宾按教授的吩咐拖着他的行李箱走上螺旋形的楼梯,穿过走廊。他的房间里只有寥寥几件家具:一张写字台、一张床和一把椅子,除了屋角的书架之外,没有任何装饰或陈设。书架上摆满了书,相比之下,他珍爱的那几本藏书完全可以忽略不计。

罗宾好奇地走向书架。这些书是专门为他准备的吗?感觉不太可能,尽管其中很多书确实是他会喜欢的类型——单是最上面一排就有好几本斯威夫特和笛福的小说，而他甚至不知道自己最喜欢的作家还写过这几本书。啊，还有《格列佛游记》。他把这本书从书架上抽了出来。书看起来很旧，有些页边有折痕和卷角，有些书页上还有茶渍或咖啡渍。

罗宾将书放回原处，心中很是困惑。在他之前，这个房间里还住过别人。或许也是个男孩，与他年纪相仿，与他一样热爱乔纳森·斯威夫特。那个男孩曾将这本《格列佛游记》读了无数遍，直到右上角的油墨被翻到褪色。

可那会是谁呢？他一直以为洛弗尔教授没有孩子。

"罗宾！"派珀太太在楼下高喊，"快出来，外面找你呢。"

罗宾赶紧跑下楼。洛弗尔教授等在大门边，不耐烦地看着怀表。

"房间如何？"他问，"你需要的东西都齐全吗？"

罗宾热切地点点头。"噢，很齐全。"

"很好。"洛弗尔教授朝等在路边的出租马车点了点头。"上车，我们得让你成为真正的英国人。"

他指的是字面上的意思。在那个下午剩余的时间里，洛弗尔教授带罗宾处理了一系列杂务，好让他融入英国的公民社会。他们先去拜访了一位内科医师，医师为罗宾称体重、做检查，最后不情不愿地宣布罗宾可以在岛上生活："没有热带疾病，也没有跳蚤，感谢上帝。对于他这个年纪来说，有点瘦小，不过不碍事，多给他吃点羊肉和土豆泥就好了。现在来打一针天花疫苗——请把袖子卷起来，谢谢。一点也不疼。数到三就完事了。"接着，他们来到理发师那里，将罗宾垂到下颌的杂乱卷发修剪成干净利落的齐耳短发。继而他们又先后前往制帽店和制靴店，最后去见了裁缝。裁缝仔细测量罗宾全身上下每一处的尺寸，拿出几匹衣料供罗宾挑选，不知所措的罗宾只得随便选了一种。

天色向晚时，他们来到法院约见一位律师。律师起草了一系列文件，然后告诉罗宾，这些文件将让他成为英国的合法公民，以及处于理查德·林顿·洛弗尔教授的监护之下。

洛弗尔教授用花体字签下自己的名字。然后罗宾走上前来；律师的办公桌对他来说太高了，一位文员拖来一条长凳，让他站在上面。

"我想我已经签过这份文件了。"罗宾低头看去。文件上的措辞看起来同洛弗尔教授在广州给他的那份监护协议相差无几。

"那是你和我之间约定的条款，"洛弗尔教授说，"这份是让你成为英国人。"

罗宾仔细浏览那些用圆体字写下的字眼——监护人，孤儿，未成年，抚养权。"您要认我做儿子？"

"你将受到我的监护。这是两回事。"

为什么？罗宾险些脱口而出。这个问题关系重大，然而他还太年轻，不知道那究竟关系到什么事。在他们相对无言的那一瞬间，无数可能性在暗中涌动。律师挠了挠鼻子。洛弗尔教授轻咳一声。但没有人发表意见，这一瞬间就这样过去了。洛弗尔教授没有透露更多信息，而罗宾已经懂得不去追问。他签了字。

当他们回到汉普斯特德时，太阳早已西沉。罗宾问自己能不能直接上床睡觉，但洛弗尔教授一定要他去餐厅吃饭。

"你不能让派珀太太失望，她在厨房忙了一下午。你至少得稍微动一动盘子里的食物。"回到属于她的厨房，派珀太太很是高兴，便大展身手。对于教授和罗宾两个人来说，餐厅里的餐桌大得有些夸张，桌上摆满一罐罐牛奶、白花花的小圆面包、烤胡萝卜和烤土豆、搭配的肉汁，镀银盖碗里还煨炖着某种菜肴，还有一整只浇汁烤鸡。罗宾从早上到现在什么也没吃，按理说他应该已经饿得前胸贴后背了，可他实在累坏了，看到眼前这些食物，只觉得胃里绞痛。

于是，他移开目光，望向挂在餐桌后面的那幅画。它占据了整个房间最显眼的位置,让人无法忽视。画中描绘的是一座暮色中的美丽城市,但他觉得那并不是伦敦。画中的城市看起来气质更高贵、更古老。

"啊。那个,"洛弗尔教授顺着他的目光望去,"那是牛津。"

牛津。他曾经听说过这个名字,但不记得是在哪里听到的。他试着拆分这个名字,他遇到任何不熟悉的英语单词都会如此。"那是……买卖奶牛的地方?是个集市吗?"

"是一所大学,"洛弗尔教授说,"全国上下所有的伟大思想者聚在一起做研究、做学问和教书的地方。那是个了不起的地方,罗宾。"

教授指向画面中央一座有着气派穹顶的建筑。"这是拉德克利夫图书馆。还有这个,"他朝图书馆旁边的高塔做了个手势,那是整个画面中最高的建筑,"这是皇家翻译学院。这就是我教书的地方,如果不在伦敦,一年中的大部分时间我都在这里。"

"看起来很美好。"罗宾说。

"噢,是的,"洛弗尔教授的话语透露出一反常态的暖意,"那是地球上最美好的地方。"

他伸手在空中比画,仿佛牛津就在眼前。"想象一座满是学者的小镇,所有人都在研究最不可思议、最令人着迷的课题。科学。数学。语言。文学。想象一幢幢装满书籍的建筑,你这辈子都没见过那么多书。想象一个安静、与世隔绝的地方,一片供人思考的安宁之地。"他叹了口气,"伦敦乱糟糟的,到处是胡言乱语。在这里别想做成任何事,这座城市太吵闹,对人要求太多。你可以躲到汉普斯特德这样的地方,但喧闹的市中心总会把你拖回去,不管你愿不愿意。牛津就不一样,牛津为你提供工作需要的一切工具——食物,衣服,书本,热茶——然后让你静静独处。那是文明世界一切知识和创想的中心。如果你在这里的学习进步足够大,或许有一天,你就能有幸把那里当作自己的家。"

此时此刻,唯一合适的回答似乎只能是满怀敬意的沉默。洛弗尔教授向往地凝望着那幅画。罗宾试图向那幅画投以同样热切的目光，但他忍不住用余光打量教授。教授眼中的那种柔情、那种渴望令他震惊。在认识教授的短暂时光里，罗宾从未见过洛弗尔教授对任何事物表现出这样的热爱。

第二天，罗宾的课程开始了。

一吃完早餐，洛弗尔教授就吩咐罗宾赶快洗手，在十分钟内回到起居室。一位身材魁梧、面带微笑的绅士正在起居室里等他。那是费尔顿先生，牛津大学一等学位获得者，来自奥里尔学院。他将确保罗宾的拉丁语能够跟上牛津的学习进度。和同龄人相比，男孩起步稍晚，但只要他刻苦学习，很快就能迎头赶上。

就这样，上午的时光从背诵基础词汇开始——agricola（农民），terra（土地），aqua（水）——这是个艰巨的任务，但比起接下来让人头晕目眩的名词变格和动词变位讲解，背单词还算是轻松的。罗宾以前从来没有学过基础语法，他知道英语该怎么说，只是因为那样听起来是对的。所以在学习拉丁语时，他还要同时学习语言本身的基本构成。名词，动词，主语，谓语，系动词；还有主格、属格和宾格等等……在接下来的三小时里，他学习了一大堆令人眼花缭乱的内容，等到下课时已经忘了一半。但这堂课让他对语言、对词语能够表达的内容有了深刻的感触。

"没关系，小伙子。"幸好，费尔顿先生很有耐心，似乎对被自己强行施加了精神摧残的罗宾抱有几分同情，"我们先打好基础，然后你就能体会到很多乐趣。等我们讲到西塞罗就好了。"他低头瞥了一眼罗宾的笔记："不过，你得更注意拼写才行。"

罗宾看不出自己哪里写错了。"您的意思是？"

"你几乎把所有的长音符号都给忘了。"

"噢。"罗宾强压住不耐烦的咕哝；他现在很饿，只想赶紧结束课程去吃午餐。"那些东西啊。"

费尔顿先生用指关节轻轻敲了敲桌面。"哪怕只是一个单元音，它的长短也是很重要的，罗宾·斯威夫特。就拿《圣经》来说吧。蛇劝诱夏娃吃下的禁果究竟是哪一种果实，最初的希伯来语《圣经》从来没有具体提到过。但是在拉丁语中，malum 的意思是'邪恶的，坏的'，而 mālum 呢，"他将这两个词写给罗宾，着重突出第二个词的长音符号，"意思是'苹果'。就是这么一点点差异，让苹果成了人类犯下原罪的元凶。然而根据研究，真正的罪魁祸首可能是一个柿子。"

费尔顿先生在午餐时间告辞，走之前留下一份将近一百个单词的词汇表，要求罗宾在第二天上午背熟。罗宾独自在起居室里吃午餐，一边机械地将火腿和土豆塞进嘴里，一边研究他的语法笔记，不时费解地眨眨眼睛。

"再来点土豆吗，亲爱的？"派珀太太问。

"不了，谢谢。"高热量的食物和阅读材料上的小字让他昏昏欲睡。他觉得脑袋抽痛，此时只想睡一个漫长的午觉。

但他没有喘息的机会。下午两点整，一位胡须灰白的瘦削绅士来到家中，他自称为切斯特先生。在接下来的三小时里，他给罗宾上了第一堂古希腊语课。

学习古希腊语是一项让熟悉的事物变得陌生的练习。希腊字母表和罗马字母表有几分相似，但也仅仅是几分而已，很多看起来与某些罗马字母形似，发音却完全不同——希腊字母中的 P 读作 rho 而不是 P，H 读作 eta 而不是 H。与拉丁语类似，古希腊语也有动词变位和名词变格，但需要掌握的语气、时态和语态又多了不少。同拉丁语相比，古希腊语的发音与英语差异更大。读古希腊语时，罗宾费了很大力气，尽量让语调听起来不那么像汉语的语调。切斯特先生比费尔顿先生严厉，如果罗宾总是读错动词的词尾，切斯特先生就会烦躁发火。下午将近尾声时，罗宾已经学得迷迷糊糊，只能机械地跟读切斯特先生对他厉声发出的音节。

切斯特先生在五点钟告辞，走之前也留下一摞小山似的阅读材料，罗宾瞥一眼都觉得痛苦。他将材料拿回自己的房间，然后跌跌撞撞、头昏脑涨地下楼去餐厅吃晚饭。

"课上得怎么样？"洛弗尔教授问。

罗宾犹豫了一下。"还行。"

洛弗尔教授唇角上扬，露出一个微笑。"内容有点多，是吧？"

罗宾叹了口气。"只是有那么一点点多，先生。"

"但这正是学习一门新语言的妙处。学习语言就应该让人觉得不堪重负。你觉得害怕，那就对了。这样才能让你体会到，你已经掌握的那些语言有多么复杂。"

"但是我不明白它们为什么一定要那么复杂。"说着，罗宾突然激动起来。他无法控制自己。从中午开始，他的挫败感一直在不断积蓄。"我是说，为什么要有这么多规则？为什么要有这么多种词尾？汉语就完全没有这些；我们没有时态，没有名词变格，没有动词变位。汉语要简单得多——"

"这话错了，"洛弗尔教授说，"每一种语言都有自己的复杂之处。拉丁语的复杂在于词语形态的变化。丰富的词法是它的长处而不是障碍。就拿这句话来说吧：He will learn（他会学）。英语和汉语都要用三个词才能表达这个意思，而拉丁语却只需要一个词：Disce。这就优雅多了，明白了吗？"

罗宾不确定自己是否明白。

上午学习拉丁语，下午学习古希腊语，这成了罗宾在可预见的未来里的日常安排。虽然辛苦，但他十分感激这种安排。他的生活终于有了节奏。现在，他有了目标，有了栖身之所，漂泊不定、不知所措的感觉减轻了一些。尽管罗宾还不是很清楚，广州码头有那么多男孩，这种生活为什么独独落在自己头上，但是，他坚定不移、毫无怨言地勤奋学习，以履行自己的责任。

每周，他和洛弗尔教授还要进行两次中国官话对话练习。[1]起初，他不理解这样做有什么意义。这些对话感觉刻意而生硬，最重要的是，它们毫无必要。他的官话本来就很流利，不会像和费尔顿先生用拉丁语对话时那样，为了回想某个用词或发音而磕磕绊绊。为什么还要他回答"他觉得晚餐怎么样"或者"他对天气有何看法"这样基础的问题？

但是洛弗尔教授坚持这么做。"忘记一门语言比你想象的更容易，"他说，"一旦你不再生活在汉语的世界里，你就不再用汉语思考了。"

"可我以为，您就是想让我用英语思考啊。"罗宾不解地说。

"我想让你用英语生活，"洛弗尔教授说，"的确如此。但我还需要你继续练习汉语。你以为那些词语和句子都刻进了你的骨子里，但它们是会随着时间流逝而消失的。"

他说这话的样子，就好像这种情况曾经发生过。

"你在成长过程中打下了牢固的语言基础：官话、粤语和英语。你非常幸运，有些成年人耗费一生的时间都未必能达到你现在的水平。就算他们掌握了这些语言，流利程度也很一般——如果他们充分思考，想好用词再开口的话，说的话勉强能让人明白，但远远达不到母语者的那种流利，那种毫不费力、词语自然而然脱口而出的程度。而你呢，你已

---

[1] 由于罗宾一家不久前才搬到南方，因此他从小既会说官话，也会说粤语。但是，洛弗尔教授郑重其事地告诉他，他现在可以把粤语抛在脑后了。官话才是清朝宫廷的语言，是官员和学者的语言，因此也是唯一重要的中国语言。
这种观念是英国国家学术院对从前有限的西方研究成果过度依赖的副作用。利玛窦的《葡汉辞典》收录的是他在明朝宫廷学到的官话；万济国、马若瑟和马礼逊的汉语词典收录的也都是官话。因此，那个时代的英国汉学家对中国官话的关注远远超过其他方言。所以，罗宾被要求忘记他本人更偏爱的地方方言。——原注

经掌握了两大语言系统中最难的部分——口音和韵律，成年人要花数不清的时间才能学会这些无意识的抑扬顿挫，就算如此也很难学到家。可是你必须保持对它们的掌握。你不能浪费与生俱来的天赋。"

"但是我不明白，"罗宾说，"如果我的才能是汉语，那我又为什么要学拉丁语和古希腊语呢？"

洛弗尔教授轻笑道："为了理解英语。"

"可是我懂英语啊。"

"你的英语没有你以为的那么好。说英语的人有的是，但真正懂得英语，通晓它的词根和结构的人寥寥无几。你需要懂得一门语言的历史、形态和深意，如果你打算随心所欲地掌控这门语言的话，就更要懂得这些，而你总有一天要学着掌控语言。另外，你还需要精通汉语。就从练习已经掌握的内容开始。"

洛弗尔教授是对的。罗宾震惊地觉察到，自己曾经了如指掌的语言竟然这么容易流逝。在没有其他中国人的伦敦——至少在他所生活的伦敦圈子里没有中国人——他的母语听起来像是胡言乱语。在那间堪称英伦住宅典范的起居室里说汉语时，罗宾感觉它完全不属于这里，感觉很不真实。有时他的记忆会出现偏差，从小听到大的音节突然显得陌生，这让他害怕。

他花在汉语上的功夫是古希腊语和拉丁语的两倍。每天，他要花好几个小时练字，反复描摹每一个笔画，直到临摹出印刷体般完美的汉字。他向记忆深处摸索，回想用汉语交谈的语感，回想听到官话顺其自然脱口而出的感受，回想那段他不用停下来思考下一个字该用什么声调的日子。

然而，他确实在遗忘。这让他惊恐万分。有时，在对话练习中，他发现自己想不起某个过去经常使用的字眼。有时，在他听起来，自己说的话就像完全不懂汉语的欧洲水手在模仿中国人的发音。

不过，他可以解决这个问题。他必须解决。通过练习，通过背诵，通过每天坚持写作——这些终究比不上在汉语环境中生活，但已经足够好了。在他这个年纪，语言已经在思想中留下永久的印记。但他必须努力，真正拼命地努力，让自己不要在梦中停止使用母语。

每周至少三次，洛弗尔教授会在客厅里接待各式各样的客人。罗宾猜测这些人肯定也是学者，因为他们总是带着一摞摞书或装订好的手抄本前来，一起研读讨论到深夜。后来罗宾发现，来客中有几个人会说汉语。有时，罗宾躲在栏杆后面，偷听英国人一边喝着下午茶一边讨论古汉语语法的细枝末节，这种感觉非常奇怪。"这只是一个句末助词而已。"其中一个人坚持道，而其他人则大声反驳："是吗？那它们不可能都是句末助词啊。"

有客人来访时，洛弗尔教授似乎希望罗宾不要出现在他们的视线里。他从来没有明确禁止罗宾在场，但他会留一张纸条说，伍德布里奇先生和拉特克利夫先生将于今晚八点到访。对此，罗宾的解读是，到时候自己最好消失。

罗宾对这样的安排没有任何意见。诚然，他觉得这些人的谈话很有吸引力，他们时常谈起远方的事，比如西印度群岛的远征、关于印度印花棉布的谈判和遍布近东地区的暴力骚乱。但作为一个群体，他们又使他恐惧；这些严肃而博学的人全都身穿黑衣，站在一起就像一群乌鸦，一个比一个吓人。

罗宾唯一一次擅自闯入这样的聚会完全是出于意外。当时他正在花园里按内科医师的建议进行每日例行的散步，无意中，他听见教授和客人们正在大声谈论广州。

"律劳卑是个白痴，"说话的是洛弗尔教授，"他出手太早了——一点也不明智。议会还没准备好，再说，他这样把买办也惹急了。"

"你觉得托利党人会插手吗？"一个声音十分低沉的男人问。

"也许吧。但如果他们想把船开进来的话，就必须在广州建立一个更好的据点。"

听到这里，罗宾忍不住壮起胆子走进客厅。"广州怎么了？"

他话音刚落，所有绅士都转过身来盯着他。他们一共四个人，全都身材高大，全都戴着单片或双片眼镜。

"广州怎么了？"罗宾又问了一遍，他突然紧张起来。

"嘘。"洛弗尔教授喝道，"罗宾，你的鞋子很脏，弄得到处都是泥。把鞋脱了，去洗个澡。"

罗宾不依不饶地问："乔治国王要向广州宣战了吗？"

"他不能向广州宣战，罗宾。没有人会对一座城市宣战。"

"那乔治国王是要侵略中国了吗？"他不依不饶地问。

不知为什么，这句话让绅士们哈哈大笑。

"真希望我们能那么做，"那个声音低沉的男人说，"那样的话，所有事情都简单多了，不是吗？"

一个蓄着浓密灰白胡须的男人低头盯着罗宾："那么你会向谁效忠呢？这里，还是故乡？"

"我的老天，"第四个人弯下腰仔细打量他，那双浅蓝色的眼睛仿佛透过巨大的隐形放大镜观察罗宾，让他浑身不自在，"这是新来的那个？他比上一个更像和你一个模子刻出来的——"

洛弗尔教授的声音像玻璃一样划过整个房间。"海沃德。"

"真的，真是离奇，我是说，看他的眼睛。颜色不一样，但是形状——"

"海沃德。"

罗宾来回看了看两人，觉得莫名其妙。

"够了，"洛弗尔教授说，"罗宾，去吧。"

罗宾小声道了歉，然后匆忙走上楼梯，完全忘记靴子上满是泥泞。他听见身后飘来洛弗尔教授回答的只言片语："他不知道，我不想让他胡思乱想……不，海沃德，我不会——"然而，等他走上楼梯平台，可以安全地倚在栏杆上偷听而不被发现时，他们的话题已经转向了阿富汗。

那天夜里，罗宾站在镜子前，专注地端详着自己的脸，他看了很长时间，直到那张脸仿佛不再属于他。

他的姨妈们总是说，他有一张走到哪里都不引人注目的脸。他的头发和眼睛都是柔和的棕色，而不像他的家人那样是深黑色。有这样一张脸，说他是某个葡萄牙水手的儿子或者是大清皇帝的子嗣，都很令人信服。罗宾从前一直认为是某种天然造化的意外赋予了他如此的外貌特征，这种特征完全可能出现在任何种族身上，不论是白种人还是黄种人。

他从来没有想过，或许他不是纯血统的中国人。

但是，难道还有别的可能吗？或许他父亲是白人？或许他父亲就是——

看他的眼睛。

那是无法反驳的证据，不是吗？

既然如此，罗宾的父亲为什么不和他相认？为什么自己只是他的被监护人，而不是他的儿子？

不过，就算在那个年纪，罗宾也已经明白，有些真相无法宣之于口，只有永远不承认那些真相，正常的生活才有可能继续下去。他现在有了落脚的地方，一天有三顿饱饭吃，手头的书多得一辈子也读不完。他知道，他没有权利再要求更多。

于是，他做了个决定。他永远不会向洛弗尔教授问起这件事，永远不会去刺探那片埋藏真相的空白。只要洛弗尔教授不说罗宾是他的儿子，罗宾就不会尝试去同父亲相认。从没说出口的谎言不算是谎言；

从没提出的问题也就不需要答案。他们都将安然停留在那片介于承认真相和否定真相之间的无垠的临界地带。

他擦干脸上的水珠，换好衣服，坐到写字台前，准备完成那天晚上的翻译作业。他和费尔顿先生现在已经学到了塔西佗的《阿古利可拉传》。

"Auferre trucidare rapere falsis nominibus imperium atque ubi solitudinem faciunt pacem appellant。"罗宾仔细分析这句话的句法，翻开词典确认 auferre 这个词是不是他所想的意思，然后写下他的译文。[1]

米迦勒学期[2]从十月初开始，洛弗尔教授在此时前往牛津，接下来的八周他都会留在那里。牛津学年的三个学期他都是如此，只在学期间的假期才回来。罗宾很享受这段时光；尽管他的课程没有暂停，但他不再有频频让他的监护人失望的风险，他觉得自己可以喘息和放松了。

这也意味着，洛弗尔教授不再时刻出现在他身后，他可以自由地探索这座城市了。

洛弗尔教授没有给他零用钱，但派珀太太偶尔会把买东西的找零交给他，他将这些零钱攒起来，攒够了就坐马车去科文特花园。从报童那里听说有公共马车这回事之后，罗宾差不多每个周末都会去乘马车，从帕丁顿绿地到英格兰银行，在伦敦的核心地带往来穿梭。最初几次独自出行让他惊慌失措；有那么几回，他几乎确信自己再也找不到回汉普斯特德的路，余生只能在街头做个流浪儿了。但他坚持独自出行，拒绝被伦敦的复杂吓倒。广州不也是一座迷宫吗？他决定用脚步丈量这座城

---

[1] 抢劫、屠杀和盗窃——他们将这些称为帝国，他们造就荒漠，却称之为和平。——原注

[2] 米迦勒学期（Michaelmas term）：英国高等学院一学年有三个学期，每学期为时八周。米迦勒学期是牛津大学传统上对秋季学期的称呼。另外两个学期分别是希拉里学期（一月至三月的冬春季学期）和圣三一学期（四月至七月的夏季学期）。——译注

市的每一寸土地，让它成为自己的家。渐渐地，伦敦不再让他感觉气势汹汹，不再像一个扭曲的深坑，拐个弯都可能遇见打着饱嗝的怪兽将他吞噬。这座城市越来越像一个有路可循的迷阵，他渐渐能够看出其中的机关和门道。

他在阅读这座城市。19世纪30年代的伦敦正值出版业爆发之际，无数报纸、杂志纷纷涌现，包括季刊、周刊、月刊等等，各种类型的书本也层出不穷，它们被扔在门口的台阶上，几乎每个街角都响彻叫卖书报的吆喝。罗宾在报摊仔细翻看《泰晤士报》《旗帜报》《晨间邮报》；他阅读《爱丁堡评论》和《季度评论》这类学术期刊上的文章，尽管读得似懂非懂；他也读《费加罗在伦敦》这种售价一便士的讽刺报纸，浏览那些情节跌宕起伏的假新闻，比如五花八门的犯罪实录和关于死刑犯临终忏悔的系列报道。在更廉价的刊物中，他读《半便士风笛》读得津津有味。罗宾还偶然发现了一篇题为《匹克威克外传》的连载，作者查尔斯·狄更斯的文笔非常风趣，但他似乎对白种人以外的所有人都深恶痛绝。他还找到了伦敦出版业的心脏——弗利特街。在那里，刚刚从印刷机上取出的报纸还是滚烫的。他一次又一次跑到那条街上，丢弃的报纸在街角堆积如山，他不用付钱就可以将昨天的报纸抱回家。

尽管报刊上的每一个字他都认识，其中的内容他却连一半都读不懂。这些文章的字里行间充斥着政治隐喻、内行才能体会的笑话、俚语和行话，还有他从没学过的习俗和传统。他不曾在伦敦度过童年，没有机会对这一切耳濡目染，为了弥补这一点，他如饥似渴地阅读各种语料，试图厘清托利党人、辉格党人、宪章派和改革派究竟是什么意思，然后记住这些概念。他知道了什么是《谷物法》，以及这些法规与那个名叫拿破仑的法国人又有什么关系。他知道了什么是天主教徒和新教徒，二者教义的差别虽然很小（至少在他看来如此），但显然事关重大，双方为此都付出了血的代价。他知道了英格兰人和英国人不能一概而论，不过他还不能完全说清二者的区别。

他在阅读这座城市，也在学习它的语言。接触英语生词对他而言是一种乐趣，因为在理解一个单词时，他总能收获关于英国历史或文化的知识。他惊喜地发现，许多常用词是由他认识的其他单词构成的。Hussy（荡妇）是由 house（家庭）和 wife（妻子）衍生出的复合词。Holiday（假期）则由 holy（神圣的）和 day（日子）构成。不可思议的是，bedlam（疯人院）竟然从耶稣降生的圣地 Bethlehem（伯利恒）演化而来。同样难以置信的是，goodbye（再见）竟然是"God be with you"（上帝与你同在）的缩略语。他在伦敦东区见识了考克尼押韵俚语。一开始，他对此完全摸不着头脑，因为他怎么也想不通，Hampstead（汉普斯特德）在这种俗语中为什么是"牙齿"的意思。[1] 不过，在理解了省略的韵脚和其中的原理之后，他在构思属于自己的俚语中获得了无穷的乐趣。（他将晚餐称为"圣徒的饭"，派珀太太对此很不以为然。[2]）

他逐渐理解了词语和句子的真正含义，它们不再让他困惑不已，但在许久之后，它们仍然会让他产生有趣的联想。在他的想象中，Cabinet（内阁）就是一排排巨型 cabinet（橱柜），上面整整齐齐地摆放着像玩偶一般衣着光鲜的男人们。他觉得 Whigs（辉格党人）得名于他们的 wig（假发），而 Tories（托利党人）则得名于年轻的 Victoria（维多利亚）公主。在他的想象中，Marylebone（玛丽勒本区）由 marble（大理石）和 bone（白骨）修建而成，Belgravia（贝尔格莱维亚区）则是一片

---

[1] Hampstead Heath（汉普斯特德荒野）与 teeth（牙齿）词尾押韵，二者为同义词，简化后便以 Hampstead（汉普斯特德）表示"牙齿"。——原注
伦敦东区押韵俚语的基本构成原理是用词尾押韵的其他词语代替实际所说的词语。——译注

[2] Dinner（晚餐）与 sinner（罪人）押韵。——原注
在基督教语境下，"有罪之人"与"圣徒"相对。——译注

随处可见 bell（铃铛）和 grave（坟墓）的土地，而 Chelsea（切尔西区）则因 shell（贝壳）和 sea（大海）而得名。在洛弗尔教授的书房里，亚历山大·蒲柏的著作占据了一整排书架，在整整一年里，罗宾都以为《夺发记》(*The Rape of the Lock*) 讲述的是一把 lock（门锁）的 rape（奸情），后来他才知道，原来那是个关于偷取头发的故事。[1]

他知道了一英镑相当于二十先令，一先令相当于十二便士——至于弗罗林、格罗特和法新等币种，他还需要一些时日才能明白。他知道了英国也有来自不同地区的人，就像中国有来自五湖四海的人一样，比如爱尔兰人和威尔士人就与英格兰人有明显的区别。他知道了派珀太太来自一个叫作苏格兰的地方，所以她是苏格兰人，这就是为什么她的口音听起来抑扬顿挫，所有的 r 都发音，与洛弗尔教授简洁利落、音调平直的发音听起来大相径庭。

他知道了1830年的伦敦是一座无法决定何去何从的城市。这座白银之城是全世界最大的金融中心，也是工业和技术的最前沿。但它创造的收益并没有平均分配。戏剧不断上演的科文特花园和舞会不断的梅费尔区归于伦敦，贫民窟鳞次栉比的圣贾尔斯区同样归于伦敦。伦敦是一座改革者辈出的城市。在伦敦，威廉·威尔伯福斯和罗伯特·韦德伯恩等人曾为废除奴隶制而奔走；同样是在伦敦，斯帕广场骚乱的领袖最终被处以叛国重罪；在伦敦，欧文主义者曾试图建立人人都能加入的空想社会主义者社区（罗宾还不太明白什么是社会主义）；同样是在伦敦，玛丽·沃斯通克拉夫特四十年前才出版的《为女权辩护》很快启发了一批批女性主义者和女性参政论者，她们振臂高呼，并以此为荣。罗宾发现，在议会、市政厅、街头巷尾，各种主张的改革者都在为伦敦这座城市的灵魂而奋斗；与此同时，一个保守的、坐拥大片土地的统治阶级

---

[1] 罗宾在此处的误解情有可原：他望文生义，按常见语义将书名理解为"门锁的奸情"，实际上这是一个"强夺一缕头发"的故事。——原注

也在反击每一次谋求改变的尝试。

那时的他还不理解这些政治斗争,只是隐隐感觉到,在伦敦"是什么样"和"想要成为什么样"的问题上,这座城市是撕裂的,更大范围内的英国也是如此。他明白,这一切问题背后都涉及白银。当激进分子在文章中大谈工业化的危害时,当保守党以经济大繁荣为证据加以反驳时,当不同政党谈及贫民窟、住房、道路交通、农业和工业制造时,当人们谈到英国人和大英帝国的未来时,那个词总是在报纸、宣传册、杂志,甚至祈祷书里不断涌现:白银,白银,白银。

他从派珀太太那里了解到的关于英国食物和英国这片土地的知识多得超乎想象。他花了好一阵子才适应全新的饮食。在广州时,他对食物从来没有太多的关注——每天吃的米粥、馒头、饺子和各色蔬菜在他眼中平淡无奇。这些便是一个贫穷之家果腹的食物,与高档的中国美食相去甚远。此时他震惊地意识到,自己竟然如此想念。英国人的食物基本上只有两种口味:加盐的和不加盐的。他们似乎不知道还有其他风味。这个国度在香料贸易中获利颇丰,然而它的国民却强烈抗拒在生活中使用香料。在汉普斯特德的那段日子,罗宾从来没有吃过一道真正称得上有"调味"的菜肴,更别提"香辣"了。

他更喜欢学习与食物有关的知识,而不是把它们吃进肚里。这样的学习随时可以进行。和蔼可亲的派珀太太很爱聊天,在给罗宾端上午餐的时候,只要罗宾对盘中的食物表现出哪怕一丁点兴趣,她就会兴高采烈地为他介绍一番。她告诉罗宾,在有重要客人的场合不能出现土豆,因为土豆被视为下层社会的食物(尽管罗宾觉得土豆怎么烹调都很美味)。罗宾发现,新设计的镀银盘可以让食物在用餐时始终保持温热,但让客人看出这个伎俩却有失礼数,所以银条总是镶嵌在餐盘底部。他了解到,按顺序上菜的做法是从法国人那里学来的,这种做法之所以尚未成为普遍规范,是因为英国人对那个名叫拿破仑的小矮子还余恨未消。他了解到午餐、午宴和午间正餐有细微的差异,不过还没有完全领会。他还了解到,多亏罗马天主教徒,他才能吃到他最爱的扁桃仁奶酪蛋糕,正是因为他们禁止在守斋日食用乳制品,才迫使英国厨师发明了替代牛奶的扁桃仁露。

一天晚上,派珀太太端上一份扁圆形的厚饼,这是某种烤好后切成三角的面食。罗宾拿起一块,试探性地咬下一角。面饼很厚,表面撒了一层面粉,比母亲以前每周蒸的松软白米糕要扎实得多。面饼并不难吃,只是出乎意料地厚实。他吞了一大口水,好将那团食物咽下去。他问:"这是什么?"

"这是班诺克,亲爱的。"派珀太太说。

"是司康。"洛弗尔教授纠正道。

"这就是班诺克——"

"切成块的是司康,"洛弗尔教授说,"整块的饼才是班诺克。"

"听好了,这一整块是班诺克,切成小块的这些也是班诺克。司康是你们英格兰人喜欢往嘴里塞的那种又干又掉渣的玩意儿——"

"我想您是把自己做的司康给忘了,派珀太太。任何心智健全的人都不会说您的司康太干了。"

派珀太太没有向奉承话低头。"整块的是班诺克,切块的也是班诺克。我外祖母管它们叫班诺克,我母亲也管它们叫班诺克,所以它们就是班诺克。"

"这个——这些——为什么叫班诺克?"罗宾问道,这个词的发音让他脑海中浮现出一只住在山里的怪物,某种长有利爪的软骨怪兽,只有献祭面包才能让它心满意足。

"因为拉丁语,"洛弗尔教授说,"bannock(班诺克)来自拉丁语 panicium,意思是'烤制的面包'。"

这听起来很有道理，尽管平凡得让人失望。罗宾又咬了一口手里的班诺克，或者说司康。这一次，他愉快地享受着面饼落进胃里带来的饱腹感，令人满足。

他和派珀太太很快在深爱司康这件事上达成了一致。她烤制了各种各样的司康：原味司康，吃的时候抹一点凝脂奶油和覆盆子果酱；咸味司康，里面有奶酪和韭菜做馅；还有撒满果干的司康。罗宾最喜欢的还是原味司康——为什么要破坏在他看来堪称完美的设计？当时罗宾刚开始学习柏拉图的理型论，他确信司康就是柏拉图哲学中的理想型面包。再说，派珀太太的凝脂奶油美味极了，质地轻盈，带着坚果的香气，同时又很清爽。她告诉罗宾，在有些家庭里，要将牛奶在炉灶上炖煮将近一整天才能得到最上层的奶油，但是洛弗尔教授在去年圣诞节交给她一件设计精巧的镌字银器，只需几秒钟就能将奶油分离出来。

不过，洛弗尔教授最不喜欢原味司康。因此，苏丹王妃葡萄干司康是下午茶时最常出现的点心。

"为什么叫'苏丹王妃'？"罗宾问，"它们只是葡萄干而已，不是吗？"

"我也不清楚，亲爱的，"派珀太太说，"也许是因为它们的产地吧。苏丹王妃听起来很有东方风情，是不是？理查德，这些葡萄种在哪里来着？印度吗？"

"小亚细亚，"洛弗尔教授答道，"之所以叫'苏丹王妃'而不是'苏丹'，是因为它们没有籽（seed）。"

派珀太太对罗宾使了个眼色。"瞧瞧，你懂了吧。因为无籽。"

罗宾听不懂这个笑话，但他知道自己不喜欢司康里有苏丹王妃葡萄干。趁洛弗尔教授不注意，他把自己那份司康上的葡萄干挑干净，在光秃秃的司康上涂满厚厚一层凝脂奶油，然后塞进嘴里。

除了司康，罗宾的另一大嗜好是读小说。每年在广州收到的二十

第二章　041

多册书像一股涓涓细流，而如今他面前是名副其实的滔天洪水。他走到哪里都捧着书，但在紧凑的课程安排中，他不得不想方设法挤出闲暇来阅读。他在餐桌旁读书，大口吞下派珀太太端来的食物，毫不在意往嘴里塞的都是什么；他一边在花园里散步一边读书，尽管这会让他头昏眼花；他甚至试着在泡澡时读书，但潮湿的手指在新版《杰克上校》上留下了皱巴巴的印痕，他愧悔不已，从此没再这样做过。

相比于其他书，他更喜欢小说。狄更斯的连载确实很有趣，但是手握单行本，感受整个故事有头有尾的重量更是无上的享受。他对能读到的任何类型的小说都来者不拒。简·奥斯丁的所有作品他都很喜欢，不过他要问派珀太太很多问题才能理解奥斯丁笔下的社会习俗。（安提瓜在哪里？托马斯·伯特伦爵士为什么总是到那里去？[1]）他如饥似渴地阅读托马斯·霍普和詹姆斯·莫里尔的游记，借由他们结识希腊人和波斯人，至少是他们所设想的希腊人和波斯人。他非常喜欢玛丽·雪莱的《弗兰肯斯坦》，不过对于她那位才华稍逊一筹的丈夫——珀西·雪莱的诗歌，罗宾的评价却没有那么高，他觉得雪莱的诗太过戏剧化。

第一学期结束后，洛弗尔教授从牛津归来。回来之后，他带罗宾去了一家书店——位于皮卡迪利广场的哈查德书店，就在福南梅森百货商店对面。罗宾在漆成绿色的大门外停下脚步，看得目瞪口呆。在这座城市徒步漫游时，他曾无数次从书店门前经过，但他从来没有想过自己能被允许走进店里。不知为什么，他确信书店只接待富有的成年人，如果他胆敢踏入其中，一定会被揪着耳朵拖出去。

注意到罗宾在门外犹豫不决，洛弗尔教授微微一笑。

"这只是一家大众书店而已，"他说，"等你见到大学图书馆时该是

---

[1] 因为他是那里的奴隶主。——原注

什么样啊。"

一走进书店,新书令人陶醉的木屑味扑面而来。罗宾暗想,如果烟草也是这种味道,那他愿意每天都闻二手烟。他走向最近的书架,试探性地向上面摆放的书本伸出手,却战战兢兢地不敢触碰。它们看起来那么新、那么脆,书脊没有一丝划痕,书页光滑而洁净。罗宾见惯了浸水的旧书,就连他的语法课本都有好几十年的历史了。眼前这些闪闪发亮、刚刚装订完毕的书本仿佛是另一个阶级的物品,是用来远远欣赏而不是捧在手里翻看阅读的。

"选一本,"洛弗尔教授说,"你该知道得到自己的第一本书是什么感觉了。"

只选一本?在所有这些宝藏之中只能选一本?架上的书罗宾连哪本是哪本都分不清,书多得让他晕头转向,他已经无法沿着书架一一细看再做决定了。他的目光落在一本书上:弗雷德里克·马里亚特的《国王亲兵》,他没听说过这位作者。但新的总是好的,他心想。

"嗯,马里亚特。我没读过他的书,不过听说他在你这个年纪的男孩当中很受欢迎。"洛弗尔教授拿出这本书,翻过来看了一眼,"就要这本了?你确定吗?"

罗宾点了点头。他知道,如果现在不做决定,那他永远也走不出这家书店了。他就像饿疯了的人走进蛋糕店那样,无数的可能性让他眼花缭乱,但他不想考验教授的耐心。

走出书店,教授将棕色的纸包递给他。罗宾将它按在胸口,勒令自己在回家之前不许拆开。他反反复复地向洛弗尔教授道谢,直到觉察到这样做让教授有些不自在才打住。但是过了一会儿,教授又问他,手捧新书是不是感觉很好。罗宾热切地表示赞同。他们对彼此报以微笑。在他的记忆中,这是他们第一次相视而笑。

第二章 043

罗宾打算将《国王亲兵》留到周末再读，用一整个没有课业的下午慢慢品读这本书。然而，熬到周四下午时，他发现自己再也等不及了。费尔顿先生一走，他就如狼似虎地吞下派珀太太准备的面包和奶酪，然后冲向楼上的书房，窝在他最喜欢的扶手椅里捧着书读了起来。

他立刻读得入了迷。《国王亲兵》讲述的是海军的英勇事迹。书中有复仇，有大胆的壮举和斗争，还有海战和漫长的远行。他想起他从广州出发的旅程，将那些记忆移植到小说的背景之中，幻想是他自己在与海盗交战，修造木筏，凭借英勇无畏的战绩赢得勋章——

门吱呀一声开了。

"你在干什么？"洛弗尔教授问。

罗宾抬眼望去。在他的脑海里，皇家海军在汹涌波涛中航行的画面太过生动，以至于他过了片刻才想起自己身在何处。

"罗宾，"洛弗尔教授又问了一遍，"你在干什么？"

突然间，他觉得书房里很冷；金色的午后变得昏暗。罗宾顺着洛弗尔教授的目光望向门框上嘀嗒作响的时钟。他完全忘记了时间。那指针一定是出错了，他不可能已经坐在这里读了三个小时的小说。

"我很抱歉。"说这话的时候，他还是有些茫然。他觉得自己是个来自远方的旅行者，从印度洋上跌落到这昏暗阴冷的书房里。"我不是——我忘了时间。"

他完全读不懂洛弗尔教授的表情。这让他害怕。那道难以捉摸的壁垒、那种毫无人情味的面无表情远比狂怒更让他战栗。

"切斯特先生已经在楼下等了一个多小时，"洛弗尔教授说，"要是我在，我连十分钟都不会让他等，可我刚刚才回来。"

负罪感让罗宾的胃拧成一团。"我非常抱歉，先生——"

"你在读什么？"洛弗尔教授打断了他。

罗宾犹豫片刻，然后举起了《国王亲兵》。[1]"是您给我买的那本书，先生——我正读到一场大战开打，我只是想看看——"

在之后的许多年里，每当罗宾回首往事，他都对自己接下来的鲁莽和无礼感到胆寒。他当时一定是惊慌得失去了理智。回头想来，他竟然就那样合上手中马里亚特的书向门口走去，真是愚不可及，仿佛他可以若无其事地赶去上课，仿佛这样严重的过失可以被轻易忘在脑后。

就在他走到门边时，洛弗尔教授扬起手，狠狠抽在罗宾的左脸上。

这一掌的力量让他摔倒在地。他没觉得很疼，只是无比震惊；他的太阳穴嗡嗡作响，但是不疼，暂时还不疼。过了一会儿才开始疼，等到几秒钟之后，等到血流直冲脑门。

洛弗尔教授没有就此罢手。当罗宾眼冒金星地站起身时，教授拿起壁炉边的火钩子，反手向罗宾身体右侧抽打下去。接着又抽了一下。然后又是一下。

如果罗宾曾经想过洛弗尔教授会伸手打人，那他此刻会惊恐得多。然而这顿打来得太出乎意料，太不符合教授的为人，以至于罗宾完全沉浸于脱离现实的强烈感受中。他没想到要求情，没想起来哭泣，甚至连喊都没喊一声。哪怕那根火钩子第八次、第九次、第十次抽在他肋骨上发出清脆的声响，哪怕他尝到齿间渗出的血腥味，他所感受到的只有深深的困惑，困惑这一切竟然真的发生了。这一切都太荒诞了。他仿佛被困在了梦境里。

洛弗尔教授看起来也不像是个正在发泄怒火的男人。他没有怒吼；他的眼神并不疯狂；他甚至都没有脸红。每一次抽打都经过仔细思量，

---

[1] 这将是罗宾读过的最后一本马里亚特的书。这倒是一件好事。弗雷德里克·马里亚特的小说虽然凭借远洋冒险和英勇壮举而深受英国少年读者的喜爱，却将黑人描绘成幸福快乐、安于现状的奴隶，将印第安人塑造成高尚的野蛮人或放纵的酒鬼。在他笔下，中国人和印度人是"秉性低下、生性阴柔的种族"。——原注

又准又狠，他似乎只是在用最不容易导致永久损伤的方式制造最大程度的疼痛。因为他没有打罗宾的头，也没有下死手要打断罗宾的肋骨。没有；他留下的瘀伤都在很容易隐藏的位置，假以时日，这些伤痕都会完全愈合。

教授很清楚自己在做什么。他似乎以前就这么做过。

打完十二下，一切都结束了。洛弗尔教授以同样冷静精准的动作将火钩子放回到壁炉架上，后退几步，在桌边坐下，默默看着罗宾手扶膝盖站起身并尽可能抹去脸上的血迹。

在漫长的沉默之后，他开口道："我把你带出广州的时候，我把期待说得很清楚。"

罗宾终于感到喉头哽咽，那是令人窒息的、延迟的情绪反应。但他将它咽进肚里。一想到洛弗尔教授听到他发出声音会作何反应，他便胆战心惊。

"起来，"洛弗尔教授冷冰冰地说，"坐下。"

罗宾机械地照做。他的一颗臼齿似乎有些松动。他舔了舔，一股咸腥的鲜血涌上舌尖，疼得他缩了一下。

"看着我。"洛弗尔教授说。

罗宾抬起眼睛。

"好吧，这倒是你的一个优点，"洛弗尔教授说，"你挨打的时候不会哭。"

罗宾鼻子一酸。眼泪险些夺眶而出，但他拼命憋了回去。两侧太阳穴仿佛被敲进了一根钉子。剧烈的疼痛让他不敢用力呼吸。然而，不要表现出任何痛苦的迹象好像是眼下最重要的事。他这辈子从没觉得自己如此可悲。他想去死。

"在这个屋檐下，我不会容忍懒惰，"洛弗尔教授说，"翻译不是轻松的工作，罗宾。这需要专注。需要自制力。你没有早早学习拉丁语和古希腊语，这已对你很不利了。在去牛津之前，你只有六年时间弥补缺陷。你不能懈怠。你不能浪费时间做白日梦。"

他叹了口气。"根据斯莱特小姐的报告，我还指望你能长成一个勤奋刻苦的男孩。现在我看出来了，是我错了。懒惰和欺骗是你们这一族的共性。正因如此，中国始终是个好逸恶劳、不断倒退的国家，而它的邻国却在突飞猛进地发展。愚蠢，意志薄弱，不愿努力，这就是你们的本质。你必须抵制这些秉性，罗宾。你必须学着克服你血脉中与生俱来的污染。我希望你能做到，为此我下了很大的赌注。你要么向我证明我的付出是值得的，要么自己买票回广州去。"他歪着头打量罗宾，"你希望回广州去吗？"

罗宾咽下一口口水。"不。"

他说的是真心话。即便经过这件事，即便他的课程痛苦不堪，他依然无法想象另一种未来。广州意味着一贫如洗、无足轻重、一无所知。广州意味着瘟疫。广州意味着再也没有书籍。而伦敦意味着他能要求的一切物质条件。伦敦意味着未来某一天他能去牛津。

"那现在就做决定，罗宾。全力以赴好好学习，做出必要的牺牲，承诺你永远不会再像今天这样让我丢脸。或者立即收拾东西回家。回去以后，你会流落街头，没有家，没有谋生的本领，也没有钱。你永远不会再得到我现在给你的机会。以后你只能在梦里再见到伦敦，就更别提牛津了。你永远、永远也不会再触碰任何一根银条。"洛弗尔教授向后靠在椅背上，冰冷的眼睛审视着罗宾，"就这样。选吧。"

罗宾低声说出了回答。

"大声点。用英语。"

"我很抱歉，"罗宾嘶哑地说，"我想留下。"

"很好。"洛弗尔教授站起身，"切斯特先生还在楼下等着。收拾一下，然后去上课。"

罗宾竟然硬撑着上完了整堂课,他头晕目眩,不断抽泣,完全无法集中精力,脸上泛起一大片瘀青,还有十几处看不见的伤痕让他疼得直发抖。幸运的是,切斯特先生对所发生的事只字未提。罗宾做了一组动词变位练习,结果全都错了。切斯特先生耐心地为他纠正错误,语气和善而平静,就是稍显勉强。罗宾的迟到并没有让课程缩短,下课时已经是晚餐时间之后很久。这是罗宾生命中最漫长的三个小时。

第二天早上,洛弗尔教授表现得好像什么都没有发生。罗宾下楼来吃早餐时,教授还问他的翻译作业做完没有。罗宾回答已经做完了。派珀太太端上鸡蛋和火腿,三人在异样的沉默中吃着早餐。咀嚼的时候很痛,有时候吞咽也很痛。罗宾的脸在一夜之后肿得更厉害了。然而,当他咳嗽的时候,派珀太太只是建议他将火腿切得再小一些。他们一起喝完餐后的热茶。派珀太太收走碗盘,罗宾回房间去取他的拉丁语课本,等待费尔顿先生到来。

罗宾从来没产生过逃跑的念头,当时没有,接下来的几周里也没有。换作其他孩子或许会被吓坏,或许一有机会就会逃向伦敦街头。那些习惯于被优待、被善待的孩子或许会意识到,面对一个被打得浑身瘀青的十一岁男孩,像派珀太太、费尔顿先生和切斯特先生这样的成年人表现得如此漠不关心,是极其错误的。但罗宾对回归常态无比感激,他甚至没有对所发生的一切产生丝毫恨意。

毕竟,这事再也没有重演。罗宾确保这事不会重演。他在接下来的六年里拼命学习,直到筋疲力尽。被驱逐出境的威胁始终悬在他心头,这让他全身心投入,致力于成为洛弗尔教授想要看到的学生。

熬过第一年之后,古希腊语和拉丁语逐渐变得饶有趣味,他已经积累起足够的语言砖瓦,可以靠一己之力拼凑出语义的片段。从此,每当他接触一篇全新的文本时,他不再觉得自己是在黑暗中摸索,而是在填补空白。精准分析出一个曾经让他灰心丧气的句子的语法结构,由此产生的满足感就像把一本书放回书架上原本属于它的位置，又像是找到一只丢失的袜子——所有碎片拼在一起，一切完整无缺。

在拉丁语方面，他通读了西塞罗、李维、维吉尔、贺拉斯、恺撒和尤维纳利斯的作品；在古希腊语方面，他接触到了色诺芬、荷马、吕西亚斯和柏拉图的作品。渐渐地，他意识到他在语言方面很有天赋。他的记忆力很强，对语调和韵律也很敏感。很快，他的古希腊语和拉丁语都达到了很高的水平，其流利程度足以让任何牛津的本科生心生嫉妒。渐渐地，洛弗尔教授不再发表罗宾生性懒惰的言论，相反，每当教授看到罗宾的飞速进步时，他都会赞许地点点头。

与此同时，他们身处的历史也在大步前进。1830年，国王乔治四世驾崩。他的弟弟威廉四世继位，没有人喜欢这位永远在妥协的国王。1831年，又一场霍乱大流行席卷伦敦，导致三万人死亡。贫苦之人受到的打击最为严重；住在拥挤狭窄的街区的人无法躲避近在咫尺的瘴气。[1] 但是，汉普斯特德一带没有受到影响——对于洛弗尔教授和他那些安居在深宅大院、躲在高墙之内的朋友来说，这种大流行病只不过是茶余饭后的谈资，每每谈及，大家耸耸肩以表同情，随即便置之脑后。

1833年，发生了一件意义重大、影响深远的大事——英国及其殖民地废除了奴隶制，取而代之的是为期六年的学徒适应期，作为奴隶获得自由之前的过渡。在洛弗尔教授的小圈子里，这个新闻引发了轻微的失望情绪，宛如打输一场板球比赛。

"行吧，对我们来说，西印度群岛算是毁了。"哈洛斯先生抱怨道，"这些废奴主义者和他们遭天谴的道德说教啊。我还是坚信，这种对废除奴隶制的迷恋是因为在失去美洲之后，英国至少要在文化上保持优越

---

[1] 当每周的报纸刊出不断攀升的死亡人数时，罗宾问过派珀太太，为什么医生不能直接拿着银条去医治病人，就像洛弗尔教授当初医治他那样。派珀太太答道："白银很贵的。"那是他们最后一次谈起这件事。——原注

性。但他们有什么依据呢？说得好像那些可怜的家伙在非洲老家，在他们称作国王的那些暴君手里就不受奴役一样。[1]"

"眼下我还不会放弃西印度群岛，"洛弗尔教授说，"他们还允许一种合法的强制劳动——"

"但是没有所有权，根本就搞不出什么大动静。"

"没准这样反而最好——毕竟自由人干活比奴隶干得好。再说，其实奴隶买卖的成本比自由劳动力市场还高——"

"你这是亚当·斯密的书读多了。霍巴特和麦奎因的想法才是对的——走私满满一船中国佬就完事了。[2] 他们又勤劳又好管理，理查德肯定知道——"

"不，理查德认为他们很懒，是吧，理查德？"

"我现在只希望，"拉特克利夫先生插话进来，"女人们别再掺和这些反对奴隶制的讨论了。她们在奴隶身上看到太多自己的影子，这会让她们胡思乱想。"

"怎么，"洛弗尔教授问道，"拉特克利夫太太对她在家中的地位有什么不满意吗？"

"她觉得从废奴到女性参政只有几步之遥。"拉特克利夫先生不怀好意地大笑，"说得好像真有那么一天似的。"

说到这里，话题转向了女性权利的荒谬。

罗宾心想，他永远无法理解这些男人，他们像讨论国际象棋大赛一

---

[1] 哈洛斯先生在这里忘记了一点：将奴隶当作财产而不是人对待的奴隶制度完全是欧洲的创举。——原注

[2] 事实上，在海地独立之后，英国人开始考虑输入其他种族的劳工，作为非洲奴隶的潜在替代品，比如中国劳工（"一个清醒、有耐心而勤劳的民族"）。1806年，"坚毅号"将两百名中国劳工运往特立尼达，试图在当地建立殖民地，以此打造"我们与黑人之间的屏障"。建立殖民地的尝试以失败告终，大部分劳工很快回到了中国故乡。尽管如此，用中国劳工代替非洲劳工的想法对英国企业家依然很有吸引力，而且在整个19世纪中多次死灰复燃。——原注

样谈论天下大事，仿佛国家和民族都是任由他们摆布的棋子。如果说世界对于他们而言是抽象的客体，那对于罗宾来说就更加抽象了，因为他与这些大事毫不相干。洛弗尔庄园就是他的世界，他透过这个视野局限的世界来经历那个时代。改革、殖民地暴动、奴隶起义、女性参政以及近期的议会辩论，这些对他而言全无意义。与他有关的只有面前那些死去的语言，以及他终有一天将前往牛津的事实。前往那所只在挂画里见过的大学——那座知识之城，那座梦幻尖塔林立的城市。随着时光的流逝，那一天正在逐渐靠近。

一切结束得毫无征兆，毫无仪式感。一天，切斯特先生在下课收拾书本的时候对罗宾说，他很享受他们的课程，祝愿罗宾在大学里一切顺利。罗宾就这样得知，他将在下周被送往牛津。

"噢，是的，"当罗宾问起这事时，洛弗尔教授答道，"我是不是忘了告诉你？我已给学院写过信了。他们正等着你呢。"

按理说还有申请入学的流程，需要介绍信和担保金之类的东西，以确保他得到妥善安置。这些事情罗宾一件也没有参与。洛弗尔教授只是通知他，他必须在 9 月 29 日搬进新宿舍，所以他最好在 28 日晚上准备好行李。"你要在学期开始之前提前几天到那里。我们一起坐车去。"

出发前夜，派珀太太给罗宾烤了一盘坚硬的小圆饼干，它们富含油脂，极其酥脆，入口即化。

"这是黄油酥饼（shortbread），"她解释道，"听好了，这东西非常油腻，所以不要一次全吃完。我很少做这个，因为理查德觉得糖会惯坏小男孩。但你值得。"

"黄油速饼，"罗宾重复了一遍，"因为它们会被迅速吃光吗？"

在那晚关于班诺克的讨论之后，他们经常玩这种游戏。

"不，亲爱的。"她大笑起来，"因为它们是酥点。油脂让甜点'起酥'（shorten），是这个意思。你知道，'起酥油'（shortening）这个词就是这么来的。"

他吞下那团充满黄油香气的甜饼干，又喝了一大口牛奶将它冲下去。"我会想念您的词源教学的，派珀太太。"

让罗宾意外的是，她的眼角红了，声音也有些哽咽。"需要吃食的话，随时给家里写信。"她说，"我不太清楚那些学院的情况，但我知道他们的食物糟透了。"

第三章

> 但这永远不会发生：我们还有一座
> 毫无兽性的城市，
> 它不为粗鄙的物质利益而建，
> 不为恶狼般牙尖嘴利的强权，不为帝国欲壑难填的盛宴。
>
> ——C. S. 刘易斯,《牛津》

  第二天一早，罗宾和洛弗尔教授乘出租马车来到伦敦市中心的车站，在那里换乘驶向牛津的驿站马车。在等车时，猜测 stagecoach（驿站马车）的词源成了罗宾的消遣。Coach 有"车厢"和"长途车"的意思，这很好理解，但前面为什么还有一个 stage（舞台）呢？是因为车厢里平坦又宽敞，看起来很像舞台吗？是因为曾经有一整个剧团的演员乘坐这种马车旅行，或者在这种马车上表演过吗？好像想远了。一辆马车可能看起来像很多东西，但他实在无法从"马车"联想到"舞台"，联想到高高在上、面向大众的平台。为什么不叫篮筐式马车？或者公共马车？

  "因为 stage 也有'驿站'的意思，途中要在驿站换马，"等罗宾放弃猜测时，洛弗尔教授解释道，"拉车的马可不想从伦敦一直跑到牛津，通常来说我们也不想。但我讨厌给旅行者住的小客栈，所以我们要在一天之内抵达。全程大概要十个小时，中途不停车，所以在出发前，先去一趟洗手间。"

他们与另外九名乘客共享这辆驿站马车，包括衣着周正的一家四口，以及一群身穿肘部打补丁的单调套装的无精打采的绅士，罗宾猜他们都是教授。罗宾挤在洛弗尔教授和其中一位穿西装的男士中间。现在还没到攀谈的时候。马车在鹅卵石路面上颠簸，有的乘客开始打盹，有的则望着窗外出神。

罗宾过了好一阵子才发现，坐在他对面的女士停下手中的针织活计，正盯着他看。当罗宾与她四目相对时，她立马转向洛弗尔教授问道："那是个东方人吗？"

从昏睡中惊醒的洛弗尔教授猛然抬起头："对不起，您说什么？"

"我是问，你的这个孩子，"那位女士说，"他是从北京来的吗？"

罗宾匆匆瞥了一眼洛弗尔教授，突然很好奇他会怎么回答。

但洛弗尔教授只是摇了摇头。"广州，"他言简意赅地说，"更靠南的地方。"

"噢。"那位女士说，教授的惜字如金显然让她很扫兴。

洛弗尔教授又睡了过去。那位女士又对罗宾上下打量一番，眼神中有一种令人不安的、热切的好奇。接着，她的注意力终于又回到孩子们身上。罗宾始终沉默不语。他突然觉得胸口发紧，但不明白自己为什么会有这种感觉。

那些孩子却不肯挪开目光。他们目瞪口呆地盯着他，要不是他们的眼神让罗宾觉得自己像个双头怪物，他一定会觉得孩子们这副模样十分好笑。过了一会儿，对面的男孩拉住母亲的衣袖让她弯下身子，在她耳边说了句悄悄话。

"噢。"她扑哧一笑，随即瞥了罗宾一眼，"他想知道你能不能看见东西。"

"我——什么？"

"你——能不能——看见东西？"那位女士提高嗓门，字正腔圆地强调每一个音节，仿佛罗宾的听力有问题。（在"哈考特伯爵夫人号"上罗宾就经常遇到这种情况，他始终不理解这些人为什么把听不懂英语的人当作聋子对待。）"你长着那样的眼睛，你能看清楚所有东西吗？还是只能看见一条缝？"

"我看东西非常清楚。"罗宾平静地回答。

男孩一脸失望地转移注意力，去掐他的妹妹。女士继续织毛线，仿佛无事发生。

这个小家庭在雷丁下了车。他们走后，罗宾发现呼吸变得轻松了，而且终于可以伸直双腿，放松僵硬的膝盖，不必再担心那位母亲向他投来惊慌而怀疑的目光，仿佛罗宾正要扒窃她的口袋被她抓了个正着。

* * *

抵达牛津前的最后十英里是一片田园牧歌般的广袤草场，偶尔出现的牛群就像绿野上的标点符号。罗宾本想读一读题为《牛津大学及其学院》的指导手册，但他头疼得厉害，干脆打起了瞌睡。有些驿站马车配有镂字银器，跑起来就像在冰上滑行一样平稳，但他们乘坐的这辆是比较老的型号，全程颠簸不停，让人筋疲力尽。罗宾在车轮碾过鹅卵石路面的辘辘声中醒来，他向窗外望去，发现他们已经抵达高街中段，就停在他新家的高墙和大门外。

牛津大学由二十二所学院组成，每个学院都有专属的住宅区、徽章、宴会厅、惯例和传统。基督堂学院、三一学院、圣约翰学院和万灵学院得到的捐资最多，因而建筑也最为精美。"就为了看看他们的花园，也值得和这几所学院的人做朋友，"洛弗尔教授说，"至于伍斯特和赫特福德的那些，你基本可以忽略，又寒酸又丑。"罗宾不确定他说的"那些"是指人还是花园。"他们的伙食也很糟糕。"当教授与罗宾走出马车时，车厢里的一位绅士阴沉地瞪了他们一眼。

罗宾将在大学学院生活。指导手册告诉他：这所学院通常简称为"大院"，为皇家翻译学院的全体学生提供住宿；这所学院展现出"阴郁而庄重"的建筑美学，"与其作为牛津大学长女的身份十分相称"。它确实像一座哥特风格的避难所，建筑正面的墙顶全是角楼，整齐划一的窗户嵌在光滑的白色砖石之间。

"好了，到地方了。"洛弗尔教授双手插兜站在那里，看起来略有些不自在。他们已经去门房那里登记完毕，取到了罗宾的钥匙，又拖着罗宾的行李走过高街的人行道。此时此刻，分别显然已近在眼前。洛弗尔教授只是不知该如何开口。"好了，"他又说了一遍，"课程开始之前你还有几天时间可以用来了解这座城市。你拿到的那张地图，对，就是那个，不过这地方很小，多逛几圈就能了然于心。或许可以去找找你的同班同学，他们可能已经到了。我的住处在北城的杰里科；地址我已经附在了给你的那个信封里。派珀太太下周就过来，下下个周六我们等你吃晚餐。她见到你一定很高兴。"他一股脑地说完这一大段话，好像在背诵一份清单。他似乎无法直视罗宾的眼睛。"你都记好了吗？"

"噢，记住了。"罗宾说，"我也很愿意再见到派珀太太。"

他们对彼此眨了眨眼。罗宾觉得一定还有别的话可说，让这个场面显得意义重大：他长大了，离开了家，即将走进大学。但他想不出究竟该说什么，而洛弗尔教授显然也想不出。

"那行。"洛弗尔教授利落地对他点点头，半转过身面向高街，似乎在确认自己的任务结束了，"这些行李你能拿动吧？"

"可以，先生。"

"那行。"洛弗尔教授又说了一遍，然后头也不回地走向高街。

以这句话收场感觉很别扭，这两个字通常意味着还有下文。有那么一阵子，罗宾望着教授的背影，隐隐期待他转过身来。但洛弗尔教授看起来只专注于等待出租马车。确实很古怪，但罗宾并没放在心上。他们两人的相处一直如此：总有些话没有说完，总有些话最好别说。

罗宾的宿舍位于喜鹊巷四号[1]，这条弯曲的窄巷连接高街和默顿街，四号是巷子中间一栋漆成绿色的小楼。门口已有人到了，正在和门锁较劲。这人的书包和行李箱散落在周围的鹅卵石地面上，他一定也是个新生。

罗宾走近才注意到，那人明显不是英国本地人，倒像是南亚人。罗宾在广州见过同样肤色的水手，那些船只统统来自印度。这个肤色深暗的陌生人皮肤光滑，身形高挑而优雅，还有着罗宾见过的最长最黑的睫毛。陌生人的目光迅速扫过罗宾全身，最后带着询问的神色定格在他脸上。罗宾怀疑，他也在判断罗宾是否来自异域。

"我是罗宾，"罗宾突兀地开口道，"罗宾·斯威夫特。"

"拉米兹·拉菲·米尔扎。"对面的男孩骄傲地报上名来，向罗宾伸出手。他的英伦腔非常地道，听上去和洛弗尔教授相差无几，"叫我拉米就行，如果你乐意的话。话说你——你也是翻译学院的，对吗？"

"是的，"罗宾说，接着又不自觉地补充道，"我来自广州。"

拉米的表情放松下来。"加尔各答。"

"你是刚到这里吗？"

"来牛津？是的。来英国？不。四年前我乘船到利物浦，后来就窝在约克郡一座无聊透顶的大庄园里，一直到现在。我的监护人想让我在入学前充分适应英国社会。"

"我的监护人也是，"罗宾热切地说，"你觉得怎么样？"

"天气糟透了。"拉米扬起一侧嘴角，"而且我在这里唯一能吃的就是鱼肉。"

---

1 喜鹊巷，最初是妓院的集聚地。罗宾的指导手册里没有提到这一点。——原注

他们对彼此露出灿烂的笑容。

在那个时刻，罗宾感到胸中蓦然涌起一种陌生的感觉。他从没遇到过和他处境相同、哪怕有些许相似的人，他有种强烈的预感：如果继续打听下去，他会发现他们两人还有更多相似之处。上千个问题在心中盘旋，而他压根不知道从哪里问起。拉米也是孤儿吗？他的资助人是谁？加尔各答是什么样的？他后来回去过吗？他是怎么来牛津的？突然间，罗宾开始焦虑，舌头打结，找不到合适的字眼。另外，钥匙的问题还没解决，他们的行李散落在小巷里，宛若一阵飓风把行李从船舱里直接刮到了大街上。

"我们是不是应该——"在罗宾组织语言的同时，拉米也问道："我们把门打开吧？"

他们不约而同地大笑起来。拉米微笑道："咱们把这些拖到屋里去。"他轻轻踢了踢脚边的行李箱，"我带了一盒特别好吃的糖，等会儿咱们一起拆了它，怎么样？"

他们俩的房间隔着门厅彼此相对——六号和七号宿舍。每套宿舍包括一间宽敞的卧室和一间客厅，客厅里配备了一张矮桌、几个空书架和一张长沙发。沙发和矮桌感觉过于正式，所以他们干脆盘起双腿坐在拉米房间的地板上。两人像害羞的孩子一样打量对方，不时眨一眨眼睛，连手都不知该往哪里放。

拉米从其中一个行李箱里掏出一个包装好的盒子，放在两人中间的地板上。"我的监护人霍勒斯·威尔逊爵士给我的告别礼物。他还给了我一瓶波特酒，不过我给扔了。你想吃哪种口味？"拉米撕开包装纸，"这里有太妃糖、焦糖、脆花生糖、巧克力，还有各种水果蜜饯……"

"噢，天哪，我来几块太妃糖吧，谢谢。"在罗宾的记忆里，他已经很久没有和同龄人说过话了。[1]他直到此刻才意识到自己多么渴望拥有一个朋友,但又不知道该如何交朋友,努力一场却以失败告终的可能性突然令他无比恐慌。万一拉米觉得他很无聊,很烦人,或者过于热情,怎么办?

他咬了一口太妃糖,咽进肚里,然后将双手放在腿上。

"话说,"他开口道,"能和我聊聊加尔各答吗?"

拉米咧嘴一笑。

在接下来的几年里,罗宾将无数次回味这个夜晚。在短短几分钟里,两个缺乏社交、在严格管束下成长的陌生人竟如此轻易地建立起亲人般的感情,这种难以言说的化学反应始终让罗宾大为吃惊。拉米激动得满脸通红,似乎与罗宾感同身受。他们聊啊聊,有说不完的话。任何话题都可以聊,没有禁忌。两人无所不谈,要么立刻达成一致,比如"不带苏丹王妃葡萄干的司康更好吃,谢谢";要么陷入令人陶醉的讨论,比如,"不,伦敦其实很可爱,你们这些乡下耗子的偏见太深了,因为你们嫉妒。不过千万别在泰晤士河里游泳"。

聊着聊着,他们开始背诵诗歌给对方听。拉米用乌尔都语吟诵美妙的对句,他告诉罗宾,这是加扎勒抒情诗;罗宾也背了几首唐诗,坦率地说,他并不太喜欢这几首诗,但背诗能给人留下深刻的印象。他实在太想给拉米留下好印象了。拉米读过很多书,又是那么机灵,那么有趣,对任何事物都有尖锐犀利的观点,无论是英国菜、英国人的礼节还是"牛桥"之争。("牛津比剑桥大,但剑桥更漂亮。不管怎么说,我觉得建造剑桥只是为了收留这里容不下的资质平庸之辈。")他见过大半个

---

[1] 曾经有个名叫亨利·利特尔的男孩跟随他的父亲(洛弗尔教授在皇家亚洲学会的一位同事)造访汉普斯特德。罗宾试图和男孩攀谈,他觉得司康是个不错的话头。但是,亨利·利特尔只顾伸出手去扯罗宾的眼皮,受到惊吓的罗宾一脚踢在亨利的小腿上。结果,罗宾被赶回自己的房间,亨利·利特尔被赶进了花园。从那以后,洛弗尔教授再也没有邀请同事带他们的孩子来访。——原注

世界，去过勒克瑙、马德拉斯、里斯本、巴黎和马德里。他将自己的故乡印度描述成一片人间乐园："那里的芒果多汁得要命，小燕子[1]（那时他已经开始叫罗宾'小燕子'了），你在这座可怜巴巴的小岛上根本买不到那样的东西。我上一次吃芒果已经是很多年前了。我愿意付出任何代价，只为再见到真正的孟加拉芒果。"

"我读过《天方夜谭》。"罗宾挑起话头，他激动得有些飘飘然，也想表现出见过世面的样子。

"加尔各答可不在阿拉伯世界，小燕子。"

"我知道。"罗宾脸红了，"我只是想说——"

但拉米已经抢过话头："你没告诉我你懂阿拉伯语！"

"我不懂。我读的是翻译版。"

拉米叹了口气。"谁翻的？"

罗宾努力回忆。"乔纳森·斯科特？"

"那是个烂译本。"拉米挥了挥手，"扔了吧。首先，它甚至都不是直译，而是根据法语版转译成英语的。其次，它和原版差了十万八千里。还有，加朗，安托万·加朗是法语版的译者，他尽可能让对话法国化，抹去了所有他认为会让读者困惑不解的文化细节。他把哈龙·拉希德的妃妾翻译成 dames ses favourites，'他最宠爱的贵妇人'。你怎么能从'妃妾'跳到'最宠爱的贵妇人'呢？另外，他把比较色情的段落整个删掉了，还随心所欲地插进去很多解释文化背景的内容。你说说，在读史诗的时候，你愿意让一个颤巍巍的法国人一直在背后盯着你，监视你阅读每一处大尺度的描写吗？"

拉米说起话来总是用力比画着手势。他显然不是真的生气，只是充满激情，才华横溢，完全沉浸在他要让全世界了解的真相里。罗宾向后

---

[1] 罗宾·斯威夫特（Robin Swift）的名字和姓氏在英语中都是表示鸟的单词：robin 意为"知更鸟"，swift 意为"雨燕"。——译注

靠坐着，望着拉米那张可爱而激动的面孔，有些意外又满心欢喜。

当时他险些哭出来。从前他是多么地孤独，却直到现在才意识到这一点。而现在，他不孤独了。这种感觉太美好了，美好得让他手足无措。

终于，他们困得前言不搭后语，糖果吃完了一半，拉米房间的地板上随处散落着糖纸。他们打着哈欠对彼此挥了挥手，算是互道晚安。罗宾迷迷糊糊地回到自己的房间，关上门，转过身来面对空荡荡的屋子。这就是他在未来四年的家。倾斜低矮的天花板下是床，每天早晨他将从这张床上醒来；盥洗池上方的水龙头有些漏水，他将在这里洗漱；写字台在角落里，他每晚将在这里的烛光下低头奋笔疾书，直到烛泪滴落到木地板上。

抵达牛津以来，罗宾第一次猛然意识到：他将在这里开启一段人生。他想象着这段岁月在面前徐徐展开：那些空书架上渐渐堆满书本和小装饰品；行李箱里的那些笔挺的白色亚麻衬衫被一件件穿旧磨破；透过床边那扇无法关严、被风吹得嘎吱作响的窗户，他将见证四季变换。还有拉米，就在门厅的另一边的拉米。

这样的日子不算太坏。

他还没有铺床，但也没力气收拾床单或者去找被褥了，只是侧身躺下，将大衣盖在身上，蜷成一团。片刻之后，他便带着微笑沉沉睡去。

课程 10 月 3 日才开始，罗宾和拉米有整整三天时间自由探索这座城市。

这是罗宾一生中最幸福的三天。他不用读书，不用上课，不用背课文，也不用写作文。他一生中第一次能够完全掌控自己的钱包和时间，自由的感觉使他疯狂。

第一天，他们去购物。罗宾与拉米在伊德和雷文斯克罗夫特裁缝铺定做长袍；在桑顿书店购买课程要求的所有书本；去谷物市场上的日用品货摊购买茶壶、勺子、床上用品和阿尔冈台灯。买完他们认为学习生活中一切可能的必需品之后，两人都发现生活津贴仍然富余可观，他们每个月都能从财务办公室领到一笔相同金额的奖学金，不用担心钱不够花。

于是他们开始大手大脚起来，先是买了几袋琥珀坚果和焦糖，又从学院那里租下方头平底船，下午就在查韦尔河上赛起船来，争着把对方挤到岸边。他们来到王后巷的咖啡馆，花了一大笔钱买下各色从没尝过的甜点。拉米非常喜欢烤燕麦棒。"他们把燕麦做得这么美味，"他说，"现在我理解马的快乐了。"而罗宾更喜欢甜肉桂卷，这种点心饱含糖分，让他牙疼了好几个小时。

在牛津，他们非常引人注目。一开始，罗宾感觉有些慌乱。在包容性略强一些的伦敦，外国人从不会引来长时间的凝视。但牛津城里的居民好像被他们的出现吓了一跳。拉米比罗宾更惹眼。只有在某些光线下凑近细看时，人们才会察觉到罗宾是外国人，但对于拉米，他们一眼就能看出他明显来自异域。

"噢，是啊，"当面包师问拉米是不是来自印度斯坦时，拉米用罗宾从没听过的夸张口音应承道，"我在那里有个大家族呢。这事儿别告诉别人：我其实是王室成员，是王位的第四顺位继承人。哪个王位？嗐，就是个地方小国王；我们的政治体系可复杂了。但我想体验普通人的生活，接受正经的英国教育嘛，你懂的，所以我就离开皇宫到这儿来了。"

"你刚才为什么那样说话？"趁没人能听见的时候，罗宾问他，"还有，你那话是什么意思？你真的是王室成员？"

"每次有英国人看见我，他们都会猜测我背后到底有怎样的故事，"拉米说，"要么觉得我是个偷东西的肮脏水手，要么觉得我是印度某个地方长官府上的仆人。我在约克郡意识到，说我是莫卧儿王子最容易让他们信服。"

"我一直试着融入他们。"罗宾说。

"但对我来说不可能，"拉米说，"我不得不演戏。在加尔各答，人人都听说过谢赫迪恩·穆罕默德的故事，他是第一个来自孟加拉、在英国发家致富的穆斯林。他妻子是爱尔兰白人。他在伦敦有产业。你猜他是怎么做到的？他先开了家餐馆，结果倒闭了；后来他去给人做管家和男仆，结果也失败了。这时他冒出一个天才的想法：在布赖顿开一家洗头房。"拉米轻轻一笑："来这里做蒸汽理疗！享受印度精油按摩！能治疗哮喘风湿，还能治疗偏瘫！当然，我们自己不相信这套。但迪恩·穆罕默德只需要给自己弄几份医学资格证书，让全世界相信这种神奇的东方疗法，然后人们就任他摆布了。这说明什么呢，小燕子？如果他人非要对你议论纷纷，那就利用这些议论吧。英国人永远不会觉得我足够上流，但如果我符合他们的幻想，那他们至少会相信我是王室成员。"

这就是罗宾和拉米的区别。来到伦敦之后，罗宾总是尽量低调行事，与周围同化，淡化自己的与众不同。他觉得，只要表现得平凡无奇，就不太会有人注意到他。但是拉米别无选择，他总是那么显眼，于是他干脆决定锋芒毕露，闪耀光芒。他无所顾忌。罗宾觉得他大胆得难以置信，也有点吓人。

"Mirza（米尔扎）真的是'王子'的意思吗？"听到拉米第三次对店主提起这事之后，罗宾问他。

"当然。嗯，实际上是个头衔。'米尔扎'来源于波斯语 Amīrzādeh，意思是'埃米尔的后裔'，也算和'王子'差不多吧。"

"那你真是——？"

"不。"拉米哼了一声，"嗯，也许曾经是。不过那是家族往事了。我父亲说我们以前是莫卧儿王朝的贵族什么的。但现在不是了。"

"出什么事了？"

拉米盯着他看了许久。"英国人来了，小燕子。走吧。"

那天日暮时分，他们花一大笔钱买了一篮小圆面包、奶酪和甜葡萄，去校区最东边的南公园野餐。他们在小树丛附近找到一处安静的地方，这里足够隐蔽，拉米可以安心做日落时分的祷告。他们盘腿坐在草地上，直接用手撕开面包，兴致勃勃地打听对方的生活。多年来，两个男孩都以为自己是唯一处境特殊的人，所以此刻他们格外热切。

拉米没费多少功夫就推断出洛弗尔教授是罗宾的父亲。"他肯定是，对吗？不然何必遮遮掩掩呢？再不然，他怎么会知道你母亲的事？他知道你知道吗？他不会真的还在隐瞒吧？"

拉米的直率让罗宾警觉起来。对于那些直说出口会显得古怪的事，他习惯于直接忽略。"不知道。我是说，这些问题我全都不知道。"

"嗯。他长得和你像吗？"

"我觉得有一点吧。他在这里教书，教东亚语言，你会见到他的，到时候你就知道了。"

"你从来没问过他？"

"我从来没试过，"罗宾说，"我……我不知道他会说什么。"不，这不是实话。"其实，我觉得他不会回答。"

那时两个男孩认识还不到一天，但拉米已经能读懂罗宾的表情，明白这个话题到此为止。

谈起自己的出身，拉米要坦率得多。他人生中的最初十三年在加尔各答度过，有三个妹妹，他们家受雇于一位富有的地方长官霍勒斯·威尔逊爵士。正是因为他给威尔逊爵士留下了深刻的印象，在接下来的四年里拉米才会被送到约克郡的乡下庄园学习古希腊语和拉丁语，还要努力控制自己不被无聊的生活逼疯。

"你能在伦敦接受教育真是幸运，"拉米说，"至少周末有地方可去。我的整个青春只有丘陵和荒野，周围没有一个四十岁以下的人。你见过国王吗？"

这是拉米的另一个天赋：跳跃式地转换话题。罗宾得费好大力气才能跟上。

"威廉吗？没有，没亲眼见过，他不常出现在公共场合。特别是最近出了《工厂法》和《济贫法》的事，改革派经常在街上闹事，可能不太安全。"

"改革派。"拉米羡慕地重复道，"你运气真好。举行一两场婚礼就算是约克郡最大的大事。还有天气好的时候，母鸡偶尔会跑出去。"

"但我没机会参与任何事，"罗宾说，"说实话，我的日子挺单调的。只有没完没了地学习，为来这里做准备。"

"但现在我们来了。"

"值得干一杯。"罗宾舒了口气，调整到更舒服的坐姿。拉米递给他一杯饮料，是接骨木花糖浆加蜂蜜和水。两人碰了个杯。

在南公园的这处制高点上，他们可以看到整所大学沐浴在落日余晖中，仿佛披着一层金毯。在夕阳的映照下，拉米的眼睛熠熠生辉，皮肤像精心打磨的赤铜一样闪亮。罗宾突然有一种荒谬的冲动，想将手贴在拉米的脸颊上。事实上，等他回过神时，他的手臂已经抬起了一半。

拉米垂眸看着他。一绺黑发垂落在他眼前。罗宾觉得这异常迷人。拉米问他："你还好吗？"

罗宾身体后仰，手肘撑地，将目光转向城市。洛弗尔教授说得对，他心想。这里的确是地球上最美好的地方。

"我很好。"他说，"好到家了。"

喜鹊巷四号的其他住宿生在周末陆续前来。他们都不是翻译专业的学生。搬进来的时候，他们一一做了自我介绍：科林·桑希尔，眼睛又大又圆、情绪外露的未来律师，一开口就是长篇大论，而且只谈他自己；比尔·詹姆森，友善的红发男孩，将来想成为外科医生，眼下却似乎总在为各种东西的价格烦心；住在门厅最里面的是一对孪生兄弟，埃德加和爱德华·夏普，名义上是正在接受古典文学教育的二年级学生，但他们高调宣布，"在继承遗产之前，我们只关心社会事务"。

周六晚上，所有人都聚在与公共厨房相连的公共休息室里喝酒聊天。当拉米和罗宾走进休息室时，比尔、科林和夏普兄弟已经围坐在矮桌旁。两人在九点整如约赶来，但他们四个显然已经喝了好一阵子，空瓶散落在身边的地板上，夏普兄弟慵懒地依偎在一起，显然已经醉了。

科林正在滔滔不绝地谈论学生长袍的三六九等。"你可以从一个人的长袍上看出一切。"他郑重其事地说。他那过分注重发音的独特腔调夸张得有些可疑，罗宾听不出那是哪里的口音，但他不太喜欢。"学士长袍的肘部沿斜线裁剪，衣袖垂下来是一个角。高级自费生的长袍是丝绸做的，而且衣袖有编织纹。自费生的长袍没有衣袖，而且肩头有编织纹，你可以通过这一点将杂役生和自费生区分开来，因为杂役生的长袍没有编织纹，另外他们的帽子上也没有流苏——"

"老天啊，"拉米边说边坐下来，"他一直这样滔滔不绝吗？"

"至少有十分钟了。"比尔说。

"噢，符合规范的学术着装是极其重要的，"科林坚持道，"身为牛津人，这是我们展现地位的方式。用普通粗呢帽搭配长袍，或者在穿长袍的同时拿手杖，会被认为犯下了七宗罪之一呢。我听说，以前有个家伙不懂各种长袍的区别，对裁缝说他是个学者，裁缝就给他做了一身奖学生的长袍。[1]第二天他在嘲笑声中逃出了大厅，因为大家发现他并没

---

[1] 此处"学者"和"奖学生"的原文是scholar，这是一个一词多义引发的误会。英语中scholar最常见的语义是"学者、做学问的人"，但在牛津大学的校园文化语境下，scholar特指领取奖学金的学生，即"奖学生"。奖学生与自费生的日常待遇和着装要求都完全不同。前文科林所说的高级自费生、自费生和杂役生都是牛津学生的类别。高级自费生因为学费较高而享有特权和优待。杂役生则类似工读生，平时需要以干杂活来抵学费。——译注

有奖学金，他根本不是什么奖学生，只是个自掏腰包的自费生——"

"所以我们该穿哪种长袍？"拉米打断了他，"我好知道该怎么和裁缝说。"

"看情况，"科林说，"你们是高级自费生还是杂役生？我是付学费的，但不是所有人都这样。你们和财务办公室签的是什么协议？"

"不知道，"拉米说，"你觉得普通黑色长袍行吗？我只知道我们有黑袍子。"

罗宾冷笑一声。科林的眼睛又瞪圆了些。"也不是不行，但是衣袖——"

"别理他，"比尔微笑着说，"科林非常在意地位。"

"这里的人把长袍看得非常重要，"科林庄重地说，"我在我的指导手册里读到的。如果你的着装不符合规定，他们根本不让你进课堂。所以你们到底是高级自费生还是杂役生？"

"他们哪个也不是。"爱德华转过身对罗宾说，"你们是嚼舌人，对吗？我听说所有嚼舌人都是领奖学金的。"

"嚼舌人？"罗宾重复了一遍。这是他第一次听到这个词。

"翻译学院啊，"爱德华不耐烦地说，"你们肯定是那里的，对吧？不然他们不会让你们这类人进来。"

"我们这类人？"拉米挑了挑眉。

"话说你到底是什么人？"埃德加·夏普突然问。刚才他似乎快睡着了，可现在却挣扎着坐起身来，眯眼看着拉米，仿佛他们之间隔着一层雾气。"黑人？土耳其人？"

"我来自加尔各答。"拉米厉声说，"所以我是印度人。"

"哦。"爱德华说。

"'在伦敦街头，裹头巾的穆斯林、蓄长须的犹太人、满头卷毛的非洲人，遇见棕皮肤的印度人。'"埃德加用唱歌般的调子念道。他身旁的孪生兄弟哼了一声,喝了一大口波特酒。

这一次,拉米难得没有反击;他只是惊奇地看着埃德加,眨了眨眼。

"是啊,"比尔扯了扯耳朵,"那什么。"

"是安娜·巴鲍德?"科林问,"挺好的诗人。当然,她的文字游戏没有男诗人那么巧妙,但我父亲特别喜欢她的作品。非常浪漫。"

"还有你,是中国佬吧,是吗?"埃德加又眯眼盯住罗宾,"你们中国人真的会把女人的脚绑起来折断,让她们没法走路吗?"

"什么?"科林冷笑道,"那也太蠢了。"

"我在书上读到的,"埃德加不依不饶地说,"和我说说,这是为了增加情趣吗?还是为了防止她们逃走?"

"我……"罗宾不知该从哪里说起,"不是所有地方都这么做——我母亲就没有裹脚。在我来的地方也有很多反对的——"

"所以是真的,"埃德加喊道,"上帝啊。你们这个国家真变态。"

"你们真的喝小男孩的尿治病吗?"爱德华问道,"怎么收集啊?"

"我看你们还是闭上嘴,继续灌你们的酒吧。"拉米厉声说。

经过这番对话,团结友爱的希望很快化为泡影。有人提议打一圈惠斯特牌,但夏普兄弟不知道规则,又醉得没法现场学。比尔以头疼为由,早早告辞睡觉去了。科林继续发表了一通关于错综复杂的餐厅礼仪的长篇大论,还建议所有人提前背熟冗长的拉丁语餐前祷文,但没有人听他的话。夏普兄弟后来表现出局促的愧疚,他们问了罗宾和拉米一些礼貌但空洞的翻译问题,但又明显对答案没什么兴趣。不管夏普兄弟想在牛津结交怎样的伙伴,他们在这里显然一无所获。又过了不到半小时,聚会便结束了,所有人安静地回到各自的房间。

那天晚上,有人吵着建议大家一起来做家庭早餐。第二天早晨,拉米和罗宾走进厨房,却只看到餐桌上留着一张便条:

> 我们去夏普知道的一家咖啡馆了，在伊夫利。估计你们不会喜欢。回头见。
>
> ——科·桑

"我猜，"拉米冷冷地说，"以后他们是他们，我们是我们了。"

罗宾对此一点也不在意。"就我们俩挺好。"

拉米对他笑了笑。

第三天，他们一起去参观大学的珍宝。1836年的牛津日新月异，像永不满足的活物一般吞食着它孕育的财富。学院不断翻新，从城里买下更多土地，用更新、更漂亮的大楼取代中世纪的建筑，修建新图书馆来存放近期购置的藏书。在牛津，几乎每一座建筑都有名字，不是得名于建筑的功能或位置，而是得名于促成这座建筑诞生的有权有势之人。壮观气派的阿什莫尔博物馆中收藏着埃利亚斯·阿什莫尔捐赠的珍奇柜，其中包括一颗渡渡鸟的头、几个河马头骨，还有一根三英寸[1]长的绵羊角，据说是从一个名叫玛丽·戴维斯的柴郡老太太头上长出来的。拉德克利夫图书馆是一座穹顶式建筑，不知为什么，它的内部让人感觉比外部更大更宏伟。谢尔登剧院外围装饰着古罗马皇帝的胸像，看起来像是无意中撞见蛇发女妖而被石化的普通人。

还有博德利图书馆。噢，博德利图书馆，它本身就是一件国家宝藏：这是全英国手抄本收藏最多的地方。（"剑桥只有十万份手抄本，"接待他们的管理员不屑一顾地说，"爱丁堡只有区区六万三千份。"）在牧师巴尔克利·班迪内尔博士的领导下，藏书规模只增不减，这位名望极高的图书馆馆长每年拨付的购书预算将近两千英镑。

---

[1] 1英寸约2.5厘米。——译注

他们第一次参观这座图书馆时,来接待他们并带他们前往翻译者阅览室的正是牧师巴尔克利·班迪内尔博士。"不能让管理员来做这事,"他叹了口气,"通常我们会让那些蠢货自己随便闲逛,如果他们迷路了就给他们指指路。但你们这些翻译者啊,你们是真正懂得欣赏这个地方的人。"

班迪内尔博士是个壮实的男人,他眼角下垂,整个人看起来无精打采,嘴角也永远向下耷拉着。然而,当他走向建筑内部时,他的眼中亮起发自内心的快乐神采。"我们从几个主要的侧厅开始,然后去游览汉弗莱斯公爵阅览室。请跟我来,你们可以随意翻阅,书就是给人碰的,否则全无用处,所以不必拘谨。我们对近期得到的几批书非常自豪。这边是1809年理查德·高夫捐赠的地图,大英博物馆居然不想要,你们敢信吗?这边是十年前左右马隆捐赠的书籍,它们大大扩充了我们关于莎士比亚的资料。噢,就在两年前,我们收到了弗朗西斯·杜斯的藏书,总共一万三千本法语书和英语书,不过我猜你们两个都不是钻研法语的……阿拉伯语吗?噢,有的,在这边。牛津的阿拉伯语资料都在翻译学院里,但我这儿有几本来自埃及和叙利亚的诗集,你可能会感兴趣……"

走出博德利图书馆时,拉米和罗宾神魂颠倒,深受触动,也对供他们取用的资料之多感到些许畏惧。拉米模仿牧师班迪内尔博士腮帮下垂的样子,但他没有恶意。他们很难轻视一个显然只为知识本身而无比热衷于收集它们的人。

那一天的最后一项活动,是在一位名叫比林斯的高级校工的带领下参观大学学院。事实证明,他们到目前为止只见识了新家园的冰山一角。这所学院位于喜鹊巷的房屋东面,坐拥两片绿草如茵的方庭,以及排列整齐、形似塔楼城堡的石质建筑。在参观过程中,比林斯对那些有来历的人物及其生平都说得头头是道,包括捐赠者、建筑师以及其他重要人物。"……请看，入口上方的雕像分别是安妮女王和玛丽女王，里面的雕像是詹姆斯二世和拉德克利夫博士……教堂里精美的彩绘花窗是亚伯拉罕·范林格在 1640 年绘制的，对，它们非常坚固耐久，东面的窗户由约克的玻璃画师亨利·贾尔斯绘制……现在不是仪式时间，我们可以进去转一圈，跟我来。"

走进教堂，比林斯在一座浅浮雕纪念碑前停下脚步。"我想你们一定知道这是谁，毕竟你们是翻译学院的学生嘛。"

他们知道。来到牛津后，罗宾和拉米都反复听到过这个名字。这块浅浮雕纪念的是大学学院的一位校友，一位公认的天才，他在 1786 年发表了一篇堪称开山之作的文章，指出原始印欧语是将拉丁语、梵语和古希腊语联系在一起的先驱语言。如今，他可能是欧洲大陆上最出名的翻译者，只有他的侄子、不久前毕业的斯特林·琼斯才能与他比肩。

"是威廉·琼斯爵士。"不知为何，罗宾觉得浮雕刻画的场景令他不适。琼斯坐在写字台前，倨傲地跷着二郎腿；与此同时，三个明显是印度人的形象驯顺地坐在琼斯面前的地上，好像正在听讲的孩子。

比林斯似乎以此为荣。"没错。画面中的他正在翻译一部印度法律汇编，坐在地上的婆罗门为他提供帮助。我相信我们是唯一——所有幸让印度人上墙的学院。不过话说回来，大院同殖民地一直有特别的渊源。[1]下面还刻着虎头，你们想必知道，这是孟加拉的象征。"

"为什么只有他有桌子？"拉米问，"婆罗门为什么坐在地上？"

"这个嘛，我想是印度教徒喜欢这么坐，"比林斯说，"他们喜欢盘腿坐，瞧，因为他们觉得那样更舒服。"

"很长见识，"拉米说，"我都没听说过呢。"

---

[1] 这话不假。大学学院的众多校友中出过一位孟加拉首席大法官（罗伯特·钱伯斯爵士）、一位孟买首席大法官（爱德华·韦斯特爵士）和一位加尔各答首席大法官（威廉·琼斯爵士）。均为白人男性。——原注

他们在博德利图书馆的书架间度过了周日的夜晚。他们在入学登记时都领到了一份必读书目，但面对像洪水一般突如其来的自由，两人都把读书拖延到了最后一刻。按照规定，博德利图书馆周末在晚上八点闭馆，他们在七点四十五分才来。但是，翻译学院的大名似乎拥有无穷的魔力，因为当罗宾说明来意后，管理员便说，他们想待到多晚都可以。图书馆会为夜间值班的管理员留门，他们可以自行离开。

等到他们从书堆里探出头，往沉甸甸的书包里装满书，眼睛因为紧盯小字而发花时，太阳已经落山很久了。入夜之后，月亮和街灯让整座城市沐浴在仿佛属于另一个世界的微光里，脚下的鹅卵石路面仿佛成了连通其他世纪的道路。这里可能是宗教改革时代的牛津，也可能是中世纪的牛津。他们在脱离时间的空间中移动，旧日学者的幽魂与他们同行。

回到学院只有不到五分钟的脚程，但他们想多走几步，便北上沿宽街绕了一圈。这是他们第一次这么晚在外面活动。他们想感受这座城市的夜晚。他们默默前行，谁也不敢打破魔咒。

当他们路过新学院时，石墙另一边传来一阵响亮的大笑。在霍利韦尔巷的拐弯处，他们看见六七个身穿黑色长袍的学生。不过从这些人趔趄的步态来看，他们刚刚离开的不是课堂，而是酒馆。

"贝利奥尔的，你觉得呢？"拉米小声说。

罗宾哼了一声。

他们来到大学学院才三天，但已经对学院之间的鄙视链和每所学院的刻板印象了然于心。埃克塞特的学子出身贵族，但不爱思考。布雷齐诺斯的学生嗜酒又爱惹是生非。与他们相邻的王后学院和默顿学院基本可以忽略。贝利奥尔的学费高昂（在整所大学中仅次于奥里尔学院），这所学院的男孩们名声在外，因为欠钱不还而非刻苦学习。

双方靠近时，那几个学生朝他们这边扫了一眼。罗宾和拉米对他们点点头,其中几个人也点头致意,这是牛津绅士之间的互相认可。

街面很宽,两伙人各走一边。他们原本可以相安无事地彼此路过。没想到,一个男孩突然指着拉米大喊:"那是什么玩意儿?你们看见了吗?"

他的朋友们大笑着,拉着他继续往前走。

"行了,马克,"其中一人说,"让他们去吧——"

"等等。"那个叫马克的男孩说着,甩开朋友的手。他一动不动地站在街上,眯起眼睛,用醉汉特有的专注神情打量二人。他的手半抬在空中,依然指向罗宾和拉米。"看他的脸,你们看见了吧?"

"马克,拜托,"走在最前面的男孩回头说,"别犯傻。"

他们都不再发笑。

"那是个印度教徒,"马克说,"印度教徒在这里干吗?"

"他们有时候会来参观,"其他男孩中有一人说,"你记得吗,上周就来了两个外国人,是波斯苏丹还是什么来着——"

"我记得,那些裹头巾的家伙——"

"但他穿着长袍呢。"马克抬高声音对拉米喊道,"嘿!你为什么穿着长袍?"

他的语气变得狠戾起来。友善的气氛消隐无踪。学生之间的友爱,就算方才存在过,此刻也消隐无踪。

"你不能穿长袍,"马克不依不饶地说,"脱下来。"

拉米向前迈出一步。

罗宾抓住他的手臂。"别。"

"你好,我在和你说话呢。"马克穿过马路大步朝他们走来,"你怎么回事?不会说英语吗?把长袍脱下来,听见我说的话了吗?脱下来。"

拉米显然准备打一架——他攥起拳头,膝盖微曲,随时准备扑上去。若是马克再靠近一点,这个夜晚将在血战中画上句号。

于是罗宾扭头就跑。

他讨厌这样做，这让他觉得自己是个懦夫，但这是他能想到的唯一可以阻止这场灾难的办法。因为他知道，拉米在震惊之下也会跟着他跑。确实——几秒钟后，他听见身后响起拉米的脚步声、他粗重的喘息和低声咒骂，他们就这样跑过霍利韦尔巷。

在他们身后，笑声再次响起，尽管再也不是欢快的笑声。笑声越来越响亮。贝利奥尔的男孩们像猿猴一样大呼小叫，他们发出刺耳的尖笑，在砖墙上映出拉长的影子。有那么一瞬间，罗宾惊恐地以为那些男孩追了上来，紧跟在他们身后，踏出沉重的脚步声。但那只是热血在他耳朵里涌动的声音。那些男孩没有跟上来，他们已经酩酊大醉，很容易满足。此时此刻，他们想必又去找新的乐子了。

即便如此，罗宾也没有停下脚步，他们一直跑到高街上。路上空无一人，只有他们两个在黑暗中大口喘息。

"该死，"拉米小声说，"该死的——"

"我很抱歉。"罗宾说。

"不用抱歉，"拉米说着，却不愿直视罗宾的眼睛，"你做得对。"

罗宾觉得，这话他们俩谁也不相信。

现在他们离家更远了，但至少他们又回到了街灯的光亮里，隔着很远就能看到可能找麻烦的人。

他们在沉默中走了好一阵子。罗宾找不到合适的话可说。脑海中浮现的话语瞬间就在舌尖上湮灭。

"该死。"拉米又说了一遍。他猛然停下脚步，一只手伸向书包，"我好像——等一下。"他在书包里翻来翻去，最后又骂了一句："我的笔记本丢了。"

罗宾的胃拧成一团："丢在霍利韦尔巷了？"

"丢在博德利了。"拉米摸了摸鼻梁，气呼呼地说，"我知道在哪里——就在写字台的桌角上。我本来想把它放在书包最上面，因为我不想让纸页起皱。结果我实在太累了，一定是忘在那里了。"

"等到明天再去拿不行吗？我想管理员不会动它的，就算他们动了，我们只要去问——"

"不行，我的复习笔记都在里面。我担心明天上课就要查我们背书。我回去拿一趟就好了——"

"我去拿。"罗宾抢先说。他觉得这样做是对的，是在做补偿。

拉米皱起眉头。"你确定吗？"

他话音里没有争执的意思。他们俩都清楚罗宾不愿明说的事实——至少罗宾在夜色里会被当作白人，倘若刚才是罗宾独自遇上贝利奥尔的男孩，他们根本不会多看他一眼。

"我不到二十分钟就能回来，"罗宾郑重其事地说，"到时候我会把它放在你房间门口。"

现在，只有他一个人的时候，牛津突然显得阴森可怖。光线不再温暖，而是诡异怪诞，鹅卵石地面上映照出他扭曲变形的阴影。博德利图书馆已经锁门了，但夜间值班的管理员注意到在窗外挥手的罗宾，将他放了进去。幸运的是，那正好是之前接待他们的管理员之一，他没多盘问就让罗宾去了西侧厅。阅览室里漆黑一片，冰冷刺骨。所有灯盏都已熄灭，借着从阅览室另一端倾泻而入的月光，罗宾瑟瑟发抖地抄起拉米的笔记本，塞进书包，然后赶紧跑到门外。

他刚穿过方庭，忽然听到几声低语。

他本该加快脚步，但某种东西——那低语的音调，词语的形状——令他不得不驻足。他停下来侧耳细听，这才发现听见的是汉语。有人在一遍又一遍地念一个汉语词，语气越来越急迫。

"**无形**。"

罗宾小心翼翼地挪到墙角。

霍利韦尔街中央有三个人影。他们都是身材苗条的年轻人，从头到脚一身黑衣，两男一女。他们正在和一个行李箱较劲。箱子底部定是破了个洞，因为那些他确认无疑的银条散落在鹅卵石地面上，到处都是。

当罗宾靠近时，三个人都盯住了他。正在气急败坏念诵汉语的男人原本背对着罗宾，直到发现同伴们愣在原地才转过身来。他与罗宾四目相对。罗宾的心跳到了嗓子眼。

他看到的简直是镜中的自己。

那是和他一样的棕色眼睛，直挺的鼻梁，栗色的头发，就连刘海儿都一样，从左到右凌乱地扫过眼睛。

那男人手里握着一根银条。

罗宾瞬间意识到这个男人想做什么。无形——在汉语中是"没有形态，没有形状，没有实体"的意思。[1]Invisible是英语中与之最接近的翻译。不管他们的真实身份是什么，这些人想隐身躲藏。但不知哪里出了问题，那根银条并没有充分发挥作用。三个年轻人的身影在街灯下闪动，偶尔会变得半透明，但他们绝对没有隐身。

罗宾的分身向他投来哀怨的目光。

"帮帮我，"他恳求道，接着又用汉语重复了一遍，"帮帮忙。"

罗宾不清楚那种冲动从何而来，是方才那些贝利奥尔男孩带来的恐慌，是眼前无以复加的荒诞场面，还是他的分身那张使他陷入迷茫的面孔——但**罗宾**走上前去，伸手握住银条。他的分身一言不发地放开了手。

"无形，"罗宾念道，心里想着母亲给他讲的志怪故事，想着躲在黑暗中的精怪和鬼魂，想着没有形状、不存在的状态，"Invisible。"

银条在他掌心振动。他听见不知从何处传来的声音，那是一声粗重的叹息。

---

[1] 无即"没有"，形即"外形、形态、形状"。无形不仅是"隐形"，也是"不可触碰、没有实体"。例如，北宋诗人张舜民有诗云：诗是无形画，画是有形诗。——原注

他们四个人全都消失了。

不，消失这个词不能准确描述他们的状态。罗宾找不到合适的字眼；它无法翻译，汉语和英语都没有能充分表达这个概念的词语。他们仍然存在，但不再是人的形态。不仅仅是"看不见的实体"那么简单，他们根本就不再是实体。他们没有了形态，飘荡着，扩张着。他们是空气，是砖墙，是鹅卵石地面。罗宾感觉不到自己的身体，感觉不到他的手和银条的分界。他就是白银，就是砖石，就是黑夜。

冰冷的恐惧突然攫住了他。如果我变不回去怎么办呢？

几秒钟后，一个警察冲到道路尽头。罗宾屏住呼吸。他将银条紧紧攥在手里，紧到手臂上传来一阵剧痛。

警察的目光笔直地指向罗宾，他眯眼审视，却只看到一片黑暗。

"他们不在这边，"警察回头高声说，"往大学公园那边追追看……"

他小跑着离开，声音渐渐消失了。

罗宾丢开银条，他再也握不住了。他已几乎感觉不到银条的存在。罗宾不是松开手指放下银条，而是猛然将它甩出去，一心只想让银条与自身存在划清界限。

成功了。窃贼们重新成为夜色中的实体。

"快点，"另一个浅金色头发的年轻男人催促道，"把它塞到你的衬衫里，别管这箱子了。"

"不能把它扔在这里，"那个女人说，"他们会追查到的。"

"那就捡起来，赶紧。"

三人开始将地上散落的银条一把把捧起来。罗宾犹豫了一阵，两手尴尬地悬在身侧。接着，他也弯下腰帮他们捡拾银条。

他还没有充分认识到这一切有多么荒诞。他隐约觉得眼前发生的事是严重违法的。这三个年轻人不可能同牛津、博德利图书馆或者翻译学院有什么关系，否则他们就不必在午夜时分鬼鬼祟祟，不仅身穿黑衣，还要躲开警察。

正确的做法显然是发出警报。

但不知为何,帮忙似乎是唯一的选择。罗宾没有思考其中的逻辑,就这样行动起来。这种感觉好像跌入梦境,又好像步入一场演出,他已将台词熟记于心,但其他一切都笼罩在迷雾之中。这是一种自有其内在逻辑的幻觉,出于某种他自己也说不清的原因,他不想打破这种幻觉。

终于,所有银条都被塞进胸口的空当和衣服口袋里。罗宾把捡到的银条递给他的分身。他们的指尖相触。罗宾打了个冷战。

"走吧。"金发男人说。

但他们谁都没动。他们全都看着罗宾,显然不确定该拿他怎么办。

"万一他——"女人开口道。

"他不会的,"罗宾的分身斩钉截铁地说,"你会吗?"

"当然不会。"罗宾小声说。

金发男人看上去并不相信。"更简单的做法难道不是——"

"不。这次不行。"罗宾的分身上下打量罗宾,片刻之后,他似乎做出了某个决定,"你是个翻译者,对吧?"

"是的,"罗宾低声说,"是的,我刚到这里。"

"扭树根,"他的分身说,"去那里找我。"

那个女人和金发男人面面相觑。女人张开嘴,似乎想抗议,但她什么都没说,又闭上了嘴。

"行了,"金发男人说,"现在咱们走吧。"

"等等,"罗宾绝望地说,"谁——什么时候——"

但窃贼们已经跑开。

他们速度快得惊人。几秒钟后,街面就空空如也。他们没有留下任何曾经来过这里的迹象。他们捡走了每一根银条,就连坏掉的行李箱碎片也没落下。也许他们是幽灵。也许整件事都是罗宾的幻想,世界的面貌不曾有分毫改变。

* * *

罗宾回去的时候，拉米依然醒着。罗宾刚敲了一下，他就打开了门。

"谢了。"他接过笔记本。

"没事。"

他们站在那里，默默望着对方。

谁也没提之前发生的事。两人都对突然意识到的事实感到震惊，他们不属于这个地方，尽管他们就读于翻译学院，尽管他们身穿长袍、自以为属于这里，但当他们走在街上时，他们的人身安全并没有保障。他们是身在牛津的人，而不是牛津人。但是，这一灾难性的事实带来的打击实在太过沉重，与他们盲目沉浸其中的、黄金一般的三天相比，这一反差实在太过残酷，以至于他们俩谁也无法将这件事宣之于口。

他们永远不会将这件事宣之于口。思索真相太让人痛苦，伪装则要轻松得多。继续编织美好的幻想，能编多久就编多久，这样要轻松得多。

"那就，"罗宾支支吾吾地说，"晚安了啊。"

拉米点点头，一言不发地关上了门。

第四章

　　于是耶和华使他们从那里分散在全地上；他们就停工，不造那城了。因为耶和华在那里变乱天下人的言语，使众人分散在全地上，所以那城名叫巴别（就是变乱的意思）。

　　——《圣经·创世记》，11章8—9节

　　罗宾完全无法入睡。眼前的黑暗中不断浮现出他分身的脸。他是不是因为太过疲劳又受到惊吓，所以幻想出了整个事件？但街灯那么明亮，还有那张与他一模一样的面孔的所有细节，那面孔上的恐惧与惊慌，全都清晰地铭刻在他记忆里。他知道那不是他想象中的投影。那张脸并不完全是他在镜子里看到的映像，它并没有一一反射出他脸上的所有细节，也不是他在世界眼中的倒影。罗宾看到的是内在的一致性。那个男人脸上有的，他脸上也都有。

　　这就是他帮忙的原因？某种发自本能的同情心？

　　直到此刻他才反应过来自己的行为多么严重。他盗窃了大学的财物。这是某种考验吗？牛津确实有不少奇怪的仪式。那他是通过了还是失败了？警察会不会在明天一早敲开他的门，然后通知他马上离开？

　　可我不能被开除，他心想。我才刚到这里。刹那间，牛津的所有乐趣——温暖的床铺，新书和新衣服的气息——都搅得他不得安宁，他现在满脑子都在想，或许自己转眼就要失去这一切了。罗宾在被汗水打湿的床单上辗转反侧，明早可能发生的景况在他的构想中越来越清晰细致。警察如何将他从床上拉起来，如何在他手腕上扣上手铐，将他拖到监狱里，洛弗尔教授如何厉声告诉罗宾，今后永远不许再联系他或派珀太太。

最后，他筋疲力尽地睡了过去。接着又被一阵持续的敲门声惊醒。

"你在做什么？"拉米问，"你不会还没洗漱吧？"

罗宾对他眨了眨眼："出什么事了？"

"现在是周一早上啦，你这个傻子。"拉米已经穿上了他的黑色长袍，手里拿着帽子，"我们必须在二十分钟内赶到塔楼。"

他们准时赶到，不过只能勉强算是准时。就在他们穿过方庭的草坪跑向学院时，九点整的钟声刚好敲响。

两个苗条的年轻人正在草坪上等他们，罗宾猜那就是他们的另外两个同学。其中一个是白人，另一个是黑人。

"你们好，"见他们靠近，那个白人说，"你们迟到了。"

罗宾呆呆地盯着她，努力想喘口气。"你是女孩。"

这太出乎他的意料了。罗宾和拉米都在清心寡欲、与世隔绝、远离同龄女孩的环境中长大。"女性"是一个只存在于理论中的观念，是小说中的素材，是偶尔从街对面瞥一眼的罕见现象。罗宾记得最清楚的描述来自他匆匆翻阅的一本萨拉·埃利斯夫人[1]的著作，书中给女孩贴上了"温顺、随和、细腻、顺从得可爱"的标签。在罗宾的认知里，女孩是神秘莫测的话题，她们不具备丰富的内心世界，但具备的特质使得她们仿佛来自另一个世界，难以解读，甚至根本不像是人类。

"抱歉，我是想说，你好，"他语无伦次地说，"我不是有意——

---

[1] 萨拉·斯蒂克尼·埃利斯是一位知名作家，她出版了若干本书（包括《英格兰的妻子们》《英格兰的母亲们》《英格兰的女儿们》），书中主张女性有通过操持家务和高尚行为来改善社会的道德责任。罗宾对这个问题没有鲜明的观点，他翻阅她的作品纯属意外。——原注

算了。"

拉米却没那么含蓄:"你们怎么是女孩?"

那个白人女孩用尖锐而鄙夷的眼神瞪了他一眼,罗宾不禁替拉米打了个哆嗦。

"这个嘛,"她慢条斯理地答道,"我猜,我们之所以决定做女孩,是因为成为男孩似乎要以放弃一半脑细胞为代价。"

"大学要求我们穿成这样,以免让年轻的绅士们心烦意乱或者心不在焉。"那个黑人女孩解释道。她的英语略带一点口音,听着有些像法语,不过罗宾也不确定。女孩抬起左腿,展示她崭新笔挺的裤管,新得像是昨天刚买的,"你知道,不是每所学院都像翻译学院这么自由主义。"

"这样会不舒服吗?"罗宾问她,鼓起勇气想证明他本人没有任何偏见,"我是说,穿长裤?"

"说实话,不会,毕竟我们有两条腿,而不是鱼尾巴。"她向罗宾伸出手,"维克图瓦·德格拉夫。"

他和她握了握手:"罗宾·斯威夫特。"

她扬起一边眉毛:"斯威夫特?可你肯定——"

"利蒂希娅·普赖斯,"白人女孩插了进来,"叫我莱蒂就行。你呢?"

"拉米兹。"拉米的手悬在半空中,仿佛不确定要不要和女孩们有肢体接触。莱蒂替他做了决定,她握了握他的手;拉米不舒服地躲了一下,"拉米兹·米尔扎。朋友都叫我拉米。"

"你好,拉米兹。"莱蒂向四周看了看,"看来我们就是全班了。"

维克图瓦轻轻叹了口气,她对莱蒂说:"Ce sont des idiots。"

"Je suis tout à fait d'accord。"莱蒂小声回应。[1]

两个女孩扑哧笑出了声。罗宾听不懂法语,但他隐约感觉女孩们对

---

[1] 维克图瓦:"这两人都是蠢货。"莱蒂:"我完全同意。"——译注

他做出了评判,而且评价并不高。

"你们在这里啊。"

一个瘦高个子的黑皮肤男人向他们挥手致意,让他们不必再谈下去。男人自我介绍道,他叫安东尼·瑞本,是专精于法语、西班牙语和德语的留校研究员。"我的监护人自称是个浪漫主义者,"他说,"他希望我能继承他对诗歌的热情,但当他发现我明显在语言方面更有天赋之后,就把我送到这里来了。"

他满怀期待地止住话头,示意他们报上各自擅长的语言。

"乌尔都语、阿拉伯语和波斯语。"拉米说。

"法语和克里奥尔语,"维克图瓦说,"我是说,海地克里奥尔语,如果你觉得那算一种语言的话。"

"算。"安东尼欢快地说。

"法语和德语。"莱蒂说。

"汉语,"罗宾说完,又觉得似乎不太全面,"还有拉丁语和古希腊语。"

"噢,我们都懂拉丁语和古希腊语,"莱蒂说,"这是入学的基本要求,不是吗?"

罗宾的脸涨得通红,他不知道这事。

安东尼看起来饶有兴致。"你们这个小集体很国际化嘛,是不是?欢迎来牛津!你们觉得牛津怎么样?"

"很可爱,"维克图瓦说,"不过……我也说不清,也有点奇怪吧。感觉有点不真实。我觉得我好像是在剧院里,一直在等着剧终谢幕。"

"这一切可不会凭空消失。"安东尼向塔楼走去,挥手示意他们跟上,"等你们走进大门就更不会了。他们让我在十一点之前带你们参观整个学院,在那之后我会把你们交给普莱费尔教授。这是你们第一次进塔吗?"

他们抬头望着塔楼。这座建筑令人叹为观止。新古典主义风格的塔身通体白色，熠熠生辉，一共有八层，外墙环绕着装饰性的立柱和彩绘落地玻璃窗。这座塔楼是高街天际线的最高点，相比之下，附近的拉德克利夫图书馆和圣母马利亚大学教堂几乎不值一提。拉米和罗宾在周末无数次路过这座高塔，两人都对它赞叹不已，但他们总是远远欣赏，不敢靠近。当时还不敢。

"非常壮观，对吧？"安东尼心满意足地舒了口气，"你们永远不会对这幅美景习以为常的。信不信由你们，这就是你们未来四年的家，欢迎来到这里。我们叫它巴别塔。"

"巴别塔，"罗宾重复道，"这就是为什么——？"

"为什么他们叫我们嚼舌人？[1]"安东尼点了点头，"这笑话和学院本身一样老，但每年九月都有贝利奥尔的一年级新生觉得是自己发明的，所以几十年来我们都甩不掉这个傻里傻气的绰号。"

他轻巧地迈上正门的台阶。大门前的地砖上刻着一个蓝金双色的徽记，那是牛津大学的盾徽。上面刻着拉丁语铭文：Dominus illuminatio mea（主乃吾光）。在安东尼踏上盾徽的那一瞬间，厚重的木门自动徐徐打开，露出灯火通明、金光闪闪的室内，里面是许多楼梯、诸多忙碌的黑袍学者和很多书籍，很多、很多、很多书籍。

罗宾停下脚步，只觉得眼花缭乱，不敢上前。在牛津的所有奇观之中，巴别塔是最不可思议的，它是一座跃离时光的高塔，一个源于梦境的幻象。那些彩色玻璃窗，那高耸而庄严的穹顶，所有这些仿佛从洛弗

---

[1] 此处是利用英语 Babeler 与 babbler 这对同音异义词设计的文字游戏。巴别塔（Babel）的名字来源于 babel，这个词在希伯来语中的意思是"混乱、变乱"；从构词上说，由 babel 衍生出的专有名词 Babeler 的意思即"巴别塔里的人，巴别塔的学生和学者"。而 babbler 来源于英语中的动词 babble，是一个普通名词，字面意为"胡言乱语的人、喋喋不休的人"。对于专有名词 Babbler，结合"与翻译相关"、"有贬义"和"胡言乱语"这三层语义，译为"嚼舌人"。"舌人"是中国古代对译者的雅称。——译注

尔教授的餐厅装饰画中直接显现，降临于这条单调的灰色街道上。它是中世纪手抄本里古雅清幽的插图，是通往仙境的门户。他们难以想象自己每天都要在此学习，甚至觉得自己无权走进塔中。

然而它就矗立在这里，就在他们眼前静静等待。

安东尼招招手，绽放出灿烂的笑容："行啦，进来吧。"

"翻译机构一直是伟大文明不可或缺的工具，不，是伟大文明的中心。1527 年，西班牙国王查理五世创立语言翻译秘书处，那里的雇员掌握了十几种语言，为帝国领土的统治尽心尽力。皇家翻译学院在 17 世纪初设立，最早位于伦敦，直到 1715 年西班牙王位继承战争结束才搬到如今在牛津的地址。在那场战争之后，英国人觉得培养当下的年轻人学习西班牙刚刚失去的那些殖民地的语言是比较稳妥的举措。是的，这些我早就背下来了。不，不是我写的，只不过我这个人太有魅力，自己还是一年级新生的时候就开始带着大家参观了，也就渐渐上手了。请从这边穿过大厅。"

安东尼有一个罕见的本领：一边倒着走路，一边侃侃而谈。"巴别塔一共有八层，"他说，"《禧年书》宣称，《圣经》里的那座巴别塔达到了超过五千腕尺的高度，也就是将近两英里，当然那是不可能的。不过我们的巴别塔是全牛津最高的建筑，可能也是全英国仅次于圣保罗大教堂的最高建筑。不算地下室的话，我们这座巴别塔的高度将近三百英尺[1]，也就是说，全塔的总高度是拉德克利夫图书馆的两倍——"

维克图瓦举起手："这座塔是不是——"

"里面比外面看起来更宽敞？"安东尼接过话头，"确实。"罗宾刚开始没有注意到这一点，但现在这种反差让他失去了方向感。巴别塔从

---

[1] 1 英尺约合 0.3 米。——译注

外部看非常壮观，但看起来还不足以容纳他在内部见到的超高天花板和高大无比的书架。"某种设计精巧的刻银术的作用，不过我不清楚具体的配对镌字是什么。我来这里的时候就是这样，我们都视作理所当然。"

安东尼领着他们穿过在橱窗前排长队的忙碌人群，他们大多是镇上的居民。"现在我们是在会客大厅里，所有交易都在这里进行。当地商人为他们的设备订购银条啦，城里的官员要求对公共设施进行检修啦，诸如此类。这是整座塔楼唯一允许平民进入的区域，不过他们不怎么和学者打交道，我们有文员去处理他们的需求。"安东尼挥挥手，示意他们跟着他走上中央楼梯，"这边走。"

二楼是法务部。这里挤满了面色冷峻的学者。他们在纸上奋笔疾书，翻阅一册册厚厚的、散发着霉味的参考书。

"这里总是很忙，"安东尼说，"国际条约，海外贸易，诸如此类的事情。这些是帝国的齿轮，是让整个世界运转的东西。大部分巴别塔的学生毕业以后会来这里工作，因为这里薪水高，而且一直在招人。他们也做了很多无偿的公益翻译，在这层楼的西南分区，有一支团队正在把《拿破仑法典》翻译成其他欧洲语言。[1] 但是其他工作收费很高。这一层的收入是最高的，不过当然，没有刻银部的收入多。"

"刻银部在哪一层？"维克图瓦问。

"第八层，最高一层。"

"为了看风景吗？"莱蒂问。

---

[1] 坦率地说，这段介绍对法务部相当客气。我们不妨直说：法务部翻译者的业务就是操纵语言，编写对欧洲缔约方有利的条款。其中一个例子就是他们克服困难，促成"国王"帕斯珀海伊将土地卖给了弗吉尼亚的英国殖民者，"以此换取铜"。困难在于"欧洲王权"和"土地私有"的概念很难准确翻译成印第安阿尔衮琴人的语言。对于由此引发的舆论，法务部的解决方案是直接宣布阿尔衮琴人太野蛮，所以尚未发展出这些概念，英国人让他们学会这些反而是件好事。——原注
土地是阿尔衮琴人共同的财产，他们没有私人出售土地的概念。翻译者直接将"首领"曲解为"国王"，让帕斯珀海伊有了出售部落领地的权力。——译注

"为了防火,"安东尼说,"万一着火了,那最好烧在建筑顶层,这样大家才有时间逃出去。"

没人知道他是不是在开玩笑。[1]

安东尼领他们登上又一层楼梯。"三楼是口译员的大本营。"他挥手展示空旷的大厅。这里几乎没有使用痕迹,只有几个茶渍斑斑的茶杯随意摆放在那里,个别写字台的桌角上放着一沓纸,"他们基本不在塔里活动,但当他们来的时候,总是需要一个准备简报的私密空间,所以这一层都是他们的。他们平时要陪同达官显贵和外交官员出国旅行,在俄国参加舞会,在阿拉伯这样的地方和酋长一起喝茶。我听说这些旅行能把人累死,所以从巴别塔出来的职业口译员不是很多。他们通常是从小就在巴别塔以外的地方掌握了多门语言,比如家长是传教士,或者每年夏天都和外国亲戚待在一起之类的。巴别塔的毕业生都尽量避开这条路。"

"为什么?"拉米问,"听起来很有意思啊。"

"如果你想要的是花别人的钱出国旅行,那确实是个不操心的职位,"安东尼说,"但是做学问的人嘛,天生就是一群不爱和人打交道、喜欢伏案工作的家伙。旅行听起来是很有意思,直到你意识到自己真正想要的其实是窝在家里,捧着热茶坐在暖和的炉火边和一堆书做伴。"

"你对学者的看法有点狭隘。"维克图瓦说。

"我的看法来自经验。你迟早会理解的。那些投身于口译工作的校友通常干不满两年就改行了。就连斯特林·琼斯也只熬了八个多月,要知道,那可是威廉·琼斯爵士的侄子啊,而且不管去哪里,他们给他安排的都是头等舱。总之,现场口译并没有那么大的魅力,因为在口译中真正重要的是:你得在说清楚基本观点的同时不冒犯任何人。你没

---

[1] 他没开玩笑。从这座建筑落成至今,学院八楼已经重建了七次。——原注

法仔细雕琢语言的细微之处,而那才是真正的乐趣所在。"

四楼比三楼忙碌得多。这里的学者显得更年轻,与法务部精心打扮、西装革履的翻译者相比,这里的人大多头发蓬乱,袖子上还打着补丁。

"文学部,"安东尼介绍起来,"把外国小说、故事和诗歌翻译成英语,也有把英语译为外语的,但不常见。说实在的,文学部的声望不算高,但还是比口译部更让人向往。很多人认为,要成为巴别塔的教授,第一步自然是在毕业后进入文学部做研究。"

"话说,我们当中有些人是真的喜欢这里。"一个身穿留校研究员长袍的年轻男人大步走向安东尼,"这些是一年级新生?"

"都在这里了。"

"你们人不多嘛,是不是?"这个男人乐呵呵地向他们挥了挥手,"你们好。我是维马尔·斯里尼瓦桑。我上个学期刚毕业;我会梵语、泰米尔语、泰卢固语和德语。[1]"

"这里所有人都用掌握的语言介绍自己吗?"

"当然了,"维马尔说,"你掌握的语言决定了你这个人的有趣程度。研究东方语言的都很迷人。研究古希腊罗马语言的就很无聊。但不论如何,欢迎来到整座塔里最棒的一楼。"

维克图瓦兴致勃勃地端详周围的书架:"国外出版的每一本书你们都能拿到手吗?"

"是的,基本上都可以。"维马尔答道。

"所有新出的法语书呢?一出版就能拿到?"

"是的,真贪心呀。"他不带恶意地答道,"你们会发现我们的购书预算真的没有限度,而且我们的图书管理员喜欢把整套书都买齐。不过

---

[1] 西方梵语研究的基础性成果有很多是由赫尔德、施莱格尔和葆朴等德国浪漫主义者完成的。他们的专著尚未全部翻译成英语,或者翻译得不好。因此,在巴别塔研究梵语的学生大部分被要求同时掌握德语。——原注

我们不能把买来的所有书都翻译出来，没有那么多人手。目前占据我们大部分时间的还是古代文本的翻译。"

"所以他们是唯一每年都入不敷出的部门。"安东尼说。

"加深对人类处境的理解不关乎盈利。"维马尔哼了一声，"我们一直在更新古典作品的翻译。从上个世纪到现在，我们对某些语言的认识有了很大提高，没有理由让古典作品一直高不可攀。眼下我正在把《薄伽梵歌》翻译成更好的拉丁语版本——"

"只要你不介意施莱格尔刚出过一本。"安东尼打趣道。

"那是十多年前了，"维马尔反唇相讥，"再说施莱格尔的《薄伽梵歌》翻得太差劲了，他都没把握住整个文本背后的基本哲学。从译文里就能看出来，因为他大概用了七个不同的词来翻译'瑜伽'——"

"总之，"安东尼一边说一边带他们走开，"这就是文学部。如果你问我，我觉得那是在巴别塔接受教育后最糟糕的出路。"

"你对文学部不满意吗？"罗宾问道。罗宾和维克图瓦一样欣喜，他觉得在四楼度过一生会是多么美妙呀。

"不满意。"安东尼轻笑一声，"我来这里是为了刻银术。我觉得文学部的人太贪图安逸了，维马尔也知道这一点。你们看，悲哀的是，他们原本可以成为所有学者中最锋芒毕露的那一群人，因为他们是真正理解各种语言的人，他们知晓语言的生存和呼吸，深知如何用只言片语让我们血脉奔涌、皮肤刺痛。但他们过度沉迷于语言可爱的一面，不愿花心思将这种充满生机的能量转化成某些更强大的能力。当然，我指的是刻银术。"

五楼和六楼分别是参考资料室和教室。这里存放着初级读本、语法教程、文选、同义词词典，安东尼说，这里还有世界上每一种语言的词典，而且至少有四个不同的版本。

"其实整座塔楼里到处都是词典，不过如果你需要做大量繁杂的查询工作，那还是要来这里，"安东尼介绍道，"正好在塔楼中间，你们发现了吧，所以大家顶多走四层楼梯就能找到需要的东西。"

在六楼的中央区域，玻璃展柜的深红天鹅绒铺面上摆着一排红色装帧的书籍。柔和的灯光映在皮革封面上，让它们看起来仿佛拥有魔法，更像是魔法师的魔法秘籍，而不是普通的参考资料。

"这些是语法汇编，"安东尼说，"它们看起来很珍贵，但是没关系，你们可以碰。它们就是用来给人查询的。先在天鹅绒上擦擦手指就行了。"

精心装订成册的语法汇编厚度各不相同，但装帧整齐划一，按每种语言的拉丁语名称的字母顺序排列，同一种语言内部按出版日期排列。有些语法汇编一套就填满了一整个展柜，主要是欧洲语言；另一些语言只有很少的几册，大部分是东方语言。汉语语法汇编只有区区三册；日语和韩语语法汇编各自只有一册。令人意外的是，菲律宾的他加禄语足足有五册。

"不过这些可不是我们的功劳，"安东尼说，"那几本的翻译工作都是由西班牙人完成的，所以你们会在封面页后面看到将西班牙语译为英语的译者姓名。还有一大批加勒比地区和南亚语言的语法汇编正在编写中，就在这边。那些地方的语言直到《巴黎和约》之后才引起巴别塔的兴趣，当然是因为那份和约丢给大不列颠帝国一大堆领土。与之类似的是，你们会发现非洲语言的语法汇编大多数是从德语翻译成英语的，这主要是德国传教士和语言学家的功劳，我们这里好多年都没人研究非洲语言了。"

罗宾无法控制自己。他满怀渴望地向东方语言的语法汇编伸出手，拇指轻轻翻开书册的前几页。在每一册的封面页上，手写体小字整整齐齐地写着编纂本册首版的学者们的名字。纳撒尼尔·哈尔海德撰写了孟加拉语语法汇编。威廉·琼斯爵士编写了梵语语法汇编。罗宾注意到其中的规律：排在最前面的编者永远是不列颠白人，而不是以那些语言为母语的人。

"我们直到最近才在东方语言领域取得真正的突破，"安东尼说，"之前好一阵子都被法国人远远甩在后面。威廉·琼斯爵士还在这里做研究员的时候，他将梵语、阿拉伯语和波斯语纳入课程体系，取得了一定的进展。他从1711年开始编写波斯语语法汇编。但是在1803年以后，他不再是唯一透彻研究东方语言的人了。"

"那一年发生了什么？"罗宾问。

"那一年理查德·洛弗尔加入了学院，"安东尼说，"我听说他是远东语言方面的天才。他一个人就编写了整整两册汉语语法汇编。"

罗宾怀着崇敬的心情伸出手，拿起汉语语法汇编的第一册。这本书异乎寻常地沉重，每一页都浸透了墨水的重量。他认出了洛弗尔教授密密麻麻但整洁有序的手写字迹，每一页都是。这本书的研究范围广泛得让人震惊。他将书放回原位，备受打击、心神不宁地意识到洛弗尔教授，一个外国人，比他更了解他的母语。

"这些书为什么要放在展柜里？"维克图瓦问，"这样感觉很难拿出来啊。"

"因为这些是牛津仅有的版本，"安东尼说，"剑桥、爱丁堡和位于伦敦的外交部都有备份。那些每年都要更新，加入新的成果。但这些是唯一全面且权威的、关于现存每一种语言的知识的集合。你们会注意到，新的研究成果都是手写上去的，因为每次新增内容都重印的造价太高了，再说我们的印刷机也印不出那么多外语字体。"

"那要是巴别塔着火了，我们就会损失一整年的研究成果咯？"拉米问。

"一整年？几十年都不止。不过那绝对不会发生。"安东尼轻叩桌面，罗宾这才注意到上面嵌着十几根细银条，"语法汇编得到的保护比维多利亚公主还要周密。这些书本不怕火，不怕洪水，也不怕本学院以外的人把它们偷走。如果有人想盗窃或者损坏其中任何一本，他们会被看不见的巨大力量打得失去知觉，直到警察赶到。"

"银条还能做这种事？"罗宾警觉道。

"嗯，差不多吧，"安东尼说，"我也是猜的。普莱费尔教授负责布置守护结界，而他又喜欢保持神秘感。不过没错，这座塔楼的安全措施绝对会让你们大吃一惊。这里看起来和标准的牛津建筑没有区别，但如果有任何人想强行闯进来，他们最终会发现自己鲜血淋漓地躺在街头。我亲眼见过这种事。"

"这种保护对于一座研究型建筑来说有点严格啊。"罗宾说。他的掌心突然又湿又冷，他在长袍上蹭了蹭手。

"嗯，那当然，"安东尼说，"这座塔楼里的白银比英格兰银行保险库里的还多。"

"真的吗？"莱蒂问。

"当然，"安东尼说，"巴别塔是全国最富有的地方之一。你们想知道为什么吗？"

他们纷纷点头。安东尼打了个响指，示意他们跟他上楼。

在整座巴别塔中，八楼是唯一隐藏在门扉和高墙之后的区域。其他七层都呈现出开放的平面布局，楼梯周围没有任何隔挡。但通往八楼的楼梯尽头只有一条砖砌的走廊，走廊的尽头是一扇厚重的木门。

"如果发生意外，"安东尼说，"这就是防火墙。可以把这层封死，和建筑其他部分隔开，万一这里有什么东西爆炸了，那些语法汇编也不会被烧毁。"他靠在门上，用身体的重量将门顶开。

八楼看上去更像是手工作坊而不是学术图书馆。学者们像工匠似的弯腰站在工作台旁边，手握五花八门的雕刻工具，在各种形状和尺寸的银条上敲敲打打。嗡嗡声、轰鸣声和敲打声不绝于耳。在靠近窗户的位置，不知什么东西突然爆开，火星四溅，引得周围人纷纷抱怨，但没有人抬头多看一眼。

一个身材圆润、满头灰发的男人正站在工作台前面等待他们。他有一张长满笑纹的宽脸和一双闪亮的眼睛，年龄可能是四十到六十之间的任何一个数字。他黑色的教师长袍上沾满了银粉，一动就闪闪发亮。他的眉毛又粗又黑，而且具有异常活跃的表现力；在他说话的时候，那双眉毛激动得仿佛要从脸上一跃而下。

"早上好啊，"他说，"我是杰尔姆·普莱费尔教授，这座学院的院长。我略懂法语和意大利语，但德语是我的初恋。谢谢你，安东尼，你可以去忙了。关于你去牙买加旅行的事，你和伍德豪斯都准备好了吗？"

"还没有，"安东尼说，"还有一本牙买加克里奥尔语初级读本没找着。我怀疑吉迪恩又没登记就把它带出去了。"

"那就去找吧。"

安东尼点点头，对罗宾一行人碰了碰不存在的帽檐，穿过厚重的大门出去了。

普莱费尔教授满脸堆笑地看着他们："所以你们已经参观过巴别塔了。大家感觉怎么样？"

一时间谁也没有开口。莱蒂、拉米和维克图瓦看起来都和罗宾一样瞠目结舌。他们一次性接触了太多超乎想象的信息，结果就是罗宾甚至不确定脚下的地面是否真实。

普莱费尔教授低声轻笑道："我明白。我到这里的第一天也是同样的感受。你们好像被引进了一个隐秘的世界，对不对？就像在妖仙的宫殿里享用食物。一旦你们知道塔里发生的事情，世俗世界就再不及原来有趣了。"

"这里太耀眼了，先生，"莱蒂说，"真不可思议。"

普莱费尔教授对她眨了眨眼睛："这里是地球上最美妙的地方。"

他清了清喉咙。"现在我想讲一个故事。请原谅我搞得这么戏剧化，但我想让这个时刻具有纪念意义。毕竟，这是你们来到我心目中全世界最重要的学术中心的第一天。这样可以吗？"

他并不需要征求他们的同意，但他们还是点了点头。

"谢谢。下面这个故事出自希罗多德的记载。"普莱费尔教授在他们面前走了几步，活像演员在舞台上确定位置，"他告诉我们，古埃及国王普萨美提克曾经和爱奥尼亚海的海盗订立盟约，让海盗帮他击败背叛他的十一位国王。在消灭敌人之后，他将大片土地赐给了他的爱奥尼亚盟友。但是，普萨美提克想尽量确保爱奥尼亚人不会像他从前的盟友那样对他倒戈，他想避免因误解而导致的战争，于是派遣了一些年轻的埃及男孩去和爱奥尼亚人一起生活，学习古希腊语，等到他们长大后，就让他们担任两边的口译员。

"在这里，在巴别塔，我们就是从普萨美提克的故事中得到启发。"他环顾四周，在他说话时，他炯炯的目光依次落在他们每一个人身上，"在无尽的时光里，翻译始终在推动和平。翻译让沟通成为可能，而沟通又让各国之间的外交、贸易与合作成为可能，从而让所有人都得到财富与繁荣。

"此时此刻，你们一定都已经注意到，在牛津的所有学院中，只有巴别塔接收欧洲以外的学生。在这个国家的其他任何地方，你们都不会看到印度教徒、穆斯林、非洲人和中国人在同一个屋檐下学习的场面。我们接纳你们，并不是因为不在乎你们的外国背景，反而恰恰是因为你们的外国背景。"普莱费尔教授着重强调最后一句话，这似乎让他无比自豪，"因为你们的出身，你们拥有生在英国本土的人所无法企及的语言天赋。你们就像普萨美提克的男孩，是用语言让全球和谐的愿景成为现实的人。"

他交握双手放在胸前，仿佛在祈祷一般。"就是这样。研究员们总是嘲笑我每年都这样喋喋不休。他们觉得这些都是陈词滥调。但我认为这样的场合需要这样的严肃,你们不觉得吗?总之,我们来到这里是为了让未知的事物为人所知,让陌生的事物变得熟悉。我们来到这里是为了用词语创造魔法。"

罗宾心想,对于他出生在异国这件事,这是他听过的最友善的评价。尽管那个故事让他的胃有些难受,因为他读过希罗多德记录这个故事的文章,记得那些埃及男孩其实都是奴隶。但与此同时,他也感觉到一阵兴奋的震颤——或许,没有归属感不会让他永远生活在边缘,或许,这恰恰让他变得特别。

接下来,普莱费尔教授让他们围在一张没人的工作台边,给他们做一次演示。"普通人以为刻银术等同于巫术,"他一边将衣袖卷到肘部一边喊道,在一片嘈杂中,只有大喊大叫才能让他们听清楚,"他们以为银条的魔力在于白银本身,以为白银是某种天生藏有魔法的物质,拥有改造世界的力量。"

他打开左侧抽屉的锁,抽出一根空白无字的银条。"这种想法不完全是错的。白银确实有某些特殊之处,这使它成为我们实现目标的理想载体。我总喜欢把白银想成一种得到众神祝福的金属——在古代炼金术理论中,白银是由水银提纯而来,而水银所对应的墨丘利又是众神的信使,不是吗?墨丘利,赫耳墨斯。所以白银不就和阐释与翻译有着脱不开的关系吗?[1]但我们还是别太浪漫了。不,银条的魔力藏在词语之中。再说具体一些,就是语言中无法用词语表达的部分,在我们从一种

---

[1] 古代西方炼金术认为,主要金属元素与宇宙中的星球和神话中的神灵是一一对应的。其中水银(mercury)对应的是古罗马神话中的墨丘利(Mercury)和古希腊神话中的赫耳墨斯(Hermes),这两位神都是众神的信使,象征着沟通。而赫耳墨斯(Hermes)是哲学和翻译理论中"阐释学"(hermeneutics)一词的词源。——译注

语言转换到另一种语言的过程中丢失的那一部分。白银能捕捉到丢失的语义，将它转化成真实的存在。"

他抬起头欣赏他们脸上困惑的表情。"你们有很多问题。别担心。你们要等到第三学年快结束的时候才开始学习刻银术。在那之前，你们有充足的时间掌握相关的理论。现在，你们只需要理解我们在这里所做的一切是多么重大。"他伸手拿起一支雕刻笔，"当然，我们所做的就是施放咒语。"

他开始在银条一端镌刻词语。"我只给你们展示一个很简单的例子。效果很微妙，看看你们能不能感受到。"

在银条一端镌刻完毕后，他举起银条给他们看。"Heimlich，在德语里的意思是'秘密的，暗地里的'，我会将它翻译成英语中对应的单词。但是 heimlich 的语义不仅仅是'秘密的'那么简单，它也衍生自原始日耳曼语中一个表示'家园'的单词。将这些零碎的语义拼凑在一起，你们能想到什么？某种像秘密一般、私密的感觉，就像在自己家里，与外面的世界隔绝开来。"

趁着说话的时候，他将英语单词 clandestine（秘密的）刻在银条的另一端。在他完成的那一瞬间，白银开始振动。

"Heimlich，"他念道，"Clandestine。"

罗宾又一次听到没有源头的吟唱，一种不知来自何处、不属于人类的低语。

世界悄然改变。某种东西将他们笼罩在一起。某种看不见摸不着的屏障使他们周围变得模糊，身边嘈杂的声音也被掩盖住了，这层挤满学者的空间里仿佛只有他们几个人。他们在这里很安心。他们安然独处。这里是他们的塔，他们的避难所。[1]

---

1 参见与之相关的德语单词 unheimlich（阴森的）。——原注

他们对这种魔法并不陌生，在此之前都见过镌字银器，在英格兰无法避免。知道银条有各种用途，镌字银器是有效运转的先进社会的基础，这是一回事；但亲眼看见刻银术扭转现实，银条上的镌字捕捉到没有词语能描述的微妙之处，再将其转化为原本不该存在但又切实可感的效果，这又是另一回事。

维克图瓦捂住了嘴。莱蒂喘着粗气。拉米飞快眨着眼睛，拼命憋住眼泪。

而罗宾望着还在抖动的银条，在此刻真切地意识到，一切都是值得的。孤独，挨打，漫长而痛苦的学习，像喝苦药一样灌下各种语言，只为有朝一日能做到这件事，这一切都值得。

"最后一件事，"陪他们下楼的时候，普莱费尔教授说，"我们需要你们的血样。"

"抱歉，您说什么？"莱蒂问。

"你们的血样。用不了多长时间。"普莱费尔教授带他们穿过会客大厅，来到藏在书架后的一个没有窗户的小房间，房间里空空如也，只有一张朴素的桌子和四把椅子。他示意四人坐下，然后大步走向房间最深处的那面墙，墙上的石砖里藏着一组抽屉。他拉出最上面的抽屉，可以看到里面叠放着许多小巧的玻璃瓶。每个瓶子的标签上都写着血样所属的学者的名字。

"这是给结界用的，"普莱费尔教授解释说，"巴别塔经历的盗窃未遂事件比伦敦所有银行加起来的还要多。这些门能挡住大多数不三不四的人，但结界必须区分学者和入侵者。我们试过用头发和指甲，但这些太容易被人偷去。"

"小偷也可以偷到血啊。"拉米说。

"确实可以，"普莱费尔教授说，"但那样的话，他们就不得不下更大的决心，是吧？"

他从最底下的抽屉拿出一套注射器。"请把袖子卷起来。"

他们慢吞吞地卷起长袍的衣袖。

"我们是不是应该让护士来处理？"维克图瓦问道。

"不用担心。"普莱费尔教授弹了弹针头，"我做这事挺熟练。一下子就能找到血管。谁第一个来？"

罗宾主动上前，他不想忍受等待的折磨。接下来是拉米，随后是维克图瓦，最后是莱蒂。整个过程不到十五分钟，谁都没有受伤。唯有莱蒂在针头从她手臂上抽出的那一刻脸色发青，让人不免有些担心。

"去吃一顿丰盛的午餐吧，"普莱费尔教授对她说，"血肠就不错，如果今天有的话。"

抽屉中多了四瓶崭新的血液，都配上了字迹整齐小巧的标签。

"现在你们是巴别塔的一部分了，"普莱费尔教授一边锁上抽屉一边对他们说，"现在巴别塔认识你们了。"

拉米做了个鬼脸。"有点吓人，不是吗？"

"一点也不，"普莱费尔教授说，"你们是在一个制造魔法的地方。它有现代大学的所有外部装饰，但在它的核心，巴别塔与古时候炼金术士的隐秘居所没有太大区别。但和炼金术士不同的是，我们真的研究出了改造事物的关键。关键不在于事物的本体，而在于它们的名称。"

巴别塔和其他几所人文学院共享拉德克利夫方庭内的一间公共食堂。据说伙食很棒，不过那时已经关了门，要到明天上课时才开放。他们只得回到大学学院，正好赶上午餐服务的最后阶段。所有热气腾腾的食物都没有了，在晚餐之前只有下午茶和配套的点心。他们往餐盘上堆满茶杯、茶壶、糖罐、奶罐和司康，穿过大厅里的一排排木制长桌，在角落里找到一张无人打扰的桌子。

"所以你来自广州是吧?"莱蒂问。此时罗宾已经注意到,她的性格非常强势,提问的语气永远像在质问,哪怕是最善意的问题。

他刚刚咬了一口司康,放久的司康干得噎人,他必须先喝口茶才能说话。他还没来得及回答,莱蒂的目光已经转向了拉米。"你呢——马德拉斯?孟买?"

"加尔各答。"拉米愉快地说。

"我父亲在加尔各答驻扎过,"她说,"整整三年,从1825年到1828年。没准你在那里见过他。"

"真棒,"拉米给他的司康涂上厚厚一层果酱,"没准他曾经拿枪指着我妹妹的脑袋。"

罗宾发出一声冷笑,莱蒂的脸色变得惨白。"我只是想说,我以前见过印度教徒——"

"我是穆斯林。"

"好吧,我只是想说——"

"你知道吗,"拉米狠狠地往司康上涂抹黄油,"说实在的,所有人都喜欢把印度和印度教画上等号,这真的很烦人。'噢,穆斯林统治印度是反常现象,是外来入侵;莫卧儿王朝只是闯入者,而要说印度的传统,那是梵语,是《奥义书》。'"他把司康送到嘴边:"但你甚至不知道这些词中的任何一个是什么意思,不是吗?"

谈话一开始就陷入了尴尬。刚认识的人并不总能欣赏拉米的幽默感,他那不加思考又情绪激动的连珠炮,只有从容不迫的人才招架得住。而这似乎是利蒂希娅·普赖斯唯一做不到的事。

"话说,巴别塔,"罗宾打断拉米的话,没让他再说下去,"这座建筑很漂亮。"

莱蒂有些意外地看了他一眼。"相当漂亮。"

拉米翻了个白眼,放下手里的司康咳嗽起来。

他们在沉默中小口喝着各自的热茶。维克图瓦紧张地搅动茶匙,在杯沿发出叮当的轻响。罗宾望向窗外。拉米用指关节轻敲桌面,被莱蒂瞪了一眼才停下。

"你们觉得这地方怎么样?"维克图瓦鼓起勇气,想要挽救这场对话,"我是说牛津郡。我感觉我们到现在只看到了它很小的一部分,这地方太大了。我是说,倒没有伦敦或巴黎那么大,但这里有很多隐藏的角落,你们不觉得吗?"

"这里简直难以置信,"罗宾有些过于热情地接过话头,"简直不像真的,每一座建筑都——我们刚到那三天只顾着到处转悠,看得目瞪口呆。我们参观了所有的旅游景点,牛津博物馆、基督堂学院的花园——"

维克图瓦挑起一边眉毛:"你们可以随便去任何地方,没人拦着?"

"其实并不是。"拉米放下茶杯,"记得吗,小燕子,在阿什莫尔——"

"啊对,"罗宾说,"那里的人觉得我们肯定是去偷东西的,我们进去和出来的时候,他们都非要我们翻开口袋检查,似乎坚信我们偷了阿尔弗雷德大帝的珠宝。"

"他们根本不让我们进去,"维克图瓦说,"说没有年长女性陪伴,女士不许入内。"

拉米冷哼一声:"为什么?"

"大概是因为我们容易神经兮兮吧,"莱蒂说,"他们可不想让我们在画作跟前晕过去。"

"可那些色彩多么激动人心啊。"维克图瓦说。

"又是战场,又是袒胸露乳的。"莱蒂用手背掩住额头,"我的神经怎么受得了啊。"

"那你们怎么办?"拉米问。

"我们等讲解员换班以后又去了一次,这回假装是男人。"维克图瓦粗着嗓子说，"不好意思，我们是来这里探望表兄弟的乡下小子，他们上课去了，我们没事可做——"

罗宾大笑起来。"不是吧？"

"这办法成功了。"维克图瓦认真地强调。

"我不信。"

"不骗你，真的。"维克图瓦微微一笑。罗宾注意到她有一双像洋娃娃一样的美丽大眼睛。罗宾喜欢听她说话，她的每句话似乎都在诱发他内心深处的欢笑，"他们可能以为我们只有十二岁，但这办法成功了，像做梦一样——"

"直到你激动过了头。"莱蒂插话道。

"好吧，直到我们恰好从讲解员面前走过去——"

"这时她看见一幅她喜欢的伦勃朗，就尖叫起来——"莱蒂像小鸟一样轻快地说。维克图瓦推了推莱蒂的肩膀，但她自己也在大笑。

"'不好意思，小姐。'"维克图瓦拉下脸模仿讲解员不以为然的神情，"'你们不应该待在这里，我想你们必须转身出去——'"

"所以说到底，确实是你们神经兮兮啊——"

这就够了，寒冰融化了。转瞬之间，他们全都大笑起来。或许与这个笑话本身相比，他们笑得有些用力过度，但重要的是欢笑本身。

"还有其他人发现你们是女生吗？"拉米问。

"没有，他们都以为我们是格外苗条的新生。"莱蒂说，"不过有一回有人朝维克图瓦大喊，要她脱掉长袍。"

"他想把我的长袍扯下来。"维克图瓦的目光落到腿上，"莱蒂不得不用她的伞把那人打走。"

"我们也遇到过差不多的事，"拉米说，"有一天夜里，几个贝利奥尔的醉鬼朝我们大吼大叫。"

"他们不喜欢深肤色的人穿他们的校服。"维克图瓦说。

第四章　101

"是的,"拉米说,"他们不喜欢。"

"我很抱歉,"维克图瓦说,"他们有没有——我是说,你们顺利脱身了吗?"

罗宾向拉米投去关切的目光,但拉米此刻心情很好,他笑得眯起了眼睛。

"噢,是的,"他张开手臂环住罗宾的肩膀,"我都准备打断他们的鼻梁了,结果还是这家伙做事谨慎。他扭头就跑,好像地狱里的恶犬追在他屁股后面似的。所以我也只能跟着跑咯。"

"我不喜欢冲突。"罗宾红着脸说。

"噢,是的。"拉米说,"要是可以的话,你会躲进石墙里直接消失。"

"那你大可以留下嘛,"罗宾反唇相讥,"一个人把他们打跑就是了。"

"那怎么行,让你一个人在黑暗里战战兢兢吗?"拉米咧嘴一笑,"不管怎么说,你当时看起来蠢透了。看你跑起来的那副样子,就像膀胱快憋炸了又找不着厕所。"

他们再次大笑起来。

他们很快发现,彼此之间没有禁忌话题。他们可以谈论任何事,分享在这个他们不该出现的地方感受到却难以言说的所有羞辱,所有在此之前始终藏在心里的隐约不安。他们将自己的一切和盘托出,因为他们终于找到了唯一的集体。在这个集体中,他们的经历不再独一无二,不再使他们困惑。

接着,他们对彼此讲述了来牛津以前的教育经历。显而易见,对于中意的学子,巴别塔总是从年幼就开始培养。莱蒂来自布赖顿南部,从她会说话开始,她出色的记忆力就让家族的朋友们惊叹,其中一位朋友认识牛津的老师,便为她请来几位家庭教师,让她接受法语、德语、拉丁语和古希腊语训练,直到能够入学的年纪。

"不过我差点没来成。"莱蒂眨了眨眼睛,睫毛疯狂扑闪着,"父亲说他绝对不会为女人的教育出钱，所以我很感激这里有奖学金。为了付来这里的马车钱，我不得不变卖一套手镯。"

维克图瓦与罗宾和拉米一样，是跟随一位监护人来到欧洲的。"巴黎，"她娓娓道来，"他是个法国人，但在学院有熟识的人，他准备等我年纪够大的时候给他们写信。只是后来他去世了，有一段时间我都不确定自己能不能来这里。"她的声音微微有些颤抖，她喝了一小口热茶。"但我还是想办法和这里的人联系上了，他们便安排我来了这里。"她含糊其词地收了尾。

罗宾疑心这不是故事的全貌，但他同样擅长掩饰内心的痛苦，所以没有多问。

有一件事让他们团结在一起：如果没有巴别塔，他们在这个国家将无处可去。他们被选中，从此获得从未想过的特殊待遇，得到有权有势之人的资金支持（尽管他们尚未完全明白这些人的动机）。而且，他们无比深刻地明白，这一切随时可能化为泡影。这种不确定的感觉让他们既大胆又恐慌。他们拥有通往整个王国的钥匙，他们不想归还这些钥匙。

喝完茶时，他们简直像是爱上了彼此——当然，暂时还算不上是真的爱，因为那需要时间和记忆，但这第一印象已经无限接近于爱。在今后的日子里，拉米会骄傲地戴上维克图瓦笨手笨脚织好的围巾；罗宾会分毫不差地知道拉米喜欢多浓的茶，他会备好一壶热茶，这样拉米在阿拉伯语课拖堂后不得不很晚才到公共食堂时刚好喝上；他们都会知道，莱蒂在周三早晨总是捧着装满柠檬饼干的纸袋去上课，因为泰勒烘焙屋只在周三早晨烤制柠檬饼干。那些日子尚未到来，但在那天下午，他们可以清楚地看到彼此将成为怎样的挚友，而那样的愿景已经足够可爱。

许久之后，当一切偏离航向，世界迸裂成碎片时，罗宾还会回想到他们围坐桌边的这一天、这一刻，思考他们当时为什么那么快又那么粗心而急切地信任彼此。他们为什么拒绝认清一点：他们有无数种彼此伤害的方式，他们为什么没有稍微冷静下来，审视他们在出身和成长经历方面的差异，而这种差异意味着他们不属于同一阵营，也永远不可能站在同一阵营。

但答案太过明显：他们是在陌生的环境中快要溺水的四个人，他们是彼此眼中的小木筏。紧紧抓住彼此，是唯一不被淹没的方式。

学院不允许女孩住在校区，所以维克图瓦和莱蒂在开学前一直不曾与罗宾和拉米偶遇。她们的宿舍位于大约两英里外，在一座牛津全日制学校供仆人居住的附楼里，这显然是巴别塔对女生一贯的安排。罗宾和拉米陪她们一起回家，因为这似乎是绅士应该做的事。但罗宾希望这不要变成每天晚上的惯例，毕竟女生宿舍真的很远，这个点又没有公共马车。

"就不能给你们找个近一点的地方吗？"拉米说。

维克图瓦摇摇头："所有学院都说，我们住得太近就有腐蚀绅士们的危险。"

"嚆，这不公平。"拉米说。

莱蒂做了个鬼脸："那还用说。"

"但也没那么糟，"维克图瓦说，"这条街上有几家好玩的小酒馆，我们很喜欢'四骑士'和'扭树根'，还有能下国际象棋的'车与卒'——"

"抱歉，"罗宾说，"你刚刚说'扭树根'？"

"沿着哈罗巷一直走到桥边就是，"维克图瓦说，"不过你不会喜欢那里的。我们进去看了一眼，立马就出来了。里面脏得可怕，手指在玻璃杯上摸一圈，能刮下来四分之一英寸厚的油污。"

"所以不是学生常去的地方咯？"

"不是，那里不会有不省人事的牛津男孩。那个酒吧属于镇子上的人，不属于穿长袍的人。"

莱蒂指向远处一群悠闲漫步的奶牛，罗宾便任由话题扯远。后来，等他们确认女孩们安全到家之后，他让拉米独自走回喜鹊巷。

"我忘了我还得去探望洛弗尔教授，"罗宾说，碰巧从这里到杰里科比回大院要近一些，"有好长一段路呢，我不想连累你走那么远。"

"我还以为你要下个周末才去吃晚餐。"拉米说。

"没错，但我刚刚想起来，我应该早点去拜访。"罗宾清了清嗓子，对拉米当面说谎的感觉糟透了，"派珀太太说她给我烤了点心。"

"感谢苍天。"令他惊奇的是，拉米完全没有起疑，"今天的午餐简直没法吃。你确定不需要人陪吗？"

"没事。今天挺充实的，我有点累了，安安静静走一走挺好的。"

"说得也是。"拉米愉快地说。

他们在伍德斯托克路分开。拉米一路向南，径直向学院走去。罗宾四处寻找维克图瓦所说的那座桥，他不确定自己究竟想找到什么，除了记忆中的那句低语。

他想找的人先找到了他。在穿过哈罗巷时，罗宾听到身后响起另一阵脚步声。他回头一看，只见狭窄的街道上有一个深黑色的身影跟在他身后。

"你花的时间真不少，"他的分身说，"我都在这儿躲了一整天了。"

"你是谁？"罗宾质问他，"你是什么——你为什么长着我的脸？"

"别在这说，"他的分身说，"酒馆就在街角，我们进去再——"

"回答我。"罗宾坚持道。对危险的感知直到此刻才姗姗来迟；他突然感到口干舌燥，心脏像擂鼓一般狂跳，"你是谁？"

"你是罗宾·斯威夫特，"那个男人说，"你从小就没有父亲，但有一个说不清楚的英国保姆和源源不断的英语书陪你长大。后来洛弗尔教授出现，带你来到英国，从那一刻起你就永远告别了你的祖国。你觉得

第四章

教授可能是你父亲，但他从来没承认过你是他的骨肉。你基本确定他永远不会承认你们的关系。这些都没错吧？"

罗宾哑口无言。他张开嘴，下颌毫无意义地一张一合，一个字也说不出来。

"跟我来，"他的分身说，"我们喝一杯去。"

第二卷

第五章

"你用了许多很难听的字眼,但我不在乎,"蒙克斯发出一阵嘲笑,把他的话打断。"只要你知道这件事实,对我就足够了。"

——查尔斯·狄更斯,《雾都孤儿》[1]

他们在扭树根最里面的角落找了一张桌子。罗宾的分身要了两杯清淡的金色麦芽酒。罗宾不管不顾地灌下三大口,这才稍微平静了一些,玻璃杯中的酒瞬间少了一半,但他心中的困惑丝毫未减。

"我的名字,"他的分身说,"是格里芬·洛弗尔。"

凑近细看,他和罗宾倒也没有那么相似。他比罗宾大好几岁,脸上有罗宾暂时还不具备的硬朗的成熟气质。他的声音更低沉,少了几分宽容,多了几分决断。他的个头比罗宾高出好几英寸,不过也瘦削很多,整个人都棱角分明。他的头发颜色更深,皮肤更白。整个人仿佛是罗宾复印出来的,明暗更突出,色调更暗淡。

他比上一个更像和你一个模子刻出来的。

"洛弗尔,"罗宾重复了一遍,努力想认清自己的处境,"所以你是——?"

"他永远不会承认,"格里芬说,"他也不会承认你,对吧?你知道他有妻子儿女吗?"

---

[1] 引自《雾都孤儿》,[英]查尔斯·狄更斯著,荣如德译,上海译文出版社,2018年。——译注

罗宾呛了一口。"什么？"

"是真的。一个女儿一个儿子，一个七岁一个三岁。亲爱的菲莉帕和小迪克。妻子名叫约翰娜。他把妻儿藏在约克郡一座漂亮的庄园里。他出国旅行的资金有一部分就是这么来的，他出身贫寒，妻子却富得流油，每年收入五百英镑。"

"那她——"

"知不知道我们的事？绝对不知道。不过我觉得她就算知道了也不会介意，顶多介意介意在所难免的名声问题。他们的婚姻里没有爱情。男的想要财产，女的想要吹嘘的资格。他们一年只见两次，其余时间他都住在这里或者汉普斯特德。真够有意思的，我们反倒是和他相处最多的孩子，"格里芬歪着头，"至少你是。"

"我是在做梦吗？"罗宾小声说。

"想得美。你脸色真难看，喝点酒吧。"

罗宾麻木地拿起杯子。他不再发抖，只是头晕得厉害。喝酒并不能改善这种状况，但至少让他的手头有事可做。

"我知道你肯定有一大堆问题，"格里芬说，"我会尽量回答，但你必须耐心一些。我也有问题要问。你怎么称呼自己？"

"罗宾·斯威夫特，"罗宾迷惑地答道，"你知道的啊。"

"可那是你偏爱的名字吗？"

罗宾不确定他这话的意思。"啊，我还有原来的——我是说，我还有汉语名字，但是没人——我不——"

"行了，"格里芬说，"斯威夫特。这姓氏不错。怎么想到的？"

"《格列佛游记》。"罗宾坦白。大声说出这个理由显得很蠢。格里芬的一切都与他形成鲜明的反差，让他觉得自己像个小孩，"那——那是我最喜欢的书之一。洛弗尔教授让我选个自己喜欢的姓氏就行，那是我想到的第一个姓氏。"

格里芬撇了撇嘴。"看来他温和了一点。我那时候，在签署文件之前，他带我来到街角告诉我，捡来的孩子通常以他们被遗弃的地方冠姓。他让我在城市里走一走，直到我找到一个听起来不那么滑稽的姓氏。"

"你找到了吗？"

"当然。哈利。那倒不是什么特别的地方，我只是在一家商店门上看到了这个名字，我喜欢它的发音，念这个词时的口型，以及发第二个音节的轻松释放感。但我姓洛弗尔，不姓什么哈利，就像你也不姓什么斯威夫特。"

"所以我们是——"

"同父异母的兄弟，"格里芬说，"你好，弟弟。很高兴见到你。"

罗宾放下杯子："我现在想知道整件事的前因后果。"

"说得也是。"格里芬往前凑了凑。晚餐时间的扭树根人满为患，酒馆里的喧哗声足以掩盖任何单独的谈话，可格里芬还是压低声音，罗宾得费好大力气才能听清他的轻声低语。"长话短说吧。我是个罪犯，我的同伙和我定期从巴别塔盗取白银、手抄本和镌字材料，把它们分送到我们在英国各地的联络人手里，然后送往世界各地。你昨晚做的事是对巴别塔的背叛，一旦被人发现，你会被送进新门监狱，最少也得坐二十年牢，而且在那以前，他们还会对你施以酷刑，让你交代我们的下落。"格里芬一口气说完这些，语气和音量都几乎没有起伏。说完后，他向后一靠，一副心满意足的样子。

罗宾做了他觉得唯一能做的事：再灌一大口让人迷醉的麦芽酒。他放下酒杯，太阳穴突突直跳，此时他唯一能说出口的就是："为什么？"

"很简单，"格里芬说，"有人比富有的伦敦人更需要白银。"

"可是，我不明白，什么人？"

格里芬没有马上回答。有那么几秒钟，他上下打量罗宾，端详他的脸，似乎在搜寻什么东西：某种更进一步的相似性，某种与生俱来的关键品质。接着，他问："你母亲为什么会死？"

"霍乱，"罗宾沉默片刻才开口，"当时爆发了——"

"我没问怎么死的，"格里芬说，"我问的是为什么。"

我不知道为什么，罗宾很想这样说，但是他知道。他一直都知道，他只是强迫自己不要多想这件事。一直以来，他从不允许自己以这种方式问出这个特定的问题。

噢，前后两周多一点吧，派珀太太说。他们来中国已经两周多了。

他的眼睛刺痛起来。他眨了眨眼。"你怎么会知道我母亲的事？"

格里芬靠在椅背上，双手交叉抱在脑后："要不把酒喝完？"

走出酒馆，格里芬沿着哈罗巷迅速向前走去，他不时扭过头，接二连三地抛出各种问题。"话说，你从哪里来？"

"广州。"

"我出生在澳门。我不记得有没有去过广州了。他什么时候带你过来的？"

"来伦敦吗？"

"不然呢，你这个傻子，来马尼拉吗？当然是伦敦。"

他这个哥哥可能真是个浑蛋。罗宾心想。"六年——不，七年前。"

"难以置信。"格里芬毫无征兆地左转，踏上班伯里路。罗宾小跑着跟上他。"难怪他从来没去找我。有更值得他关注的东西了，不是吗？"

罗宾在鹅卵石路面上绊了一跤，向前摔倒在地。他站起身，赶紧追上格里芬。他以前只在派珀太太的餐桌上喝过低度葡萄酒，但从没喝过麦芽酒，啤酒花让他舌头发麻。他有股想要呕吐的强烈冲动。为什么要喝这么多酒？他觉得头晕，思考的速度放慢了一拍，但这显然正是格里芬的目的。显而易见，格里芬希望他不在状态、毫无防备。罗宾甚至怀疑，格里芬就是喜欢让人失去平衡。

112　巴别塔

"我们要去哪儿？"他问。

"往南，然后往西。无所谓。避免被偷听的最好办法就是保持移动。"格里芬拐进坎特伯雷路，"如果你站着不动，那跟踪你的人就能躲起来听到整个谈话，但如果你四处乱转，他们就难办多了。"

"跟踪你的人？"

"永远都要防备着。"

"那我们能去一家面包店吗？"

"面包店？"

"我和我朋友说我去探望派珀太太了。"罗宾的头依然晕得厉害，但关于谎言的记忆却非常清晰，"我不能空手回去。"

"行。"格里芬带他沿温切斯特路往南走，"泰勒烘焙屋行吗？这个时间没别的店了。"

罗宾一头扎进店里，慌慌张张地买下他能找到的最朴素的几种点心——他不希望拉米在他们下次路过泰勒的玻璃橱窗时起疑。他房间里有个粗布袋，等他回家以后可以把点心装进去，再把商店的纸盒扔掉。

他也感染了格里芬的被害妄想症，总觉得自己身上被做了标记、被涂上了鲜红的颜料，尽管付了钱，但还是确信有人会说他是小偷。他接过零钱时甚至无法直视店主的眼睛。

"不管怎么说，"罗宾一走出店门，格里芬就对他说，"你愿意替我们偷东西吗？"

"偷东西？"他们继续迈着漫无目的的步伐向前走，"你是说去巴别塔偷？"

"当然，显而易见。跟上。"

"可你们为什么需要我？"

"因为你是学院的人，而我们不是。塔楼里有你的血，也就是说你可以打开那些我们打不开的门。"

"可是为什么……"洪水般的问题让罗宾舌头打结,"为了什么啊?你们偷来的东西是怎么处理的?"

"我刚才告诉过你了,我们重新分配这些东西,我们是侠盗罗宾汉。哈,你正好叫罗宾,这不巧了吗?说正经的,我们把银条和刻银材料送给世界各地需要的人,那些没福气拥有财富、没福气生在英国的人,像你母亲那样的人。你瞧,巴别塔是个耀眼的地方,但它之所以耀眼,完全因为它只向极其有限的客户群出售镌字银器。"格里芬回头张望。除了在街道另一头有个拖着篮筐的洗衣女工之外,他们周围没有别人,但格里芬还是加快了脚步。"所以你加入吗?"

"我——我不知道。"罗宾眨眨眼睛,"我不能就这么——我是说,我还有很多问题呢。"

格里芬耸了耸肩。"想问什么就问。问吧。"

"我——好吧。"罗宾努力按顺序梳理他的疑惑,"你是什么人?"

"格里芬·洛弗尔。"

"不,你的那个团伙——"

"赫耳墨斯社,"格里芬利落地回答,"或者就叫赫耳墨斯,如果你喜欢的话。"

"赫耳墨斯社,"罗宾咀嚼着这个名字,"为什么——"

"是个玩笑。白银和水银,墨丘利和赫耳墨斯,赫耳墨斯和翻译。我不知道是谁想出来的。"

"所以你们是一个秘密社团?没有人知道你们的存在?"

"巴别塔肯定知道。我们有,嗯,我们之间有不少来往,这么说可以吗?但他们知道的不多,肯定没有他们想知道的多。我们非常擅长潜伏在暗处。"

也没有那么擅长。罗宾在心里说,他想到了黑暗中的咒骂和白银散落在鹅卵石地面上的声音。但他嘴上只是说:"你们有多少人?"

"不能告诉你。"

"你们有总部吗？"

"有。"

"能告诉我在哪里吗？"

格里芬笑出了声。"绝对不能。"

"但是，肯定还有别的成员，对吗？"罗宾坚持道，"你至少可以介绍我——"

"不能，也不愿意，"格里芬说，"我们才刚认识，弟弟。就我知道的情况来看，我们一分开你就可能跑去找普莱费尔。"

"可是，那怎么——"罗宾沮丧地甩了甩手，"我是说，你什么都不给我，同时又要求我付出一切。"

"是的，弟弟，任何能办成事的秘密社团都是这么运作的。我又不知道你是哪一类人，要是告诉你太多事，那我就是个傻子。"

"所以你明白为什么我非常为难吗？"罗宾觉得格里芬在回避某些相当合理的担忧，"我对你也一无所知。你可能是在说谎，你可能是想陷害我——"

"要真是那样的话，你现在早就被开除了。所以不可能。你觉得我在哪件事上说了谎？"

"也许你根本没用银条帮助其他人，"罗宾说，"也许赫耳墨斯社是一群大骗子，也许你们靠倒卖偷来的东西发财——"

"你看我像发财的样子吗？"

罗宾这才看清格里芬营养不良的瘦削身体，边沿磨损的黑色大衣和蓬乱的头发。不，他不得不承认，赫耳墨斯社看起来并没有追求个人利益的企图。或许格里芬偷银条确实有其他秘密的打算，但为自己谋利显然不在其中。

"我知道一次说这么多你很难承受，"格里芬说，"但你只能信任我。

没有别的路可走。"

"我想信任你。我是说——我只是——这也太多信息了。"罗宾摇了摇头,"我才到这里,我刚刚才第一次见到巴别塔,我对你和这个地方都不够了解,完全不足以让我明白究竟发生了什么——"

"那你为什么那么做?"格里芬问。

"我——什么?"

"昨晚。"格里芬扭头瞟了他一眼,"你帮了我们,什么都没问。你甚至没有犹豫。为什么?"

"我不知道。"罗宾实话实说。

这个问题他已经问过自己上千次。他为什么启动那根银条?不仅仅是因为当时正值午夜时分,月光清亮,宛如梦境,致使他脑中的校规和违纪的后果都消失了,也不仅仅是因为见到他的分身让他对现实本身产生了质疑。是他觉察到了某种更深层的、无法解释的冲动。"只是感觉那样做是对的。"

"怎么,你当时没觉得是在帮一伙小偷?"

"我知道你们是小偷,"罗宾说,"我只是……我不觉得你们在做什么坏事。"

"我就知道你有那种本能,"格里芬说,"你会相信我,相信我们在做正确的事。"

"那什么是正确的事?"罗宾问,"在你眼里?这一切的目的是什么?"

格里芬微微一笑。那是一种不同寻常、居高临下的微笑,像是戴了一张愉悦的面具,眼里却没有笑意。"现在你终于问到点子上了。"

他们又绕回了班伯里路。草木茂盛的大学公园在眼前若隐若现,罗宾隐隐希望他们能在公园路往南走。天色渐渐暗了下来,夜里又很冷,但格里芬带他继续向北,离市中心越来越远。

"你知道在这个国家,大部分银条的用途是什么吗?"

罗宾大胆猜想道:"给医生用来治病?"

"哈,真是可敬。猜错了,它们被用作客厅里的装饰。没错,比如让闹钟听起来像真正的公鸡打鸣,让灯火随人声指令熄亮,让窗帘的颜色在一天中不断变幻,诸如此类。因为它们很有意思,英国的上层社会也买得起,而英国的有钱人不管想要什么,就一定要得到。"

"好吧,"罗宾说,"可巴别塔仅仅为了迎合大众需求而出售银条——"

格里芬打断了他:"你想知道巴别塔的第二和第三大收入来源是什么吗?"

"法律翻译?"

"错。军事翻译,包括官方的和私人的,"格里芬说,"然后是奴隶贸易。相比之下,法律翻译挣的钱就是毛毛雨。"

"这……这不可能。"

"不,世界就是这样运转的。我来给你讲讲事情的全貌吧,弟弟。你已经注意到,伦敦是一个庞大帝国的中心,而这个帝国的扩张不会停止。促成这种扩张唯一的、或者说最重要的力量,就是巴别塔。巴别塔像囤积白银一样搜罗外国语言和外语人才,利用他们来打造让英国受益、而且只让英国受益的翻译魔法。全世界所使用的银条绝大多数都在伦敦。目前所使用的最新、最强大的银条需要汉语、梵语和阿拉伯语才能发挥作用,然而,在广泛使用这几种语言的国家,你能找到的银条不到一千根,而且只能在有钱有权的人家里找到。可这不对,这是巧取豪夺,根本就是不公平的。"

格里芬有个习惯:在说话时张开手掌,有节奏地给每句话打着标点,好像指挥家一遍遍地强调同一个音符。"但事情是怎么发生的呢?"他继续说下去,"外国语言的力量是怎么全部集中到英国的呢?这不是偶然,而是对外国文化和外国资源精心策划的剥削。教授们总喜欢假装巴别塔是纯粹的知识避难所,说它凌驾于世俗的商业和贸易诉求之上,

第五章　117

但现实并非如此。它与殖民主义的生意有错综复杂的联系。它就是殖民主义的生意。你自己去问问文学部的人,为什么他们只把外语作品翻译成英语而不是反过来,或者去问问派往海外的口译员都在做些什么。巴别塔做的每一件事都在为帝国的扩张服务。举个例子,霍勒斯·威尔逊爵士是牛津历史上的第一位梵语首席教授,而他有一半的时间都在给基督教传教士上课。

"这一切的意义就在于不断积累白银。我们拥有这么多白银,是因为我们连哄带骗、威逼利诱、用尽手段同其他国家进行贸易往来,让现金流向国内。我们还用白银本身去促进那些贸易往来,用刻着巴别塔译文的银条让我们的舰船驶得更快速,让我们的士兵更善战,让我们的枪炮更致命。这就是利益的恶性循环,如果没有外部力量打破这个循环,英国迟早会占有全世界所有的财富。

"我们——赫耳墨斯社就是那股外部力量。赫耳墨斯将银条分送给值得拥有它们的个体、团体和运动,我们支援奴隶起义,支持抵抗运动。我们把那些为清洁小桌巾而设计的银条熔化,然后造出治愈疾病的银条。"格里芬放慢脚步,转过身看着罗宾的眼睛,"这就是这一切的目的。"

罗宾不得不承认,这一套关于世界的理论很有说服力。只是这个理论似乎牵扯到他所珍视的一切。"我——我明白了。"

"所以还犹豫什么?"

是啊,为什么呢?罗宾试图厘清心中的困惑,找到一个足以让他谨慎行事、但与恐惧无关的理由。可恐惧恰恰是原因所在,对后果的恐惧,对打破牛津绚丽幻景的恐惧;他刚刚争取到进入牛津的资格,可在他好好享受之前,格里芬却让这片幻景沾染了污渍。

"就是太突然了,"他说,"我才刚刚认识你,我不知道的太多了。"

"秘密社团就是这样,"格里芬说,"它们很容易变成浪漫的幻想。你以为会先有一个漫长的争取入会的过程,然后你将正式被吸纳为社团成员，看到崭新的世界，见到社团的每一层级和所有参与其中的人。如果你对秘密社团的全部印象都来自小说和廉价刺激的地摊杂志，那你或许还期待有什么仪式和口令，以及在废弃仓库里举行的秘密会议。

"但其实不是那样的，弟弟。现实生活不是廉价的地摊杂志。现实生活是一团乱麻，让人害怕又不确定。"格里芬的口气软了下来，"你应该明白，我让你做的事非常危险。有人为这些银条送了命，我曾经眼看着朋友为此丧生。巴别塔想把我们赶尽杀绝，你不会想知道被他们活捉的赫耳墨斯社成员的下场。因为我们分散在各处，所以才能生存。我们不会把所有信息放在一个地方。所以我不能让你慢慢来并仔细考虑所有信息。我只能让你靠坚定的信念去冒险。"

罗宾第一次觉察到，格里芬并没有他连珠炮似的演讲所表现的那么自信十足、那么有压迫感。他站在那里，双手插兜，驼背耸肩，在刺骨的秋风中瑟瑟发抖。明显能看出他极其紧张。他哆哆嗦嗦，躁动不安，每说完一句话，都回头四处打量。罗宾很困惑、很苦恼，但格里芬很恐慌。

"必须如此，"格里芬强调，"最少的信息。靠直觉迅速决定。我非常想让你看到我的整个世界，我保证，独自一人很没意思。但你是一个我认识还不到一天的巴别塔学生，这是不争的事实。也许有一天我会把一切都托付给你，但那只能是在你证明自己以后，而且是在我别无选择的时候。至于眼下，我已经告诉你我们在做什么、我们需要你做什么。你愿意加入我们吗？"

罗宾意识到，这次见面已接近尾声。他被要求做出最终决定。罗宾怀疑如果自己拒绝，格里芬就会从他所知道的牛津消失，彻底隐没在暗影中，留下罗宾独自纳闷这段遭遇是否从头至尾都只是自己的想象。"我想加入，我真的想，但我还是不——我只是需要时间好好考虑。拜托了。"

他知道这会让格里芬失望，但罗宾实在是吓坏了，感觉就像被领到悬崖边上，在没有保护措施的情况下往下跳。这种感觉就像七年前，洛弗尔教授把协议推到他面前，冷静地让他签字押上自己的未来。只不过那时罗宾一无所有，也就失无可失。这一次他拥有了一切，食物、衣服、容身之处，而另一条路上没有生存的保障。

"那给你五天。"格里芬说。他看上去很恼火，但没有责怪罗宾。"你有五天时间。默顿学院的花园里有一棵独自生长的桦树，你一眼就能认出来。如果你加入的话，就在周六前往树干上刻一个十字；如果不加入，就不用费劲了。"

"只有五天？"

"如果你到那时候还没摸清这地方的门道，小子，那你就永远都搞不清楚。"格里芬拍拍他的肩膀，"你知道回去的路吧？"

"我——其实不知道。"罗宾没注意路线，他不知道他们身在何处。建筑群已成为远处的背景，此刻他们周围是绵延起伏的绿野。

"我们在萨默敦，"格里芬说，"很美，不过有点无聊。沿这片绿地走到头就是伍德斯托克路，只要在那里左转，然后一直往南走，就到你熟悉的地方了。我们就在这儿分别吧。五天。"格里芬转身准备离开。

"等等，我怎么联系你？"罗宾问。不知为什么，在格里芬眼看就要离开的时候，罗宾却不愿和他分开了。突然间，他怕格里芬一离开他的视线就会永远消失不见，怕这一切终究不过是一场梦。

"我说过了，你不能联系我，"格里芬说，"如果树上有十字，我会联系你。万一你去告密，我的安全至少有保障，明白了吧？"

"那这段时间里我该做些什么？"

"这话是什么意思？你还是巴别塔的学生，做学生该做的事。去上课，出去喝两杯，惹出点乱子。不，你性子太软，别惹乱子。"

"我……行。好吧。"

"还有事吗？"

还有事吗？罗宾真想大笑。他还有上千个问题，但他觉得格里芬一个也不会回答。他决定只问一个碰碰运气。"他知道你的事吗？"

"谁？"

"我们的——洛弗尔教授。"

"噢。"这一次，格里芬没有不假思索地抛出回答。这一次，他沉吟片刻才开口："我不确定。"

这让罗宾很意外："你不知道？"

"我上完三年级就离开了巴别塔，"格里芬平静地说，"我一入学就加入了赫耳墨斯社，但和你一样在内部活动。后来出了些事情，留在塔里不再安全，所以我就逃了。从那以后我一直……"他的声音越来越小，随即清了清嗓子："但那是题外话了。你需要知道的就是，最好别在晚餐时提起我的名字。"

"嗯哼，那还用说。"

格里芬转身准备离开，他停下脚步，转过身来："还有一件事，你住哪儿？"

"嗯？大院，我们都在大学学院。"

"这我知道。哪个房间？"

"噢，"罗宾脸一红，"喜鹊巷四号，七号宿舍，有绿屋顶的那座房子，我的房间在角落，窗户是斜的，面向奥里尔的教堂。"

"我知道那个房间。"太阳早已落山，罗宾再也看不清格里芬半藏在暗影中的脸，"那里以前是我的房间。"

第六章

"问题在于,"爱丽丝说,"你能否让一个词有差异那么大的意思。"

"问题在于,"汉普蒂·邓普蒂说,"哪个意思最重要,就这么简单。"

——刘易斯·卡罗尔,《爱丽丝镜中奇遇记》

周二上午,他们去巴别塔五楼上普莱费尔教授的第一堂翻译理论课。他们刚一坐下,教授就打开了话匣子,堪比主持人的嗓音在狭小的教室里余音绕梁。

"现在你们每个人都基本掌握了至少三种语言,这已经是了不起的成就。不过今天,我要让你们好好体会翻译所独有的困难之处。举例来说,单是 hello(你好)这个词就大有学问。'你好'看起来太好翻译了!法语是 bonjour,意大利语是 ciao,德语是 hallo,等等。假设我们现在要将意大利语翻译成英语。意大利语中的 ciao 既可以用来打招呼,也可以用来道别——这个词并不具体指向打招呼或者道别的意思,只是人们交际时的礼节。它源自威尼斯语 s-ciào vostro,大意是'你恭顺的仆人'。我扯远了。说这么多的重点在于:当我们将 ciao 译为英语时,假如我们在翻译人物离去的场景,那就必须把 ciao 理解为'再见'。有时候,这一点很容易根据语境判断,但有时候语境没那么明显,有时候我们必须在译文里添加新词。说到这里已经挺复杂了,而我们连'你好'都还没说完呢。

"所有出色的翻译者都铭记于心的第一堂课：从一门语言到另一门语言，词语之间不存在一一对应的关系，就连概念也并非一一对应。瑞士语文学家约翰·布赖丁格声称，语言只是'完全等价的词语和表达的集合，可以互相置换，且含义彼此完全对应'，这种观点大错特错。语言可不像数学。再说了，就连数学也会因语言差异而有所不同[1]，这个问题我们以后再说。"

在普莱费尔教授说话时，罗宾发现自己一直在端详他的面孔。他不确定自己在寻找什么，或许在寻找邪恶的蛛丝马迹。格里芬用寥寥数语勾勒出的那个残忍自私、深藏不露的怪物。然而，普莱费尔教授看起来只是一个性情开朗、笑容满面、沉迷于词语之美的学者。说实话，到了白天的教室里，他哥哥煞有介事的阴谋论显得相当可笑。

"语言不是涵盖一整套普世概念的术语表，"普莱费尔教授继续说道，"假如真是那样，翻译就不会是一种需要高超技艺的职业——那只要让天真的新生们坐在教室里翻翻字典，我们很快就能在书架上摆满全套佛经的译文了。事实恰恰相反，我们不得不学会在古老的两极之间舞蹈，西塞罗和哲罗姆对这两极有精妙的解释：verbum e verbo，以及 sensum e sensu。谁能——"

"字对字，"莱蒂立刻答道，"以及意对意。"

"很好，"普莱费尔教授说，"这正是进退两难的地方。我们应该以词语为翻译单位，还是为了文本的整体思想而牺牲单个词语的准确性？"

"我不明白，"莱蒂说，"忠实单个词语所翻译得到的，难道不应该

---

[1] 这是实话。数学无法同文化割裂开来。以计数系统为例，并非所有语言都采用十进制。或者以几何学为例，并非所有文化都认同欧几里得几何学所假设的空间概念。历史上最重大的智识变革之一就是从罗马数字过渡到更优雅的阿拉伯数字，后者的位值制记数法和"零"的概念（表示空位、无）让新式心算成为可能。不过积习难改，1299 年，佛罗伦萨的金融行会"变革会"禁止佛罗伦萨的商人们使用"零"和阿拉伯数字，规定"（数字）必须确切且完整地以字母书写"。——原注

第六章

是同样忠实的文本吗？"

"理论上是的，"普莱费尔教授说，"前提是假设在每一种语言中，词语彼此之间的关系都完全一致。但事实并非如此。在德语中，schlecht 和 schlimm 都有'坏'的意思，但你怎么知道什么时候该用哪一个？在法语中，我们什么时候用 fleuve，什么时候又该用 rivière？我们该如何将法语中的 esprit 翻译成英语？[1] 我们不能只翻译每个词语本身，还必须还原它们在整个篇章中所承载的语义。但是，既然语言之间的差异如此巨大，我们又该怎么做到这一点呢？请注意，这种差异可不是无关紧要的琐事，伊拉斯谟曾经撰写了一整篇论文来论证，他在翻译《新约》时为什么将古希腊语 logos 译为拉丁语 sermo。逐字翻译根本行不通。"

"你大义凛然地摒弃那条，"拉米背诵道，"逐字逐句描摹的奴屈之道。"

"冥顽头脑辛苦产出的大作，是绞尽脑汁却毫无诗意的成果，"普莱费尔教授念出后面两句，"约翰·德纳姆的诗。很不错，米尔扎先生。所以你们看，翻译者与其说是在传递信息，不如说是在改写原文。而困难之处就在于，改写也是写作，而写作总会体现写作者的意识形态和偏见。说到底，拉丁语中 translatio（翻译）一词的字面意思是'带到那边去'。翻译涉及空间上的维度：文本在字面意思上经过运输，穿越被征服的领土，词语像香料一样从异域运送过来。从古罗马的宫殿一路来到如今的英国茶室，词语的含义已有天壤之别。

"说到这里，我们还没脱离词汇的范畴。假如翻译只需要找到正确的主题，准确把握中心思想，那么从理论上说，我们终究是可以表达清楚的，对吗？然而我们面前还有重重障碍：句法、语法、词法和正字

---

[1] 法语 fleuve 和 rivière 均有"河流、江河"的意思。法语 esprit 一词兼有"神灵、头脑、思维、精神、性情、才智"等多重语义。——译注

法，所有那些构成语言骨架的要素。以海因里希·海涅的《孤杉孑然立》一诗为例。这首诗很短，意思也很容易理解。一棵杉树渴望一棵棕榈树，象征一个男人对女人的渴求。可是要将它译为英语却相当棘手，因为英语不像德语那样有阴阳性之分[1]，所以没法传达阳性名词 ein Fichtenbaum（杉树）和阴性名词 einer Palme（棕榈树）的二元对立。明白了吗？所以，我们首先必须假设：语义扭曲是不可避免的。从这一假设出发，问题在于如何谨慎处理这种扭曲。"

他敲了敲讲台上的那本书："你们都读过泰特勒了，对吗？"他们点了点头。阅读伍德豪斯利勋爵亚历山大·弗雷泽·泰特勒的《论翻译的原则》的序章，这是他们前一晚的作业。

"那么你们一定读到了泰特勒提出的三大基本原则。这些原则是——德格拉夫小姐，你来说？"

"第一，译文应完整而准确地表达原文的思想；"维克图瓦答道，"第二，译文应如实反映原文的写作风格和行文手法；第三，译文应与原文一样流畅易读。"

她的回答是那么自信且精准，罗宾觉得她一定是在照着课本朗读。他瞥了一眼，却发现她面前空空如也，这让他吃了一惊。拉米也有这种过目不忘的天赋。罗宾开始感觉同学们有点吓人了。

"非常好，"普莱费尔教授说，"这听起来相当基础。但说起原文的'风格和行文'时，我们究竟是什么意思呢？作品'流畅易读'又是指什么呢？当我们提出这些原则时，我们心里所想的又是怎样的目标读者呢？这些都是我们将在本学期解决的问题，也都是些引人入胜的问

---

[1] 词语的阴阳性之分，即语言学中的性范畴（gender）概念，与生物学中的性别概念无关。有些语言中的名词分为阴性名词和阳性名词（如法语），有些语言中的名词则分为阴性名词、阳性名词和中性名词（如德语）。英语中的名词不区分阴阳性，但有个别名词能够体现男女两性的差异，如男演员（actor）和女演员（actress）。——译注

题。"他握紧双手，"请再次允许我制造一些戏剧效果，谈一谈与我们学院同名的那座巴别塔，是的。亲爱的同学们，我实在没法忽略这个学院的浪漫色彩。请纵容一下我吧。"

他的语气里没有一丝歉意。普莱费尔教授热衷于这种戏剧化的神秘仪式感，这些独白想必在多年的教学中经历过无数次练习和打磨。不过没有人抱怨。大家也很喜欢这种感觉。

"常有人争论说，《旧约》中最大的悲剧不是人类被逐出伊甸园，而是巴别塔的倒塌。原因在于，亚当和夏娃虽然不再蒙受神恩，但他们依然懂得、而且会说天使的语言。但是，当狂妄的人类决定修出一条通往天堂的道路时，上帝打乱了人类的语言。上帝让他们分裂，让他们无法理解彼此，让他们流散在大地之上。

"随巴别塔一同消失的不仅仅是人类的团结，还有原初的语言：某种原始的、与生俱来的、所有人都理解的、形式与内容都完美无缺的语言。《圣经》学者称之为亚当的语言。有人认为那就是希伯来语；有人认为它是一种真实存在过、但已湮灭在时间长河中的古老语言；有人认为它是一种有待发明的、全新的人造语言；有人认为法语能胜任这个角色；也有人认为，等英语完成劫掠和变形之后，或许可以堪当此任。"

"不，这个问题很简单，"拉米说，"当然是叙利亚语。"

"很幽默，米尔扎先生。"罗宾不知道拉米是不是在开玩笑，但其他人都没有发表意见。普莱费尔教授继续讲解下去。"不过对我来说，最初亚当的语言是什么并不重要，因为我们显然已经彻底失去了它。我们永远不可能再说出那神圣的语言。但我们可以将世上所有的语言汇聚在这片屋檐下，尽我们所能收集人类一切的表达方式，从而做一些尝试。我们永远不可能在这尘世间触碰天堂，但混乱也并非无穷无尽。我们可以不断完善翻译的技艺，寻回人类在巴别塔失去的东西。"普莱费尔教授长舒一口气，为自己的表演动容。罗宾觉得自己真的看到教授眼角泛起了泪光。

"魔法。"普莱费尔教授将一只手按在胸口。"我们所做的就是魔法，虽然有时候你们并不会有这种感觉。事实上，今晚做作业的时候，你们会觉得自己更像在叠衣服，而不是在追逐转瞬即逝的灵光。但永远不要忘记，你们的尝试是无畏之举。永远不要忘记，你们是在对抗上帝的诅咒。"

罗宾举起了手："那您的意思是不是说，我们在这里，也是为了拉近人类之间的距离？"

普莱费尔教授歪着脑袋："你这话是什么意思？"

"我只是……"罗宾支支吾吾说不出话。这话一出口就感觉很蠢，只是孩子的胡思乱想，而不是严肃的学术问题。莱蒂和维克图瓦皱眉看着他，就连拉米也皱了皱鼻子。罗宾又试了一次，他知道自己要问什么，只是想不出足够优雅或巧妙的措辞。"那个……因为在《圣经》里，上帝把人类分开了。我在想，是不是——翻译的目的是不是为了让人类重新团结在一起。我们做翻译是不是为了——我不知道怎么说——在人间重建那个天堂，让天堂在国与国之间重现。"

听到这话，普莱费尔教授显得有些为难。但很快，他脸上又恢复了生机勃勃的快乐神色。"是啊，当然了。这正是帝国的计划，也正是为什么，我们的翻译要服从君主的意愿。"

周一、周四和周五是语言专业课。听完普莱费尔教授的演讲再来上这些课，就像从云雾中回到坚实的地面上。

不论各自专精的语言是什么，他们每周要一起上三堂拉丁语课。（在这个阶段，不钻研古典文学专业的学生不用再学古希腊语。）拉丁语教授是一位名叫玛格丽特·克拉夫特的女士，她与普莱费尔教授没有任何共同点。她很少笑，授课毫无感情，讲解全凭记忆，从不看讲义一眼，但她会在讲课时随手翻动书页，似乎早就将每一页的内容熟记于心。她没有问学生的名字，点名时永远是伸手一指，生硬地说一声"你"。她给人的第一印象是毫无幽默感，但当拉米朗读奥维德的作品时读到朱庇特恳求伊俄不要逃走，之后来了一句毫无感情的插入语：fugiebat enim（因为她正要逃走），听到这，她爆发出一阵小女孩似的笑声，她好像一下年轻了二十岁，成了坐在他们中间的女同学。那一瞬间之后，她的面具又回到了脸上。

罗宾不喜欢她。她讲课的声音节奏单调而生硬，出乎意料的停顿让人难以跟上她论证的思路，在她的课堂上度过的两小时似乎漫长得永无止境。不过，莱蒂却听得十分入迷。她望着克拉夫特教授，满眼都是闪闪发亮的崇拜。下课之后，他们陆续离开教室，罗宾在门外等莱蒂收拾东西，准备和她一起去公共食堂。但她却向讲台边的克拉夫特教授走去。

"教授，我想知道我能不能和您谈谈——"

克拉夫特教授站起身："已经下课了，普赖斯小姐。"

"我知道，但我想耽误您一些时间，如果您有空的话。我想说的是，作为牛津的女性，我是说，牛津的女性并不多，我希望能聆听您的忠告——"

出于某种模糊的骑士精神，罗宾觉得他不该再听下去。但他还没走到楼梯边上就听见了克拉夫特教授冷峻的声音。

"巴别塔不怎么歧视女性。只是在我们女性之中，对语言感兴趣的寥寥无几。"

"但您是巴别塔唯一的女教授，而且我们所有人——我和这里所有的女孩都很崇拜您，所以我想——"

"知道是怎么做到的？勤奋刻苦加上天生的才华。这些你都已经知道了。"

"可是对女性来说不一样，而您肯定经历过——"

"如果我有相关话题需要讨论,我会在课上提出来,普赖斯小姐。但是已经下课了。现在你在耽误我的时间。"

趁莱蒂没看见他,罗宾赶紧转过墙角,跑下蜿蜒曲折的楼梯。当她端着盘子在公共食堂坐下时,罗宾发现她的眼圈有些泛红。但他假装没发现,而拉米或维克图瓦就算注意到了也什么都没说。

* * *

周三下午是罗宾一个人的汉语课。他隐隐盼望能在教室里见到洛弗尔教授,结果却发现他的老师是阿南德·查克拉瓦蒂教授,这个和蔼可亲、朴素低调的男人说起英语来是一口地道的伦敦腔,让人觉得他没准是在肯辛顿长大的。

汉语课的课堂氛围与拉丁语课截然不同。查克拉瓦蒂教授没有对罗宾长篇大论地说教,也不让他背课文。这位教授以对谈的方式授课。他提出各种问题,罗宾尽可能回答,两人再一起探讨罗宾给出的答案。

查克拉瓦蒂教授先是提出了几个极其基础的问题,罗宾起初甚至觉得没有回答的必要,然而在对这些问题内在深层的含义条分缕析之后,罗宾才发现它们远远超出自己的理解范围。什么是"词"?最小的意义单位又是什么,又为什么和"词"有所不同?"词"和"字"有区别吗?汉语口语和汉语书面语有哪些区别?

分析和拆解一种他自以为了如指掌的语言,学着区分指事字和象形字,记住一整套与词法和正字法有关的新术语,真是一套古怪的练习,仿佛在大脑内的沟壑间钻探摸索,抽丝剥茧地探究自己的思维,让罗宾既着迷又不安。

接下来是难度较大的问题。汉语中有哪些词能拆分为可辨认的图形?又有哪些不能?为什么代表女性的汉字"女"也是"奴"字的偏旁?同时又是"好"字的偏旁?

"我不知道,"罗宾承认,"为什么呢?因为奴隶和好的东西都有内在的女性特质吗?"

查克拉瓦蒂教授耸耸肩。"我也不知道。这些都是理查德和我还在想办法解答的问题。你知道,我们的汉语语法汇编还远远没达到令人满意的水平。在我学习汉语那会儿,我连好一点的汉英资料都没有,只能拿雷慕沙的《汉文启蒙》和傅尔蒙的《中国官话》凑合,你能想象吗?我到现在都觉得汉语和法语真让人头疼。但我认为我们如今已经有所进步了,真的。"

这时,罗宾明白了他在这里的位置。他不仅是学生,也是同事,一个难得有能力为巴别塔拓宽其狭窄知识边界的母语者。或者说是一座等待掠夺的银矿,格里芬的声音响起,不过罗宾甩开了这个念头。

事实上,能为语法汇编做贡献让他激动不已。但他还要学习很多东西。这堂课后半部分的内容是阅读古汉语。罗宾在洛弗尔教授家中接触过这些内容,但从未系统学习过。古汉语之于官话白话文,就像拉丁语之于英语,懂得后者的人可以猜出前者所构成的一句话的大意,但前者的语法规则无法凭直觉判断,不经过严格的阅读练习是不可能掌握的。句读就像猜谜。名词在适当的情况下也可以用作动词。很多汉字具有不同且互相矛盾的字义,而且每个字义都可以推导出说得通的解释。举例来说,"笃"字既可以表示"限制",也可以表示"硕大的、坚实的"。[1]

那天下午,他们还研读了《诗经》。这部诗歌集主题散乱,写作背景与当代中国相距甚远,甚至在汉代读者眼里,《诗经》的语言已经十分陌生了。

"我建议先到这里吧。"在围绕"不"这个字讨论了二十分钟之后,

---

[1] 《庄子·秋水》有云:"夏虫不可以语于冰者,笃于时也。"这句话中的"笃"就是"限制、制约"的意思,即夏虫的眼界受到时令的制约。"笃"表示"硕大的、坚实的"可见于《尔雅·释诂》中的解释:"笃,固也,厚也。"——译注

查克拉瓦蒂教授说。"不"字在大多数语境里都表示否定语义，但在特定语境下似乎又表示赞美，这完全不符合他们对这个字的了解。"我想我们只能先搁置这个问题了。"

"可我不明白，"罗宾沮丧地说，"我们怎么就没法搞清楚呢？我们能问问了解的人吗？我们就不能去北京访学吗？"

"我们本来可以，"查克拉瓦蒂教授说，"但是你瞧，在清朝皇帝颁布诏令，教外国人学汉语者可能被处死之后，事情就有点难办了。"他拍拍罗宾的肩膀，"我们只能退而求其次。你是我们现有的最好选择。"

"这里就没有别人会说汉语了吗？"罗宾问，"只有我一个学生吗？"

听了这话，查克拉瓦蒂教授的表情很不自然。罗宾这才反应过来：按理说，自己不该知道格里芬的事。洛弗尔教授很可能让学院所有人都发誓保守秘密。根据官方记录，格里芬很可能并不存在。

尽管如此，他还是情不自禁要刨根问底："我听说几年前还有一个学生，也来自中国沿海。"

"噢，是啊，我印象中是曾经有过一个。"查克拉瓦蒂教授的手指焦躁地敲着桌面，"一个不错的男孩，不过没有你这么勤奋。格里芬·哈利。"

"曾经有过？他出什么事了？"

"啊，那真是个悲伤的故事。他去世了，就在四年级开学前。"查克拉瓦蒂教授挠了挠太阳穴，"他在海外访学的途中病倒了，没能活着回来。这种事经常发生。"

"经常发生？"

"是啊，干这行总要承担某些……风险。你知道，经常要到处旅行。减员也在意料之中。"

"可我还是不明白，"罗宾说，"肯定还有很多中国学生乐意来英国学习啊。"

第六章　131

查克拉瓦蒂教授敲击木桌的速度更快了。"嗯，是啊。但首先要考虑对国家忠诚的问题。你知道，招募随时可能跑回清廷的学者没什么好处。其次，理查德的观念是……嗯。必须接受过某种培养才行。"

"像我这样？"

"像你这样。否则的话，理查德认为……"罗宾注意到，查克拉瓦蒂教授频繁使用这个句式，"中国人有某些天生的倾向。也就是说，他认为中国学生不能很好地适应这里。"

卑微的，更原始的种族。"我明白了。"

"但那不包括你，"查克拉瓦蒂教授立刻说，"你很有教养。非常勤奋，我觉得你不会有那些问题。"

"是。"罗宾把话咽了回去，他觉得喉头发紧，"我非常幸运。"

来到牛津后的第二个周六，罗宾一路向北走，去和他的监护人共进晚餐。

洛弗尔教授在牛津的宅邸只比汉普斯特德的庄园略微简朴一些。它面积稍小，只有前后花园，没有大片开阔的绿地，但这依然不是只领教授薪水的人能买得起的。前门树篱边的树上挂满红艳欲滴的樱桃，然而入秋早已不是樱桃结果的时节。罗宾怀疑，只要他弯腰翻开树根处的草丛，一定会发现土里埋着银条。

"好孩子！"他刚一拉响门铃，派珀太太就迎了出来，为他拂去外衣上的落叶，拉着他转了好几圈，细细打量他瘦削的身体，"我的老天爷啊，你都瘦成这样了——"

"伙食很差劲，"罗宾说着，绽开灿烂的笑容，他这才意识到自己有多么想念她，"和您说的一样。昨晚的晚餐是腌鲱鱼——"

她倒吸一口冷气："天哪。"

"——冷牛肉——"

"天哪！"

"还有馊了的面包。"

"太没人性了。别担心，我这顿饭都给你补回来。"她轻轻拍拍罗宾的脸颊，"除了伙食，学校生活怎么样？你喜欢穿那松松垮垮的黑袍吗？交到朋友没有？"

罗宾正要回答，洛弗尔教授走下楼梯。

"你好，罗宾，进来。"他说，"派珀太太，他的大衣——"罗宾脱下大衣交给派珀太太，她看了看沾上墨迹的袖口，露出不以为然的表情。教授问道："新学期怎么样？"

"很有挑战性，就像您提醒的一样。"说话间，罗宾觉得自己更老练了，声音不知怎么也更低沉了。他离开家才一周，却仿佛长了好几岁，现在他可以自称为年轻的男人而不再是男孩了。"但我从挑战中收获了快乐，也学到了很多。"

"查克拉瓦蒂教授说你为语法汇编做了几处不错的贡献。"

"我觉得还远远不够，"罗宾说，"古汉语里有一些助词，我完全不知道该怎么处理。我们的翻译有一半都像是臆测。"

"这种感觉我已经体验几十年了。"洛弗尔教授向餐厅做了个手势，"我们吃饭吧？"

他们仿佛又回到了汉普斯特德。长桌的布置与罗宾印象中一模一样，他和洛弗尔教授分别坐在两端，罗宾右手边挂着一幅画，不过这一次画中是泰晤士河而不是牛津的宽街。派珀太太为两人倒上葡萄酒，对罗宾眨了眨眼，然后就回到厨房里。

洛弗尔教授向他举起酒杯，随后喝了一口："你跟杰尔姆学理论，跟玛格丽特学拉丁语，是吗？"

"是的。课程进行得很顺利。"罗宾抿了一口酒，"不过，克拉夫特教授讲课的样子好像教室空了她也不会注意到，而普莱费尔教授看上去似乎更应该去做演员。"

洛弗尔教授轻声笑了起来。罗宾也不由自主地微微一笑。在此之前,他从来没逗笑过他的监护人。

"他给你们讲普萨美提克的故事了吗?"

"讲了,"罗宾说,"那些都是真事吗?"

"谁知道呢,都是希罗多德告诉我们的,"洛弗尔教授说,"希罗多德还有一个关于普萨美提克的精彩故事。普萨美提克想知道哪种语言是人间所有语言的本源,为此,他将两个新生婴儿交给一位牧羊人抚养,嘱咐不许让他们听到任何人类的语言。在很长一段时间里,他们只能发出婴儿那种含糊不清的声音。后来有一天,其中一个孩子向牧羊人张开小手喊出了 bekos,这是弗里吉亚语表示'面包'的词。于是,普萨美提克认定弗里吉亚人就是大地上的第一个种族,弗里吉亚语就是人类最初的语言。很美的故事,不是吗?"

"我想应该没人相信这个观点吧。"罗宾说。

"老天,当然没有。"

"但那个方法真的有用吗?"罗宾说,"我们真的能从婴儿嘴里学到什么吗?"

"据我所知是行不通,"洛弗尔教授说,"关键在于,如果你想让婴儿正常成长的话,就不可能把他们完全隔绝在没有语言的环境里。买一个孩子来看看可能很有意思,嗯,不过还是算了。"洛弗尔教授歪头想了想,"不过想想可能存在一种原初的语言,还是挺有趣的。"

"普莱费尔教授提到了类似的概念,"罗宾说,"一种完美、与生俱来、没有杂质的语言。亚当的语言。"

在巴别塔度过一段时间后,他对教授说话时感觉更加自信。现在他们处于更加平等的地位,可以以同事的身份交流。晚餐桌上的谈话不再像是审问,而更像是两个研究同一迷人领域的学者在闲聊。

"亚当的语言，"洛弗尔教授的表情不以为然，"我不知道他为什么要给你们灌输那种东西。那是个美好的比喻没错，但每隔几年就会有那么一个学生一门心思要在原始印欧语中找到亚当的语言，或者干脆自己创造一门语言。总要经过严厉的谈话或者几周的失败才能让他恢复理智。"

"您不认为存在一门原初的语言？"罗宾问。

"当然不认为。最虔诚的基督徒认为它确实存在，但你想想，如果上帝的圣言真的与生俱来又清楚无误，那就不会有那么多关于其内容的争论。"他摇了摇头，"有人认为亚当的语言可能是英语，可能演化为英语，但那纯粹是因为英语背后有足够强大的军事实力和权力为它铲除竞争对手。我们必须记住：短短一个世纪之前，伏尔泰宣称法语才是四海通用的语言。当然，那是在滑铁卢之前。韦布和莱布尼茨一度推测，汉语或许真的曾是所有人都能读懂的语言，因为它本质上是表意文字。但珀西认为汉语从埃及圣书体文字演变而来，从而推翻了这个推测。我想说的是，这些都是偶发事件。占据主导地位的语言在支撑它们的军事力量衰落后可能保留一些影响力，比如葡萄牙语就苟延残喘了很久，但它们终究会失去地位。不过，我相信确实存在一个纯粹由语义构成的领域，存在一门中庸的语言，能完美表达所有概念，而我们现在只能在不同语言中寻找最接近的表达，靠常识和感受来判断找得对不对。"

"就像伏尔泰，"罗宾接过话头，葡萄酒让他胆子大了起来，想起应景的名言更是让他激动，"就像他在莎士比亚的法译本的序言中所写的：我尽力在作者翱翔之时，与之一同展翅。"

"说得不错，"洛弗尔教授说，"弗里尔是怎么说的来着？我们认为翻译的语言应当是一种尽可能纯粹的、摸不着、看不见的要素，仅仅是思想和感受的媒介，除此以外什么也不是。可是除了通过语言表达之外，我们还能怎么了解思想和感受？"

"这就是银条的力量所在吗？"罗宾问。这场谈话渐渐超出了他的预期；他觉察到洛弗尔教授正在阐述某些他还没准备好聆听的深奥理论，他要在迷失之前把谈话拉回正题。"它们的原理是不是捕捉纯粹的语义，也就是在不同语言中寻找大致相近的表达时所丢失的那部分语义？"

洛弗尔教授点点头。"这是我们能得出的最理论化的解释。不过我也认为，随着语言的演进，随着语言使用者的经验和智慧不断积累，随着语言大量吸收新的概念，不断发展改变，不断涉及新的内容，我们对一门语言的掌握也越来越全面。误解的空间越来越小。而我们最近才意识到这对刻银术意味着什么。"

"我猜这意味着，罗曼语族研究者最后会无词可用。"罗宾说。

他只是在开玩笑，谁知洛弗尔教授却用力点了点头："你说得很对。法语、意大利语和西班牙语在学院里占据主导地位，但是它们对镌字簿的新贡献却在逐年递减。因为欧洲大陆的交流太过频繁，外来词太多。法语和西班牙语越来越接近英语，反过来也一样，词语的内涵渐渐改变，趋于一致。再过几十年，使用罗曼语族的银条没准会彻底失效。这不行，如果想要创新，我们就必须把目光投向东方，我们需要欧洲没有的语言。"

"所以您专门研究汉语。"罗宾说。

"一点不假。"洛弗尔教授点点头，"我确信中国才是未来。"

"所以您和查克拉瓦蒂教授一直在努力让学生群体更多样化？"

"谁和你说了院系间钩心斗角的闲话？"洛弗尔教授轻笑道，"是啊，今年我们只招了一个专精于欧洲语言的学生，还是个女生，为此还有人不乐意呢。但这是情势所迫。比你们年级高的同学今后很难找到工作。"

"说到语言传播这个话题，我倒是想问……"罗宾清了清嗓子，"那些银条都去哪儿了？我是说，谁把它们买走了？"

洛弗尔教授莫名其妙地看了他一眼："当然是买得起它们的人。"

"可我只在英国见到银条被广泛使用，"罗宾说，"在广州就没这么流行，我听说在加尔各答也没这么常见。而且我突然想到，我也不知道该怎么说，只有英国人经常使用银条，可是银条运作的关键元素却来自中国人和印度人的贡献，这好像有点奇怪。"

"那只是经济问题而已。"洛弗尔教授说，"购买我们创造的东西要花一大笔钱。英国人恰好出得起这笔钱。我们也同中国和印度商人做交易，但他们经常承担不起出口费用。"

"可是英国的银条也用于慈善机构、医院和孤儿院啊，"罗宾说，"我们的银条可以帮助最需要它们的人，但世界其他任何地方都没有。"

罗宾知道自己在玩一个危险的游戏，但他必须问个明白。如果不加以确认，他就无法在心中将洛弗尔教授及其同事视作敌人，也无法完全接受格里芬对巴别塔的毁灭性的评价。

"嗯，我们不能耗费精力去研究各种微不足道的应用。"洛弗尔教授轻蔑地笑道。

罗宾试着改变论证方法。"只是，嗯，似乎应该进行某种交换才公平。"此时他感觉心神飘荡，难以自控，不禁后悔刚才喝了太多酒。这原本应该是场理智的讨论，可他太激动了。"我们拿走他们的语言、他们观察和描述世界的方式。我们应该给他们一些东西作为回报。"

"可是，"洛弗尔教授说，"语言又不是商品，不像茶叶或丝绸那样需要买卖。语言是无穷无尽的资源。我们学习语言、使用语言，是偷了谁的东西？"

这话有几分道理，但这个结论还是让罗宾不舒服。事情肯定没有这么简单，这套逻辑背后肯定掩藏着某种不公平的胁迫或剥削。但是他无法组织语言提出反驳，无法分析出这套论证错在哪里。

"清朝皇帝拥有世界上最多的白银储备之一。"洛弗尔教授说，"他有足够的学者，他甚至有懂英语的语言学家。所以他为何不在皇宫里铺满银条呢？中国人的语言那么丰富，为什么连自己的语法汇编都没有呢？"

第六章 137

"可能他们没有着手做这件事的资源。"罗宾说。

"那我们为什么要把资源拱手送给他们?"

"问题不在这里——问题是他们需要这些,所以巴别塔为什么不派学者去海外参加交流项目?我们为什么不去教他们该怎么做?"

"所有国家都要囤积本国最宝贵的资源。"

"或者是你们在囤积本该自由分享的知识,"罗宾说,"因为如果语言是自由的,如果知识是自由的,那为什么所有语法汇编都锁在巴别塔里?我们为什么从不接待外国学者,也不派学者去支援世界其他地方开设翻译中心?"

"因为我们是皇家翻译学院,我们为帝国的利益服务。"

"这好像从根本上就不公平。"

"这就是你的看法吗?"洛弗尔教授的话语中闪现出一丝冰冷的锋芒,"罗宾·斯威夫特,你认为我们在这里做的事从根本上就不公平吗?"

"我只是想知道,"罗宾说,"为什么银条没救下我母亲。"

短暂的沉默。

"好吧,你母亲的事我很抱歉。"洛弗尔教授拿起餐刀,开始切他的牛排,一副慌乱而狼狈的样子,"但爆发亚洲霍乱的原因是广州公共卫生条件太差,而不是银条分配不均。再说,没有镌字能起死回生——"

"这算什么借口?"罗宾放下手中的玻璃杯,他现在真的醉了,酒精让他变得好斗,"你当时有银条,你亲口告诉我它们很容易制作,那为什么——"

"老天啊,"洛弗尔教授厉声喝道,"她只是个女人。"

门铃响了。罗宾浑身一紧,餐叉砸到餐盘,随即掉落在地板上,发出哐啷的声响。他无比尴尬地将它捡起来。门厅里响起派珀太太的声音:"哎呀,真是惊喜!他们正在吃晚餐呢,我这就带你进去——"话音未落,一个相貌英俊、穿着优雅的金发绅士手捧一摞书本,大步走进了餐厅。

"斯特林！"洛弗尔教授放下餐刀，起身迎接这位陌生人，"我以为你要晚点再来呢。"

"伦敦的事提前办完了——"斯特林的眼睛撞上罗宾的眼睛，他整个人都僵住了，"噢，你好。"

"你好，"罗宾在慌乱中怯生生地说。他意识到，这就是大名鼎鼎的斯特林·琼斯，威廉·琼斯的侄子，学院的大明星。"很——高兴认识你。"

斯特林一言不发，他久久地端详着罗宾，嘴角扭曲成古怪的线条。罗宾读不懂他脸上的表情。"我的天哪。"

洛弗尔教授清了清嗓子："斯特林。"

斯特林的目光又在罗宾脸上停留了片刻，然后才望向别处。

"不论如何，欢迎你。"他好像到现在才想起回答。此时的他已经转过身去，背对罗宾说出的话听起来勉强又别扭。他将手里的书放在桌上："你是对的，迪克，利玛窦的辞典就是关键所在。只看葡萄牙语的时候看不出其中的门道。在这一点上，我可以帮忙处理。现在我认为，我们可以把几个词连锁配对，我在这里标出来了，还有这里——"

洛弗尔教授草草翻过书页："这书被水泡过，但愿你没付全款——"

"我一分钱也没付，迪克，你以为我是傻子吗？"

"嗯，在澳门那事之后——"

他们热烈地讨论起来。罗宾完全被遗忘了。

罗宾四处张望，感觉身子东倒西歪，还深感格格不入，脸上如火烧一般。他还没吃完他那份餐食，但继续用餐又显得非常古怪，再说他也没有了胃口。早先的自信消隐无踪。他又一次觉得自己像个愚蠢的小男孩，在洛弗尔教授的客厅里被那些乌鸦似的访客大笑着哄走。

这种矛盾使他讶然：自己鄙视他们，知道他们可能不怀好意，然而罗宾依然想得到他们的尊重和接纳,跻身于他们的行列。这些混杂的情绪极其陌生。他完全不知道该如何厘清。

但我们还没说完,他想对他的父亲说,我们刚才正谈到我的母亲。

他感觉胸口发紧,心脏仿佛是一头竭力冲出牢笼的困兽。真是莫名其妙。这种打发他的方式与他之前经历的没有任何不同。洛弗尔教授从不关注罗宾的感受,从不表示关心或安慰,他只会生硬地改变话题,只会竖起一堵冷漠的高墙,只会让罗宾的伤痛显得微不足道,甚至连提起这些伤痛都是毫无意义的小题大做。罗宾早就习惯了。

只是现在,或许是酒的缘故,或许是长期以来积压的情绪达到了临界点,他想大声嘶喊、大哭、踹墙,做任何事,只要能让他的父亲直视他的脸。

"噢,罗宾。"洛弗尔教授抬头瞥了他一眼,"你走之前告诉派珀太太,我们要来点咖啡,好吗?"

罗宾抓起大衣离开了房间。

* * *

他没有从高街拐弯走向喜鹊巷。

相反,他越走越远,来到默顿学院的地界。夜里的花园扭曲而诡异。黑色的树枝像手指一般从上锁的铁门后伸出来。罗宾徒劳地摆弄了一阵门锁,然后喘着粗气从栏杆之间的窄缝里挤了进去。他在花园里漫无目的地走了几步,才意识到自己并不知道桦树长什么样。

他后退几步,环顾四周,觉得自己很蠢。这时,一片白色吸引了他的目光。那是一棵苍白的树,被几丛低矮的桑树包围,树冠修剪得微微上翘,仿佛在举手赞美。那棵白树的树干上有一个突起的树瘤,在月光下宛如一个光秃秃的脑袋,又像一颗水晶球。

大概就是它吧,罗宾心想。

他想着哥哥身穿翻飞的鸦黑色斗篷，手指在月光下抚摸这片白树皮的样子。格里芬真的很喜欢戏剧效果。

盘桓在胸口的灼烧感让他奇怪。走了这么长的路让他清醒过来了，但没有消解他的愤怒。他依然时时刻刻都想大声嘶喊。与父亲的晚餐竟让他如此勃然大怒吗？这就是格里芬所说的正义的怒火吗？但是他感受到的并不单纯是革命的烈火。他心中的感受不是信念，而是怀疑、怨恨和深深的迷惑。

他恨这个地方。他又爱这个地方。他痛恨这个地方对待他的方式。可他依然想成为其中的一部分。因为，成为其中的一部分，以学者的身份与教授们平等对话，参与这场盛大的游戏，这种感觉实在是美妙。

一个令人厌恶的念头爬进他的脑海：你生气因为你是个受伤的小男孩，你渴望他们给你更多的关注。但他赶走了这个念头。他当然没有这么狭隘，他当然不会因为没有得到关注而对父亲满腹怨言。

他的所见所闻已经足够了。他看清了巴别塔的本质，他所知道的已经足以让他信任自己的直觉。

他的手指滑过树皮。指甲不够坚硬。最好是用小刀，但他身上没有。最后，他掏出口袋里的钢笔，用笔尖在树瘤上刻出痕迹。他用力划了好几次，好让十字足够显眼。他的手指很疼，钢笔的笔尖彻底报废了。但他终于留下了标记。

第七章

你掌握多少种语言，就抵得上多少个人的价值。

——查理五世

接下来的那个周一，罗宾下课回到宿舍后发现窗台上压着一张小纸条。他一把抓起，关好房门，坐在地板上，眯眼细看格里芬挤在一起的字迹，心脏怦怦直跳。

消息是用汉语写的。罗宾先读了两遍，接着倒着读了一遍，然后又正着读了一遍，他很困惑。格里芬似乎将这些汉字随意串在一起，组成的句子毫无意义。不，它们甚至不能算是句子。虽然有标点符号，但这些汉字的排序完全不符合语法和句法规则。这肯定是某种密码，但格里芬没有给罗宾解码的钥匙。罗宾想不起格里芬提过任何能帮他破译这堆乱码的文学典故或巧妙的暗示。

最后，他终于意识到自己完全搞错了方向。这根本不是汉语。格里芬只是用汉字来模拟另一种语言的发音，罗宾觉得应该是英语。他从日记本里撕下一张纸放在格里芬的纸条旁边，写下每个汉字对应的罗马音发音。有些词语需要多猜几次，因为汉字的罗马音与英语单词的拼写还相差甚远。不过，罗宾发现了一些固定的转换套路——罗马音 tè 总是表示单词 the，罗马音 ü 总是表示字母组合 oo，最终，他破解了这份密码：

下一个雨夜。在午夜准时打开大门，在大厅里面等着，五分钟后原路出去。然后直接回家。

不要偏离我的指示。记住这些，然后烧掉。

简洁，直接，信息量尽可能少，就像格里芬这个人。牛津总是下雨。下一个雨夜可能就是明晚。

罗宾反复阅读这条消息，直到记牢所有细节，然后将最初那张纸条和他的破译都丢进壁炉里。他目不转睛，直到每一片碎屑都化为灰烬。

周三大雨倾盆，整个下午都雨雾弥漫。看着天色渐暗，罗宾心中的忧惧越来越强烈。六点钟，当他走出查克拉瓦蒂教授的办公室时，一阵柔和的细雨正慢慢将人行道浇成深灰色。等他走到喜鹊巷时，细雨已经变成了噼里啪啦的中雨。

他把自己锁在房间里，将拉丁语阅读作业摊在书桌上，一边努力让自己至少盯着它们，一边等待那个时刻。

到了十一点半，这场雨显然还要下很久。这是那种听起来就冷飕飕的雨，虽然没有刺骨的风雪或冰雹，但雨点打在鹅卵石上听着就像冰块落在裸露的皮肤上。这时罗宾总算明白格里芬如此安排的原因了：在这样的夜晚，你只能看见鼻子前面几英尺的东西，而且就算看见什么，你也不想多看一眼。这样的雨让你不得不缩着肩膀低头赶路，在抵达暖和的地方之前，你不会关注周遭的世界。

在十一点三刻，罗宾披上外套走进门厅。

"你要去哪儿？"

他呆站在原地，他以为拉米早就睡了。

"东西忘在图书馆了。"他小声说。

拉米歪着头问："又忘了？"

"大概是我们的诅咒吧。"罗宾小声说，尽力让表情保持平静。

"下着大雨呢，明天再去吧。"拉米皱起眉头，"你忘了什么？"

我的阅读材料,罗宾险些脱口而出,但那显然不是实话,因为他自称整晚都在做阅读练习。"啊,我的日记本。要是放着不管,我会失眠的,我担心有人会看里面的东西——"

"里面有什么啊,情书?"

"不,只是——会让我不自在。"

也许得益于罗宾精湛的撒谎技艺,也可能是拉米困得没有在意,拉米打着哈欠说:"记得明早喊我起床。我和德莱顿耗了一晚上,真不喜欢那家伙。"

"我会的。"罗宾答应着,然后匆匆跑出了门。

倾盆大雨让人寸步难行,去往高街的十分钟路程漫长得如同永恒。远处的巴别塔像蜡烛一般散发出温暖的光芒,每一层都和下午一样灯火通明,只是透过窗户看到的人影少了许多。巴别塔的学者常常不分昼夜地工作,不过大部分人会在九点或十点钟带着书本回家研究。午夜时分还在塔里的人基本会一直待到第二天早晨。

踏上草坪时,罗宾停下脚步环顾四周。他没看见一个人影。格里芬给的消息太模糊了,他不知道是该在那里等到某个赫耳墨斯社的成员出现,还是该径直向前走,准确无误地执行格里芬的指令。

不要偏离我的指示。

午夜的钟声响起。他赶紧往入口处跑去,口干舌燥,无法呼吸。当他跑到石阶上时,两个人影突然出现在夜色里,那是两个身穿黑衣的年轻人,他在大雨中看不清他们的脸。

"去吧,"其中一人小声说,"抓紧。"

罗宾走到大门前说:"罗宾·斯威夫特。"他的声音很轻,但很清晰。结界认出了他的血液。门锁咔嗒一声弹开了。

罗宾拉开大门,停在门廊上的时间极短,刚好让他身后的人影钻进塔里。他自始至终都没看见他们的脸。他们像幽灵一样迅捷无声地冲上楼梯。罗宾站在大厅里，从前额流下来的雨水让他浑身发抖。他盯着时钟一秒一秒地向五分钟的位置跳动。

一切都太轻松了。时间到了，罗宾转过身大步迈出门。他感到腰部被轻轻撞了一下，此外什么异常也没有，没有低语声，也没有银条碰撞的声音。赫耳墨斯社的人被夜色吞没。短短几秒钟后，他们仿佛从未出现过。

罗宾转身走向喜鹊巷。他抖得厉害，刚刚的胆大妄为之举使他眩晕。

他没睡好，还噩梦缠身，一直在床上翻来覆去，汗水打湿了床单。半梦半醒之间，提心吊胆的揣测折磨着他：警察踹开房门，宣称他们目睹且查清了一切，然后将他拖进监狱。他直到清晨才真正熟睡过去。筋疲力尽的他没有听见晨钟声，直到舍监敲门问他今天是否需要打扫房间时才醒来。

"啊，是的，不好意思，请稍等一会儿，我马上出来。"他胡乱洗了把脸，穿好衣服冲出门去。他和几位同窗约好在五楼的自修室见面，在上课前对比他们的翻译作业。现在他已经迟到很久了。

"你可算来了。"拉米在他赶到时说。他、莱蒂和维克图瓦围坐在一张方桌旁。"很抱歉丢下你，但我以为你早走了。我敲了两次门你都没应声。"

"没关系。"罗宾坐了下来，"昨晚没睡好，大概是被雷声吵的。"

"你还好吗？"维克图瓦关切地问，"你看起来有点……"她在自己的脸前含糊地挥了挥手，"苍白？"

"噩梦而已，"他说，"呃，我有时候会做噩梦。"

话刚一出口，他就发现这个借口听起来很蠢。但维克图瓦同情地拍了拍他的手："理解。"

"可以开始了吗？"莱蒂尖锐地问，"我们刚才一直在词汇上兜圈子，因为你不在，拉米不让我们讨论。"

罗宾慌忙翻开书,找到昨晚翻译奥维德的作业:"抱歉,当然可以。"

起初他担心自己根本没法坐下来完成这场讨论。但不知怎么的,洒在冰凉木桌上的暖阳、笔尖摩擦皮纸的沙沙声以及莱蒂清脆利落的朗读使他疲惫的头脑渐渐专注起来,将这一天最需要关注的事情从他可能即将被开除变成了拉丁语。

这场自习讨论比预想中要热烈得多。罗宾从前习惯于将他的译文大声读给切斯特先生,后者则一边听,一边幽默风趣地纠正其中的错误,罗宾从没想过他们会对如何选用措辞和标点,以及反复用到什么程度合适进行如此热火朝天的讨论。他们很快发现,每个人的翻译风格都迥然不同。莱蒂格外注重让译文的语法结构尽可能贴近拉丁语原文,为此,她可以容忍极其怪异别扭的表达。而拉米却是另一个极端,他坚称华丽的修辞能更好地表达观点,为此宁可放弃字面意义上的准确,甚至不惜添加原文没有的新从句。维克图瓦似乎时常对英语的局限性感到失望:"这太别扭了,用法语会说得更清楚。"莱蒂总是对此表示强烈同意,而拉米则嗤之以鼻。每到这样的时刻,关于奥维德的话题就被抛在一边,一场小规模的拿破仑战争再度上演。

"感觉好点了吗?"讨论结束去上课时,拉米问罗宾。

事实上,他确实好些了。沉浸在一门死去的语言的庇护中,投身于一场无关利害的唇枪舌剑,这种感觉很好。令他震惊的是,这一天接下来的时光竟然如此平常,他竟然能镇定自若地和同学们坐在一起听普莱费尔教授滔滔不绝,假装泰特勒是他头脑中最重要的课题。在日光之下,昨夜的种种仿佛是遥远的幻梦。牛津、课堂作业和教授,还有新鲜出炉的司康和凝脂奶油,这些才是真实可感的存在。

尽管如此,他还是无法摆脱潜藏的忧惧,害怕这一切都是个残忍的玩笑,害怕这场闹剧随时都会落下帷幕。毕竟,这样的事怎么可能没有任何后果?他真真切切为巴别塔献出过自己的鲜血,而现在他却在盗取这座学院里的东西，这是何等的背叛。他当然不能再享受眼下的生活。

下午三点左右，他彻底陷入了焦虑。昨晚看起来激动人心的正义任务现在似乎蠢得不可思议。他无法专心学习拉丁语。克拉夫特教授在他眼皮底下打了个响指，罗宾才意识到教授已经喊了他三遍，让他分析一句话的结构。他反复想象着细节生动的可怕场景：

警察们破门而入，指着他大呼小叫：他在那里，那个小偷；他的同窗瞠目结舌地盯着他；洛弗尔教授（不知为什么，他既是原告又是法官）冷冰冰地宣布将对罗宾处以绞刑。他想象着壁炉边的火钩子一下又一下地抽在自己身上，冷酷而有章法地打断他的每一根骨头。

但幻想始终是幻想。没有人来逮捕他。这堂课缓慢而乏味地持续下去，无人打扰。他的恐慌渐渐消散。等到罗宾和同伴们来到餐厅里准备吃晚餐时，他惊讶地发现，自己竟然能轻松假装昨晚无事发生。他们端着食物（冰冷的土豆，还有硬得要使出全身力气才能切下一小块的牛排）坐下来，聊起克拉夫特教授修改拉米辞藻华丽的译文时气急败坏的样子。他们哈哈大笑，在那一刻，昨晚的一切仿佛真的成了遥远的回忆。

那天夜里，罗宾回家时发现一张新的纸条正在窗台上等着他。他用颤抖的双手打开纸条。字迹潦草的讯息十分简短。这一次，罗宾在头脑中完成了破译。

再联系。

心中涌起的失望让他困惑。难道他不是一整天都在希望自己从没卷进这场噩梦吗？他几乎能想象出格里芬揶揄的口气：怎么，你想得到表扬？想要一块饼干作为圆满完成任务的奖赏？

此刻，罗宾发现自己想要更多。但他没办法知道什么时候才能再得到格里芬的音讯。格里芬提醒过罗宾，他们的联系将毫无规律，也许这一整个学期都不会再联系。罗宾在派得上用场的时候自然会得到召唤，否则就不会。第二天晚上，第三天晚上，他都没有在窗台上发现纸条。

几天过去了。几周过去了。

你还是巴别塔的学生，格里芬对他说过，做学生该做的事。

事实上，要做到这一点非常容易。关于格里芬和赫耳墨斯社的记忆渐渐被抛在脑后，退到噩梦和黑暗之中，与此同时，身处牛津与巴别塔的生活在他面前展开，色彩缤纷，精彩纷呈。

他迅速爱上了这个地方和这里的人，速度之快让他自己都大吃一惊，他完全没注意到一切是如何发生的。第一学期他忙得团团转，目不暇接又疲惫不堪，课程和作业填满了他埋头苦学的日常，每天疯狂读书到深夜，熬得头晕眼花，他的同窗是他唯一的快乐源泉和慰藉。女孩们（愿上天祝福她们）很快就不计前嫌地谅解了罗宾和拉米给她们留下的第一印象。罗宾发现，他和维克图瓦都对各类文学有着毫不掩饰的热爱，从哥特式恐怖小说到浪漫传奇不一而足，他们热情高涨地交换和讨论从伦敦买来的、新近出版的廉价怪谈小说。而莱蒂呢，一旦她确信这两个男孩确实没有蠢到不配来牛津的程度，她立刻变得好相处多了。他们发现，莱蒂不仅拥有辛辣的睿智，而且她的出身使她能够敏锐地理解英国社会的阶级结构，因此她的评价充满了趣味——当然，前提是她没在针对他们中的任何一个。

在第一次拜访喜鹊巷之后，莱蒂评价道："科林是那种生活在底层的中产阶级寄生虫，家里认识某个剑桥的数学老师就张扬起自己的人脉。如果他想做律师，他大可直接去律师学院实习，但他还是来了这里，因为他想得到声望和人脉，只不过他根本不具备得到这些的魅力。他的性格就像一条湿毛巾，湿漉漉、黏糊糊。"

说到这里，她模仿起科林双眼圆睁、过分热情的问候，逗得他们捧腹大笑。

拉米、维克图瓦和莱蒂，他们构成了罗宾生命中的色彩，在课程作业之外，他们是罗宾与世界唯一稳定的联系。他们需要彼此，因为他们只有彼此。巴别塔的高年级学生相当孤僻，他们无比繁忙，而且才华横溢得令人望而生畏。学期开始两周后，莱蒂曾壮着胆子问一个名叫加布里埃尔的留校研究员，自己有没有可能加入他们的法语阅读小组，但对方很快就用法国人独有的轻蔑态度拒绝了她。罗宾曾经试着和一个名叫伊尔丝·出岛[1]的三年级日本学生交朋友，她说话有轻微的荷兰口音。两人进出查克拉瓦蒂教授的办公室时经常碰面，罗宾鼓起勇气和她打了几次招呼，但她的表情就好像罗宾是她靴子上的泥巴。

他们还试着与二年级的同学交朋友，也就是住在对面默顿街的五个白人男孩。结果却不尽如人意。在一次学院宴会上，其中一个名叫菲利普·赖特的男孩对罗宾说，一年级学生的高度国际化完全是院系斗争的结果："本科教务委员会一直在争论是应该优先考虑欧洲语言还是其他……更有异域风情的语言。查克拉瓦蒂和洛弗尔吵着要让学生群体多样化已经很多年了。他们不喜欢我们这个都是学习欧洲语言的班级。要我说，他们是在你们身上矫枉过正了。"

罗宾努力保持礼貌："我不明白这为什么是件坏事。"

"嗯，这本身不是一件坏事。但它确实意味着同样有资格且通过了入学考试的候选人被剥夺了机会。"

"我根本没参加入学考试。"罗宾说。

"就是这个意思。"菲利普冷笑道，整个晚上没再和罗宾说一个字。

于是，经常和罗宾说话的就只有拉米、莱蒂和维克图瓦，罗宾甚至开始通过他们的眼睛看待牛津。拉米非常喜欢伊德和雷文斯克罗夫特裁缝铺橱窗里的那条紫色围巾。看到一个眼睛水汪汪的年轻男人捧着一本十四行诗坐在王后巷咖啡馆外面，莱蒂忍不住哈哈大笑。维克图瓦一听

---

[1] 和罗宾一样，伊尔丝在英国没有用自己的本名，只有被收养后的名字。伊尔丝是她选择的英语名，而姓氏则取自她出生的岛屿（出岛）。——原注

说"穹顶与花园"咖啡馆新出了一批司康就跃跃欲试，但是她的法语课要上到中午，所以罗宾必须先去买一份，包起来放在口袋里，好让她一下课就能吃上。当他把阅读材料当成之后与同伴分享尖锐观点、诉苦或开玩笑的素材时，就连阅读课程也让他更有兴致了。

他们也不是没有矛盾。他们的争论没完没了，天资聪颖、自我意识强烈又持有许多观点的年轻人总是会这样争论。罗宾和维克图瓦关于英国文学和法国文学谁更胜一筹的辩论旷日持久，两人都异常狂热地忠于养育他们的国家。维克图瓦坚称，比起伏尔泰或狄德罗，英国最出色的理论家简直不值一提。她总是嘲笑罗宾从博德利图书馆借出的译本，说它们"和原文相比什么都不是，你还不如不读呢"。要不是她总这样说，罗宾原本打算暂且接受她的观点。维克图瓦和莱蒂虽然平时十分亲密，但是一谈到钱的问题、谈到失去父亲资助的莱蒂究竟是不是像她自称的那么穷困时就会吵起来。[1] 莱蒂和拉米最喜欢斗嘴，大部分时候都是因为拉米说莱蒂从没去过殖民地，因此不应该对英国给印度带来的所谓好处发表任何观点。

"我对印度还是略知一二的，"莱蒂总是坚持，"我读过各种专著，我读过汉密尔顿的《印度王公书信集译》——"

"噢，是吗？"拉米问道，"就是那本把印度描绘成一个遭到穆斯林入侵者残暴践踏的、可爱的印度教国家的书？是那本吗？"

每到此时，莱蒂就变得充满戒备，闷闷不乐，烦恼易怒，直到第二天才恢复正常。但这不完全是她的错。拉米似乎成心要激怒她，驳斥她的每一个论断。傲气十足、永远正确、喜怒不形于色的莱蒂具备拉米所

---

[1] 对于这个问题，男孩们不参与讨论。私下里，拉米认为莱蒂说的有道理：作为女人，她本来就没有资格继承普赖斯家族的任何产业。但罗宾觉得她说自己"一贫如洗"有点过头了，因为他们四个都能领到相当可观的生活津贴，足够他们在任何时候去外面的餐馆吃饭。——原注

鄙夷的英国人的所有特点。罗宾怀疑，拉米非要逼得莱蒂公然背叛自己的祖国才会心满意足。

尽管如此，争吵并没有让他们真正生出嫌隙。恰恰相反，这些争论只会让他们更加亲密，磨利他们的棱角，确定他们在这张私密拼图中各不相同的位置。他们所有时间都泡在一起。周末，他们坐在"穹顶与花园"咖啡馆室外角落里的桌子旁，向莱蒂请教英语中的各种古怪用法，因为只有她的母语是英语。（罗宾会问："corned 是什么意思？ corned beef 是什么样的牛肉？你们把牛肉怎么了？[1]"维克图瓦从她最近在读的廉价连载小说里抬起头问道："什么是 welcher[2]？还有，利蒂希娅，你能不能告诉我 jigger-dubber[3] 到底是什么意思啊？"）

拉米抱怨餐厅的食物太差，他肉眼可见地瘦了。（这话不假。除了轮番上阵的硬邦邦的水煮肉，没放盐的烤蔬菜和看不出原料的炖菜，大院厨房还会推出一些难以名状也难以下咽的菜肴，美其名曰"印度泡菜"，"西印度风味浇汁龟肉"和一道名叫"中国炖锅"的东西，其中几乎没有清真食品。）于是，他们偷偷摸进厨房，用鹰嘴豆、土豆和拉米从牛津集市上搜罗来的各色香料胡乱拼凑出一道菜。成品是一坨鲜红的炖菜，一口下去辣得他们感觉鼻子被打了一拳。拉米拒绝接受失败，反而辩称这进一步证明了他的伟大理论，也就是英国人从根本上就有问题，如果他们能得到真正的姜黄和芥末籽，这道菜的味道一定会好很多。

"伦敦有好几家印度餐厅，"莱蒂抗议，"你在皮卡迪利广场就能吃到咖喱饭——"

"除非你只想吃没味道的糊糊，"拉米嘲笑道，"把你的鹰嘴豆吃完吧。"

1　罗宾、维克图瓦和拉米十分失望地得知，corned beef（粗盐腌牛肉）和 corn（玉米、谷物）没有任何关系，corned 是指用来腌制牛肉的盐是粗粒岩盐。——原注
2　骗子，小偷。——原注
3　盗贼的黑话，指狱卒。Jigger 在黑话中的意思是"门"，dubber 的意思是"关门的人"。——原注

第七章　151

莱蒂惨兮兮地闻了闻那盘食物，再也不肯多吃一口。罗宾和维克图瓦强忍着舀起一勺勺食物塞进嘴里。拉米说他们都是懦夫，还信誓旦旦，说在加尔各答，婴儿也能眼都不眨地吃下魔鬼椒。不过，就连他也没法吃完盘里那坨火红的东西。

起初罗宾没有意识到他拥有的是什么，在漫漫寻觅之后他终于得到的又究竟是什么，直到学期过半的一个晚上，那天他们聚在维克图瓦的宿舍里。难以置信的是，她的宿舍是他们当中最大的，因为其他寄宿生都不愿意和她同住，所以她不仅有单独的卧室，还独享浴室和宽敞的客厅。于是他们便将这间客厅变成了在博德利图书馆九点闭馆后聚在一起写作业的场所。那天晚上他们没有学习，而是在一起打牌，因为克拉夫特教授去伦敦参加会议，他们便有了一晚上的空闲。不过，他们很快就忘了打牌，因为房间里突然弥漫起一阵梨子腐烂的浓烈臭气。谁也不知道究竟是怎么回事，他们并没有吃梨子，维克图瓦也发誓她没有把梨子藏在房间里。

维克图瓦又笑又闹地在地上打滚，因为莱蒂一直在尖叫："梨子呢？梨子在哪里啊，维克图瓦？梨子呢？"拉米讲了个关于西班牙宗教裁判所的笑话，莱蒂便趁势命令维克图瓦翻出外衣的所有口袋，证明她没有把梨核藏在里面。维克图瓦依言照做，但她口袋里什么也没有，这让大家愈加歇斯底里地尖叫起来。罗宾坐在桌旁看着他们，微笑着等他们继续打牌，然而他忽然意识到，这局牌不会再打下去了。他们都只顾着大笑，拉米的牌更是牌面朝上散落在地板上，没必要再打下去了。这时，罗宾眨了眨眼，因为他刚刚感受到这个无比平凡又不同寻常的时刻的意义。在几周的时间里，他们成了罗宾在汉普斯特德从未得到过，他以为在离开广州后再也不会得到的存在：一小群他炽热爱着的人，爱到一想着他们，胸口便隐隐作痛。

一个家。

罗宾为他这样爱着他们和爱着牛津而感到一丝内疚。

他热爱这里。无比真切。尽管时常受人冷眼,但走在校园里还是让他心生愉悦。他根本没法像格里芬那样始终保持怀疑或反叛的态度。他无法像格里芬那样痛恨这个地方。

不过,难道他就没有快乐的权利吗?他从未像现在这样感受到满心温暖,从未像现在这样期待次日到来。巴别塔、他的朋友们和牛津打开了他心中的一部分,生出一种阳光明媚的归属感,他从没想过还会再次拥有这种感觉。世界已不再那么黑暗。

他是一个极度渴求关爱的孩子,现在的他得到了源源不绝的关爱。难道想把握住他拥有的东西也是错的吗?

他还没有做好完全献身给赫耳墨斯的准备。但以上帝为证,为了这群同窗之友,他不惜去杀戮。

后来,罗宾惊奇地发现自己从没认真考虑过要将赫耳墨斯社的事告诉他们中的任何一个。要知道,在米迦勒学期结束时,他对他们的信任已经到了可以托付性命的地步。他毫不怀疑,如果自己掉进冰冷的艾西斯河,三位挚友中的任何一个都会跳进去救他。格里芬和赫耳墨斯社属于噩梦和暗影,而他的同窗则是阳光、温暖和欢笑,他无法想象两个世界汇聚到一处的情景。

唯有一次,他差点说出了口。有一天吃午餐时,拉米和莱蒂(又一次)争论起英国人在印度的问题。拉米将英国人对孟加拉的占领视为一场活生生的闹剧。莱蒂则认为英国人在普拉西的胜利是正义的反击,是对西拉杰·乌德·达乌拉残酷对待人质的报复,如果莫卧儿王朝不是统治得那么糟糕,英国人根本不会干涉印度。

"我不是说你们全都那么糟,"莱蒂说,"民政部门还有很多印度官员,只要他们有资格——"

"没错,'有资格'只不过意味着一个说英语且对英国人溜须拍马的精英阶级,"拉米说,"我们不是生活在统治之下,而是生活在暴政之下。在我的国度发生的一切不亚于抢劫。这不是公开交易,而是财政上的大出血,是劫掠,是洗劫。我们从来都不需要英国人的帮助,他们编造的说辞全都建立在错位的优越感上。"

"既然你这么想,那你在英国做什么呢?"莱蒂咄咄逼人地问。

拉米看着她,好像她疯了似的:"学习啊,女人。"

"噢,为了得到打垮帝国的武器吗?"她嘲讽道,"你打算带几根银条回国,然后掀起一场革命,是吗?我们是不是该向巴别塔报告你的意图?"

这一次,拉米没有立刻反唇相讥。他停顿片刻才说:"没那么简单。"

"噢,真的吗?"莱蒂找到了拉米的痛处,现在她就像咬住骨头的狗,怎么也不肯松口了,"在我看来,你在这里享受英国教育,这个事实本身恰恰证明了英国人的优越性。除非加尔各答还有更好的语言学院?"

"那里有很多出色的伊斯兰学校,"拉米厉声反驳,"英国人的优越感来自枪,还有用枪对付无辜之人的意愿。"

"所以你来这里是为了把白银运回去,给那些暴动的印度兵,是吗?"

也许他应该那么做,罗宾差点脱口而出。也许那正是世界所需要的。

但他在开口之前管住了舌头。不是因为害怕辜负格里芬的信任,而是因为坦白这件事会让他们为自己打造的生活化为齑粉,他无法承受这样的后果。更何况,他自己还没厘清心中的矛盾。虽然他一天比一天更清楚,巴别塔财富积累的基础是不公平的,但他还是渴望在巴别塔有所作为。唯一能让他在这里的幸福生活合情合理,并且继续游走在两个世界之间的办法,就是继续等待格里芬的夜间来信,继续一场隐蔽无声的反叛。眼前所有的辉煌灿烂背后都有代价,面对这个事实,平息负罪感就是他反叛最主要的目的。

第八章

> 那时我们觉得,一伙在三个月前挨过打、在家不被允许喝超过三杯波特酒的小子去对方家里坐下来吃菠萝和冰激凌,用香槟和干红灌醉自己,这算不得最粗俗的事情。
>
> ——威廉·梅克皮斯·萨克雷,《庸人之书》

在十一月的最后几周里,罗宾又协助了赫耳墨斯社三次的盗窃行动。三次行动都和第一次一样像机械发条般精准高效:窗台上的纸条,雨夜,午夜碰头,与同伙尽可能少接触,只有短暂的对视和点头。他从没仔细看清过其他成员的样貌,不知道这几次是不是同一批人,甚至一直没发现他们偷走的是什么,拿去做什么用了。他知道的都是格里芬告诉他的:他的贡献有助于一场含糊不清的反帝国斗争。而他只能相信格里芬的话。

他一直期待格里芬再次约他去扭树根外面见面。但他的异母兄弟似乎忙着领导某个全球性组织,而罗宾只是其中非常小的一部分。

在第四次盗窃时,罗宾险些被人发现。他在大厅里等待时,一个名叫凯茜·奥内尔的三年级学生推开门大步走了进来。不巧的是,凯茜偏偏是高年级同学中比较爱聊天的一位。她的专业是盖尔语,学习这门语言的只有两个人。或许是因为孤独,她尽力想和学院里的每一个人友好相处。

"罗宾!"凯茜对他灿烂一笑,"你怎么这么晚还在这里?"

"我忘了我的德莱顿阅读材料,"他撒了个谎,还拍了拍口袋,仿佛书就塞在里面,"结果发现落在会客大厅里了。"

"噢,德莱顿,真是痛苦。我记得普莱费尔教授一连几周都在让我们讨论德莱顿。很透彻,但枯燥得很。"

"枯燥得要命。"罗宾一心希望她赶紧走开。已经十二点零五分了。

"他让你们在课堂上做译本比对了吗?"凯茜问,"有一次他拷问了我快半个小时,就因为我把一个词翻译成了红色的而不是苹果一般的。等他问完,我的衬衫都快湿透了。"

十二点零六分了。罗宾瞟了一眼楼梯,然后望着凯茜,接着又看向楼梯,这时他才意识到凯茜一直看着他,期待着他的回应。

"噢,"他眨了眨眼,"呃,说到德莱顿,我真的应该去——"

"噢,抱歉,第一学年真的很难,我还在这里耽误你——"

"总之,很高兴见到你——"

"如果我能帮上忙的话,尽管和我说,"她欢快地说,"一开始任务很重,但后面几学期就轻松一些了,我保证。"

"当然。我会的,再见。"如此简单粗暴让他感觉很糟。她人很好,而且这种来自高年级学生的善意格外难能可贵。但他当时满脑子想的都是楼上的同伙,想着如果他们在下楼时碰上正上楼的凯茜会发生什么。

"那就祝你好运喽。"凯茜轻轻对他挥了挥手,走进了会客大厅。罗宾转身回到大厅里,祈祷她不要回头。

过了仿佛无尽的时间,两个黑衣人从另一边楼梯冲了下来。

"她说了什么?"其中一个低声问。他的声音听起来莫名有些熟悉,不过罗宾当时太过慌乱,无暇仔细分辨。

"只是打个招呼。"罗宾推开门,三人赶紧走进外面清冷的夜色里,"你们还好吗?"

没有回答。他们已经跑远了,只留下他一个人站在黑暗的雨中。

换作个性更谨慎的人,当时大概就会退出赫耳墨斯社,不会把整个未来都押在这种千钧一发的可能性上。但罗宾又回去做了同样的事。他协助进行了第五次盗窃,然后是第六次。米迦勒学期结束了,寒假转瞬即逝,希拉里学期开始了。当他在午夜走向高塔时,他的心跳不再在耳边狂响。从进门到出门的几分钟不再像炼狱一样漫长。一切都开始变得很容易,只是简单地开两次门而已。简单到在第七次盗窃时,他已经说服自己,自己根本没有做任何危险的事情。

"你效率很高。"格里芬说,"他们喜欢和你合作。你严格遵守指示,不画蛇添足。"

希拉里学期开始一周后,格里芬终于赏脸和罗宾见了一面。他们再一次在牛津大步疾走,这一次是沿着泰晤士河南下往肯宁顿走去。这次见面仿佛是向一位严苛且很难约见的上司做期中进度报告,罗宾努力不让自己表现得像个飘飘然的小弟弟,但他失败了,他发现赞扬让他十分受用。

"所以我做得很好喽?"

"你做得非常好。我很满意。"

"所以现在你要告诉我更多赫耳墨斯社的事了吗?"罗宾问,"或者至少告诉我银条都去哪里了?你们用它们做了什么?"

格里芬轻笑起来。"耐心点。"

他们在沉默中走了一段路。那天早晨刚下过一阵暴风雨,艾西斯河在雾霭沉沉的天空下急速奔流,发出响亮的声音。在这样的夜晚,世界的色彩似乎都流失了,宛如一幅尚未完成的画,眼下只能算草稿,只有灰色和阴影。

"那我还有个问题,"罗宾说。"我知道你不会告诉我太多赫耳墨斯社的事。但至少告诉我这一切会怎么收场吧。"

"什么怎么收场?"

"我是说，我的处境。目前的安排感觉还可以，我是说，只要我不被抓就行。但是怎么说呢，总觉得不是长久之计。"

"当然不是长久之计，"格里芬说，"你会刻苦学习然后毕业，在那之后他们会让你为帝国做各种脏活。或者呢，就像你说的，他们会抓住你。总会忍无可忍的，就像我们当初一样。"

"赫耳墨斯社的所有人都离开巴别塔了吗？"

"我认识的留下的寥寥无几。"

罗宾不确定该对此作何感想。他时常幻想巴别塔之后的生活，好让自己平静下来：只要他想，就能轻松获得奖学金；在那些富丽堂皇的图书馆里继续做几年研究，住在舒适的学院宿舍里，衣食住行都有保障，如果想要额外的零花钱，他可以给有钱的学生上拉丁语辅导课；又或者，选择激动人心的职业道路，与书商和同声传译员游历海外。在最近和查克拉瓦蒂教授一起翻译的《庄子》中，"坦途"这个词的字面意思是"平坦宽阔的道路"，而它的寓意则是"宁静的生活"。这就是他想要的：一条没有意外、通向未来的坦途。

当然，唯一的障碍就是他的良知。

"你在巴别塔能待多久就待多久，"格里芬说，"我是说，你应该留下，千真万确，我们需要塔里有更多自己人。但你也知道，这越来越难了。你会发现，你的道德感和他们让你做的事情没法相容。等到他们指派你去做军事研究的时候怎么办？派你去新西兰边境或者开普殖民地又怎么办？"

"就不能避开这些任务吗？"

格里芬笑了出来。"工作订单超过一半都是军事合同。这些任务是申请教授职位的必备条件，而且报酬很高，学院里大部分高级教授都是靠拿破仑战争发家致富的。不然你觉得亲爱的老爹怎么养得起三座宅子？是充满暴力的工作在支撑美好的幻想。"

"那该怎么办？"罗宾问，"我怎么才能离开？"

"简单。假装你死了，然后潜入地下。"

"你就是这么做的吗？"

"是的，大概五年前。你迟早也会这么干的。然后呢，你就会变成一个影子，游荡在你曾经可以随意活动的校园里，祈祷哪天某个一年级学生良心发现，让你走进昔日属于你的图书馆。"格里芬扭头看了他一眼，"你不喜欢这个回答，是吗？"

罗宾犹豫了。他不确定该如何用语言表达心中的不适。是的，为了赫耳墨斯社抛弃牛津生活的确有几分吸引力。他想做格里芬所做的事。他想接触赫耳墨斯社的内部运作，想看看被盗的银条去了哪里，又派上了什么用场。他想去看看那个隐秘的世界。

但是，如果他迈出这一步，就再也无法回头。

"只是觉得很难和这一切决裂。"罗宾说。

"你知道罗马人是怎么养肥睡鼠的吗？"格里芬问。

罗宾叹了口气："格里芬。"

"你的辅导老师让你读过瓦罗的作品，没错吧？他在《论农业》里介绍了一种叫睡鼠罐的装置，设计得相当优雅。在陶罐上钻一些孔给睡鼠透气，陶罐表面打磨得非常光滑，让它们跑不出去。罐子里必须有平台和通道，以免睡鼠在里面待得太无聊。把食物放在罐子中间。最重要的是要确保罐里黑暗无光，永远让睡鼠觉得是冬眠的时候。它们就一直睡觉，越长越肥。"

"好了好了，"罗宾不耐烦地说，"我懂你的意思了。"

"我知道，"格里芬说，"放弃你现在拥有的身外之物是很困难的。你还留恋你的生活津贴、学者长袍和酒会，我敢肯定——"

"没有酒会，"罗宾纠正他，"我是说，我从不去酒会。再说也不是为了生活津贴或者什么愚蠢的长袍。只是——我说不清，只是差别太大了。"

他该怎么解释呢？巴别塔代表的不只是物质上的舒适。巴别塔是他在英国的归属，是他没在广州街头乞讨的原因。只有在巴别塔，他的才华才有意义。巴别塔意味着安全。是的，或许这一切在道德上有所妥协，但想要生存下去又有什么大错呢？

"别自寻烦恼了，"格里芬说，"没有人要求你离开牛津。从战略上说，这样做很不谨慎。你看，我自由自在，在外面过得很开心，但是我也没法到塔里去了。我们被困在一种和权力杠杆共生的局面里。我们需要他们的白银，需要他们的工具。还有，虽然不愿承认，但我们确实从他们的研究中获得了利益。"

他推了罗宾一把。这本来应该是兄弟之间的友好举动，但二人对此都不太熟练，这一推多了些许格里芬意料之外的威胁意味。"你就待在塔里，好好读你的书吧。不要为这种矛盾烦心。现在，你的负罪感已经减轻了。好好享受你的睡鼠罐吧，小睡鼠。"

格里芬在伍德斯托克路转角离开了罗宾。罗宾望着他瘦削的背影消失在街巷之间，翻飞的大衣好似巨鸟的翅膀。罗宾想不通，自己怎么能对同一个人如此钦佩又如此怨恨。

在古汉语中，"二心"是指不忠或者背叛的企图，这个词的字面意思是"有两颗心"。罗宾发现他正处于这种似乎不可思议的境地：他所热爱的，也正是他背叛的，两边都是。

他的确深爱着牛津以及他在牛津的生活。和嚼舌人在一起，他非常快乐。从各方面来说，嚼舌人都是牛津最受优待的一群人。只要他们亮出自己隶属于巴别塔的身份，就可以自由出入任何一座学院图书馆，就连华丽得不可思议的科德林顿图书馆也不例外，其实科德林顿图书馆里没有任何他们需要的参考资料，但他们还是经常去那里转悠，只因为这座图书馆的高墙和大理石地板让他们感觉格外气势恢宏。再者，所有的生活费用都不必他们操心。与其他杂役生不同，他们从来不需要在宴会厅里端盘子或者为教员打扫房间。食宿费和学费全部由巴别塔直接付清，他们根本连账单都见不到。不仅如此，他们每个月还能领到二十先令的生活津贴，此外还可以享受一笔特供基金，购买他们想要的任何课程资料。只要他们能提出哪怕最站不住脚的理由来说明一支镀金钢笔有助于学习，巴别塔都会为他们付清账单。

罗宾从没想过这些待遇的重要性，直到一天晚上，他在公共休息室里撞见比尔·詹姆森正在一张便条纸上涂抹数字，表情十分苦恼。

"是这个月的食宿账单，"他对罗宾解释，"我把家里寄来的钱花光了，钱总是不够花。"

账单上的数字吓了罗宾一跳，他没想到牛津的学费竟然这么贵。

"你打算怎么办？"他问。

"我可以先当掉几件东西补上亏空，等下个月再说。或者在那之前少吃几顿饭。"詹姆森抬起头，他的表情极度不自然，"我说，其实我根本不想问，但是你觉得——"

"当然，"罗宾赶紧说，"你需要多少？"

"本来我不该要的，但是这学期的花销……解剖学课上用的尸体都要收费，我真的——"

"别提了。"罗宾把手伸进口袋掏出钱包，数出几个硬币。这样做让他感觉很糟，好像是在刻意炫耀。他早上刚刚从财务办公室领到生活津贴，他希望詹姆森不要以为自己总是带着这么鼓鼓囊囊的钱包到处晃悠。"这些至少够吃饭了吧？"

"你是个天使，斯威夫特。我下个月一有钱就还你。"詹姆森叹了口气，又摇了摇头，"巴别塔。他们把你们照顾得很好，是不是？"

确实如此。巴别塔不仅富有，而且备受尊重。到目前为止，巴别塔是牛津声望最高的学院。新生带家人参观校园时都会沾沾自喜地介绍巴别塔。每年赢得牛津校长奖（颁发给最出色的拉丁语诗歌创作者）和肯尼科特希伯来语奖学金的永远是巴别塔的学生。只有巴别塔的研究生可以受邀参加招待政客、贵族和腰缠万贯的富人的特别招待会[1]，这些人都是会客大厅里的常客。有一回，传闻维多利亚公主将亲自出席学院一年一度的游园会。事后证实这是个假消息，不过公主确实赠给学院一座崭新的大理石喷泉。一周后，喷泉被安置在草坪上，普莱费尔教授用刻银术让闪闪发亮的弧形水流高高喷向空中，一天二十四小时都不停歇。

到希拉里学期过半时，罗宾、拉米、维克图瓦和莱蒂已经像他们之前的每个巴别塔同学一样，浑身散发出那种知道自己在校园畅通无阻的学者所具备的、令人难以忍受的优越感。当他们透露自己是研究翻译的学生时，那些在餐厅里对他们颐指气使或者视而不见的访问学者顿时开始大献殷勤，还要同他们握手，这让他们觉得十分好笑。他们会在不经意间提起，自己可以进入教师公共休息室，那里十分舒适，但不允许其他本科生入内。不过事实上，他们很少去那里，因为当满脸皱纹的老教授坐在角落里打鼾时，他们根本没法好好说话。

在意识到女性出现在牛津是公开的秘密而非绝对禁忌之后，维克图瓦和莱蒂慢慢蓄起了长发。有一天，莱蒂甚至穿着裙子而不是长裤出现在宴会厅里。大院的男孩们窃窃私语、指指点点，但教授们什么都没说。她顺利吃完三道菜肴，喝完酒，没有任何意外发生。

但在某些方面，他们又与这里格格不入。在他们爱去的所有小酒馆，如果拉米第一个到，没有人会去招待他。莱蒂和维克图瓦只能在有

---

[1] 这些招待会起初是很好的消遣，但很快就让人厌烦。因为在这种场合，巴别塔的学者显然不是作为贵客出席，反而像是动物园里展出的动物，大家都期待他们为富有的捐赠者跳舞表演。罗宾、维克图瓦和拉米总被当作他们祖国的民族代表来对待。罗宾不得不忍受关于中国园林和漆器的令人痛苦的寒暄；大家总是期待拉米对"印度教民族"（鬼知道那是什么意思）的内部活动侃侃而谈；至于维克图瓦，她总是莫名其妙被人咨询在开普殖民地的投资建议。——原注

男生在场为她们担保的情况下，才能把书带出图书馆。商店的老板经常以为维克图瓦是莱蒂或罗宾的女仆。校工总是以草坪禁入为由礼貌地要求他们四个不要践踏草地，然而在他们周围，其他男孩正在所谓的娇嫩绿草上毫无顾忌地跑来跑去。

更重要的是，他们花了好几个月的时间才学会牛津腔调。牛津英语与伦敦英语有一些不同，这在很大程度上归功于那些偏爱扭曲和省略一切的本科生。莫德林学院省音读作莫林。同理，阿尔达特街读作阿街。"盛大假期"变成了"大长假"，又变成了"大假"。"新学院"成了"新院"。"圣埃德蒙学堂"成了"泰迪堂"。罗宾花了好几个月才养成把"大学学院"简称为"大院"的习惯。"散宴"是指宾客数量可观的宴会。"格子"是"收信格"的简称，也就是给他们分发信件的信报箱上的小木格。

流利掌握语言还意味着掌握一整套社会规则和心照不宣的惯例，罗宾觉得自己恐怕永远无法彻底摸清其中的门道。举例来说，他们谁都不完全明白送请帖的独特礼仪，不懂得该如何踏出融入学院社会生态系统的第一步，也不理解这个生态系统中截然不同又彼此重叠的层级是如何运作的。[1] 他们常常听说各种传闻：狂野的派对，在小酒馆放纵到失控的夜晚，秘密社团的集会，在茶会上议论谁谁对导师极度粗鲁，谁又侮辱了谁妹妹，但他们从没亲眼目睹过这类事件。

"我们为什么从没收到过酒会的邀请？"拉米问，"我们很讨人喜欢啊。"

维克图瓦指出："你根本不喝酒。"

"嗯哼，我想感受一下那种氛围——"

"因为你自己没有举办过酒会，"莱蒂说，"这种事讲究礼尚往来的。

---

[1] 通过与科林·桑希尔和夏普兄弟，罗宾了解到，身边接触的人也分"三六九等"，其中包括"快人""慢人""读书人""上流人""下流人""罪人""笑脸人""圣人"。罗宾觉得他大概算得上是"读书人"。他希望自己不是"下流人"。——原注

你们有谁送出过请帖吗？"

"我好像从来都没见过请帖，"罗宾说，"这有什么规则吗？"

"噢，简单得很，"拉米说，"致地狱凶兽潘登尼斯先生：诚邀您今夜前来痛饮狂欢。去你的吧，你的敌人米尔扎。没错吧？"

"很有教养。"莱蒂冷哼一声"难怪你不是学院里的红人。"

他们显然都不是学院里的红人。就连巴别塔里高年级的白人也没有一个是学院的红人，因为巴别塔的课业让他们忙得无暇享受社交。只有大院的一个名叫埃尔顿·潘登尼斯的二年级学生和他的朋友们担得起"红人"这个标签。他们都是高级自费生，也就是说，他们向大学支付的费用更高，因此可以免除入学考试，享受学院研究员的优厚待遇。他们在餐厅里坐的是上座，居住的公寓比喜鹊巷的宿舍条件好得多。他们随时都可以在教师公共休息室里打斯诺克。他们喜欢在周末去打猎、打网球和台球，每个月都乘马车去伦敦参加晚宴和舞会。他们从来不去高街买东西；推销员会把伦敦最新潮的时装、雪茄和小饰品直接送到他们的住处，甚至都不需要提起价格。

莱蒂从小就见惯了潘登尼斯这样的男孩，他和他的朋友成了她持续攻击的目标。"靠父亲的财产来学习的有钱男孩，我敢打赌他们这辈子没翻开过一次课本。我不明白埃尔顿为什么觉得自己很英俊。他的嘴唇太丫头气了，不该那样嘟着嘴。他那些双排扣紫色上衣看起来真滑稽。还有，我不明白他为什么逢人就吹嘘自己和克拉拉·莉莉的交情。我认识克拉拉，她已经和伍尔科茨家长子订婚了……"

尽管如此，罗宾还是情不自禁地嫉妒那些男孩。他们生来就属于这个世界，对这个世界的准则就像对母语一样熟悉。看着埃尔顿·潘登尼斯和他那群朋友大笑着在草坪上闲逛时，他忍不住开始幻想成为那个小圈子里的一员是什么感觉，尽管这个念头转瞬即逝。他想要潘登尼斯的生活，不是为了那些物质享受，不是为了美酒、雪茄、衣服和晚餐，而是为了那种生活所象征的东西：确信自己在英国永远会受到欢迎。如果他能像潘登尼斯那样如鱼得水，哪怕只是徒有其表，那么他也就可以融入这幅田园牧歌一般的校园画卷了。那样的话，他就再也不是每说一句话都要反思发音是否地道的外国人，而是没有人能质疑或反驳他属于这里的本地人。

一天夜里，罗宾无比震惊地发现他的格子里躺着一张浮雕纸制成的卡片。上面写着：

罗宾·斯威夫特：

　　下周五小酌，诚邀你光临。如果你想准点开始，请七点来。之后任何时间也都可以，我们不计较。

落款是非常精美的花体字，罗宾花了一点时间才辨认出那个名字：埃尔顿·潘登尼斯。

"我觉得你太把这玩意儿当回事了，"当罗宾把请帖拿给他们看时，拉米说，"别告诉我你真想去啊。"

"我不想失礼。"罗宾没底气地说。

"就算潘登尼斯觉得你失礼，又有谁在乎？他邀请你又不是因为你的礼数无可挑剔，他只是想和巴别塔的什么人交个朋友。"

"我谢谢你哦，拉米。"

拉米摆了摆手："问题是，为什么是你？我比你有魅力得多。"

"你没风度，"维克图瓦说，"罗宾有。"

"我都不知道所谓的风度是什么意思，"拉米说，"大家总是用这个词来形容那些出身高贵的人。但它到底是什么意思呢？只要有钱就是有风度吗？"

"我指的是礼仪方面的意思。"维克图瓦说。

"很好笑,"拉米说,"但我认为礼仪根本就不是关键。关键是罗宾像白人,而我们不像。"

罗宾不敢相信他们对这件事的态度竟如此粗暴:"也许他们只是想和我做伴而已,难道这就不可能吗?"

"不是不可能,是不太可能。你和陌生人在一起时非常令人讨厌。"

"我没有。"

"你就是。你总是缩成一团蜷在角落里,好像别人要冲你开枪似的。"拉米交叉双臂歪着头,"你为什么想和他们一起吃饭啊?"

"我不知道。只是一场酒会而已。"

"一场酒会,然后呢?"拉米不依不饶地问,"你以为他们会让你成为其中一员吗?你指望他们带你去布灵顿俱乐部?"

那家位于布灵顿绿地的俱乐部是一个只接纳精英成员的机构,俱乐部的年轻人在打猎和板球比赛中消磨整个下午的时光。加入俱乐部的条件神秘莫测,不过似乎与财富和影响力密切相关。尽管巴别塔享有极高的声望,但在罗宾认识的巴别塔的学生中,没有人指望自己能受到邀请。

"也许吧,"罗宾这么说只是为了抬杠,"去里面看看也挺好的。"

"你兴奋了,"拉米用谴责的口气说,"你希望他们爱上你。"

"承认你嫉妒也没什么关系。"

"等他们倒你一身酒,对你破口大骂的时候,你可别哭着跑回来。"

罗宾咧嘴一笑:"你不打算为我捍卫荣誉吗?"

拉米用力拍了拍他的肩膀:"帮我偷个烟灰缸。回头我把它当了,给詹姆森付食宿费。"

不知为什么,最强烈反对罗宾接受邀请的是莱蒂。话题转移之后过了很久,等到他们离开咖啡馆往图书馆走时,她扯扯罗宾的衣肘,让两人落后拉米和维克图瓦几步。

"那些男孩不是好东西，"她说，"他们是酒鬼，懒鬼，他们的影响太坏了。"

罗宾笑出了声。"莱蒂，只是一场酒会而已。"

"那你为什么想去？"她逼问，"你根本不怎么喝酒。"

他不理解她为什么这么大惊小怪。"我只是好奇，就这么简单。大概没什么意思。"

"那就别去嘛，"她坚持道，"直接把请帖扔了。"

"啊，不行，那太失礼了。再说我那天晚上确实没别的事情——"

"你可以和我们一起啊，"她说，"拉米想下厨。"

"拉米总是想下厨，而且总是很难吃。"

"噢，所以你是指望他们带你出人头地了？"她挑起一边眉毛，"斯威夫特和潘登尼斯，亲密无间的知己。这就是你想要的？"

罗宾心中突然涌起一股怒火。"你真那么害怕我和别人交朋友吗？相信我，利蒂希娅，没有什么能取代你的陪伴。"

"我懂了。"让他震惊的是，莱蒂的声音有些哽咽。他这才注意到她眼圈通红。她要哭了吗？她怎么了？"所以就是这样。"

"只是一场酒会而已。"他沮丧地说，"莱蒂，你怎么了？"

"没什么，你想和谁喝酒就喝去吧。"说完，她加快了脚步。

"我会的。"罗宾厉声说。但莱蒂已经把他甩在了后面。

在接下来的那个周五，到了六点五十分，罗宾披上一件较好的外衣，从床底下拿出一瓶在泰勒家买的波特酒，向默顿街的公寓走去。他毫不费力地找到了埃尔顿·潘登尼斯的住处。他刚走到街边，隔着窗户就听见了屋内的喧哗和毫无韵律感的钢琴声。

他敲了好几遍门才让屋里的人听见。一个浅黄头发的男孩出现在猛然打开的房门后面，罗宾依稀记得他叫圣克劳德。

"噢,"他耷拉着眼皮上下打量罗宾,看上去已然醉了,"你来了啊。"

"感觉这样比较礼貌,"罗宾说,"既然我得到了邀请?"他讨厌这句话尾音上扬成问句的样子。

圣克劳德朝他眨了眨眼,侧身朝屋里做了个含糊的手势:"嗯哼,来吧。"

走进屋内,只见客厅里的躺椅上坐着另外三个男孩,屋里浓重的雪茄烟气呛得罗宾一进屋就咳嗽起来。

男孩们簇拥在埃尔顿·潘登尼斯周围,仿佛绿叶围绕盛开的鲜花。凑近细看,关于他英俊容貌的流言蜚语一点儿也不夸张。他是罗宾见过的最俊美的男人,就像拜伦笔下人物的化身。他是内双眼皮,深色的睫毛十分浓密。方正硬朗的下颌线与丰满的嘴唇十分相称,要是没有这样的下颌,他确实会像莱蒂批评的那样显得丫头气。

罗宾进屋时他正在说:"那里没有陪伴,只有无聊[1]。在伦敦待一个季度还挺有意思,但长住的话,年复一年见到的都是同样的面孔,姑娘们不会越来越美,只会越来越老。你只要去过一场舞会就等于去过了所有的舞会。你们知道吗,我父亲有个朋友曾经向最亲密的友人承诺,他可以让大家的聚会变得生机勃勃。他筹备了一场精美的晚宴,然后吩咐仆人们到大街上去,邀请他们偶遇的那些乞丐和流浪汉,越多越好。他的朋友们来赴宴时发现,乱七八糟的流浪汉们喝得晕头转向,正在餐桌上跳舞呢。那可真够欢腾的,真希望我当时也受到了邀请。"

笑话到此结束。听众配合地大笑起来。讲完独白的潘登尼斯抬起头来。"噢,你好啊。罗宾·斯威夫特是吗?"

罗宾原本试探性地觉得这或许会是一段美好时光,此时他的乐观已经彻底消散。他感觉很疲惫。"是我。"

---

[1] 原文为法语(ennui)。——译注

"埃尔顿·潘登尼斯，"潘登尼斯伸出手让罗宾握，"我们很高兴你能来。"

他拿着雪茄向房间指了一圈，吐着烟圈为他做介绍。"那是文西·伍尔科姆。"坐在潘登尼斯旁边的红发男孩友好地朝罗宾挥了挥手。"米尔顿·圣克劳德，刚才就是他在为我们演奏音乐。"浅黄色头发、满脸雀斑的圣克劳德坐在钢琴前面，慵懒地点了点头，接着继续弹奏起一首不成调的曲子。"还有科林·桑希尔，你认识他。"

"我们在喜鹊巷是邻居，"科林热情地说，"罗宾住七号房间，我在三号——"

"你已经说过了，"潘登尼斯说，"实际上，说过很多次了。"

科林不再吱声了。罗宾真想让拉米看见这场面。他还没见过谁能用一个眼神就让科林哑口无言。

"你渴吗？"潘登尼斯问。桌上摆着琳琅满目的酒，花样繁多得让罗宾头晕。"想喝什么自己拿吧。在酒的问题上我们永远没法达成一致。波特酒和雪利酒都倒出来了，在那边。啊，你也带了酒来，就放在桌上吧。"潘登尼斯甚至没看酒瓶一眼。"这里是苦艾酒，那个是朗姆酒。哦对了，杜松子酒只剩一点儿了，你可以直接喝完，味道不怎么样。我们还从萨德勒家订了一份甜点，随便吃，不然放在那里就要坏了。"

"来点儿葡萄酒就好，"罗宾说，"如果有的话。"

为了照顾拉米，他和同窗很少在一起喝酒。他还不了解关于酒的种类和品牌的复杂知识，也不懂一个人选择哪种酒和他的性格有什么关系。洛弗尔教授在晚餐时总是喝葡萄酒，所以葡萄酒看起来很安全。

"当然。有波尔多红葡萄酒，如果你想要更带劲的，还有波特酒和马德拉酒。要雪茄吗？"

"噢，不，不要雪茄，但是马德拉酒很不错，谢谢。"罗宾举着盛得满满的酒杯，坐到一张空椅子上。

潘登尼斯向后靠在椅背上："这么说，你是个嚼舌人。"

罗宾小口呷着他的葡萄酒，试着效仿潘登尼斯无精打采的姿态。一个人怎么能摆出如此放松的姿势，同时还如此优雅？"别人是这么叫我们的。"

"那你学什么呢？汉语？"

"我专攻中国官话，"罗宾说，"不过也在研究和日语的对比，以后还可能学梵语——"

"所以你是中国佬了？"潘登尼斯打断了他，"我们本来还不确定，我觉得你看着应该是英国人，但科林发誓说你是东方人。"

"我出生在广州，"罗宾耐着性子说，"不过我会说我也是英国人——"

"我知道中国，"伍尔科姆插嘴道，"忽必烈汗。"

短暂的沉默。

"是啊。"罗宾说。他也不知道这个回答是什么意思。

"是柯勒律治的诗。"伍尔科姆解释道，"一部非常有东方神韵的文学作品。不过不知怎么的，也很有浪漫主义气质。"

"真有趣啊，"罗宾尽可能礼貌地说，"我一定要读读。"

沉默再次降临。维持这番谈话让罗宾感到力不从心，于是他试图将问题抛回去。"话说，你们以后都打算做什么？我是说，拿到学位以后。"

他们大笑起来。潘登尼斯将下巴抵在手上。"做，"他拖着长腔说，"是一个属于普罗大众的词。我更偏爱精神生活。"

"别听他的，"伍尔科姆说，"他打算靠产业生活，让他所有的客人都成为他伟大哲学观察的研究对象，直到死去。我会成为一名神职人员，科林会成为律师。米尔顿打算当医生，如果他能打起精神去听课的话。"

"所以你在这里没接受任何职业训练？"罗宾问潘登尼斯。

"我写作，"潘登尼斯故作漫不经心地说，他摆出一副自视甚高的姿态，企图透露只言片语就收获他人的迷恋，"我写诗。到目前为止，我还没写多少——"

"给他看看。"科林配合地喊道，"一定要给他看看。罗宾，他的诗实在是太深刻了，你听听就知道了——"

"好吧。"潘登尼斯探身向前去取一沓纸，依旧装出不情愿的样子，罗宾发现那沓纸一直堂而皇之地摊在咖啡桌上。"听着，这首诗是对雪莱的《奥兹曼迪亚斯》[1]的回应，你们知道《奥兹曼迪亚斯》歌颂的是时间对所有伟大帝国及其遗产的无情摧残。不过我的论点是，在现代，持久的遗产是可以建立的，在牛津就有这种有能力完成这项不朽壮举的伟人。"他清了清嗓子，"我的第一句和雪莱一样：我遇见一位来自古国的旅人……"

罗宾靠在椅背上，继续喝他的马德拉酒。几秒钟后他才反应过来，诗已经念完了，大家都在等待他的评价。

"我们巴别塔也有研究诗歌的翻译者。"他平淡地说，因为找不到更好的话可说。

"那当然不是一回事，"潘登尼斯说，"只有那些自己没有创作火花的人才去做诗歌翻译。他们只能靠抄袭别人的作品来蹭一点儿名声。"

罗宾冷笑道。"我认为不是那样。"

"你又不知道，"潘登尼斯说，"你不是诗人。"

"事实上，"罗宾摆弄着酒杯的杯脚，片刻之后，他决定继续说下去，"从很多方面来说，我认为翻译比原文的创作要难得多。诗人想说什么就说什么，不受束缚，你们看，他可以从创作所用的语言中随心所欲地挑选文字技巧。词语的选择、词序和发音，这些都很重要，缺少其

---

[1] 很多浪漫主义气质的大学学院本科生都将自己视为珀西·比希·雪莱的后继者（雪莱在牛津大学时就在大学学院读书）。雪莱很少去听课，他因为拒绝承认自己是一本题为《无神论的必然》的小册子的作者而被开除，后来与一个名叫玛丽的好女孩结婚，最后在莱里奇海湾遭遇强风暴溺毙。——原注

中任何一个要素，整体就会分崩离析。所以雪莱才写道，翻译诗歌就像把紫罗兰扔进坩埚一样'睿智'。所以，翻译者必须同时是翻译者、文学评论者和诗人。他对原文的理解必须足够透彻，能够理解所有的文字细节，能够尽可能精确地传达原文的含义，随后还要将翻译后的含义转换成译入语，重新整理成具有美感、而且根据其判断与原文一致的结构。诗人是无拘无束地在草地上奔跑；翻译者则是戴着镣铐舞蹈。"

罗宾滔滔不绝地说着，等他说完，潘登尼斯和他的朋友都哑口无言、茫然无措地盯着他，似乎不知该作何感想。沉默了一阵之后，伍尔科姆说："戴着镣铐舞蹈，这种说法很美。"

"但我又不是诗人，"罗宾的口气比他预想的多了几分狠劲，"所以我又懂什么呢？"

他的焦虑彻底消散了。他不再在意自己表现如何，不再在意外衣纽扣有没有扣整齐，也不再在意嘴角是否残留面包屑。他不想得到潘登尼斯的赞许。他完全不在乎这里的任何一个男孩的赞许。

他无比清醒地看穿了这场聚会的真相，清醒得差点放声大笑。他们并不打算评判罗宾有没有加入圈子的资格，他们是想给他留下好印象，以此彰显自己的优越性，以此证明身为嚼舌人不如身为埃尔顿·潘登尼斯的朋友。

但罗宾并没有得到什么好印象。这就是牛津社交圈的顶尖小团体？就这？他对他们产生了深切的同情。这些男孩以美学家自居，自以为过着曲高和寡的自省生活。然而他们永远无法在银条上镌刻词语，感受词语的含义在指间震颤的重量。靠区区空想他们永远无法改变世界的脉络。

"这就是巴别塔教给你的吗？"伍尔科姆脸上露出几分敬佩。从来没有人这样和埃尔顿·潘登尼斯交谈。

"除了这个，还有别的。"罗宾回答。每次开口说话，他都感到一阵振奋人心的冲动。这些男孩一无是处。如果他乐意，他用一句话就能使他们一败涂地。就算他跳上长沙发,把酒泼洒在窗帘上也不会有任何后果,因为他根本不在乎。这种振奋人心的冲动他从未体会过,但这种感觉非常好。"当然,巴别塔真正的关键是刻银术。关于诗歌的那些东西都只是基础理论。"

他貌似在信口开河。他对刻银术的基础理论只有极其模糊的概念,但这样说听起来很厉害,效果更是立竿见影。

"你刻过银字吗?"圣克劳德追问道。潘登尼斯恼火地瞪了他一眼,但圣克劳德不管不顾地继续追问:"那很难吗?"

"我还在学习基础知识呢,"罗宾说,"我们要完成两年的学业,然后在塔楼的某一层做一年学徒,最后才能镌刻属于我的银条。"

"你能演示给我们看吗?"潘登尼斯问,"我可以试试吗?"

"你掌握不了。"

"怎么不行?"潘登尼斯问,"我懂拉丁语和古希腊语。"

"你懂得不够多。"罗宾说,"你得把一种语言视为生命和呼吸。勉强读懂一两篇文本的水平是不够的。你的梦里会出现英语之外的语言吗?"

"你会吗?"潘登尼斯反问道。

"嗯,当然了,"罗宾说,"毕竟我是中国人。"

不确定的沉默再次笼罩房间。罗宾决定帮他们摆脱痛苦。他站起身说:"感谢你们的邀请,但我得去图书馆了。"

"当然,"潘登尼斯说,"你肯定还有很多事要忙。"

罗宾去拿外套时,谁也没有说话。潘登尼斯耷拉着眼皮懒洋洋地望着他,慢悠悠地啜饮马德拉酒。科林飞快地眨着眼睛,他有一两次张开嘴,但什么也说不出来。米尔顿摇摇晃晃地起身要送罗宾出门,但罗宾挥挥手让他坐了回去。

"你能找到出去的路吧?"潘登尼斯问。

"肯定没问题,这地方倒也没那么大。"说完,罗宾头也不回地离开了。

第二天早上,他向同窗们讲述了整个经过,逗得他们狂笑不止。

"再给我念两句他的诗,求你了。"维克图瓦恳求道。

"我记不全了,让我想一想,"罗宾说,"啊,对了,还有一句:国家的鲜血流淌在他高贵的面颊上——"

"不!噢,老天啊——"

"滑铁卢的精神凝聚在他的美人尖上——"

"我不明白你们在笑什么,"拉米说,"这人是个写诗的奇才。"

只有莱蒂没有笑。她冷若冰霜地说:"我很抱歉你没玩得开心。"

"你是对的,"罗宾试着与她和好,"他们都是蠢货好吗?我真不该从你身边离开,亲爱的、可爱的、清醒的莱蒂。你永远都是对的。"

莱蒂没有接话。她拿起书本,掸了掸长裤,怒气冲冲地走出食堂。维克图瓦半站起身,好像打算追出去,但她叹了口气,摇了摇头,然后又坐了下来。

"让她走,"拉米说,"别毁了这个美好的午后。"

"她总是这样吗?"罗宾问,"我真不明白你怎么能忍受和她在一起生活。"

"是你先惹她的。"维克图瓦说。

"别替她说话——"

"就是你,"维克图瓦说,"还有你。你们俩都是。别狡辩。你们就是喜欢惹她生气。"

"那也是因为她永远那么趾高气扬,"拉米揶揄道,"她和你在一起的时候是不是完全换了个样子?还是说你只是习惯了?"

维克图瓦的目光在他们两人之间游走,似乎在下某种决心。然后她问道:"你们知道她曾经有个哥哥吗?"

"什么？加尔各答的某个地方长官吗？"拉米问。

"他死了。"维克图瓦说，"一年前去世的。"

"噢。"拉米眨了眨眼，"可惜。"

"他叫林肯。林肯和莱蒂·普赖斯。他们小时候非常亲密，家族的朋友们都喊他们双胞胎。林肯比她早几年来牛津，但他对读书的兴趣连她一半都不如。每到假期，林肯都要为自己荒废学业的事和他们的父亲大吵大闹。比起我们几个，他更像潘登尼斯，你们应该明白我的意思。一天夜里，他出门喝酒去了。第二天早晨，警察来到莱蒂家，说他们在一辆马车下面发现了林肯的尸体。他在路边睡着了，马车夫直到几小时后才注意到他在车轮下面。他肯定是在黎明前的某个时候死去的。"

拉米和罗宾没有作声，谁也想不出该说什么。他们觉得自己像挨骂的小学生，维克图瓦就是严厉的家庭教师。

"几个月后，莱蒂就到牛津来了。"维克图瓦继续说道，"你们知道没有特别推荐的申请人必须通过综合入学考试才能进入巴别塔吗？她去考了，而且通过了。这是牛津唯一一所接受女生的学院。她一直想来巴别塔，一生都在为此学习，但她父亲一直拒绝让她去上学。直到林肯死后，她父亲才让她来顶替林肯的位置。让女儿在牛津读书是很糟糕，但没有孩子在牛津读书更糟糕。这难道不可怕吗？"

"我以前不知道这事。"罗宾羞愧地说。

"我觉得你们两个不太明白一个女孩在这个地方有多难，"维克图瓦说，"他们在理论上当然支持自由开放，却不重视我们。我们不在宿舍的时候，女房东会来翻检我们的物品，好像要找到我们私藏情人的证据。我们暴露的每一点不足都会进一步证实女性的劣根性这一理论，也就是说女人脆弱、歇斯底里，天生意志薄弱，无法胜任我们准备投身其中的工作。"

"我猜，这意味着我们要原谅她成天一本正经、挑三拣四的做派了。"拉米嘟囔道。

维克图瓦做了个鬼脸。"没错，她有时候是让人难以忍受。但她也不想刻薄伤人，她是害怕自己不应该出现在这里。她害怕所有人都期望她是她哥哥，她害怕自己稍微不合规矩就会被送回家。最重要的是，她害怕你们之中的任何一个走上林肯的老路。对她宽容一点，你们不知道她的所作所为有多少是出于恐惧。"

拉米说："她的所作所为是出于自我陶醉。"

"就算是那样，我也得和她一起生活。"维克图瓦的脸色严肃起来，看上去对他们两个都很恼火，"所以请原谅，我得维持和平。"

莱蒂每次生气都不会太久，她很快就会默默释放出和好的信号。第二天，他们依次走进普莱费尔教授的办公室，面对罗宾试探性的微笑，她也报以笑容。当罗宾看向维克图瓦时，后者点了点头。看起来，他们达成了共识：莱蒂知道罗宾和拉米知道了她的事，她知道他们很愧疚；她也很内疚，而且对自己戏剧化的举动感到不好意思。不用再多说什么了。

与此同时，他们眼前还有更加激动人心的讨论。这个学期在普莱费尔教授的课堂里，他们一直在兴致盎然地讨论"忠实"的概念。

"翻译者常常受到不忠实的指控，"普莱费尔教授的声音十分洪亮，"那么这个忠实性意味着什么呢？对谁的忠实？忠于文本？忠于受众？忠于作者？忠实可以和写作风格分开吗？可以和美分开吗？让我们先来看看德莱顿关于《埃涅阿斯纪》的论述：我致力于让维吉尔像英国人一样说话，就好像他本人出生在当今时代的英国。"他环顾教室，"有人认为这是忠实吗？"

"我来回答，"拉米说，"不，我认为这不可能是忠实。维吉尔属于特定的时代和地点。把这些全部剥离，强迫他像你在大街上可能遇到的任何一个英国人那样说话，这难道不是更不忠实了吗？"

普莱费尔教授耸耸肩。"让维吉尔的语言听起来像个古板的外国人，而不是一个可以和你愉快交谈的人，或者像格思里那样，把西塞罗打造得像是英国议会的成员，这难道不都是一种不忠实吗？但我承认，这些做法有待商榷。如果过度发挥，就会得到像蒲柏翻译的《伊利亚特》那样的结果。"

"我还以为蒲柏是他那个时代最伟大的诗人之一呢。"莱蒂说。

"他原创的作品或许是。"普莱费尔教授说，"但他在文本中加入了太多英国元素，以至于他翻译的荷马听起来就像18世纪的英格兰贵族。而这显然不符合我们对交战的希腊人和特洛伊人的印象。"

"听起来像是英国人傲慢的典型表现。"拉米说。

"并不是只有英国人这样做，"普莱费尔教授说，"想想赫尔德对法国新古典主义者的抨击，他们把荷马扮成了一个身穿法式服装、遵从法国习俗的俘虏，唯恐他引起法国读者的不适。还有，波斯所有知名的翻译者都偏爱翻译的'神韵'，而不追求字对字的准确。实际上，他们常常将欧洲人的名字转译成波斯人名，将源语言中的箴言替换成波斯的诗文和谚语，而且觉得这样做很合适。你们觉得这有错吗？这是不忠实吗？"

拉米没有反驳。

普莱费尔教授继续推进。"当然，没有正确答案。在你们之前的理论家也都无法解答这个问题。这是我们这个领域经久不衰的争论。施莱尔马赫认为，译文应该足够生硬，让人一眼就能看出它们是外语写成的文本。他提出翻译有两个选择：其一，翻译者让作者原地不动，让读者去靠近作者；其二，让读者原地不动，让作者去靠近读者。施莱尔马赫选择了前者。不过，目前在英国占据主流的是后者，让译文尽可能贴近英国读者的表达习惯，甚至让读者读不出它们是经过翻译的作品。

"你们觉得哪一种是正确的？作为翻译者，我们应该尽全力让自己隐身吗？还是应该提醒读者，他们读到的东西并不是用自己的母语写成的？"

"这个问题不可能有答案。"维克图瓦说，"要么让文本停留在它所属的时间和地点；要么让它归属于你所处的当下，属于此时此地。你总要放弃一些东西。"

"那么，忠实的翻译是不可能存在的吗？"普莱费尔教授质问，"我们永远不能跨越时间和空间进行完整无缺的交流吗？"

"我觉得不能。"维克图瓦不情愿地说。

"但是，忠实的反面是什么呢？"普莱费尔教授问，他的这段辩证论述渐渐走向终点，现在他只需要来一个掷地有声的收尾，"是背叛。翻译意味着对原文施加暴力，意味着让原文扭曲变形，供外国人欣赏，而它原本并不是为外国人而创作的。因此，我们可以得出怎样的结论呢？除了承认翻译活动必然始终是一种背叛之外，我们还能得出什么结论呢？"

他像往常一样结束了这段深刻的论述，依次看向他们每一个人。当罗宾的眼睛撞上普莱费尔教授的目光时，他感到一阵酸涩的负罪感在他内心深处蠕动。

第九章

> 翻译者古往今来都是没有信仰、缺乏情感的一族：他们为我们带来的粒粒黄金掩藏在一船船黄沙和硫黄之中，只有最具耐心之人才能发现。
>
> ——托马斯·卡莱尔，《德国文学现状》

巴别塔的学生在第三学年结束时才参加资格考试，所以圣三一学期的压力和前两个学期相差无几，这个学期很快就过去了。在论文和阅读中，在拉米总以失败收场的深夜土豆咖喱料理中，第一学年手忙脚乱地结束了。

按照惯例，在第二学年开始前的那个暑假，他们要去海外接受沉浸式语言学习。拉米在马德里度过了六月和七月，一面学习西班牙语，一面研究倭马亚王朝的档案。莱蒂去了法兰克福，她研读的显然都是晦涩难懂的德国哲学。维克图瓦去了斯特拉斯堡，带回一堆令人抓狂的美食鉴赏观点。[1] 罗宾本来盼着这个夏天能有机会访问日本，结果却被指派前往马六甲的一所英汉学校巩固汉语水平。这所学校由新教传教士管理，所做的日常安排令人筋疲力尽：祷告，阅读古汉语，还有医学、道德哲学和逻辑学课程。他一直没找到机会去华人聚居的麒麟街逛逛。那几周只有持续不断的阳光、沙滩，以及和白人新教徒一起参加的无休无止的圣经研学会。

---

[1] 比如："你们知道法国人怎么描述不幸的局面吗？ Triste comme un repas sans fromage。就像没有奶酪的一餐。说实话，这就是所有英国奶酪的现状。"——原注

夏天结束时，他十分高兴。回到牛津的他们都晒黑了，因为吃得比之前一整学期都好，每个人都至少胖了十几磅[1]。不过，就算可以延长假期，他们也不会这么做。他们想念彼此，想念阴雨绵绵、食物难吃的牛津，想念巴别塔严谨的学术氛围。他们的头脑填满新的发音和词语，就像蓄势待发且线条流畅的肌肉。

他们做好了创造魔法的准备。

这一年他们终于被允许进入刻银部。他们要等到四年级才能获准制作自己的银条，但这学期会开始一门名为词源学的预备理论课。罗宾有些惶恐地得知，教这门课的是洛弗尔教授。

学期的第一天，他们去八楼参加普莱费尔教授的特别入门研讨会。

"欢迎回来。"平时，教授讲课时穿的是普通西装，但今天他披上了黑色的教师长袍，流苏在脚踝处摩擦，发出引人注意的沙沙声响。"上一次允许你们来到这层楼时，你们看到了在此创造魔法的大致场景。今天，我们将分解其中的奥秘。请找地方坐下。"

他们拉开最近几张工作台前的椅子。莱蒂挪开她面前的一摞书，以便看得更清楚些，但普莱费尔教授突然咆哮起来："别碰那些！"

莱蒂打了个哆嗦。"对不起？"

"那是埃薇的桌子，"普莱费尔教授说，"你没看见铭牌吗？"桌面前端的确嵌着一块小铜牌。他们伸长脖子看上面的字。上面写着：这张桌子属于伊夫琳·布鲁克。勿动。

莱蒂拿起她的东西，起身坐到拉米旁边的座位上。她满脸通红地小声说："我很抱歉。"

他们沉默地坐了一会儿，不确定该做什么。他们从没见过普莱费尔

---

[1] 1磅约合0.45千克。——译注

教授如此心烦意乱。不过转瞬之间，他又恢复了平时和蔼可亲的面貌。他轻轻迈出一步，仿佛无事发生一般开始了他的演讲。

"为刻银术奠定基础的核心原理是不可译性。我们说某个词语或句子不可译，是指它在另一种语言中无法找到完全一致的对等。尽管我们可以用好几个词或句子阐释它的一部分含义，但总会丢失某些东西，这些东西落入语义的鸿沟，而这种鸿沟是在生活经验中形成的文化差异造就的。以汉语中'道'的概念为例，我们有时将这个词翻译成'the way'（道路）、'the path'（路径）或者'the way things ought to be'（事情应该有的样子）。然而这些翻译都没法真正囊括'道'的内涵。这么简单的一个词需要一整部哲学巨著才能解释清楚。你们能跟上吗？"

他们点了点头。这不过是上个学期普莱费尔教授一直在向他们灌输的理论，即一切翻译活动都涉及一定程度的歪曲和变形。现在，他们似乎终于要对这种变形做些什么了。

"没有能够完美承载原文含义的翻译。但含义又是什么呢？含义是不是某种能够取代词语、直接用来描述我们这个世界的东西？直觉告诉我，是的。否则我们就失去了评价译文是否准确的基础，只能用某种无法用语言描述的感觉来感受所缺失的部分。举例来说，洪堡[1]认为词语通过某种看不见摸不着的东西与它们所描述的概念联系在一起，那是一个由语义和理念构成的神秘领域，它诞生于纯粹的精神能量，只有在我们赋予它一个不完美的能指[2]时才拥有具体的形态。"

---

1 卡尔·威廉·冯·洪堡比较著名的事迹是在1836年创作了《论人类语言结构的差异及其对人类精神发展的影响》。他在这部著作中提出一个观点，即一种文化的语言与讲这种语言的人的心智能力和特征紧密联系在一起，从而解释了为什么拉丁语和古希腊语相较于某些语言（比如阿拉伯语）更适合进行精密复杂的智力推理。——原注

2 能指（signifier）和所指（signified）是语言学中的一对概念。能指即语言文字外在的语音符号和文字符号。所指是语言所表达的概念本身。能指和所指之间表现为形式与内容的关系。——译注

普莱费尔教授轻叩面前那张桌子，桌面上整齐摆放着一排银条，有的空白无字，有的刻有镌字。"那个纯粹由语义构成的领域，不管它究竟是什么，到底在哪里，它就是我们这门手艺的核心。刻银术的基本原理非常简单。在银条一面刻下一种语言中的某个词或句子，在另一面刻下另一种语言中与之对应的词或句子。因为翻译永远不可能完美，所以那些必要的变形、那些在翻译过程中丢失或扭曲的含义就被白银捕捉并展现出来。亲爱的同学们，这和自然科学领域的任何学科一样接近于魔法。"他观察着他们，"现在还跟得上吗？"

他们看起来不那么确定了。

"教授，"维克图瓦说，"如果您能给我们示范一下，我想……"

"当然。"普莱费尔教授拿起最右边的那根银条。"这根银条在渔夫当中卖出了很多份。古希腊语中的 kárabos 有好几个不同的意思：'小船'、'螃蟹'和'甲虫'。你们觉得这几个词义之间有什么联系吗？"

"因为功能？"拉米大胆猜测，"当时的船是用来捉螃蟹的？"

"想法很好，但是不对。"

"因为外形，"罗宾猜测道，说出口之后，他觉得好像确实是这么回事，"想想那种有成排船桨的帆船，船桨看起来有点像前后划动的螃蟹腿，不是吗？等等，'scuttle'（划动）这个词同时也有'舷窗'的意思，还有 sculler（摇桨）这个词，它们很像……"

"你想得太远了，斯威夫特先生。但你的方向是对的。让我们先把注意力集中在 kárabos 这个词上。从 kárabos 衍生出了英语 caravel 一词，后者是一种轻巧而迅捷的帆船。kárabos 和 caravel 都有'船'的意思，只不过 kárabos 还保留了古希腊语中与海洋生物的关联。跟得上吗？"

他们点点头。

教授轻轻敲了敲银条的两端，两侧分别刻着 kárabos 和 caravel 两个词。"把这个安装在你的渔船上，你会发现你的收获比同类渔船的更多。这些银条在 18 世纪相当受欢迎，直到过度使用银条导致渔获量下滑到比之前更低的水平。银条可以在一定程度上改变现实，但它们不能凭空变出鱼来。要想那样的话，需要更恰当的词才行。你们开始理解其中的门道了吗？"

他们又点了点头。

"下面这个是我们复刻最多的银条之一。你们在英国各地的医生包里都能找到这样的银条。"他拿起右边第二根银条，"Triacle 和 treacle。"

罗宾大惊失色地向后靠了靠。在广州，洛弗尔教授正是用这根银条或其复制品救了他的命。那是他有生以来触碰过的第一根有魔力的镌字银条。

"它通常被用来制造一种含糖的家庭药方，对大多数毒药都有解毒作用。这出自一个名叫伊夫琳·布鲁克的学生的巧妙发现，是的，就是刚刚那个埃薇，她注意到英语中的 treacle（糖浆）一词最早出现在 17 世纪的记载中，与当时大量使用糖浆来掩盖药剂苦味的做法有关。由此，她继续追溯到古法语中的 triacle 一词，意思是'解药'或'治蛇咬的药'，然后又上溯到拉丁语中的 theriaca 以及古希腊语中的 theriake，二者都是'解药'的意思。"

"但是这对镌字只有英语和法语，"维克图瓦说，"哪里——"

"连锁配对。"普莱费尔教授说着，将银条转了个方向，让他们看到镌刻在侧边的拉丁语和古希腊语，"这种技术利用更古老的词源作为辅助，逐步引导语义跨越空间和时间的距离。你们可以将它想象成支撑帐篷的额外支柱，让整体更加稳固，有利于我们更加精准地定位到想要捕捉的语义扭曲。不过那是一项相当高级的技术，眼下你们不用考虑这个问题。"

他拿起右边第三根银条。"这是我最近受威灵顿公爵委托新设计的作品。"说这话时，他明显十分自豪，"古希腊语单词 idiótes 的意思是

'白痴'，与我们英语中的 idiot 意思一样。但 idiótes 也可以指不参与世俗事务的个人，他的愚痴不是源自先天官能的缺陷，而是源自无知和教育的缺失。当我们将古希腊语 idiótes 翻译成英语 idiot 时，这对镌字就能产生抹除知识的效果。也就是说，这根银条可以使你迅速忘记自以为掌握的信息。要让敌方间谍忘记他们的所见所闻，这非常好用。[1]"

普莱费尔教授放下银条。"基本就是这样。一旦你们把握住基本原理，一切就都易如反掌。我们捕捉在翻译过程中遗失的东西，因为在翻译中永远会失去一些东西，而银条将其转化为现实存在。够简单了吧？"

"可是，这种力量太荒唐了。"莱蒂说，"你可以用银条为所欲为。你可以成为上帝——"

"不完全是那样，普赖斯小姐。我们受限于语言的自然演化。尽管那些词语在语义上有分歧，但它们之间依然存在相当紧密的关联。这就限制了银条可能产生的变化的范围。比如说，你不可能用银条起死回生，因为我们还没有发现对应的配对镌字，在任何一种语言中，生和死都是反义词。除此之外，银条还受到一种相当严重的制约，正是这种制约不至于让全英国的农夫都拿着银条跑来跑去，把它们当成护身符。有人能猜到这个限制是什么吗？"

维克图瓦举起手："必须有流利掌握语言的人。"

"非常正确，"普莱费尔教授说，"如果没有理解词语的人在场，这些词语就没有任何意义。而且这种理解不能仅仅停留在表面，你不可能直接告诉一个农民 triacle 在法语中是什么意思，然后指望银条发挥作用。你必须具备用这种语言思考的能力，必须将它视为生命和呼吸，而

---

[1] 真实情况是，这对镌字在军事领域并没有普莱费尔教授所说的那么实用。使用者无法指定具体抹除哪一部分知识。在很多情况下，这对镌字只能让敌军士兵忘记如何系鞋带，或者忘记他们本就只懂一点皮毛的英语。威灵顿公爵对这一设计印象一般。——原注

不能仅仅将它看作一连串散落在纸上的字母。这也是人造语言[1]永远派不上用场的原因，同时也是古英语等古老语言失去作用的原因。古英语原本是刻银者的梦想，我们有那么充足的字典，而且可以清晰地追溯词源，由此打造的银条一定无比准确。但是，再也没有人用古英语思考了。没有人将古英语视为生命和呼吸。从某种程度上，正是因为这一点，牛津的古典教育才如此严格。流利使用拉丁语和古希腊语依然是许多学位的强制要求，尽管改革派多年来一直煽动我们撤销这些要求。可是，如果我们真的那么做，牛津的一半银条都会失效。"

"所以我们在这里，"拉米说，"我们已经很流利了。"

"所以你们在这里，"普莱费尔教授表示同意，"普萨美提克的男孩们。因为出生在异国他乡而掌握这样的力量，很美妙不是吗？我很擅长学习新的语言，然而我要花很多年才能掌握乌尔都语，对你来说却毫不费力。"

"如果必须有流利掌握语言的人在场，那银条后续该怎么发挥作用呢？"维克图瓦问，"那岂不是翻译者一离开，银条就失效了？"

"问得非常好。"普莱费尔教授拿起最开始的两根银条，并排放在一起。第二根明显比第一根稍短一些，"现在你提到了持久度的问题。有几个因素会影响银条效力的持久度。首先是白银的纯度和含量。这两根银条的含银量都超过九成，剩下的是铜合金，这在钱币中很常用。但刻着 triacle 的银条要长两成，这意味着它的效力能多持续几个月，具体取决于使用的频率和强度。"

---

[1] 18 世纪晚期曾兴起过一阵短暂的将人造语言应用于刻银术的狂热。这些人造语言包括：修道院院长希尔德加德·冯·宾根所发明的秘名语，这种神秘语言有一千多个词汇；约翰·威尔金斯的真理语言，这种语言致力于对宇宙中的一切已知事物进行精细的分类；克罗默蒂的托马斯·厄克特爵士的"通用语言"，这种语言试图将世界简化为完美而理性的数学表达。这几种语言都遇到了一个共同的障碍，而这个障碍后来被巴别塔确立为基本真理：语言不是简单的编码，语言必须被用来表达自我。——原注

他放下那两根银条。"你们在伦敦看到的许多相对便宜的银条就没有这么持久。整体采用白银制成的银条寥寥无几，大部分只是在木条或廉价金属外覆了一层薄薄的白银。它们几周之内就会耗尽魔力，然后，用我们的行话说，就必须接受修补。"

"收费吗？"罗宾问。

普莱费尔教授微笑着点点头："总要有收入来支付你们的生活津贴嘛。"

"所以说，维修银条就这么简单？"莱蒂说，"只要让一个翻译者将配对镌字重新念一遍？"

"比这略微复杂一点儿，"普莱费尔教授说，"有时候还得重新刻字，或者重新安装银条——"

"但是，这些服务要收多少钱呢？"莱蒂追问道，"我听说要十几先令？这么一点点修补真的值这么多钱吗？"

普莱费尔教授笑得更愉快了，他看起来就像个偷吃馅饼被人发现的小男孩。"向大众施展他们以为的魔法，这报酬确实很高，不是吗？"

"所以收费的数字完全是随口定下的？"罗宾问。

这个问题比他预想的多了几分尖锐。当时他想到的是那场席卷伦敦的霍乱，想到派珀太太向他解释说，穷人完全无法得到帮助是因为镌字银器贵得离谱。

"噢，是啊。"普莱费尔教授似乎觉得这一切非常有趣，"我们掌握着秘密，就可以随便开条件。这就是比别人都聪明的美妙之处。好了，在结束课程之前，还有最后一件事要学习。"他从桌面最远端抽出一根闪亮的空白银条。"有件事我必须警告你们：有一类配对镌字是你们永远不能而且绝对不能尝试的。有人能猜到是什么吗？"

"善与恶。"莱蒂说。

"想法很好，但是不对。"

"神的名字。"拉米说。

"我们相信你们不至于那么蠢。不，比这更棘手。"

没有人再回答。

"是翻译。"普莱费尔教授说，"就是'翻译'这个词本身。"

说着，他迅速在银条一侧刻下一个词语，然后向他们展示这个词：Translate。

"'翻译'这个动词在每种语言中的内涵都有轻微的差异。英语、西班牙语和法语中的'翻译'分别是 translate，traducir 和 traduire，它们都源自拉丁语 translat，意思是'带到那边去'。不过，跳出罗曼语族，'翻译'的内涵就大有不同。"说着，他动手在银条另一侧刻下另一串字母，"比如说，汉语'翻译'中的'翻'意味着'翻转'，而'译'则有'变易、交换'的意思。在阿拉伯语中，tarjama 既表示'翻译'，也是'生平事迹'的意思。梵语中表示翻译的词是 anuvad，这个词还有'在之后重复，再说一遍'的意思。梵语突出的是时间上的差距，而拉丁语则突出空间上的距离。在西非的伊博语中有两个表示'翻译'的词，tapia 和 kowa，二者都有'讲述'、'解构'和'重构'的内涵，都意味着将整体分解为碎片，从而促成形态的改变。诸如此类还有很多。词语间的差异和内在含义无穷无尽。可以说，没有哪两种语言中'翻译'一词的含义是完全相同的。"

教授向他们展示自己在另一面所刻的字：tradurre，意大利语中的"翻译"。他将银条放在桌上。

"Translate，"他念道，"Tradurre。"

在他的手离开银条的那一瞬间，银条开始晃动。

他们惊奇地看着银条颤动得越来越剧烈。场面十分可怕。银条仿佛有了生命，仿佛被某种疯狂渴望挣脱出来的精怪附身一般，又仿佛想将自身撕碎。除了猛烈撞击桌面的磕碰声之外，它没有发出其他声音。但罗宾在脑海中听到了饱受折磨且经久不散的尖叫。

"'翻译'这对镌字制造了一个悖论，"银条开始剧烈摇晃，在痛苦挣扎中从桌面上跳起几英寸的高度，这时，普莱费尔教授平静地说，"它试图创造出更加纯净的、与每个词的隐含喻义都匹配的翻译，但这当然是不可能的，因为完美的翻译是不可能存在的。"

银条上出现了裂痕，细细的脉络连成枝杈，不断分裂，拓宽。

"这种现实化的力量无处可去，只能作用于银条本身。由此形成了一个持续的循环，直到银条最终崩溃。然后……就会这样。"

银条一跃而起，崩裂成数百片碎块，散落在桌椅和地板上。罗宾的同学们缩着身子向后躲，普莱费尔教授却连眼睛也没眨一下。"不要尝试这么做，哪怕出于好奇也不行。这些白银，"他踢了踢掉在地上的碎屑，"再也不能用了。即使将它们熔化后重新锻造，只要含有这些白银，哪怕只有一盎司[1]，银条都将无效。更糟糕的是，这种效果具有传染性。如果将这样一根银条放在一堆白银上激活，它的影响会扩散到所有与它接触的白银上。如果不小心的话，很容易报废几十磅白银。"他将雕刻笔放回工作台上，"明白了吗？"

他们点了点头。

"很好。永远不要忘记这一点。翻译的终极生命力是一个迷人的哲学问题。说到底，它正是《圣经》中巴别塔故事的核心。但这样的理论问题最好还是留在课堂上讨论。不要为了它去做可能摧垮整座塔楼的试验。"

"安东尼是对的，"维克图瓦说，"有刻银术在那里，谁还想去文学部？"

在食堂里，他们围坐在常坐的那张餐桌旁，充满力量的感觉令他们有些眩晕。从下课到现在，他们一直在重复讨论刻银术，但是没关系，

---

[1] 1盎司约合28.3克。——译注

这一切仍无比新鲜、无比不可思议。当他们走出塔楼时，整个世界看起来都与从前截然不同。他们走进巫师的小屋，看见他调制魔药、施展法术，现在，除了亲自尝试，再没有什么能满足他们了。

"我好像听见我的名字了？"安东尼滑到罗宾对面的座位上。他挨个看了看他们的脸，随即露出心领神会的微笑，"啊，我记得这副表情。普莱费尔今天给你们上展示课了？"

"这就是你每天所做的事吗？"维克图瓦兴奋地问他，"刻写配对镌字？"

"差不多吧，"安东尼说，"其实更多时候是在翻查词源学辞典，而不是单纯地刻字。不过，一旦你发现可能有用的词语，那才是真正有趣的部分。眼下我正在琢磨一对或许能在面包店派上用场的镌字。Flour（面粉）和 flower（花朵）。"

"这难道不是两个完全不同的单词吗？"莱蒂问。

"表面上是的，"安东尼说，"但如果你上溯到 13 世纪的英语和法语文本，就会发现它们最初是同一个词：flower 就是指谷物磨成的粉末中最精细的部分。随着时间的流逝，flower 和 flour 渐渐分化，有了不同的意思。如果这根银条顺利起作用的话，我应该可以把它安装在磨面粉的机器上，精磨面粉的效率会更高。"他舒了口气，"我还不确定它能不能起作用。不过如果真有用的话，我希望能终生免费享用'穹顶与花园'咖啡馆的司康。"

"你能得到版税吗？"维克图瓦问，"我是说，他们每次复刻你的银条都会给你钱吗？"

"噢，没有。我能拿到一小笔钱，但所有收益都归巴别塔所有。不过，他们倒是会把我的名字写进镌字簿里。我已经有六套配对镌字被收录进去了。而目前整个大英帝国所使用的配对镌字只有大约一千两百套，所以，这可以说是一个人能得到的最高学术荣誉了，比在任何地方发表论文都强。"

"等一下,"拉米说,"一千两百套是不是有点少?我是说,我们从罗马帝国时期就开始使用配对镌字,所以怎么——"

"怎么还没有让所有可能的配对镌字覆盖整个国度?"

"对啊,"拉米说,"至少也该不止一千两百套吧。"

"嗯,想想看,"安东尼说,"答案应该很明显。语言之间互相影响,为彼此注入新的含义。就像流过堤坝的洪水一样,坝体的渗水性越好,拦截力就越弱。伦敦所使用的银条大多数依靠拉丁语、法语和德语翻译,但那些银条正在渐渐失去效力。随着语言跨越大陆,类似于 saute 和 gratin[1] 之类的词现在已经成了英语中的普通词汇,语义的扭曲也失去了能量。"

"洛弗尔教授和我说过类似的话,"罗宾想了起来,"他认为随着时间的流逝,罗曼语族的收获只会越来越少。"

"他是对的,"安东尼说,"在这个世纪,其他欧洲语言和英语互译的内容实在太多了。我们无法摆脱对德国人和德国哲学家,对意大利人和意大利诗人的迷恋。所以说,罗曼语族的语言确实是学院里最受威胁的分支,不管那帮人多喜欢假装巴别塔的主人。古典语言的前景也不容乐观了。拉丁语和古希腊语还能再撑一段时间,因为精英阶层还能流利使用这两门语言,但至少拉丁语是比你们想象的更加口语化了。在巴别塔八楼,有一个致力于复兴马恩语和康沃尔语的博士后,但没人认为能成功。盖尔语也一样,但别对凯茜这么说。所以你们三个才这么有价值。"安东尼挨个指了指他们,除了莱蒂,"你们掌握的是他们还没有榨干的语言。"

"那我怎么办?"莱蒂愤愤地问。

---

[1] 英语中的 saute(炒菜,煎炒)和 gratin(奶油焗菜)两个词最初都来自法语。——译注

"好吧，你暂时还没事，但只是因为英法对立时期发展出的民族认同感。法国人是迷信的异教徒，我们是新教徒。法国人穿木鞋，那我们就穿皮鞋。我们也在语言方面抵抗法语的入侵。但真正重要的是殖民地和半殖民地：罗宾和中国，拉米和印度。男孩们，你们的国家是还没被纳入版图的土地，而你们是人人争夺的目标。"

"说得好像这是一种资源。"拉米说。

"嗯，当然了。语言和金银一样，都是资源。还有人为那些语法汇编出生入死呢。"

"但那也太荒唐了，"莱蒂说，"语言只是词语，只是思想而已。你不可能限制一门语言的使用啊。"

"不能吗？"安东尼反问，"你知道在中国教外国人学官话会被处以死刑吗？"

莱蒂转向罗宾："真的吗？"

"好像是的。"罗宾说，"查克拉瓦蒂教授也和我说过这事。清政府的人——他们害怕。他们害怕外面的世界。"

"看到了吧？"安东尼说，"语言不只是词语而已。它们是观察世界的方式，它们是文明的钥匙，它们是值得为之杀戮的知识。"

"词语会讲故事。"那天下午，在巴别塔五层一间没有窗户的空教室里，洛弗尔教授用这句话作为第一堂课的开场白，"具体来说，这些词语的历史——它们如何被人使用又如何演变成今天的含义——能够告诉我们的关于一个民族的信息与任何历史文物相比只多不少。以 knave（扑克牌中的 J、恶棍、侍从）这个词为例，你们认为它来自何方？"

"来自扑克牌，对吗？扑克牌里有国王、王后……噢，当我没说。"莱蒂抢先开口，随即发现她的回答只是在兜圈子，便没再说下去。

洛弗尔教授摇了摇头。"古英语中的 cnafa 是指做仆人的男童或者年轻男仆。我们确定这个词与德语 knabe 是同源词，而后者是表示'男孩'的古老词汇。所以，knave 最初是指伺候骑士们的年轻男孩。但是，当骑士制度在 16 世纪末瓦解时，当领主们发现他们可以雇用更廉价、战斗力更强的职业军队时，数以百计的骑士侍从失业了。于是，他们做起了时运不济的年轻男人都会做的事：与强盗土匪为伍，沦落为社会底层的人渣败类，这也就是我们如今赋予 knave 这个词的含义。所以说，词语的历史不仅描述了语言的改变，也体现了社会制度的变迁。"

洛弗尔教授不是激情洋溢的演说家，也不是与生俱来的表演者。面对听众，他显得很不自在，动作僵硬而突兀，说起话来冷静严肃、直截了当。不过，他说出口的每一个字都精准地把握住了时机，经过深思熟虑，而且引人入胜。

在这堂课之前的几天，罗宾一度很害怕走进他的监护人的课堂。但事实证明，他未感到别扭或难堪。洛弗尔教授对罗宾的态度与他在汉普斯特德接待客人时一样疏远而正式，他的目光匆匆掠过罗宾，从不落在罗宾脸上，仿佛无法看见罗宾所在的那片空间。

洛弗尔教授接着说："英语中的 etymology（词源学）一词发源于古希腊语 étymon，意思是'一个词语真正的含义'，而 étymon 又来自另一个古希腊语单词 étumos，'真实的、实际的'。所以，我们可以把词源学看作一项追踪词语距离根源有多远的练习。要知道，词语走过了无与伦比的漫长旅途，在字面意义和修辞意义上都是如此。"他突然将目光投向罗宾："官话里表示'巨大的疾风骤雨'的是哪个词？"

罗宾吃了一惊。"呃，风暴？"

"不对，比这更大。"

"台风？"

"很好。"洛弗尔教授指了指维克图瓦，"在英语中，经常席卷太平洋沿海的天气现象叫什么？"

"Typhoon，"她回答道，随即眨了眨眼，"台风和 typhoon？怎么——"

"这要从古希腊语和拉丁语讲起，"洛弗尔教授说，"在希腊神话里，堤丰是盖亚和塔尔塔洛斯生下的一个怪物，他有一百个蛇头，危害四方。不知从何时起，他开始与猛烈的风暴联系在一起，后来的阿拉伯人也开始用 tūfān 这个词来描述狂风大作的猛烈风暴，这个词从阿拉伯语传入葡萄牙语，又通过探险家的航船传到了中国。"

"但是台风并不是一个简单的外来词，"罗宾说，"它在汉语中是有意义的。'台风'又称作'泰风'，而'泰风'就是大风的意思——"

"你认为中国人就不能想出一个本身就有意义的音译吗？"洛弗尔教授问道，"这种情况经常发生。外来词在拟音直译的同时也转译语义。词语就这样向外传播。你可以通过那些发音异常相似的词语追踪人类历史的交集点。语言只是不断变化的符号集合，它们足够稳定，让彼此交流成为可能，但又处于流变之中，足以反映持续变革的社会动态。当我们将词语刻在银条上时，就会想起那段不断变革的历史。"

莱蒂举起手："我想请教一下研究方法。"

"请讲。"

莱蒂说："历史研究很容易，只需要研究文物、文献之类的东西。但是该怎么研究词语的历史呢？怎么能确定它们走过了多远的旅途？"

洛弗尔教授看起来很欣赏这个问题。他说："阅读。没有别的办法。把你能找到的所有资料汇集在一起，然后坐下来解决难题。你要寻找其中的模式和不规则之处。举例来说，我们知道在罗马时代，拉丁语词尾的 m 不发音，因为庞贝古城里的一些拼写错误的铭文将 m 省去了。这就是我们确定发音变化的办法。一旦做到这一点，我们就可以推测词语可能如何演变，如果实际情况不符合我们的推测，那我们关于相关起源的假说或许就是错的。词源学是跨越世纪的侦探活动，而且难度超乎想象，不亚于大海捞针。但我想说的是，我们的那些'针'绝对是值得寻找的。"

那一年，他们开始以英语为例，研究语言如何成长、变化、变形、繁殖、分化和融合。他们研究发音的变化。为什么英语单词 knee（膝盖）有一个不发音的 k，而在德语中所对应的单词中的 k 却是发音的。为什么拉丁语、古希腊语和梵语的闭塞辅音与日耳曼语族的辅音有如此规律的对应关系。他们阅读莱朴、格林和拉斯克著作的英译本；他们阅读伊西多的《词源》。他们研究语义的转变、句法的变化、方言的分化和借用，也研究各种重构方法，以拼凑出看似毫不相干的语言之间的关系。他们像挖掘矿山一样挖掘语言，共同的遗产和扭曲的语义就是他们寻找的珍贵矿脉。

这改变了他们说话的方式。他们常常话说到一半就停下。哪怕说的是最平凡的短语和谚语，他们也要停下来思索这些词句的由来。这种思考渗透到他们的所有对话中，成了他们心照不宣的理解彼此和其他一切事物的方式。[1] 从此，他们眼中的世界都是故事和历史，像许多个世纪的沉淀地层一样层层堆叠。

英语受其他语言的影响比他们预想的深远得多，也更多样化。Chit（便条）来自马拉地语 chitti，意思是'信'或'留言'。Coffee（咖啡）通过荷兰语的 koffie 和土耳其语的 kahveh 进入英语，但最初的词源来自阿拉伯语的 qahwah。Tabby cat（虎斑猫）得名于一种条纹丝绸，而这种丝绸又得名于它的产地：巴格达的一个名叫 Attābiyya（阿

---

[1] 维克图瓦会指着罗宾说："Awkward（笨拙的、尴尬的）这个词来源于古诺斯语 aufgr，意思是'转向错误的方向，就像肚皮朝天的乌龟。'"
"那维克图瓦这个名字肯定源自 vicious（恶毒的）而不是 Victoria（维多利亚、胜利者），因为你就是个大坏蛋。"罗宾反驳道。——原注

塔比亚）的街区。就连服装的基本词汇也都有出处。Damask（织锦缎）得名于其产地 Damascus（大马士革）；gingham（格纹布）来自马来语 genggang，意思是"条纹"；calico（印花棉布）得名于印度喀拉拉邦的 Calicut（卡利卡特）。拉米还告诉他们，taffeta（塔夫绸）的词源其实是波斯语 tafte，意思是"有光泽的布料"。不过，并非所有英语单词都有如此遥远或高贵的出身。他们很快发现，词源学的奇妙之处在于，从富贵和世俗之人的消费习惯，到贫困潦倒之人的所谓粗鄙之语，任何事物都可能对语言产生影响。Bilk（坑蒙拐骗）、booty（战利品）和 bauble（廉价花哨的小玩意）等常见词汇就是社会底层的行话以及小偷、流浪汉和外国人的所谓黑话的贡献。

英语从其他语言中借用的不是区区几个词语，而是被塞得满满当当，活像弗兰肯斯坦的怪物。罗宾觉得这实在是不可思议：这个国家的公民认为自己比世界上任何地方的人都更优越，并且以此为荣，然而如果没有外来的物品和词语，他们甚至连一顿下午茶都喝不了。

这一年，除了词源学以外，他们每个人还要再学习一门语言，不是为了达到流利运用的水平，而是为了通过语言习得的过程加深他们对主修语言的理解。莱蒂和拉米开始跟随德弗雷瑟教授学习原始印欧语。维克图瓦向学术顾问委员会提交了好几种她希望学习的西非语言，结果都被否决了，理由是巴别塔不具备其中任何一种语言的充足资源，无法开展适当的教学。最后，她选择了西班牙语。普莱费尔教授称，西班牙语与海地和多米尼加边境颇有渊源，但维克图瓦对此并不十分满意。

罗宾开始跟随查克拉瓦蒂教授学习梵语。在第一堂课上，教授责备罗宾对这种语言竟然一无所知。"应该从一开始就让中国学生学习梵语。梵语通过佛教典籍传入中国，引发了一场名副其实的语言创新大爆炸，因为佛教将大量汉语难以表达的概念引入了中国。女性僧侣，即梵语中的 bhiksunī（比丘尼）变成了汉语中的'尼'。梵语中的 nirvana 翻译成了'涅槃'。地狱、觉悟、劫难等中国文化的核心概念都来自梵语。如果不了解佛教、不了解梵语，就无法了解如今的汉语，就好像还不会写数字就想理解乘法运算。"

罗宾心想，指责他学习母语没有章法，这未免有些不公平。但他十分配合："那我们该从哪里开始呢？"

"字母表。"查克拉瓦蒂教授欢快地说，"从最基本的一砖一瓦开始。拿出你的笔临摹这些字母，直到形成肌肉记忆。我估计这大概需要半个小时。开始吧。"

拉丁语、翻译理论、词源学、主修语言、新的研究语言，这样的课业负担沉重得离谱，更何况每位教授布置作业时都好像其他课程并不存在。老师们完全没有同情心。当拉米为他们每周阅读时间超过四十小时而提出抗议时，普莱费尔教授愉快地说："对于这种状态，德国人有一个可爱的词语：Sitzfleisch（久坐不动的能力，坚韧），它的字面意思是'坐着的肉'。也就是说，有时候你就是得老老实实坐下来把事情做完。"

在这样的生活里，他们依然能找到快乐的时刻。现在，牛津开始让他们有了类似于家的感觉，他们渐渐找到了去处，在这里不仅受到包容，而且生机勃发，欣欣向荣。他们知道哪些咖啡馆会一视同仁地为他们服务，又有哪些会假装拉米不存在，或者怨他肮脏得不配坐在椅子上。他们知道在天黑之后去哪些小酒馆不会受到骚扰。他们坐在联合辩论协会的观众席上，听着科林·桑希尔和埃尔顿·潘登尼斯之流的男孩们为正义、自由和平等振臂高呼，他们拼命抑制住笑声，憋得满脸通红。

在安东尼的一再鼓动下，罗宾开始划船。安东尼对他说："一直窝在图书馆里不出门对你没好处。人必须舒展肌肉才能让大脑正常工作。要让血液流动起来。去试试吧，对你有好处。"

结果他爱上了这项运动。在水中一次又一次划动一支船桨，这种张弛有度且有节律的运动给予他极大的乐趣。他的手臂更加壮了，双腿似乎也变长了。渐渐地，他褪去弯腰驼背、干瘦如草的体态，身形变得饱满结实，每天早晨照镜子时，都十分满意。他开始期待艾西斯河上寒冷刺骨的清晨，那时整座城镇都尚未苏醒，方圆几里内只有啁啾的鸟鸣和桨叶入水时悦耳的水花声。

女孩们试图混进赛艇俱乐部，但是失败了。她们的身高不适合划船，而做舵手又需要大喊大叫，这让她们无法再假装是男生。但是几周以后，罗宾听说大院击剑队来了两个身手狠辣的新成员。被问起此事时，维克图瓦和莱蒂一开始都声称她们与此无关。

最终，维克图瓦坦白交代："击剑吸引人的就是那种攻击性。观战特别有意思。那些男孩总是仗着身强力壮往前冲，完全不考虑战略。"

莱蒂表示赞同："所以事情就很简单了，你只需要护住头，等他们没有防备的时候再一剑刺过去。这就够了。"

冬天，艾西斯河的河面结冰时，他们就去滑冰。除了莱蒂，他们都没有滑冰的经验。他们尽力将鞋带系紧——"再紧一点儿，"莱蒂说，"冰鞋不能松动，否则会扭伤脚踝的。"——然后小心翼翼地踏上冰面。他们摇摇晃晃地向前挪动，紧紧拉住彼此以保持平衡，然而这往往意味着只要一个人摔跤，大家都会倒下。过了一会儿，拉米发现只要身体前倾、弯曲膝盖，他就可以越滑越快。到了第三天，他已经可以围着其他人一圈圈滑行了。每当拉米滑到莱蒂面前，她都假装不高兴，但又忍不住哈哈大笑，笑得停不下来。

现在他们的友谊有了一种坚固持久的质地。他们不再是眼花缭乱、战战兢兢、紧紧抓住彼此以求稳定的一年级新生。现在，他们是共同经受考验之后团结在一起的老手，是可以在任何事情上相互依靠、心智更加坚定的士兵。一丝不苟的莱蒂虽然怨声载道，但还是会仔细修改每一份译文，不论夜有多深、天色多早。维克图瓦就像一座金库：她可以倾听无休止的抱怨和牢骚却不让谈话偏离主题。而罗宾可以在任何时候叩开拉米的房门，不论是白天还是夜晚，只要他想喝杯茶，或者有好笑的事情想要分享，或者想在哭泣时有人陪伴。

那年秋天，当新一届学生（没有女生，只有四个娃娃脸的男生）出现在巴别塔时，他们基本没怎么注意这些新生。不知不觉间，他们也变成了自己在第一学期无比羡慕的高年级学生。当初他们觉得高年级的都是目中无人的势利眼，但事实证明他们只是累坏了。高年级学生没有心思欺负新来的人，他们根本没那个时间。

他们成了自己在一年级时所向往的模样：拒人于千里之外，才华横溢，累得憔悴不堪。他们很痛苦。缺乏睡眠，吃得太少，读书太多，与牛津，或者说与巴别塔之外的事务完全脱节。他们眼里没有世俗生活，精神生活就是他们的全部。他们热爱这种生活。

无论如何，罗宾希望格里芬预言的那一天永远不要到来，他希望能永远生活在这种摇荡的平衡之中。他从来没有像现在这样幸福过。时间永远不够用，他一心只顾眼前，无暇关注这种生活的全貌。

在米迦勒学期将近尾声时，一个名叫路易–雅克–芒代·达盖尔的法国化学家带着一件稀奇的东西来到巴别塔。据他介绍，那是一台采用日光蚀刻法的暗箱，能够利用曝光的铜版和感光化合物复制出静止的图像。但他还有些机械方面的问题没有彻底解决。他想请嚼舌人帮他看看，有没有改进这台机器的办法。

达盖尔暗箱的难题成了塔里热议的焦点。学院借此设立了一场比赛，在获准从事刻银术的学生中，能够解决达盖尔难题的人将在这项专利中署名，当然也能获得相应比例的报酬。在整整两周的时间里，巴别塔八楼激荡着无声的狂热，四年级学生和研究员细细翻阅词源学辞典，试图找到一对能充分将"光线"、"色彩"、"影像"和"模仿"等语义联系起来的词语。

最终，安东尼·瑞本成功破解了难题。根据与达盖尔签署的协议条款，获得专利的具体配对镌字必须保密，但传闻称安东尼巧妙利用了拉丁语 imago，这个词不仅有"相似、模仿"的语义，同时还有"鬼魂、幻影"的意思。另一些传闻说，安东尼发现了某种让银条溶解、从加热的水银中生成气雾的办法。安东尼不能透露方法，但他的努力得到了可观的酬劳。

暗箱成功了。只需要一刹那，就可以将被拍摄对象的影像完美地复制到一张纸上，简直就是魔法。人们将达盖尔的发明称为达盖尔照相机，这台设备在当地引起了轰动。所有人都想拍下自己的影像。达盖尔和巴别塔的教员在塔楼的会客大厅里举办了一场为期三天的展览，热情高涨的民众排成的长队在街道上绕了好几圈。

罗宾正为第二天要交的梵语翻译作业发愁，但莱蒂坚持要一起去拍张照片。她问罗宾："难道你不想要属于我们的纪念吗？不想把这个瞬间永久保存下来？"

罗宾耸了耸肩。"不怎么想。"

"好吧，但是我想嘛，"她坚持道，"我想记住我们现在的样子，在1837年这一年的样子。我永远不想忘记。"

他们在照相机前集合。莱蒂和维克图瓦坐在椅子上，交叠的双手拘谨地放在腿上。罗宾和拉米站在她们身后，不知道该把手放在哪里。放在女孩们的肩膀上，还是扶在椅背上？

"手臂放在两侧，"摄影师说，"尽可能保持不动。哦不，先靠紧一点儿——好了。"

罗宾露出微笑，随即意识到自己无法长时间保持这副笑容，赶紧撇下嘴角。

第二天，他们从会客大厅的文员那里领到了照片。

"拜托,"维克图瓦说,"这完全不像我们。"

但是莱蒂非常开心,她坚持要大家一起去买相框"我要把它挂在我的壁炉上面,你们觉得怎么样?"

"我觉得你还是把它扔了好,"拉米说,"瘆得慌。"

"才没有呢。"莱蒂说。她着迷地凝望这张照片,仿佛看到了真正的魔法,"这就是我们。凝固在时间里,固定在一个我们这辈子都再也回不去的瞬间。这太神奇了。"

罗宾也认为这张照片看起来很古怪,不过他没有说出来。在照片上,他们四个的表情都很做作,透露出轻微的不自在。照相机扭曲、压扁了将他们联结在一起的感情,他们之间无形的温暖和志同道合的情谊看起来就像一种生硬的、被迫的亲密关系。他心想,照相也算是一种翻译,相片里的他们无法与现实相比。

把紫罗兰扔进坩埚,没错。

第十章

> 为了维护学生的行为准则，他们将学生限制在古典学习这一安全且优雅的低能领域。对于一名货真价实的牛津导师而言，听到年轻的学生为道德和政治的真理而争辩、创立和推翻各种理论，沉迷于各种莽撞的政治讨论，他只会不寒而栗。从这些行为当中，他只能预见到对上帝的不虔诚和对国王的背叛。
>
> ——悉尼·史密斯，《关于埃奇沃思的〈论职业教育〉》

那一年米迦勒学期快要结束时，格里芬出现得比往常要频繁一些。罗宾从马六甲回来以后，分配给他的任务从每月两次减少到每月一次，再到一次也没有。他开始担心格里芬究竟去了哪里。但是进入十二月之后，罗宾每隔几天就会收到格里芬要求去扭树根门口见面的纸条。以扭树根为起点在城市里疯狂漫步是例行的活动。这样的漫步通常是布置计划的序曲。但有些时候，格里芬似乎并没有计划，只是想聊聊天。罗宾急切地盼望着这样的聊天。只有在这样的时刻，他的哥哥才显得不那么神秘莫测，更有人性，更有血有肉。但是格里芬从来不回答罗宾真正想探讨的问题：赫耳墨斯社用他帮忙偷出来的东西做了什么，革命的进展如何（如果真有革命的话）。格里芬总是说："我还不信任你，你还是太嫩了。"

我也不信任你。罗宾在心中暗想，只是没说出口。他改用迂回的方式打探消息："赫耳墨斯社成立多久了？"

格里芬戏谑地看了他一眼。"我知道你想干吗。"

"我只是想知道它是在现代创立的，还是，还是——"

"不知道。我也不知道。至少有几十年了，或许更长一点。但我从来没搞清楚过。你为什么不直接问你真正想知道的？"

"因为你不会告诉我。"

"你试试。"

"好。如果赫耳墨斯社存在的时间更长的话，那我不理解……"

"你不明白为什么我们到现在还没赢。是吧？"

"不。我只是不明白它改变了什么，"罗宾说，"巴别塔还是——巴别塔。而你们只是——"

"一小群愚公移山的流亡学者？"格里芬替他说完后半句话，"有话就直说，弟弟，别磨叽。"

"我本来想说'寡不敌众的理想主义者'，但是没错，我是说——拜托，格里芬，我连我做的一切有什么效果都搞不清楚，这让我很难保持信念。"

格里芬放慢了脚步，默默斟酌了几秒钟，然后说道："我给你描述个画面吧。白银是从哪里来的？"

"格里芬，说实话——"

"配合一下嘛。"

"我十分钟以后还有课呢。"

"而这个问题的答案可不简单。克拉夫特不会因为你迟到一回就把你赶出去的。白银是从哪里来的？"

"我不知道。矿里采来的？"

格里芬重重叹了口气。"他们什么都不教你吗？"

"格里芬——"

"你听好了。白银一直都在那里。雅典人早就在阿提卡开采银矿。

至于罗马人，这你是知道的，他们在意识到白银能做什么之后，立刻就开始利用它扩张帝国的版图。但直到很久之后，白银才成为国际流通的货币，促进一个跨越大洲的贸易网的形成。因为当初根本没有足够的白银。16世纪，第一个真正的全球化帝国哈布斯堡王朝在安第斯山脉偶然发现了大量白银矿藏。西班牙人将白银运出山区，而你可以确定的是，原住民矿工的辛勤劳动没有得到公平的报酬。[1] 西班牙人将白银铸成西班牙银元，让财富流向塞维利亚和马德里。

"白银使他们发家致富，富裕到能从印度购买印花棉布，他们用这种棉布从非洲购买奴隶，再让这些奴隶去殖民地上的种植园劳动。就这样，西班牙人越来越富有，他们走到哪里，死亡、奴役和贫困都如影随形。说到这里，你肯定看出其中的模式了吧？"

格里芬表达观点时的样子与洛弗尔教授有一种奇特的相似。他们都喜欢激动地做着手势，仿佛手上的动作就是他们长篇大论的句点。他们说话的节奏都一样精准、节奏分明。另外，他们都偏爱苏格拉底式的诘问："快进到两百年后，你会发现什么？"

罗宾叹了口气，但还是配合地回答道："所有的白银和权力都从新世界流向了欧洲。"

"没错。"格里芬说，"白银在使用白银的地方囤积。在很长时间里，西班牙人一马当先，但荷兰人、英国人和法国人也始终紧随其后。再快进一个世纪，西班牙的景况可就大不如前了。拿破仑战争削弱了法国的力量，现在占据优势的是光荣的大不列颠。英国拥有欧洲最大的白银储备，有目前全世界最顶尖的翻译学院，还有在特拉法尔加海战后地位得

---

[1] 这是相当委婉的说法。在1545年玻利维亚的波托西的银矿被发现之后的短短数十年里，这座白银之城很快成为非洲黑奴和被征召的原住民劳工的死亡陷阱，他们在水银蒸气、污水和有毒废弃物中工作。西班牙人号称"群山之王，令诸王倾倒"的波托西其实是一座由尸体堆砌的金字塔，无数人因疾病、强制劳动、营养不良、过度工作和有毒的环境而丧生。——原注

到巩固的最强海军。这些意味着这座岛国眼看就能统治整个世界了,不是吗?但过去一个世纪以来,出现了一个有意思的变化,让议会和全英国的贸易公司都觉得头疼。你能猜到是什么吗?"

"别告诉我是我们的白银不够用了。"

格里芬咧嘴一笑:"是他们的白银不够用了。现在你能猜到白银都去哪里了吗?"

罗宾知道这个问题的答案,但只是因为他在汉普斯特德的那几年经常听洛弗尔教授和他的朋友晚上在客厅闲聊时抱怨这件事:"中国。"

"中国。英国正在贪婪地享受从东方进口的产品。他们对中国的瓷器、雕漆橱柜和丝绸贪得无厌。还有茶叶。老天啊,你知道中国每年出口多少茶叶到英国吗?至少价值三千万英镑。英国人对茶叶无比热爱,以至于议会一度要求东印度公司长期维持一年的茶叶储备,以防出现短缺。我们每年花费成百上千万英镑进口中国的茶叶,而这些都要用白银支付。

"但中国对英国商品没有同等的需求。乾隆皇帝收到过马嘎尔尼大人赠送的一系列英国工艺品,你知道他的答复是什么吗?奇珍异宝,并不贵重。中国人不需要英国出售的任何东西,他们想要的一切都可以自给自足。就这样,白银源源不断地流向中国,英国人对此无能为力,因为他们不能扭转供需关系。总有一天,我们在翻译领域的才华将失去意义,因为到时候根本没有白银可用。不列颠帝国将因为它自己的贪婪而走向崩溃。与此同时,白银会在新的权力中心聚积,也就是那些从前遭到劫掠和剥削的地方。原材料将归它们所有,万事俱备,只需要刻银者。而哪里有工作,人才就会流向哪里,永远都是这样。所以,我们只要让帝国耗尽资源就行了。历史循环会完成接下来的事,而你要做的就是帮我们加快这个进程。"

"但是那也……"罗宾努力想找到恰当的词语来表达他的反驳,"那也太抽象、太简单了，总不能——我是说，你对历史的预测总不能这么空泛吧——"

格里芬扭头看了他一眼。"能预测这么多已经不错了。这就是巴别塔教育的问题所在，不是吗？他们让你学语言、学翻译，但从不教你历史、科学和国际政治。他们不会告诉你，军队才是语言的靠山。"

"可是，这一切会变成什么样呢？"罗宾追问道，"我是说，你所描述的这一切，最后会导致什么结果？全球大战？还是缓慢的经济衰退，直到世界的面貌完全改变？"

"我不知道，"格里芬说，"没人能精确地预知未来。也许权力的杠杆会转移到中国或美国手里，也许英国会不惜一切代价保住自己的地位，这谁也说不准。"

"那你怎么知道你做的事有什么效果？"

格里芬诚恳地说："我不能预测每一场行动会产生什么后果，但我知道一件事：英国的财富依赖于强制性的开采。随着英国不断发展壮大，它只剩下两个选择：要么，它施加胁迫的机制变得越来越残忍；要么，它会崩溃。前面一个选择可能性更大，但这个选择也没准会导致后者。"

"可是这场斗争太不对等了。"罗宾无助地说，"一边是你们，一边是整个帝国。"

"除非你觉得帝国是不可战胜的。"格里芬说，"但它并不是。就拿此时此刻来说，在君主制帝国相继衰落之后，我们眼下正处于一场大西洋大危机的尾声。英国和法国失去了美洲殖民地，它们之间爆发了一场对双方都没有好处的战争。现在，我们看到权力正在新的地方站稳脚跟，这是真的——英国得到了孟加拉，得到了曾经属于荷兰的爪哇，还有开普殖民地。如果英国再在中国得到它想要的，如果它能扭转眼下的贸易失衡，那它将势不可挡。

"但这并不是铁板钉钉，或者说'银板钉钉'的事。还有很多不可预见的偶发事件，而这些可能引发质变的临界点就是我们可以扭转局势的地方。这些就是个人选择、哪怕是最微小的反抗力量也可以有所作为的地方。以巴巴多斯为例，以牙买加为例，我们把银条送给那里起义的人——"

"那些奴隶起义都被粉碎了啊。"罗宾说。

"但奴隶制也被废除了，不是吗？"格里芬说，"至少在英国领土上废除了。不，我没说一切都得到了妥善解决，我也没说英国的相关立法全是我们的功劳，否则废奴主义者肯定会不乐意。但我要说的是，如果你认为1833年的法案通过是因为英国人的道德觉醒，那你就错了。通过那部法案只是因为他们无法再承受更多损失。"

他一挥手臂，向罗宾展示一张看不见的地图："我们能控制的正是这样的关键节点。如果我们找对发力点，如果制造出帝国无法承受的损失，那我们就能推动局势走向临界点。这样一来，未来就是不确定的，就有可能发生变革。历史不是已经编织好的挂毯，不是一个没有出路的封闭的世界，我们也不是只能逆来顺受，我们可以塑造它，创造它。我们只需要选择做历史的创造者。"

"你真的相信这些。"罗宾惊奇地说。格里芬的信念令他震惊。对于罗宾而言，如此抽象的推理恰恰是他脱离世界、退居到书本和死去的语言中寻求安全感的理由。但是对于格里芬来说，这却是振奋人心的集结号。

"我不得不信，"格里芬说，"不信的话，那就真和你说的一样了。不信的话，我们就一无所有。"

在这场谈话之后，格里芬似乎认定罗宾不会背叛赫耳墨斯社了，因为分派给罗宾的任务一下多了些。并非所有的任务都是盗窃。更多时候，格里芬要他提供的是资料：词源学手册、语法汇编中的几页、正字法图表等，这些很容易获得，可以在抄录之后神不知鬼不觉地放回原处。不过，他必须明智地选择将这些资料运出去的时间和方式，频繁拿走与他的研究领域无关的资料可能引起怀疑。有一次，那位来自日本的高年级同学伊尔丝就问罗宾，他要古德语语法汇编做什么。他不得不编造一个蹩脚的故事，说他试图追溯一个汉语词汇在赫梯语中的起源，拿出这本书纯属意外。虽然他要找的书根本不在这个藏书区，但是没关系，伊尔丝似乎相信他真就那么糊涂。

整体而言，格里芬的要求都不难完成。这一切都没有罗宾所想象的，或者说他所期待的那么富有浪漫色彩。没有惊心动魄的冒险，也没有在桥头于奔流的河水掩护下的加密对话。一切都是如此平常。罗宾发现，赫耳墨斯社的伟大成就在于无比成功地保持隐身，即使对它的成员也完全隐藏信息。如果有一天格里芬消失了，罗宾将很难向别人证明赫耳墨斯社不是他的幻想，而是真实的存在。他时常觉得，自己根本不是秘密社团的一分子，而是一个无聊的、以精密的协调性运作的大型官僚机构的一分子。

就连盗窃也成了例行公事。巴别塔的教授们好像完全没觉察到失窃。赫耳墨斯社每次拿走的白银数量都很少，少到可以用记账的花招掩饰过去。格里芬解释说，人文学院的方便之处就在于，所有人对数学一窍不通。

他对罗宾说："如果没有人和普莱费尔核对数目，他可能弄丢好几箱白银都不知道。你觉得他能把账记清楚吗？那家伙做两位数加法都够呛。"

有时候，在往返于波特牧场的一小时里，格里芬只字不提赫耳墨斯社，只是问起罗宾的牛津生活：他的划船成绩，最喜欢的书店，对餐厅和食堂的食物作何感想。

罗宾的回答十分谨慎。他警惕地等着格里芬话锋一转，将这场闲聊变成争论,指责罗宾对原味司康的偏爱正是他迷恋资产阶级生活的证明。但格里芬只是不断提问。罗宾慢慢反应过来,格里芬也许只是在怀念做学生的日子。

"我确实很喜欢圣诞节时的校园,"一天夜里,格里芬说,"这是牛津最有魔法氛围的时刻。"

太阳落山了。空气从宜人的冰凉变成刺骨的寒冷,整座城市都沐浴在圣诞节的烛光里,细雪从他们头顶飘落。这感觉十分美妙。罗宾放慢脚步,想好好享受眼前的景色,但他注意到格里芬浑身抖得厉害。

"格里芬,你难道……"罗宾犹豫了一下,不知该怎么问才不失礼貌,"你只有这一件大衣吗?"

格里芬向后缩了一步,好似一条毛发倒竖的狗:"怎么了?"

"没什么——我有生活津贴,如果你想买一件暖和一点儿的——"

罗宾刚说出这话就后悔了。格里芬太骄傲了,他不可能接受施舍,甚至都不可能接受同情。"不用资助我,我不需要你的钱。"

"随你便。"罗宾受伤地说。

他们在沉默中走过又一个街区。这时,格里芬问了个明显是为了缓和气氛的问题:"圣诞节有什么活动?"

"宴会厅要举办一场晚宴。"

"又是没完没了的拉丁语祷文,烤鹅,还有和猪食没区别的圣诞布丁。还有什么?"

罗宾咧嘴一笑:"派珀太太在杰里科烤了馅饼等我。"

"牛排腰子馅的?"

"鸡肉韭菜馅,我最喜欢的口味。她还给莱蒂烤了柠檬挞,给拉米和维克图瓦烤了巧克力核桃派——"

"你的派珀太太真好,"格里芬说,"我在的时候,教授身边是个冷淡的老太婆,叫彼得豪斯太太,她完全不会做饭。只要我在附近,她总爱念叨关于混血儿的闲话。不过教授也不喜欢她，所以才把她打发走了。"

他们向左转过街角，来到谷物市场。此时巴别塔近在咫尺，格里芬看上去烦躁不安。罗宾猜想很快就该道别了。

"趁我还没忘，给你带了点儿东西。"格里芬把手伸进大衣里，掏出一个包裹扔给罗宾。

罗宾感到意外，他拉开包裹上的细绳："是工具吗？"

"就是个礼物。圣诞快乐。"

罗宾撕开包装纸，看到里面是一本精美的、最近刚出的书。

"你说过你喜欢狄更斯，"格里芬说，"他最新的连载小说刚被装订成册。你大概已经读过了，但我想你会喜欢集结成册的完整版。"

他给罗宾买了一套三卷本的《雾都孤儿》。有那么一瞬间，罗宾支支吾吾说不出话。他不知道要交换礼物，所以没给格里芬准备任何东西。但格里芬毫不在意地挥了挥手："没关系。我比你大。别让我难堪了。"

直到后来，直到格里芬在脚踝处翻飞的大衣消失在宽街尽头之后，罗宾才反应过来，这本书的选择充分展现了格里芬的幽默感。

和我回去吧。两人分别时，罗宾险些脱口而出。回到宴会厅里。回去享用圣诞节晚餐。

但那是不可能的。罗宾的生活一分为二，而格里芬只存在于暗影中的世界，不能见光。罗宾永远无法带他回到喜鹊巷，永远无法将他介绍给朋友，永远无法在日光之下喊他一声哥哥。

"行了。"格里芬清了清嗓子，"那就下回见吧。"

"下回是什么时候？"

"现在还不知道。"他已经大步走开了，雪花落在他的脚印上，"留意你的窗户。"

在希拉里学期的第一天，四个荷枪实弹的警察封锁了巴别塔的主入

第十章　209

口。他们好像在处理塔里的某个人或某件事,不过,隔着一大群瑟瑟发抖的学生,罗宾看不清里面究竟出了什么事。

"出什么事了?"拉米问女孩们。

"他们说有人闯进了塔里,"维克图瓦说,"我猜是有人想偷白银。"

"然后呢?警察当时正好在这里?"罗宾问。

"他破门而入的时候触发了某种警报,"莱蒂说,"然后警察很快就来了,我想是这样的。"

另外两名警察架着一个男人从塔里走了出来,罗宾估计他就是窃贼。他是个深色头发的中年人,蓄着胡子,衣服肮脏不堪。看来不是赫耳墨斯社的人,罗宾松了口气。窃贼的脸因痛苦而扭曲,当警察将他拖下台阶,拉向等在一旁的警车时,他发出的阵阵哀号在人群上空飘荡。他们身后的鹅卵石地面上留下了一道血痕。

"他中了五颗子弹,"安东尼·瑞本出现在他们身旁,看起来快要吐了,"要我说,幸亏结界派上了用场。"

罗宾惊呼道:"那是结界干的?"

"巴别塔拥有全国最精密的安保系统,"安东尼说,"需要保护的不只是语法汇编。这座建筑里大约有价值五十万英镑的白银,但只有弱不禁风的学者看守它们。大门当然要布置各种结界。"

罗宾的心剧烈跳动起来,他听到耳朵里传来隆隆的心跳:"什么样的结界?"

"他们从不告诉我们具体的配对镌字,对这一点,他们非常注重保密。普莱费尔每隔几个月就会更新结界,这也差不多是盗窃的频率。我必须得说,我对现在这套结界更有好感。上一套结界会用传闻来自亚历山大的古代长刀在闯入者身上戳出一道道伤口,弄得地毯上到处都是血。你们要是仔细看的话,现在还能看到那些褐色的斑点。我们花了好几周猜测普莱费尔用的到底是什么镌字,但谁也没猜出来。"

维克图瓦目送警车远去:"你们觉得他会怎么样?"

安东尼说:"噢,他大概会坐第一班船去澳大利亚。如果他没在去警察局的路上流血而死的话。"

"日常提货,"格里芬说,"一进一出就行,你甚至不会看见我们。不过这次在时间上有点麻烦,所以整个晚上随时待命吧。"他轻轻推了推罗宾的肩膀,"怎么了?"

罗宾眨了眨眼,抬起头来:"啊?"

"你看起来吓坏了。"

"我只是……"罗宾思考片刻,还是决定有话直说,"你知道结界的事,对吗?"

"什么?"

"今天早上我们看到一个男人闯进塔里。那些结界触发了某种枪支,他全身中了好多子弹——"

"嗯,当然了。"格里芬看起来十分困惑。"别告诉我你才知道这事。巴别塔的结界多得离谱,他们不是在第一周就和你们炫耀过这些吗?"

"可是他们升级了结界。我就是想告诉你这个,现在他们可以发现走进塔里的窃贼了——"

"银条没那么精密,"格里芬轻蔑地说,"它们的设计是为了区分学生、访客和陌生人。不然的话,如果某个翻译者夜里需要带几根银条回家却触发了警报,那怎么办?如果有人事先没和普莱费尔教授打招呼就带妻子走进学院,又会发生什么?你是绝对安全的。"

"但你怎么知道呢?"罗宾的语气比他预想的多了些暴躁。他清了清嗓子,试图压低声音,但没压得太明显:"你没看到我看见的,你不知道新结界的配对镌字是什么——"

"你没有危险。拿着,如果你担心的话,就拿上这个。"格里芬在

第十章　211

口袋里摸索一阵，拿出一根银条扔给罗宾。上面刻着：**无形**。Invisible。正是他们遇见的第一夜他用过的银条。

格里芬说："如果真的出了意外，就赶紧开溜。还有，你可能还需要用它掩护你的伙伴。要把那么大一个箱子运出城，很难不被人看见。"

罗宾让银条滑进内侧口袋。"你知道，在这件事上你完全可以不那么轻率。"

格里芬噘起嘴。"怎么，现在你害怕了？"

"我只是……"罗宾思考片刻，他摇了摇头，还是决定说出来，"我是说，我只是觉得，永远都是我在冒险，而你只要——"

"只要什么？"格里芬尖锐地问。

他踏入了危险的领域。从格里芬目光灼灼的样子来看，罗宾知道自己快要触及格里芬的伤心之处了。一个月前，在他们的关系还不那么稳定的时候，他或许会转移话题。但现在，他无法再保持沉默。在那个时刻，他感到愤怒，感觉受到了轻视，随之而来的是伤害对方的强烈冲动。

"这一次你为什么不来？"他问，"你就不能自己用这根银条吗？"

格里芬缓慢地眨了眨眼，随即用一种显然是强装出来的镇定口吻说："我用不了。你知道我用不了。"

"为什么？"

"因为我没法用汉语做梦。"格里芬的表情和声调都没有改变，但他的话语中还是透露出居高临下的怒气，十分可怕。格里芬太像他们的父亲了。"你知道，我是你失败的前身。亲爱的老爹带我离开中国的时间太早了。汉语在我耳中还是母语，但也仅此而已。我能想起汉语，也能掌握语言技巧，但我不能让银条稳定地发挥魔力。有一半的时间，它们根本不起任何作用。"他的喉头跳动了一下，"我们的父亲对你做的是对的。他让你慢慢成熟，直到精通汉语。可是他带我来到这里的时候，我还没有掌握足够的语言，没有足够的记忆。另外，我只和他一个人说官话,可我的粤语从一开始就比官话好得多。现在我已经忘记粤语了。我不会用粤语思考,当然更不会用粤语做梦。"

罗宾想起当初小巷里的那些窃贼,想起格里芬试图让他们隐身时绝望的低语。如果自己也失去了汉语,会怎么办?这个想法本身就让他满心恐慌。

"你也懂了。"格里芬看着他说,"你明白母语悄无声息地消逝是什么感觉了。你及时掌握了母语,而我没有。"

"我很抱歉,"罗宾说,"我不知道。"

"不用抱歉,"格里芬冷冷地说,"毁了我人生的不是你。"

现在罗宾终于可以看到格里芬眼中的牛津:一所从没重视过他、始终摒弃他、贬低他的学院。他想象着格里芬来到巴别塔的情形:拼尽全力想赢得洛弗尔教授的肯定,却永远无法让银条持续发挥作用。拼命想从已经模糊的记忆中回忆起那点微不足道的汉语,心里清楚这是他在这里唯一的价值,这种感觉该有多么糟糕啊。

难怪格里芬总是怒气冲冲,难怪他对巴别塔深恶痛绝。格里芬被夺走了一切:母语,祖国,家庭。

"所以我需要你啊,亲爱的弟弟。"格里芬伸出手揉了揉罗宾的头发。他下手很重,弄疼了罗宾,"你是真材实料,不可或缺。"

罗宾识趣地没有作声。

"留意你的窗户。"格里芬的眼中没有一丝暖意,"事情瞬息万变。这次行动很重要。"

罗宾把抗议咽进肚里,点了点头说:"好。"

一周之后,罗宾在洛弗尔教授府上吃完晚餐回家,发现那张一直令他胆战心惊的纸条压在窗台上。

上面写着:今晚。十一点。

现在已经十点四十五了。罗宾匆忙披上刚刚挂起来的外套,从抽屉里抓起刻着无形的银条,再次冲进雨中。

路上,他把纸条翻过来,想找找其他细节,但格里芬没有更多的指示。这不是什么大问题,罗宾心想,届时他只需要让出现的同伙进出塔楼就行。但这次行动的时间早得意外,而且罗宾后知后觉地意识到,他没带任何能解释自己深夜造访巴别塔的东西,没带书,没带书包,甚至没带雨伞。

但他不能不去。十一点的钟声响起时,他冲过草坪,用力拉开大门。这与他过去十来次所做的没什么不同。芝麻开门,芝麻关门,不要挡路。只要罗宾的血样还存放在石墙里,结界就不会报警。

两个赫耳墨斯社成员跟着他穿过大门,跑上楼梯消失不见。罗宾像往常一样在大厅里来回转悠,一边留心深夜还在塔里的学者,一边数着秒针计算离开的时间。到了十一点五分,赫耳墨斯社的成员匆匆走下楼梯。其中一人拿着一套镌字工具,另一个提着一箱银条。

"做得好,"其中一人小声说,"该走了。"

罗宾点点头,推开大门让他们出去。就在他们踏出大门的那一瞬间,一阵凄厉的噪声划破夜空。尖叫、号叫和某种隐形机械中的金属齿轮的摩擦声混杂在一起。这声音既是威胁也是警告,是古老的恐惧和现代杀伤力的融合体。在他们身后,大门上的镶板纷纷移开,露出内部黑洞洞的空腔。

赫耳墨斯社的成员立刻冲向草坪,没再多说一个字。

罗宾犹豫着要不要跟上他们。他或许可以安全逃走。机关的动静很大,但看起来反应很慢。他低头望去,发现双脚正好站在大学的盾徽正中间。没准机关只有在他移开双脚时才会触发?

只有一个办法能知道答案。罗宾深吸一口气,冲下台阶。只听见砰的一声,他的左臂随即传来灼热的疼痛。他无法判断究竟是哪里中了枪。痛感无处不在，不像是一处单独的伤口，而是火烧般的剧痛蔓延了整条手臂。罗宾感到手臂在燃烧，快要爆裂开来，又好像快要脱落了。他继续向前跑。子弹在他身后继续发射。他随即闪躲跳跃，这是他不知从哪本书上读到的躲避枪击的办法，但他完全不清楚这是不是真的。罗宾又听见砰砰几声枪响，却没再感觉到随之而来的爆裂的疼痛。他设法跑到了草坪尽头，左转跑上宽街，跑到视线和射程之外。

这时，疼痛和恐惧攫住了他。他的膝盖抖个不停，向前迈出两步之后，他浑身瘫软地靠在墙上，尽力抗拒呕吐的冲动。他头脑昏沉，手臂滴血，视野边缘发黑，如果警察在此时赶到，他根本跑不过他们。集中精力。罗宾在口袋里摸索那根银条。染上深色鲜血的左手滑溜溜的；光是想到这一幕，他就又感到一阵眩晕。

"*无形*。"他慌乱地低语，尽可能集中精力，尽可能想象这个词在汉语中的含义。他什么都不是。他没有形体。"Invisible。"

没有用。他无法使银条发挥作用。当可怕的疼痛完全占据他的思绪时，他无法将思维转换到汉语模式。

"嘿，那边那个！说你呢，站住！"

是普莱费尔教授。罗宾哆嗦了一下，准备迎接最坏的结局。但教授脸上绽放出温暖而关切的微笑。"噢，你好啊，斯威夫特。我没看清是你。你还好吗？塔楼里出了点儿事。"

"教授，我……"罗宾完全不知道该找什么话说，他决定最好干脆胡言乱语，"我不——我刚才就在附近，但我不知道……"

"你看见什么人了吗？"普莱费尔教授问，"你知道，按理说结界应该向入侵者开枪，但是上次用过以后齿轮好像有些卡顿。不过还是有可能击中那家伙。你有没有看见什么人走路一瘸一拐的，或者看上去很痛苦的？"

"不，我没看见——警报响的时候我刚走到草坪边上，但我还没转

第十章 215

弯呢。"普莱费尔教授是在同情地点头吗?罗宾根本不敢相信他的运气,"是——是有小偷吗?"

"也许不是。你不用担心。"普莱费尔教授伸出手拍了拍他的肩膀。这一拍让又一阵剧烈疼痛的波浪涌过罗宾的整个上半身,他咬紧牙关才没喊出声来。"结界有时候会过度反应,可能该换了。可惜了,我很喜欢现在这个版本。你还好吗?"

罗宾点点头,眨了眨眼睛,拼尽全力让声音保持平静。"我可能就是吓着了,在上周看到那些以后……"

"啊,是的。很可怕不是吗?不过我很高兴看到我的小机关起作用。他们甚至不让我事先在狗身上做试验。幸亏它没出故障误伤到你。"普莱费尔教授干笑了一声,"不然可能会打你一身铅弹。"

"是啊。"罗宾无力地说,"真……让人高兴。"

"你没事就好。去喝杯加热水的威士忌,可以压惊。"

"是啊,我觉得……我觉得听起来不错。"罗宾转身要走。

"你刚才不是说,正要去塔里吗?"普莱费尔教授问。

罗宾已经准备好了谎言:"我本来感觉有些焦虑,所以想早点儿准备洛弗尔教授布置的论文。不过现在我有点儿慌神,学也学不进去了,干脆还是回去睡觉吧。"

"当然。"普莱费尔教授又拍了拍他的肩膀,这一次力度更大,拍得罗宾的眼球都凸了出来,"理查德肯定会说你在偷懒,但我很理解。你这才二年级呢,偷偷懒也不碍事的。回家睡觉去吧。"

普莱费尔教授最后向他轻快地点点头,大步向巴别塔走去,警报声还在响个不停。罗宾深吸一口气,用尽全身力气不让自己在街头倒下,步履蹒跚地往回走。

他不知道自己是怎么走回喜鹊巷的。血还没有止住。不过在用湿毛巾擦拭手臂时，他如释重负地发现子弹没有留在手臂里，只是在上臂擦出了一个大约三分之一英寸深的缺口。擦去血迹之后的伤口看起来很小，他松了口气。他不知道包扎伤口的正确方法。他猜想可能需要用到针和线，但在这个点去找学院护士无疑是愚蠢的。

他咬牙忍住疼痛，努力回想在冒险小说中读到的实用建议。需要酒精来给伤口消毒。他在书架上翻来翻去，找到一瓶喝了一半的白兰地，那是维克图瓦送给他的圣诞礼物。他倒了一点儿白兰地在手臂上，疼得倒吸一口冷气，又吞了几口酒壮胆。接着，他找出一件干净衬衫，将它撕成布条做绷带。他用牙齿将布条紧紧缠在手臂上，他在书里读到过，压力有助于止血。除了这些，他不知道还应该做些什么。现在，他是不是该默默等待伤口自行愈合？

他头脑昏沉。是失血导致的眩晕，还是白兰地的作用？

去找拉米，他想。去找拉米，他会帮忙。

不，找拉米帮忙会牵连他。罗宾宁愿死去也不肯连累拉米。

他靠墙坐在那里，歪头望着天花板，深深地吸了几口气。只需要熬过这一夜。止血费了好几件衬衫。之后他不得不去裁缝店编出一段洗衣房受难记。好在血最后还是止住了。最终，精疲力竭的他歪着身子睡着了。

第二天，罗宾强撑着上完三个小时的课，然后来到医学藏书区四处翻找，直到找出一本关于战地外伤的医师手册。接着，他去谷物市场买了针线，然后赶紧回家给手臂缝线。

他点燃蜡烛，用烛火给针消毒，笨拙地尝试了许多次才将线穿过针眼。接着，他坐下来，将锋利的针尖凑到裸露的伤口边。

他做不到。有许多次，他将针凑上去，但一想到疼痛就又移开了手。他拿起白兰地灌了三大口，等待几分钟后酒精在胃里发挥效果，四肢开始感到既舒适又有些刺痛。这就是他需要的，麻木得足以不在意疼

第十章　217

痛，警醒得足以把伤口缝好。他又试了一次。这一次容易一些，不过还是不得不咬紧一团布，以免发出叫声。最后，他终于缝完了最后一针，额头汗如雨下，脸颊上满是泪水。罗宾不知道自己是如何剪断线头，又如何用牙打好绳结再把血迹斑斑的针扔进洗手池的。做完这些，他一头倒在床上，蜷起身子喝完瓶里剩下的酒。

那天夜里，格里芬没有联系他。

罗宾知道，指望格里芬的联系是愚蠢的。格里芬在得知事发后一定会潜入地下，而这么做很有道理。如果整个学期都没有格里芬的音讯，罗宾也不会意外。尽管如此，他还是感到一股压倒一切的阴郁的怨恨。

他告诉过格里芬会发生这样的事，他提醒过格里芬，把自己看见的都一五一十地告诉了他。这完全是可以避免的。

罗宾希望他们能早一点儿再次见面，这样他就能好好发一顿脾气，说自己早就告诉过格里芬这些事，格里芬就应该听他的。这样他就能说，如果格里芬不是那么傲慢的话，也许他弟弟的手臂上就不会多一道缝得乱七八糟的伤口。但是他们一直没有见面。格里芬似乎从牛津消失得无影无踪，只留下完全无法与他和赫耳墨斯社取得联系的罗宾。

他没法和格里芬交谈，也无法向维克图瓦、莱蒂或拉米吐露实情。那一夜，他只有他自己，一个人抱着空酒瓶痛哭，手臂不住地抽痛。来到牛津后，这是罗宾第一次真正感到自己是孤身一人。

第十一章

但我们是奴隶，在别人的种植园中劳作；我们在葡萄园里辛苦，但葡萄酒是属于园主的。
——节选自约翰·德莱顿翻译的《埃涅阿斯纪》题词

在希拉里学期余下的时间里，还有整个圣三一学期，罗宾都没有格里芬的任何消息。实际上，他几乎没注意到这一点。时间一周周过去，二年级的学业越来越难，他基本没有时间纠结心中的怨恨。

暑假到了，然而根本没有暑假的样子，倒像是一个节奏更快的学期。他的每一天都在疯狂地死记硬背梵语词汇，为米迦勒学期开始前一周的评估测验做准备。暑假之后，他们将升入三年级，对于三年级学生而言，巴别塔生活的疲累一如既往，所有的新鲜感却荡然无存。那年九月的牛津失去了魅力。无尽的寒冷和雾气取代了金黄的日落和澄澈的蓝天。雨水多得不同寻常，暴风雨与往年相比显得格外猛烈。他们的伞都断了好几把，袜子总是湿漉漉的。那个学期的划船活动都取消了。[1]

取消也无妨。他们谁也没有时间再参加体育活动。巴别塔的第三学年一向被称为"西伯利亚的严冬"，他们领到课程表之后便明白了这个称号的由来。他们都要继续学习第三门语言和拉丁语。有传闻说，在接触塔西佗之后，拉丁语立刻难度陡增。此外，他们还要继续跟随普莱费

---

[1] 米迦勒学期开始两周后，贝利奥尔的一年级新生租了几艘平底船，他们的酒后狂欢在查韦尔河上制造了一场交通堵塞，将三艘驳船和一艘游艇堵在河中央，造成了不可估量的损失。作为惩罚，牛津大学暂停了当年的一切比赛活动。——原注

尔教授学习翻译理论，跟随洛弗尔教授学习词源学，只不过每门课的课业负担都翻了一倍，每周每门课都要求他们提交一份五页纸的论文。

最重要的是，他们每个人都将跟随一位指定的导师开展独立的研究项目。这将是他们毕业论文的雏形。如果顺利完成的话，也将成为他们第一部存放在巴别塔书架上的真正的学术成果。

拉米和维克图瓦对各自导师的第一印象都不是很好。约瑟夫·哈丁教授邀请拉米一同参与波斯语语法汇编的编审。表面看来这是一项莫大的荣誉[1]，但是拉米不认为这个项目有什么浪漫之处。

拉米对他们说："一开始我申请翻译伊本·赫勒敦的手稿，就是西尔韦斯特·德·萨西手里的那些。但哈丁不同意，他说法国东方学者已经在做这件事了，还说我不太可能让巴黎把手稿借给我一整个学期。所以我就问，既然奥马尔·伊本·赛义德的专著已经在书架上晾了快十年，那我能不能把它们翻译成英语。结果哈丁又说，那些没必要翻译，因为废奴已经写进了英国的法律，你们能相信吗？[2] 就好像美国不曾存在似的。哈丁最后说，如果我想做一点儿有权威的研究，可以去编辑波斯语语法汇编的引用内容，所以现在他让我去读施莱格尔了。《论印度人的语言和智慧》。你们知道吗？施莱格尔写这本书的时候根本没去过印度，整本书全是在巴黎写的。你怎么可能在巴黎写出关于印度人的'语言和智慧'的言之凿凿的文字呢？[3]"

1　为语法汇编做出任何贡献都需要大量严谨工作和仔细审核。之前一位名叫乔治·普萨尔马纳扎的访问学者给牛津大学制造的尴尬至今还未消散，这位法国人自称来自台湾岛，他谎称自己皮肤苍白是因为台湾原住民生活在地下。他就台湾南岛语这一课题举办了数十年的演讲，发表了许多论文，最后才被揭穿是个彻头彻尾的骗子。——原注

2　奥马尔·伊本·赛义德是一位在1807年被捕为奴的西非伊斯兰学者。他在1831年创作自传时仍然是北卡罗来纳州的美国政客詹姆斯·欧文的奴隶，且终其一生都是奴隶。——原注

3　这只是施莱格尔著作的众多缺点之一。他认为伊斯兰教是一种"死去的、空洞的有神论"。他还推测埃及人是印度人的后裔，同时认为汉语和希伯来语比德语和梵语低等，因为它们缺乏屈折变化。——原注

不过，与维克图瓦的遭遇相比，拉米的愤慨不值一提。她的导师是雨果·勒布朗教授，前两年她跟随教授学习法语时没有任何问题，可现在她却屡屡碰壁。

"真没办法，"维克图瓦说，"我想研究海地克里奥尔语，他觉得那是一种退化的语言，不过倒也没有完全反对。但其实他真正想了解的只有巫毒教。"

"那个异教徒的宗教吗？"莱蒂问。

维克图瓦瞪了她一眼："是的，那个宗教。他一直在问关于巫毒咒语和诗歌的事，他当然看不懂那些，因为都是用海地克里奥尔语写成的。"

莱蒂露出困惑的表情："可那和法语不是一回事吗？"

"差得远着呢，"维克图瓦说，"海地克里奥尔语的词汇以法语为基础，这没错，但是海地克里奥尔语有自己的语法规则，是一门独立的语言。说法语和说海地克里奥尔语的人是不能互相理解的。你或许已经学了十年法语，但没有字典，你也不可能读懂用海地克里奥尔语写成的诗。勒布朗没有字典，目前还不存在这门语言的字典，所以我就是最好的权宜之计。"

"所以问题在哪里？"拉米问，"听上去你这个项目很不错啊。"

维克图瓦看起来很不自在："因为他让我翻译的都是——怎么说呢，都是些特殊的文本，有某些含义的文本。"

"特殊到不应该被翻译的文本？"莱蒂问。

"它们是文化遗产，"维克图瓦坚持道，"是神圣的信仰——"

"肯定不是你的信仰——"

"也许不是，"维克图瓦说，"我从没有——我也不知道该怎么说，但它们是不该与人分享的。一连几小时和一个白种男人坐在一起，他向你打听每个比喻、每个神名背后的故事，只为了从你民族的信仰中偷走可能让银条闪烁的镌字？"

莱蒂似乎并没有被说服:"但那些又不是真的,不是吗?"

"当然是真的。"

"噢,行了吧,维克图瓦。"

"在某种意义上,它们是真的,只是你永远理解不了。"维克图瓦的语气激动起来,"只有生在海地的人才能可能理解这种意义,但不是勒布朗想象的那种意义。"

莱蒂叹了口气:"那你为什么不直接告诉他这些呢?"

"你以为我没试过吗?"维克图瓦厉声说,"你试过说服一个巴别塔的教授别去追求什么吗?"

现在莱蒂生气了,她想为自己辩解,这让她变得恶毒:"好吧,但是话说回来,你又懂什么巫毒教?你不是在法国长大的吗?"

这是她能做出的最糟的回答。维克图瓦闭上嘴,移开目光。谈话结束了。他们陷入别扭的沉默,维克图瓦和莱蒂都没有试图打破这种沉默。罗宾和拉米对视一眼,他们摸不着头脑,只得沉默着。发生了某些严重的事,某个禁忌被打破了,但他们都不敢细问究竟是什么禁忌。

罗宾和莱蒂对自己的项目还算满意,虽然它们单调乏味又耗时间。罗宾要同查克拉瓦蒂教授完成一份汉语中的梵语外来词清单,莱蒂则要与勒布朗教授一起翻阅科学文献,在数学和工程领域寻找可能有用但无法翻译的比喻。他们很明事理,不在拉米和维克图瓦身边谈论其中的细节。谈起这些项目时,四个人都只说些无关痛痒的话:罗宾和莱蒂总是"进展顺利",而拉米和维克图瓦总是"一如既往地苦苦挣扎"。

私下里,莱蒂却没这么大度。勒布朗教授的课题成了她与维克图瓦之间的心结,维克图瓦被莱蒂毫无同情心的态度所震惊和伤害,而莱蒂却认为维克图瓦对整件事过于敏感。

"这是她自找的,"莱蒂对罗宾抱怨,"如果她老老实实做那项研究,事情会简单得多。我是说，还没人在三年级的项目里研究过海地克里奥尔语，甚至连语法汇编都没有。她完全可以成为第一个做这件事的人！"

当莱蒂处于这种情绪时，罗宾是不可能与她辩论的，她显然只想要一个听自己发泄的对象。但罗宾还是试着说："万一这对她有更重要的意义，而你没有认识到呢。"

"可实际上不是那样啊。我知道根本不是那样！她一点都不信宗教。我是说，她是文明开化的——"

罗宾吹了声口哨："这个词太重了，莱蒂。"

"你懂我的意思，"她气呼呼地说，"她又不是海地人。她是法国人。我就是不明白她干吗非要这么倔强。"

到米迦勒学期过半时，莱蒂和维克图瓦还是几乎不和对方说话。她们总是相隔几分钟来到教室。罗宾不禁好奇，她们是否需要一定的技巧才能把握好各自出发的时间，在漫长的步行中从不相遇。

出现裂痕的不只是女孩们。那段日子的氛围十分压抑，他们四人之间似乎有某种东西破裂了。不，破裂这个词或许有些过重，他们依然依赖彼此，像无依无靠的人自发地抱团取暖。但他们之间的羁绊转向了令人心痛的方向。他们依旧在一起度过几乎所有醒着的时光，但现在他们对彼此的陪伴心生恐惧。一切行为都成了无意为之的怠慢或有意为之的冒犯。如果罗宾抱怨梵语的事，那就是没有顾及拉米的情绪——哈丁教授坚称梵语是拉米专精的语言之一，但其实并不是。如果拉米为他与哈丁教授终于就研究方向达成一致而欣喜，那就会刺激到维克图瓦，因为她与勒布朗教授之间毫无进展。他们曾经在彼此团结中得到慰藉，然而现在，他们看着彼此，却只能看到自身烦恼的倒影。

在罗宾看来，最糟糕的是莱蒂和拉米之间突然发生了某种莫名其妙的改变。两人的互动和以往一样激烈，拉米总是拿她打趣，莱蒂总是怒气冲冲地针锋相对。然而现在，莱蒂的反驳突然多了一种受害者的古怪

第十一章　223

腔调。她对最微不足道、有时旁人甚至觉察不到的怠慢大发雷霆。作为回应，拉米也发生了难以用语言描述的变化，变得愈加牙尖嘴利，出口伤人。对此，罗宾不知该如何是好，也不知道这究竟是怎么一回事，但每次看见两人这样对待彼此，他都感到胸口涌起陌生的悲伤。

当他追问拉米时，拉米说："莱蒂就是这样。她想得到关注，而且以为大吵大闹就能得到关注。"

"你做了什么惹她生气的事吗？"罗宾问。

"除了静静地活着？我觉得没有。"拉米看上去对这个话题十分厌烦，"咱们继续研究这段翻译怎么样？什么事都没有，小燕子，我保证。"

但肯定发生了什么事。事实上，局面非常怪异。拉米和莱蒂似乎无法忍受彼此，然而他们同时又吸引彼此。如果他们不激烈反驳对方，不成为谈话的中心就没法好好说话。如果拉米想喝咖啡，莱蒂就要喝茶。如果拉米觉得墙上的某一幅画很美，莱蒂立马就能列出一系列理由来证明它是皇家学院执迷于艺术保守主义的最糟糕的范例。

罗宾无法忍受。一天夜里，辗转难眠，他突然产生了一个充满暴力的幻想：把莱蒂推进查韦尔河里。醒来后，他努力在心中寻找内疚的痕迹，然而却无迹可寻。一想到浑身湿透的莱蒂在水中扑腾的样子，在清醒的日光之下他也同样感受到一种恶毒的满足。

好在他们至少还有三年级的学徒工作来分散注意力。在整个学期，每个人都要协助一名教师完成刻银术方面的任务。普莱费尔教授在将他们分派给各自的导师之前这样娓娓道来："Theory（理论）一词源自古希腊语 theōria，意思是'所见的景象'或'壮观的场面'，与 theatre（剧场）一词同出一源。仅仅观看别人操作是不够的，你们必须动手去做，必须去感悟金属是如何吟唱的。"

在实践中，这意味着大量没有报酬、单调乏味的劳动。让罗宾失望的是，所有激动人心的研究都在八楼开展，但学徒很少在八楼做事。相反，他每周三次陪同查克拉瓦蒂教授前往牛津周边地区，协助教授处理银条的安装和维护工作。他学会了如何将白银打磨得闪闪发亮（氧化和污渍会让配对镌字的效果大打折扣），如何在不同的刻字笔中选择合适的尺寸，小心谨慎地将镌字雕琢得和最初一样清晰，如何将银条巧妙地滑进专用的固定卡槽内，以及如何取出。他心想，格里芬早早离开学院实在可惜，因为学徒身份可以让他接触到塔里的工具和原材料，几乎毫无限制。他不需要在午夜时分让窃贼潜入。身处在装满抽屉的镌字设备和心不在焉、不会注意到任何异样的教授之中，他可以从塔里随意取走任何想要的东西。

罗宾问："您多久来一次？"

查克拉瓦蒂教授答道："噢，这活儿永远做不完。你知道，我们的钱就是这么挣来的。银条本身的售价很高，但真正的油水来自维护保养。不过研究汉语的学者寥寥无几，只靠我和理查德两个人，工作量实在有些繁重。"

那天下午，他们去伍尔弗科特的一座庄园提供上门服务，庄园后花园里的一件镌字银器在十二个月的保修期内出现了故障。他们在大门口遇到了一些麻烦：管家似乎不相信他们是巴别塔的学者，反而怀疑他们是企图入室抢劫的歹徒。不过，在提供了各种身份证明，包括背诵了多篇拉丁语祷文之后，他们终于被请了进去。

"每个月大概遇上两次，"查克拉瓦蒂教授对罗宾说，看起来相当扫兴，"你会习惯的。他们对理查德就没这么多事。[1]"

管家领着他们穿过庄园，来到一座草木繁茂、风景优美的花园，蜿

---

[1] 巴别塔的许多客户都能接受他们的镌字银器使用外国语言，却无法轻易相信这些银器的维护保养需要外国裔学者的参与。查克拉瓦蒂教授不止一次不得不请一名四年级白人学生与他和罗宾同行，这样他们才能踏进客户的大门。——原注

蜓的小溪潺潺流淌，园中随意摆放着几块巨石。管家向他们介绍，这座花园是按中式园林风格设计的，在威廉·钱伯斯的东方景观设计首次在邱园展出后，中式园林在那个时代风行一时。罗宾不记得在广州看到过任何类似的园林，但他还是连连点头表示赞同，直到管家离开。

"嗯哼，这里的问题很明显，"查克拉瓦蒂教授拨开一丛灌木，露出安装镌字银器的围栏一角，"他们推着手推车在银条上轧来轧去，把镌字磨掉了一半。这是他们自己的过失，不符合保修的条件。"

他让罗宾从固定卡槽里抽出银条，随后将银条翻过来，给罗宾看上面的镌字。其中一面刻着英语 garden，另一面刻着汉字"斋"，这个词可以指园林中的屋舍，但更普遍的含义是指个人修身养性、远离世界的场所，同时具有宗教仪式前洁净身心、施舍他人以及道家忏悔罪过的内涵。

"这对镌字的设计理念是让使用者的花园远离牛津的喧嚣，将闲杂人等挡在外面。老实说，效果微乎其微。我们没做那么多测试，但对于他们愿意花钱的东西，有钱人可真是舍得。"查克拉瓦蒂教授边说边雕刻银条，"好了。让我们看看这样行不行。"

他让罗宾将银条装回去，然后弯下腰检查自己的工作成果。他满意地站起身，在裤腿上擦了擦手："你想来激活它吗？"

"我——什么，只要念出镌字吗？"罗宾看教授们操作过许多次，但他无法想象一切就这么简单。那一刻，他再次想起那根无形银条第一次在他手中生效的情形。

"嗯，你的心智要处于一种特殊的状态。你确实要说出这对词语，更重要的是，要在头脑中同时抓住两个词的含义。在同一瞬间，你同时存在于两种语言的世界里，想象自己在两个世界之间穿行。这样说你明白吗？"

罗宾望着银条皱起眉头："我——我想我明白了，先生。真的就只需要这些吗？"

"噢，并不是。是我太粗心了。你在四年级还要学习一些实用的智力启发法，还要参加一些理论研讨课程，不过在具体操作的时候，主要是靠感觉。"查克拉瓦蒂教授看起来很不耐烦，罗宾觉得他还在生这家人的气，只想尽快离开，"来吧。"

"嗯——好吧。"罗宾将手放在银条上，"斋。Garden。"

他感到指尖下传来一阵轻微的弹响。花园里立刻感觉安静了许多，显得更加宁静，尽管他无法确定那是自己的功劳还是想象。"我们的工作完成了吗？"

"嗯，但愿如此。"查克拉瓦蒂教授将工具包甩到肩头，甚至懒得再确认一下，"走吧，我们收钱去。"

"您总是需要念出配对镌字才能让银条生效吗？"在走回校园的路上，罗宾问道，"这样好像忙不过来啊。您看，有那么多银条，可翻译者却那么少。"

"嗯，这取决于一系列因素。"查克拉瓦蒂教授说，"比如银条魔法的性质。有些银条的效果是暂时的。假设你需要短暂但极端的物理效果，很多军用银条都是这样，那它们就必须在每次使用时激活，我们在设计时就会让效果无法持续。但也有一些银条效果持久，比如塔楼结界用的那些，还有安装在船只和马车上的那些。"

"是什么让它们效果更持久呢？"

"首先是纯度。越纯的白银越耐久。其他合金的比例越高，生效的时间就越短。其次还有熔炼和镌刻方式上的细微差异，你很快就会学到的。"查克拉瓦蒂教授对他笑了笑，"你已经跃跃欲试了，不是吗？"

"确实特别让人激动，先生。"

"激情会消散的，"查克拉瓦蒂教授说，"一次又一次走遍全城，念叨同样的词语，你很快就会觉得自己不是什么魔法师，而是一只鹦鹉。"

一天下午,他们来到阿什莫尔博物馆修理一根无论念诵多少遍都无法激活的银条。这根银条的英语一面刻着 verify,意思是"核实、查证";汉语一面刻着"参",意思是"证实、确认",同时也有"并立、并列"和"对照"的意思。阿什莫尔博物馆的员工利用这根银条来比对赝品与文物真迹。在鉴定新购入的文物之前,博物馆员工会明智地先用这根银条进行数次测试,然而近日这些测试都以失败告终。

他们用手持放大镜仔细检查银条,汉语和英语镌字都没有任何磨损的迹象。查克拉瓦蒂教授用最小号的刻字笔将整对镌字重新刻了一遍,但银条依然无法激活。

他叹了口气:"把它包起来放进我的包里,好吗?"

罗宾照做了:"出什么问题了?"

"共振链坏了。这种情况时有发生,尤其是某些比较旧的配对镌字。"

"什么是共振链?"

"先回塔里吧,"查克拉瓦蒂教授边走边说,"回去你就明白了。"

回到巴别塔,查克拉瓦蒂教授带着罗宾登上八楼的南侧厅,穿过一张张工作台。罗宾从没来过这片区域。之前他来八楼都只在工作坊活动。透过厚重的防火木门,目光所及之处大半都是工作坊,而南侧厅被另一对门扉隔绝开来,门上挂着三套门锁。现在,查克拉瓦蒂教授正用一大串叮当作响的钥匙一一打开门锁。

"我其实不该现在就给你看这些,"查克拉瓦蒂教授对他眨了眨眼,"这些都是特权信息。但没有别的办法能解释。"

他打开最后一道锁,两人迈过了门槛。

他们好像一脚踏进了游乐场,又好像走进了一台巨型钢琴的内部。面前的地板上林立着许多高矮不一的巨型银柱。有些只及腰间,有些比罗宾还高,从地板直指天花板。银柱之间只有供一人小心穿过的空间。它们让罗宾想起教堂里的管风琴。他有一种奇怪的冲动,想拿起木槌同时敲响所有的银柱。

"共振是削减成本的一种方式，"查克拉瓦蒂教授解释道，"我们要把较高纯度的白银省下来打造更耐久的产品，比如海军中使用的银条、保护商船的银条等等。在英国本土使用的银条采用的是合金含量较高的白银，因为我们可以用共振来确保它们的运行。"

罗宾惊奇地四下张望："可它们是怎么运作的呢？"

"以巴别塔为中心，将英国所有靠共振运行的银条视作外围，这就很好理解了。外围从中心汲取能量。"查克拉瓦蒂教授向周围做了个手势。罗宾注意到，每一根银柱都在以极高的频率振动，在这样的振动之下，按理说整座塔楼都会响彻不和谐的音符，但实际上，寂静的空气里没有一丝波澜。"这些银柱上刻有常用的配对镌字，为全国上下与之相连的银条提供动力。你看，让镌字生效的力量来自银柱本身，也就是说，外面的那些银条不需要反复激活。"

罗宾说："就像英国在殖民地的前哨站，它们从祖国获得士兵和供给。"

"很贴切的比喻，是这样没错。"

"所以，这些银柱和英国的每一根银条之间都有共振吗？"罗宾的脑海中浮现一张无形的语义之网覆盖全国，维系着镌字银器的生命力。这幅画面让人不寒而栗。"我以为银柱的数量会比这多。"

"还不是所有的。全国各地还有很多规模较小的共振中心，比如爱丁堡就有一处，剑桥也有一处。效果会随着距离减弱。不过牛津这处是最大最好的。翻译学院的力量不足以维持多个共振中心，因为维护保养需要训练有素的翻译者。"

罗宾弯下腰查看离他最近的一根银柱。除了用大字刻在顶端的配对镌字之外，他还看到一连串不明就里的字母和符号。"那共振链是怎么建立起来的呢？"

"流程很复杂。"查克拉瓦蒂教授带领罗宾来到向南的窗户边,那里矗立着一根纤细的银柱。教授跪下来,从包里取出阿什莫尔博物馆的那根银条,将它贴在银柱上。罗宾这才注意到,刻在银柱侧面的一部分符号与银条上的符号十分相似。"银柱和银条必须用同一批材料熔炼而成,此外还需要大量词源学符号工作,如果你选择刻银术专业的话,就会在四年级学习这一切。我们采用的其实是一套专门设计的字母表,以一位17世纪的炼金术士在布拉格发现的手稿为基础。[1]这样一来,巴别塔外面的人就无法复制我们的流程。眼下,你可以把这种调整看作加深联结的过程。"

"可我还以为人造语言没法激活银条呢。"罗宾说。

查克拉瓦蒂教授说:"它们无法表达含义,但作为链接机制的效果相当好。我们也可以用最基础的数字符号,但普莱费尔教授喜欢他那些神秘兮兮的东西。这样可以独占所有权。"

罗宾静静站在那里,看着查克拉瓦蒂教授用一根纤细的刻字笔调整那根来自阿什莫尔博物馆的银条上的符号,用透镜仔细检查,随后又对共振柱上的符号加以相应的调整。整个过程大约持续了15分钟。终于,查克拉瓦蒂教授将阿什莫尔博物馆的银条用天鹅绒布重新包好,放回他的包里。他站起身来:"这样应该可以了。我们明天再回博物馆去吧。"

罗宾正在辨认银柱上的符号,他注意到使用汉语的配对镌字占了很大一部分:"您和洛弗尔教授要维护所有这些吗?"

---

[1] 此处提及的手抄本名为巴雷什手抄本,得名于使其引起公众注意的炼金术士格奥尔格·巴雷什,又名伏伊尼契手抄本。这是一本以犊皮纸装订的手抄本,内容似乎涉及魔法、科学或植物学。它用一种将拉丁语符号和完全陌生的符号融于一体的字母写成,这套字母表既没有大写字母,也没有标点符号。这种文字看起来最接近拉丁语,而且也确实使用了某些拉丁语缩写,但自从发现以来,这份手抄本的目的和含义始终是未解之谜。18世纪中期,巴别塔购得了这份手抄本,从那时至今,许多巴别塔学者翻译这份手抄本的尝试均以失败告终。共振链所使用的字母表从这份手抄本的符号中汲取了灵感,但在破译原文方面没有任何进展。——原注

"噢，是啊，"查克拉瓦蒂教授说，"别人都做不了。等你毕业了，我们就有三个人了。"

"他们需要我们。"罗宾惊奇地感叹。整个帝国的运转取决于区区几人，这样想来真是奇怪。

"他们太需要我们了，"查克拉瓦蒂教授赞同道，"就我们的处境而言，被人需要是好事。"

他们一起站在窗边。俯瞰牛津时，罗宾感到整座城市就像一个精致的八音盒，其运行完全依赖于城里的白银齿轮。一旦白银耗尽，一旦这些共振柱断裂，那么整个牛津的步伐都会戛然而止。钟楼将陷入沉默，出租马车将瘫痪在半路，城镇的居民将像人偶一样凝固在大街上，手脚抬到一半，后半截话还没出口。

但他无法想象白银终有一天会耗尽。伦敦和巴别塔的财富都与日俱增，因为由长效镌字银器提供助力的航船也在不断运回一箱箱白银。世界上没有一处市场能抵御英国的入侵，就连远东地区也不行。唯一能阻止白银流入的就是全球经济崩溃。既然全球经济崩溃是无稽之谈，那么白银之城，以及牛津的种种乐趣，似乎也都是永恒的。

一月中旬的一天，他们来到巴别塔，却发现所有高年级同学和研究生都在长袍之下穿着一身黑衣。

"这是为了安东尼·瑞本。"当他们依次走进课堂时，普莱费尔教授解释道。他本人穿着一件蓝紫色的衬衫。

"安东尼怎么了？"莱蒂问。

普莱费尔教授的脸色严肃起来："看来他们还没告诉你们。"

"告诉我们什么？"

"安东尼在去年夏天前往巴巴多斯考察研究的途中失踪了，"普莱费尔教授说，"他在乘船返回布里斯托尔的前一天夜里走失，从那以后再也没有他的音讯。我们推测他已经死了。他在八楼的同事都挺难过的。我想他们在这一周接下来的时间都会穿黑衣的。其他一些同学和学者也加入这个行列，如果你们想参与也可以。"

他说这些话时是那么漫不经心，仿佛是在讨论当天下午要不要去划船。罗宾惊讶地瞪着他："但他难道——难道您——我是说，他难道没有家人吗？他的家人知晓吗？"

普莱费尔教授一边回答，一边在黑板上写下当天课程的概要："安东尼除了监护人之外没有家人。福尔韦尔先生已经接到邮件通知了。我听说他挺难过的。"

"上帝啊，"莱蒂说，"这太可怕了。"

说这话时，她关切地瞥了维克图瓦一眼。在他们四人中，维克图瓦对安东尼最为熟悉。但令人意外的是，维克图瓦看上去无动于衷，她没有震惊也没有难过，顶多只是略有不适。事实上，从她的表情来看，她巴不得赶紧换个话题。普莱费尔教授也乐得如此。

他说："好了，言归正传。上周五我们讲到德国浪漫主义者的创新……"

巴别塔没有为安东尼哀悼，教员们甚至没有为他举办一场追思活动。当罗宾再次登上用于刻银术的那层楼时，一位他不认识的小麦色头发的研究生已经占据了安东尼曾经的工作台。

莱蒂说："这真让人恶心。你们能相信吗，堂堂一个巴别塔的毕业生，他们就当他从来没存在过？"

她的悲痛暴露出更深层的恐惧，罗宾同样感受到了这份恐惧：安东尼是可以牺牲的消耗品。他们都是可牺牲的消耗品。这座高塔，这个让他们第一次找到归属感的地方，在他们活着并且有用的时候对他们倍加珍惜、爱护备至，却完全不在意他们。归根结底，自己只不过是他们所掌握的语言的容器。

没人大声说出这一点。这与打破咒语只有一线之隔。

罗宾原本以为,维克图瓦会是他们当中最受打击的人。这几年来,她和安东尼的关系变得十分亲密,他们是塔里为数不多的黑人学者,而且又都出生在西印度群岛。罗宾偶尔能撞见他们一起从巴别塔走向食堂,脑袋凑在一起交谈。

然而,在那个冬天,他一次也没见维克图瓦哭过。罗宾想安慰她,但不知道该怎么做,尤其是在根本无法和她提起这个话题的情况下。每每提及安东尼,她都会向后退缩,飞快地眨眨眼睛,然后拼命想办法改变话题。

"你们知道安东尼曾经是个奴隶吗?"一天夜里,莱蒂在餐厅里问他们。与维克图瓦不同,她打定主意要抓住一切机会谈论这个话题。事实上,她对安东尼之死非常执着,表现出一种意在亮明立场的正义感,让人很不舒服。"或者说,他差点儿就成了奴隶。废奴令生效的时候,他的主人不想给他自由,所以就带他去了美国。他能来到牛津,是因为巴别塔花钱买下了他的自由。买来的。你们能相信吗?"

罗宾看了看维克图瓦,但她的表情没有改变分毫。

她平静地说:"莱蒂,我正要吃饭呢。"

第十二章

一句话,先是太胆小,明知不该做的事却不敢不做;后来也还是太胆小,明知该做的事却不敢去做。

——查尔斯·狄更斯,《远大前程》[1]

格里芬再次露头已经是希拉里学期。过了那么多个月,罗宾已不再像往日那么频繁地查看窗口,要不是偶然看见一只喜鹊试图从窗缝里叼出那张纸条,他可能就漏掉了这条消息。

纸条要求罗宾在第二天下午两点半去扭树根,但格里芬迟到了快一个小时。当他终于出现时,罗宾被他憔悴的模样惊呆了。光是走进酒馆似乎就耗尽了他的体力。他气喘吁吁地坐下来,仿佛刚刚从公园一路跑到这里。他明显很多天没换过衣服,身上散发出的气味引来旁人的目光。他走起路来稍微有些瘸,每当他抬起胳膊,罗宾都能瞥见他衬衫下的绷带。

罗宾不确定该如何面对这样的格里芬。他为这次会面准备了一大堆怨言,但是眼看着他的哥哥如此明显地承受着痛苦,一肚子话全都无影无踪。他只得默默坐在那里,看着格里芬点了一份牧羊人派和两杯麦芽酒。

"这学期还好吗?"格里芬问。

"还行,"罗宾说,"我,呃,我现在在研究一个独立的学术项目。"

"跟谁啊?"

罗宾挠了挠衣领。他觉得自己提起这个话题实在愚蠢:"查克拉

---

[1] 引自《远大前程》,[英]查尔斯·狄更斯著,王科一译,上海译文出版社,2011年。——译注

瓦蒂。"

"那不错。"麦芽酒来了,格里芬一口气喝光杯中的酒,放下杯子,脸上抽搐了一下,"相当好。"

"不过我的同学对他们分到的项目不是很满意。"

格里芬冷笑一声:"他们当然不满意。巴别塔从来不会让你做真正该做的研究。你只能做赚钱的研究。"

两人沉默半晌。罗宾隐约觉得有些内疚。他没什么内疚的理由,但还是越来越觉得不舒服,仿佛有蠕虫在啃噬脏腑。食物来了。滚烫的牧羊人派冒着蒸腾的热气,但格里芬立刻像快要饿死的人一般狼吞虎咽起来。没准他真的快要饿死了。每当他俯下身时,突出的锁骨让人看着心疼。

"话说……"罗宾清了清嗓子,不确定该如何措辞,"格里芬,事情都还——"

"抱歉,"格里芬放下手里的餐叉,"我刚刚——我昨晚才回到牛津,我快累死了。"

罗宾叹了口气:"当然。"

"总之,这是我要从图书馆拿到的文本清单。"格里芬从胸前的口袋里掏出一张皱巴巴的纸条,"这些阿拉伯语书你找起来可能有些麻烦,我已经把标题给你翻译好了,这样你就能找到对应的书架,不过之后就得靠你自己找出每一本书了。对了,它们都在博德利图书馆,不在塔里,所以你不用担心有人怀疑你有所企图。"

罗宾接过纸条:"就这些?"

"就这些。"

"真的吗?"罗宾再也无法压抑自己的情绪。他对格里芬的冷漠早有预料,只是没想到格里芬会如此坦然地装作一无所知。罗宾的耐心和对格里芬的同情一起烟消云散。此刻,他积攒了整整一年的怨恨全都涌上心头:"你确定吗?"

格里芬警惕地看了他一眼。"怎么了？"

"我们不谈谈上一次的事吗？"罗宾质问道。

"上一次？"

"警报拉响的那一次。我们触发了陷阱，激发了一杆枪——"

"你又没事。"

"我中弹了。"罗宾怒气冲冲地低吼，"到底怎么回事？有人把事情搞砸了，但我知道不是我搞砸的，因为我去了该去的地方，也就是说，是你对警报做出了误判——"

"出这种事是难免的，"格里芬耸了耸肩，"好在没人被捉住——"

"我的胳膊中弹了。"

"我听说了，"格里芬隔着桌子打量了一眼，仿佛能透过袖管看见罗宾的伤口，"不过，你现在看起来挺好的。"

"我不得不自己把伤口缝上——"

"干得漂亮。比起去找校医，你这么干很聪明。你没去找校医，对吗？"

"你有什么毛病？"

"你小点儿声。"格里芬说。

"我小——"

"我不明白我们为什么要在这件事上纠缠不清。我犯了错误，你逃脱了，今后不会再发生这样的事了。我们不打算再派人跟你一起进去了。以后你自己把偷出来的东西放在约定的地方——"

"问题不在这里，"罗宾再次愤怒地低吼道，"你害我受伤了，然后把我一个人晾在那里。"

"拜托，别这么小题大做，"格里芬叹了口气，"意外是难免的。你现在没事了。"他停下来思考片刻，随即压低声音说，"听着，如果这能让你感觉好一些的话，阿尔达特街上有一座安全屋，我们会在那里短暂藏身。教堂旁边有一扇通往地下室的门，它看起来已经锈死了，但你只要找到安装银条的地方，念出镌字就能打开。门后是一条翻新建筑的时候被他们忽略的隧道——"

罗宾对格里芬摇了摇手臂："安全屋治不好这个。"

"下一次我们会做得更好，"格里芬坚持道，"上一次是出了差错，而且是我的过错，我们正在弥补。所以你冷静一下，别让人听见。"他靠回到椅背上，"行了。我这几个月都不在镇上，所以我需要知道塔里发生了什么，希望你说得言简意赅。来吧。"

罗宾当时真想打他一拳。要不是那会引起注意的话，要不是格里芬显然已经十分痛苦的话，罗宾真的会打他一拳。

罗宾无法从他哥哥那里得到任何安慰，他很清楚。和洛弗尔教授一样，格里芬打定主意要做一件事时就会专注得让人吃惊。如果有什么事不合他们的心意，他们便干脆避而不谈，任何寻求肯定的尝试都只会导致进一步的挫败。罗宾突然涌起一股转瞬即逝的冲动，想要起身扬长而去，只为看看格里芬的表情。但那并不能带来持久的满足。如果他转身又回来，格里芬会嘲笑他；如果他一直走出门外，那他就断绝了与赫耳墨斯社的联系。因此，罗宾只能做自己最擅长的事，面对父亲和兄弟都是如此：将挫败感咽进肚里，做出让步，由格里芬来决定谈话的条件。

罗宾吸了口气让自己平静下来，然后开口道："没什么大事。教授们最近都没去海外旅行，我觉得结界从上次以后也没有变化。噢，倒是有一件很可怕的事。一个研究生，安东尼·瑞本——"

"当然，我认识安东尼，"格里芬清了清嗓子，"我是说，以前认识。同班同学。"

"你已经听说了？"罗宾问。

"听说什么？"

"他死了。"

"什么？不。"格里芬的声音平静得有些诡异，"不，我是想说，我走之前曾经认识他。他死了？"

"从西印度群岛回来的时候在海上失踪了，很显然。"罗宾说。

"可怕，"格里芬无动于衷地说，"真是糟糕。"

"仅此而已吗？"罗宾问。

"你想听我说什么？"

"他以前是你的同学啊！"

"我很不想告诉你，但这类事情并不罕见。航海很危险。每隔几年就有人失踪。"

"但是这样……感觉不对。他们甚至不愿为他举办一场追思会。他们就这样继续前进，好像这事从没发生过。这……"罗宾说不下去了，他突然很想哭，他觉得提起这件事非常愚蠢。他不知道自己想得到什么，或许他想要某种肯定，肯定安东尼的生命的重要性，这个人不该被如此轻易地遗忘。但是他早该明白，格里芬是最不适合寻求安慰的对象。

格里芬沉默了很长时间，望着窗外，神情专注地皱起眉头，似乎在仔细斟酌什么事，好像完全没听见罗宾在说什么。接着，格里芬扭过头，张开嘴又闭上，随即又开口道："你知道，这并不让人惊讶。这就是巴别塔对待学生的方式，尤其是从海外招来的学生。你对他们来说是一份资产，但也仅此而已。你只是一台翻译机器，一旦你让他们失望，那你就出局了。"

"可安东尼没让他们失望，他却死了。"

"一码事。"格里芬站起身，抓起他的大衣，"都一样。我在这周之内要拿到那些文本。我会留言告诉你把它们丢在哪里。"

"我们说完了？"罗宾吃惊地问。又一阵失望涌上心头。他不知道自己想从格里芬那里得到什么，说实话，他也不知道格里芬能给他什么，但罗宾还是盼望得到比现在更多的东西。

"我还有地方要去，"格里芬已经向外走去，他头也不回地说，"留意你的窗户。"

无论从哪个角度来看，这都是非常糟糕的一年。

牛津仿佛中了毒，这所大学给罗宾带来快乐的一切都被吸走了。夜更冷了，雨更大了。巴别塔不再让人感觉置身天堂，反而像是一座监狱。功课成了酷刑。他和朋友们在学习中感受不到任何乐趣，既没有一年级激动人心的新发现，也没有四年级真正雕刻镌字的成就感。

高年级同学向他们保证，三年级一直如此，第三学年的低迷期完全正常，且不可避免。但从其他方面来看，这一年似乎是个格外突出的坏年头。从前，巴别塔每年可能遭遇两到三次破门而入的事件，每一次都闹得沸沸扬扬，学生们将门口团团围住，想看看这一次普莱费尔的结界制造了怎样残忍的效果。不过是从这一年二月开始，几乎每周都有人试图闯进塔里盗窃，学生们开始对警察拖着伤残的肇事者走过鹅卵石地面的景象感到恶心。

巴别塔不再只是窃贼的目标。塔楼的基座不断被人污损，通常借助尿液、破酒瓶和恣意泼洒的酒水。有两回，他们发现了在一夜之间用歪歪扭扭的猩红色大字写就的涂鸦。后墙的涂鸦是：**撒旦的喉舌**；一楼窗户下面的涂鸦是：**魔鬼的白银**。

一天早上，罗宾和同学们来到巴别塔前，发现几十个镇上的居民聚集在草坪上，充满敌意地对进出巴别塔正门的学者大呼小叫。罗宾一行人小心翼翼地走近。这群人让他们有些害怕，但人群不算密集，他们可以绕路走过去。也许他们宁愿冒险面对暴徒，也不愿耽误上课。他们觉得自己没准可以相安无事地穿过人群，直到一个壮汉拦在维克图瓦面前，用难以理解的、粗鲁的北方口音对她咆哮。

"我不认识你，"维克图瓦气喘吁吁地说，"我不知道你要——"

"天哪！"拉米像被枪击中一般向前一扑。维克图瓦惊呼一声。罗宾的心跳停了一拍。但他看到那只是一颗鸡蛋；它瞄准的是维克图瓦，拉米扑上前是为了保护她。维克图瓦向后退去，缩起身子，手臂护在面前。拉米伸出手臂搂住她的肩膀，带她走到大门前的台阶上。

"你有什么毛病？"莱蒂尖叫道。

扔鸡蛋的男人向他们吼了几句听不懂的话。罗宾赶忙握紧莱蒂的手，拉着她跟在拉米和维克图瓦身后穿过大门。

"你还好吗？"他问。

维克图瓦抖得厉害，几乎没法说话："没事，我没事，噢，拉米，让我来，我有手帕……"

"别担心，"拉米脱下外衣，"这衣服没救了。回头我再买件新的。"

会客大厅里的学生和客户们纷纷聚在墙边，透过窗户看着外面的人群。罗宾本能的反应是怀疑这出自赫耳墨斯社的手笔。但那说不通。格里芬的盗窃安排得极其周密，背后的组织也十分精密复杂，与眼前这群愤怒的暴民完全不同。

罗宾问凯茜·奥内尔："你知道这是怎么回事吗？"

凯茜说："我想他们应该是磨坊的工人。我听说巴别塔刚刚和北方的磨坊主们签订了一份合同，结果这些人都丢了工作。"

"所有这些人吗？"罗宾问，"就凭几根银条？"

"噢，他们解雇了好几百个工人，"听到他们谈话的维马尔凑了过来，"那肯定是一套设计巧妙的配对镌字，是普莱费尔教授想出来的，这份合同给我们的钱足够支付整个会客大厅东侧厅的翻修费了。如果这对镌字能完成这么多人的工作，那这个价钱一点儿也不让我意外。"

"但很让人难过，不是吗？"凯茜若有所思地说，"我想知道他们今后怎么办。"

"这话是什么意思？"罗宾问。

凯茜对窗外做了个手势:"嗯,他们以后要怎么养家糊口呢?"

罗宾甚至没考虑过这一点。这让他十分羞愧。

在楼上的词源学课堂里,洛弗尔教授所表达的观点无疑更加残酷:"不要为他们操心。他们只是寻常的乌合之众,酒鬼,从北方来的心怀不满的人,没有更好的途径表达观点、只能在街上大喊大叫的社会底层。当然,我更希望他们能写封信,但我怀疑他们中有一半都不识字。"

"他们真的失业了吗?"维克图瓦问。

"是的,当然。他们所从事的劳动现在已经多余了。这些劳动在很久以前就应该被取代了。织布、纺纱、梳理纱线和粗纺应该全部实现机械化,没有理由不这样做。这只是人类的进步而已。"

拉米指出:"他们对此好像很气愤。"

"噢,他们当然愤怒。"洛弗尔教授说,"可以想象其中缘由。过去十年来,刻银术为这个国家做了什么?它将农业和工业的生产效率提高到了难以想象的程度。它让工厂的效率大大提升,只需要四分之一的工人就能运转。以纺织工业为例,约翰·凯的飞梭、阿克赖特的水力纺纱机、克朗普顿的走锭细纱机和卡特赖特的织布机都是仰仗刻银术才实现的。刻银术使英国遥遥领先于其他所有国家,在此过程中也让数以千计的劳动者失去了工作。这些人不肯动脑子去学习真正实用的技能,反而只想着在我们门前的台阶上怨天尤人。要知道,外面那些抗议者一点儿也不新鲜。这个国家里有一种病态。"洛弗尔教授的声音里突然多了几分阴郁的愤怒,"事情是从那些卢德分子[1]开始的,诺丁汉那些愚蠢的工人宁愿砸坏机器也不肯适应进步,风潮随即传遍了英国。全国上下都有人巴不得我们死去。遭到这类袭击的不只是巴别塔,我们根本还没看到最糟糕的景象,因为我们的安保措施比大多数地方都好。在北部,

---

[1] 卢德分子(the Luddites),又译卢德派、勒德分子,19世纪英国工业革命时期因机器代替人力而失业的技术工人,对工业革命和技术进步持反对态度。——译注

那些人四处放火，向建筑的所有者投掷石块，还往工厂经理身上泼酸液。兰开夏的那些人一直在破坏织布机。不，这不是我们学院第一次收到死亡威胁，只不过这是他们第一次胆大到南下来牛津。"

"您收到死亡威胁了吗？"莱蒂警惕地问。

"当然。一年比一年多。"

"但这不让您烦心吗？"

洛弗尔教授冷笑一声。"从来不会。看着那些人，我会想到我们之间的天壤之别。我在这里，是因为我相信知识和科学进步，我利用它们为自己服务；他们在那里，是因为他们顽固地拒绝与未来共同前进。那样的人吓不倒我，而只让我发笑。"

"这一整年都会是这样吗？"维克图瓦小声说，"我是说，外面的草坪上。"

"不会太久，"洛弗尔教授向她保证，"不，他们今晚就会离开草坪。那些人做事没常性。等到太阳落山，他们肚子饿了或者想去喝酒了，自然就会散开。就算他们不走，结界和警察也会驱赶。"

但洛弗尔教授错了。这一次不是一小撮不满者的孤立之举，他们也没有在一夜之间作鸟兽散。那天早上警察确实驱散了人群，不过他们又回来了，只是人少了些。十几个人每周出现数次，聚在学者进入塔楼的路上骚扰他们。一天早上，普莱费尔教授的办公室收到一个嘀嗒作响的包裹，学院不得不疏散整座塔楼。结果发现包裹里是一个与炸药相连的闹钟。所幸雨水浸透包裹，打湿了引信。

"如果没下雨的话，会发生什么？"拉米问。

没有人能回答这个问题。

塔楼的安保措施在一夜之间加了一倍。现在邮件全部寄送到牛津另一头的处理中心，由一批新雇用的文员进行分拣。一支由警察组成的轮值队伍时刻守卫在塔楼入口处。普莱费尔教授在正门上安装了一套全新的银条,和往常一样,他拒绝透露所使用的配对镌字,也不肯披露触发的效果。

这些抗议不是小规模的骚乱。整个英国正在发生一些事情,一系列变革正在上演,他们才刚刚开始体验由此产生的后果。牛津始终比英国其他主要城市滞后一个世纪左右,现在却再也无法假装不受变革的影响了。外面世界的变迁已不容忽视。这不仅仅是磨坊工人的事。改革、动乱和不平等是那十年的关键词。"白银工业革命"是彼得·加斯克尔在六年前才创造的术语,现在,这场革命的全面影响才刚刚开始在全国范围内显现。威廉·布莱克将以刻银术为动力的机器称为"黑暗的撒旦磨坊",这类机器迅速取代了手工劳动,但并没有给所有人带来繁荣,反而造成经济衰退,加大了贫富之间的鸿沟,这样的贫富差距很快成为迪斯累里和狄更斯小说的素材。农村地区的农业每况愈下,大批男人、女人和儿童涌向城镇中心的工厂,在那里从事时间长得难以想象的劳动,在可怕的事故中失去手脚甚至生命。1834年《济贫法修正案》出台的最主要目的不是别的,而是缩减贫困救济的支出,这部法案从根本上采取了残酷的惩罚性设计:只有搬进济贫院的申请者才能获得财政援助,而那些济贫院又设计得极其简陋,没有人愿意住在里面。洛弗尔教授口中充满进步和启蒙的未来似乎只带来了贫穷和苦难,他所谓的失业工人应该从事的新工作从来没有真正出现过。说实话,真正从白银工业革命中获利的,只有那些原本就十分富裕的人,以及少数足够狡猾或足够幸运、可以趁机发家致富的人。

这些趋势是无法持续的。历史的齿轮在英国飞速旋转。世界越来越小,机械化程度越来越高,也越来越不平等。目前局势还不明朗,不知这一切将如何收场,也不知这一切对巴别塔,或者说对帝国本身意味着什么。

不过，罗宾和他的同学们采取学者一贯的做法：埋头在书本中，只关注自己的研究。当伦敦派来的军队将抗议者的头目拖进新门监狱之后，抗议的人群终于散去了。学者们踏上通往塔楼的台阶时不再小心地屏住呼吸。他们学会了忍受大批警察的存在，也接受了现在新书和信件寄递需要两倍的时间这一事实。他们不再阅读《牛津编年史》中的社论，这份新近创办的刊物支持改革和激进分子，似乎有意要破坏牛津大学的名誉。

尽管如此，在前往巴别塔的路上，他们依然无法忽略每个街角叫卖的报纸的新闻头条：

巴别塔：对国民经济的威胁？
外国银条将数十人送进济贫院
对白银说不！

这些事本该让人苦恼。实际上罗宾却发现，只要习惯于移开目光，人其实可以轻松忍受任何程度的社会动乱。

一个风雨交加的夜晚，在去洛弗尔教授家吃晚餐的路上，罗宾看到伍德斯托克路的街角坐着一家人，手拿锡杯等待施舍。乞丐在牛津郊区很常见，但全家人一起乞讨却很罕见。当他走近时，两个年幼的孩子轻轻向他挥了挥手。孩子们被雨打湿的苍白面孔令他十分内疚，他不禁停下脚步，从口袋里掏出几便士的硬币。

"谢谢你，"做父亲的小声说，"愿上帝保佑你。"

那个男人的胡须已十分茂密，衣服也污渍斑驳，不过罗宾还是认出了他。毫无疑问，那就是几周前在罗宾去巴别塔的路上冲他破口大骂的男人。男人的目光与罗宾相遇。罗宾看不出对方是否也认出了自己。那男人张嘴想说些什么，罗宾加快脚步走开了。就算男人在他身后喊了什么,也都淹没在风雨之中。

他没有对派珀太太或洛弗尔教授提起这家人,也不愿细想他们所代表的一切。事实是,无论他宣称自己多么拥戴革命,多么致力于实现平等和帮助身受不公的人,他对真正的贫穷都一无所知。他在广州有过艰难度日的时候,但他从来不用担心下一顿饭从何而来,或者要在哪里过夜。他从来没有过那种不知道该怎么让家人活下去而只能徒劳地看着他们的感觉。无论他如何以可怜的孤儿奥立弗·退斯特自比,无论他如何顾影自怜,不变的事实是,从他踏上英国的那一天起,他从没饿着肚子上床睡觉。

那天晚上,罗宾吃着晚餐,对派珀太太的夸奖报以微笑,与洛弗尔教授一同喝完了一瓶葡萄酒。回学院时,他换了一条路走。一个月之后,他去北郊时忘了绕路,没关系,那小小的一家人已经不见了。

逐步紧逼的考试让原本糟糕的一年愈加惨不忍睹。巴别塔的学生要经历两轮考试,一轮在第三学年结束时,另一轮在第四学年中间。两个年级的考试在日期上前后交错,四年级学生的考试在希拉里学期的期中进行,而三年级学生要到圣三一学期才参加。这样安排导致寒假刚一结束,巴别塔中的氛围就发生了天翻地覆的变化。图书馆和自修室在任何时候都挤满了精神紧张的四年级学生。一有人大声呼吸,他们就瑟瑟发抖;如果有人胆敢说话,哪怕是轻声低语,其他人的表情就像要杀人似的。

依据传统,巴别塔将在考试结束时公开四年级考生的得分。在那一周的周五中午,三声钟声响彻整座塔楼。所有人都急忙站起身,下楼冲向会客大厅,而当天下午的客户都被请出了门外。普莱费尔教授站在大堂正中的一张桌子上,他身披一件紫色镶边的华丽长袍,手中高举一份罗宾只在中世纪插图中才见过的卷轴。当不属于学院的人都被请出塔楼之后,教授清了清嗓子,庄严宣布:"下列学位候选人以'优秀'的成绩通过了资格考试：马修·杭斯洛——"

靠墙的角落里，有人发出一声嘹亮的尖叫。

"亚当·穆尔黑德。"

人群里，一个靠前的学生瘫坐在大厅正中的地板上，两只手紧紧捂住嘴。

"这太没人性了。"拉米小声说。

"极其残酷，非同寻常。"罗宾附和道。可他无法挪开目光。他还没做好考试的准备，见到眼前的景象，考试突然迫近了许多，他感受到一样的恐慌，心脏疯狂跳动。公开宣布谁证明了自己的才华，谁又没能做到，这种做法尽管可怕，却也让人兴奋。

只有马修和亚当考了优秀。普莱费尔教授又宣布一人良好（詹姆斯·费尔菲尔德）、一人及格（卢克·麦卡弗里），然后用低沉的声音说："以下候选人没有通过资格考试，今后不得返回皇家翻译学院申领研究奖学金，也无法获得学位：菲利普·赖特。"

赖特就是罗宾在一年级参加学院晚宴时坐在他旁边的那个专攻法语和德语的男生。这几年来，他变得瘦削而憔悴。在图书馆潜心读书的学生中总有他的身影，他总是一副许多天没有洗澡也没有剃须的样子，惊慌失措又满面愁容地盯着面前的文件。

普莱费尔教授说："你已经得到了一切宽容待遇。要我说，你得到的优待太多，对你没有好处。现在我们应当承认，你在这里的日子结束了，赖特先生。"赖特似乎想走近普莱费尔教授，但两位研究员抓住他的双臂，将他拉了回去。他开始苦苦哀求，含糊不清地说自己在试卷上的回答没有写清楚，只要再给他一次机会，一定能将一切解释分明。普莱费尔教授站在那里，无动于衷，双手背在身后，假装什么都没有听见。

"出什么事了？"罗宾问维马尔。

维马尔夸张地摇了摇头："他把民间传说的词源当成真的了。想把法语 canards（鸭子）和英语 canaries（金丝雀）扯到一起，你知道，canaries 和 canard 这两个词一点关系也没有，金丝雀得名于它们的发源地 Canary Islands（加那利群岛），而这座岛又得名于狗[1]——"

罗宾没听见他接下来的解释。

普莱费尔教授从内侧口袋里掏出一个玻璃瓶。罗宾猜测，那瓶里装的是赖特的血。教授将玻璃瓶放在桌面上，狠狠踩了一脚。玻璃碎片和褐色的斑点洒落在地板上。赖特号叫起来。看不出玻璃瓶的破碎对他有什么肉眼可见的作用，在罗宾看来，赖特的四肢完好无损，也没有鲜血流出，但赖特瘫软在地，紧紧攥住心口，仿佛被刺穿了胸膛。

"太可怕了。"莱蒂怯生生地说。

"完全是中世纪的做派。"维克图瓦附和道。

他们此前从未目睹过考试不及格的场面，现在都看得挪不开眼睛。

第三个研究员走上前，拉着赖特站起来，把他拖到正门旁，然后将他毫无尊严地推下台阶。其他人都看得瞠目结舌。如此荒诞不经的仪式似乎不符合现代学术机构的作风。然而事实上，这种做法再合适不过。牛津大学，包括巴别塔，从根源上都是古老的宗教机构。无论它们的学术水平多么与时俱进，但构成大学生活的仪式仍然建立在中世纪神秘主义的基础上。牛津大学与英国国教和基督教渊源深厚，而这意味着血、肉和污垢。[2]

---

[1] Canary Islands（加那利群岛）是西班牙的一处群岛，它在西班牙语中的名字 Islas Canarias 可能来自拉丁语 Canariae Insulae，意思是"多狗的岛屿"。至于这个名字的由来，一说是罗马历史学家老普林尼认为这座岛上有许多体型庞大的狗，另一说是这里是某种海豹（海狗）的聚集地。加那利群岛是金丝雀的原产地，英语中的 canary（金丝雀）一词即得名于此地。——译注

[2] 与 18 世纪末的做法相比，现在的考试仪式甚至可以说相当平淡。那时的四年级学生必须接受所谓的"入门考验"，也就是在评分结束后的一天早晨让参加考试的考生排队通过入口。通过考试的学生可以安然无恙地走进大门，没有通过考试的人将被巴别塔识别为非法入侵者，遭受当时所设结界的攻击，作为惩罚。这种做法最终被废除了，理由是让学生变成残废并非对学术能力不佳的适度惩罚，但普莱费尔教授每年还在大力呼吁恢复这一举措。——原注

第十二章　247

大门砰的一声关上了。普莱费尔教授拂净长袍,从桌上一跃而下,转身面向留下的人。

他笑逐颜开地说:"好啦,处理完毕。考试圆满结束。祝贺大家。"

两天后,格里芬让罗宾去伊夫利的一家小酒馆和他碰面,从学院到那里要步行将近一小时。那是个昏暗嘈杂的地方。罗宾花了好一阵子才在酒馆深处找到他那位没精打采的哥哥。在上一次会面之后,不知他都去了哪里,但他显然没怎么吃饭。格里芬面前摆着两份牧羊人派,他狼吞虎咽地吃着其中一份,完全不介意烫伤舌头。

"这是什么地方?"罗宾问。

格里芬说:"我有时候在这儿吃晚餐。这里的食物很难吃,但是量够大。更重要的是,大学里从来没人来这边。这里离那些——普莱费尔怎么说的来着?——离本地人太近了。"

他的状态看起来比上一次更糟。他明显疲惫不堪,面颊凹陷,形销骨立,瘦得只剩一把骨头,这副模样活像遭遇海难的幸存者,又像是在长途旅行中勉强捡回一条命的人。不过,他当然不会告诉罗宾都去过哪里。挂在椅背上的黑色大衣散发出阵阵臭气。

"你没事吧?"罗宾指了指格里芬的左臂。那里包着绷带,绷带下面的伤口明显还没有痊愈,因为在罗宾坐下的这段时间里,他清楚地看到格里芬前臂上的深色血迹又扩大了一些。

格里芬看了看自己的手臂。"噢,没什么,就是一直没长好。"

"所以还是有事。"

"得了吧。"

"看起来挺严重的。"罗宾轻笑着说,但接下来说出口的话比他所预想的多了几分苦涩。"你应该把它缝上。白兰地有用。"

"哈。不必了,我们有人。回头我去看看。"格里芬扯下袖子遮住绷带,"不说这个了。下周我需要你做好准备。这次行动没什么把握,所以我还不能确定具体的时间和日期。但这次是大事,他们要从马尼亚克和史密斯那里运来一大批白银,我们打算在卸货的时候弄一箱。当然,这需要搞点大动作分散注意力。我可能需要在你房间里存一些炸药,这样可以快点儿拿到——"

罗宾退缩了:"炸药?"

格里芬挥了挥手。"我忘了,你很容易被吓到。没关系的,我会在那天之前教你怎么引爆炸药,如果你计划得足够好,就没人会受伤——"

"不,"罗宾说,"不,绝不。我受够了。这太疯狂了,我做不了这个。"

格里芬挑起一侧眉头:"你怎么这么激动?"

"我刚刚看见有人被开除——"

"噢。"格里芬大笑起来,"今年是谁啊?"

"赖特,"罗宾说,"他们踩碎了装着他血样的玻璃瓶,把他扔出塔楼关在外面,断绝了他和所有人所有事的联系——"

"但你又不会遇到这种事的,你太有才华了。还是说,我耽误你复习了?"

罗宾说:"开门是一回事,放炸药就完全是另一回事了。"

"不会有事的,只要信任我——"

"可我不信你。"罗宾脱口而出。他的心跳得很快,但现在保持沉默为时已晚。他必须一次把话全说出来,不能永远把想说的话吞进肚里。"我不信任你。你越来越不靠谱了。"

格里芬挑起眉头:"不靠谱?"

"你一连几周都不出现,出现时有一半的时间都姗姗来迟。写的指示总是反复涂涂改改,有时候得费好大劲才能破解。巴别塔的安保措施几乎是原来的三倍,但你好像对如何解决这个问题不感兴趣。另外,你还是没解释上次发生的事,也没交代对付结界的新对策。我的胳膊中弹了,而你好像并不在意——"

"我说了我对那事很抱歉,"格里芬疲惫地说,"不会再出现那样的事了。"

"可我为什么要相信你?"

格里芬凑近前来:"因为这一次行动很重要。这一次可能改变一切,可能打破平衡——"

"那就告诉我是怎么打破的,告诉我更多信息。你总把我蒙在鼓里,这样是行不通的。"

格里芬的神情很是沮丧。"听着,我已经和你说了阿尔达特街的事,不是吗?你知道我不能再多说了。你还是太嫩,不理解其中的风险——"

"风险?我才是承担风险的那个人,我把整个未来都押在了上面——"

"真有意思,"格里芬说,"我原本还以为赫耳墨斯社才是你的未来。"

"你知道我什么意思。"

格里芬噘起嘴,这一刻他像极了他们的父亲。"是啊,很清楚。你太害怕自由了,弟弟。这种恐惧束缚了你。你对殖民者的认同感太强烈了,以至于觉得对他们的威胁就是对自己的威胁。你什么时候才能意识到,你不可能成为他们中的一员?"

"别转移话题,"罗宾说,"你永远在转移话题。我所说的我的未来不是指轻松安逸的职位,我说的是生存。所以,告诉我为什么这次这么重要。为什么是现在?为什么是这一次?"

"罗宾——"

"你要我拿性命去为看不见的东西冒险,"罗宾怒气冲冲地说,"而我只要你给我一个理由。"

格里芬沉默了一阵。他四下环顾,手指在桌面上敲个不停,然后用很轻很轻的声音说:"阿富汗。"

"阿富汗出什么事了?"

"你都不看新闻的吗?英国人要把阿富汗纳入他们的势力范围了。但是有人在推动一些计划,以免这真的发生——关于那些,我真的不能再和你多说了,弟弟——"

罗宾大笑起来:"阿富汗?真的吗?"

格里芬问:"这很可笑吗?"

"你只会说大话。"罗宾惊奇地说。那一刻,他心中有什么东西破碎了:认为格里芬值得钦佩还有赫耳墨斯社十分重要的幻觉。"这让你感觉自己很重要,不是吗?好像你掌握了撬动世界的杠杆?我见过真正掌握权力杠杆的人,他们一点儿也不像你。他们不需要去争抢权力。他们不会组织愚蠢的午夜抢劫,也不会为了得到权力而让他们的小兄弟陷入危险。他们早就拥有了权力。"

格里芬眯起眼睛:"你想表达什么?"

"你做过什么?"罗宾质问道,"说真的,格里芬,你究竟有没有做过实事?帝国依然屹立不倒。巴别塔依然矗立在那里。太阳照常升起,英国的爪牙依然遍布世界各地,白银依然源源不绝地流向这里。你做的一切都没有意义。"

"告诉我,你不是真的这么想。"

"不,我只是——"罗宾感到一阵强烈的内疚,也许话说得太重了,但他认为自己的观点有理有据,"我看不到这些行动取得了什么成果。而你又让我为此放弃了这么多。我想帮你,格里芬。但我也想活下去。"

格里芬很长时间都没有回答。罗宾坐在那里看着他平静地吃完最后一点儿牧羊人派,心里越来越不舒服。后来,格里芬放下叉子,仔细用餐巾擦净嘴角。

"你知道阿富汗的关键在哪吗?"格里芬的声音非常轻柔,"英国人不打算用自己的军队入侵阿富汗,而是准备用来自孟加拉和孟买的军队入侵那里。他们要逼印度兵去打阿富汗人,就像在缅甸伊洛瓦底逼迫印度兵替他们卖命打仗一样。因为印度军队的逻辑和你一样,宁愿做帝国的奴隶受到种种残酷压迫,也不愿反抗。因为这样很安全,因为这样很稳定,因为这样才能活下去。英国人就是这么胜利的,弟弟。他们让我们自相残杀,让我们内讧。"

罗宾赶忙说:"我没说彻底退出。我只要,我是说,只要等这一年过完,或者等眼下的风波平息——"

格里芬说:"事情不是这么办的。你要么加入,要么退出。阿富汗可等不了。"

罗宾犹豫不决地吸了一口气。"那我退出。"

"非常好。"格里芬丢下餐巾,站起身来,"记得把嘴闭紧,好吗?不然我还得来料理麻烦,我也不喜欢做脏活。"

"我不会告诉任何人。我向你保证——"

"我根本不在乎你的保证,"格里芬说,"但我确实知道你睡在哪里。"

对此,罗宾无话可说。他知道格里芬不是在恐吓,但他也知道,如果格里芬真的不信任他,那自己是不可能活着回到学院的。他们久久地看着对方,两人都默默无言。

最终,格里芬摇了摇头:"你迷失方向了,弟弟。你是一艘随波逐流的船,一直在寻找熟悉的海岸。我明白你想要什么,我也曾经寻找过同样的东西。然而没有祖国了。回不去了。"出门的时候,他在罗宾身边停下脚步。他捏了捏罗宾的肩膀,用力到手指生疼。"但你要明白,弟弟。你这艘船上没有悬挂任何一面旗帜。你可以自由自在地寻找属于你的港湾。除了与世浮沉,你还有许多地方可以大展拳脚。"

第三卷

第十三章

> 大山临蓐,养出来的却是条可笑的小老鼠。
> ——贺拉斯,《诗艺》[1]

格里芬说到做到。他再也没给罗宾留过一张纸条。起初罗宾确信格里芬只是在赌气,过一段时间就会再来骚扰他,交给他一些比较例行公事的小差事。但是一周过去了,一个月过去了,一学期过去了。他原以为格里芬的报复心会更强,至少会给他留一封横加指责的告别信。在他们闹翻之后的最初几天里,每当街上有人往他这边看一眼,罗宾都瑟瑟发抖,以为赫耳墨斯社终于决定来料理麻烦了。

但格里芬完全和他断了联系。

罗宾努力不让自己受到良知的折磨。赫耳墨斯社不会去任何地方。总有仗要打。罗宾确信,等自己准备好与他们重聚时,他们一定都在那里等着他。再说,如果罗宾不能继续在巴别塔的生态系统里站稳脚跟,就无法为赫耳墨斯社做任何事。格里芬亲口说过,他们需要塔里有自己人。难道这个理由还不足以让他留下吗?

在这段时间里,他还要准备三年级的考试。年终考试在牛津是很有仪式感的大事。一直到18世纪最后几年,口头考试(对公众开放,允许人群围观)都是常规做法,不过到了19世纪30年代,常规学士学位考试仅有五门笔试和一门口试,理由是口头回答难以得到客观的评估,

---

[1] 引自《变形记 诗艺》,[古罗马]奥维德/贺拉斯著,杨周翰译,上海人民出版社,2016年。——译注

另外也是不必要的残酷之举。到1836年，大学不再允许观众进场，镇上的居民从此失去了一年一度的重大消遣活动。

不过，罗宾和他的同学得到通知，他们将参加一场持续三小时的主修语言论文写作考试、一场持续三小时的词源学考试、一场翻译理论口头考试，以及一场刻银术测验。如果未能通过语言或理论考试中的任何一门，他们就不能再留在巴别塔；如果未能通过刻银术测验，他们今后将不得在八楼工作。[1]

口试评委会由三名教授组成，以普莱费尔教授为首，而他是一位出了名的严格考官。传闻说他每年都会将至少两名考生逼得崩溃大哭。他会慢条斯理地说："Balderdash（胡言乱语）这个词原本是指酒保创造的一种可憎的混合物，到了深夜各种酒都快要卖完的时候，他们就把啤酒、葡萄酒、苹果酒和牛奶全部倒在一起，希望顾客不会介意，毕竟顾客本来就只是为了喝醉而已。但这里不是后半夜的草坪酒馆，而是牛津大学。我们需要看到比酩酊大醉更有启发性的东西。你想再试一次吗？"

时间在一年级和二年级时好像无穷无尽，现在却在沙漏中飞速流逝。他们再也不能为了在河边玩耍而将阅读作业一拖再拖，以为日后总有机会赶上进度。距离考试只有五周，随后只有四周，随后只有三周。当圣三一学期结束时，最后一天的课程原本应该在阳光灿烂的下午结束，在带着甜点和接骨木花饮料泛舟查韦尔河的活动中圆满收尾。但当四点的钟声敲响时，他们收拾好书本，直接从克拉夫特教授的教室走向

---

[1] 尽管很多巴别塔的毕业生都乐意在文学系或法律系工作，但刻银术考试对于外国裔学生而言更加关系重大，他们很难在八楼以外的部门找到受人尊敬的职位，因为对非欧洲语言的掌握只有在八楼才是最受重视的。当初，格里芬在刻银术测验失败后曾被建议去法律系继续学习。但洛弗尔教授一直相信刻银术以外的任何事都没有意义，认为进入其他系的学生都是缺乏想象力和才华的蠢货。可怜的格里芬在教授充满鄙夷又要求严苛的抚养下长大，他自己也认同这一点。——原注

五楼的自修室，在接下来的十三天里，他们将把自己关在里面，每天在字典、翻译文本和词汇表中埋头苦读，直到太阳穴抽痛。

出于慷慨，抑或是出于施虐倾向，巴别塔为考生提供了一套银条作为辅助学习的工具。这套银条上雕刻的配对镌字是英语 meticulous（一丝不苟的）和它的拉丁语前身 metus（恐惧、惧怕）。Meticulous 一词的现代用法直到数十年前才在法国兴起，其内涵是"害怕犯错误"。这套银条会让使用者在工作中出错时感受到寒冷刺骨的焦虑。

拉米痛恨这套银条，他拒绝使用，还抱怨道："它又不能告诉你到底错在哪里，只能让你想呕吐又找不到原因。"

莱蒂把拉米做满标记的作文还给他，一面嘟囔道："嗯，这样你可以更谨慎。你这一页就有至少十二个错误，你的句子实在太长了——"

"不算太长，这是西塞罗的风格。"

"你不能把所有写得不好的地方都说成是西塞罗的风格——"

拉米漫不经心地挥了挥手："没事，莱蒂，那是我花十分钟写出来的东西。"

"但问题不在于速度，而是要精确——"

"我练得越多，覆盖的选题范围就越大。"拉米说，"这才是我们复习的真正目的。等到卷子摆在面前的时候，我可不想头脑一片空白。"

这份担心很有道理。压力有种独特的本领，能将数年所学从学生的头脑中一扫而空。传闻在去年的四年级考试期间，有一位考生变得极其偏执，不仅坦言自己无法完成考试，甚至还声称，他说自己的法语流利完全是个谎言。（事实上，法语是他的母语。）罗宾和他的同学们都以为自己对这种独特的愚蠢行为免疫，直到考试前一周的某一天，莱蒂突然号啕大哭起来，说自己一句德语也看不懂，一个单词都不认识了。她还说自己是个骗子，自己在巴别塔的整个生涯都建立在伪装之上。其他人过了很久才明白她在滔滔不绝地说些什么，因为她这番慷慨陈词就是用德语说出来的。

失忆仅仅是最初的症候。在此之前，罗宾对成绩的焦虑从未带来过这么多生理不适。首先出现的是头部持续的抽痛，接着，他一站起身或者一活动就想呕吐。一阵阵颤抖毫无征兆地袭来；他的手经常抖得握不住笔。有一次做练习时，他发现眼前一片漆黑，无法思考，无法回忆起任何一个单词，甚至看不见任何东西，过了将近十分钟才恢复正常。他吃不下东西，每时每刻都精疲力竭，但又因精神过度紧张而无法入睡。

接着，同所有优秀的牛津高年级学生一样，罗宾发现自己正在失去理智。在一座学者之城里过着离群索居的日子，他与现实的联系原本就十分脆弱，现在更是支离破碎。连续几小时的复习干扰了他对各种符号和象征的判断，影响了他对何为真、何为假的信念。抽象的事物成了真切且重要的存在；粥和鸡蛋之类的日常需求反而变得可疑。日常生活中的对话成了一桩苦差事，闲聊更是恐怖。他再也把握不住最基本的问候语的含义。当校工问他今天过得如何时，他呆呆地站在那里，沉默了将近三十秒钟都没反应过来"过"和"如何"是什么意思。

罗宾说起这事时，拉米欢快地说："噢，都一样。糟透了。我再也没法进行基本的对话了，我总是在思考每个词到底是什么意思。"

维克图瓦说："我走路撞到墙上了。周围的世界不断消失，我眼里只能看见词汇表。"

"我看到的是茶叶渣，"莱蒂说，"它们看起来很像字符。有一天我发现自己在努力给一团茶叶渣编注释——我甚至拿了张纸准备把一切都记下来。"

听到他不是唯一看见幻觉的人，罗宾松了口气，因为他最担心的就是幻觉。他已经开始产生看到人的幻觉了。有一次，罗宾在桑顿书店的书架上搜寻一本阅读清单上列出的拉丁语诗选，却瞥见门口处有一个感觉十分熟悉的身影。他走近细看。自己的眼睛绝不会说谎——安东尼·瑞本正在付钱买一个纸包裹，他神采奕奕，无比健康。

罗宾脱口而出："安东尼——"

安东尼抬起头，他看见了罗宾，接着瞪大了眼睛。罗宾向他走去，既困惑又欣喜，但安东尼匆忙将几枚硬币塞到书商手里，飞快地冲出了书店。当罗宾赶到莫德林街时，安东尼已经没了踪影。罗宾四下张望了几秒钟才回到书店，心想有没有可能把一个陌生人错认成了安东尼。但在牛津没有多少年轻的黑人男子。而这意味着，要么他在安东尼去世的问题上被骗了，也就是说，巴别塔的全体教员精心策划了一场骗局，要么整件事都是他的想象。鉴于自己目前的状态，他觉得后者的可能性要大得多。

他们四个最害怕的都是刻银术测验。他们在圣三一学期的最后一周才被告知，必须设计一套独一无二的配对镌字，当着监考人的面将它刻在银条上。在第四学年，一旦他们完成学徒实习，就可以正式学习配对镌字的设计和镌刻技术，用试验测试银条效果的强度和持久度。但是眼下，他们只掌握了配对镌字运行的基本原理，只要能让银条生效就算成功。他们的设计不需要完美无缺；实际上，最初的尝试从来不可能完美无缺。不过，他们必须做出一些成果，必须证明自己拥有那种无法被定义的才华，那种让翻译者成为刻银者的、旁人无法模仿的、掌握语义的本能。

研究员的帮助在原则上是禁止的。但某天下午，当甜美又善良的凯茜·奥内尔在图书馆里撞见一脸茫然又惊慌失措的罗宾时，她悄悄塞给罗宾一本关于配对镌字基础的褪色泛黄的小册子。

她同情地说："这本书就在开放书架上。我们都用过它。通读一遍就行，你可以的。"

这本小册子有些年头了，它写于1798年，书中使用了很多陈旧过时的拼写，但也介绍了许多简明易懂的小窍门，第一条就是避开宗教。他们已经通过数十个恐怖的故事领会到了这一点。起初，让牛津大学对东方语言产生兴趣的正是神学。起初，希伯来语、阿拉伯语和叙利亚语能成为学院研究主题的唯一原因，就是为了翻译宗教文本。但事实证明，圣言在白银上的效果无法预测，也不可挽回。八楼北侧厅有一张无人敢靠近的桌子，因为它至今还偶尔会喷吐不知来自何处的烟气。传闻当初有个愚蠢的研究员曾试图在白银上翻译神的名字。

小册子里的第二条经验更加实用：将研究重点放在同源词上。同源词是指不同语言中拥有共同的祖先、含义通常也相近的词语[1]，它们往往是有效打造配对镌字的最佳线索，因为它们在词源树上位于十分接近的分支。但同源词的难处在于它们的含义往往过于接近，在翻译中几乎没有语义的扭曲，因此能够被银条呈现的效果也十分微弱。说到底，英语中的 chocolate（巧克力）与它在西班牙语中的同源词并没有显著的区别。况且，在寻找同源词的过程中，还要警惕同形异义的"假同源词"，也就是看起来像是同源词，其实词源和含义都完全不同的词语。比如说，英语中的 have（有）并非来自拉丁语 habere（保持，持有），而是来自拉丁语 capere（寻找）。而意大利语 cognato 的意思也不是"同源词"（cognate），而是"姐夫，妹夫"。

当词语的含义也似乎存在关联时，假同源词就更有迷惑性了。波斯语单词 farang 在过去是指欧洲人，它看起来与英语单词 foreign（外国的）好像是同源词。但 farang 其实是从对 Franks（法兰克人）的称呼演化而来，之后逐渐包含了所有的西欧人。而英语单词 foreign 却发源于拉丁语 fores，意思是"门"。因此，将 farang 和 foreign 关联在一起不

---

[1] 举例来说，英语单词 night 和西班牙语单词 noche 同出一源，都衍生自拉丁语 nox，意思是"夜晚"。——原注

会产生任何效果。[1]

　　这本小册子介绍的第三条经验叫作连锁配对。他们隐约记得普莱费尔教授在展示中提到过这个概念。如果一对镌字中两个词的含义经过演化后相差太过遥远，无法形成可靠的翻译，那就可以试着添加第三种、第四种语言作为中介。如果按演化的时间顺序将所有这些词语排列起来，就能够更精确地引导语义向设计者想要的方向发展。与此相关的另一个技巧是加入第二个词根，也就是另一个可能对语义演化产生过影响的词源。比如说，法语 fermer（关闭，上锁）很明显从拉丁语 firmāre（巩固，强化）发展而来，但也受到了拉丁语 ferrum（铁）的影响。因此可以假设，将 fermer, firmāre 和 ferrum 放在一起，就可以造出一把坚不可摧的锁。

　　所有这些技巧在理论上听起来都很不错，在实践中应用却要难得多。说到底，首先构思出一套合适的配对镌字才是最困难的部分。为了获取灵感，他们找出一份实用镌字簿（一份记录当年整个帝国范围内所使用的所有配对镌字的完整清单）匆匆浏览了一遍，想从中得到启发。

　　莱蒂指着第一页的一行字说："看啊，我终于知道他们是怎么让那些没有司机的有轨车运行的了。"

　　拉米问："什么有轨车？"

　　"你在伦敦没见过它们到处跑吗？"莱蒂说，"车上没有司机，但是会自己运行。"

　　"我一直以为内部有某种机械装置，"罗宾说，"比如引擎，当然——"

---

[1] 另一个和假同源词一样极具迷惑性的陷阱是民间传说的词源，也就是民间普遍相信某些词是同源词，但它们实际上有着不同的起源。举例来说，handiron（柴架）一词指的是壁炉内一种支撑木柴的金属工具。人们很容易推测它的词源涉及 hand（手）和 iron（铁）这两个独立的词。但是事实上，handiron 来自法语 andier，这个词后来变成了英语中的 andire 一词。——原注

第十三章

莱蒂说道:"大型有轨车确实是这样。但是较小的货运车没有那么多空间。你们难道没有注意到,它们是自己在往前走吗?"她激动地戳着那一页。"轨道上安装了银条。英语中的轨道一词 track 与中古荷兰语中的动词 trecken 有关,这个动词的意思是'拉动'——从作为二者过渡的法语里看得更明显。这样就有了两个表示轨道的词语,但其中只有一个还可以表示前进的动力。结果就是,轨道拉动货车自动前行。真是太巧妙了。"

"噢,真不错,"拉米说,"我们只需要在考试期间掀起一场交通基础设施革命就万事大吉了。"

这份镌字簿里记录了无数妙趣横生且精彩绝伦的创意,足够他们读上好几个小时。罗宾发现,其中许多都是洛弗尔教授的设计。有一对镌字独具匠心:将表示"年代久远、老旧"的汉字"古"对应英语 old(古老的)。汉语中的"古"还有"耐久、坚固"的内涵;事实上,"古"正是表示"坚硬、牢靠、结实"的汉字"固"中的一部分。将表示耐久与古老的概念联结在一起,可以防止机械的性能随时间的流逝而衰退;实际上,使用的时间越久,机械就越可靠。

拉米翻到镌字簿后面查看新收录的条目,他问:"伊夫琳·布鲁克是谁?"

"伊夫琳·布鲁克?"罗宾跟着念了一遍,"怎么听着那么耳熟?"

"不管是谁,她都是个天才。"拉米指着一页说,"看,她在 1833 年这一年就设计了不止 12 套镌字。大部分研究员的贡献都不超过 5 套。"

"等等,"莱蒂说,"你是说埃薇?"

拉米皱起眉头:"埃薇?"

莱蒂说:"记得那张桌子吗?就是普莱费尔因为我坐错椅子冲我大吼的那一次?他说那是埃薇的座位。"

"看来她非常特别,"维克图瓦说,"而且不喜欢别人乱动她的东西。"

莱蒂说:"但是从那天早上以后,从来没有人动过她的任何东西。"

我留神看过。已经几个月了,那些书和笔都还在原来的位置。所以说,要么她对自己的东西在意到令人害怕的程度,要么她根本没再回过那张桌子。"

他们草草翻阅镌字簿,另一套理论逐渐浮出水面。埃薇在1833年至1834年间极其多产,但到了1835年,她的研究成果完全从镌字簿上消失了。在过去五年中,她连一个新设计也没有。他们从来没有在部门派对或晚宴上见过名叫伊夫琳·布鲁克的人;她从来没有发表过演讲,没有参加过研讨会。无论伊夫琳·布鲁克是谁,尽管她才华横溢,但很明显她已经不在巴别塔了。

"等等,"维克图瓦说,"假设她在1833年毕业了,那也就是说,她曾经和斯特林·琼斯在同一个班,还有安东尼。"

还有格里芬。罗宾意识到这一点,但他没有大声说出来。

莱蒂说:"或许她也在海上遇难了。"

拉米指出:"那还真是个受诅咒的班级呢。"

房间里突然显得冷飕飕的。

维克图瓦提议:"我们还是回去复习吧。"没有人反对。

夜深人静时,当他们盯着书本看了太久、再也无法正常思考时,便开始玩一个没准有助于通过考试的游戏:天马行空地构思看似不合理的配对镌字。

其中一个晚上,罗宾凭借"鸡心"一词赢得了游戏。他解释道:"在广州,孩子们去参加科举考试的那天,母亲会在早餐里准备鸡心,因为'鸡心'和'记性'谐音。"

"那有什么用?"拉米嗤之以鼻,"在试卷上撒满血淋淋的鸡内脏?"

"或者让你的心脏变得和鸡心一样小,"维克图瓦说,"想象一下,当你的心脏从正常尺寸瞬间缩得比顶针还小,那它就无法泵出维持生存所需要的血液，你就会暴毙而死——"

罗宾说："天哪，维克图瓦，那也太病态了。"

莱蒂说："不，这很好理解。这是祭祀的象征——关键在于交换。鸡心和鸡血能够提高你的记忆力，所以你只需要宰一只鸡献给神明就能通过考试了。"

他们面面相觑。夜已经很深了，他们都很缺乏睡眠。眼下他们都在忍受着疯狂的折磨，那是一种胆战心惊又毅然决然之人才有的疯狂，让学院看起来就像战场一样危险重重。

如果当时莱蒂提议去洗劫一间鸡舍，他们也都会毫不犹豫地响应。

决定命运的一周到了。他们尽可能做好了准备。学院承诺，考试是公平的，他们只需要做好分内事。现在他们已经做好了分内事。当然，他们紧张又害怕，但也谨慎而自信。毕竟，在过去两年半里所受的训练就是为了应对这些考试，一分不多，一分不少。

查克拉瓦蒂教授的试卷是最简单的。罗宾要在事先没有准备的情况下翻译一篇查克拉瓦蒂教授创作的古汉语文章，大约五百字。那是一篇引人入胜的寓言，讲述了一个有德之人在桑树园里走失了一只羊、却又找到另外一只的故事。考试结束后，罗宾才反应过来，自己把意喻男女情事的"艳史"翻译成了相对平淡的"多姿多彩的历史"[1]，在一定程度上减损了原文的韵味。但他希望英语中的 colorful（多姿多彩）和 sexual（男女情事）足够模棱两可，能让他糊弄过去。

克拉夫特教授的考试题目难得有些残忍：针对西塞罗著作中 interpretes（口译者）这一角色的多变性写一篇文章。西塞罗笔下的 interpretes 不是其内涵的简单对应，他们扮演着多种角色：掮客，调停

---

[1] 这个错误情有可原。"艳史"中的"艳"兼有"多姿多彩"和"男女情事、浪漫爱情"之义。——原注

人，偶尔还是行贿者。因此，题目要求罗宾和他的同学们阐述在这一语境中语言的使用。罗宾匆忙写完一篇八页纸的论文，他所阐述的论点是：与希罗多德笔下的 hermeneus（翻译者）相比，西塞罗的 interpretes 在本质上是价值中立的。（根据希罗多德的记载，其中一位翻译者因为代表波斯人的立场说古希腊语而被地米斯托克利[1]处死。）在结论部分，他对语言的分寸和忠实性做了一番评论。走出考场时，罗宾完全不确定自己发挥得如何。他的大脑要起滑稽的花招，一写完最后一个标点，他就再也看不懂自己的论述了。不过，试卷上的一行行字迹看起来扎实有力，他知道，至少写下的内容看起来不错。

洛弗尔教授的试卷有两道题目。第一题的挑战是将长达三页纸的毫无意义的儿歌（"A 是杏子，杏子被熊吃"[2]）翻译成任选的一门语言。罗宾花了整整十五分钟试图找到与罗马字母表顺序相对应的汉字，但最终还是放弃了汉语，转而选择了捷径——直接将儿歌翻译成拉丁语。第二题包括一篇用圣书体象形文字写成的古埃及小故事以及相应的英语译文，要求他们在对古埃及语一无所知的情况下尽己所能，找出将译出语转化为译入语的难点。对于这道题，罗宾对汉字图像性的熟悉派上了大用场。他想起了关于文字表意能力和细微视觉含义的知识，而且成功地在考试结束前将这些都写了下来。

口头考试没有预想中那么可怕。普莱费尔教授的确如传闻那般严厉，但他对表演的热爱无可救药。当意识到普莱费尔居高临下、慷慨激昂的大声批判很大程度上是在做戏时，罗宾的焦虑便烟消云散了。普莱费尔教授说："施莱格尔在 1803 年写道：在不远的将来，德语将成为文

---

1 地米斯托克利（Themiraoklēs），又译特塞米斯托克利斯，古希腊政治家、军事家，曾任雅典执政官。——译注
2 这是一首帮助孩子记住字母表的英语儿歌。A 代表杏子（杏子在英语中是 apricot，首字母是 A），杏子被熊（熊在英语中是 bear，首字母是 B）吃。——译注

第十三章　265

明世界的声音。请就此展开论述。"幸运的是，罗宾读过施莱格尔这篇文章的译文，他知道施莱格尔是在谈论德语独特而复杂的灵活性。罗宾由此展开论述，指出这一言论是对其他西方语言的低估，比如英语（施莱格尔在同一篇文章中指责英语"单音节的简略"）和法语。在考试时间将尽时，罗宾匆忙想到，这种民族情绪也是身为德国人的施莱格尔用来抓住人心的要点，施莱格尔明白当时的神圣罗马帝国无力抵抗日渐占据主导地位的法国人，于是便在文化和思想霸权领域寻求庇护。这个答案既不格外出彩，也不是他的原创，但它是正确的。普莱费尔教授只指出了个别技术上的细节，随即就让罗宾离开了教室。

* * *

刻银术测验安排在最后一天。他们被要求以三十分钟为间隔去八楼报道。莱蒂第一个接受测验，时间是中午十二点；接着是罗宾，然后是拉米，最后是维克图瓦，她在一点半接受测验。

在十二点半，罗宾走上巴别塔整整七层楼梯，站在南侧厅最里面的那间没有窗户的教室外等候。他口干舌燥。那是个阳光明媚的五月的午后，但他的膝盖却控制不住地颤抖。

这很简单，他对自己说，只是两个词语而已，只需要写下两个简简单单的词语，然后就结束了。没必要恐慌。

但是，恐惧当然不是理性的。上千种可能出错的情景在他狂野的想象中上演。他可能把银条掉在地上，可能在踏进考场的那一刻失去记忆，可能漏掉一个笔画或者念错英语单词，尽管他已经练习了上百遍。又或者，银条可能不起作用。它可能压根不起作用，而自己也就永远不可能在八楼拥有一席之地。一切都可能就此结束。

门猛然开了。莱蒂冲了出来，脸色煞白，浑身发抖。罗宾想问问她考得怎么样，但两人擦肩而过，她匆匆冲下楼去了。

"罗宾,"查克拉瓦蒂教授从门后探出头来,"进来吧。"

罗宾深吸一口气,然后向前走去。

教室里所有珍贵或者易碎的物品——桌椅、书和书架都搬空了。只有角落里摆着一张课桌,桌上空空如也,只有一根空白的银条和一支刻字笔。

查克拉瓦蒂教授双手紧握,背在身后:"好了,罗宾,你给我准备了什么呀?"

罗宾的牙齿抖得咯咯作响,实在没法开口。他不知道自己竟然会吓得浑身乏力。笔试也没少让他发抖和干呕,但当真正走进考场、笔尖落在皮纸上时,他就恢复了正常。笔试只是他在过去三年里所受训练的积累,仅此而已。而眼前却是完全不同的东西。他不知道会遭遇什么。

查克拉瓦蒂教授温和地说:"别紧张,罗宾,你可以的。你只需要集中精力。这只是你将来职业生涯中要做上成百上千次中的一次而已。"

罗宾深吸了一口气,又长舒了一口气:"我准备的东西非常基础。从理论上说,从比喻意义上说,我的意思是,这个设计有点乱,我不知道能不能起作用——"

"嗯,不如先给我介绍一下理论,然后我们一起来看看吧。"

罗宾不假思索地说:"'明白',在汉语里的意思是——是'理解'(understand),对吗?但是这两个汉字是有意象的。'明'是明亮、光明、清晰。'白'是白色。所以'明白'不仅仅对应理解、领悟(realize),它还有让事物清晰、用光线照亮的意味。"他停下来清了清嗓子。他不再那么紧张了,当他大声介绍准备的配对镌字时,感觉好多了。事实上,这个设计听起来已经有五分可信了。"所以说,这一部分我还不完全确定,因为我不知道'光明'会产生什么关联。但是,它应该能让事物更加清晰,揭示事物的真相,我想是这样。"

查克拉瓦蒂教授给了他一个鼓励的微笑:"嗯,不如我们来看看它能做什么？"

　　罗宾用颤抖的双手拿起银条，将刻字笔的笔尖稳定在光滑而空白的表面上。用刻字笔刻出一根清晰的线条需要花费的力气超乎他的预料。不知为什么，这反而使他平静下来，他集中精力保持手上压力的稳定，不再去想那上千种可能出错的情景。

　　刻完了。

　　他举起银条，好让查克拉瓦蒂教授看见。"明白。"说完，他将银条翻过来，"Understand。"

　　银条内有某种东西开始跳动，某种有生命的东西，某种有力而莽撞的东西；一阵疾风，一道激浪。在那一秒钟的间隙里，罗宾感受到了它的力量源泉：那个创造语义的、至高无上又不可名状的所在；那个词语无限接近彼此却无法确定的所在；那处所在只能被不完美地召唤，但即便如此也让人真切感受得到。银条散发出一团明亮温暖的光亮，渐渐变大，将两人都包裹在里面。罗宾没有具体说明这团光亮会带来怎样的领悟，他还没想那么远。不过在那一刻，他觉得自己完全明白了；从查克拉瓦蒂教授脸上的表情来看，他的监考老师也明白了。

　　他松开银条。它不再发光，了无生气地躺在两人之间的课桌上，成了一块再普通不过的金属。

　　查克拉瓦蒂教授只有一句评价："非常好。你可以叫米尔扎先生进来吗？"

　　莱蒂正在塔楼外等着他。现在她平静多了，面颊又有了血色，不再惊恐地瞪着眼睛。她刚才一定匆匆去了街上的面包店，因为她手里拿着一个皱巴巴的纸袋。

　　他走近时，莱蒂问道："要柠檬饼干吗？"

　　罗宾这才发现自己饿坏了。"要，谢谢。"

她把纸袋递过来。"怎么样?"

"还可以。效果和我预想的不完全一样,但还是有点效果。"罗宾犹豫不定地说,举着饼干的手悬在半空,他不想庆祝也不想细说,生怕莱蒂没通过测验。

但她对罗宾绽开温暖的笑容:"我也一样。我想着只要有一点效果就行,然后真的有效果了。噢,罗宾,那感觉太美妙了——"

他说:"就像改写世界。"

她说:"就像用上帝之手作画。我以前从没体验过这样的感觉。"

他们望着彼此,喜笑颜开。罗宾细细品尝着饼干在嘴里融化的滋味,他明白莱蒂为什么最喜欢柠檬饼干了:它有浓郁的黄油质感,入口即化,富有柠檬香气的甜味立刻像蜂蜜一样在舌尖弥漫开来。他们做到了。一切都没事了。世界将继续运转,其他一切都不重要,因为他们做到了。

一点钟的钟声敲响,大门再次打开。拉米昂首阔步地走了出来,开心地咧嘴笑着。

他自己拿了一块饼干:"所以你俩都通过了,没错吧?"

罗宾问:"你怎么知道的?"

"因为莱蒂在吃东西,"他嚼着饼干说道,"如果你们俩有一个失败了,她大概已经把饼干捶成饼干屑了。"

维克图瓦花的时间最长。她过了将近一个小时才走出塔楼,愁容满面,十分沮丧。拉米立刻跑到她身边,伸出一只手搂住她的肩膀:"出什么事了?你还好吗?"

维克图瓦说:"我设计了一套海地克里奥尔语和法语的配对镌字。它起作用了,就像咒语一样。只是勒布朗教授说他们不能把它收录到当前的镌字簿里,因为他看不出一套海地克里奥尔语的配对镌字对不懂海地克里奥尔语的人有什么用处。然后我就说,它对海地人可能非常有

第十三章　269

用，结果他哈哈大笑。"

莱蒂揉了揉她的肩膀："噢，天哪。他们有没有让你再试一次？"

她问错了问题。罗宾看到维克图瓦眼中闪过一丝怒气，不过那怒火转瞬即逝。她叹着气点了点头。"有。法语和英语的那套效果不是很好，我当时太慌张了，感觉字迹没有刻清楚。但它还是有一点作用的。"

莱蒂发出某种同情的声音："我敢肯定，你一定会通过的。"

维克图瓦伸手拿起一块饼干："噢，我通过了。"

"你怎么知道的？"

维克图瓦困惑地看了她一眼："我问了啊。勒布朗教授说我通过了。他说我们都通过了。怎么，你们都不知道吗？"

他们怔怔地望着她。片刻之后，他们都大笑起来。

罗宾心想，如果能将整段记忆镌刻在白银上，在未来的年月里让它反复重现，不是达盖尔照相机呈现出的那种残酷的扭曲，而是难以言喻的情绪和感受凝结而成的纯粹精华，那该多好啊。落在纸上的笔墨不足以描摹这个金灿灿的下午：忘记所有纷争，忘记所有罪责，只有温暖而单纯的友谊，让冰冷教室里的记忆如冰雪般消融的暖阳，舌尖上柠檬的馥郁滋味，还有让他们如释重负、喜出望外的欢愉。

第十四章

今夜我们都在梦里——
微笑和叹息，欢爱和更衣；

噢，在心灵的幽深之处，
我们身穿光怪陆离的奇装异服。
　　——温思罗普·麦克沃思·普雷德，《化装舞会》

接下来，他们就自由了。自由的时间并不长，他们有整个暑假的闲暇，然后又将在四年级的备考中再次经历刚刚忍受的所有苦难，而且要承受双倍的痛苦。但是九月感觉无比遥远。现在才刚五月，他们面前还有整个夏天。现在，他们觉得自己拥有无尽的时间，除了让自己快乐以外，什么都不用做——如果他们还记得如何让自己快乐的话。

大学学院每三年举行一场纪念舞会。这些舞会是牛津社会生活的高潮，是各学院展现华美场地和奢华酒窖的机会，富裕的学院借此机会炫耀所得的捐资，贫穷的学院借此机会努力攀登名望的阶梯。借着舞会的盛大场面，学院将过剩的财富毫不吝惜地花在富庶的校友身上，但出于某种原因，却不愿将这笔钱提供给需要帮助的学生。对此，财务方面的理由是财富能吸引财富，因此，要想鼓动当年就读于此的男孩们捐款资助大厅的翻修，没有比让他们享受一段美好时光更好的方式了。那可真是一段无比美好的时光。每到举办舞会的年份，各学院都争相要打破奢华放纵和盛大场面的纪录。整夜酒水不断，音乐不停，等到太阳升起时，那些通宵跳舞的人还能享受用银托盘送来的早餐。

莱蒂坚持要大家都买票参加舞会："这正是我们需要的。在那场噩梦之后，我们理应放纵一下。维克图瓦，你得和我一起去伦敦，我们要去量身定做一身礼服——"

"绝对不去。"维克图瓦说。

"为什么？我们有钱。再说，你穿祖母绿色肯定光彩照人，没准白色丝绸也——"

维克图瓦说："那些裁缝不会给我做衣服的。再说，我要想进店里，唯一的办法就是假扮成你的女仆。"

莱蒂吃了一惊，但只是一瞬间。罗宾看到她迅速调整表情，挤出一个勉强的微笑。他知道，重获维克图瓦的好感令莱蒂十分欣慰，她会不惜一切代价维持这份好感。"没关系，你可以穿我的裙子。你比我高一点，但我可以把裙边放下来。我还有很多珠宝可以借给你，我可以写信去布赖顿，看他们能不能给我寄一些妈妈的旧首饰，她有很多可爱的别针。我很想看看能把你的头发打理成什么样——"

维克图瓦平静但坚定地说："我想你还没明白。我真的不想——"

"去嘛，亲爱的，你不去就没意思了。我给你买入场券。"

维克图瓦说："噢，拜托了，我不想欠你的——"

拉米说："你可以给我们买啊。"

莱蒂朝他翻了个白眼："自己买去。"

"我不知道价格啊，莱蒂，三英镑吗？那还挺贵的。"

"去做白银维修员吧，"莱蒂说，"一班岗只有一个小时。"

拉米说："小燕子不喜欢人多的地方。"

罗宾配合地说："我不喜欢。我会紧张得不行，没法呼吸。"

莱蒂嗤之以鼻："别犯蠢了。舞会美妙极了。你们从没见过类似的场面。林肯以前在贝利奥尔的时候带我去过一次，我是他的舞伴。噢，整个学院都完全变样了。我看过你们在伦敦根本见不着的舞台表演。再说,每三年才举办一次啊,下一次我们就不是本科生了。我愿意付出一切,只为了再体会一次那种感觉。"

他们无助地面面相觑,莱蒂已逝的哥哥结束了争论。莱蒂知道会这样,她也不怕把她哥哥搬出来。

于是,罗宾和拉米报名去舞会打工。大学学院为没钱购买入场券的学生提供了勤工入场的选择,在这方面,巴别塔的学生尤其幸运。因为他们不用去端茶送水或收拾外套,而是去做号称"白银维修员"的工作。这份差事不费功夫,只需定期检查为装饰、灯光和音乐定做的银条有没有从临时固定装置中滑脱。其他学院不知道这项工作如此轻松,而巴别塔自然也没必要告知他们。

举行舞会的那天,罗宾和拉米将长外衣和马甲塞进帆布袋里,从蜿蜒至街角的购票队伍旁走过,来到学院后门的厨房入口处。

大学学院盛况空前。眼前的景象令人眼花缭乱,目不暇接。堆成巨大金字塔型的冰块上摆放着牡蛎;长桌上摆满种类繁多的蛋糕、饼干和水果馅饼;放满笛形香槟杯的托盘四处转悠,歪歪斜斜地保持平衡;飘在空中的小彩灯闪动着五颜六色的光彩。学院的每座方庭都在一夜之间搭建起舞台,各色竖琴师、乐师和钢琴师正在台上表演。传闻从意大利请来了一位歌剧演员,她正在大厅里演唱。每隔一段时间,罗宾都能依稀听见她的高音穿透喧嚣的人群飘来。杂技演员在草坪上辗转腾挪,在长长的丝质布匹上翻滚跳跃,用手腕和脚踝旋转银环。他们穿着勉强能看出异国风情的服饰。罗宾仔细端详他们的脸,想知道他们来自何处。而这正是最古怪的:他们的眼睛和嘴唇都化着夸张的东方式妆容,但透过妆饰细看,他们完全可能来自伦敦街头。

"英国圣公会的规矩到此为止,"拉米说,"这才是真正的酒神狂欢。"

罗宾问道:"你觉得他们还有牡蛎吗?"他以前从没吃过牡蛎。牡蛎会让洛弗尔教授胃痛,所以派珀太太从来不买牡蛎。黏滑的肉和闪亮的壳看起来恶心又诱人。"我就是想试试味。"

拉米说:"我去给你拿一个。顺便说一句,那些灯快要滑脱了,你应该——去吧。"

拉米消失在人群里。罗宾坐在梯子顶端,假装在勤勉工作。私下里,他对这份工作心怀感激。当同学们在周围翩翩起舞时,他穿着仆人的黑衣确实有些丢人,但这至少是一种相对温和又允许他融入这个狂欢之夜的方式。他喜欢安全地躲在角落里,有事可做;这样一来,舞会就没有那么强的压迫感了。而且,他真心喜欢研究巴别塔为舞会提供的精巧镌字银条。其中一款肯定是洛弗尔教授的设计,它将汉语四字短语"**百卉千葩**"与英语翻译 a hundred plants and thousand flowers(百草千花)凑成一对。这个汉语短语具有比喻事物丰富多彩、五光十色的内涵,这套镌字让玫瑰花更加红艳,让盛开的紫罗兰更大、更有生机。

"没有牡蛎了,"拉米说,"但我给你拿了几份什么松露,我不知道它们到底是什么做的,但大家都在抢。"他将一块松露巧克力举到梯子上,又将另一块丢进嘴里,"噢,呃,算了。别吃那玩意儿。"

罗宾把松露巧克力凑到眼前:"我很好奇这是什么?这些白色的糊糊是奶酪吗?"

拉米说:"我不敢想它还能是什么。"

罗宾说:"你知道,汉语里有一个字:鲜。它可以是'新鲜、美味'的意思。但也可以表示'贫乏、缺乏'的意思。"

拉米把他的松露巧克力吐在手帕里:"你想表达什么?"

"有时候稀有昂贵的东西反而更糟。"

"别和英国人说这话,那会摧毁他们的整个味觉系统。"拉米越过人群向远处望去,"噢,看看谁来了。"

莱蒂推开人群向他们走来，拉着跟在她身后的维克图瓦。

罗宾赶紧爬下梯子："你们——天哪。你们太不可思议了。"

他说的是真心话。维克图瓦和莱蒂都变得完全认不出来了。他太习惯于她们穿衬衫长裤的模样，有时甚至完全忘了她们是女人。今夜他再次想起，她们是另一个维度的造物。莱蒂身穿一件飘逸的浅蓝色长裙，与她的瞳色十分相配，袖管蓬松，似乎藏得下一整条羊腿，这好像是当年的流行，因为整个学院场地上随处可见色彩鲜艳、如波浪般翻涌的袖管。罗宾这才意识到，莱蒂其实很漂亮，只是自己以前从没留心过。在彩灯的柔光里，她突出的眉弓和棱角分明的下颌线看起来不再冰冷严峻，反而显得高贵优雅。

拉米问道："你是怎么把头发弄成那样的？"

富有弹性的浅色发卷衬托出莱蒂的脸，仿佛无视地心引力。"怎么，用卷发纸啊。"

拉米说："你是说巫术吧。这不符合自然规律。"

莱蒂嗤之以鼻。"你应该多见一些女人。"

"去哪里见，牛津的演讲厅？"

她大笑起来。

不过，真正面目一新的还要数维克图瓦。在深祖母绿色的衣料衬托下，她整个人都熠熠生辉。同样向外鼓起的衣袖在她身上就显得相当可爱，仿佛一圈守护着她的云朵。她的头发在头顶处编成优雅的发辫，用两枚珊瑚别针固定住。同款珊瑚珠串成的项链绕在她颈间，如星辰一般。维克图瓦美极了。她自己也知道。看到罗宾的表情，她脸上绽放出明艳的微笑。

莱蒂骄傲地端详维克图瓦："我干得很漂亮，不是吗？她一开始还不肯来呢。"

罗宾说："她看起来就像星光一样。"

维克图瓦脸红了。

"嘿，你们好。"科林·桑希尔大步向他们走来。他看上去醉得不轻，迷离的眼神已然没了焦点，"原来嚼舌人也屈尊光临了啊。"

"你好，科林。"罗宾谨慎地说。

"挺好的派对，不是吗？唱歌剧的那个女孩有点跑调，但也许只是场地的音响条件不好，这里实在不是合适的演出场地，得找一个更大的地方才能不破坏音效。"科林把酒杯伸到维克图瓦眼前，连看也没看她一眼，"把这个拿走，去给我拿杯勃艮第葡萄酒，好吗？"

维克图瓦震惊地对他眨了眨眼："你自己拿去。"

"怎么，你不就是干这个的吗？"

拉米喝道："她是学生。你以前见过她。"

"我见过吗？"科林着实醉得厉害。他连站都站不稳，平日里苍白的面颊也变成了深红色。酒杯在他指尖摇摇欲坠，罗宾真担心它会摔成碎片。"好吧。他们在我眼里都是一个样。"

维克图瓦耐心地说："服务生穿的是黑衣服，而且手里有托盘。不过我觉得你或许还是喝点水比较好。"罗宾对她的克制感到惊奇，他真想一把打翻科林手中的酒杯。

科林眯眼盯着维克图瓦，似乎更仔细地瞧瞧她。罗宾浑身紧绷，科林只是放声大笑，含混不清地说了句"她看着像个特里盖尔[1]"便走开了。

"混蛋。"拉米小声说。

维克图瓦焦虑地问："我看着像工作人员吗？'特里盖尔'是什么意思？"

"别管他，"罗宾立刻接口道，"别理科林，他是个白痴。"

---

[1] 加布里埃尔·希雷·特里盖尔是一位伦敦版画商人和臭名昭著的种族主义者。特里盖尔在 19 世纪 30 年代发行了一套名为"特里盖尔的黑人笑话"的讽刺漫画，嘲讽那些出现在特里盖尔认为不属于他们的场合的黑人。——原注

"你看起来超凡脱俗，"莱蒂向她保证，"各位，我们只要放松就好了——来吧。"她向拉米伸出手，"你的轮值已经结束了，对吗？来和我跳舞吧。"

他大笑起来："绝不。"

"来嘛。"她抓住他的双手，拉着他走向起舞的人群，"这首华尔兹不难，我教你舞步——"

"不，说真的，住手。"拉米挣开她的双手。

莱蒂交叉双臂放在身前："嗯，光坐在这里可没意思。"

"我们坐在这里，是因为其他人对我们的忍耐本来就很有限，我们只要动作幅度别太大，说话声音别太响，就还能混在背景里，至少可以假装工作人员。现实就是这样，莱蒂。在牛津大学的舞会上，一个棕色皮肤的男人是个新鲜有趣的玩意儿，前提是他不和别人打交道，也尽量不去冒犯任何人，可如果我和你跳舞，有些人会揍我的，甚至更糟。"

她气恼地说："别这么夸张。"

"我只是谨慎起见，亲爱的。"

就在这时，夏普兄弟中的一位恰好摇摇晃晃地走过来，向莱蒂伸出手。这个动作看起来相当粗鲁且敷衍，但莱蒂没说什么便牵起他的手离开了，走开时，她闷闷不乐地回头看了拉米一眼。

"这对她有好处，"拉米嘟囔道，"总算摆脱了。"

罗宾转向维克图瓦："你感觉还好吗？"

她看起来十分紧张："我不知道。我感觉——怎么说呢，感觉暴露在大庭广众之下。被拿来展览。我告诉过莱蒂，他们肯定会以为我是服务生——"

"别在意科林，"罗宾说，"他是个蠢货。"

她似乎并没有被说服："可他们不是都和科林一样吗？"

"嗨，你们好。"一个身穿紫色马甲的红发男孩冲到他们身边。那

第十四章　277

是文西·伍尔科姆，罗宾记得，他是潘登尼斯的朋友中最不招人厌的一个。罗宾准备和他打个招呼，但伍尔科姆眼里根本没有他，只盯着维克图瓦不放，"你是我们学院的，对吧？"

维克图瓦扭头看了看四周，这才意识到伍尔科姆是在和她说话："是的，我——"

"你就是维克图瓦？"他问道，"维克图瓦·德格拉夫？"

"是的，"她答道，身板略微挺直了一些，"你怎么知道我的名字？"

伍尔科姆说："嗯，这一年级就你们两个嘛。女翻译者，能进入巴别塔，你们肯定很有才华。我们当然知道你们的名字。"

维克图瓦微微张开嘴，但她什么也没说。她似乎无法确定伍尔科姆是不是打算拿她寻开心。

伍尔科姆微微颔首，鞠了一躬："我听人说你来自巴黎。巴黎女人是最美的。"[1]

维克图瓦吃了一惊，她微笑道："你的法语还不错。"[2]

看着他们交谈，罗宾感到有些意外。或许伍尔科姆真的没那么糟，或许他只有和潘登尼斯在一起时才像个蠢货。有那么一小会儿，罗宾也怀疑伍尔科姆是不是在拿维克图瓦取乐，但视线范围内没有他那群不怀好意的朋友，没有人憋着笑向这边偷偷张望。

伍尔科姆说："我常在马赛过暑假。我母亲有法国血统，她非要我学法语。你说，我的法语还算过得去吧？"

维克图瓦热心地说："你的元音发音稍微有点过了，但是其他都挺不错。"

值得称道的是，伍尔科姆没有为这番纠正而感到不悦："你这么说我很开心。你愿意和我跳舞吗？"

---

1 原文为法语。——译注
2 原文为法语。——译注

维克图瓦抬起手,但又犹豫起来。她看向罗宾和拉米,仿佛在征求他们的意见。

拉米说:"去吧,玩得开心。"

她牵起伍尔科姆的手,伍尔科姆拉起她,两人转着圈走远了。

这样一来,便只剩下罗宾和拉米。他们的轮值已经结束。十一点的钟声在几分钟前刚刚响起,两人都换上了礼服,那是他们在最后一刻去伊德和雷文斯克罗夫特裁缝铺买到的一模一样的黑色外衣。但他们依然在墙边的安全地带徘徊。罗宾本想敷衍一下,循例试着加入热闹的人群,但很快便惊慌失措地撤回原地。他隐约认识的每一个人都三五成群地站在一起相谈甚欢,当罗宾走近时,他们要么完全无视(这让他感到愚蠢而尴尬),要么向他打听在巴别塔学习的事,因为这显然是他们对他唯一的了解。只不过每当此时,他都会同时被来自四面八方的十几个问题围攻,所有问题都与中国、东方和刻银术有关。当逃回清净安宁的墙角时,他已经满心恐惧、筋疲力尽,彻底没了再次尝试的心情。

一向忠诚的拉米陪在他身边。两人在沉默中看着眼前的盛况。罗宾从经过的侍者手里抢过一杯波尔多红葡萄酒,飞快地一饮而尽,他本不该喝这么快,但他只想缓解对喧嚣和人群的恐惧。

终于,拉米开口问道:"嗯,你打算邀请什么人跳舞吗?"

罗宾说:"我不知道怎么做。"他观察着眼前的人群,但在他眼中,所有身穿鲜艳泡泡袖礼服的女孩都像是同一个人。

"不知道怎么跳舞?还是怎么邀请?"

"嗯,都不知道。但我显然不知道怎么邀请。你好像得事先认识她们才行,不然就不得体。"

拉米说:"嘻,你足够英俊,而且又是嚼舌人。我敢肯定她们中会有人答应的。"

波尔多红葡萄酒让罗宾头晕目眩,若非如此,他根本无法问出接下来的问题:"你为什么不愿意和莱蒂跳舞?"

"我不想惹麻烦。"

"不,说实话。"

拉米叹了口气:"拜托了,小燕子。你知道会是什么结果。"

罗宾说:"她想要你。"他刚刚才意识到这一点。此刻,当说出口时,他发现这件事竟是如此明显,明显到让他觉得,自己没有早些发现这一点简直太愚蠢了。"她非常非常想要你。所以你为什么——"

"你难道不知道为什么吗?"

他们四目相对。罗宾突然感到后颈一阵刺痒。两人之间的气氛突然紧张起来,就像闪电过后、雷鸣之前的瞬间一样充满张力。罗宾不知道发生了什么,也不知道接下来会发生什么。他只知道这种感觉极其陌生,而且令他万分恐慌,就像在狂风呼啸的悬崖上踉跄行走。

拉米猛站起身说:"那边有麻烦了。"

在方庭另一头,莱蒂和维克图瓦背靠墙根,被一群不怀好意的男孩围堵在中间,潘登尼斯和伍尔科姆也在其中。维克图瓦将双臂紧紧抱在胸前,莱蒂在说着什么,但语速太快,他们听不真切。

拉米说:"最好去看一眼。"

"没错。"罗宾跟在他身后穿过人群。

"这一点也不好玩。"莱蒂怒吼道。她气得满脸通红,像拳击手一样双手握拳举在半空,那对拳头在她说话时不停地颤抖,"我们不是歌舞女郎,你们不能这样——"

"可我们太好奇了,"潘登尼斯拖着醉醺醺的腔调说,"那里的颜色真的不一样吗?我们就想看看——你们穿这么低胸的衣服,很刺激想象力——"

潘登尼斯伸手去抓她的肩膀。莱蒂向后扬起手臂,给了他一记响亮的耳光。潘登尼斯向后退去,脸色大变,露出野兽般的狂怒。他向莱蒂迈出一步，在那一瞬间，他似乎真的要还手打人。莱蒂退缩了。

罗宾冲上去拦在他们中间，他对维克图瓦和莱蒂说："走。"她们赶紧跑到拉米身边。拉米牵起她们的手向后门走去。

潘登尼斯转向罗宾。

罗宾不知道接下来将发生什么。潘登尼斯比他高，也比他略重一些，似乎也更强壮，但潘登尼斯连站都站不稳，目光也没有焦点。就算他们打起来，那也将是一场笨拙的、毫无尊严的斗殴。没有人会真的受伤。罗宾甚至有可能将潘登尼斯摔倒在地，在后者回过神之前溜之大吉。但是学院对打架斗殴有着严格的规定。现场目击者众多，罗宾不愿去想自己该如何在纪律委员会面前同潘登尼斯对质。

罗宾喘着气说道："如果你想的话，我们可以打上一架。但你手里有一杯马德拉酒，你真的想在今天晚上染一身红吗？"

潘登尼斯低头看了看手里的酒杯，又抬头看向罗宾。

"中国佬，"他的声音十分难听，"你就是个衣着光鲜的死中国佬，你知道的吧，斯威夫特？"

罗宾攥紧拳头："所以你打算让一个死中国佬毁了你的舞会？"

潘登尼斯冷笑一声，但是危急时刻显然已经过去了。只要罗宾忍气吞声，只要他告诫自己潘登尼斯只是在用毫无意义的言语虚张声势，他就可以转过身去，跟在拉米、维克图瓦和莱蒂身后，毫发无损地走出学院。

出来之后，凉爽的夜风拂在通红发烫的面颊上，让他们放松下来。

罗宾问："出什么事了？他们刚才在说什么？"

维克图瓦说："没什么。"她浑身抖得厉害。罗宾脱下自己的外套披在她肩上。

莱蒂咬牙切齿地说："什么没什么！桑希尔那个混蛋，他突然开始探讨我们的——我们那里的——颜色，说是出于生物学的考虑。然后潘登尼斯就非要我们给他们看——"

"没事了,"维克图瓦说,"我们去走走吧。"

"我要杀了他,"罗宾咬牙切齿地说,"我现在就回去。我要去杀了他——"

维克图瓦拉住他的手臂:"求你别去。别让事情变得更糟了,求你了。"

拉米对莱蒂说:"这都是你的错。"

"我的错?怎么——"

"我们谁都不想来。维克图瓦告诉过你,这事最后不会有好结果。可你还是逼我们到这里来——"

"逼你们?"莱蒂刺耳地笑了一声,"你吃着松露巧克力,看起来挺享受的啊——"

"是的,直到潘登尼斯和他的喽啰想侮辱我们的维克图瓦——"

"他们也想对我动手来着,你知道的。"这是一句离奇的辩驳,罗宾不明白莱蒂为什么要这么说,但她说这话时非常激动,声音都提高了几个八度,"又不是因为她是——"

"别吵了!"维克图瓦喊道,泪水从她脸上滑落,"别吵了,这不是任何人的错,我们只是——我早该知道的。我们就不该来。"

莱蒂用极轻的声音说:"我很抱歉,维克图瓦。亲爱的,我没想……"

维克图瓦摇了摇头:"没关系。你没理由……算了。"她颤抖着深吸一口气,说:"我们赶紧离开这里好吗?拜托了。我想回家。"

拉米停下脚步:"回家?回家是什么意思?今晚是用来庆祝的。"

"你疯了吗?我要回去睡觉了。"维克图瓦拎起长裙,裙边已沾上了污泥,"我还要把这身衣服换了,我受够这对愚蠢的袖子了——"

"你,你不能回去。"拉米温柔地拉起她向高街走去,"你为了舞会精心打扮。那就理应享受一场舞会。所以,我们来办一场舞会吧。"

拉米的计划是去巴别塔的塔顶度过这个夜晚，只有他们四个，外加一篮糖果（如果你看起来像工作人员，进厨房偷东西就相当容易）和清朗夜空下的一台望远镜。[1]然而，当他们转过街角走到草坪时，却透过窗户看见塔楼一层灯火通明，人影幢幢。塔里有人。

"等等——"莱蒂刚开口，拉米已经轻巧地跳上台阶，推开了门。

会客大厅里张灯结彩，挤满了学生和研究员。罗宾在人群中认出了凯茜·奥内尔、维马尔·斯里尼瓦桑和伊尔丝·出岛。有些人在跳舞，有些人手握酒杯相谈甚欢，还有些人凑在从八楼拖下来的工作台边，专注地看一位研究员在银条上刻字。伴随"噗"的一声，整个房间里顿时洋溢着玫瑰的芬芳。所有人都欢呼起来。

这时终于有人注意到了他们。维马尔一面挥手示意他们进来，一面喊道："三年级学生！你们怎么耽误了这么久？"

拉米说："我们刚才在学院那边，不知道这里还有内部派对。"

"你应该邀请他们才对，"一个黑头发的德国女生说，罗宾记得她叫明娜，她边说话边跳着舞，脑袋猛烈地向左摆动着，"让他们去参加那场可怕的作秀，你们也太残忍了。"

维马尔说："只有见识过地狱的人才能好好欣赏天堂。《启示录》里说的，要么就是《马可福音》，或者就是类似的什么东西。"

明娜说："《圣经》里根本没这句话。"

维马尔漫不经心地说："好吧，我又没法知道。"

莱蒂说："你们太残忍了。"

维马尔扭头喊道："动作快点，给这女孩拿酒来。"

---

[1] 在18世纪中期，巴别塔的学者曾短暂沉迷于占星术，巴别塔在塔顶安装了数台当时最先进的望远镜供学者使用，他们认为从星座的名字中能够推导出有用的配对镌字。这些投入没有产生任何有价值的结果，因为占星术是伪科学，不过观星却是让人愉悦的活动。——原注

酒杯传了过来。很快，罗宾就愉快地喝醉了，脑袋晕乎乎，四肢轻飘飘。和维克图瓦跳华尔兹让他有些喘不过气，于是他靠在书架上，沉浸在这无与伦比的美妙氛围里。此时维马尔站在桌子上，正和明娜跳着劲头十足的吉格舞。在另一头的桌子上，当年以最优秀成绩获得奖学金的马修·杭斯洛正在银条上雕琢一套配对镌字，让粉色和紫色的光球在房间里四处飘荡。

"Ibasho。"伊尔丝·出岛说。

罗宾转过身来看着她。伊尔丝从没对他开过口，他不知道现在是不是在对自己说话，但周围没有别人。"你说什么？"

她摇晃着身体重复道："Ibasho。"她扬起双臂，罗宾看不出她是在跳舞还是在指挥音乐。说起音乐，他完全听不出音乐来自何处。她说："这个词很难准确翻译成英语，它的意思是'所在的地方'。一个让人感觉像家一样舒服自在的地方。"

她在空气中写出这个日语词所对应的变体汉字：居場所。他明白这个词在汉语中所对应的意思：住所，居所，一个地方。

在接下来的几个月里，每每回想起这一夜，他能清晰记得的只有零星的片段。三杯波特酒下肚后，一切都是一片令人愉快的朦胧。他隐约记得自己爬到拼在一起的桌面上，伴随狂野的凯尔特音乐跳起舞来。接着，他又参加了某种语言游戏，他所做的主要是大喊大叫和快速押韵，笑得肋骨生疼。他记得拉米陪维克图瓦坐在角落里，傻里傻气地模仿教授们的样子，直到她破涕为笑，擦干眼泪，两人都笑得满眼泪花。拉米学着克拉夫特教授严肃而单调的口气："我鄙视女人。她们朝三暮四，容易走神，整体而言，不适合参与学术生活所必需的刻苦学习。"

罗宾记得，在欣赏眼前的狂欢时，脑海中不由自主地浮现出英语词句，它们出自某些歌曲和诗歌，他不太确定它们的含义，但在当时看起来、听起来都恰如其分。或许这正是诗歌的真谛所在：通过声音表达的含义？通过拼写表达的含义？他不记得是仅仅在头脑中思考这个问题还是大声询问了遇见的每一个人，但他发现一个问题始终萦绕在心中："什么是脚尖奇妙？[1]"

他还记得夜深之后，自己陪莱蒂坐在台阶上，莱蒂伏在他肩头失声痛哭。她抽抽噎噎、反反复复地说："我只希望他眼里有我，他为什么对我视而不见？"而罗宾可以想到无数个理由。因为拉米是生活在英国的棕色人种，而莱蒂是海军上将的女儿；因为拉米不想在街头被开枪打死；或者因为拉米根本不像对方爱他那样爱着莱蒂，是莱蒂完全会错了意，将他一视同仁的善良和夸张卖弄的热情误当作对自己的特别关注，因为莱蒂正是那种习惯于得到、也总是期待得到特别关注的女孩。但是罗宾很清楚，不能对莱蒂实话实说。在那样的时刻，莱蒂想要的不是诚恳的建议，而是安慰和友爱，即使得不到她渴求的关注，能得到一些相似的关心也好。于是，他任凭莱蒂靠在身上抽泣，任凭她的眼泪浸透他胸口的衬衫，他的手掌打着圈按摩莱蒂的后背，心不在焉地低声说着连自己也不懂的话：拉米是不是白痴？她怎么可能不惹人爱呢？她是那么美、那么美，她让美神阿芙洛狄忒本尊都心生嫉妒。他一本正经地说道：说实话，莱蒂真该庆幸自己没被美神变成一只蜉蝣。这话让莱蒂咯咯一笑，不再哭得那么伤心。很好，这意味着他完成了任务。

在说话的时候，他有种怪异的感觉，好像自己在慢慢消失，慢慢融入一幅画作的背景里，而这幅画所描绘的故事想必和历史一样古老。或许是酒精的作用，他的意识仿佛游离在身体之外，远远看着她的抽泣和他的呢喃融为一体，飘在空中，最后在冰冷的彩色玻璃窗上凝结成霜，这感觉使他心醉神迷。

---

[1] 出自弥尔顿《欢乐颂》：来吧，请以你的脚尖 / 奇妙地舞蹈，轻灵地向前（Come and trip it as ye go / On the light fantastick toe）。——原注
此处罗宾在醉酒状态下断错了句。——译注

派对散场时,他们都醉得厉害,唯独拉米除外,但他也因疲惫和欢笑而沉醉。在醉意的驱使下,去圣贾尔斯后面的墓园游荡、向北绕远路送女孩们回家看上去是个好主意。拉米轻声念了一段祷词,随后他们便踏进了墓园的大门。一开始,他们跌跌撞撞、嘻嘻哈哈地在墓碑之间一起向前走,觉得这是场刺激的冒险。然而,气氛很快发生了变化。街灯的暖意退去,墓碑被拉长的阴影悄然挪移,仿佛某种隐匿的存在不希望他们出现在此地。刹那间,罗宾感到一阵凉透骨髓的恐惧。在墓园里散步并不违法,但在他们这种状态下闯入这片土地似乎是极其严重的冒犯。

拉米也有同感:"咱们快走吧。"

罗宾点了点头。他们加快了在墓碑间穿梭的脚步。拉米嘟囔道:"在晚祷之后不该来这种地方。真该听我母亲的话——"

维克图瓦说:"等一下。莱蒂还在——莱蒂?"

他们转过身,莱蒂落在距离他们好几排墓碑的身后,正站在一块墓碑前。

她瞪大眼睛指着墓碑:"看,是她。"

拉米问:"哪个她?"

但莱蒂只是怔怔地站在那里。

他们两步并作一步赶到她身边,看向那块饱经风霜的墓碑。碑上刻着:

爱女、学者伊夫琳·布鲁克。1813—1834。

罗宾说:"伊夫琳,是那个——"

"埃薇,"莱蒂说,"用那张课桌的女孩。给镌字簿贡献了那么多镌字的女孩。她死了。已经这么久了。她去世有五年了。"

深夜的空气突然像冰一样刺骨。波特酒残存的暖意和笑声一起蒸发得无影无踪。此时他们清醒、寒冷,而且非常害怕。维克图瓦裹紧披肩："你们觉得她出什么事了？"

"很可能是平常的意外，"拉米鼓起勇气，试图驱散阴森，"她可能病了，可能出了意外，也可能是劳累过度。也许去溜冰的时候没戴围巾，也许过度沉迷研究而忘了按时吃饭。"

但罗宾疑心伊夫琳·布鲁克的死不只是平常的意外或疾病发作。安东尼的消失在学院里几乎没留下任何痕迹。普莱费尔教授现在好像已经忘了他的存在；自从宣布安东尼的死讯之后，教授再也没提起过这个人。然而，教授将埃薇用过的课桌原封不动地保留了五年，而且看起来今后还会继续保留下去。

伊夫琳·布鲁克曾经是个特别的人，在她身上发生过极其可怕的事。

过了一会儿，维克图瓦小声说："我们还是回家吧。"

他们一定在墓园待了很久。黑暗的天空渐渐透出浅色的光，寒气开始凝为晨露。舞会结束了。这学期的最后一个夜晚结束了，随即开始的是无尽的夏天。他们一言不发，手拉手走回家中。

第十五章

白天蒙上一层更加柔和的光，而苹果终于真正长成并懒懒地在树上成熟，

那才是最丰满而安静的最欢快的日子！

——沃尔特·惠特曼，《冬至前后的日子》[1]

第二天早晨，罗宾在信箱里收到了考试成绩。（翻译理论和拉丁语成绩良好，词源学、汉语和梵语成绩优秀。）一同寄来的还有印在柔滑厚纸上的通知：

> 皇家翻译学院本科教务委员会很高兴通知您，诚邀您在下一学年继续以本科学生的身份在本学院学习。

只有将成绩单拿在手里，罗宾才觉得这一切是真实的。他通过了考试，他们都通过了考试。至少在接下来的一年里，他们还有一个家。他们有地方住，衣食无忧，有稳定的津贴，还可以接触到牛津大学所有的学术资源，也不会被勒令离开巴别塔。他们又可以轻松呼吸了。

六月的牛津天气闷热，阳光灿烂，景色优美。他们没有迫在眉睫的暑假作业，若是乐意，还可以继续钻研各自手头的项目，不过，从圣三一学期结束到下个米迦勒学期开始之间的几周通常是心照不宣的嘉

---

[1] 引自《草叶集》，[美]沃尔特·惠特曼著，赵萝蕤译，江苏凤凰文艺出版社，2020年。——译注

奖，是四年级来临前他们应得的短暂喘息。

这是他们生命中最幸福的日子。他们带着成熟饱满的葡萄、新鲜的小圆面包和卡芒贝尔奶酪去南公园的小山上野餐。他们划着平底船在查韦尔河上漫游。罗宾和拉米划船的水平还算可以，但女孩们似乎无法掌握让小船笔直向前的诀窍，总是歪歪扭扭地向岸边驶去。他们步行七英里去伍德斯托克游览布莱尼姆宫，却没有进去参观，因为门票实在太过昂贵。一个来自伦敦的巡回剧团在谢尔登剧院表演了几段莎士比亚的戏剧选段。不可否认的是，他们演得很差劲，大学生们不讲礼数的起哄更让演出现场一团糟，不过演出质量并不是重点。

六月底，维多利亚女王的加冕成了街头巷尾唯一的话题。在加冕仪式的前一天，还在校园里的学生和学者纷纷乘公共马车前往迪德科特镇，从那里乘火车前往伦敦。留在牛津的人们则观赏了一场缤纷炫目的灯光秀。传闻说，牛津将为城里的穷人和无家可归之人准备一场丰盛的晚餐，但城镇当局却指出，烤牛肉和干果布丁之类的美味会让穷人兴奋过度，那就无法好好欣赏城里的彩灯装饰了。[1] 于是那一夜穷人都饿着肚子，不过至少灯光秀还是很美的。罗宾、拉米和维克图瓦同莱蒂一起在高街上闲逛，手握装满冷苹果酒的马克杯，试图唤起在其他所有人身上都溢于言表的爱国情怀。

夏日将近尾声时，他们去伦敦玩了一周。伦敦的生机勃勃和丰富多彩令他们如痴如醉，那是时光停滞几百年的牛津无比缺乏的氛围。他们去德鲁里巷看了一场杂技，演出本身乏善可陈，但在整整三个小时的时间里，演员们艳丽花哨的装扮和饰演纯真少女时微微走调的歌喉令他们十分入迷。他们在新卡特街的小摊边闲逛，欣赏饱满的草莓、铜制的小装饰品和据说来自异域的小包装茶叶。他们给跳舞的猴子和拉手风琴

---

[1] 在那个时代，牛津当局同伦敦当局一样，似乎都将穷人视为类似于幼儿或动物的群体，而不是有智慧的成年人。——原注

的街头艺人抛下几便士的硬币，忙不迭地躲避招揽顾客的烟花女子，饶有兴趣地考察兜售伪造银条的街头小摊。[1] 他们在一家"正宗印度风味"的咖喱屋吃晚餐，拉米对这家餐厅很失望，其他人却都吃得十分满足。他们在道蒂街上一座拥挤的联排别墅里过夜。罗宾和拉米裹着大衣躺在地板上，女孩们挤在唯一一张窄床上，他们嘻嘻哈哈，窃窃私语，一直聊到凌晨。

第二天，他们在城里徒步漫游，最后走到了伦敦港。他们来到码头，惊奇地望着那些巨型舰船、气派的白色风帆和繁杂交错的桅杆和索具。他们试着辨认启程航船的旗帜和公司标识，猜测它们从哪里来，又要驶向何方。希腊？加拿大？瑞典？葡萄牙？

莱蒂说："一年以后，我们也会登上其中一艘船。你们觉得它会开往哪里？"

巴别塔的每届毕业生都会在四年级考试结束后踏上一场规模盛大、报酬丰厚的海外旅行。这些旅行通常与巴别塔的业务相关——巴别塔的毕业生曾在尼古拉一世的宫廷担任现场口译员，在美索不达米亚的废墟中搜寻楔形文字泥板，还有一次险些在巴黎意外引起一场外交事故。但这些旅行最主要的目的是让毕业生有机会看一看外面的世界，沉浸在学生时代无缘接触的外语环境之中。只有在一种语言环境中生活过才能真正理解这种语言，而牛津大学恰恰是现实生活的反面。

拉米确信他们这个班将被派往中国或印度："那里正在发生的事情实在太多了。东印度公司在广州失去了垄断地位，也就是说，他们要在

---

[1] 与所有贵重物品一样，银条也有一个巨大的假冒伪劣产品地下市场。在新卡特街，人们可以买到"驱赶老鼠"、"治疗常见病痛"和"吸引年轻富家绅士"的咒语。其中大部分假冒伪劣银条都缺乏对刻银术的基本了解，所镌刻的复杂符咒往往只是拙劣模仿东方语言的伪造文字。不过偶尔也有对民间词源学的深刻应用。为了这一缘故，普莱费尔教授每年都要对走私银条的配对镌字进行考察，然而，这项考察的用途始终高度保密。——原注

商业活动的方方面面重整旗鼓，这就要用到翻译者。要是能去加尔各答，我宁愿丢掉左胳膊。你们一定会爱上那里。一定要去我家住一阵子，我给家人写信说了关于你们的一切，他们甚至知道莱蒂不喜欢太烫的茶。或许我们会去广州，那一定很棒不是吗，小燕子？你上次回家是什么时候？"

罗宾不确定自己是否想回到广州。他曾经考虑过那么几次，但这种想法没有让他感到一丝激动或兴奋，只有不明就里的恐惧和隐约的负罪感。那里没有任何人在期待他，没有朋友，没有家人，那只是一座他有些许模糊印象的城市。相反，他害怕的是，如果自己真的回到故乡，重新踏上已被遗忘的童年世界，他会有什么反应？如果回去之后再也不忍离开，他该怎么办？

更可怕的是，如果他心中毫无波澜，又该怎么办？

他说："我们更有可能被派去毛里求斯之类的地方，好让女孩们的法语派上用场。"

莱蒂问维克图瓦："你觉得毛里求斯的克里奥尔语和海地的克里奥尔语差不多吗？"

维克图瓦说："我觉得它们互不相通。当然，这两种语言都以法语为基础，但海地的克里奥尔语吸收了丰语的语法规则，而毛里求斯的克里奥尔语……嗯，我不知道。这种语言没有语法汇编，所以没有参考。"

莱蒂说："也许你可以写一本。"

维克图瓦对她微微一笑："也许吧。"

维克图瓦和莱蒂又成了好朋友，这是那年夏天最使人欣慰的进展。事实上，知道大家都通过了考试之后，他们在第三学年经历的陌生而难以定义的可怕感觉便随之烟消云散。莱蒂再也不让罗宾觉得精神备受折磨，拉米也不再一开口就让莱蒂火冒三丈。

平心而论，他们之间的争端与其说是解决了，不如说是暂时搁置下来。他们没有真正正视彼此失和的原因，只愿将其归咎于压力。终有一天，他们将不得不面对彼此间切实存在的巨大差异，到那时，他们将坐下来探讨这些问题，再也不能转移话题。但在此时此刻，他们心满意足地享受着夏天，重温彼此相爱的感觉。

因为这确实是最后的黄金岁月。他们都清楚这个夏天不会永远持续下去，这段时光之所以如此欢愉，是以无数个令人精疲力竭的深夜为代价。他们都清楚这一点，这反而让那个夏天更显得珍贵。很快就要迎来第四学年，然后是毕业考试，然后是工作。谁也不知道之后的生活将是什么样子，但他们显然不可能永远都是同班同学。当然，他们最后都不得不离开这座梦幻尖塔林立的城市，都不得不走上各自的工作岗位，偿还巴别塔赠予的一切。未来虽然令人惶恐，但也面目模糊，在此时此刻很容易忽略。与当下的光辉相比，未来显得无比暗淡。

1838 年 1 月，发明家塞缪尔·莫尔斯在新泽西的莫里斯敦展示了一台设备，它能利用电脉冲将一组由点和短横线编码的信息进行远距离传输。美国国会对这台设备持怀疑态度，拒绝为莫尔斯提供修建连通华盛顿国会大厦和其他城市的线路的资金，这条线路拖延到五年之后才建成。然而，皇家翻译学院的学者们一听说莫尔斯的设备研制成功，便奔赴大洋彼岸对莫尔斯百般劝说，邀请他来牛津大学进行为期数月的访问。让刻银部啧啧称奇的是，这台设备不需要配对镌字，完全靠电力运转。在 1839 年 7 月，巴别塔掌握了全英国第一条投入使用的电报线路，将巴别塔与位于伦敦的英国外交部连通起来。[1]

---

[1] 巴别塔和莫尔斯的这一举动让威廉·库克和查尔斯·惠特斯通这两位发明家大为不安，他们两人在两年前刚刚为大西部铁路公司安装了他们自己的电报机。不过，库克和惠特斯通的电报机原理是利用移动的指针在预先准备好的底板上指向不同的符号，其沟通范围与莫尔斯更加简便的长短码式电报机完全无法同日而语。——原注

莫尔斯最初的代码只传输数字，收信人可以在手册里查询数字所对应的词语。对于只涉及有限词汇的对话，比如火车信号、天气预报和某些军事通信，这种做法没有大碍。但在莫尔斯来到牛津后不久，德弗雷瑟教授和普莱费尔教授很快开发出了一套能够交流任何信息的字母表代码。[1] 此举将电报的用途拓展到了商业、个人以及更广泛的领域。巴别塔拥有在牛津与伦敦之间实现即时通信的手段，这一消息不胫而走。很快，会客大厅里挤满了顾客（大多是商人和政府官员，偶尔也有神职人员），他们在巴别塔外排起长队，人人手里都攥着要寄出的消息。被喧闹声激怒的洛弗尔教授甚至想对人群动用防卫结界，但更加平静、更有经济头脑的教员们占了上风。普莱费尔教授看出这台设备巨大的盈利潜力，便下令将从前用来存放杂物的会客大厅西北侧翼改装成了电报室。

接下来要解决的难题是为电报室配备操作员。学生显然是免费劳动力的来源，于是，每一位巴别塔本科生和研究员都被要求学习莫尔斯电码。这只花了他们几天时间，因为莫尔斯电码是难得能与其他语言实现一对一完美关联的语言，只要"其他语言"是英语。九月流逝，十月来临，当那一年的米迦勒学期开始时，校园里的所有学生都被分派了任务，每周至少要在电报室值班三小时。因此，每当周日晚上九点的钟声敲响时，罗宾便拖着疲惫的脚步来到会客大厅里那间小小的电报室，捧着课堂上的阅读材料坐在电报机旁边，等待指针嗡嗡作响。

深夜值班的好处是，巴别塔在这几个小时里几乎不会收到电报，因为伦敦办公室的人早就下班了。罗宾只需要在九点到十二点保持清醒，以防有紧急信函抵达。除此之外，他可以随意做自己想做的事。他通常用这三小时来读书，或者修改第二天早上要交的作业。

他偶尔会向窗外瞥一眼，眺望方庭的另一头，放松一下因光线昏暗

---

[1] 出于不可思议的学术慷慨，两位教授同意将这套改进后的系统依旧命名为"莫尔斯电码"。——原注

而疲乏的眼睛。草坪上常是空无一人。白日里无比繁忙的高街在夜深人静时显得十分诡异。太阳落山后，暗淡的街灯和室内的蜡烛成为为数不多的光源，此时的牛津看起来仿佛是另一个平行世界里的牛津，一个属于精灵仙国的牛津。尤其在无云的夜晚，牛津完全是另一幅面貌，街道清净无人，砖石寂静无声，尖塔和角楼中暗藏谜语和奇遇，暗藏着一个可能让人永远迷失其中的抽象世界。

在一个这样的夜晚，罗宾从他正在翻译的司马迁的《史记》中抬头向外眺望，他看见两个身穿黑衣的人影正大步向塔楼走来，心猛然往下一沉。

当黑衣人走到正门前的台阶时，塔楼里的光线映照在他们脸上。罗宾这才看清，那是拉米和维克图瓦。

罗宾僵在座位上，不知该如何是好。他们是来替赫耳墨斯社办事的。一定是的。除此之外没有什么能解释他们这身打扮和躲躲闪闪的目光，也无法解释他们为何在深夜造访塔楼。罗宾知道他们没有理由出现在这里，因为在几个小时之前自己才看见他们坐在拉米房间的地板上完成克拉夫特教授的研讨作业。

是格里芬招募了他们？一定是这样，罗宾自怨自艾地想。他放弃了罗宾，所以就去找他的同学了。

罗宾当然不会告发他们，连想都不会想。但他应该帮助他们吗？不，也许不要。塔楼里并非空无一人，八楼还有人在做研究，如果惊动了拉米和维克图瓦，没准会引起不必要的注意。这样看来，唯一的选择就是什么都不做。只要他假装没留心，只要他们成功拿到想要的东西，那他们在巴别塔不堪一击的平衡就不会受到影响。那样的话，他们就可以继续维持罗宾这几年来赖以维生的、佯装一无所知的脆弱假象。毕竟，现实实在太容易捏造——事实可以被遗忘；真相可以被查禁。生活就像一面扭曲的棱镜，人可以只看其中一面，只要打定主意不凑近细看。

拉米和维克图瓦溜进大门，跑上楼梯。罗宾紧紧盯住他的翻译文本，努力不去侧耳细听外面的动静，不去猜测他们可能在做什么。十分钟后，罗宾听见下楼的脚步声。他们完成了此行的目的，很快就会跑出门去。到那时，这事就算过去了，一切将恢复宁静，罗宾也就可以将这件事深藏心底，与所有他不愿细想的不悦真相埋在一起。

一声非人的惨叫响彻塔楼。他听见巨大的碰撞声，接着是一阵咒骂。他一跃而起，冲出了会客大厅。

拉米和维克图瓦在正门外被困住了，他们被一张闪闪发亮的银丝网紧紧缠住，这张网在他眼前不断扩大，每一秒钟都生出新的网绳缠住他们的手腕、腰身、脚踝和喉咙。他们脚边散落着几样东西：六根银条、两本旧书和一套刻字笔。巴别塔的学者经常在一天结束后带回家的东西。

看来，普莱费尔教授成功更换了结界。他取得的成果比罗宾之前担忧的还要可怕。经过改良的结界不仅能觉察到通过大门的是什么人、什么东西，还能探测出他们的意图是否合法合规。

"小燕子，"拉米喘着粗气唤道，银丝网紧紧缠在他颈间，他的眼珠都突了出来，"帮帮忙——"

"别动。"罗宾用力撕扯网绳。它们很黏，但是十分柔韧，可以扯断；靠一己之力完全无计可施，但在旁人的帮助下却可以脱身。他先扯开拉米脖子和双手上的网绳，然后两人合力将维克图瓦从网中拉出来。不过在此过程中，罗宾的双腿却被缠了进去。看来，这张网只有抓住什么东西才肯放手。但它不再像刚才那样凶狠地抽动。不管触发警报的配对镌字是什么，此刻似乎都已经平静下来。拉米将脚踝从网里挣脱出来，向后退了一步。在那一瞬间，他们在月光下面面相觑，满脸困惑。

终于，维克图瓦问道："你也是？"

罗宾说："看样子是的。是格里芬派你们来的？"

维克图瓦一脸茫然："格里芬？不，是安东尼——"

"安东尼·瑞本?"

拉米说:"当然。还能有谁?"

"可他死了啊——"

维克图瓦打断他们:"这事以后再说。听,是警笛——"

拉米说:"该死。罗宾,靠过来——"

罗宾说:"没时间了。"他的腿动弹不得。网绳不再越变越多,或许是因为罗宾并不是窃贼,但这张网现在无比致密,盖住了整个正门入口。罗宾害怕如果拉米再靠近一点,他们两个人都会被困住。"别管我了。"

两人同时抗议起来。但他摇了摇头:"只能是我。我不是同谋,我根本不知道发生了什么——"

拉米质问道:"这还不明显吗?我们——"

罗宾低声喝道:"这不明显,所以别告诉我。"刺耳的警笛声没完没了,警察很快就要赶到草坪了。"什么都别说。我什么都不知道,等他们问我的时候我就这么说。赶紧走吧,求你们了,我能想出办法的。"

维克图瓦说:"你确定——"

"快走。"罗宾坚持道。

拉米张开嘴又闭上,随即弯腰捡起偷出来的物资。维克图瓦也跟着照做。他们留下了两根银条。很聪明,罗宾心想,这样可以证明罗宾是独自一人,没有同伙带着所有东西逃走。接着,他们冲下台阶,穿过草坪跑进了小巷。

"谁在那里?"有人高声喊道。罗宾看见方庭另一头亮起一道道灯光。他努力扭过头望着宽街的方向,想找找朋友们的踪影,但他什么也没看见。他们逃脱了,罗宾成功了,警察都是往塔楼来的。只为他而来。

他颤抖着吸了口气,随即转身面向亮光。

愤怒的叫嚷响起,明亮的灯光照在他脸上,有力的手抓住他的双臂。

罗宾几乎没反应过来接下来的几分钟里发生了什么。他只知道自己含糊不清、语无伦次地说了几句胡话，警察在他耳边吼出各种命令和问题，现场一片嘈杂。他试图拼凑出一个借口，说他看见窃贼被网缠住，上前阻止他们时被推进网中。但这话一出口就显得前言不搭后语，警察只是哈哈大笑。终于，他们把罗宾从网中拉出来带回塔楼，来到会客大厅里一个没有窗户的小房间，屋里除了一把椅子以外什么也没有。门上有一个与眼睛平齐的小格栅，上面盖着可以滑动的挡板。这里更像牢房而不是阅览室。他很想知道，自己会不会不是第一个被关押在这里的赫耳墨斯社成员。他也很想知道，墙角淡淡的棕色污渍会不会是干涸的血迹。

领头的警察将罗宾双手铐在背后："你就待在这儿吧。等教授来了再说。"

他们锁上门离开了。他们没有说是哪位教授，也没说他们什么时候回来。一无所知是一种酷刑。罗宾坐在那里等着，膝盖抖个不停，令人作呕的肾上腺素一阵阵上涌，双臂也随之痛苦地颤抖。

他完了。毫无疑问，到这里就没有回头路可走了。巴别塔极少开除学生，因为它在苦苦搜寻的人才身上投入了太多，从前巴别塔的学生几乎犯下任何罪行都能得到赦免（谋杀除外）。[1] 但是盗窃和背叛肯定足以成为开除学生的理由。然后呢？被关进牛津的牢房？被关进新门监狱？他们会吊死他吗？还是直接将他扔上船把他遣返，送回到那个他无亲无故、毫无前途的地方？

他脑海中浮现起一个画面，一个他锁在心中将近十年的画面：闷热、不透气的房间，病人的气味，他的母亲僵硬地躺在身边，憔悴的面颊在他眼前慢慢发青。最近这十年——汉普斯特德、牛津、巴别塔——都是一个奇迹般的魔咒，但现在他破坏了规则，打破了魔咒。魔力很快

---

[1] 巴别塔的学生在过去犯下罪行却得以脱身的情形包括：在公共场所酗酒，打架斗殴，斗鸡，以及在宴会厅背诵拉丁语餐前祷文时故意加入粗俗不堪的内容。——原注

就将消散，他将重新回到穷人、病人、垂死之人和死人之中。

随着吱呀一声，门开了。

"罗宾。"

是洛弗尔教授。罗宾想从教授眼中看出一丝情绪——善意，失望或者愤怒——任何能让他预料到接下来的事的情绪。但他父亲的表情与以往任何时候一样，只是一张空白的、不可捉摸的面具。"早上好。"

* * *

"坐吧。"洛弗尔教授做的第一件事是打开罗宾的手铐。接着，他带罗宾来到位于七楼的办公室。现在，他们面对面坐下，就像在每周一次的课堂上一样随意。

"警察最先联系上我，这是你的运气。想想看，假如他们联系的是杰尔姆，你现在恐怕已经断了一条腿。"洛弗尔教授身体前倾，交握的双手放在书桌上，"你替赫耳墨斯社偷东西有多长时间了？"

罗宾脸色煞白。他没想到洛弗尔教授竟如此直接。这是个极其危险的问题。洛弗尔教授显然知道赫耳墨斯社的存在，但他知道多少？罗宾可以说多少谎？或许教授是在虚张声势。或许，如果罗宾措辞得当的话，他还可以想办法为自己开脱。

"说实话，"洛弗尔教授的声音强硬而单调，"现在只有实话能救你。"

"三个月。"罗宾细声细气地说。三个月听上去没有三年那么严重，但也长到足以令人信服，"从——从今年夏天才开始。"

"我明白了。"洛弗尔教授的声音里没有怒气。这种平静让人捉摸不透，而这十分恐怖。罗宾宁愿他大吼大叫。

"先生，我——"

"安静。"洛弗尔教授说。

罗宾闭紧嘴巴。这不重要。他本来也不知该说什么。他无法靠辩解摆脱眼下的困境，他不可能脱罪了，只能直面证明自己背叛的确凿证据，等待发落。但只要他能让拉米和维克图瓦全身而退，只要他能让洛弗尔教授相信只有他一人参与，那就足够了。

许久之后，洛弗尔教授才说："想不到，你竟然这样可恶，这样忘恩负义。"

他后仰身子，摇了摇头。"你永远都想象不到我为你做了多少事。你本来是个广州码头上的小男孩，你母亲没人要，就算你父亲是中国人，"说这话时，洛弗尔教授喉头一紧，罗宾知道，这就是他对罗宾的身份最大的承认，"你的地位也不会有任何改观。你本来一辈子都要过沿街乞讨的日子。你本来根本不可能见到英国的海岸。你本来永远不会读到贺拉斯、荷马和修昔底德的作品，说起这个，你本来永远都不可能翻开书本。你本该在肮脏和无知中度过一生再死去，永远想象不到我为你提供的这个充满机遇的世界。我把你从穷困潦倒的环境中捞出来。我送给了你一整个世界。"

"先生，我没有——"

"你怎么敢呢。你怎么敢这样糟践你得到的一切？"

"先生——"

"你知道这所大学给了你多少特权吗？"洛弗尔教授的音量没有变化，但音节渐渐拉长，起先拖着长音，随后恶狠狠地吐出最后一个音节，每句话的结尾都咬牙切齿，"你知道大多数家庭要花多少钱才能把儿子送进牛津吗？你一分钱不花就能享受免费住宿。你有福气领取每个月的津贴。你可以接触到全世界规模最大的知识宝库。你觉得你的处境很平常吗？"

上百句辩驳涌进罗宾的脑海。他没有请求牛津给予这些特权；他没有主动选择与广州彻底分离；这所大学的慷慨馈赠不应该要求他矢志不渝地效忠于英国王权和它的殖民计划，既然它这样做了，那也是一种特殊形式的奴役，从未征求过他的同意；这样的命运并非他本人所愿，而是强加在他头上的，是别人替他决定好的。他不知道自己原本会选择什么样的人生：是这样的，还是在广州、在面貌和语言都与他相似的人群中长大。

可是说这些还有什么意义？洛弗尔教授几乎没有同情心。罗宾有罪，这是唯一重要的事。

"你觉得很有意思是吗？"洛弗尔教授噘起嘴唇，"做这种事让你觉得很刺激？噢，一定是这样。我猜你把自己当成了你那些小故事里的英雄，就像迪克·特平，是吗？你总是迷恋那些廉价的地摊故事。白天是疲惫的学生，夜里是精神抖擞的窃贼？你觉得很浪漫，是吗，罗宾·斯威夫特？"

"不。"罗宾挺直肩膀，努力让自己至少听起来不那么可怜和害怕。就算接受惩罚，他也要坚守自己的原则。"不，我是在做正确的事。"

"噢？所以什么是正确的事？"

"我知道你不在乎。但是我做了，而且我不后悔，您随便怎么做都可以——"

"不，罗宾。告诉我你是为了什么在奋斗。"洛弗尔教授向后靠了靠，指尖相碰，点了点头。仿佛这是一场考试。仿佛他真的在倾听。"来吧，说服我。努力拉我入伙。尽你最大的努力。"

罗宾说："巴别塔囤积资源的方式是不公平的。"

"噢！不公平！"

"这是不对的，"罗宾愤怒地说下去，"而且自私。我们所有的银条都用在奢侈品和军事上，用来制造蕾丝织物和武器，可是很多人却因为这些银条可以轻松解决的小事而死。你们从其他国家招募学生来为你们的翻译中心工作，可他们的祖国却什么都得不到，这是不对的。"

罗宾对这些观点了如指掌。他像鹦鹉一样重复格里芬告诉他的、而他也深以为然的真相。然而，在如磐石一般冷硬而沉默的洛弗尔教授面前，这一切都显得如此愚蠢。罗宾的声音虚弱而尖细，没有丝毫自信。

洛弗尔教授接过他的话头说道："如果你真的对巴别塔积累财富的方式如此厌恶，又为什么一直心安理得地接受它的财富？"

罗宾浑身一紧。"我没有——我没有要求——"但他一开口就语无伦次。他的面颊滚烫，声音渐渐弱了下去。

"罗宾，你喝着香槟，拿着津贴，住在喜鹊巷家具齐全的房子里，穿着长袍和定做的衣服招摇过市，这一切都是学校在买单。可你又说这些钱都是鲜血换来的。你不觉得亏心吗？"

而这正是一切的核心，不是吗？理论上，罗宾始终只愿为他半信半疑的革命放弃一部分东西。他不介意反抗，只要反抗不伤害到自己。矛盾也没关系，只要他别多想，别太仔细审视这种矛盾。但当这些想法用直白的语言和盘托出时，无可辩驳的事实是，罗宾远远不是一个革命者，他其实没有任何信念。

洛弗尔教授又噘起嘴唇："现在对帝国不那么反感了，是吗？"

"这不公正，"罗宾重复道，"这不公平——"

"公平，"洛弗尔教授模仿着他的口气，"假设你发明了纺车，那你就突然有义务同所有还在手工纺纱的人共享收益了吗？"

"可那不一样——"

"那我们就有义务将银条分发到世界各地，分给那些明明有机会建立自己的翻译中心的落后国家吗？学习外语并不需要大量投资。如果其他国家没有充分利用它们拥有的一切，那为什么一定是英国的问题呢？"

罗宾张嘴想反驳，却无话可说。为什么找到合适的字眼这么难？教授的论断是有问题的，但是这一次，他依然想不出问题究竟在哪里。自由贸易、开放边界、平等获取同样的知识，这些在理论上听起来都很合理。但是，如果竞争环境真的如此公平，那为什么所有收益都流向英国?难道英国人真的更聪明、更勤劳吗?难道他们只是光明正大地参与竞争并且最终胜出了吗?

"谁拉你入伙的?"洛弗尔教授问,"他们的工作做得不太到位。"

罗宾没有回答。

"是格里芬·哈利吗?"

罗宾打了个冷战,这相当于招认了。

"当然。格里芬。"洛弗尔教授咬牙切齿地念出这个名字,好像吐出一句咒骂。教授久久地望着罗宾,仔细端详他的脸,似乎在这个儿子脸上看到了前一个儿子的幽灵。接着,他用一种十分陌生的轻柔语气问道:"你知道伊夫琳·布鲁克出了什么事吗?"

"不知道。"罗宾说,然而他觉得自己知道。他确实知道,虽然不清楚故事的具体细节,但他知道大致的经过。现在,他差不多拼凑出了事件的全貌,只是迟迟不愿拼上最后一块拼图,因为他不想知道,也不希望那是真的。

洛弗尔教授说:"埃薇非常有才华,是我们曾经拥有过的最出色的学生,是这所大学的骄傲和快乐源泉。你知道是格里芬谋杀了她吗?"

罗宾畏缩了:"不,那不——"

洛弗尔教授的眼神非常阴郁。"他没告诉你吗?说实话,我很意外。我觉得他会以此为荣呢。那就让我来告诉你真相吧。五年前,埃薇——可怜的、无辜的埃薇——过了午夜还在八楼忙碌。她点着台灯,但没注意到其他所有灯都熄了。埃薇就是那样的人。当她沉浸在工作中时,对周围所发生的一切都浑然不觉。除了研究,其他一切对她而言都不存在了。"

"格里芬·哈利在大约凌晨两点时闯进了塔楼。他没看见埃薇,她在工作台后面的角落里。格里芬以为只有自己一个人。于是,他就开始做他最擅长的事:小偷小摸,四处搜寻珍贵的手稿,然后把它们走私到鬼知道什么地方。他快走到门口时才发现,埃薇看见了他。"

洛弗尔教授陷入了沉默。短暂的停顿让罗宾感到困惑，直到他震惊地发现教授的眼角通红而湿润。在罗宾认识洛弗尔教授的这些年里，他从来没有表现出哪怕一丝一毫的感情，而现在他流泪了。

教授的声音十分嘶哑："她什么都没做。她没有拉响警报。她没有大喊大叫。她根本来不及。伊夫琳·布鲁克只是在错误的时间出现在了错误的地方。但格里芬害怕被告发，所以干脆谋害了她。我第二天早上才发现埃薇。"

他伸长手臂，敲了敲那根摆在书桌一角的旧银条。罗宾见过它许多次，但洛弗尔教授总是将它半遮半掩地放在相框后面，罗宾一直没敢打听它的来历。洛弗尔教授将它翻了过来："你知道这对镌字能做什么吗？"

罗宾低头看了看，正面刻着汉字"爆"。他的胃绞在一起。他没有胆量去看反面。

洛弗尔教授说："爆，部首是'火'。右半部分则代表暴力、残忍和动乱。'暴'字本身也有野性未驯、原始野蛮的意思。雷暴和残暴等词语里都有暴字。而他用英语 burst（爆发）来翻译'爆'，这是最温和的译法，温和到根本无法翻译出'爆'的内涵。因此，这个字所有的毁灭之力都被困在了银条里。它在她胸口爆炸，如同打碎鸟笼一样撕开她的肋骨。格里芬就这样将她丢在那里，任由她躺在书架之间，手里还握着书本。等我发现的时候，她的血已经淌过半边地板，染红了每一页纸。"他将那根银条推向罗宾，说："拿着它。"

罗宾浑身一紧："先生？"

"拿起来，"洛弗尔教授厉声说，"感受它的分量。"

罗宾伸出手，手指攥住银条。它的触感冰冷得可怕，比他接触过的其他所有银条都要冰冷，而且异常沉重。是的，他相信这是一根杀过人的银条。被它困住的狂暴潜能似乎在发出嗡鸣，它就像一枚点燃的、迫不及待要爆开的手榴弹。

他知道这个问题毫无意义，但还是不得不问："您怎么知道是格里芬干的？"

洛弗尔教授说："过去十年里，没有其他懂汉语的学生。你认为可能是我做的？或者查克拉瓦蒂教授？"

他在说谎吗？有可能。这故事太过离奇，罗宾简直无法相信，他不愿相信格里芬能做出谋杀这样的事。

可是，难道他不能吗？格里芬每每提起巴别塔的教员，都好像他们是战场上的敌人；他屡次让亲弟弟以身涉险，却毫不在意后果；他深信自己站在一场善恶决战的正义一方，几乎对除此之外的一切都视而不见。这样的格里芬难道不会为了保障赫耳墨斯社的安全而谋杀一个毫无还手之力的女孩吗？

罗宾低声说："我很抱歉。我不知道。"

洛弗尔教授说："这就是你投靠的人。一个骗子，一个杀手。你以为你是在支援什么全球解放运动吗？罗宾，别幼稚了。你是在支援格里芬异想天开的幻想。可又为了什么呢？"他朝罗宾的肩膀点了点头。"为了胳膊中一枪？"

"您怎么——"

"普莱费尔教授注意到你好像在划船时弄伤了胳膊。我可没那么好骗。"洛弗尔教授交握双手放在桌面上，身子向后靠了靠，"那么，我想选择应该很明显了。巴别塔，或者赫耳墨斯社。"

罗宾皱起眉头："先生？"

"巴别塔，还是赫耳墨斯社？这很简单。你可以选。"

罗宾觉得自己像一件破损的乐器，只能弹奏出一个音符。"先生，我不……"

"你以为你会被开除？"

"嗯——是的，难道不——"

"离开巴别塔恐怕没有这么容易。你走错了路,但我相信你是受到了邪恶的影响,这些影响过于残忍狡诈,不是你能应付的。你很幼稚,是的。而且让人失望。但你还不算不可救药。这次的事不一定要以坐牢收场。"洛弗尔教授用手指敲了敲桌面,"但如果你能给我们提供一些有用的东西,那将会很有帮助。"

"有用?"

"情报,罗宾。帮我们找到他们,将他们一网打尽。"

"可我不知道他们的任何事,我甚至不知道他们的名字,除了格里芬。"

"是吗?"

"这是真的。他们就是这样运作的,非常分散,不会告诉新成员任何事情。以防——"罗宾吞了口口水,"以防这样的事情发生。"

"真是不巧,你真的确定吗?"

"真的,我真的不——"

"有话就直说,罗宾,别磨叽。"

罗宾浑身一紧。这与格里芬当初说的一字不差,他记得。而格里芬说这句话的样子也同此刻的洛弗尔教授一模一样,冷静而专横,仿佛他已赢得了争论,仿佛罗宾的任何回答都注定是胡言乱语。

罗宾都能想象出格里芬得意的笑容,他很清楚格里芬会说什么:你当然会选择物质享受,你这个被宠坏的小学者。但格里芬又有什么资格评判他的选择?留在巴别塔、留在牛津不是为了物质享受,而是为了生存。这是他在这个国度唯一的入场券,是他与流浪街头之间唯一的屏障。

他突然对格里芬生出一股恨意。这一切都不是罗宾主动要求的,可现在他的未来,还有拉米和维克图瓦的未来都危在旦夕。而格里芬在哪里?罗宾当初中枪的时候他又在哪里?他消失了。格里芬利用他们替自己做事,见事情不妙就一走了之。如果格里芬去坐牢的话,那至少是罪有应得。

洛弗尔教授说:"如果让你缄默的是忠诚,那就没什么好说的了。不过,我想我们还是可以合作的。我想你还没准备好离开巴别塔,不是吗?"

罗宾深吸了一口气。

他真的要投降了吗?赫耳墨斯社抛弃了他,无视他的警告,还让他最亲爱的两个朋友身陷险境。他不欠他们的。

在接下来的几天乃至几周里,他都在试图说服自己:在这一刻所做的只是战略上的退让,而不是背叛。他没有吐露多少重要的信息——格里芬亲口说过,他们有好几处安全屋,不是吗?这样做,他就能保护拉米和维克图瓦,他就不会被开除,所有联络的线索也都还在,未来还有可能与赫耳墨斯社合作。但是他始终无法说服自己忽略肮脏的真相:他这样做不是为了赫耳墨斯社,也不是为了拉米或维克图瓦,而是为了自保。

"阿尔达特街,"他说,"教堂后面的入口。地下室附近有一扇看起来锈死的门,但格里芬有钥匙。那里是他们的安全屋。"

洛弗尔教授一一记下。"他多久去一次?"

"我不知道。"

"那里有什么?"

"我不知道,"罗宾再次说道,"我一次也没去过。真的,他没和我说多少。我很抱歉。"

洛弗尔教授用冷静的眼神打量了许久,最后似乎让步了。

他向前倚在桌上。"我知道你还没那么恶劣。你在各方面都和格里芬不一样。你谦逊、聪明,而且勤奋。你不像他那样被你们的血脉所腐蚀。假如我刚刚认识你,我根本猜不到你是个中国佬。你拥有杰出的才华,而才华值得第二次机会。但是小心些,孩子。"他朝门口挥了挥手,

"你不会有第三次机会了。"

罗宾站起身,随即低头看了看自己的手。他这才注意到,自己一直紧紧攥着那根杀死了埃薇的银条。它既滚烫又冰凉,令他生出一阵陌生的恐惧:如果他再继续握着,或许掌心就要被蚀出一个洞了。他伸出手说:"这个给您,先生——"

洛弗尔教授说:"留着它。"

"先生?"

"过去五年来,我每天都盯着那根银条,思考我对格里芬的教育究竟哪里出了问题。假如我换一种方法将他养大,或者早些看出他是什么样的人,那埃薇会不会还——但是不管这些了,"洛弗尔教授的声音变得生硬,"现在,它是你良心上的包袱了。留着它,罗宾·斯威夫特。把它放在你胸前的口袋里。每当你产生怀疑的时候就拿出来看一看,让它提醒你,究竟哪一方才是恶人。"

他示意罗宾离开办公室。罗宾跌跌撞撞地走下楼梯,手指紧紧攥住那根银条。他茫然无措,同时又确信他让自己的整个世界都偏离了航向。只不过,对于他的所作所为是否正确,正确和错误究竟意味着什么,事情今后又将如何发展,他都一无所知。

插曲

拉米

拉米兹·拉菲·米尔扎一直是个聪慧的男孩。他记忆力惊人，口才绝佳，像海绵吸水一样吸收各种语言，对韵律和声音有着超乎寻常的悟性。他不仅能重复听到的语句，而且能分毫不差地模仿说话者原本的腔调，将词语意欲表达的情绪还原得惟妙惟肖，就好像他在顷刻间化身成了那些词语。如果换一种活法，他一定会去表演戏剧。他拥有一种妙不可言的技巧，能让平凡的词语如歌如诵。

拉米非常有才华，也有大量显摆才华的机会。米尔扎一家极其幸运地度过了动荡年代，他们是在《永久土地协议》[1]订立之后失去土地和财产的众多穆斯林家族之一，但在加尔各答找到了虽然收入不高、但还算稳定的工作，在孟加拉亚洲学会的秘书霍勒斯·海曼·威尔逊爵士家中做工。霍勒斯先生对印度的语言和文学有着浓厚的兴趣，他非常喜欢同拉米的父亲——精通阿拉伯语、波斯语和乌尔都语的米尔扎先生谈天说地。

因此，拉米在加尔各答白人聚居区的英国精英家庭中长大，在欧式门廊、柱廊式房屋和只为欧洲顾客服务的商店之间长大。威尔逊很早便开始关心拉米的教育，当同龄男孩还在街头嬉戏时，拉米已经在加尔各答的穆罕默德学院旁听课程，学习算术、神学和哲学。他跟随父亲学会

---

[1] 《永久土地协议》（Permanent Settlement of Bengal）是东印度公司与孟加拉地主们在1793年订立的协议。该协议使得一部分印度地主成为英国统治的代理人。——译注

了阿拉伯语、波斯语和乌尔都语，又从威尔逊聘请的家庭教师那里学会了拉丁语和古希腊语，英语则是从身边的世界中顺其自然吸收的。

在威尔逊府上，大家都叫他小教授、有福的拉米、耀眼的拉米。他不知道自己学习这些东西是为了什么，只知道掌握这些能讨成年人的欢心。他经常为霍勒斯爵士的客人表演他的本事。别人向他展示一组扑克牌，他便可以分毫不差地按展示的顺序报出扑克牌的花色和数字。客人用西班牙语或意大利语朗诵整段文字或诗歌，他虽然一个字都听不懂，却能倒背如流，连语调都分毫不差。

拉米一度以此为荣。他喜欢听客人们啧啧称奇，喜欢他们揉他的头发、把糖果塞到他手里，然后再命令他赶快到厨房去。那时他对阶级和种族都没有概念。他以为这些都只是一场游戏。他没有发现父亲正在角落里注视着自己，因为担心而紧皱眉头。他不知道，给白人留下深刻印象可能和激怒白人一样危险。

在拉米十二岁那年的一天下午，威尔逊的客人们在一场热火朝天的辩论中叫来了他。

向他招手的那个男人是特里维廉先生，他是府上的常客，鬓角修剪得十分精致，皮笑肉不笑的样子活像一匹狼："拉米，过来。"

"噢，放过他吧。"霍勒斯先生说。

"我要证明一个论点，"特里维廉先生对他招了招手，"拉米，请你过来。"

霍勒斯先生没有反对，于是拉米赶忙跑到特里维廉先生身旁，像小小士兵一样双手背在身后站得笔直。他知道英国客人特别喜欢这个姿势；他们觉得这很别致。"先生，有何吩咐？"

特里维廉先生说："用英语从一数到十。"

拉米照做了。特里维廉先生很清楚他能做到。这是表演给在场的其他客人看的。

"现在用拉丁语，"特里维廉先生说，等拉米数完之后，他又说，"现在用古希腊语。"

拉米服从了。客厅里响起赞赏的轻笑声。拉米决定碰碰运气，他用完美的英语说："区区数字是给小孩子准备的。如果您想聊聊代数的话，请挑一种语言，咱们就可以开始。"

客厅里响起一阵兴致勃勃的轻笑声。拉米咧嘴一笑，他前后摇晃身体，等待糖果或硬币按惯例被塞进他手里。

特里维廉先生转向其他客人说："请看看这个男孩和他的父亲。两人的能力相似，背景和所受的教育也相似。这位父亲起初甚至更有优势，因为我听说，他自己的父亲属于更加富有的商人阶层。但是世事就是如此沉浮难料。尽管米尔扎先生生来就有才华，但他在这里所能谋得的职位只能是一介家仆。你有不同意见吗，米尔扎先生？"

这时，拉米在父亲脸上看到了极其异样的表情，好像在极力压抑着什么，仿佛吞下了一粒无比苦涩的种子却不能吐出来。

刹那间，这场游戏不再那么有趣了。现在，拉米为自己的炫耀感到紧张，却想不通是为什么。

特里维廉先生说："尽管说吧，米尔扎先生。你总不能说，你就是想做男仆吧。"

米尔扎先生紧张地笑了笑："为霍勒斯·威尔逊爵士效力是莫大的荣幸。"

"嗐，得了吧，不用拘着礼数。我们都知道他有多讨厌。"

拉米盯着父亲。在他眼里，这个男人始终像山一样高大。这个男人教他书写各种文字：罗马字母、阿拉伯文和波斯悬体字。这个男人教他做礼拜，教他懂得尊重的意义。他的哈菲兹[1]。

1　哈菲兹（hafiz）：伊斯兰教用语，字面意思为"守护者"，狭义上指能够熟记《古兰经》的人，广义上也泛指学者。——译注

米尔扎先生点头微笑道:"是,您说得对,特里维廉先生。我当然更愿意身居您的位置。"

特里维廉先生说:"嗯,这才对嘛。你看,霍勒斯,这些人是有野心的。他们有才智,也有自治的渴望,而且他们就应该这样。[1]是你的教育策略在阻碍他们的发展。印度根本没有用来治理国家的语言。你那些诗歌和史诗都非常有趣,这是自然,但在行政管理方面……"

整个房间再次陷入热火朝天的争论。拉米被忘在一旁。他瞥了威尔逊一眼,还在期盼得到后者的奖赏,但父亲向他投来锐利的目光,摇了摇头。

拉米是个聪慧的男孩,他知道该让自己消失了。

两年后,也就是1833年,霍勒斯·威尔逊爵士离开加尔各答,前往牛津大学出任首席梵语教授一职。[2]当威尔逊提出要将米尔扎夫妇的儿子一同带往英国时,夫妇俩知道最好不要反对。而拉米也不埋怨父母亲没有为了把他留在身边而抗争。(那时的他已经知道,公然反对白人有多么危险。)

威尔逊向米尔扎夫妇俩解释道:"我手下的人将在约克郡抚养他长大。我告假离开大学的时候也会去看望他。等拉米长大了,我就送他去大学学院读书。查尔斯·特里维廉没准是对的,也许英语确实是本地

---

[1] 拉米不知道他当时被卷入了东方主义者与英国至上主义者辩论的中心,包括霍勒斯·威尔逊爵士在内的东方主义者主张让印度学生学习梵语和阿拉伯语,而包括特里维廉先生在内的英国至上主义者则认为有前途的印度学生必须学习英语。
这场论战最终完全倒向了英国至上主义者一方,以托马斯·麦考利勋爵在1835年2月发表的声名狼藉的《教育备忘录》为代表:"我们现在必须尽全力打造一个阶级,一个血脉和肤色是印度人,但在品味、理念、道德观和智识上都是英国人的阶级,使其充当我们与我们所统治的数百万民众之间的口译工作者。"——原注

[2] 威尔逊通过竞选获得这一职位引发了一定的争议。他与W. H. 米尔牧师曾为竞选这一职位展开白热化的竞争。米尔的支持者四处散布谣言,说威尔逊品德有亏,不配担当这一职务,因为他有八个私生儿女。而威尔逊的支持者则辩驳称,其实他只有两个私生儿女。——原注

人前进的道路，但在学者眼里，印度的语言还有价值。英语对行政领域的那些家伙是足够了，但我们还是要让真正的天才去学习波斯语和阿拉伯语，是不是？总要有人保持古老传统的生命力。"

拉米的家人去码头为他送行。他没有带太多行李。不管带多少衣服，半年之后肯定也穿不下了。

他的母亲轻轻拍了拍他的脸颊，亲吻他的额头说："一定要记得写信。每月一次，不，每周一次。还有，一定要记得祷告——"

"好的，母亲。"

他的妹妹们扯住他的外衣问道："你会寄礼物回来吗？你会见到国王吗？"

他说："会寄的；不会见，我没兴趣。"

他的父亲站得稍远一些，细细看着妻子和儿女，用力眨着眼睛，似乎想将眼前的一切刻在记忆里。最后，当登船的通知响起时，他将儿子搂在胸前，轻声说："别了，愿真主保佑你。给你母亲写信。"

"好的，父亲。"

"别忘了你是谁，拉米兹。"

"好的，父亲。"

那一年拉米十四岁，这个年纪已经足以理解骄傲的含义。拉米想做的不再只是死记硬背。因为他现在终于明白那天父亲在客厅里为什么微笑。不是因为软弱或屈服，也不是因为害怕遭到报复。父亲是在配合他们表演，他是在向拉米示范该怎么做。

欺骗他们，拉米兹。这就是他父亲的教诲，是他有生以来学到的最重要的一课。隐藏自己，拉米兹。向世界展示他们想要的一面，把自己扭曲成他们想看的模样，因为掌握故事的控制权就是反过来控制他们的办法。隐藏你的信仰，隐藏你的祈祷，真主永远了解你的心。

拉米的表演多么出彩啊。他毫不费力地融入了上层英国社会，加尔各答有不少英式小酒馆、音乐厅和剧院，他在约克郡所见到的只不过是他从小成长的精英小圈子的扩充罢了。他根据听众的情况加重或淡化口音。他知晓英国人对他的族人所抱有的一切稀奇古怪的认识，他则像专业剧作家一样对这些认识添油加醋，然后再说给别人听。他知道何时该扮演印度水手，何时该扮演男仆，何时又该扮演王公贵族。他懂得什么时候该奉承讨好，什么时候又该自嘲自贬。他完全可以写出一篇关于白人主义和白人好奇心的论文。他知道如何让自己充满吸引力，同时又不至于成为威胁。他将所有技巧中最厉害的一招掌握得炉火纯青：骗取英国人对他的尊重。

他越来越擅长此道，直到险些在这套伎俩中迷失自我。表演者几乎要相信自己讲述的故事，被掌声蒙蔽，这实在是个危险的陷阱。他可以展望自己在毕业后成为学者、收获无数荣誉和奖赏的样子；在法务部做一个收入丰厚的律师；成为一位饱受赞誉的同声传译员，往返于伦敦和加尔各答之间，每次回家都给家人带去财富和礼物。

他在牛津如鱼得水，想象的这些未来看起来也唾手可得，但有时候，这又让他心生恐惧。在外人看来，他光彩照人；在内心深处，他觉得自己是骗子，是叛徒。于是，他开始感到绝望，开始怀疑这辈子是不是只能像威尔逊所打算的那样成为帝国的走狗，因为反抗殖民的办法看上去是那么少，又那么无望。

直到他三年级时，死而复生的安东尼·瑞本问他："你愿意加入我们吗？"

拉米没有犹豫，他望着安东尼的眼睛说："我愿意。"

第十六章

几乎可以肯定，中国人是热衷于挣钱也爱钱的民族，他们与地球上的任何一个民族一样痴迷于贸易，也渴望与外乡人通商。

——约翰·克劳弗德，《中华帝国与贸易》

天亮了。罗宾起床洗漱，穿好衣服去上课。他在宿舍门口碰见了拉米。两人都没说话，在沉默中走到塔楼大门前。罗宾突然害怕起来，但大门打开，放他们进去了。他们迟到了。当他们坐下时，克拉夫特教授已经开始讲课了。莱蒂恼火地瞪了他们一眼。维克图瓦对罗宾点点头，脸色难以捉摸。克拉夫特教授像没看见他们一样继续讲课。她一向如此对待迟到的学生。他们掏出笔开始记笔记，研究塔西佗和他棘手的独立夺格。

教室看上去既平凡无奇，又美丽得让人心碎：晨光透过彩色玻璃窗涌进屋里，在磨得锃亮的木桌上投下五彩缤纷的花纹；粉笔在黑板上划出清晰的痕迹；旧书散发出甜美的木质香气。一切宛如梦境。这是个难以置信的梦，是个脆弱又可爱的世界，罗宾获准继续留在这个世界里，而付出的代价是他的信念。

那天下午，他们的信箱里都收到了通知：将在10月11日——也就是后天——从伦敦中转前往广州。他们将在中国待三周，两周在广州，一周在澳门，然后在返程时在毛里求斯停留十天。

你们的目的地气候温和，但海上旅行可能十分寒冷，详见通知。带一件厚外衣。

莱蒂问："这是不是早了点？我还以为要等考试结束才出发呢。"

拉米敲了敲页面底端："这里解释了。广州出了些特殊情况——他们缺少汉语翻译者，想让嚼舌人来补缺，所以把我们的旅行提前了。"

莱蒂喜上眉梢："哇，这可真让人兴奋！这是我们第一次有机会去外面的世界做些事情。"

罗宾、拉米和维克图瓦交换了几个眼神。他们都有同样的疑虑：这次突然启程可能与周五晚上的事不无关系。但是，拉米和维克图瓦在理论上应该是无辜的。他们不知道这份通知意味着什么，也不知道这趟旅程中有什么在等待他们。

动身前的最后一天简直是折磨。莱蒂是他们当中唯一兴高采烈的人。那天晚上，她来到他们的房间，主动帮他们检查行李是否收拾妥当。"你不知道海上的早晨有多冷，"她一边说，一边将拉米的衬衫叠得整整齐齐放在他的床上，"你需要的可不只是一件亚麻衬衫，拉米，至少要穿两层衣服才行。"

当她要去拿拉米的袜子时，拉米拍开她的手说："拜托，利蒂希娅。我们都是坐过海船的人。"

她毫不理会地说："嗯，我经常旅行，我自然清楚。我们还要带一小包药品，安眠药、姜片什么的，我不确定还有没有时间赶去药店，可能要等到了伦敦再买——"

拉米打断她："我们只是在一艘小船上待上一段时间，又不是十字军东征。"

莱蒂僵硬地转过身去检查罗宾的行李。维克图瓦向罗宾和拉米投来无助的目光。在莱蒂面前，他们没法畅所欲言，因此只能如坐针毡。那

第十六章　315

些没有答案的问题折磨着他们三人。究竟发生了什么？他们是得到原谅了，还是利斧即将劈下？他们天真地登上前往广州的航船，会不会最后却被扔在那里？

最重要的问题是：他们分别被招进赫耳墨斯社，却完全不知道其他人的存在，这怎么可能呢？拉米和维克图瓦至少还有理由，他们最近才加入赫耳墨斯社，保持沉默的要求让他们太过害怕，不敢和罗宾提起一个字。但是罗宾知道赫耳墨斯社的存在已有三年，可他一次都没提起，哪怕对拉米也没有。他声称自己的心属于朋友们，却向他们出色地隐瞒了最大的秘密。

罗宾担心这深深伤害了拉米。那天晚上，等送女孩们回到北城的宿舍之后，罗宾试图提起这个话题，但拉米摇了摇头："现在别说，小燕子。"

罗宾的心很痛："可我只是想解释——"

拉米打断了他："那我觉得应该等等维克图瓦，你不觉得吗？"

第二天下午，他们同洛弗尔教授出发前往伦敦，他是这场旅行的导师。幸好，前往伦敦的旅途比三年前带罗宾来到牛津的十小时驿站马车之旅快捷了许多。连接牛津和伦敦的帕丁顿火车站的铁路线终于在去年夏天建成。为庆祝这条线路的开通，新落成的牛津火车站在站台下安装了银条[1]，由此一来，这趟行程只需要一个半小时。在这段时间里，罗宾尽量完全不与洛弗尔教授对视。

他们所乘的船要等到第二天才出发，当晚便在新邦德街上的一家

---

[1] 在由白银提供动力的蒸汽机发明问世后，英国铁路网便开始迅速扩张。修建于1830年的利物浦至曼彻斯特的铁路长三十五英里，是第一条通用型铁路。从那以后，英国各地铺设了近七千英里的轨道。从牛津至伦敦的铁路线原本可以更早建成，但牛津大学的教授们让此事拖延了近四年之久，理由是铁路让首都的种种诱惑近在咫尺，可能在由他们照看的年轻天真的学生当中引发道德浩劫。此外，噪声也是一大原因。——原注

旅馆过夜。莱蒂坚持要大家一起出门在伦敦逛一逛。最后，他们去看了一场所谓卡拉布公主的室内表演。卡拉布公主在巴别塔的学生中声名狼藉。她只是区区鞋匠的女儿，当年却让不少人相信她是来自贾瓦苏岛的异域王族。不过，此时她被揭穿身份已经快十年了，所谓的卡拉布公主原来是来自北德文区的玛丽·威尔科克斯。她的表演包括一段蹦蹦跳跳的奇怪舞蹈，用捏造的语言朗诵几段语气夸张的话，然后向一位被她称为真主塔拉（听到这里，拉米皱了皱鼻子）的"神明"祷告。这场表演并不好笑，反而显得很可悲，给他们留下的印象十分糟糕。他们早早离场回到旅馆，疲惫得不想多说一个字。

第二天一早，他们登上东印度公司的飞剪式帆船"墨洛珀号"，径直向广州驶去。这类帆船专为速度而建造，为了以最快的速度来回运送容易腐败变质的货物，它们配备了最先进的银条来加快航速。罗宾隐约记得，十年前他第一次从广州前往伦敦的旅程将近四个月，而这些飞剪式帆船只需要六周。

当"墨洛珀号"沿泰晤士河驶出伦敦港，驶向辽阔的水域时，莱蒂问他："激动吗？"

罗宾也不确定。登船之后，他有种异样的感受，但说不出这种不适究竟是因为什么。他要回去了，这感觉不像真的。十年前驶向伦敦时，他兴奋不已，飘飘然地梦想着大洋彼岸的世界。这一次，他觉得已经知道自己将面对什么，而这让他恐慌。他怀着在人群中认不出亲生母亲的恐惧，惊恐地预想归乡的情形。他还能认出眼前的景象吗？还能记起它们吗？与此同时，再次看见广州的可能性显得极其突兀又难以置信。他发现自己有种奇怪的信念：等抵达时，这座城市就会从地球上彻底消失。

更让他惊恐的是另一种可能：抵达广州之后，他将被留在那里；洛弗尔骗了他，这场旅行根本就是为了让他离开英国而设下的圈套；他将被牛津和他熟悉的一切驱逐，永远。

然而，眼前还有六周的海上旅行要煎熬。这趟旅程从一开始就是酷刑。拉米和维克图瓦好像行尸走肉一般，面色苍白，一惊一乍，听到最细微的响动都瑟瑟发抖，进行最平常的闲聊都无法不流露出极度惊恐的神情。他们两人都没有受到大学的惩罚，也没有被召去接受询问。但是罗宾觉得，至少洛弗尔教授怀疑他们参与其中。他们脸上写满了负罪感。但巴别塔又知道多少呢？赫耳墨斯社又知道多少呢？格里芬的安全屋后来怎么样了？

罗宾只想同拉米和维克图瓦探讨这些事，但他们一直没有机会。莱蒂总是在场。就算在夜里回到各自的船舱之后，维克图瓦也无法在不让莱蒂起疑的情况下溜出来和男孩们见面。他们别无选择，只能佯装一切正常，可他们在这方面做得糟透了。他们沉默寡言，坐立不安，烦躁易怒。这本该是他们学术生涯中最激动人心的一章，可是谁也提不起精神。他们无法畅聊其他话题，很难想起昔日的玩笑，也无心展开无关痛痒的辩论。他们的聊天说笑都显得沉重而勉强。执拗、健谈又一无所知的莱蒂让他们三个都饱受折磨，他们尽力掩饰怒火，因为这不是她的错，但在莱蒂问他们对粤菜的看法问了十来次时，他们还是忍不住大发脾气。

莱蒂终于觉察到了异样。三天后的晚上，在洛弗尔教授离开之后，她把餐叉扔到餐桌上，质问道："大家都怎么了？"

拉米木讷地看了她一眼说："不懂你什么意思。"

"别装了，"莱蒂厉声说，"你们的表现都不对劲。你们不怎么吃饭，课业也不上心——拉米，我觉得你甚至都没翻开过常用语手册，这太不寻常了，因为你这几个月一直信誓旦旦地说，你能模仿出比罗宾更地道的口音——"

维克图瓦脱口而出："我们晕船了，不行吗？不是所有人都像你那样，从小就年年夏天都去地中海。"

莱蒂尖锐地问:"那我猜你们在伦敦的时候也是晕船了?"

"没有,只是受够了你的声音。"拉米恶毒地说。

莱蒂怔住了。

罗宾推开椅子站了起来:"我得透透气。"

维克图瓦在他身后喊了什么,但他假装没有听见。抛下她和拉米面对莱蒂,逃避灾难性的后果让他感到愧疚,但他再也没法在桌边安坐片刻。他觉得又热又焦躁,仿佛衣服下面攒动着上千只蚂蚁。如果不起身四处走动走动,他确信自己一定会爆炸。

外面很冷,天很快就要黑了。甲板上除了洛弗尔教授以外空无一人,教授正靠在船头抽烟。一看到他,罗宾差点就要转身往回走。自罗宾被捉的那个凌晨之后,除了客套的问候之外,两人没再对彼此说过一个字。但是,洛弗尔教授已经看见了罗宾。他放低烟斗,示意罗宾到他身边去。罗宾向他走去,心怦怦直跳。

洛弗尔教授朝着翻滚的漆黑波浪点点头说:"我还记得你上一次踏上这趟航程的样子。那时候你还那么小。"

罗宾不知道该如何接话,只好默默望着,等他继续说下去。令罗宾无比惊讶的是,洛弗尔教授伸出手搭在他的肩头。但这种接触感觉很别扭,很勉强,角度很不自然,他的手太过用力。他们局促而困惑地站在那里,好像站在达盖尔照相机前的两位演员,在闪光灯亮起之前努力保持造型。

洛弗尔教授说:"我相信重新开始这一说。"这番话好似事先排练过,就像他的触碰一样生硬而别扭。"我想要说的是,罗宾,你非常有才华。如果失去你,我们会很遗憾。"

罗宾只能说"谢谢您",因为他还没明白这是怎么回事。

洛弗尔教授清了清嗓子,在开口之前晃了晃手里的烟斗,似乎在心中酝酿要说的话:"总之,我真正希望说的是——或许我应该早些说出口：如果你觉得……对我很失望的话，我可以理解。"

罗宾眨了眨眼："先生？"

"我应该更加体谅你的处境才是。"洛弗尔教授再次将目光投向海洋，似乎没有办法一边对罗宾说话一边直视他，"在远离故国的地方长大，丢下你所熟悉的一切，适应一个全新的环境，你在新环境里得到的照顾和关爱，嗯，可能没有你需要的那么多……这些也对格里芬产生过影响，我不能说我在第二次就处理得更好。你要为你那些不明智的决定承担责任，但我坦白，我也确实有一些自责。"

他又清了清嗓子说："我希望我们重新开始。对你来说，过去一笔勾销；对我来说，我要重新承诺做一个更好的监护人。我们就假装过去几天从来没有发生过，把赫耳墨斯社和格里芬都忘在脑后，只考虑未来，还有你将在巴别塔取得的所有荣誉和光辉成就。这样公平吗？"

罗宾一时间呆若木鸡。说实话，这并不是很大的让步。洛弗尔教授只是在为偶尔疏远他而道歉，但没有为拒绝承认罗宾是他的儿子而道歉，他也没有为任由罗宾的母亲死去而道歉。

尽管如此，他还是比以往任何时候都更加顾及罗宾的感受。自从登上"墨洛珀号"以来，罗宾第一次感到自己可以呼吸了。

"是的，先生。"罗宾小声应道，因为实在没有别的话可说。

"那就好。晚安。"洛弗尔教授拍拍他的肩膀，动作别扭得让罗宾很不好意思。接着，教授便向楼梯处大步走去。罗宾扭头望着海浪。他深吸了一口气，然后闭上眼睛想象，假如真的将过去一周抹去，那会是什么感觉。他肯定会欢天喜地，不是吗？他肯定会眺望着地平线，迫不及待地奔向他一直在为之训练的未来。那将是何等激动人心的未来啊：圆满完成广州之旅，度过不堪重负的第四学年，毕业后去外交部就职，或者留在巴别塔里做研究学者。频繁前往广州、澳门和北京。为英国王室做翻译，度过漫长而光辉的职业生涯。英国有资质的汉语学者寥寥无几，他可以创造无数个第一次。他可以探索无尽的陌生土地。

他难道不想要这些吗？这些难道不该使他兴奋吗？

他仍然可以得到这些。这就是洛弗尔教授试图告诉他的：历史可以塑造，唯一重要的只有当下的选择。他们可以将格里芬和赫耳墨斯社埋葬在无法触及的记忆深处，一如已被他们埋葬且默契地不再提起的一切。他甚至不需要出卖他们，只需无视就行。

罗宾睁开眼睛，凝视着翻滚的浪涛，直到目光失去焦点，直到他眼中空无一物。他试着说服自己就算不幸福，至少也算是心满意足。

起程一周之后，罗宾、拉米和维克图瓦才终于有机会单独聚在一起。早晨散步途中，莱蒂突然说肚子不舒服，便回到了甲板下面。维克图瓦含糊地提出要陪她一起去，但莱蒂挥手拒绝了。她还在生所有人的气，显然想要独处一会儿。

"好了。"莱蒂刚一消失，维克图瓦就凑近罗宾和拉米，填补了莱蒂留下的空白。三人紧紧靠在一起，形成一道密不透风的墙。"到底是怎么——"

三人异口同声地说起话来。

"为什么——"

"你们觉得洛弗尔——"

"你最早什么时候——"

他们陷入了沉默。维克图瓦再次试着问罗宾："所以是谁招募的你？肯定不是安东尼，不然他早就告诉我们了。"

"可安东尼不是已经——"

"没有，他活得好好的，"拉米说，"他假造了死在国外的消息。但你得回答问题，小燕子。"

"格里芬，"罗宾答道，坦白这件事依然让他感到天旋地转，"我告诉过你们了，格里芬·洛弗尔。"

维克图瓦问："那是谁？"拉米在同一瞬间说道："洛弗尔？"

"他曾经是巴别塔的学生。我想他也是——我是说，他说他是我同父异母的兄弟。他看起来和我很像。我们觉得洛弗尔——我是说，我们俩的父亲——"罗宾磕磕巴巴，语无伦次。汉字"布"兼有"布匹"和"陈述、讲述"的意思。真相就像是布毯上刺绣的图案，要摊开来才能看清全貌。但是当罗宾终于向朋友们摊牌时，却完全不知该从哪里说起。罗宾向他们展示的画面毫无头绪，无论如何讲述都显得杂乱无章。"他几年前离开了巴别塔，然后潜入地下，大概就在埃薇——我是说，呃，我想是他杀了埃薇的时候。"

维克图瓦说："天哪。是真的吗？为什么？"

罗宾说："因为她发现格里芬在为赫耳墨斯社做事。我以前不知道，是洛弗尔教授告诉我的。"

拉米问："然后你就相信他了？"

"是啊，"罗宾说，"是的，我认为格里芬做得出，格里芬绝对是能做出这种事的人……"他摇了摇头，"听着，重要的是洛弗尔认为我是独自行动的。他找你们两个谈过话吗？"

"没找过我。"维克图瓦说。

"也没找我，"拉米说，"根本没人接近我们。"

"那很好啊！"罗宾庆幸道，"不是吗？"

尴尬的沉默。拉米和维克图瓦看起来并不像罗宾预期的那样如释重负。

"那很好啊？"拉米终于开口道，"这就是你要说的？"

罗宾问："你什么意思？"

"你觉得我是什么意思？"拉米质问道，"别回避问题。你加入赫耳墨斯社多久了？"

他只能实话实说:"从我刚来这里开始,从第一周就开始了。"

"你在开玩笑吗?"

维克图瓦碰了碰拉米的手臂:"拉米,你别——"

"别说你听了不生气,"拉米打断了她,"整整三年啊。这三年他都没告诉过我们他在做什么。"

"等一下,"罗宾说,"你是在生我的气吗?"

"很好,小燕子,你居然注意到了。"

"我不明白——拉米,我做错什么了?"

维克图瓦叹了口气,扭头望向水面。拉米狠狠瞪了他一眼,突然对他吼道:"你为什么不直接问问我?"

罗宾被他激烈的反应惊呆了:"你是认真的吗?"

拉米说:"你认识格里芬有好几年了。好几年啊。可你从来没想过要告诉我们?你从来没想过我们可能也想加入吗?"

罗宾不敢相信这番指责有多么不公平。"可你们也从来没告诉过我——"

"我本来想告诉你的。"拉米说。

"我们是打算告诉你的,"维克图瓦说,"我们求过安东尼,有好多次我们差点就说漏嘴了。他一直不让我们说,但我们还是决定要告诉你。我们本来打算在那个周日告诉你——"

"可你甚至没问过格里芬,不是吗?"拉米质问道,"三年了。我的天啊,小燕子。"

"我是想保护你们。"罗宾无助地说。

拉米冷哼一声:"危险是什么?我们一心想加入的社团吗?"

"我不想让你们冒险——"

"那你为什么不让我自己决定要不要冒险?"

"因为我知道你肯定会答应,"罗宾说,"因为你会立刻加入他们,

第十六章 323

放弃巴别塔的一切、放弃你为之努力的一切——"

"我的一切努力都是为了这个!"拉米喊道,"怎么,你觉得我来巴别塔是因为我想成为女王的翻译者吗?小燕子,我恨这个国家,我恨他们看我的眼神,我恨他们在酒会派对上把我当作奇珍异兽观赏。我知道自己出现在牛津这件事本身就是对我的种族和宗教的背叛,我恨自己正在变成麦考利希望打造的那个阶层。来到这里以后,我就一直在等待加入赫耳墨斯社这样的机会——"

罗宾说:"可问题就在这里。正是因为这样,所以这事对你来说太危险了——"

"对你就不那么危险吗?"

"不,"罗宾突然觉得愤怒,"对我就不。"

他不需要解释原因。罗宾的父亲是学院的教授,罗宾在恰当的光线和角度下可以被当作白人,他比拉米和维克图瓦多了一重保护。如果那天晚上落在警察手里的是拉米或者维克图瓦,他们根本就不可能登上这艘航船,早就会被关进监牢,或者更糟。

拉米喉头一紧。"去你的,罗宾。"

维克图瓦鼓起勇气试图维系和平:"我知道这肯定很不容易。他们在保守秘密方面极为严格,你记得——"

"是的,可是我们那么熟悉。"拉米瞪了罗宾一眼,"至少我以为我们彼此很熟悉。"

罗宾坚持道:"赫耳墨斯社就是一堆烂摊子。他们无视我的警告,把成员晾在外面不管不顾。如果你们第一学年就被开除,那对你们没有任何好处——"

拉米冷哼一声:"我会小心做事的。我可不像你,胆小得连自己的影子都害怕——"

罗宾被激怒了,他说:"可你做事并不小心。"就这样,他们争吵起来。就这样,他们开始坦率直言。"你被抓住了,不是吗?你太冲动了,你做事不动脑子。只要有人伤到了你的自尊,你就会冲上去——"

"那维克图瓦呢?"

"维克图瓦……"罗宾的声音弱了下去。他无言以对。他没有对维克图瓦提起赫耳墨斯社是因为认为对方会失去太多。但他不能明说,也无法为这套逻辑辩护。

维克图瓦明白他的意思,但不愿直视他恳求的眼神。

她只是说:"感谢上帝,还有安东尼。"

"我还有一个问题,就一个。"拉米突然开口。罗宾意识到,他真的非常生气。这不是一次普通的、拉米式的情绪大爆发。这一次他们可能无法再回头。"你说了什么才被放过?你透露了什么?"

罗宾无法当着拉米的面说谎。他想说谎。他害怕真相,害怕拉米听到真相时看他的眼神。但他无法掩饰真相,那会将他撕碎。"他想要情报。"

"所以呢?"

"所以我给了他情报。"

维克图瓦捂住了嘴:"全都说了?"

"只说了我知道的,"罗宾说,"而我知道的不多。格里芬很注意保密,我甚至一直不知道他拿我给他偷的那些书干什么用了。我只告诉洛弗尔阿尔达特街上有一间安全屋。"

这话无济于事。维克图瓦仍然看着罗宾,仿佛他刚刚踢了一条小狗。

"你疯了吗?"拉米问。

罗宾坚持道:"没关系的。格里芬从来不去那里,他自己告诉我的。我打赌他们根本没抓到格里芬,他多疑得很。我敢说他现在已经跑到国外了。"

拉米难以置信地摇了摇头:"可你还是背叛了他们。"

这太不公平了,罗宾心想。他救了拉米和维克图瓦,也做了他能想

第十六章 325

到的唯一一件减轻损害的事,而赫耳墨斯社从来没有为他做过这些。为什么现在遭到围攻的却是自己?"我只是想救你们——"

拉米不为所动。"你是为了救你自己。"

"听好了,"罗宾厉声说,"我没有家人,我只有一份协议,一个监护人,还有一间广州的屋子,里面全是死去的亲人,据我所知,他们现在可能还在床上腐烂。这就是我正在驶向的故乡。你有加尔各答。可是没了巴别塔,我一无所有。"

拉米交叉双臂,咬紧牙关。

维克图瓦向罗宾投来同情的目光,但没有替他说话。

"我不是叛徒,"罗宾辩解道,"我只是为了生存。"

"生存下去没有那么难,小燕子,"拉米的眼神无比冷硬,"可在努力生存的时候,你还是得保留一点尊严。"

接下来的旅程无疑是痛苦的。看上去,拉米把想说的话都说完了。在他和罗宾共享的船舱里,两人在极度压抑的沉默中度过所有的时光。吃饭时间也好不到哪去。维克图瓦客气而疏远。莱蒂在场时,维克图瓦没什么能说的;莱蒂不在时,她也不会主动和罗宾搭话。而莱蒂还在生他们所有人的气,压根不愿意和他们闲聊。

如果有哪怕另外一个人做伴,事情都会好一些。但他们是这艘商船上仅有的乘客,而水手们看上去对任何事情都有兴趣,除了同牛津的学者交朋友。在他们看来,这几位学者是不受欢迎又不合时宜的累赘。大部分时间里,罗宾都独自待在甲板上,或者独自留在船舱里。若非如此,这趟旅行原本应该是一次考察航海领域独特用语的绝佳机会,这些用语将异域水手和天南海北的外语与高度专业的航海术语融为一体。什么是"啃树皮日"?什么是"细索"?用来固定船锚的究竟是叫"锚链末"还是"锚链尾"?如果是在平时,他一定很乐意一探究竟。但现在他只顾着生闷气，还在为自己试图拯救朋友却失去了他们而深感困惑和悔恨。

可怜的莱蒂是所有人中最不知所以的，其他人至少明白彼此敌对的原因，而莱蒂对所发生的一切毫不知情。她是整件事中唯一无辜的人，被卷入这场交火中对她很不公平。她只知道情况很不对劲，她使尽浑身解数想弄清事情的原委，都快把自己逼疯了。如果换成别人，或许会渐渐变得孤僻而阴沉，因为被最亲密的朋友们隔绝在外而心生怨气。但莱蒂同往常一样执拗，她打定主意要用蛮力解决问题。面对"出什么事了"这个问题，谁也不肯给出确切的答案，于是她决定试着逐个击破，用过分殷勤的善意打探他们的秘密。

但效果却与预期完全相反。现在她一走进房间，拉米便起身离开。作为莱蒂的室友，维克图瓦无处可躲，现在她每次出现在早餐桌旁都面容憔悴、怒气冲冲。当莱蒂请维克图瓦把盐递给她时，维克图瓦恶狠狠地说让她自己动手，莱蒂难过地缩了回去。

莱蒂没有气馁，反而开始在和他们分别独处时挑起极其私密的话题，就像牙医试探哪一颗牙齿疼得最厉害，以寻找需要修补的地方。

有一天，她对罗宾说："这一定很不容易。你和他。"

罗宾第一反应以为她说的是拉米，不由得僵在原地："我不——你想说什么？"

她说："这实在太明显了。我是说，你和他长得太像了。所有人都能看出来，没有人会不这么怀疑。"

罗宾这才意识到她说的是洛弗尔教授。他大大松了一口气，甚至真的和莱蒂聊起了这个话题。他承认："这样安排是很奇怪。只是我已经习以为常，早就不去想为什么不能有别的安排了。"

"他为什么不公开承认你的身份？"她问道，"你觉得会不会是因为他的家庭？因为他的妻子？"

第十六章　327

"也许吧，"他说，"但我真的不介意。说实话，就算他真的承认他是我父亲，我也不知道该怎么办。我不确定我想做洛弗尔家的人。"

"可是这样你不伤心吗？"

"为什么要伤心？"

"嗯，我父亲——"她起了个头又止住，拘谨地咳了几声，"我是说，你都知道的。自从林肯那件事以后，我父亲不愿和我说话，他再也没有看着我的眼睛对我说过话，而且……我只是想说，我大概知道那是什么感觉。就是这样。"

"我很抱歉，莱蒂。"他拍了拍她的手，却立马为此感到愧疚：这个举动显得太做作了。

但莱蒂却照单全收。她一定也极度渴望亲昵的接触，渴望通过某些迹象确认她的朋友依然喜欢她。她伸手握住罗宾的手："我只是想说，我在这里陪着你。希望你别介意我说话太直，但我确实注意到他对你不一样了，和以前不一样了。他不愿直视你的眼睛，也不愿直接对你说话。我不知道发生了什么，但他对你的所作所为是不对的，而且很不公平。我想让你知道的是，小燕子，如果你想找人聊聊的话，我一直在这里。"

莱蒂以前从不叫他小燕子。那是属于拉米的称呼，罗宾险些脱口而出，但他及时意识到这可能是最糟糕的回应。他尽力提醒自己要表现出善意。毕竟，莱蒂只是在以自己的方式安慰他。就算她固执己见又专横傲慢，但莱蒂也的确在乎。

"谢谢你。"罗宾握了握她的手指，没有再细说下去，希望这样就能给这段对话强行画上句号，"我很感激。"

好在还有工作可以分散注意力。巴别塔安排专精于不同语言的全班学生参与同一趟毕业之旅，足以证明英国各大贸易公司的影响力和人脉。殖民贸易的触角遍及全球各地的数十个国家，劳动者、消费者和生产者使用着数十种语言。在这趟旅程中,拉米时常被请去给说乌尔都语和孟加拉语的远东水手做翻译,就算他的孟加拉语现在顶多只有入门水平也不要紧。莱蒂和维克图瓦则被拉去查看航程下一站毛里求斯的航运舱单,翻译从离开中国的法国传教士和法国贸易公司那里偷来的信件。拿破仑战争已落下帷幕,但帝国之间的竞争远未终结。

每天下午两点到五点,洛弗尔教授都要给拉米、莱蒂和维克图瓦上汉语官话课。没有人指望他们能在登陆广州时就说上一口流利的汉语,重点是给他们灌输足够多的词汇,好让他们能够理解基本的情景、命令和普通名词。洛弗尔教授还指出,从教学角度而言,在极短时间里学习一门全新的语言大有裨益,头脑可以得到高强度的锻炼,迅速在语言之间建立联系,将不熟悉的语言结构与他们已经掌握的语言进行对比。

有一天,在下课之后的夜里,维克图瓦对罗宾抱怨说:"汉语太可怕了。没有动词变位,没有时态,也没有名词变格。你怎么知道一句话到底是什么意思?声调就更别提了。我根本就听不出什么声调,可能我没什么乐感吧,反正我真的听不出区别。我都开始觉得这些是编出来的了。"

"没关系。"罗宾安慰她。维克图瓦肯和他说话,这让他十分高兴。拉米在三周后才肯屈尊和他进行最基本的礼节性对话,但维克图瓦已经原谅了他,至少愿意像朋友一样同他说话了,不过她依然保持着一定的距离。"反正广州的人也不说官话,走到哪里都要懂粤语才行。"

"那洛弗尔不会说粤语吗?"

"不会,"罗宾说,"他不会,所以才需要我。"

每天夜里,洛弗尔教授都向他们介绍这次广州之行的任务和目标,让他们提前做好准备。他们将协助几家私有贸易公司进行商务谈判,其中最主要的一家是渣甸洋行。这项任务做起来比听起来更难,因为从18世纪末以来,贸易公司与清廷的关系便充斥着误解和猜忌。对外来影响充满警惕的中国人更愿意将英国人同其他外国经商者一起限制在广州和澳门。但英国商人想要自由贸易，他们想要有开放港口，想要进入岛屿之外的市场，想要清廷取消对鸦片等特殊商品进口的种种限制。

英国人试图拓宽贸易权限的前三次谈判都以惨败收场。1793年，马嘎尔尼使团访华，乔治·马嘎尔尼大人拒绝向乾隆皇帝磕头行礼，最终一无所获，沦为全世界的笑柄。1816年访华的阿默斯特使团也重蹈覆辙，威廉·阿默斯特勋爵同样拒绝向嘉庆皇帝磕头，因此被逐出京城，不得入见。当然，还有1834年造成严重后果的律劳卑事件，这一事件在一场毫无意义的炮战中达到顶点，威廉·律劳卑勋爵也在澳门感染热病，不光彩地死去。

教授一行是为此而来的第四个代表团。洛弗尔教授信誓旦旦地说："这一次与以往不同，因为他们终于请巴别塔的翻译者来主导谈判，再也不会因为文化上的误解而惨败了。"

"他们以前都没有咨询过你们吗？"莱蒂问，"真是不可思议。"

洛弗尔教授说："你会惊讶地发现，经商的人往往觉得不需要我们的帮助。他们默认所有人的言谈举止天生就应该和英国人一样。如果广州那些报刊没有夸大其词的话，他们这种态度对激起当地人的敌对情绪做出了很大的贡献。做好准备吧，本地人不会太友好。"

他们都很清楚将在中国见识到怎样的紧张局面。在最近的伦敦报纸上，他们读到的关于广州的报道越来越多，其中大部分都在宣传英国商人在野蛮未开化的当地人手里遭受的种种羞辱。根据《泰晤士报》的报道，中国军队正在恐吓外国商人，试图将他们从住宅和工厂里驱逐出去，还在本土的报刊上发表关于外商的侮辱性言论。

洛弗尔教授坚定认为，这些经商者原本可以采取更柔和的态度，但是从根本上说，眼下高度紧张的局面都是中国人的错。

他说："问题在于，中国人深信自己是世界上最优越的民族。他们在公文中坚持用'夷'这个字来称呼欧洲人，然而我们一次又一次地要求他们使用更加尊重人的说法，因为'夷'是指野蛮的外族。他们在所有商贸和法务谈判中都秉持这样的态度。只认自己的法律，其他一概不理。他们认为对外贸易不是机遇，而是需要处理的、惹人厌的入侵。"

莱蒂问："所以您支持采取暴力？"

洛弗尔教授用令人意外的激烈口吻说："暴力没准是最适合对付他们的手段，可以好好给他们一个教训。中国是一个由半野蛮的民众组成的国度，政权掌握在落后的满族统治者手中；强迫他们对商贸企业开放，接受进步，这对他们有好处。我不反对一点点动荡。有时候，一直哭闹的孩子就必须挨打。"

听到这里，拉米侧目瞥了罗宾一眼。罗宾移开了目光。对此，他还有什么话可说？

六周终于要过去了。一天夜里，洛弗尔教授在晚餐时通知说，他们将在次日中午在广州码头靠岸。在下船之前，维克图瓦和莱蒂被要求束紧胸部，将她们在高年级蓄起的长发修剪到齐耳处。

洛弗尔教授解释说："中国人严格禁止外国女性进入广州。他们不喜欢经商者带家人一起来，这让他们觉得外国人打算在此长住。"

莱蒂抗议道："他们总不能强行禁止吧。那些人的妻子怎么办？还有女仆呢？"

"这里的外国人都在当地雇用仆人，都把妻子安顿在澳门。中国人在执行这些法律时相当认真。上一次有英国人试图带妻子来到广州时，我印象中那是威廉·贝恩斯，当地政府威胁要出动官兵将他的妻子赶走。[1] 总之，这是为了你们好。中国人对待女性的态度非常恶劣，他们没有骑士精神的概念，也不尊重女性，在某些情况下甚至不允许她们出

---

[1] 最后，贝恩斯在英国商行门口架起一门大炮，不让中国人抓走他的妻子。紧张的局面持续了两周，直到那位女士以和平方式被劝离。——原注

第十六章

门。乔装成年轻男子对你们更有利。你们会发现，中国社会至今依然相当落后且不公。"

"我真好奇那会是什么样子。"维克图瓦接过帽子，冷冷地说。

第二天一早，他们在日出时分登上甲板，在船头漫无目的地转圈，偶尔倚靠在栏杆上眺望，仿佛凑近这几英寸，就能早点看到航海科学宣称他们正在疾速靠近的地方。当黎明时的浓雾散去，露出碧蓝的天空时，地平线上立刻显现出一条细细的、绿色与灰色交错的条纹。条纹的细节渐渐清晰起来，仿佛一个正在化为现实的梦境。模糊的色彩变成海岸，变成掩映在大量船只后的建筑剪影，而这些船只停泊的地方，正是大清帝国与世界接触的微小一点。

十年来的第一次，罗宾发现他正凝望着故乡的海岸。

拉米静静地问他："在想什么？"

这是几周以来拉米第一次直接对他说话。这并不是停战的表示，拉米依然拒绝直视他的眼睛。但这确实是个开始，拉米在不情愿地承认：尽管发生了这么多事，但他依然在意罗宾。对此，罗宾心怀感激。

他实话实说："我在想汉语里表示日出的那个汉字。"他无法任由自己细想整件事的巨大影响。如果他不集中精力去想他熟悉的语言，如果他不这样分散注意力，他的思绪便很可能飘向别处，他害怕自己会失控。他在空气中写出那个汉字："旦。它是这样构成的：上半部分是日，表示太阳；下半部分是一横。我正在想，这个字真是太美了，因为它是如此简洁。你看，它是最直观的象形文字——因为日出就是太阳从地平线上冉冉升起。"

第十七章

> 哪片水岸没有我们的血在漂？
>
> ——贺拉斯，《颂诗集》[1]

一年前，罗宾无意中听到科林和夏普兄弟在公共休息室里大声讨论，之后，他花了一个周末独自前往伦敦，去看大名鼎鼎的梅阿芳。梅阿芳被广告包装成"中国淑女"，当年她被一对经商的美国兄弟带出中国。起初，兄弟俩打算让这位东方女士来展示他们在海外购得的商品，但他们很快意识到，展览她本人就可以在美国东海岸挣一大笔钱。这一回是她首次来到英国。

罗宾曾在别的地方读到过，梅阿芳也来自广州。他不确定自己在期待什么，除了匆匆看一眼与他来自同一片故土的人，他想自己或许还能和她有片刻的交集。他凭票走进广告宣传上的"中国沙龙"，那是一间花哨艳俗的演出厅，装饰着随意摆放的瓷器和劣质中国画仿品，大量金色和红色锦缎在廉价纸灯的映照下鲜艳得让人喘不过气。那位"中国淑女"被安置在房间前方的一张椅子上。她穿一件蓝丝绸对襟上衣，看上去非常娇小，裹在亚麻布里的双脚搭在她身前的小软垫上，十分醒目。罗宾在售票处领到的宣传手册上说她大概二十多岁，但她完全有可能只有十二岁左右。

房间里人声鼎沸，拥挤的观众中大部分是男人。当她缓缓弯下身解

---

[1] 引自《贺拉斯诗全集》，[古罗马]贺拉斯著，李永毅译，中国青年出版社，2017年。——译注

开裹脚布时，所有人都鸦雀无声。

宣传手册里也介绍了她这双脚的故事。同许多年轻的中国女子一样，梅阿芳在幼年时被折断脚骨裹成小脚。双脚不再继续长大，弯折成不自然的弓形，让她走起路来摇摇晃晃，步态蹒跚。当她在舞台上来回走动时，罗宾身边的男人纷纷往前挤，想凑近看得清楚一些。但罗宾无法理解这种吸引力。她的小脚看上去既不色情也不迷人，反而是对隐私的极大侵犯。罗宾站在那里看着，那感觉就好像梅阿芳在眼前褪下衣裤一样，令他尴尬万分。

梅阿芳走回到椅子边上。突然，她的目光定格在罗宾身上。她似乎扫视了整个房间，然后在他脸上感受到了一丝亲切。他满脸通红地挪开了目光。接着，梅阿芳开始歌唱，旋律轻快，余音绕梁。罗宾对这首歌并不熟悉，也听不懂歌词。他在人群中挤出一条路，离开了房间。

在那之后，除了格里芬以外，他再也没见过任何一个中国人。

当他们乘船进入内陆时，罗宾注意到莱蒂不断端详他的脸，随即又去打量那些码头工人的面孔，仿佛在对比他们的相貌。或许她在仔细判断罗宾究竟有多像中国人，又或许是在观察他的情绪是否正在掀起滔天巨浪。但他心中没有掀起一丝波澜。还有几分钟就要踏上恍如隔世的故土，此刻罗宾站在甲板上，他能感受到的只有空洞。

他们在黄埔下船，换乘更小的船在广州城内沿河而上。此时，这座城市成了噪声的海洋，锣鼓声、鞭炮声和往来船只上船夫的吆喝声交织成隆隆的轰鸣，吵闹得让人难以忍受。罗宾不记得他童年时有这样的喧嚣。要么是广州变得繁忙了许多；要么是他的耳朵不再习惯这座城市的声音。

他们在牡驴尖上岸，前来迎接的是渣甸洋行的对接人贝利斯先生。贝利斯先生身材矮小，衣着讲究，黑眼睛透着聪明劲，说起话来生动得出奇。他依次大力握了握洛弗尔教授、罗宾和拉米的手，对女孩们则视若无睹："你们来的时机再好不过。这里陷入了灾难，中国人一天比一天更胆大妄为。他们破坏了分销链，前几天还把一艘停在港口的快船炸成了碎片。谢天谢地，船上没人。要是再这样下去，镇压活动会让我们根本没法再做生意。"

"欧洲的走私船现在怎么样？"洛弗尔教授在路上问道。

"那倒是个变通的办法，但是收效甚微。后来总督开始派人挨家挨户搜查。全城人都吓坏了。只要提起鸦片这个词就能把人吓跑。这全是皇帝新派来的那个钦差大臣林则徐的错。你们很快就会见到他。他就是我们要对付的人。"贝利斯先生边走边说，语速极快却一点也不气喘，令罗宾十分惊奇，"他到任以后责令我们立刻将运来中国的鸦片全部交出去。这是今年三月的事。我们当然没有答应，于是他断绝通商，告知我们不得离开商行，直到肯遵守他们的规则。你能想象吗？他把我们封锁了。"

"封锁？"洛弗尔教授重复道，神情有一些担忧。

"噢，这个嘛，其实也没那么糟。中国员工都回家了，这倒是个考验，我不得不自己洗衣服，真是场灾难。但除此之外，我们整体上保持着高昂的情绪。唯一真正算得上伤害的是我们吃得太多，又缺乏锻炼。"贝利斯先生短促而阴险地笑了一声，"好在都过去了，现在我们可以随意在外面转悠，不会受到伤害。但是他们必须受到惩罚，理查德。他们必须明白，这事不可能就这么算了。啊，我们到了，女士们先生们，这里就是你们在广州的家。"

他们来到西南郊区，眼前是十三座排成一列的建筑，呈明显的西式风格，处处是走廊内凹的骑楼、新古典主义装饰和欧洲的旗帜。与广州的其他部分相比，这些建筑极其不和谐，仿佛某个巨人从法国或英国掘起一整条街，将它整个丢在这座城市的边缘。贝利斯先生介绍道，这些

第十七章

就是商行，它们并不是制造商品的地方，而是贸易代理商的住所。[1]在贸易旺季，商人、传教士、政府官员和士兵都住在这里。

贝利斯先生说："它们很漂亮，不是吗？就像一把落在垃圾堆上的钻石。"

他们将住在新英国商行。在贝利斯先生的带领下，他们迅速穿过一楼的仓库、会客厅和餐厅，来到楼上的客房。他说这里还有一间藏书丰富的图书室，几座楼顶露台，甚至还有一座临河的花园。

贝利斯先生警告他们："现在他们严格要求外国人留在外国的飞地之内，所以不要自己出去探险。待在商行里。奥地利商行——三号楼就是——有一个角是马克威克和莱恩商店，那里有卖各种你们可能需要的欧洲商品，不过除了航海图以外没有多少书。那些花船绝对不许去，听清楚了吗？如果你们需要陪伴的话，我们那些做生意的朋友可以安排一些性格更柔婉的女子在夜里来访——不需要？"

拉米的耳朵红得发亮："我们不需要，先生。"

贝利斯先生咯咯一笑："随你们的便。你们就住这条走廊。"

罗宾和拉米的房间光线昏暗。墙壁起初想必是深绿色，如今已接近黑色。女孩们的房间也一样暗，甚至还小了许多，单人床和墙壁之间的空间勉强可供人通过。这个房间也没有窗户。罗宾无法想象，她们怎么可能在这里住两周。

"严格说来，这里是间储藏室。但我们没法让你们住得离绅士们太近，"至少贝利斯先生努力表现出抱歉的口气，"你们明白的。"

"当然，"莱蒂将行李箱拖进房间，"感谢您提供住宿。"

放下行李之后，他们在餐厅集合。餐厅里有一张足够让至少二十五

---

[1] "商行"一词的英文 factory 也有"工厂"的意思。此处之所以叫"商行"是源于 factor 一词，即"贸易代理人、代理商"。——译注

人入座的巨大餐桌。餐桌正中上方悬挂着一台用帆布绷在木框架上做成的巨型风扇，一个做苦力的仆人不断拉动风扇，让它在整个就餐期间一刻不停地扇风。罗宾觉得这很让他分心，每次看到那位仆人的眼睛，他都感觉到一阵突兀而古怪的负罪感，但是商行的其他居民却好像根本视而不见。

那天的晚餐是罗宾忍受过的最可怕、最难熬的活动之一。一同就餐的包括渣甸洋行的雇员、其他航运公司（马尼亚克洋行和 J. 斯科特洋行）的代表，还有一些罗宾很快就忘记名字的人。他们看起来都是与贝利斯先生一个模子刻出来的白人男性：表面上迷人又健谈，衣着整洁光鲜，但是却散发出一种难以捉摸的肮脏气息。除了商人之外，席间还有一位出生在德国的传教士郭施拉牧师，很显然，他主要在为航运公司做口译，而不是劝中国人归信基督。郭施拉牧师自豪地告诉他们，他还是实用知识传播协会[1]在中国的成员，眼下正在为一本汉语杂志撰写系列文章，向中国人普及"自由贸易"这一艰涩的西方概念。

在上头盘菜（淡而无味的姜汤）时，贝利斯先生对罗宾说："你们能来共事，我们很是欣慰。能用英语说出一句囫囵话的优秀汉语翻译者太难找了。接受西式训练的翻译者就好多了。周四我要会见钦差，到时候你来做口译。"

"我？"罗宾吃了一惊，"为什么是我？"他觉得这个问题很有道理。他从来没有做过专业的口译，而且，选择他参与和广州最有权威的人物会面显得很古怪。"为什么不是郭施拉牧师？或者洛弗尔教授？"

洛弗尔教授冷漠地说："因为我们是白人，也就是蛮夷。"

贝利斯先生说："而他们当然不肯对蛮夷说话。"

---

[1] 该协会成立于 1834 年 11 月，其创办宗旨是借助"知识的火炮"让清帝国对西方经商者和传教士更加开放。它的建立受到伦敦学会的启发，后者通过教育慷慨地提升穷人的地位，打消政治激进主义。——原注

洛弗尔教授说:"不过,郭施拉看起来挺像中国人的。他们不是还以为你至少有一部分东方血统吗?"

郭施拉牧师说:"除非我自我介绍是爱汉者[1]。不过我认为钦差林大人不会太喜欢这个称呼。"

在座的人全都咯咯笑了起来,但罗宾看不出哪里好笑。这番对话透露出一股自鸣得意,某种兄弟之间惺惺相惜的友爱,某种长久分享一个他人无法理解的笑话的默契。这让罗宾想起洛弗尔教授在汉普斯特德的聚会,那时他也从来无法理解那些人心照不宣的笑话,无法理解那些人究竟对什么如此志得意满。

那道汤谁也没有多喝。仆人们撤下汤碗,将主菜和甜点一起端了上来。主菜是土豆和某种浇了酱汁的灰色肉块,罗宾分辨不出是牛肉还是猪肉。甜点更是神秘莫测,那是一块看起来有点像海绵的、鲜艳的橙色物体。

拉米戳了戳他那份甜点:"这是什么东西?"

维克图瓦用餐叉切下一小块仔细检查:"我觉得是太妃糖布丁。"

罗宾说:"是橘子。"

莱蒂吮了吮大拇指:"烤煳了。而且我觉得,这是胡萝卜做的?"

其他客人又开始咯咯直笑。

贝利斯先生解释道:"厨房里的员工全是中国佬,他们从来没去过英国。我们反复描述我们想要的食物,可他们当然对这些食物的味道和做法一无所知,但看他们一次次尝试还是挺滑稽的。下午茶要好一些。他们做甜食挺有一套,我们这里还自己养英国奶牛提供牛奶。"

---

[1] 郭施拉牧师确实经常使用"爱汉者"这个名字。这个别名并不是讽刺,郭施拉的确将自己看作中国人民的捍卫者,他在书信里将中国人民称为善良、友好、开放和有求知欲的民族,只是不巧沦为了"撒旦的奴隶"。他能在秉持这种态度的同时支持鸦片贸易,这种兼容并蓄实在是耐人寻味的反差。——原注

罗宾说:"我不明白,你们为什么不直接让他们做广州当地的菜呢?"

郭施拉牧师说:"因为英国菜让人想起家乡。在遥远的旅途中,人们会很感激这样的物质享受。"

拉米说:"可这东西吃起来像垃圾。"

"所以没有什么比这更像英国菜了。"郭施拉牧师一边说,一边用力切着盘中的灰色肉块。

贝利斯先生说:"总之,钦差大人会非常难对付。传闻说他非常严厉,而且极度保守。他认为广州是藏污纳垢的腐败之地,所有西方经商者都是居心叵测的恶人,一心只想蒙骗他的政府。"

"这家伙挺精明。"郭施拉牧师的话引起了更多扬扬得意的笑声。

贝利斯先生表示同意:"确实,我宁愿他们低估我们。听着,罗宾·斯威夫特,眼前的争议在于对鸦片的禁令,清廷强迫所有外国船只服从中国的法律,若是走私的鸦片必须承担责任。这项禁令从前只是一纸空文。我们把船停靠在——我们管那些地方叫什么来着?外锚地,内伶仃岛和金星门港就是这样的地方,在那里把货物派发给当地的合作伙伴,由他们负责零售转卖。但钦差林大人改变了一切。我说过,他的到任引发了不小的动荡。义律上校是个好人,但遇到事情时就是个孬种。为了平息局面,他任由清廷没收了我们所有的鸦片。"说到这里,贝利斯先生揪住心口,仿佛心脏真的在痛。"两万多箱鸦片。你知道那值多少钱吗?将近两百五十万英镑。我跟你说,这样查封英国财产是不公正的,足够成为开战的理由了。义律上校认为他将我们从饥饿和暴力中拯救了出来,但他只是让中国人看到他们可以骑在我们头上为所欲为。"贝利斯先生拿着餐叉指向罗宾,"这就是我们为什么需要你。理查德已经和你说过我们在这一轮谈判中的诉求了,是吗?"

罗宾说:"我读了谈判的草案。但是我有一点搞不清事情的优先级……"

"噢，是吗？"

罗宾说："嗯，在鸦片问题上下最后通牒显得有一点极端。我不明白你们为什么不把重点放在一些更零散的交易上。我是说，就算没有鸦片，你们显然还可以对其他所有出口产品进行协商——"

贝利斯先生说："没有其他出口产品。其他产品都没那么重要。"

罗宾无助地说："我只是觉得，中国人的做法挺有道理。毕竟鸦片是那么有害的毒品。"

"别犯傻了，"贝利斯先生熟练地露出灿烂的微笑，"抽鸦片是我知道的最安全、最有绅士风度的买卖了。"

这个谎言实在太明显了，罗宾目瞪口呆，对他眨了眨眼。"中国人的报告将它称为祸害国家的滔天罪恶。"

郭施拉牧师说："噢，鸦片没那么大危害。鸦片酊在英国一直是处方药呢。小老太太们经常把它当安眠药用。它并不比烟草或者白兰地更恶劣。我经常把它推荐给我的教众。"

拉米插了进来说："但是，鸦片烟的效果不是比鸦片酊强烈许多吗？在这里引起问题的东西可不像是区区的安眠药。"

贝利斯先生有些不耐烦地说："那不是重点。重点是国与国之间的自由贸易。我们都是自由主义者，不是吗？拥有商品的人和想要购买商品的人之间不应该存在任何限制。这才是公正。"

拉米说："很有意思的辩护，用道德为罪恶开脱。"

贝利斯先生冷笑一声："呵，清皇帝才不在意罪恶。他只是舍不得他的白银，就是这样。但贸易必须有来有回才行，而目前我们正在亏损。显而易见，除了鸦片，我们没有任何中国佬想要的东西。他们对这玩意儿永远欲求不满，愿意为它付出一切。要按我的意思，这个国家的每一个男人、女人和小孩都应该吞云吐雾，抽到无法思考才好。"

说到最后，他一拳捶在桌面上。这一拳的动静可能比他预想的大了一些,就像一声枪响。维克图瓦和莱蒂打了个哆嗦。拉米看上去惊骇得无言以对。

罗宾说:"可是这很残忍。这——这实在残忍得可怕。"

"这是他们自己的选择,不是吗?"贝利斯先生说,"你不能把责任算在商业活动头上。中国佬就是恶心又懒惰,还很容易成瘾。你当然不能因为一个劣等种族的弊病去责怪英国——在有钱可赚的时候不行。"

"贝利斯先生,"一股突如其来的陌生能量让罗宾手指刺痛,他不知道自己是该落荒而逃还是该给那男人一拳,"贝利斯先生,我就是中国佬。"

贝利斯先生终于沉默下来。他来回打量罗宾的脸,仿佛试图凭借他的外貌来判断这句话的真假。而让罗宾无比意外的是,他哈哈大笑起来。

"不,你才不是呢。"他笑得前仰后合,双手交握在胸口,"上帝啊。这太好笑了。不,你才不是呢。"

洛弗尔教授什么也没说。

第二天,翻译工作立刻开始。在广州,出色的语言学者总是供不应求,来自四面八方的需求总是让他们分身乏术。西方经商者不喜欢用获得中国政府许可的本土翻译者,因为他们的英语水平往往不尽如人意。

贝利斯先生对洛弗尔教授抱怨道:"别提英语了,他们那些人里有一半连官话都说不利索。再说,你不能信赖他们会代表你的利益。他们没说实话的时候,你总是能看出来的,有一回我碰到一个人当着我的面谎报海关税率,而阿拉伯数字明明就摆在眼前。"

贸易公司偶尔会雇用汉语流利的西方人,但这样的人十分难得。根据清廷规定,教外国人学汉语是死罪。如今,随着中国的边境略有松动,这条法律不可能再落到实处,但它确实意味着技艺娴熟的翻译者大多是几乎没有闲暇时间的传教士,比如郭施拉牧师。由此产生的结果是，像罗宾和洛弗尔教授这样的人价值千金。可怜的拉米、莱蒂和维克图瓦整日穿梭在商行之间维护保养镌字银器，而罗宾和洛弗尔教授的行程却排得满满当当，从早上八点就开始奔赴会议。

刚吃完早饭，罗宾就陪同贝利斯先生前往港口，同中国的海关官员核对航运舱单。海关办事处提供了他们自己的翻译者，一个瘦得像枯草、戴眼镜的男人，他姓孟，说起英语来慢条斯理，每个单词都念得小心翼翼，仿佛生怕发错一个音节。

孟对罗宾说："现在我们来核对清单。"他那毕恭毕敬、尾音上扬的语调听起来像在提问。罗宾听不出孟到底是不是在征求他的同意。

"呃——好的，"罗宾清了清嗓子，随即用最标准的官话口齿清晰地说，"开始吧。"

孟开始用英语朗读货品清单，每念出一项物品就抬头看看，好让贝利斯先生确认对应的商品存放在哪些箱子里："一百二十五磅铜。七十八磅红肉洋参。二十四箱青……青籽——"

"青仔。"贝利斯先生纠正他。

"青仔？"

"青仔啊，你知道的，"贝利斯先生说，"你乐意的话，也可以叫槟榔。用来嚼的，"他指着自己的下颚模仿咀嚼的动作，"不懂吗？"

孟还是一脸困惑，他向罗宾投去求助的目光。罗宾立刻将"槟榔"翻译成汉语告诉他。孟点了点头说："青籽果子。"

"噢，我受够了，"贝利斯先生厉声说，"让罗宾来念——你可以把整张单子都翻译成英语不是吗，罗宾？这样我们能省下一大把时间。他们真是无药可救，我告诉你，他们所有人都是。这么大一个国家，就没有一个人能把英语说利索。"

孟看上去完全明白这番话的含义。他用尖锐的目光看了罗宾一眼。罗宾低头去看航运舱单，不愿直视孟的眼睛。

***

整个上午都是如此。贝利斯先生会见了一连串中国代理人,他的态度都粗鲁得难以置信,总是望着罗宾,好像希望罗宾不仅要翻译他所说的话,还要翻译出他对对方彻头彻尾的鄙夷。

等到他们暂时休息去吃午餐时,罗宾已经头疼得厉害。他在贝利斯先生身边一刻也待不下去了。就连回到英国商行吃晚餐时,罗宾也没有片刻安宁。贝利斯先生在整个晚餐期间都在复述海关官员白天提出的愚蠢要求,从他口中说出的故事让人觉得,罗宾的唇枪舌剑就是他打在中国人脸上的一记又一记耳光。拉米、维克图瓦和莱蒂都一脸迷惑。罗宾几乎没有说话。他狼吞虎咽(这次是一盘虽然没什么滋味、但更容易忍受的牛肉盖饭),然后宣布他要出去走走。

贝利斯先生问:"你要去哪里?"

"我想去城里逛一逛,"罗宾的怒气让他变得大胆,"我们今天的工作已经结束了,不是吗?"

贝利斯先生说:"外国人不允许进城。"

"我不是外国人,我就出生在这里。"

贝利斯先生没有反驳。罗宾把沉默权当成是默许。他一把抓起大衣,大步向门口走去。

拉米匆匆跟了上来:"我和你一起去怎么样?"

求之不得。罗宾险些脱口而出,但他犹豫了:"我不确定你能不能去。"

罗宾看见维克图瓦和莱蒂望着他们。莱蒂似乎想站起身来,但维克图瓦按住了她的肩膀。

"我不会有事的,"说着,拉米披上大衣,"我和你一起去。"

他们走出大门,沿着十三行往前走。当他们从外国飞地走进广州郊

第十七章

区时，没有人阻止他们，没有人抓住他们的手臂，勒令他们掉头回到他们应该待的地方。就连拉米的面孔也没有引起特别的议论；印度水手在广州十分常见，他们没有白人那么引人注意。这里的情况与他们在英国的处境完全相反，真是奇妙。

在罗宾的带领下，两人漫无目的地穿过广州闹市区的大街小巷。罗宾不知道自己在寻找什么。童年常去的地方？熟悉的地标建筑？他头脑中没有目的地，没有一处想起来就让心潮澎湃的地方。他只能感觉到一种深切的紧迫感，一种在日落之前尽可能多去一些地方的欲求。

"感觉像家吗？"拉米问道，他的声音轻柔而平和，仿佛踮着脚尖小心翼翼地在蛋壳上行走。

"一点也不像，"罗宾说，他内心深处无比困惑，"这是——我也不确定这是什么感觉。"

广州和他离开时已有天壤之别。从罗宾记事起，码头上就一直在盖房子，现在那些工地已经摇身一变，成了一片片崭新的建筑群：仓库，办公楼，旅馆，饭馆，还有茶楼。不过，他还能期待什么呢？广州一直是一座变化万千、活力无限的城市，它对大海运来的一切兼容并蓄，将自己打造成独具特色的融合体。他怎么可能指望这座城市始终停在过去驻足不前？

话虽如此，这天翻地覆的改变依然像是一种背叛。仿佛这座城市截断了所有可能带他回家的路。

"你以前住在哪里？"拉米问，他的语气依然谨慎且温柔，好像罗宾是一个装满各种情绪的篮子，随时可能倾倒。

罗宾四处看了看："在一个棚户区。我觉得，离这里不远。"

"你想去吗？"

罗宾想起那座干燥而憋闷的宅子，想起排泄物和腐尸的恶臭。那是这世界上他最不想再次造访的地方。然而如果连看都不去看一眼，那似乎更糟。"我不确定还能不能找到,但我们可以试试。"

终于,罗宾找到了通向旧居的路。为他引路的不是如今已面目全非的街道,而是他一路走啊走,直到码头、河流与落日之间的距离变得熟悉起来。是的,这里就是家应该在的地方。他记得河岸的曲线,也记得对岸的人力车集散地。

"就是这里吗?"拉米问,"这里都是商店啊。"

这条街与他记忆中没有半点相似之处。他们一家居住的宅子已经从这个星球表面彻底消失,甚至看不出它的地基在哪里,可能就在他们面前的这座茶楼下方,可能在左边的办公楼下方,也可能在靠近街道尽头的那家富丽堂皇的店铺下方。那家店铺的招牌上用艳丽的红字写着:花烟馆。一家鸦片烟馆。

罗宾大步向那里走去。

"你要去哪里?"拉米匆忙跟在他身后,"那是什么店?"

"那就是所有鸦片的去处。他们就是来这里抽鸦片的。"罗宾突然生出一股难以抑制的好奇心。他来回打量着店面,想要记住每一处细节:硕大的纸灯笼,涂漆的外墙,浓妆艳抹、身穿长裙、站在店门口招揽客人的女孩们。走近时,女孩们对他微笑,像舞者一样向他伸出手臂。

"你好呀,这位爷,"她们用粤语柔声说,"不想进来找点乐子吗?"

"我的天哪,"拉米说,"快回来,别过去。"

"稍等一下。"罗宾感到某种强烈的力量、某种扭曲的求知欲在驱使他,与驱使人们捅破溃疡,只为看看到底有多疼的那种恶毒的冲动如出一辙,"我只想去看一看。"

走进烟馆,迎面而来的气味像一堵墙撞在他身上。那是一种黏腻的香甜气息,既让人反胃又充满诱惑。

"这位先生,欢迎光临。"老板娘搀起罗宾的手臂,一看见他的表情,她便露出灿烂的微笑,"这是你第一次来吧?"

第十七章

"我不——"突然间,罗宾不知该如何回答。他能听懂粤语,但他已经不会说了。

"你想尝尝吗?"老板娘举起一杆烟枪递给他,烟枪已经点燃,烟斗里缓慢燃烧的鸦片闪动着火光,烟嘴里飘出一缕青烟,"这位爷,第一次我们请客。"

"她在说什么?"拉米问道,"小燕子,别碰那东西。"

"你看他们多享受啊,"老板娘向大堂里做了个手势,"你不想尝一口吗?"

烟馆里到处都是人。罗宾刚才没有注意到他们,屋里太暗了。但现在他看到,屋里至少有十几个抽鸦片的人瘫在低矮的长椅上,各个衣衫不整。有人爱抚着坐在膝头的姑娘,有人无精打采地玩着赌博游戏,还有些人神情恍惚地躺在那里,半张着嘴,半闭着眼,空洞的眼神注视着虚空。

你舅舅根本离不开那些烟馆。眼前的景象一下让他想起过去十年都没回忆过的话语,他母亲的话语,在他的整个童年无数次叹息的话语。我们曾经很富有,乖孩子啊。再看看我们如今的光景。

他想起母亲苦涩回忆过去的场景,她回忆曾经打理的花园、曾经拥有的衣裳,直到他舅舅在一间这样的鸦片馆里耗尽家财。他想象着母亲年轻而绝望的样子,她甘愿为一个许诺付钱的外国男人做任何事,那个男人利用她、虐待她,然后留给她一个英国女仆和一整套让人费解的指示,要求她抚养他们的孩子,她的孩子,教会这孩子一种她自己根本不懂的语言。罗宾的出生源自因贫穷而做出的选择,而贫穷源自眼前的一切。

"这位爷,抽一口吧?"

还没等他反应过来,烟枪已经在他嘴里了。他抽了一口。老板娘的笑容愈加灿烂,她说了几句他听不懂的话,一切都是那么甜美,却又让人眩晕，既可爱又可恶。他咳嗽起来，接着又用力吸了一口。他必须看看这东西多么容易上瘾，他必须知道它是否真的能让人牺牲其他的一切。

"行了，"拉米抓紧他的手臂，"够了，我们走。"

他们穿过城市匆匆往回走，这一次带路的是拉米。罗宾一言不发。他不知道那几口鸦片对他的影响有多大，不知道此刻的症候是不是纯粹的想象。曾经有一次，他出于好奇翻阅了德·昆西的《瘾君子自白》，书中称鸦片的效果能让所有感官都获得"宁静与和谐"，能让人实现"高度的沉静自持"，还能"拓宽心灵的疆界"。但是罗宾没有感受到上述效果中的任何一种。唯一能描述他此刻状态的词语是"不太对劲"。他隐约觉得有些恶心，头昏脑涨，心跳太快，身体的反应又太慢。

"你还好吗？"过了一会儿，拉米问道。

"我要淹死了。"罗宾嘟囔道。

"不，你不会的，"拉米说，"你只是太激动了。我们这就回商行去，你好好喝一大杯水——"

罗宾说："它叫洋货。这就是她对鸦片的称呼。'洋'是'外来的'，'货'就是商品。'洋货'就是'外国商品'。他们对外国来的一切都这么称呼。洋人。洋行。洋货热，就是对外国商品和对鸦片的迷恋。我也算洋货，我是洋人。"

他们在一座桥上停下脚步。渔夫和舢板在桥下来回穿梭。人声鼎沸，话语嘈杂。罗宾远离这种语言太久了，现在必须集中精力才能听个分明。这些喧嚣让他只想捂住耳朵，将周围的声音隔绝在外，这些声音本该带来家的感觉，可是并不如愿。

他说："我很抱歉没有告诉你赫耳墨斯社的事。"

拉米叹了口气："小燕子，现在不是时候。"

"我应该告诉你，"罗宾坚持说下去，"我应该告诉你，可我没有，因为不知为什么，我的思想还是分裂的，我从来没有把两件事合在一起思考，因为我就是看不出问题……我就是——我真不知道自己为什么看不出问题所在。"

拉米默不作声地端详了他很久，然后凑近几步。就这样，他们并肩站在桥上，凝望着水面。

拉米平静地说："你知道吗，我的监护人霍勒斯·威尔逊爵士曾经带我去参观他投资的一片罂粟田。在西孟加拉邦。我想我从来没和你说过这件事。那里是大片种植罂粟的地方，西孟加拉邦、比哈尔邦、巴特那邦都是。霍勒斯爵士在其中一座种植园有股份。他对此无比自豪，认为这是殖民贸易的未来。他让我和现场的劳工握手。他告诉这些劳工，也许我将在未来的某一天成为他们的监工。他说，这东西改变了一切。这东西能扭转贸易逆差。"

拉米将手肘撑在桥栏杆上，叹了口气说："我想我永远忘不了看见的景象。漫山遍野的罂粟花。一整片花朵的汪洋，红得那么鲜艳，田野看起来很不正常，就好像是土地本身在淌血。罂粟全都种植在乡下。包装好之后再运往加尔各答，从那里移交给私营商贩，他们会直接将鸦片运到这里。这里最流行的两个鸦片品牌是巴特那和摩腊婆，都是印度的地名。从我的家乡直达你的家乡，小燕子。这难道不可笑吗？"拉米侧目瞥了他一眼。"英国正在把我的祖国变成一个制造毒品和军队的国家，只为将毒品注入你的祖国。大英帝国就这样将我们联系在一起。"

这时，罗宾在头脑中看见一张巨型蛛网：棉花从印度运往英国，鸦片从印度运往中国，白银在中国换取茶叶和瓷器，一切财富随即又流回英国。这听起来太过抽象，仅仅涉及使用、交换和价值的范畴，但它终将变得不再抽象。你终将意识到，你就生活在这张网中，你的生活方式导致了剥削。你终将俯视这一切，看到殖民劳工和殖民地痛苦的全貌。

"病态，"他低声说，"这是病态的，太病态了……"

拉米说："可这只是贸易而已。所有人都在受益，所有人都在获利，不过只有一个国家获利远远更多。持续的收益，这就是他们的逻辑，不是吗？所以我们为什么要试图打破局面呢？我要说的是，小燕子，我想我理解你为什么一直看不出问题了。几乎没人能看出问题所在。"

自由贸易。这始终是英国人的论点：自由贸易，自由竞争，人人平等参与的竞争环境。只不过，事实永远不会走向这种局面，不是吗？"自由贸易"真正的意思是让大英帝国占据支配地位。当贸易要依靠集结大规模海军力量来保障海运畅通时，哪里有自由可言？当区区贸易公司就能发动战争、征收税费、干预民事和刑事司法的时候，哪里还有自由可言？

格里芬有愤怒的权利，罗宾心想，但他错在以为自己能做出改变。这些贸易网络已经根深蒂固，没有什么能再撼动这种局面。其中牵扯到太多私利、太多金钱。他们可以看出事情将走向何方。可有力量做出改变的人都处于既得利益者的位置，而最深受其害的人却没有任何力量。

罗宾说："这很容易忽略。这一切所建立的基础，我是说，当你在牛津和在巴别塔的时候，它们只是词语，只是概念。但世界比我想的要大多了——"

拉米说："世界和我们想的一样大。只是我们忘了，世界的其他部分也很重要。我们太擅长对摆在眼前的事情视而不见了。"

罗宾说："可是现在我看到了，至少，比以前更明白一点了。这让我心碎，拉米，而我甚至不理解为什么。就好像——好像——"

好像什么？好像他见过真正残酷的事？好像他见过西印度群岛最残忍的奴隶种植园，见过印度那些在完全可以避免的饥荒中饿死的尸体，见过新世界惨遭屠戮的原住民？他所见到的仅仅是一家鸦片馆，但这足以让他联想到其他可怕的、无法否认的一切。

他俯身倚在桥上，好奇一头栽进河里会是什么感觉。

"你是打算跳河吗，小燕子？"拉米问。

罗宾深吸了一口气："只是感觉不太……感觉我们没有权利再活下去。"

拉米的声音十分镇定："你真的这么想？"

"不，我没有，我只是……"罗宾紧紧闭上眼睛。他的思绪乱成一团，不知如何表达，只能紧紧抓住回忆，抓住一闪而过的只言片语。"你读过《格列佛游记》吗？我住在这里的时候总在读这本书，读得都快背下来了。书里有一章写道，格列佛随风漂流到一片由马统治的土地上，它们自称是慧骃，而那里的人类是野蛮愚蠢的奴隶，被它们称为野胡。人和马的地位完全颠倒。格列佛渐渐习惯了和他的慧骃主人生活在一起，他也深信慧骃是优等种族，以至于在回到家乡之后，他被人类吓坏了。他觉得人类都是低能的蠢货，无法忍受和他们相处。就是这样……那就是……"罗宾在桥上前后摇晃身体，无论怎样用力呼吸，他都觉得透不过气，"你懂我的意思吗？"

"我懂，"拉米温柔地说，"但是在这件事上大惊小怪对我们没有任何好处。所以下来吧，小燕子，我们回去把那杯水喝了。"

第二天一早，罗宾陪同贝利斯先生前往位于市中心的官府，与钦差大臣林则徐会谈。

走在路上，贝利斯先生说："这个姓林的比别人聪明。他完全清廉，在东南地区，人们都喊他林青天，和苍天一样清明公正。他对贿赂无动于衷。"

罗宾一言不发。他决心强忍着熬过在广州余下的任务，只完成对他的最低要求，其中并不包括怂恿贝利斯先生关于种族主义的长篇大论。

贝利斯先生没有注意到罗宾的反应，接着说："听好了，一定要保持警惕。中国人特别擅长耍花招，搞两面派是他们的天性，还有别的毛病。他们总是嘴上说一套，心里又想一套。小心点，别让他们占了上风。"

"我会留心的。"罗宾简短地说。

听贝利斯先生的描述，人们一定会把钦差林大人想象成一个身高九英尺、眼中喷火、头上顶着恶魔之角的人物。见面才知道，钦差大臣本人其实是个态度温和、相貌儒雅、身高和体格都中等的男人。他全身上下都没什么特别之处，唯独眼睛与众不同。那双眼睛异常明亮，极具洞察力。他带来了自己的口译员，一位自我介绍名叫威廉·博特略的年轻中国男子。让罗宾意外的是，他是在美国学会英语的。

"欢迎，贝利斯先生，"林大人一开口，威廉便迅速将他的话翻译成英语，"听说你有些想法要同我磋商。"

贝利斯先生说："你也知道，关键问题是鸦片贸易。渣甸先生和马地臣先生的观点是，如果渣甸洋行的代理人能在广州口岸合法销售鸦片而不受到阻挠，你我两国人民都将从中受益。如果官府能就今年早些时候对洋行的贸易代理人所受的不友好待遇正式道歉，两位先生将十分感激。另外，数月前没收的那两万箱鸦片也应当归还给我们，或者至少提供相当于其市场价值的货币补偿，这应该是唯一公正合理的做法。"

罗宾轻而易举地翻译出贝利斯先生罗列的要求。列出最初几项时，林大人只是静静听着，偶尔眨眨眼睛。罗宾尽量不去转达贝利斯先生响亮而自视高人一等的语气，相反，他尽最大努力用平淡、没有情绪的方式说出这些要求。尽管如此，他还是尴尬得耳朵通红。这不像是对话，倒像是大人在训诫不懂事的孩童。

林大人没有回应，但贝利斯先生毫不觉得为难。当后者的话遇上对方的沉默时，他只会继续说下去："渣甸先生和马地臣先生还有一句话要说：大清皇帝理当认识到，清政府的排外贸易政策对中国人没有好处。实际上，你们自己的人民都痛恨你们的贸易壁垒，他们不认为贸易壁垒代表他们的利益，反而更乐意与外国人自由往来，因为这也能给他们带来追求财富的机遇。毕竟，自由贸易才是国家繁荣的秘诀。相信我，你们中国人不妨读一读亚当·斯密。"

林大人终于说话了，威廉·博特略飞快地翻译起来。这是一场在四人之间展开的古怪交谈，每个人都只对其中一人说话，却又只听另外一人的发言。"我们已知晓此事。这些与渣甸先生和马地臣先生在诸多信函中提出的条款完全相同，不是吗？你此番前来有何新事要说？"

罗宾期待地望向贝利斯先生。贝利斯先生支支吾吾地说："嗯，没有，但这些有必要当面重申——"

林大人双手交握背在身后问道："贝利斯先生，贵国对鸦片查禁极严，惩处极重，这难道不是事实吗？"他停下来，让威廉翻译。

"嗯，是的，"贝利斯先生说，"但问题在于贸易，而不是英国国内的法规——"

"还有，"林大人继续说道，"贵国禁止本国国民使用鸦片，此举难道不恰恰证明，你们深知此物对人的危害吗？我们倒想问问，中国何曾向外散播过有毒有害的货品？我国向你们出售的商品，可曾有一件不是大有裨益且贵国大有需求的？而今你却言之凿凿，说鸦片贸易实乃有益我国之举？"

贝利斯先生坚持道："我们讨论的是经济。我曾经遇到过一个海军将官，他扣押了我的船，上船搜查鸦片。我向他解释说，我遵守大清皇帝颁布的法律，船上没有鸦片，结果他公然表示十分失望。你看，他本来希望买下所有的鸦片，然后自己去倒卖。这证明中国人也能从这项贸易中获得不少利益——"

"你依然在回避究竟谁抽鸦片的问题。"林大人说。

贝利斯先生恼火地叹了口气说："罗宾，你告诉他——"

林大人说："我将向你重申我国在致贵国维多利亚女王的信中所述的内容。欲与我天朝上国通商者，必当遵守大清皇帝颁布的律法。而皇上即将施行的新法规定，任何携带鸦片进入中国并且意图出售鸦片的外夷都将处斩，其船上所有财产将尽数充公。"

贝利斯先生吼道："但你不能那么做。那些可是英国公民，还有英国的财产。"

"在他们选择作奸犯科时就不是了。"翻译这句话时，威廉·博特略无比精确地还原了林大人冷静而不屑的态度，连轻挑眉毛的细微之举都模仿得惟妙惟肖。罗宾很是钦佩。

贝利斯先生说："听着，钦差大人，英国人不受你们的司法管辖。你没有任何实际的权力。"

林大人说："我明白，你们相信你们的利益永远凌驾于我国的法度之上。然而此地乃是中国的疆土。因此我得提醒你，以及你的大人们：我们将按自己的判断施行我国的法律。"

"那你也清楚，我们将不得不按自己的判断保卫我国公民。"

罗宾很意外贝利斯先生居然能大声说出这样的话，一时竟忘了翻译。场面陷入尴尬的冷场。最后，威廉·博特略凑到林大人耳边，小声将贝利斯先生的意思翻译成了汉语。

林大人完全不为所动："贝利斯先生，这话是威胁吗？"

贝利斯先生张开嘴，转念一想又闭上了嘴。虽然火冒三丈，但他显然明白，不管他口头上多么喜欢对中国人大放厥词，他都不能在没有政府背书的情况下对中国人宣战。

四方人员在沉默中彼此对视。

后来，林大人毫无征兆地对罗宾微微颔首说："我想同你的助手私下谈谈。"

"他？他没有公司任何的权限，"罗宾机械地翻译着贝利斯先生的话，"他就是个做口译的。"

林大人说："我只想同他闲聊几句。"

"我——可是他没资格代表我说话。"

林大人说:"我不需要他那么做。说实话,我倒是觉得,你我之间该说的都已说尽了。你不觉得吗?"

罗宾愉悦地看着贝利斯先生脸上的神情从震惊转为愤慨。他原想翻译贝利斯先生语无伦次的抗议,但当他发现这些抗议毫无条理可言时,他决定保持沉默。最后,贝利斯先生别无选择,只好跟随仆从走出了房间。

"你也退下。"林大人对威廉·博特略说。后者没有异议地照做了。

这样一来便只有他们两人了。林大人一言不发地端详了罗宾很长时间。罗宾眨了眨眼,他无法与林大人保持对视。他有种被搜身的强烈感觉,只觉得很不自信,而且极不舒服。

"你叫什么名字?"林大人平静地问。

"罗宾·斯威夫特。"罗宾答道,然后困惑地眨了眨眼。在这场用汉语进行的交谈中,这个英国名字显得很不合时宜。他的另一个名字,他的第一个名字已经太久没有使用过,以至于他甚至都没有想过要提起这个名字。

"我是说——"但他十分窘迫,无法再说下去。

林大人的凝视耐人寻味,纹丝不动,他问道:"你出生在何地?"

"事实上,就在此地,"罗宾说,庆幸终于有个能轻松回答的问题,"不过我在很小的时候就离开了,已经很久没有回来了。"

"有意思。你因何故离开?"

"我母亲死于霍乱,一个牛津大学的教授成了我的监护人。"

"所以你属于他们的学校?那座翻译学院?"

"是的。这就是我前往英国的原因。我一辈子都在学习如何成为翻译者。"

"非常可敬的职业,"林大人说,"我的很多同胞都不屑于研习蛮夷的语言。但自从我到任此地以来,我已主持了数个翻译项目。若要控制蛮夷，必当先了解蛮夷，不是吗？"

这个男人身上的某种气质迫使罗宾只能实话实说："这和他们对你们的态度差不多。"

林大人笑了起来。这让罗宾松了口气，也让他愈加大胆："我能请教您一些事吗？"

"但说无妨。"

"您为什么称他们为夷？您肯定知道他们痛恨这个称呼。"

林大人说："'夷'不过是'外邦人'之意。是他们自己在反复强调这个字的内涵，是他们自取其辱。"

"直接称其为洋人不是更简单吗？"

"你愿意让外人来告诉你，你本族语言中的词语都是什么意思吗？要想侮辱他们，我们自然有词可用。他们应该庆幸'鬼'[1]没有成为更普遍的称呼。"

罗宾轻笑道："有道理。"

林大人说："现在我希望你对我坦诚相待。这个话题还有谈判的必要吗？倘若我们忍气吞声、卑躬屈膝，如此就能缓和事态吗？"

罗宾很想说"能"。他真希望他能说：是的，当然还有谈判的余地，英国和中国都是由理性开明之人领导的国度，两国当然可以找到一片无须诉诸武力的中间地带。但是他知道那不是真的。他知道贝利斯、渣甸和马地臣没有向中国人让步的打算。让步的前提是认可另一方拥有与自身平等的道德地位。但是就他所知，对于英国人而言，中国人就像是动物。

"不能，"他说，"他们只想得到自己想得到的，少一点他们都不会接受。他们不尊重你们，也不尊重你们的政府。你们是需要解决的障碍，不管用哪种方法解决。"

---

[1] "鬼"有"鬼魂、恶鬼"的意思，但在此处的语境下主要是对外国人的蔑称，即"洋鬼子、鬼佬"。——原注

第十七章 355

"真叫人失望。这些满嘴权利和尊严的人。"

"我认为他们那些原则只适用于他们认为是人的对象。"

林大人点了点头,似乎在某件事上做出了决断。他的五官显露出坚毅的神色:"如此,便无须再费口舌了,不是吗?"

林大人背过身去。罗宾这才意识到,他可以离开了。

他不确定该怎么做,只得别扭而敷衍地鞠了一躬,然后走出房间。贝利斯先生等在走廊里,看起来很不高兴。

"说什么了吗?"当仆人陪同他们走出官府时,他问罗宾。

"什么也没说。"罗宾答道。他感到轻微的眩晕。这场会面结束得太过突兀,他不知该作何感想。他的精力都集中在发挥翻译技巧、精准地逐字传达贝利斯先生的意思上,因此没有捕捉到谈话中的微妙变化。他隐约感到刚才是一个至关重要的时刻,但他不知道究竟重要在哪里,也不知晓自己在其中所扮演的角色。他不断在脑海中复盘这场谈判,思考自己是否犯了灾难性的错误。但整场会谈都十分文明。他们只是重申了一遍明确写在纸上的立场,不是吗?"他好像认为事情已经解决了。"

他们一回到英国商行,贝利斯先生就立刻冲上楼,将罗宾丢在大厅里。罗宾不知道接下来该做什么。根据安排,他整个下午都该在外面做口译,但贝利斯先生没有留下任何指示就溜之大吉了。他在大厅里等了几分钟,后来他觉得最好待在公共区域,以防贝利斯先生仍需要自己。于是他来到客厅,拉米、莱蒂和维克图瓦正坐在桌旁玩纸牌。

罗宾在拉米身旁的空位上坐了下来说:"你们不用去给白银抛光吗?"

"早就做完了,"拉米塞给他一把纸牌,"说实话,如果你不懂当地的语言,待在这里真有点无聊。我们觉得,等得到允许,没准可以坐船去花地看看水上花园。和钦差大臣的会面怎么样?"

"很奇怪,"罗宾说,"我们没取得什么成果。不过他好像对我很感兴趣。"

"因为他想不通一个中国口译者为什么替敌人效力?"

"大概是吧。"罗宾说。他无法摆脱不祥的预感,就像看着一场风暴正在形成,等待天空被撕成碎片。客厅里的气氛显得过于轻松、过于平静。"你们几个怎么样?会交代些更有意思的事给你们做吗?"

"不太可能,"维克图瓦打了个哈欠,"我们是被抛弃的孩子,爸爸妈妈忙着搞垮经济,没工夫搭理我们。"

"老天爷啊,"莱蒂突然站了起来,惊恐地瞪大眼睛,死死盯着窗户,同时伸手指向窗外,"快看——看在上帝的分上——"

河对岸腾起冲天的火光。但是当他们冲到窗边时,他们看出那是处于人为控制之下的火光,只是翻腾的火舌和烟气看起来好像一场火灾。罗宾眯着眼睛细看,发现火焰的源头来自装在深底小船里的一堆堆箱子,那些小船被推到了浅水区。短短几秒钟后,他闻到了燃烧物的气味:风从对岸带来一股甜腻的香气,透过窗户飘进英国商行里。

鸦片。钦差林大人在焚烧鸦片。[1]

"罗宾。"洛弗尔教授像狂风一般冲进房间,身后紧跟着贝利斯先生。两人都暴跳如雷,尤其是洛弗尔教授,气得脸都扭曲了,罗宾从未见过他这副表情。"你做了什么?"

"我——什么?"罗宾看了看洛弗尔教授,又看向窗户,他困惑极了,"我不明白——"

"你说了什么?"洛弗尔教授揪住罗宾的衣领用力摇晃,"你告诉他什么了?"

自从在书房的那一天之后,这是洛弗尔教授第一次对他动手。罗宾不知道洛弗尔教授可能知道些什么。他的眼神像一头野兽,与往常判

---

[1] 历史上林则徐虎门销烟最后采取的是海水浸化法,即利用石灰遇水沸腾的原理将鸦片溶解,实际并未"焚烧"鸦片。——译注

第十七章

若两人。罗宾疯狂地想：拜托了，拜托，打我啊，打我吧，因为那样我们就会知道答案，那样就不会再有任何问题。但是这阵势来得快也去得快。洛弗尔教授松开罗宾，眨了眨眼，似乎恢复了理智。他后退一步，掸了掸外衣的前襟。

拉米和维克图瓦紧张地站在他们身边，微微屈膝，似乎准备扑到他们中间。

"请原谅，我只是——"洛弗尔教授清了清嗓子，"收拾好你们的东西，到外面等我。你们所有人。'希腊号'已经等在海湾了。"

莱蒂问道："可我们不是还要去澳门吗？我们的通知上说——"

"局势变了，"洛弗尔教授简单地说，"我们已经订了提前回英国的船票。快去。"

第十八章

不在更大范围内进一步展示武力就指望他们明白事理，这实在是奢望。

——詹姆士·马地臣致约翰·珀维斯的信

"希腊号"无比仓促地驶出珠江口。在他们登船后不到十五分钟，这艘船就切断缆绳，拉起船锚，张开风帆。他们冲出港口，跟在他们身后的滚滚浓烟似乎要吞没整座城市。

船员们直到登船后才被告知他们将负责为五名额外的乘客提供食宿，他们很无礼，也很不高兴。"希腊号"不是客船，船舱里已经人满为患。拉米和罗宾被安排同水手们睡在一起。不过女孩们得到了一个私人船舱，她们要与船上唯一的另一位平民共享，那是一个名叫杰迈玛·斯迈思的女人，是来自美国的基督教传教士，试图潜入中国内陆，但是在渡河前往广州郊区时被抓住了。

当他们与她紧挨着坐在食堂里时，她反复询问道："你们知道这乱哄哄的是怎么回事吗？是意外吗？还是中国人故意干的？你们觉得会爆发战争吗？"每隔一段时间，她就激动地重复最后一个问题，尽管他们气急败坏地向她坦言，他们也不知道。终于，她换了个话题，开始问他们在广州做什么，在英国商行如何打发时间。"那家商行里有好几位牧师，是不是？你们的主日崇拜都做些什么？"说到这里，她狐疑地瞪着拉米，"你参加主日崇拜吗？"

"当然去，"拉米绝不放过任何机会，"因为我是被逼无奈的，我在教堂里一有机会就小声向真主道歉。"

"他在开玩笑,"莱蒂抢在惊恐的斯迈思小姐向拉米传教之前说,"他当然是基督徒,我们在进入牛津大学时都必须同意《三十九条信纲》[1]才行。"

斯迈思小姐真诚地说:"我很为你高兴。你回家以后也会传播福音吗?"

"牛津就是我的家。"拉米无辜地眨了眨眼。愿上帝保佑我们,罗宾心想,他生气了。"你的意思是,牛津到处都是异教徒吗?上帝啊,有人告诉过他们吗?"

最后,斯迈思小姐终于厌倦了他们,走到甲板上去做祷告,或者去做传教士分内的工作。罗宾、莱蒂、拉米和维克图瓦围在桌边,他们坐立不安,像淘气之后等待惩罚的小学生。洛弗尔教授不见踪影。他们刚一登船,教授就去找船长谈话了。仍旧没有人告诉他们正在发生什么,或者即将发生什么。

"你到底和钦差大臣说了什么?"维克图瓦静静地问。

"实话,"罗宾说,"我和他说的都是实话。"

"但肯定有什么事激怒了他——"

洛弗尔教授出现在门口。他们都不作声了。

"罗宾,"他说,"我们要聊一聊。"

他没等罗宾回答就转过身,径直向通道下方走去。罗宾不情愿地站起身来。

---

[1] 这是真的。只不过,拉米之所以这么做,是因为不这样就无法进入大学。
宗教一直是他们四人争执不休的话题。尽管根据学院规定,他们都要参加主日崇拜,但只有莱蒂和维克图瓦是自愿的。拉米自然对主日崇拜的每一分钟都深恶痛绝,而被洛弗尔教授养大的罗宾则是一个虔诚的无神论者。洛弗尔教授的观点是:"基督教十分野蛮,那些自我鞭挞、以教规约束自我、血腥迷信的仪式都是让人为所欲为的幌子。如果他们非要你去教堂,那就去,但只需要把那当作一次练习朗诵的机会。"——原注

拉米碰了碰他的手臂："你还好吗？"

"我没事。"罗宾希望大家听不出他的心跳得有多快，他耳中血流的轰鸣又有多么响亮。他不想跟在洛弗尔教授后面，只想藏起来等风波平息，只想坐在食堂的角落里，把头埋在臂弯。但这次对峙酝酿已久。在他被捕那天早上达成的脆弱休战绝不可能持续。他，还有他的父亲，他们自欺欺人太久了。有些事情不可能永远埋没、掩藏或刻意忽略。事情迟早要有个结果。

当罗宾终于走进洛弗尔教授的船舱时，教授正坐在桌子后面漫不经心地翻着字典。他说："我很好奇，你知道港口焚烧的那些箱子价值多少吗？"

罗宾走进船舱，关上身后的舱门。他的膝盖在发抖，感觉自己好像回到了十一岁，在不该读闲书的时候被捉了个正着，正缩着身体等待即将来临的打击。但他不再是孩子了。他拼尽全力不让声音发抖："先生，我不知道钦差大臣那里出了什么事，但那不是——"

"超过两百万英镑，"洛弗尔教授说，"贝利斯先生的话你听到了。两百万，现在大部分都要威廉·渣甸和詹姆士·马地臣个人承担责任。"

罗宾说："他下定决心了。他甚至在和我们见面之前就打定了主意。我说的话不可能——"

"你的工作并不难。做哈罗德·贝利斯的喉舌。向中国人展现一张友好的面孔。缓和局面。关于你在这里的优先事项，我以为我们已经说清楚了，不是吗？你到底对林钦差说了什么？"

罗宾沮丧地说："我不知道您认为我做了什么。但是码头发生的事不是因为我。"

"你建议他销毁鸦片了吗？"

"当然没有。"

"你私下向他透露了关于渣甸和马地臣的其他事情吗?又或许,你是否以某种方式篡改了哈罗德的意思?你确定你的行为举止没有任何出格的地方吗?"

罗宾坚持道:"我都是按吩咐做的。确实,我不喜欢贝利斯先生,但在代表公司的时候——"

洛弗尔教授说:"就这一次,罗宾,拜托你有话就直说。实话实说。你现在这样真让人难堪。"

"我——那好吧。"罗宾双臂交叠。他没有什么可道歉的,再也没有什么需要隐藏。拉米和维克图瓦安全了;他再也不会失去什么。再也不需要卑躬屈膝,再也不要沉默。"好吧。那就让我们坦诚相对吧。我不赞同渣甸洋行在广州做的事。这些事是错的,而且让我恶心——"

洛弗尔教授摇了摇头。"看在老天的分上,那只是个市场。别孩子气了。"

"那是个主权国家。"

"那是个深陷在迷信和陈规陋习中的国家,毫无法治可言,在任何方面都落后于西方,没有任何希望。那个国家里都是半野蛮的、落后得不可救药的蠢材——"

"那个国家里都是人,"罗宾厉声打断,"是正在被你们毒害的人,正在被你们毁掉一生的人。如果问题在于我愿不愿意继续协助那个项目,那我的回答是不愿意。我不会再回广州,不会再回来为经商者、为任何与鸦片沾边的事情效力。我要在巴别塔做研究,我要做翻译,但那些事我不会再做。你不能逼我。"

说完这些,他的呼吸十分急促。洛弗尔教授的表情没有变化。他久久地望着罗宾,眼睑低垂,手指像弹钢琴一样在桌面敲击。

"你知道让我震惊的是什么吗?"他的声音变得非常轻柔,"是一个人竟然能忘恩负义得如此彻底。"

又是这套理论。罗宾真想踢什么东西一脚。总是这一套根植于奴役的理论，将他的忠诚与他既没有要求也没有主动选择接受的优待捆绑在一起，仿佛因为他在牛津大学的校园里喝过香槟，他就欠牛津一条命吗？就因为他曾经相信过巴别塔的谎言，他就必须对巴别塔忠心耿耿吗？

"这一切不是为了我，"罗宾说，"我没有主动要求过。这一切都是为了你，因为你想要一个中国学生，因为你想要一个流利的——"

"所以你痛恨我，是吗？恨我给了你生命？恨我给了你做梦都想不到的机遇？"洛弗尔教授冷笑道，"是，罗宾，我把你从家乡带走。从污秽、疾病和饥饿之中把你带走。你想要什么？一个道歉？"

罗宾心想，他想要洛弗尔教授承认自己的所作所为，承认这样的安排是违背人性的，承认孩子不是用来做试验的材料，不该因为血脉受到评判，也不该从故乡被拐来而为大英帝国效力。罗宾想要教授承认，罗宾不仅仅是一本会说话的字典，他的祖国也不仅仅是一只下金蛋的肥鹅。但是他知道，洛弗尔教授永远不可能承认这些。他们之间的真相之所以被埋葬，不是因为真相太让人心痛，而是因为真相不合时宜，因为洛弗尔教授就是拒绝提起真相。

显而易见，他在他父亲眼里不是人，也永远不可能成为一个人。不，只有欧洲人才是与洛弗尔教授地位平等的种族，而只有具备欧洲人的纯正血统，才配当人。小迪克和菲莉帕是人，罗宾·斯威夫特只是资产，而资产应当因为得到善待而感激不尽。

这样的局面是无解的。但是罗宾至少可以问出某些真相。

"我母亲对你来说是什么人？"他问。

至少，这个问题让教授有所触动，虽然只是短短一瞬："我们不是来讨论你母亲的。"

"你杀了她。你甚至没有费工夫埋葬她。"

"别说蠢话了。是亚洲霍乱杀了她——"

第十八章　363

"你在她去世前两周就到了澳门，派珀太太告诉我了。你知道瘟疫正在蔓延，你知道你有能力救她——"

"老天啊，罗宾，她只是个中国佬。"

"可我也只是个中国佬，教授。我也是她的儿子。"罗宾有一种强烈的想哭的冲动。他强抑住这股冲动。痛苦从来不会让他的父亲产生同情。但或许愤怒可以擦出恐惧的火花。"你以为你已经把我身上的那一部分洗刷干净了吗？"

他已经无比擅长在头脑中同时信奉两个真相。他既是又不是英国人。洛弗尔教授既是又不是他的父亲。中国人是愚蠢落后的民族，而自己也是其中的一分子。他恨巴别塔，又希望永远生活在它的怀抱。这些年来，他一直在这些真相的刀尖上舞蹈，一直停留在这些真相的夹缝之中，这是他的生存方式，也是他面对现实的方式。他无法完全接受任何一边，因为坚定不移地审视真相实在太过骇人，二者之间的矛盾可能让他崩溃。

但他不能再继续这样下去。他不能作为分裂的人存在，不能在心中一遍又一遍地抹去真相。他感到思想深处顶着巨大的压力，觉得自己真的快要爆炸了，除非他停止这种双重生活，除非他做出选择。

罗宾说："你以为在英国生活得足够久，我就能和你一样吗？"

洛弗尔教授歪着头："你知道，我一度认为制造后代本身也是一种翻译。尤其是这种双亲血脉差异如此巨大的情况。让人很好奇最后会得到怎样的结果。"说话时，他的脸变得无比怪异。他的眼睛越变越大，直到突出眼眶，十分骇人；他那居高临下的冷笑越来越明显，嘴唇向后扯，露出了牙齿。这或许是表示厌恶的夸张表情，但在罗宾眼里，那更像是这张脸撕下了文明的面具。那是他在父亲脸上见到过的最丑陋的表情。"我曾经指望亲自抚养你长大就能避免你哥哥的失败。我希望给你灌输一套更文明开化的道德观念。Quo semel est imbuta recens, servabit odorem testa diu[1]，诸如此类的道理。我希望我或许可以将你培养成更高层次的木桶。但是看来，接受所有这些教育也没法让你摆脱那低劣而原始的血统，不是吗？"

"你是个怪物。"罗宾诧异地说。

"我没时间聊这个。"洛弗尔教授合上字典，"带你来广州显然是错误的想法。我本来希望这能让你好好想想自己有多幸运，但这只是增加了你的困惑。"

"我不困惑——"

洛弗尔教授向门口做了个手势："我们回去以后再重新评估你在巴别塔的位置。至于眼下，我认为你应该花一些时间好好思考。想象在新门监狱度过余生的情景，罗宾。在大牢里，你可以随心所欲地抨击商业活动的罪恶。你宁愿那样吗？"

罗宾的双手攥成了拳头："说出她的名字。"

洛弗尔教授的眉毛抽动了一下。他再次向门口做了个手势："就这样吧。"

"说出她的名字，你这个懦夫。"

"罗宾。"

这是一个警告。这是他父亲画出的底线。到目前为止罗宾所做的一切仍然有可能得到宽恕，只要他现在退让，只要他道歉，向权威弯腰低头，回到奢侈的天真无知的状态。

但罗宾已经弯腰低头太久了。金鸟笼依然是鸟笼。

他向前走了一步："父亲，说出她的名字。"

洛弗尔教授向后推开椅子，站起身来。

Anger（愤怒）这个词的起源与肉体上的痛苦密切相关。起初，

---

[1] 此句为拉丁语，出自贺拉斯关于教育年轻人抵制腐败的论述："木桶将长期保留其首次盛装的液体的味道。"——原注

anger是指一种"折磨",这个语义源自古冰岛语angr一词;后来,anger表示一种"痛苦的、残忍的、狭窄局促的"的状态,这个语义源自古英语enge一词,而enge又源自拉丁语angor,意思是"扼死、剧痛、悲痛"。愤怒是被扼住咽喉的感觉。愤怒不能给你力量。愤怒压在你的胸口,勒紧你的肋骨,直到你感觉陷入困境、喘不过气、别无选择。愤怒在心中沸腾,然后爆裂开来。愤怒是压迫感,由愤怒而生的狂暴则是拼命呼吸的绝望尝试。

而rage(狂暴)这个词当然发源于"疯狂"。[1]

事后,罗宾时常思索,洛弗尔教授是否从他眼中看出了什么,比如,一股他不知道自己儿子具备的火焰,让他惊诧地意识到他的语言学试验品发展出了独立的意志,而这一点是否又刺激罗宾采取了行动。后来,罗宾将拼尽全力为自己辩解,说他的行为是出于自卫。但这样的辩解取决于他不再记得的种种细节,他不确定这些细节是不是他凭空捏造的,只为让自己相信他没有真的冷血到谋杀了自己的父亲。

他将一遍又一遍地扪心自问,究竟是谁先采取了行动。在他的余生中,这将始终折磨着他,因为他真的不知道。

他只知道这些:

洛弗尔教授猛地站起身来,一只手探进口袋。不知是模仿还是挑衅,罗宾也做出同样的举动。他在身前的口袋里摸索那根杀死了伊夫琳·布鲁克的银条。他没有去想象这根银条可能产生的效果——因为他对此十分清楚。他念出那对镌字,因为在他脑海中,只有这两个词能描述这一瞬间,描述这一瞬间的浩瀚无限。他想到洛弗尔教授的火钩子一下又一下地抽在他肋骨上,而他蜷缩身体躺在书房地板上,因为过度惊愕和困

---

[1] 英语rage(狂暴)一词源自拉丁语rabere,意思是"咆哮、胡言乱语、发疯"。——原注
英语狂犬病rabies一词与之同源。——译注

惑而叫不出声的情形。他想到格里芬，在比他更小的年纪被拐带到英国的、可怜的格里芬；被吃干抹净、因为不记得足够多的母语而被扫地出门的格里芬。他想到鸦片馆里无精打采的男人们。他想到他的母亲。

他没有想到银条会如何撕裂他父亲的胸膛。当然，他内心深处的某一部分很清楚这一点，因为镌字只有在你确有此意时才能激发银条的魔力。如果你只是拼读出音节，那不会有任何效果。因此，当他在头脑中看到那个汉字、看见闪亮的白银上镌刻的笔画、大声说出那个词语和它的翻译时，他一定想到了它会做些什么。

爆：爆炸，让再也无法压抑的能量尽情迸发。

不过，直到洛弗尔教授倒地之后，直到空气中充满鲜血浓烈咸腥的气味时，罗宾才意识到自己做了什么。

他跪在地上："先生？"

洛弗尔教授一动不动。

"父亲？"他抓住洛弗尔教授的肩膀。滚烫的、湿漉漉的鲜血漫过他的手指。血不停地流，流得到处都是，形成一股从残破的胸口滚滚涌出的泉水。

"爹？"

他不知道为什么说出这个词，这个呼唤父亲的词。或许他以为这能让洛弗尔教授大吃一惊，震惊得足以起死回生，以为提起一个从未提过的称呼就能将父亲的灵魂拉回躯壳。但是洛弗尔教授了无生气，他死了，无论罗宾怎么用力摇晃他的身躯，血都流个不停。

"爹。"他又喊了一声。接着，他不自觉地笑了一声，那是歇斯底里而无助的笑，因为"爹"这个字的汉语拼音与英语中的"die"（死亡）拼写相同，这实在太滑稽、太巧合了。洛弗尔教授显然已经死去，这一点毋庸置疑。事情已无可挽回。再也无法假装。

"罗宾？"

第十八章

有人在用力敲门。在惶惑中,罗宾想也没想就站起来拉开了门闩。拉米、莱蒂和维克图瓦一股脑地挤进来,争先恐后地发问。"噢,罗宾,你是不是——""出什么事了——""我们听见喊叫声,还以为——"

这时他们看见了尸体和鲜血。莱蒂低声惊叫起来,维克图瓦赶紧用双手捂住了嘴。拉米眨了好几下眼睛,然后用十分轻柔的声音说:"噢。"

莱蒂用十分虚弱的声音问:"他是不是……?"

"是。"罗宾低声说。

船舱里一片死寂。罗宾的耳朵嗡嗡作响。他抬起手想捂住耳朵,却又立刻放下双手,因为他的双手一片鲜红,鲜血滴答滴答地落下。

"出什么事了……?"维克图瓦壮着胆子问。

"我们吵架了。"罗宾花了好大力气才挤出几个字。现在他连呼吸都十分费力。黑色压在他的视野边缘。他的膝盖感觉软弱无力。他很想坐下,只是地板浸泡在不断漫延的血泊里。"我们吵架了,然后……"

"别看。"拉米指挥道。

没有人听他的话。他们都僵立在原地,死死盯着洛弗尔教授一动不动的身躯。这时,拉米跪在教授身旁,伸出两根手指按在他的脖子上。过了很长一段时间。拉米喃喃念出一句祷文:我们来于真主,我们也将归于真主。然后,他伸出手掌,合上洛弗尔教授的眼睛。

他缓缓长舒了一口气,双手按在膝头。片刻之后,他站起身来:"现在怎么办?"

第四卷

第十九章

> 首先，最荒唐莫过于把最伟大的神描写得丑恶不堪。如赫西俄德描述的乌拉诺斯的行为，以及克罗诺斯对他的报复行为，还有描述克罗诺斯的所作所为和他的儿子对他的行为，这些故事都属此类。即使这些事是真的，我认为也不应该随便讲给天真单纯的年轻人听。
>
> ——柏拉图《理想国》[1]

"把他藏在船舱里，"维克图瓦以惊人的沉着说道，尽管从她口中说出的话语相当疯狂，"我们只要……把他裹在这些床单里不让人看见，直到我们回到英国——"

莱蒂尖声说："我们不能把一具尸体藏上六周。"

"为什么？"

"会腐烂的！"

"有道理，"拉米说，"水手身上很臭，但还没那么臭。"

他们的本能反应竟是讨论如何掩藏尸体，这让罗宾瞠目结舌。这并不能改变他刚刚杀了父亲的事实，也无法改变他可能将所有人都牵扯进这桩谋杀的事实，墙上、地上、他的脖子和手上都沾上了鲜红的血迹也已是事实。但是看他们讨论的样子，仿佛这只是一件有待处理的事项，一个棘手的翻译任务，只要找到恰当的措辞就能迎刃而解。

---

[1] 引自《理想国》，[古希腊]柏拉图著，郭斌和、张竹明译，商务印书馆，1986年。——译注

维克图瓦将手掌按在太阳穴上,深吸了一口气说:"好吧,听着,我们就这么干。我们要想办法把尸体处理掉。我不知道该怎么做,我们会想出办法的。然后,等船进港靠岸——"

莱蒂质问:"我们要怎么和船员说,才能让他们整整六周不去管他?"

维克图瓦说:"九周。"

"什么?"

维克图瓦说:"这不是最快的飞剪式帆船。这艘船要开九周。"

莱蒂捂住眼睛:"看在上帝的分上啊。"

"这样如何?"维克图瓦问道,"我们就说,他得了某种传染病。我不知道,反正是某种——某种吓人的病,罗宾,你负责想一种能把他们吓退的病,一听就是外来的,而且很恶心的那种。就说他在贫民区感染了这种病,他们就会吓得不敢进他的船舱。"

短暂的沉默。他们不得不承认,这个逻辑还算说得过去,至少不会立刻让人看出是无稽之谈。

"好,"拉米开始在没有染上鲜血的那一小块木地板上来回踱步,他揉了揉眼睛,"噢,老天啊,愿真主饶恕我们。好,可以,这可能行得通。假设我们守住这个秘密,直到回到伦敦。到那时怎么办?"

"简单,"维克图瓦说,"我们就说他在航程中去世了。或许可以说他在睡梦中去世了。只不过感染的风险太大,所以我们不能让随船医生去做尸检。我们可以弄一口棺材,在里面塞上一堆——我也不知道,裹在布里的书本之类的——然后运走棺材,把它处理掉。"

"简直是疯了,"莱蒂说,"绝对是疯了。"

"你有更好的主意吗?"维克图瓦问道。

莱蒂沉默片刻。罗宾深信她会要求去自首。但她只是摊开双手说:"我们可以直接在大白天把他推下海,说他意外落水淹死了。这样一来,他们都能看见尸首,我们就没有嫌疑了——"

拉米反问道："噢，那就不可疑了吗？我们就这样拖着血淋淋的尸体走上甲板，假装它是自己走到栏杆边，然后把它扔进海浪里，让所有人都能看见原本该是心脏的位置爆开了一个大洞？就这样证明我们的清白？拜托有点创意吧，莱蒂，我们必须走好每一步棋——"

罗宾终于恢复了语言能力。"不。不，这太疯狂了，我不能让——你们几个不能——"他语无伦次，只好深吸一口气，稳住舌头，"这是我做的。我去告诉船长。我去自首，就这样。"

拉米哼了一声："噢，那绝对不可能。"

罗宾说："别犯傻了。你会受到牵连的，要是——"

"我们不管怎样都会受到牵连的，"维克图瓦说，"我们是从外国坐船回来的外国人，而船上死了一个白种男人，"这话不包括莱蒂，但没有人去纠正她，"不管在什么样的世界里，都不可能让你去坐牢，而我们几个逍遥法外。你明白这一点，对吗？我们要么保护你，要么把自己也葬送。"

"没错，"拉米坚定地说，"我们谁也不会眼看着你进监狱，小燕子。我们都会保守秘密，对吗？"

只有莱蒂没有说话。维克图瓦用胳膊肘轻轻推了推她说："莱蒂？"

莱蒂的脸色变得惨白，几乎同地板上那具失血过多的尸体不相上下："我……是的，没错。"

罗宾说："莱蒂，你可以离开。你不是一定要听——"

莱蒂说："不，我想在这里。我想知道接下来发生的事。我不能让你们都……不行。"她紧紧闭上眼睛摇了摇头，然后睁开眼，好像刚刚下定决心似的一字一顿地说："我加入。和你们一起。和你们所有人一起。"

"很好。"拉米短促地说，他在裤子上擦了擦手，继续来回踱步，"话说，我是这样想的。我们本来不该坐这趟船。按原计划，我们应该在下个月四号才起程返航，记得吗？没有人期待我们在那之前回去，

第十九章

也就是说,当我们下船时,没有人会去找他。"

"没错。"维克图瓦点点头,顺着拉米的思路继续思索。他们俩的样子看起来着实让人胆战心惊。他们越说越有信心,仿佛只是在合作完成一次集体翻译,较量彼此的聪明才智。"很明显,最容易让我们被捕的方式就是让人撞见尸体。所以,就像我刚才说的,当务之急应该是尽快将它处理,等外面天一黑就去处理。然后,在接下来的航程里,我们就告诉所有人说他病了。没有人比水手更害怕外国疾病了,对吗?只要我们把话放出去,说他得了某种可能传染的重病,我敢保证几周内谁也不会靠近他的舱门。也就是说,我们只要操心怎么把他扔进水里就可以了。"

拉米说:"嗯,还要清理所有这些血迹。"

太疯狂了,罗宾心想。这真是疯狂,他不明白为什么没人放声大笑,为什么所有人看起来都在认真考虑将他们的教授的尸体拖上两层楼梯,然后扔进大海的主意。他们都过了怀疑现实的阶段。震惊已经消散,超现实的事物变成了客观存在。他们不再探讨伦理道德,只探讨逻辑。而这让罗宾觉得,他们踏进了一个上下颠倒的世界,一切都不再符合常理,而除了他之外的所有人都不觉得有任何异样。

"罗宾?"拉米喊道。

罗宾眨了眨眼。他们正十分关切地望向他。他猜他们已经喊了好几遍了。"我很抱歉——什么?"

"你怎么想?"维克图瓦轻柔地问,"我们打算把他从甲板扔下去,可以吗?"

"我,嗯,我猜那行得通,我只是……"他摇了摇头,耳鸣得厉害,这让他很难集中思想,"抱歉,我只是……你们都不问问我为什么吗?"

他们交换着茫然的眼神。

"你们就——你们都愿意帮我隐瞒一场谋杀?"罗宾的陈述不可抑

制地变成了疑问。那一刻,整个世界都像是一个无法回答的巨大疑问。
"而你们甚至不打算问问我事情的经过或者原因?"

拉米和维克图瓦对视了一眼。但最先开口的是莱蒂:"我想我们都理解原因。"她喉头一紧。罗宾无法解读她的表情,那是此前从未在她脸上见过的表情,怜悯和决心混合在一起的陌生表情。"而且说实话,罗宾,我认为这事还是少说为妙。"

清理船舱比罗宾原先担心的要迅速。莱蒂借口自己晕船呕吐,顺利从船员那里要来了拖把和水桶。其他人各自贡献出几件衣服,用来吸走血水。

接下来就是处理尸体的问题。他们一致决定:要想将洛弗尔教授运到甲板上而不被人觉察,将尸体塞进行李箱是最好的机会。上楼是一场令人屏息、一寸寸前进的游戏。维克图瓦每隔几秒钟就冲到前面查看情况,以确保视线内没有人,然后疯狂招手示意罗宾和拉米拖着行李箱再走几步。莱蒂守在顶层甲板上,假装是在散步,呼吸夜间的新鲜空气。

不知过了多久,他们终于将行李箱拖到栏杆边上,没有引起怀疑。

"好了。"罗宾推开行李箱的盖子。起初他们的打算是将行李箱整个扔下去,但维克图瓦敏锐地指出,木箱子会浮在水面上。罗宾不敢往下看。如果可能的话,他不想在做这件事时看见他父亲的脸。"快点,别让人看见——"

"等一下,"拉米说,"我们必须加一些负重,不然它会漂起来的。"

罗宾脑海中突然浮现出洛弗尔教授的尸体漂浮在船尾、引来大群水手和海鸥的画面。他与恶心的感觉激烈斗争起来:"你怎么不早点说?"

"我有点惊慌,不行吗?"

"可你看起来那么镇定——"

"我擅长处理紧急状况,小燕子,可我又不是神。"

罗宾的目光在甲板上扫来扫去，搜寻任何可能充当锚的东西。船桨、木桶、备用木板——可恶，为什么船上所有的东西都被设计成漂浮物？

最后，他找到一堆麻绳，绳子上拴着看起来像是砝码的东西。他默默祈祷那不是什么重要物品，随即将它拖到行李箱旁。将绳子系在洛弗尔教授身上是一场噩梦。他沉重僵直的四肢很难轻易移动。实际上，尸体似乎在奋力反抗他们。更恐怖的是，暴露在外的锯齿状的肋骨钩住了绳索。罗宾害怕极了，双手被汗湿透，不停地打滑。折磨人的几分钟过去了，他们终于将绳子紧紧套在教授的双臂和双腿上。罗宾只想赶紧打个结了事，但拉米坚持要慢慢来，他不想让绳结在尸体入水的瞬间散开。

"好了，"终于，拉米用力扯了扯绳子小声说，"这样应该可以了。"

他们分别抬起尸体的两头，罗宾抬肩膀，拉米抬脚，将尸体从行李箱里拉出来。

拉米小声数道："一，二……"

在第三下摆动时，他们将洛弗尔教授的尸体高举过栏杆，然后松开手。在近乎永恒的间隔之后，他们终于听到了水花的声音。

拉米俯身趴在栏杆上，仔细查看深色的波涛。

"没了，"他终于说道，"他不会上来了。"

罗宾说不出话。他跌跌撞撞地后退几步，在甲板上呕吐起来。

拉米吩咐道，现在他们只需要回到铺位上，在接下来的航程中表现如常就可以了。在理论上，这很简单。但是，在所有谋杀现场中，航行的船只一定属于最糟糕的那一类。在街头行凶的杀手至少还能丢下凶器逃离城市。可他们还要在犯罪现场被困两个多月，而在这两个多月里，他们不得不维持这样的假象：他们未曾炸开一个男人的胸膛，又把他的尸身抛进汪洋大海。

他们尽量维持常态，每天在甲板上散步，应付斯迈思小姐和她烦人的打听。他们一天三次准时去食堂吃饭，尽可能让自己显得有一些胃口。

有一天，船上的厨子问起，他怎么好几天都没见到洛弗尔教授，拉米回答说："他只是身体有些不适，说自己没什么胃口，有点胃疼，不过我们等一下会给他送些吃的。"

"他有没有说具体是哪里不舒服呢？"厨子是个爱笑又健谈的男人。罗宾看不出他究竟是在打探消息，还是仅仅出于好意。

拉米面不改色地说着谎话："噢，就是一大堆小症状。他说他头疼得难受，有些充血，不过最主要的是恶心。他站的时间稍微久一点就觉得眩晕，所以大部分时间都躺在床上。他一直在睡觉，可能是晕船吧，不过在来的时候没有任何问题。"

"有意思。你们在这里等一下。"厨子摸了摸他的大胡子，转身出去了。

他大步走出食堂。罗宾他们备受煎熬地盯着门口。他是不是起了疑心？他是去通知船长了吗？他是去洛弗尔教授的船舱验证他们的话了吗？

拉米嘟囔道："所以，我们现在是跑，还是……？"

"往哪里跑？"维克图瓦低声吼道，"我们在大海上呢！"

"我们可以赶在他前面去洛弗尔的船舱，也许——"

"可是那里什么都没有，我们什么都做不了——"

"嘘。"莱蒂向身后点了点头。厨子大步回到食堂，手里拿着一个棕色的小纸袋。

他把纸袋递给罗宾说："糖姜。胃不舒服吃这个管用。你们这些学者总是忘带。"

"谢谢你。"罗宾的心跳得像摇鼓一样，他接过纸袋，尽可能让声音保持平稳，"我敢肯定，他一定非常感激。"

幸运的是，其他船员从来没有询问过洛弗尔教授的下落。薪酬微薄的水手们对船上这些学者的日常活动没什么兴趣，他们乐得假装这些学者根本就不存在。斯迈思小姐的情况就不同了。可能纯粹是因为无聊，她坚持不懈地想让自己发挥一些作用。她不断询问洛弗尔教授的发烧情况如何，咳嗽是什么声音，他的排泄物是什么颜色、什么形状。她说："热带疾病我见得多了，不管他得的是什么病，我肯定在当地人身上见过同样的病。只要让我看他一眼，一下就能把他治好。"

他们设法说服她，洛弗尔教授的病传染性很强，而且教授是个极度腼腆的人。（莱蒂郑重其事地说："他不愿意和未婚女性独处。如果我们让你进去，他一定气得发疯。"）尽管如此，斯迈思小姐还是坚持要他们每天和她一起为教授的健康祈祷。在祈祷时，罗宾要拼尽全力才能不让自己因负罪感而干呕。

日子长得要命。时间缓缓蠕动，每一秒都可能发生可怕的意外，每一秒都要面对那个问题：我们能脱身吗？罗宾一直不舒服。这种恶心与晕船导致的不适完全不同，那是一种凶狠的负罪感，啃噬他的脏腑，抓挠他的喉咙，是一种让他难以呼吸的、有毒的重担。想办法放松或分散注意力毫无用处，在他走神或放松警惕时，这种恶心反而变本加厉。这种时候，他耳中的嗡嗡声越来越响，视野边缘渗进黑影，将世界限缩成一个模糊的小孔。

像常人一样行事需要超乎想象的专注。有时，记得用力而均匀地呼吸就是罗宾能做到的极限。他不得不在脑海中大声念出一串咒语：没事的，没事的，你会没事的，他们不知道，他们以为你只是个学生，他们以为他只是病了。但即便是这段咒语也有失控的危险。哪怕他的注意力分散一秒，这段咒语就会蜕变成真相：你杀了他，你在他胸口炸开一个大洞，所有书本和你的手上都沾满了血，黏滑、潮湿、温热的——

他畏惧自己的潜意识，害怕它肆意飘荡。他无法集中精力去想任何事。头脑中冒出的每个想法都盘旋着化为充满愧疚和恐惧的胡言乱语，最后凝固成同一句冷酷单调的副歌：

> 我杀了我父亲。
> 我杀了我父亲。
> 我杀了我父亲。

他想象着如果被捕会发生什么，用这种方式折磨自己。他勾勒的场景太过生动，简直像记忆一般：给他们定罪的短暂审判，陪审员们厌恶的神情，铐住手腕的镣铐，绞刑架，或者前往澳大利亚流放地的拥挤而痛苦的漫长旅程。

他怎么也想不通，真正杀死一个人竟然发生在如此转瞬即逝的片刻之间，只需要一刹那冲动的仇恨、一句简单的话语和一个抛掷的动作。孔夫子的《论语》中有"驷不及舌"的说法，意思是四匹马拉的战车也追不回已经说出口的话，话一旦说出口就再也无法改变。但这听起来就像时间的一场大型恶作剧。如此微不足道的行为却能引发如此影响深远的后果，真让人觉得不公平。不仅摧毁他的世界，也摧毁了拉米、莱蒂和维克图瓦的世界的事件似乎至少应该持续几分钟才对，应该要付出反复的尝试才对。假如他踩在父亲的身体上，挥舞钝斧一次次砍向他的头颅和胸口，直到两人脸上都溅满鲜血，这样他才更能体会到谋杀的真实。某种残暴的、持久的举动，真正展现出丑恶的意图。

但当时发生的事完全不是这样。他的行动没有恶意，也毫不费力。一切结束得太快，甚至没时间细想。他根本不记得自己采取了行动。如果你都不记得自己有杀人的想法，那还算是蓄意谋杀吗？

不过，这又算哪门子的问题？当他父亲损毁的尸身正在毫无争议、无可挽回地沉向海底时，想清楚他是否有意要让父亲死去还有什么意义呢？

夜晚比白天难熬得多。白天至少还有室外活动、起伏的大洋和弥漫的雾气可以暂时分散注意力。在夜里，被困在吊床上的罗宾只能面对无情的黑暗。夜晚意味着被汗水浸透的床单，意味着寒意和颤抖，连呻吟和尖叫出声的隐私也没有。罗宾将膝盖蜷在胸口，双手捂住口鼻，掩盖他狂乱的喘息。当他勉强睡上片刻时，他的梦境总是支离破碎，生动得令人胆寒，最后那场对话的每一刻反复重现，直到那毁灭性的终局。但细节一直在变化。洛弗尔教授说的最后一句话是什么？他以怎样的眼神看着罗宾？他真的向罗宾走来了吗？是谁第一个采取了行动？他是为了自卫还是先发制人？这有区别吗？他摧残着自己的记忆。无论醒着还是睡着，他从上千个不同的角度审视同一个时刻，直到他再也不知道真正发生了什么。

他想停止所有思考，想消失不见。在夜晚，无垠的黑色海浪好似空想中的完美净土，他只想从船边纵身跃下，任凭大洋将他和负罪感吞入湮灭一切的深渊。但那样做只会连累其他人。一个学生淹死，他们的教授被杀，这会让人怎么想？无论多么有创意、多么真切的借口都不可能使他们脱身。

不过，如果不能选择死亡，或许还可以选择惩罚。在一个失眠的夜晚，他低声对拉米说："我必须自首。这是唯一的办法，我们必须结束这——"

"别犯傻了。"拉米说

他疯狂挣扎着爬下吊床："我是认真的。我要去找船长——"

拉米一跃而起，在过道里拉住了他："小燕子，回去。"

罗宾想推开拉米走向台阶。拉米眼疾手快地给了他一个耳光。不知怎的，或许只是因为震惊，他恢复了冷静。让人眼冒金星的疼痛将他的思绪清扫一空，虽然只有几秒钟，但已足够让他狂跳的心平静下来。

拉米压低声音吼道："我们现在都被牵连了。我们清理了那个房间，替你藏匿了尸体。为了保护你。现在大家都撒了十几个谎，在这桩罪行里我们都是从犯，如果你去找刽子手，那你就把我们都葬送了。明白吗？"

罗宾懊悔地低下头，然后点了点头。

"很好，"拉米说，"现在回床上去。"

这场诡谲事件中的唯一一线光亮是他和拉米终于重归于好。谋杀行为消弭了他们之间的隔阂，让拉米关于他同流合污和懦弱的指控不攻自破。就算那是个意外也没关系，就算罗宾但凡有别的选择一定不会再那么做也没关系。在主观上，拉米再也没有怨恨他的理由，因为他们两人中只有一个杀死过殖民者。现在他们是同谋了，这让他们比以往任何时候都更加亲近。拉米承担起安慰者和咨询者的角色，他倾听罗宾的忏悔。罗宾不知道拉米为什么认为将想法说出来能让事情有所改观，将任何想法说出口都只会让他更加困惑，但是他还是非常感激至少有拉米在一旁倾听。

"你觉得我邪恶吗？"他问。

"别犯傻了。"

"你最近经常这么说。"

"你最近经常犯傻，但是你不邪恶。"

"可我是个杀人犯。"他说着，然后又说了一遍，因为这句话实在太荒谬，就连发出这几个元音的动作都显得古怪，"我夺走了一条性命。而且完全是考虑过的，完全是有意的。我知道那根银条会对他做什么，而我还是用了，我看着银条撕开他的身体，而且在我后悔之前，我对自己所做的事很满意。那不是意外。不管我现在有多希望自己没那么做，那都不重要，我想要他死，我杀了他。"他颤抖着吸了口气，"我是不是——什么样的人才能做出那样的事？恶人。心狠手辣的恶棍。不然怎么发生那样的事，拉米？没有介于中间的可能。不管按哪里的规则，这都是不可原谅的，不是吗？"

拉米叹了口气："任何夺走一条性命的人，都和屠杀全人类没有区别。《古兰经》是这么说的。"

"谢谢，"罗宾嘟囔道，"真让人宽心。"

"但《古兰经》也说真主有无尽的慈悲，"拉米沉吟片刻，"我想……唉，洛弗尔教授是个很坏的人，不是吗？你的行为是为了自卫，不是吗？而他对你、对你哥哥还有对你们的母亲做的那些事……也许他确实该死。也许你先杀死他的事实让其他人躲过了无法预料的伤害。但是，那真的不是你做出的决定。那是神的决定。"

"那我该做什么？"罗宾痛苦地问，"我该做什么？"

"你什么都做不了，"拉米说，"他死了，你杀了他，你做什么都无法改变这一点，只能向神明祈求宽恕。"他停顿了一下，手指敲着膝盖，"但现在的问题是怎么保护维克图瓦和莱蒂。而你投案自首并不能保护她们，小燕子。用是否配做人这个问题折磨你自己也不能。洛弗尔死了，而你活着，也许这就是神的意愿。这就是我能给你的最大的安慰。"

他们四个轮流失去理智。这是他们心照不宣的游戏规则：每次只允许他们当中的一个人崩溃，但不允许所有人同时崩溃，因为尚存理智的人得担负起劝说精神失常的人的职责。

拉米陷入恐慌时喜欢一一讲述他所有的焦虑，讲出所有夸张且具体得不可思议的细节。他断言："一定有人会去他的船舱。他们有问题要问他，某个愚蠢的问题，关于抵达的日期或者航行的费用。只不过，他不在那里，之后他们就会来问我们，总会有人起疑心，搜查整艘船，那我们只能假装我们也不知道他去了哪里，而他们不会相信我们的话，然后就会发现血迹——"

"拜托，"维克图瓦说，"拜托了，看在上帝的分上，别说了。"

"然后我们会被送去新门监狱，"拉米继续说着，像吟诵史诗一样抑扬顿挫，"圣墓教堂将敲响十二响钟声，大批人群将在监狱大门外聚集，第二天早晨我们就会被吊死，一个接一个……"

要让拉米住口，唯一的办法就是让他讲完全部的病态幻想。他每一次都会讲完，对他们被处以死刑的描述一次比一次荒谬。实际上，这些描述反而给了罗宾一些安慰，从某种程度上说，想象可能发生的最糟糕的事让他放松，因为这能消除来自未知的恐惧。但这只会刺激维克图瓦。每次出现这样的对话，她都无法入睡。接下来就轮到她失去理智了。她会在凌晨四点把他们推醒，小声说她不忍心让莱蒂陪着自己不睡觉，于是他们便陪着坐在甲板上，低声谈论任何跃入脑海的无聊话题——鸟鸣、贝多芬、学院里的谣言，直到温柔的黎明带来短暂的安慰。

莱蒂的崩溃最难对付。因为在他们当中，只有莱蒂不理解拉米和维克图瓦为什么如此不假思索地站在罗宾这一边。她以为他们保护罗宾是出于友情。关于罗宾的动机，她唯一的了解就是在广州看见洛弗尔教授揪住罗宾的衣领，而苛待孩子的父亲就是她和罗宾的共同之处。

但是，由于她将洛弗尔教授的死看作一场孤立的意外而不是冰山顶端的一角，所以她不断努力想扭转局面。她一直在说："肯定有坦白的办法。我们可以说洛弗尔教授在伤害罗宾，罗宾是在自卫？可以说教授因为压力失去了理智，是他先动的手，而罗宾只是想逃脱？我们都可以作证，说这都是真的，他们就只能将他无罪释放——罗宾，你觉得怎么样？"

罗宾说："但事情不是那样的。"

"但你可以说就是那样呀——"

拉米坚持道："那样行不通。太危险了，再说我们绝对没有必要冒那么大的险。"

他们怎么可能告诉她，她是在痴心妄想？告诉她，幻想英国的法律系统真的态度中立，幻想他们将得到公正的审判，幻想外表像罗宾、拉米和维克图瓦这样的人可以杀死一位白人牛津教授，将他的尸体抛下甲板，隐瞒数周，最后毫发无伤地脱身，这么想无异于精神错乱。告诉她，她以为的这些事实本身恰恰证明，她与他们生活在截然不同的世界里吗？

然而，既然他们无法告诉她真相，莱蒂就始终没有放弃。在他们驳回她关于自卫的提议之后，她又说："我又想到一个主意。话说，你们想必都知道，我父亲是个有些地位的人——"

"不行。"拉米说。

"先让我说完嘛。我父亲在他那个时代有不小的影响力——"

"你父亲是退役海军上将，现在赋闲在家——"

"但是他还认识很多人，"莱蒂坚持道，"他可以找人照顾一下——"

"哪种照顾？"拉米质问道，"'您好，胡言法官[1]，事情是这样的：我女儿和她肮脏的外国朋友把他们的教授给杀了，那是位在经济和外交方面都对帝国至关重要的人物，所以呢，等他们受审的时候，我想拜托你直接宣告他们无罪——'"

"不一定非要这样啊，"莱蒂打断了他，"我要说的是，如果我们告诉他事情的经过，解释说那是一场意外——"

"一场意外？"拉米重复道，"你以前掩盖过意外吗？如果富有的白人女孩杀了人，他们会视而不见吗？是那样的吗，莱蒂？再说，你不是和海军上将关系不好吗？"

莱蒂的鼻孔张开了："我只是想帮忙。"

"我们知道，"罗宾赶忙说，迫不及待地想化解紧张气氛，"我很感

---

[1] 此处是作者的文字游戏。胡言法官原文为 Judge Blathers，blather 在英语中是"胡说、废话"的意思。——译注

激,真的。但拉米说得对,我觉得我们最好不要声张。"

莱蒂直勾勾地瞪着墙壁,什么也没说。

他们不知自己是如何抵达英国的。两个月之后的一天早晨,他们起床后发现伦敦出现在海平线上,笼罩在熟悉的灰暗阴霾中。

事实证明,谎称洛弗尔教授在整个航程中都卧病不起甚至比维克图瓦预想的还要简单。显然,让全船人相信一位牛津教授的身体弱不禁风十分容易。在做出种种努力之后,杰迈玛·斯迈思终于厌倦了这几位惜字如金的旅伴,在同他们道别时没有多耽误功夫。当他们下船时,水手们连道别的话也没有说。四个风尘仆仆的学生穿过法定码头,没有人对他们多看一眼。在有货物要卸下、有薪水要领的时候,没人注意他们。

在甲板上,当他们经过船长身边时,莱蒂对船长说:"我们让教授先下船去看医生了。他说——啊,对这趟平稳的旅程表示感谢。"

这些话让船长有些不解,但他耸了耸肩,挥挥手送他们离开了。

"平稳的旅程?"拉米嘟囔道,"平稳的旅程?"

"我想不到别的话可说了!"

"安静,继续往前走。"维克图瓦低声喝道。

罗宾确信,当他们拖着行李箱走下跳板时,他们的每一个举止都在高声呐喊:杀人犯!他昏昏沉沉地想,从现在开始,他们随时都会暴露;再多走一步,他们就要面对怀疑的眼神,纷乱的脚步声,听到"嘿!你们几个停下!"的喊声。人们断然不会让他们如此轻松地离开"希腊号"。

在十二英尺之外的岸上,就是英国,是避难所,是自由。一旦他们上岸,一旦他们消失在人群之中,他们就自由了。但那是断然不可能发生的,他们与那间洒满鲜血的舱室之间的关联不可能就这样轻易断开。那可能吗?

第十九章

木板铺成的栈道变成了坚实的地面。罗宾回头瞥了一眼,没有人跟在他们后面,甚至没有人看向他们这边。

他们乘坐公共马车前往伦敦北部,再从那里雇了一辆出租马车前往汉普斯特德。他们没有太多争论就达成一致:抵达伦敦后先在洛弗尔教授位于汉普斯特德的宅邸过夜。他们到达的时间太晚,来不及搭乘去牛津的火车。而罗宾知道派珀太太还在杰里科,也知道宅邸的备用钥匙藏在花园里的明代花盆下面。第二天一早,他们将去帕丁顿乘火车,然后按计划返回校园。

在船上,他们都想到还有一个明摆着的选择:逃走,丢下一切,逃离这片土地;爬上一艘驶往美国或澳大利亚的航船,或者返回他们当初的故国。

"我们可以逃去新世界,"拉米提议,"去加拿大。"

"你连法语都不懂。"莱蒂说。

"那是法语啊,莱蒂,"拉米翻了个白眼,"拉丁语最乖巧的女儿。它能有多难学?"

"我们得去找工作才行,"维克图瓦指出,"我们再也没有生活津贴了,我们该怎么生活呢?"

这是个很有道理的想法,也是他们不知怎么一直没有想到的问题。多年来领取稳定津贴的生活让他们忘记自己身上的钱只够维持几个月。离开牛津大学,来到再也没有食宿保障的地方,他们一无所有。

拉米曾经问:"话说,别人都是怎么找工作的?我猜只需要走进一家商店,直接应聘就行了?"

莱蒂说:"你必须先成为见习学徒,我想还要接受一段时间的训练,不过那也要花钱——"

"那怎么才能找到接收学徒的生意人?"

"我不知道,"莱蒂沮丧地说,"我怎么会知道呢?我完全没概念。"

不,实际上他们根本没有离开大学的可能。尽管回到牛津意味着被捕、被审讯、被关进监狱或者被吊死的切实风险,但不论如何,他们无法设想脱离大学的生活。因为他们除此之外一无所有。他们没有技能,没有从事体力劳动所需的体力或性格,也没有找工作所需要的社会关系。最重要的是,他们没有自理能力。他们对租房、购买一周的食物、在牛津之外的城镇里安家立足需要多少钱都一无所知。目前为止,这一切都有人为他们安排妥当。在汉普斯特德有派珀太太,在牛津有舍监和宿舍管理员。说实话,要是问罗宾该如何洗衣服,他也很难说清楚。

归根结底,他们根本无法以学生之外的角色自处,他们无法想象自己不再属于巴别塔的世界。巴别塔就是他们了解的一切,巴别塔就是家园。尽管发生了这么多事,但罗宾内心深处依然相信:一旦这场麻烦了结,一旦完成所有必要的安排,一旦事情掩饰过去,他没准还可能回到他在喜鹊巷的房间,没准还能在透过窄窗涌入的柔和鸟鸣和温暖阳光中醒来,再次专心研究死去的语言,对其余一切置若罔闻。尽管罗宾知道这种想法十分愚蠢,但他疑心自己并不是唯一这样想的人。

第二十章

> 我们之所以能够针对我方在中国的海军、陆军和外交事务提供详细指示，并取得这些令人满意的成果，主要是得益于您和渣甸先生为我们慷慨提供的协助和情报。
>
> ——外交大臣巴麦尊致约翰·埃布尔·史密斯的信

他们在汉普斯特德下车时，雨下得很大。能找到洛弗尔教授的宅子完全是靠运气。罗宾原本以为自己能轻松记起路线，但是三年时光对记忆的改变超出了他的预期。况且，在瓢泼大雨中，每栋宅邸看起来都一模一样：湿漉漉、一块块，被光滑的、不断滴水的树冠包围着。等他们终于找到那座涂抹白色灰泥的砖石小楼时，他们已经浑身湿透，瑟瑟发抖。

"等一下。"就在拉米走向门口时，维克图瓦拉住了他，"我们难道不该绕到后门去吗？以免被人看见？"

"有人看见就看见吧，来汉普斯特德又不是犯罪——"

"如果你显然不住在这里，那就是犯罪——"

"你们好啊！"

霎时间，他们全都像受惊的小猫一样回头望去。一个女人站在街对面那栋屋子的门口向他们招手。"你们好，"她又喊了一声，"你们是来找教授的吗？"

他们惊恐地面面相觑。他们没有讨论过遇到这种状况该如何回答，只想尽量避免与一个很快就会因失踪而引发极大关注的男人扯上关系。但若是与教授无关，他们又该如何解释自己出现在汉普斯特德的原因呢？

罗宾赶在沉默显得可疑之前抢着说：“是的，我们是他的学生。我们刚从海外回来，他让我们一回来就来见他，只不过现在已经很晚了，也没有人来开门。"

"他很可能在大学呢。"实际上，那个女人的表情十分友善，她刚才之所以显得有有些敌意，只是因为在大雨中不得不高声大喊，"他一年只在这里住几周。你们站在原地不要动。"

她转身匆匆进屋，大门在她身后砰的一声关上了。

"该死，"拉米小声说，"你在做什么？"

"我觉得最好尽量接近事实——"

"有点太接近事实了，你不觉得吗？万一有人调查她怎么办？"

"那你想怎么办，直接跑吗？"

但是那个女人已经走出她的屋子。她抬起手臂遮挡雨水，穿过街道向他们跑来。她向罗宾伸出手。

"给你。"她摊开手掌，露出一把钥匙，"这是他的备用钥匙。他总是丢三落四，就让我预备一把，以防他丢了他自己的。你们这些可怜的小家伙。"

"谢谢您。"罗宾对他们的好运感到震惊。这时，他突然想起了什么，便大着胆子猜测道：“您是克莱门斯太太，对吗？"

她笑容满面地说：“没错，我就是！"

"是啊，我想起来了——他说过，如果我们找不到钥匙的话就去问您。只不过我们想不起来您住在哪一栋了。"

"幸好我当时正在赏雨，"她绽开热情而友善的笑容，就算她曾经有过疑心，此时也从她脸上散去了，"我喜欢在弹钢琴的时候面向窗外。世界会对我的音乐产生影响。"

"是啊，"他又说了一遍，如释重负的眩晕让他难以接过话茬，"嗯，非常感谢您。"

"噢,不用谢。如果需要什么就来找我。"她先对罗宾、接着对莱蒂点了点头,然后径直向街对面走去。她似乎压根没看见拉米和维克图瓦,不过罗宾觉得他们只会对此表示感激。

维克图瓦小声问:"你怎么会认识她?"

"派珀太太在信里提到过她,"罗宾一边说,一边拖着行李箱穿过宅邸前面的花园,"她说对面新搬来一家人,那家的妻子脾气孤僻又古怪。我记得,教授在这里的时候,她经常来喝下午茶。"

"你和你的管家通信,真是谢天谢地。"莱蒂说。

"确实。"说着,罗宾打开门锁。

自从去牛津上学之后,罗宾没有再回到过位于汉普斯特德的宅邸,在他不在的时候,这里似乎发生了许多变化。房子比他印象中小了许多,又或许只是因为他长高了。楼梯不再是望不到头的螺旋,高耸的天花板也不再给人以沉甸甸的孤独感。屋里一片昏暗,所有的窗帘都拉上了,家具上都盖着防尘的薄布。他们在黑暗中摸索了一阵,派珀太太在家时总会点亮灯和蜡烛,可罗宾不知道她把火柴收在何处。最后,维克图瓦在会客室里找到了打火石和烛台,他们想办法点燃了会客室里的壁炉。

"嘿,小燕子,"拉米说,"这些都是……什么玩意?"

他指的是那些中国风的艺术品。罗宾四下望去,会客室里随处可见绘有中国画的扇子、挂在墙上的字画、瓷瓶、中式雕塑和茶具。将英式家具与俗丽的广州茶楼融于一体。这些东西一直摆在这里吗?罗宾不明白他小时候为什么没有注意过。或许,刚刚离开广州的他还不觉得两个世界的割裂如此明显。或许只是因为在最英式的大学沉浸式地生活过以后,如今的他对外来和异域事物的感知更加敏锐了。

"我猜他是个收藏家吧,"罗宾说,"噢,现在我想起来了,他就喜欢向客人们介绍他的收藏:它们来自哪里、有哪些独特的故事。他很以此为荣。"

"真是奇怪啊,"拉米说,"热爱一个国家的物品和语言,却痛恨这个国家。"

"也没有那么古怪,"维克图瓦说,"毕竟,人是人,东西是东西。"

他们去厨房探索了一番,没有找到任何食物。派珀太太还在牛津的宅子里,她不会在汉普斯特德的宅邸中储备食物。罗宾回想起来,由于洛弗尔教授极其讨厌猫,所以这座宅子里的老鼠一直闹得很厉害,派珀太太可不愿把食物留给它们糟蹋。罗宾只找到一罐研磨咖啡粉和一罐盐,但是没有糖。不过,他们还是煮了些咖啡喝。咖啡让饥饿感愈加剧烈,但至少能让他们保持敏锐。

喝完咖啡,他们将用过的马克杯洗净擦干。罗宾不知道他们为什么要打扫这个再也等不来主人的地方,但是在身后留下烂摊子总是感觉不太对。他们刚做完清洁就听见一声重重的敲门声。四个人全都跳了起来。敲门的人停了一会儿,接着又用力连续敲了三下。

拉米一跃而起,伸手去拿壁炉旁的火钩子。

莱蒂低声喝道:"你想干吗?"

"嗯,假如他们进来——"

"别开门就行了,假装屋里没人——"

"可是蜡烛都亮着呢,你这个傻子——"

"那就先从窗户往外看一眼——"

"不行,那样能看到我们——"

"人呢?"敲门的人在门外喊道,"你们能听见我说话吗?"

他们如释重负地瘫软下来,原来是克莱门斯太太。

"我来开,"罗宾站起身瞪了拉米一眼,"把那东西收起来。"

这位友善的邻居浑身湿淋淋地站在门口,一手拿着一把没什么用处的小破伞,另一只手拎着一个带盖的提篮。"我发现你们没带吃的。他不在家的时候总会清空食物储藏室，因为闹老鼠。"

"原……原来如此。"克莱门斯太太非常健谈。罗宾希望她没有进屋的打算。

见罗宾没再说什么，她便将提篮递给罗宾说："我刚让我女儿范妮凑了点手头有的。这里面有一点葡萄酒，软硬奶酪各一块，今天早晨烤的面包——恐怕已经有点硬了，还有一些橄榄和沙丁鱼。如果你们想要新鲜出炉的面包，那要等明天早上再说了。如果你们想到我家来，尽管和我说，这样我就可以让范妮再去买点新鲜黄油来，我们家的快吃完了。"

"谢谢您，"罗宾说道，这番慷慨让他大吃一惊，"您真是太好心了。"

"没事，"克莱门斯太太轻快地说，"你能告诉我教授什么时候回来吗？我得和他聊聊他家树篱的事。"

罗宾脑中一片空白："我……不知道。"

"你刚才不是说，你们是来等他的吗？"

罗宾一时不知该说什么。他隐约觉得，最好尽可能少说话，少留下线索。他已经告诉船长，洛弗尔教授在他们之前下了船；他们还打算告诉巴别塔的教授们说，洛弗尔教授还在汉普斯特德。因此，如果克莱门斯太太再有完全不同的说法，那对他们可能十分危险。但是，谁会同时询问这三方呢？如果警方能查到这一步，那他们四个不该早就被拘捕了吗？

莱蒂来救场了。她轻轻把罗宾推到一边，说道："最快可能是周一。但我们在码头听人说，他坐的那艘船可能会延误。您知道，大西洋上的天气很恶劣，所以可能还要好几周呢。"

"真是不巧，"克莱门斯太太说，"那你们会一直待在这里吗？"

"噢，不，我们明天就要回学校了。走之前我们会在餐厅桌子上留个便条的。"

"这很谨慎。好吧，那就晚安啦。"克莱门斯太太愉快地说，然后转身走进大雨中。

他们在短短几秒之内就吃光了奶酪和橄榄。硬邦邦的面包嚼起来有些费劲,让他们的速度慢了下来。不过嚼了几分钟后,面包也进了肚子。这时,他们充满渴望又为难地望向酒瓶,一方面清楚应该保持警惕,另一方面又极度渴望大醉一场。最后,拉米担起责任,将酒瓶藏到了储藏室里。

这时已是夜里十一点半。如果在牛津,他们都还要过好几个小时才睡觉,或者专心做作业,或者在彼此屋里开怀大笑。但是现在,他们又累又怕,不敢分开去不同的卧室。于是,他们找来屋里所有能找到的毯子和枕头,将它们都堆在会客厅里。

他们决定轮流睡觉,每次让一个人醒着守夜。没有人真的认为警察可能破门而入,再说如果警察真的来了,他们也做不了什么。不过,保持最低限度的谨慎还是感觉好一些。

罗宾主动提出值第一班岗。一开始,咖啡和紧绷的神经让他们战战兢兢,谁也无法安安静静地躺下。几分钟后,他们焦虑的低语渐渐变成了深沉均匀的呼吸。莱蒂和维克图瓦相互依偎着靠在沙发上,维克图瓦枕着莱蒂的手臂。拉米躺在罗宾身边的地板上,挨着沙发,蜷缩的身体像括弧一样守护着女孩们。看着他们在一起的样子,罗宾的胸口隐隐作痛。

他看着他们的胸膛上下起伏,守了半个小时才敢站起来。他推测现在离岗是安全的,就算发生什么事,他在屋里也能听见。倾盆大雨已经减弱为淅淅沥沥的小雨,除了雨声,屋里一片死寂。他屏住呼吸,蹑手蹑脚地走出会客厅,上楼向洛弗尔教授的办公室走去。

办公室里和他记忆中一样拥挤而凌乱。在牛津大学,洛弗尔教授的办公室维持着表面的整洁,但是在家里,他总是将东西随意乱放,形成一种有序的混乱。地板上到处都是散开的纸页,一堆堆书摆在书架周围，有些书摊开着，有些书里还夹着标记页码的笔。

罗宾小心翼翼地穿过房间，走向洛弗尔教授的书桌。他从来没有坐在这张书桌跟前。他总是坐在书桌另一边，双手紧张地绞在一起，按在膝头。从这一边看，书桌显得十分陌生。桌面右上角摆着一张嵌在相框里的画像，不，不是画像，是达盖尔照相机拍出的相片。罗宾努力不去细看，但他不由自主地瞥了一眼，看见了相片中一个黑发女人和两个孩子的轮廓。他把相框按了下去。

他随手翻了翻散落在桌上的纸张。没什么有意思的内容，主要是关于唐诗和甲骨文的笔记，罗宾知道洛弗尔教授在牛津一直在钻研这两个项目。他试了试右边的抽屉，本以为抽屉上了锁，没想到毫不费力地拉开了它。抽屉里藏着一沓又一沓信件。他一沓沓拿出来，放在灯下，不确定自己在寻找什么，甚至都不知道期待看见什么。

他只想了解这个男人，只想知道他父亲究竟是什么人。

洛弗尔教授书信往来的对象大多是巴别塔的教员和各家贸易公司的代表，其中有几封来自东印度公司，同马尼亚克洋行的通信更多，但数量最多的是与渣甸洋行人员往来的书信。这些书信很值得一读。他一封封翻阅这些信笺，越读来越快，后来干脆跳过开头的客套话，直接寻找埋藏在中间段落里的关键语句——

> 郭施拉的封锁或许能奏效……只需要十三艘战舰，不过问题在于时机和成本……只是展示力量……林赛想通过外交撤离来给他们难堪，但这肯定会让留下来的海关代理人身陷险境……将他们逼到绝路，他们就会让步……摧毁一支水手连蒸汽机为何物都不知道的舰队并非难事……

罗宾缓缓吐了口气，瘫倒在扶手椅中。

有两件事清楚无误。第一，关于这些文件是什么，没有任何模棱两可之处。郭施拉牧师四个月前寄来的一封信中提供了广州主要码头的详细草图。草图背面列出了中国海军所有已知舰船的名称。这些不是英国对华政策的推演，而是作战计划。书信中有关于清政府沿海布防的详尽记录，有罗列各海军驻地戎克船数量的详细报告，有周围岛屿上要塞的数量和位置，甚至还有每个要塞的驻军的精确人数。

第二，洛弗尔教授的声音在这些人中属于最强硬的一派。一开始，罗宾还抱着毫无根据的愚蠢希望：或许这场战争不是洛弗尔教授的主意，或许他曾经极力劝阻。但洛弗尔教授的声音十分响亮，不仅对这样一场战争的种种益处津津乐道（包括到时候可以为他所用的丰富的语言资源），还大谈"中国人好吃懒做，他们的军队既无勇气也无纪律，是可以被打败的"。他的父亲并不只是一位卷入贸易争端的学者，是他帮忙设计了这些行动。在一封写给巴麦尊勋爵的未寄出的公函中，洛弗尔教授用他整洁的小字写道：

> 中国舰队由落伍的戎克船组成，船上的火炮太小，无法有效瞄准。中国人只有一艘能与我军舰队相较量的舰船：从美国人那里购得的商船"剑桥号"。但他们没有能够操纵这艘船的水手。我们的代理人报告称，这艘船目前闲置在港。我们的"复仇女神号"可以迅速解决这艘船。

罗宾的心跳得很快。一阵突如其来的冲动攫住了他，促使他尽可能探明一切、弄清楚这场阴谋的全貌。他狂热地读完整沓书信，接着又从左边抽屉里取出另外一堆。这堆信件揭示了同样的内容。开战从来不是问题所在，问题只在于开战的时机以及如何让议会同意开战。然而，其中一些书信的日期可以追溯到1837年。渣甸、马地臣和洛弗尔怎么可能在两年多以前就知道,在广州的协商将以失败收场?

答案太明显了。他们知道这一点,因为这正是他们一直以来的意图。他们想要引发争端,因为他们想要白银。只要大清皇帝的思想没有发生某种奇迹般的转变,那么,得到白银的唯一途径就是用枪炮对准中国。他们早在起程之前就在策划战争。他们从来没打算和钦差林大人认真协商。那些谈判仅仅是爆发争端的借口。那些人资助洛弗尔教授前往广州,只是在向议会提交提案前做的最后一次考察。这些人需要靠洛弗尔教授来帮他们赢得一场短暂、残酷而高效的战争。

等他们得知洛弗尔教授永远回不来的时候,会发生什么呢?

"那是什么?"

罗宾抬眼看去。拉米正站在门口打着哈欠。

"还有一个小时才轮到你守夜。"罗宾说。

"睡不着。再说这样轮岗也没什么意义,今晚不会有人来找我们。"拉米也来到洛弗尔教授的书桌前,站在罗宾身边,"在搜集情报吗?"

罗宾轻轻敲了敲那些书信。"你看看。读读这些。"

拉米随手拿起纸堆最上面的一封信匆匆读了一遍,然后坐在罗宾对面,仔细阅读余下的信函。"老天啊。"

"这些都是战争计划,"罗宾说,"所有人都参与了,我们在广州遇到的所有人。你看,这些是马礼逊和郭施拉牧师写来的信,他们利用传教士的身份打掩护,其实是在刺探清政府的军事情报。郭施拉甚至买通了线人,他们告诉他中国军队的具体部署,哪些中国贸易商反对英国人,甚至有哪些当铺是适合袭击的目标。"

"郭施拉?"拉米轻蔑地哼道,"真的吗?我还不知道那个德国人有那个胆量。"

"还有煽动公众支持战争的宣传册。你看,马地臣在这里称中国人是'一个以愚不可及、贪婪、自负和固执为显著特征的民族'。这里还有个叫戈达德的人写道,部署战舰将是一次'平静而明智的行动'。你想想。一次平静而明智的行动。真是形容暴力入侵的好说法。"

拉米翻阅文件的速度越来越快,眼睛上下扫视一张张信纸。"不可思议。简直让人纳闷他们一开始干吗要派我们去。"

"因为他们还缺一个借口。"罗宾说道。现在一切都水落石出。事实如此清楚、如此简单得出奇,罗宾真想为没有早点看出真相踢自己一脚。"因为他们还需要向议会证明,得到他们想要的东西的唯一方式是诉诸武力。他们本来就想让贝利斯羞辱林则徐,而不是向他妥协。他们就是想让林则徐上钩,让他先表露敌意。"

拉米轻蔑地哼了一声:"只是他们没想到林则徐会销毁港口所有的鸦片。"

"是啊,"罗宾说,"不过我猜,他们也得到了想要的正当理由。"

"你们在这里啊。"维克图瓦说。

他们两个都吓得跳了起来。

罗宾问:"谁在守门?"

"没事,没人会在凌晨三点闯进来。再说莱蒂睡得像块木头。"维克图瓦走到房间这头,低头打量一沓沓信函,"这些是什么?"

拉米示意她坐下:"看看就知道了。"

同拉米一样,维克图瓦在意识到眼前是什么时也读得越来越快。她伸出手指碰了碰嘴唇。"噢,天哪,所以你们觉得——所以他们根本从来就没有——"

"没错,"罗宾说,"全都是作秀。我们根本没打算和平协商。"

她无助地抖了抖那些信纸。"那我们该拿这些怎么办?"

"你想说什么?"罗宾问。

她不解地看了他一眼。"这些都是战争计划啊。"

"而我们只是学生,"他应声说,"我们能做什么?"

漫长的沉默。

"噢,小燕子,"拉米叹了口气,"我们在这里又是做什么呢?我们以为回去后要面对什么?"

牛津就是答案。牛津是他们一致同意的选择,因为当他们被困在"希腊号"上、教授的尸体在他们身后的大海中下沉的时候,回归熟悉的正常生活是一份让他们保持平静的希望,是让他们不至于陷入疯狂的集体幻觉。他们所有的计划都以安全抵达英国为终点。但现在,他们无法再继续回避真正的问题,无法再盲目地想入非非、以为回到牛津就能万事大吉。

没有回头路了,他们都很清楚这一点。他们再也无法假装,再也无法躲在自以为安全的角落,任由无法想象的残酷和剥削在外面的世界继续上演。眼前只有殖民帝国令人胆寒的广阔网络,以及反抗帝国的正义要求。

"然后怎么办?"罗宾问,"我们能去哪里?"

维克图瓦说:"嗯,赫耳墨斯社啊。"

当她说出这话时,一切都是那么显而易见。只有赫耳墨斯社可能知道该如何应对这件事。赫耳墨斯社,被罗宾出卖、或许根本不愿再度接受他们的赫耳墨斯社是他们遇到过的唯一一个声称要对抗殖民主义的组织。这是一条出路,是他们并不配得到的、弥补错误选择的第二次机会。只要他们能在被警方找到之前先找到赫耳墨斯社。

"所以我们达成一致了,对吗?"维克图瓦来回打量他们两人,"先回牛津,然后去找赫耳墨斯社,然后做赫耳墨斯社需要的任何事,对吗?"

"对。"拉米坚定地说。

"不,"罗宾说,"不,这太疯狂了。我要去投案自首,我一有机会就要去找警察——"

拉米哼了一声。"我们已经谈过这件事了,谈了很多很多很多次了。

你去自首，然后怎么办？忘记渣甸和马地臣正打算发动战争？现在这不仅仅是我们几个的事了，小燕子。不只是你的事了。你有责任和义务了。"

罗宾坚持道："可是正因为这样，我才必须自首。如果我去自首，那就能让你们俩松口气，就能让这场鸦片战争和那场谋杀摆脱关系，你们难道不明白吗？这能让你们俩解脱——"

"别说了，"维克图瓦说，"我们不会让你那么做。"

"我们当然不会，"拉米说，"再说了，那样很自私，你不能这么轻松地脱身。"

"那怎么能说是轻松呢——"

拉米霸道地说："你想做正确的事。你总是这样。但是你以为正确的事就是去殉道。你以为你只要为所犯下的任何罪过受足够的苦，你就能得到赦免。"

"我没有——"

"正因如此，你那天晚上才替我们背了黑锅。每次遇到困难，你就只想让困难消失，而你觉得让困难消失的办法就是自我鞭挞。你太执迷于惩罚了。但那样是行不通的，小燕子。你进监狱不解决任何问题，被吊死也不解决任何问题。世界还是四分五裂。战争还是会来。要做出恰当的补救，唯一的办法就是阻止战争，可你并不想这么做，因为真正的问题在于你内心的恐惧。"

罗宾觉得这番话极其不公："那天晚上我只是想救你们。"

拉米并无恶意地说："你只是想让自己解脱。但是，自我牺牲只能让你感觉好一些，它帮不了我们，所以是彻头彻尾的毫无意义的举措。现在，如果你不再想着那些殉道的伟大企图，我认为我们应该讨论……"

他的声音弱了下去。维克图瓦和罗宾顺着他的目光向门口看去。莱蒂站在那里，双手捂着胸口。他们谁也不知道她在那里待了多久。她的脸色变得十分苍白，只有脸颊上挂着两团红晕。

"噢，"拉米说，"我们还以为你睡着了。"

莱蒂的喉头抽动着，似乎快要哭出来了。她颤抖着小声问："赫耳墨斯社是什么？"

"可是我不明白。"

在过去十分钟里，莱蒂每隔一阵就重复一遍这句话。不论他们如何解释——赫耳墨斯社的必要性、这个组织不得不潜伏地下的千百个理由——她始终摇头不解，眼神茫然。她看上去并没有生气或不安，只是发自内心地困惑，就好像他们试图让她相信天空是绿色的。"我不明白。难道你们在巴别塔不快乐吗？"

"快乐？"拉米重复道，"我猜从来没有人问过你，你的皮肤是不是用核桃汁泡过。"

她瞪大了眼睛："噢，拉米，他们真的这么问过你？可是，我从来没听到过，可是，你的肤色很漂亮——"

拉米继续说道："也没人对你说过，出于某种不明原因，你不允许走进商店。走在人行道上，也没人在你身边让出一大圈空地，好像你身上满是跳蚤。"

"可是，那只是牛津人的愚蠢和狭隘，"莱蒂说，"那并不意味着——"

"我知道你看不见这些，"拉米说，"我也不指望你能看见，你在生活中没有受到过这样的待遇。但问题并不在于我们在巴别塔是否快乐。问题在于，这是我们良知的要求。"

"但是巴别塔给了你们一切，"莱蒂似乎无法迈过这个论点，"你们拥有想要的一切，你们有这么多特权——"

"不足以让我们忘记我们来自哪里。"

"可是奖学金——我是说，要是没有那些奖学金，你们全都——我不明白——"

拉米打断了她："这一点你说得足够清楚了。你是个名副其实的小公主，不是吗？在布赖顿住着大庄园，在图卢兹过夏天，柜子上摆着中国瓷器，喝着阿萨姆红茶？你怎么可能明白？你的族人收割着帝国的果实。我们的族人却什么也没有。所以闭嘴吧，莱蒂，好好听听我们试图告诉你的事就行。他们对我们的国家所做的事是不正当的。"他的声音变得响亮而严厉，"我接受的训练让我为了他们的利益而使用我的语言，为了方便他们的统治而翻译法律和文本，与此同时，印度、中国、海地，还有帝国全境和全世界的人们却在饿着肚子甚至饿死，只因为英国宁愿用白银去做帽子和羽管键琴也不愿做一件善事，这同样是不正当的。"

莱蒂对此的反应比罗宾预想的要好一些。她坐在那里沉默了一会儿，眨着她硕大的眼睛。接着，她皱起眉头问道："但是……但是，如果问题的关键是不平等，那你们为什么不通过大学来解决这个问题呢？大学里有各种各样的援助项目和传教团体。你们知道，大学里有慈善活动，我们为什么不直接去找殖民政府，然后——"

维克图瓦说："维护帝国利益就是这个机构的全部意义，所以这样做有点困难。巴别塔不会做任何对自身无益的事。"

莱蒂说："可那不是真的。他们一直在为慈善做贡献，我知道的，勒布朗教授正在伦敦的自来水厂做研究，为了减少廉价住宅区的疾病传播。而且，全球各地都有人道主义社团[1]——"

维克图瓦打断了她："你知道巴别塔向奴隶贩子出售银条吗？"

---

1 在这里，莱蒂指的是那些为保护英属领土的原住民而创办的人道主义社团，比如1837年撰写《关于原住民部落议会特选委员会的报告》的福音派作者。这份报告承认英国人的出现是"未开化的民族遭受的诸多不幸的根源"，但是也建议继续扩大白人聚居地，以"传播文明教化"的神圣名义向澳大利亚和新西兰广泛派遣英国传教士。这些福音派作者主张，只要原住民学会像正统的基督徒一样穿衣、说话、做事，就不会遭受这么多苦难。当然，最大的矛盾在于并不存在"人道主义殖民"这回事。而巴别塔对这项传教活动的贡献在于，为传教士创办的学校提供英语教材、将英国物权法翻译给那些因殖民定居而流离失所的人们。——原注

第二十章

莱蒂对她眨了眨眼："什么？"

维克图瓦说："Capitale。拉丁语 capitale（资产）衍生于 caput（头部），后来演变成古法语中的 chatel（城堡）和英语中的 chattel（财产）。牲畜和地产就是财富。他们将这些刻在银条上，再和英语单词 cattle（牲口）连锁配对，然后把银条嵌在铁链上。这样一来，奴隶就无法逃脱了。你知道为什么吗？银条让他们变得驯服。就像动物一样。"

"可是那……"莱蒂飞快地眨着眼睛，仿佛想挤出落在眼里的灰尘，"可是，维克图瓦，亲爱的，奴隶贸易在1807年就废除了。"[1]

"你以为他们就这样停手了吗？"维克图瓦的声音像是大笑，也像抽泣，"你以为我们就不再向美国出售银条了吗？你以为英国制造商就不再从枷锁和铁链中获利了吗？你以为英国没有还在使用奴隶，只是藏得很深的人了吗？"

"但是巴别塔的学者不会——"

"那正是巴别塔的学者所做的事，"维克图瓦恶狠狠地说，"我早该知道，那正是我们的导师正在研究的课题。我每次见到勒布朗，他都要把话题扯到他心爱的控制奴隶的银条上。他说，他认为我或许具备独特的洞察力。有一次他甚至问我愿不愿意戴上那些银条试试。他说是想确保它们能在黑鬼身上有效发挥作用。"

"你为什么不告诉我？"

---

[1] 这是个弥天大谎，是英国白人乐意相信的谎言。即使不顾维克图瓦接下来的议论，在东印度公司的控制下，奴隶制在印度持续存在了很长一段时间。事实上，1833年的《奴隶解放法案》特别豁免了印度的奴隶制度。尽管早期废奴主义者相信东印度公司控制下的印度是一个自由人劳动的国度，但东印度公司不仅合谋参与、而且在许多情况下鼓励支持各种类型的奴役，并直接从中获利，这些奴役包括种植园内的强迫劳动、家务劳动和契约奴隶。仅仅因为这些奴役行为不完全符合大西洋两岸的种植园奴隶制的样板就拒绝将其划入奴隶制的范畴，这是一种语义上的深层愚昧。但是，英国人的头脑容纳矛盾的能力强得出奇。威廉·琼斯爵士与奴隶制度不共戴天，但他同时也承认自己家中"有奴隶，我将他们从死亡和悲惨命运中拯救出来，将他们视作仆人"。——原注

"莱蒂，我试过。"维克图瓦的声音哽咽了，她的眼睛里充满痛苦。这让罗宾深感惭愧，因为他直到此时才看清他们友谊的残酷模样。罗宾始终有拉米。但是在一天结束、他们各自回家时，维克图瓦却只有莱蒂。莱蒂声称永远爱她、无比欣赏她，可只要她说的任何话不符合莱蒂对世界已有的认知，莱蒂就根本充耳不闻。

那时候他和拉米在做什么？望向别处，毫不留神，暗自希望女孩们能自己停止争吵向前看。拉米偶尔也会攻击莱蒂，但那只是为了满足他自己。他们两个从来都没有停下来想一想，这么长时间以来，维克图瓦的孤独是多么刻骨。

维克图瓦继续说道："你并不在意。莱蒂，你甚至不在意我们的房东不允许我用室内的盥洗室——"

"什么？那太可笑了，我肯定会注意到——"

"不，"维克图瓦说，"你没注意。你从来没注意过，莱蒂，问题就在这里。而现在，我们拜托你好好听一听我们想告诉你的事，拜托。拜托你相信我们。"

罗宾心想，莱蒂快要到崩溃的临界点了。她快要没话可说了。她的表情像一条被逼到角落里的狗。她的眼睛四处乱瞟，绝望地找寻出路。她还会再寻找各种站不住脚的借口，接受任何其他可选的替代逻辑，直到最后才会放弃幻想。

罗宾知道，因为不久之前他也做过同样的事。

"所以，要打仗了，"莱蒂停顿了一会儿才说，"你们已经确定要打仗了。"

罗宾叹了口气。"是的，莱蒂。"

"而且巴别塔绝对参与其中。"

"你可以自己读读那些信。"

"那——那赫耳墨斯社打算对此做些什么？"

第二十章　403

"我们不知道,"罗宾说,"但他们是唯一能做些什么的人。我们会把这些文件带给他们,我们会把知道的一切都告诉他们——"

"可是为什么呢?"莱蒂依旧不依不饶,"为什么要找他们?我们只要自己行动就行。我们应该编写宣传手册,去找议会,我们有上千种选择,而不是去找一帮……一帮秘密盗贼。勾结和腐败到了这种地步,一旦公众知道了,他们绝不可能支持这种行为,我很确定。但是在暗地里活动、从大学里偷东西,这对你们的事业有害无益不是吗?你们为什么不直接公之于众呢?"

他们沉默片刻,三人都在思索该让谁先告诉莱蒂。

维克图瓦肩负起了这个任务。她语速极慢地说:"我想知道,你有没有读过任何在议会最终立法废奴之前发表的废奴主义文学。"

莱蒂皱起眉头:"我不明白这有什么……"

维克图瓦说:"贵格会信徒在1783年向议会递交了第一份反对奴隶制的请愿书。艾奎亚诺在1789年出版了他的回忆录。再加上废奴主义者一直在向英国公众讲述的、数不清的奴隶故事,那些故事记录了你能让一个人类同胞遭受的最残酷、最可怕的折磨。仅仅摆出黑人被剥夺自由这一事实是不够的。人们需要看到这一事实是多么荒诞且丑恶。就算是这样,最终立法废止奴隶贸易也花了几十年的时间。那可是奴隶制啊。与奴隶制相比,为了贸易权利在广州进行的战争看起来根本微不足道。没有浪漫色彩,没有小说家书写鸦片成瘾对中国家庭造成的影响。如果议会投票决定用武力打开广州的口岸,那看起来就好像是自由贸易在发挥作用。所以不要对我说,一旦英国民众得知这件事就会采取任何行动。"

"可这是战争啊,"莱蒂说,"那当然是不一样的,他们当然会群情激愤——"

拉米说:"你不明白的是:像你这样的人有多会找借口,只要早餐桌上有茶和咖啡。他们不在意，莱蒂。他们根本不在意。"

莱蒂沉默了很长时间。她看上去很可怜、很虚弱、很受打击，仿佛刚刚得知家人的死讯。她颤抖着长舒了一口气，目光依次落在他们每一个人身上："我明白你们为什么从来没告诉过我了。"

"噢，莱蒂，"维克图瓦犹豫片刻，随即伸手扶住莱蒂的肩膀，"不是那样的。"

但她的话到此为止。显然，维克图瓦想不出其他任何安慰的话。除了真相，他们根本无话可说，而真相就是他们无法信任她。尽管他们有那么多过去，尽管他们宣称友谊地久天长，但他们无法知晓她会站在哪一边。

"我们已经下定决心了，"维克图瓦温柔但坚定地说，"这件事我们要找赫耳墨斯社，一回到牛津就去。可你不用和我们一起去，我们不能强迫你冒这个风险。我们知道你已经受了太多苦。只是，如果你不和我们一起去的话，那请你至少要为我们保守秘密。"

"你这话是什么意思？"莱蒂哭了起来，"我当然要和你们一起。你们是我的朋友，我会和你们一直走到最后。"

说完，她搂住维克图瓦大哭起来。维克图瓦僵在原地，看上去十分困惑。但是过了一阵，她也抬起手臂小心翼翼地抱住了莱蒂。

"我很抱歉，"莱蒂抽泣着说，"我很抱歉，我真的很抱歉……"

拉米和罗宾在一旁看着，不知该如何是好。如果换作别人，这可能显得故作姿态甚至让人恶心，但是当莱蒂这样做时，他们知道那不是装出来的。莱蒂无法随心所欲地哭出来，她甚至无法随心所欲地伪装自己的情绪。她太不苟言笑，太过透明。他们知道她的表现全都是发自内心的真实感受。因此，见到她这样崩溃大哭，知道她至少明白他们所有人的感受，这确实让他们轻松了许多。看到她仍然是朋友，这让他们如释重负。

第二十章

然而，还是有些事感觉不太对劲。从维克图瓦和拉米脸上，罗宾看出他们也有同样的想法。他花了一段时间才意识到是什么在折磨自己，而当他意识到这一点时，便一直为之困扰：在他们将一切向莱蒂和盘托出、告诉她其他人经历的所有痛苦之后，她反而是那个需要安慰的人，这似乎是一个巨大的矛盾。

第二十一章

噢，牛津的尖塔！穹顶和塔楼！
花园和树林！你们的存在胜过
理性的清醒。

——威廉·华兹华斯，《1820 年 5 月 30 日的牛津》

从第二天早晨开始，他们返回牛津的旅途便波折不断，成了一场错误百出的闹剧。如果不是因为他们太累、太饿、彼此闹脾气而不愿沟通，很多错误原本都可以避免。由于钱包不再丰厚，他们花了整整一小时争论借用克莱门斯太太的马车去帕丁顿车站是否谨慎，最后还是放弃了，凑齐了坐出租马车的费用。但是，在周日早晨的汉普斯特德很难等到出租马车，这意味着他们直到开往牛津的火车出发十分钟后才赶到火车站。下一班列车的票已经售罄，再下一班列车又因一头在铁轨上游荡的奶牛而延误，而这意味着他们要在午夜之后才能抵达牛津。

一整天就这么耽误了。

他们在伦敦消磨时间，从一家咖啡馆逛到另一家，以免停留太久而惹人怀疑。为了合情合理地在桌边多坐一会，他们买了大量的咖啡和甜食，这些东西让他们更加精神紧张、疑神疑鬼。每过一段时间，他们当中的某一个人就会提起洛弗尔教授或者赫耳墨斯社，然后被其他人厉声喝止。他们不知道谁可能听见他们的话，整个伦敦仿佛到处都是不怀好意的偷听者。被厉声喝止的感觉很不好，但谁也没心情聊更轻松的话题，当他们拖着行李箱登上拥挤的晚班列车时，谁也没有说话。

他们在可憎的沉默中度过了这段旅程。距离牛津火车站还有十分钟时,莱蒂突然坐得笔直,开始大口喘着粗气。

"噢,上帝啊,"她低声念叨,"噢,上帝啊,噢,上帝啊,噢,上帝啊——"

她引得旁人纷纷侧目。莱蒂揪住拉米的肩膀,想寻求一点安慰,可拉米却不耐烦地抬起手臂甩开了她。

"莱蒂,闭嘴。"

这很残忍,但罗宾赞同他的做法。莱蒂也让罗宾备受折磨,她在一天中的大部分时间里都处于歇斯底里的状态,他已经受够了。他阴郁地想,他们所有人的精神都饱受摧残,莱蒂应该和他们三个一样打起精神、保持冷静才是。

莱蒂惊诧地陷入了沉默。

终于,他们乘坐的火车嘎吱作响地驶进了牛津火车站。哈欠连天、瑟瑟发抖的他们拖着行李箱走在颠簸的石子路上,花了二十分钟才回到学院。他们决定让女孩们准备先去门房那里叫一辆出租马车,夜深了,不能让她们独自走那么远的路去北城。终于,大学学院简朴的石质外墙从夜色中浮现。一看见这个神奇又腐朽的地方,罗宾就感到一阵尖锐的怀旧之情。尽管发生了这么多事,这个地方依然有家的感觉。

"嘿,你们几个!"高级校工比林斯拎着提灯出现在罗宾面前。他上下打量,一认出他们便露出灿烂的微笑,"是你们啊,终于从东方回来了?"

罗宾很想知道他们在灯光下是什么模样:惊慌失措、衣衫凌乱、汗涔涔地穿着昨天的衣服。他们的疲惫想必显而易见,因为比林斯很快露出了怜惜的神情。"噢,你们这些可怜的小家伙,"他转过身,招招手示意他们跟上,"跟我来吧。"

十五分钟后,他们在餐厅里围坐在一张桌子边上,手捧浓浓的红茶挤在一起。比林斯正在厨房里忙碌。他们连连推辞说不想耽误他的正事，但他坚持要给他们做一顿地道的英式早餐。很快，就端来了几盘滋滋作响的煎蛋、香肠、土豆和吐司。

"再来点能振作精神的东西，"比林斯将四个马克杯摆在他们面前，"白兰地加水。你们不是我见过的第一批从国外回来的嚼舌人。总是累成这样。"

食物的香味让他们想起自己有多饿。他们像狼一样扑向食物，一言不发地大嚼特嚼。比林斯坐在一旁，饶有兴致地望着他们。

他说："来，和我说说这次激动人心的旅程怎么样？去了广州和毛里求斯，是不是？他们给你们吃什么稀奇的东西了吗？见到什么当地庆典了吗？"

他们面面相觑，不确定该如何作答。莱蒂哭了起来。

"噢，好了，"比林斯把那杯白兰地向她推了推，"不至于那么糟吧。"

莱蒂摇了摇头，咬住嘴唇，但还是发出一声声哀怨的呜咽。那不是小声的抽噎，而是狂风骤雨般全心全意的哭泣。她捂住脸痛痛快快地哭起来，肩膀颤抖，指缝里挤出语无伦次的话语。

"她太想家了，"维克图瓦无力地解释，"她，唉，真的很想家。"

比林斯伸手拍了拍莱蒂的肩膀："一切都很好，孩子。你现在回家了，你安全了。"

他出门去叫马车夫。十分钟后，一辆出租马车停在餐厅门口，将女孩们送回她们的宿舍。罗宾和拉米拖着行李箱走向喜鹊巷，然后互道晚安。在拉米推开门走进房间的那一瞬间，罗宾感到一阵焦虑。在海上航行的那些夜晚，他已经习惯了拉米的陪伴，现在，几周以来他第一次独处，黑暗中不再有他人声音的缓冲，这让他胆战心惊。

但当他走进房间关上门以后，他意外发现一切看起来竟如此正常。桌子、床铺和书架都与他走时分毫不差。在他离开的这段时间里，什么

第二十一章

都没有改变。查克拉瓦蒂教授布置的《山海经》翻译作业还摊开在桌面上，一句话刚刚写到一半。房间里一尘不染，舍监最近一定进来打扫过。坐在松软的床垫上，呼吸着旧书和霉菌令人舒适的熟悉气味，罗宾觉得，只要躺下来闭上眼，第二天早上他就可以像什么都没有发生过一样，在起床之后奔赴课堂。

他醒来时，只见拉米正俯身望着他。他像触电一样坐起身来，大口喘着粗气："老天爷啊，别这样。"

"你真该开始养成锁门的习惯了，"拉米递给他一个茶杯，"毕竟我们现在——你知道的。喝茶吗？"

"谢谢。"他双手接过茶杯，小口啜饮起来。这是他们最喜欢的阿萨姆拼配茶，浓烈的深色茶水十分提神。阳光从窗外倾斜而入，鸟儿在窗外啁啾和鸣，在这短暂的幸福时刻，广州发生的一切就像一场噩梦，直到冰冷而扭曲的回忆再度浮现。他叹了口气说："发生什么事了吗？"

拉米说："女孩们都在这里。该起床了。"

"这里？"

"在我的客厅里。来吧。"

罗宾洗漱穿衣，来到门厅对面。维克图瓦和莱蒂端坐在拉米的沙发上，拉米将茶水、一布袋司康和一小罐凝脂奶油递给她们："我猜没人想去餐厅，所以这就算是早餐吧。"

"这些就很棒，"维克图瓦有些意外，"你从哪里——"

"'穹顶与花园'咖啡馆，趁他们还没开门。他们总是把前一天的司康摆在店外打折出售。"拉米没有刀，便直接用司康蘸了蘸奶油，"很好吃，对吧？"

罗宾在女孩们对面坐了下来："你们俩睡得怎么样？"

"其实还不错，"莱蒂说，"回来的感觉很奇怪。"

"舒服过头了,"维克图瓦表示赞同,"感觉现在世界应该不一样了,但是……并没有。"

罗宾也有同感。重获物质享受,坐在拉米的沙发上,喝着他们最喜欢的茶,吃着他们最喜欢的咖啡馆的司康,这感觉不太对劲。他们似乎不该得到这样的待遇,按照他们的情况,整个世界都该在烈火中燃烧才对。

拉米在罗宾身边坐了下来:"听着,我们不能就这么干等着。现在每一秒钟都是我们还没进监狱的时光,所以必须好好利用。我们必须找到赫耳墨斯社。小燕子,你怎么才能联系上格里芬?"

"我联系不上他,"罗宾说,"格里芬很注重这一点。他知道怎么找我,但我没办法联系他。我们之间一直是这样。"

"安东尼也是这样,"维克图瓦说,"不过他倒是告诉了我们几个联络点,我们可以在那里留东西给他。假设我们去那些地方留下消息——"

"可是他多久查看一次?"莱蒂问,"如果他根本没想到那里会有东西,他会去看吗?"

"我不知道,"维克图瓦沮丧地说,"但这是我们唯一的选择。"

"我倒觉得他们确实会留意我们,"罗宾说,"我是说,在我们那天晚上被发现以后,悬而未决的变数太多了。现在既然我们都回来了,我猜想他们一定想和我们取得联系。"

他从他们的表情看出,这话并不太让人安心。赫耳墨斯社的要求烦琐且难以预测。赫耳墨斯社的成员或许下一刻就会来敲门,也可能一连六个月都隐匿无声。

"不管怎么说,我们还剩多少时间?"沉吟片刻之后,拉米问道,"我是说,他们还要多久才会意识到,老理查德回不来了?"

他们谁也不知道确切的答案。新学期还要再过一周才开始,到那时,洛弗尔教授没有回来上课就会显得十分可疑。但是,假如其他教授期待他们在那之前回校怎么办?

第二十一章

"嗯，经常和他联系的都有谁？"莱蒂问，"我们必须给教员们编一个故事，当然——"

"还有派珀太太，"罗宾说，"他在杰里科的管家。她一定想知道他在哪里，再说我也必须去看望她。"

"我有个主意，"维克图瓦说，"我们可以到他办公室翻看他的书信，看看他有没有什么必须去的约会，甚至可以伪造回信，如果那样能给我们争取一点时间的话。"

"你考虑清楚，"莱蒂说，"你觉得，我们掩盖了那个男人被谋杀的事，现在又要闯进他的办公室乱翻他的东西，与此同时还指望不被人抓住？"

"要做这件事只能是现在，"维克图瓦指出，"趁着还没人知道是我们干的。"

"你怎么知道还没人不知道呢？"莱蒂的声音抬高了几度，"你怎么知道我们不会一走进塔楼就被铐上锁链呢？"

"老天啊，"罗宾小声说，他们这番对话、他们回到牛津这件事本身突然显得荒谬至极，"我们为什么要回来？"

"我们应该去加尔各答，"拉米突然说，"走吧，咱们逃到利物浦去，可以在那里买票上船——"

莱蒂皱起鼻子："为什么是加尔各答？"

"那里很安全，在那里我的父母可以提供保护，阁楼上有地方——"

"我不想在你父母的阁楼里过完下半辈子！"

"那只是暂时的——"

"所有人都给我冷静，"维克图瓦几乎从不抬高声音，这让他们立刻安静下来，"这就像——就像一份作业，你们明白吗？我们只需要制订一个计划，只需要将这件事拆解成几个部分，然后去一一完成，这样就行了。"她竖起两根手指，"现在看起来，有两件事是我们需要做的。任务一：同赫耳墨斯社取得联系；任务二：尽可能收集情报，这样等我们找到赫耳墨斯社以后,他们就能利用这些信息。"

"你忘了任务三,"莱蒂说,"不要被抓。"

"嗯,那还用说。"

"我们有多暴露?"拉米问,"我是说,仔细想想,我们在这里甚至比在船上更安全。尸体不会说话,他也不会被冲上岸。要我说,只要保持安静就不会有事,对吗?"

"但他们一定有问题要问,"莱蒂说,"我是说,到了一定时候,肯定会有人注意到洛弗尔教授一直不回信。"

"所以我们要维持统一口径,"维克图瓦说,"他病得很重,在他的宅子里隔离,所以既不回信也不见客,是他告诉我们不要等他、自己先回来。这就是故事的全部经过。就这样简单,不要多说细节。如果我们都这样说,那就没人会起疑心。就算我们显得紧张兮兮,那也是因为担心我们亲爱的教授。可以吗?"

没有人反驳她。他们聚精会神地听着她说的每一个字。世界不再在天旋地转中走向失控,维克图瓦接下来要说的话是唯一重要的事。

她继续说道:"不过我认为,我们越是若无其事,换句话说,我们表现得越谨慎,看起来反而越可疑。我们不能躲起来不见人,我们是巴别塔的学生,我们很忙。我们是快要被学业逼疯的四年级学生,不必假装自己没有发疯,毕竟这里的学生总是疯疯癫癫的。但我们必须假装自己是因为正当理由而发疯。"

不知为什么,这番话听起来非常在理。

维克图瓦指了指罗宾说:"你去稳住那个管家,然后去拿洛弗尔教授的书信。拉米和我去安东尼的联络点尽可能多留几封密码信。莱蒂,你平时该做什么就做什么,让别人觉得一切完全正常。如果有人问起广州的事,你就散播教授病了的消息。我们今晚再回到这里碰面,愿上帝保佑不要出岔子。"她深吸一口气,向周围看了看,然后点了点头,仿佛是

第二十一章　413

在说服自己,"我们能熬过这一关的,好吗?只是我们不能失去理智。"

但是罗宾心想,结局已无法改变。

他们一个接一个从喜鹊巷出发。罗宾原本希望派珀太太不在杰里科的宅子里,希望他只要在信箱里留一条消息就能完成任务。但是他刚敲了一下门,派珀太太就满脸微笑地打开了门:"罗宾,亲爱的!"

她紧紧搂住罗宾,身上散发出温暖的面包香气。罗宾鼻子一酸,险些哭了出来。他挣脱开来,揉了揉鼻子,假装只是想打个喷嚏。

"你瘦了。"她轻轻拍拍他的脸颊,"在广州吃得不好吗?还是中国菜不再合你胃口了?"

"广州挺好的,"他无力地说,"是船上的食物太差了。"

"他们真可恶,你们还只是孩子呢,"她后退一步,向他身后打量,"教授也回来了吗?"

"他暂时还回不来,"罗宾的声音游移不定,他清清嗓子又试了一次。他以前从没对派珀太太说过谎,这感觉比他预想中糟糕太多,"他——嗯,他在回来的船上得了很重的病。"

"我的天,真的吗?"

"他觉得自己没体力回牛津来,而且他也担心传染,所以现在就在汉普斯特德自我隔离。"

"就他一个人?"派珀太太露出警惕的神情,"那个笨蛋,他应该写信嘛。我今晚就赶过去,上帝知道那个男人连给自己煮茶都成问题——"

"千万别,"罗宾不假思索地说,"呃,我的意思是,他的病传染性很强。他一咳嗽或者说话,空气里的微粒都会传播疾病。我们在旅途中甚至不能和他待在同一个船舱里。他尽可能少见人,但得到了很好的照料。我们请了一位医生去照看他——"

"哪一个?史密斯?黑斯廷斯?"

他努力回想小时候得流感时给他看病的医生的名字:"呃——黑斯廷斯?"

"那还好,"派珀太太说,"我一直觉得史密斯是个江湖骗子。几年前我发高烧,结果他给我诊断成单纯的歇斯底里症。歇斯底里症!我喝一口肉汤都会吐,他还觉得我都是装出来的。"

罗宾稳住呼吸:"我想黑斯廷斯医生一定会照顾好他的。"

"噢,那是自然,不出这周末他就会回到这里,要我给他做苏丹王妃葡萄司康了。"派珀太太灿烂地笑了笑。那笑容明显是装出来的。她的眼睛里没有笑意,但她似乎一心想让他开心。"好了,我至少可以照顾照顾你。我给你做午餐好吗?"

"噢,不必了,"他赶紧说,"我不能留下,还有——我还得去通知其他教授。他们还不知道呢。"

"你都不留下来喝点茶吗?"

他很想留下,很想坐在她的餐桌旁听她拉家常,重温童年时温暖的舒适和安全感,哪怕只有那么稍纵即逝的片刻。但是他知道,他连五分钟都撑不过去,更别说煮一壶大吉岭红茶再慢慢啜饮一杯了。如果他留下,如果他踏进那间屋子,他一定会彻底崩溃。

"罗宾?"派珀太太关切地看着他的脸,"亲爱的,你看起来心烦意乱的。"

"我只是——"泪水模糊了他的视线,他再也憋不住眼泪,声音也哽咽起来,"我只是太害怕了。"

"噢,亲爱的。"她张开双臂搂住罗宾。罗宾也抱住了她,他强抑住啜泣,肩膀抖个不停。他第一次意识到,或许再也见不到派珀太太了。而且他从来没考虑过,等洛弗尔教授的死讯传来时她该怎么办。

"派珀太太,我想问……"他从怀抱中挣脱出来,向后退了一步,负罪感让他非常难受,"你……你有家人之类的吗?你有别的地方可以去吗?"

她看起来有些不解:"你这话是什么意思?"

他说:"我就是在想,如果洛弗尔教授没挺过去,如果他的病没好,那你就没有——"

"噢,亲爱的孩子,"她的眼角湿润了,"你不用担心我。我在爱丁堡还有侄女和兄弟,我们的关系不是特别亲密,但如果我找上门,他们也会收留我的。不过事情不会落到那一步的。理查德以前没少得外国病。他很快就会回来和你一起吃每月一次的晚餐,等他回来了,我给你们俩烤一整只鹅好好吃一顿。"她用力捏了捏他的肩膀,"你只需要专心学习,好不好?好好用功,其他的都不用你担心。"

罗宾再也见不到她了。不管事情如何收场,这一点都确信无疑。罗宾牢牢盯着她灿烂的微笑,想要将这一刻留在记忆里。"我会尽力的。派珀太太。再见了。"

回到街上,他不得不平复一下情绪,然后才打起精神走进巴别塔。

学院办公室在七楼。罗宾在楼梯间里等了一会儿,确认走廊里没人才冲向洛弗尔教授的办公室,将钥匙推进锁眼里。办公室里的信函与他在汉普斯特德发现的那些差不多:写给渣甸、马地臣、郭施拉的信,还有其他关于即将到来的侵略战争计划的书信。他将几封信整理成一沓,塞进外套里。他对赫耳墨斯社将如何利用这些信函一无所知,但他觉得有一些证据总好过没有。

他刚走出办公室锁好门,就听见普莱费尔教授的办公室传来说话声。其中一个颐指气使的响亮声音来自一个女人:"他已经连续三次没按时寄钱了,我这几个月都联系不上他——"

"理查德非常忙,"普莱费尔教授说,"而且他还在带四年级学生进行一年一度的海外旅行呢,我想他一定和您说过这件事——"

"他没说过，"那个女人说，"您知道，他在这方面简直糟透了，我们从来都不知道他的动向。他不写信，连电报也不发，甚至不给孩子们寄东西。您知道，他们都快忘记自己还有个父亲了。"

罗宾的心狂跳着，悄悄挪到走廊一角，停留在刚好能听见的地方。楼梯就在几尺开外，如果门开了，他可以赶紧逃到六楼去，不会被任何人看见。

普莱费尔教授尴尬地说："那想必很，呃，不容易。不过我必须说一句，这不是理查德和我经常谈论的话题。您最好还是直接去和他谈——"

"他什么时候回来？"

"下周。不过我听说广州出了些麻烦，所以可能还要早几天。但是洛弗尔太太，我真的不知道。等我们得到什么消息，我会转达给您的，只是目前我们掌握的消息和您一样少。"

门开了。罗宾浑身一紧，想要逃走，但病态的好奇心将他钉在原地。他从墙角偷偷向外张望。他想看一眼，想要确认。

一个又高又瘦、头发灰白的女人出现在走廊里，身边跟着两个年幼的孩子。年纪稍大一些的女孩大概十岁，她显然刚刚哭过，一只手攥成拳头掩盖住抽泣声，另一只手紧紧握着母亲的手。那个男孩年纪要小得多，可能只有五六岁。在洛弗尔太太同普莱费尔教授道别时，小男孩跌跌撞撞地跑到了走廊上。

罗宾的呼吸停止了。他不自觉地向走廊探出身子，无法挪开目光。那个小男孩太像他和格里芬了。他的眼睛是同样的浅棕色，头发也是类似的深色，只是比他们俩都更卷一些。

小男孩的眼睛撞上他的目光。让罗宾惊恐的是，他张开嘴用清脆的嗓音大声喊道："爸爸。"

罗宾扭头就跑。

"怎么回事？"洛弗尔太太的声音透过楼梯传来，"迪克，你刚才说什么?"

洛弗尔教授的儿子叽叽喳喳地回答了几句,但罗宾飞快地跑下楼梯,什么都没听清。

"真该死,"拉米说,"我不知道洛弗尔教授还有家人。"

"我告诉过你他在约克郡有一座庄园啊!"

"我还以为是你编的呢,"拉米说,"我从来没见他休过一次假。他就不是——不是那种顾家的男人。他哪来的时间在家生孩子?"

罗宾说:"问题的关键是他们的确存在,而且他们担心了。显然,教授没有给他的庄园打钱。现在普莱费尔也知道出事了。"

"要不我们给他们打些钱?"维克图瓦问,"我是说,我们自己仿造他的笔迹,把钱寄过去。养一座庄园一个月要多少钱?"

"如果只有他们母子三人?"莱蒂思考了一会,"只要十英镑左右吧。"

维克图瓦傻眼了。拉米叹了口气,揉着自己的太阳穴。罗宾给自己倒了杯白兰地。

那天夜里,他们的心情一塌糊涂。除了罗宾在洛弗尔教授的办公室里找到的信件之外,一整天都一无所获。赫耳墨斯社至今没有音讯。罗宾的窗口空空如也。维克图瓦和拉米去了安东尼从前的每一处联络点:基督堂后墙的一处松动的砖头,植物园里的一条隐蔽的长凳,查韦尔河岸边的一艘极少有人光顾的、翻倒的平底船。但是任何一处都未呈现出近期有人来过的迹象。他们甚至在扭树根门口来回转悠了将近一个小时,希望格里芬能注意到他们在那里徘徊,但也只吸引了顾客们的目光。

好在至少没有发生灾难性的变故,没有崩溃,也没有倒霉撞见牛津的警察。罗宾听说在午餐时,莱蒂在公共食堂又开始大口喘气,不过维克图瓦用力拍着她的背,假装她只是吃葡萄噎住了。(罗宾刻薄地想,莱蒂对女权主义者驳斥"女性都是神经紧张、头脑简单、歇斯底里的人"这一刻板印象并没有帮助。）

或许他们眼下暂且是安全的。然而他们还是不由自主地觉得，自己就像坐以待毙的鸭子。他们的时间不多了。起疑心的人太多，他们的运气不可能永远这么好。但还能做什么呢？如果逃走，赫耳墨斯社就没法找到他们。他们被责任束缚在这里。

拉米正在翻阅他从他们的信箱里取回的信函，将无用的宣传册和重要的文件分开。他突然说："噢，该死，我忘了。"

莱蒂问："什么？"

"学院派对，"拉米向他们挥舞着一张厚厚的奶油色邀请函，"该死的学院派对，就在这周五。"

"好吧，我们当然不去。"罗宾说。

"我们不能不去，"拉米说，"这可是学院派对啊。"

每年希拉里学期开始之前，皇家翻译学院都会在大学学院的场地为教员、学生和研究员举办一场花园派对。到目前为止，他们已经参加过三场这样的派对。学院派对是冗长又乏善可陈的活动。与牛津大学的所有典礼一样，派对上的食物只勉强能入口，演讲也十分漫长。罗宾不明白拉米为什么对这件事这么小题大做。

"所以怎么办？"维克图瓦问。

"所以大家都要去，"拉米说，"这是强制要求。现在大家都知道我们已经回来了。今天早上我们在拉德克利夫外面碰到了克拉夫特教授，公共食堂里很多人都看见了莱蒂。我们不得不出席。"

在巴别塔教员的陪伴下吃冷餐。罗宾无法想象比这更恐怖的事情了。

"你疯了吗？"维克图瓦质问，"那些活动没完没了，我们不可能撑过去的。"

"只是一场派对而已。"拉米说。

"三道主菜？酒会？演讲？莱蒂现在都快撑不下去了，你还想让她同克拉夫特和普莱费尔坐在一起，指望她在三小时里畅谈她在广州的欢乐时光？"

"我没事的。"莱蒂虚弱地说，但没人相信。

"如果我们不去，他们就有问题要问了——"

"等莱蒂吐得满桌都是的时候，他们就没问题要问了吗？"

"她可以假装是食物中毒，"拉米说，"我们可以假装她从早上就不舒服，这就可以解释她为什么脸色苍白还出冷汗，又为什么在公共食堂大闹一场。但是你觉得这会比我们四个都无法出席更可疑吗？"

罗宾瞥了维克图瓦一眼，希望她能提出反对意见。但她也抱着同样的期待望着他。

"派对能争取时间，"拉米坚定地说，"如果我们能想办法让自己看起来疯得不那么彻底，我们就能给自己争取一天时间。或者两天。就是这样。更多的时间。这是唯一重要的事。"

周五的天气热得不合常理。早晨还是一月典型的寒冷，然而到了午后，灼热的阳光穿透云层，光芒四射。他们穿衣服时都以为当天很冷，然而来到庭院之后，却找不到机会再脱下羊毛背心，这就意味着他们别无选择，只能大汗淋漓。

这一年的花园派对是巴别塔有史以来最铺张的一场盛会。去年五月俄国皇储亚历山大来大学访问之后，巴别塔就富得流油。在欢迎会上，同声传译员的聪明才智和高超技巧给皇储留下了极为深刻的印象，因此，皇储向巴别塔捐赠了一笔一千英镑的特供基金。教授们在花这笔钱时出手十分阔绰，但花得有欠考虑。一支弦乐四重奏乐团正在方庭中央热火朝天地演奏，不过大家都不愿靠得太近，因为在吵闹的乐声里根本没法交谈。六只据说是从伦敦动物园借来的孔雀在草地上悠闲地漫步，一见到衣着鲜艳的人就冲上去发起攻击。三张顶上支起了帐篷的长桌占据草地正中的位置，桌上摆满食物和饮料，包括手指三明治、小份馅饼、各种奇形怪状的巧克力和七种不同口味的冰激凌。

巴别塔的学者们手拿酒液迅速变暖的酒杯，不温不火地聊着琐碎的话题。与牛津的所有院系一样，翻译学院充斥着因资金和任命而起的内部竞争和嫉妒猜忌，而每一位专研一方语言的学者都认为自己这门语言比其他语言更丰富、更有诗意和文学性，同时还蕴含着更丰富的刻银术资源，这种想法更是加剧了这一问题。巴别塔各语种之间的偏见既主观武断又难以理解。罗曼语族研究者在文学领域最有声望，阿拉伯语和汉语则因它们来自异域和与众不同的特点而受到高度重视[1]，而盖尔语和威尔士语等更接近英语的语言几乎毫无地位。这让闲聊变得险象环生：如果一个人对另一个人的研究表现出过多或过少的热情，都很可能冒犯到对方。只有大学学院的院长、身为博士的弗雷德里克·查尔斯·普伦普特里牧师能在这些纷争中穿梭自如。大家都心照不宣地明白，每一个人都要找机会去同院长握手，在院长显然连自己的名字都叫不上来的情况下假装他记得自己，还要忍受一场关于他们从哪里来、在钻研什么的痛苦而无聊的对话才能脱身。

如此种种要持续三个小时，在宴会结束之前谁也不能离开，真叫人难以忍受。座位表已经排好，缺席会引起注意。他们不得不待到太阳下山，等到所有人说完祝酒词，等到在场所有学者再也无法假装享受这样的社交活动。

这是一场灾难，罗宾四下环顾时心想。他们就不应该出现，他们谁

---

[1] 可怜的德语学者在这些口头论战中经常败给罗曼语族的语言学者，因为他们不得不面对普鲁士国王腓特烈二世本人的抨击。法语在文学领域的统治地位让腓特烈二世感受到了威胁，他在1780年用法语写了一篇批判其母语德语的文章，称德语听起来过于野蛮、不够精练，听起来也不悦耳。接着，他还提出了改良德语语音的建议：给大量动词的最后一个音节加上元音-a，使其听起来更接近意大利语。——原注

也没有随机应变的心力。他看见一个研究员在问维克图瓦问题，维克图瓦被问了三遍后才注意到对方的存在。莱蒂站在角落里一杯接一杯大口喝着凉水，汗水不断从她额头滑落。拉米表现得最好，他正在和一群一年级学生高谈阔论，回答关于他这次旅行的问题。但是从拉米身边经过时，罗宾听到他突然爆发出一阵歇斯底里的大笑，吓得罗宾险些往后退了一步。

罗宾向拥挤的草坪望去，只觉得头晕目眩。这太疯狂了，他心想，自己竟然站在这里，站在学院的教员们中间，拿着酒杯，隐瞒自己杀了他们中的一员的事实，这真是彻底的疯狂。他漫无目的地来到自助餐桌边拿了一小碟冷餐，只是为了有事可做，但是一想到要将这些正在迅速变质的馅饼放进嘴里，他就直犯恶心。

"感觉还好吗？"

他吓了一跳，转过身来，原来是德弗雷瑟教授和普莱费尔教授。他们站在他两侧，活像监狱里的看守。罗宾飞快地眨眨眼，努力挤出一个没有感情色彩的笑容："教授。先生们。"

"你出汗出得很厉害啊，"普莱费尔教授关切地端详着他的脸，"黑眼圈也很重，斯威夫特。最近睡觉了吗？"

"在倒时差，"罗宾脱口而出，"我们——呃，我们在回来的航程上没有调整好睡眠。另外，呃，开学前的阅读也把我们累坏了。"

出乎他意料的是，普莱费尔教授同情地点了点头。"啊，没错。你知道他们是怎么说的。Student（学生）这个词来自拉丁语 studere，意思是'刻苦地、专心致志地用功'。如果你不觉得自己像根被铁锤反复敲打的钉子，那就说明你没做到位。"

"确实。"罗宾说。他决定采取的策略是尽可能表现得无趣，让他们失去兴趣转身离开。

"你这趟旅途顺利吗？"德弗雷瑟教授问。

"旅途——"罗宾清了清嗓子,"我们觉得,旅途中发生的事比我们预期的要多。我们都很高兴能回来。"

"可不是嘛。海外事务真能把人累死,"普莱费尔教授对罗宾手中的餐盘点了点头,"啊,我看你注意到了我的新发明。快尝尝看。"

面对压力,罗宾只好咬了一口馅饼。

"味道很好,不是吗?"罗宾咀嚼时,普莱费尔教授一直在观察他,"不错,这是用白银魔法强化过的。我在罗马度假的时候想到了这一对别出心裁的小小镌字。在意大利语中,pomodoro 是一种表示'番茄'的别致说法,你知道,这个词字面上的意思是'金苹果'。将这个词同法语里相关的 pomme d'amour[1] 搭配在一起,就能让馅饼呈现出普通英国货色不具备的丰富滋味……"

罗宾咀嚼着,尽量露出享受的表情。然而他只觉得口中的食物十分黏稠,在口腔里爆开的咸味汁水让他联想到鲜血和尸体。

"你有一双叵测的眼睛。"德弗雷瑟教授评论道。

"不好意思?"

"叵测的眼睛,"德弗雷瑟教授对他的脸做了个手势,"荷兰语叫做 pretoogjes,耐人寻味的眼睛,闪亮的眼睛,游移躲闪的眼睛。我们用这个词来形容那些打算干坏事的孩子。"

罗宾想不出任何可以应付这话的回答。"我……这真有意思。"

德弗雷瑟教授就像没听见罗宾说话似的:"我想我现在该去和院长打招呼了。欢迎回来,斯威夫特。好好享受派对吧。"

普莱费尔教授递给罗宾一杯波尔多红葡萄酒:"话说,你知道洛弗

---

[1] 法语 pomme d'amour,字面意思是"爱的苹果",是一种用苹果裹糖浆制成的小吃,类似中国的糖葫芦。而在历史上,pomme d'amour 也是法国人对刚刚传入欧洲的番茄的称呼。另外,"金苹果"和"爱神的苹果"也是希腊神话中的重要典故,传说"金苹果"生长在西方圣园,由巨龙看守,后来,特洛伊王子帕里斯将一颗金苹果献给爱与美的女神阿弗洛狄忒,从而引发了特洛伊战争。——译注

尔教授到底什么时候从伦敦回来吗？"

"我不知道，"罗宾抿了一小口酒，尽可能稳住情绪再作答，"您大概听说了，他在广州得了某种疾病，现在正隔离在家呢。我们辞别的时候，他的状态看起来很糟，我甚至不确定开学前他能不能赶回来。"

"有意思，"普莱费尔教授说，"这病居然没传染给你们任何一个，多么幸运啊。"

"噢，是啊，他刚开始感觉不舒服的时候，我们就采取了防护措施。隔离啊，戴面罩什么的，您知道的。"

"行了，斯威夫特先生，"普莱费尔教授的声音突然严厉起来，"我知道他没生病。自从你们几个回来以后，我已经派三位信差去过伦敦了，他们都说汉普斯特德的宅子现在空无一人。"

"真的吗？"罗宾的耳朵开始嗡嗡作响。现在该怎么办？继续维持谎言还有意义吗？他是不是该直接撒腿就跑？"真是非常古怪，这——我不知道他为什么……"

普莱费尔教授凑近一步，像商议密谋似的凑到罗宾耳边低声说："你知道，我们在赫耳墨斯社的朋友非常想知道他究竟在哪里。"

罗宾差点将嘴里的红葡萄酒喷出来。他赶紧将酒咽下去，没想到却呛进了气管。他咳嗽起来，大口喘着粗气，将他的餐盘和酒杯都弄得一塌糊涂。而普莱费尔教授一直镇定地站在一旁。

"还好吗，斯威夫特？"

罗宾的眼睛泪汪汪的。"你怎么——"

"我是和赫耳墨斯社一起的，"普莱费尔教授愉快地低声说，眼睛盯着那支弦乐四重奏乐团，"不管你在隐瞒什么，都可以放心告诉我。"

罗宾不知道该如何应对眼前的局面。他当然不觉得放心。不要相信任何人，格里芬早已将这个教训刻在了他的骨子里。普莱费尔教授完全可能是在撒谎，如果他想诱使罗宾把知道的一切都吐出来，这正是最简单的伎俩。不过，普莱费尔教授也可能是盟友，是他们一直盼望的救星。他感到一阵残留的挫败感。如果格里芬当初多告诉他一些，如果格里芬没有将他丢在黑暗里、与他人断绝联系，让他落到如此无助的境地，那该多好。

他没有可以利用的有效信息，只有内心深处的本能告诉他，某些事很不对劲。他模仿普莱费尔教授悄声低语道："感谢上帝。所以您知道格里芬在广州的密谋？"

"当然，"普莱费尔教授说，热切得稍微有些过头，"奏效了吗？"

罗宾顿了一下。他的下一步行动必须极其小心。他必须透露出刚刚好能让普莱费尔教授上钩的信息，让他足够好奇，但又不会立即采取行动。他需要时间，至少要有时间和其他人碰头，然后逃走。

普莱费尔教授揽住罗宾的肩膀，让他凑得更近一些："你我二人去聊一聊怎么样？"

"这里不行。"罗宾迅速扫视方庭。莱蒂和维克图瓦都远远望着他。他拼命眨眼示意，看看正门出口再看看她们。"不能当着全院师生的面，你永远不知道有谁在偷听。"

"这个自然。"普莱费尔教授说。

"去隧道，"罗宾抢在普莱费尔教授提议立刻离开派对现场之前说道，"今晚午夜，我要在泰勒烘焙屋的隧道里同格里芬和其他人见面，您也来吧，怎么样？我弄到了……我弄到了他们一直在期待的所有文件。"

这话奏效了。普莱费尔教授松开罗宾的肩膀，后退了几步。

"非常好，"他的眼睛闪着喜悦的光芒，他眼看着就要像舞台上的恶棍一样兴奋地搓手了，"干得漂亮，斯威夫特。"

罗宾点点头，勉强让表情保持平静，直到普莱费尔教授走向草坪另一头去和查克拉瓦蒂教授聊天。

这时，他使出浑身解数才控制住自己不要撒腿就跑。他扫视方庭寻找拉米的身影，他正在和普伦普特里博士闲谈，脱不开身。罗宾疯狂地向他眨着眼睛。转眼间，拉米打翻了酒杯，葡萄酒洒了一身，他惊慌失措地连连道歉，然后径直向罗宾走来。

"普莱费尔知道了。"罗宾对他说。

"什么？"拉米四处张望，"你确定——"

"我们必须走了。"让罗宾稍感欣慰的是，维克图瓦和莱蒂已经向正门走去。他想跟上去，但他们之间挡着太多师生。他和拉米不得不经过厨房从后门出去。"走吧。"

"怎么会——"

"晚点再说。"在离开花园之前，罗宾斗胆回头看了一眼。他的胃拧在一起：普莱费尔正在对德弗雷瑟教授说着什么，两人的脑袋紧紧凑在一起。德弗雷瑟抬起头来，恰好与罗宾四目相对。罗宾移开了目光。"赶紧，快走。"

他们刚走出来，维克图瓦和莱蒂就向他们冲了过来。

"出什么事了？"莱蒂气喘吁吁地问，"为什么——"

"别在这里说，"罗宾说，"走。"

他们沿着凯博德街匆匆向前走，然后向右拐进喜鹊巷。

"普莱费尔盯住我们了，"罗宾说，"我们完了。"

"你怎么知道？"莱蒂问，"他刚才说什么了？你告诉他了？"

"当然没有，"罗宾说，"但他假装和赫耳墨斯社是一伙的，想哄我把一切都告诉他——"

"你怎么知道他是假装的？"

"因为我骗了他，"罗宾说，"而他上套了。他根本不知道赫耳墨斯社在做什么，他只是在套我的话。"

"我们接下来怎么办？"维克图瓦突然问，"老天爷啊，我们能去哪里？"

罗宾这才意识到，他们一直在漫无目的地游荡。此刻他们正在往高街的方向走去，但他们又能去那里做什么呢？如果普莱费尔教授报警，他们几秒钟内就会被发现。他们也不能再回喜鹊巷四号，在那里会被包围。但他们身上没有钱，没法买票去任何其他地方。

"你们在这里啊。"

他们全都吓得后退了好几步。

安东尼·瑞本走到主干道上。他打量着他们，伸出一根手指清点人数，好像他们是几只小鸭子。"你们都在？好极了。跟我来吧。"

第二十二章

这是一个非凡的团体,然而他们现已消失在我们身后那看不见的渊薮之中。

——维克多·雨果,《悲惨世界》

他们的震惊转瞬即逝。安东尼很快跑了起来,他们什么都没问就跟了上去。但安东尼没有返回喜鹊巷、走上便于逃往基督堂草地的默顿街,而是带他们折回凯博德街,向学院走去。

"你要做什么?"拉米上气不接下气地问,"所有人都在那里——"

"赶紧跟上。"安东尼低声喝道。

他们照做了。有人告诉他们该做什么的感觉真是太好了。安东尼带他们穿过厨房后面的门,走过老图书馆,径直走进宴会厅。在一墙之隔外,花园派对还在如火如荼地进行。他们能听见透过石墙传来的弦乐和人声。

"这边走。"安东尼招手示意他们走进小教堂。

他们匆匆跑进去,关上厚重的木门。在做礼拜的时间之外,教堂的氛围十分陌生,超脱尘世,万籁俱寂。空气沉寂得有些压抑。除了他们几人的气喘声之外,由窗外射入的光线中浮动的尘埃就是唯一的动静。

安东尼在威廉·琼斯爵士的浮雕纪念碑前停下脚步。

"你要做什么——"莱蒂张开嘴。

"嘘。"安东尼向浮雕伸出手。浮雕上刻着这样一行英语铭文:他编制了一套印度教和伊斯兰教的法律汇编。他依次触碰不同的字母,每个被按压的字母都稍微陷下去了一些：G，O，R……

拉米偷笑起来。浮雕上方还有一段更长的、歌颂威廉·琼斯的生平与贡献的拉丁语铭文，安东尼在这段铭文中按下最后一个字母：B。

Gorasahib。[1]

伴随着一阵刺耳的刮擦声，一阵冷风呼啸而出。浮雕向外弹出了好几英寸。安东尼将手指伸进浮雕底部边缘的缝隙中，将镶板推上去，墙上出现了一个漆黑的大洞。"进去。"

他们相互搀扶着，一个接一个爬了进去。隧道里面比外面看起来宽敞不少。他们只需手脚并用爬行几秒钟，巷道就拓宽成了更开阔的走道。站直的时候，罗宾刚好能感觉到头顶上是潮湿的泥土，而拉米却在脑袋撞到通道顶部时发出一声惊呼。

"嘘，"安东尼再次低声喝止，同时关上身后的门，"墙很薄。"

浮雕砰的一声滑回原位，通道里的亮光消失了。他们摸索着往前走，在绊倒彼此时低声咒骂。

"啊，抱歉，"安东尼划着一根火柴，一团火光出现在他的掌心，现在他们可以看到，狭窄的巷道在前方几码[2]处拓宽了，更像是一条走廊，"我们走吧。一直往前走，前面还有很长一段路。"

"哪里——"莱蒂刚想问，但安东尼摇了摇头，举起一根手指放在嘴唇上，指了指周围的墙壁。

他们越向前走，隧道就越宽。通往大学学院教堂的岔道显然是后来新加的部分，因为现在他们脚下的道路看上去宽敞得多，也老旧得多。

---

1 Gora 的意思是形容肤色"白皙、苍白"，sahib 则是表示尊敬的称呼。二者放在一起则意为"白人先生"，但是加上恰当的讽刺和抨击语气，意思就完全变样了。不要忘了，尽管琼斯在整个职业生涯中对印度的各种语言表现出极大的热爱和欣赏，但是他最初之所以对梵语予以学术关注，是因为他怀疑本地翻译者不忠实、不可靠。——原注

2 1 码约合 0.9 米。——译注

干燥的泥墙变成了砖墙。在好几个分岔路口，罗宾还看到高处的角落里装有突出的烛台。黑暗原本会让人对幽闭产生恐惧，但实际上，黑暗令他们感到舒适。被吞进大地腹中，这是自乘船返航以来他们第一次在真正意义上的隐蔽，他们终于有种可以呼吸的感觉了。

沉默几分钟后，拉米问："那东西在那儿有多久了？"

"其实只有几十年，"安东尼说，"隧道早就在这里，但不是赫耳墨斯社建的，我们只是拿来用了。不过那个入口是新的。琼斯夫人树立那块纪念碑并没有多少年，我们赶在它建成之前赶紧动了手脚。别担心，没有别人知道。大家都还好吗？"

"我们还好，"罗宾说，"但是安东尼，有些事情你必须——"

"我猜你们有一大堆事需要告诉我，"安东尼说，"从你们对洛弗尔教授做的事开始说，怎么样？他死了吗？教员们似乎是这么认为的。"

"罗宾杀了他。"拉米欢快地说。

安东尼回头瞥了罗宾一眼。"噢，真的吗？"

"那是个意外，"罗宾坚持道，"我们当时在吵架，而他——我也不知道，我突然就……我是说，我确实用了那对镌字，只不过我当时不知道自己在做什么，直到事后——"

"更重要的是针对中国的战争，"维克图瓦说，"我们一直想找到你，告诉你这件事。他们正在计划入侵——"

"我们知道。"安东尼说。

"你们知道？"罗宾反问道。

"格里芬担心这件事已经好一阵子了。我们一直在留意渣甸和马地臣的活动，关注商行那边的进展。不过以前从来没有恶化到这种地步。在此之前都是雷声大，雨点小。但现在你们觉得他们真要开战了？"

"我这里有书信——"罗宾摸了摸胸前的口袋，仿佛那些信还装在他的外衣口袋里。他咒骂了一声说："该死，它们落在我房间里了——"

"信上说什么？"

"那些都是洛弗尔同渣甸、马地臣还有巴麦尊和郭施拉他们所有人的书信往来，不过我把它们都落在喜鹊巷了——"

"信上说了什么？"

"都是战争计划，"罗宾慌慌张张地说，"那些计划已经酝酿好几个月甚至好几年了——"

"可以证明他们之间有直接勾结吗？"安东尼进一步问。

"是的，那些信件说明谈判协商从来就没有诚意，而且最近这一轮协商只不过是借口——"

"很好，"安东尼说，"非常好。我们可以利用这一点。我们会派人去取那些书信。你住在格里芬当年的房间，对吗？七号宿舍？"

"我——是的。"

"非常好。我会处理的。与此同时呢，我建议你们所有人冷静下来。"他停下来转过身，对他们露出温暖的笑容。经历过这些日子之后，看到安东尼那张在柔和烛光映照下的脸，罗宾感觉放松下来，有种想要大哭的冲动。"你们现在安全了。我知道，发生的事情很可怕，但我们不能在这段隧道里解决所有事情。你们已经做得非常好了，我猜你们没少担惊受怕吧，但现在可以放松了。成年人来接手了。"

实际上，这条地下通道相当长。罗宾无法判断他们走了多远，但肯定有一英里左右。他很好奇这片地下网络有多大。他们每过一会儿就路过一个隧道分岔口或者一扇嵌在墙里的门，也就意味着整个大学里还有更多隐藏的入口。但安东尼只是像牧羊人一样引领他们向前走，不做评论。罗宾推测，这也是赫耳墨斯社的众多秘密之一。

终于，通道再度变窄，他们只能排成一列前进。安东尼在前面带路，他将蜡烛高举过头顶，好像一座灯塔。莱蒂紧跟在他身后。

"为什么是你？"她小声问。罗宾不确定她是否想尽量保持低调，但隧道太窄了，队伍最后都能听见她的声音。

"你这话是什么意思？"安东尼喃喃地说。

"你热爱巴别塔，"莱蒂说，"我记得第一次带我们参观塔楼的就是你。你热爱这里，而他们也热爱你。"

"这话不错，"安东尼说，"巴别塔对我比任何人都好。"

"那为什么——"

"她以为这是个人幸福的问题，"拉米插了进来，"但是莱蒂，我们已经告诉过你了，我们个人有多幸福并不重要，重要的是更广泛意义上的不公正——"

"我不是那个意思，拉米，我只是——"

"让我试着解释一下吧，"安东尼温柔地说，"在殖民地废除奴隶制前夕，我的主人决定要收拾行李回到美国去。你知道，我在那里无法获得自由。他可以把我关在他家里，宣称我是他的财产。那个男人自我标榜为"废奴主义者"。他多年来一直公开反对奴隶贸易，只是他似乎认为，我们之间的关系很特别。但是，当他公开支持的主张成为法律时，他却觉得自己无法承受失去，无法做出这样的牺牲。于是我就逃走了，向牛津大学寻求庇护。这所学院收留了我，把我藏起来，直到我在法律上获得自由人的身份。他们这么做不是因为他们多么关注废奴运动，而是因为巴别塔的教授清楚我的价值。而且他们知道，假如我被送回美国，哈佛或者普林斯顿大学就会得到我。"

在黑暗中，罗宾看不见莱蒂的脸，但他听见莱蒂的呼吸声变得浅而急促。他好奇莱蒂是不是又快哭出来了。

"世界上没有善良的主人，莱蒂，"安东尼继续说，"不管他们表现得多么仁慈、多么和善、多么关注你的教育。主人终究是主人。"

"可是你并不真的相信巴别塔也是这样，"莱蒂小声说，"对吗？那根本不是一回事，他们并没有奴役你，我是说，上帝啊，你还有研究津贴呢——"

"你知道艾奎亚诺得到解放的时候，他的主人对他说了什么吗？"安东尼温和地问，"他告诉艾奎亚诺说要不了多久，他就会有自己的奴隶了。"

最后，他们终于来到隧道尽头，走过一排覆盖着木板的台阶，阳光从顶上的木板条间倾泻而入。安东尼将耳朵贴在板条上听了一会儿，然后打开盖板上的锁，推开盖板。"上来吧。"

他们爬上地面，来到一片阳光明媚的场地，面前是一座破旧的一层砖楼，掩映在一大丛过于茂密的灌木之中。他们距离市中心应该不是太远，顶多只走了两英里，但罗宾以前从没见过这栋建筑。大门看上去是锈死的，墙壁快要被常春藤完全淹没，这似乎是一座在数十年前建成又被抛弃的建筑。

"欢迎光临老图书馆，"安东尼帮他们爬出隧道，"达勒姆学院在14世纪建造了这个地方，用来收纳多得放不下的旧书。后来，等有资金在更靠近市中心的位置建造新图书馆的时候，这里就被忘了。"

"这里就叫老图书馆？"维克图瓦问，"没有别的名字吗？"

"我们不用其他名字。名字会突出它的重要性，而我们想让它不被注意并且被人遗忘。就算你在记录里看到它也会视而不见，很容易把它和其他东西混在一起。"安东尼将手掌按在生锈的大门上，用听不清的声音喃喃说了什么，然后用力一推。大门在刺耳的摩擦声中打开了。"进来吧。"

与巴别塔一样，老图书馆内部比外表看起来宽敞得多。从室外看去，它最多只能容下一间讲堂。然而内部几乎和拉德克利夫图书馆一层一样大。木质书架呈辐条状从中心向外摆放，还有更多书架靠墙摆放，呈现出不合常理的圆环形，看上去十分神奇。所有书架都有一丝不苟的标签。一张长长的、发黄的皮纸罗列出书籍的分类系统，挂在对面的墙上。靠前的书架上摆放着新到的书本，罗宾从中认出了几本他在过去几年里为格里芬偷偷带出来的书。所有书上巴别塔的编号都被刮得干干净净。

"我们不喜欢他们的分类系统，"安东尼解释道，"那个系统只有按罗马字母排列才有意义，但不是每一种语言都那么容易转写成罗马字母，是吧？"他指了指门口的一块地垫，"把鞋底的泥擦干净，我们不喜欢书架之间有污泥。对了，那边还有放外套的衣帽架。"

让人费解的是，衣帽架最顶端挂着一个锈迹斑斑的铁水壶。罗宾好奇地向它伸出手，但安东尼立刻喝住了他："别碰那个。"

"抱歉——那是做什么用的？"

"显然不是煮茶用的，"安东尼将水壶转过来，好让他们看到底部闪耀而熟悉的银色，"这是安保系统。只要我们不认识的人走进图书馆，它就会鸣哨报警。"

"用的是哪对镌字？"

"是不是很想知道？"安东尼眨了眨眼，"我们和巴别塔一样有安保措施。每个人都设计了自己的机关，但我们不会告诉别人是如何做到的。我们最厉害的一样设计是'迷网'，它将声音封闭在这栋建筑之内，也就是说，我们的谈话不会被路过的人窃听。"

"但是这地方太大了，"拉米说，"我的意思是，你们又不能隐形——你们到底是怎么隐蔽的？"

"世界上最古老的伎俩：我们就藏在光天化日之下。"安东尼带他们向图书馆内部走去，"达勒姆学院在16世纪中期解散，当时三一学院接手了所有的财产，他们在移交财产的过程中忽略了这座附属图书馆。财物清单上所列的这座图书馆中的物品只有一些几十年都没人用过的资料，而且这些资料在博德利图书馆都很容易找到复本。所以现在，我们利用官僚主义的漏洞维持生存：所有路过这里的人都知道这是一座存放旧书的图书馆，但所有人都认为它属于别的某个更穷困的学院。你知道，这些学院都太有钱了，甚至不清楚自己拥有哪些财产。"

"啊，你找到这些本科生了！"

几个人影从书架之间冒了出来。罗宾认识他们所有人。他们都是在塔里见过的从前巴别塔的毕业生或者留在巴别塔的研究员。他觉得这倒也不奇怪——几人分别是维马尔·斯里尼瓦桑、凯茜·奥内尔和伊尔丝·出岛。出岛在走近时向他们轻轻挥了挥手。

"听说你们这周过得很糟糕，"此刻的她比在巴别塔时友好多了，"欢迎来到赫耳墨斯之家。你们刚好赶上晚餐。"

"我还不知道你们有这么多人呢，"拉米说，"还有其他人假造了死讯吗？"

安东尼轻笑道："我是唯一常驻牛津的幽灵。海外还有几个我们的人——瓦伊巴夫和弗雷德里克，你们或许听说过他们的名字——他们在从孟买回来的航程中假装在一艘飞剪式帆船上落水淹死，从那以后就一直在印度活动。莉塞特干脆宣布她要回家结婚，结果，巴别塔的全体教员都对她大失所望，从此再也没关注她后来的动向。显然，维马尔、凯茜和伊尔丝还在巴别塔，这样更容易运资料出来。"

"那你为什么离开呢？"罗宾问。

"我们需要有人全天候守在老图书馆。再说，我也厌倦了校园生活，所以我在巴巴多斯伪造了死讯，买下一班船票回到英国，然后神不知鬼不觉地回到牛津，"安东尼对罗宾眨了眨眼，"我想那天你在书店认出我了。接下来一周我都没敢踏出老图书馆。来吧，我带你们看看其他东西。"

他们迅速参观了位于书架后方的工作区，安东尼自豪地介绍了他们正在研究的若干个项目，其中包括一些地方语言之间的词典编纂（"假定一切知识都必须通过英语传播，那会让我们损失很多"），英语之外的配对镌字研究（"同理，巴别塔不肯出资研究那些不能翻译成英语的配对镌字，因为塔里所有的银条都要供英国人使用，但那就像只用一种颜色作画，或者只用一个音符弹钢琴"），以及对现有的宗教文本和文学经典英语译本的评注（"嗯，你们都知道我对文学的看法，但总要让维马尔有事可做"）。赫耳墨斯社并不像格里芬让罗宾相信的那样是侠盗罗宾汉的温床，它本身就是一座学术研究中心，只不过这里的项目不得不利用盗窃来的有限资源，而且只能在暗中开展。[1]

"你们怎么处理这些研究成果？"维克图瓦问，"肯定不能拿去发表吧。"

"我们在其他几家翻译中心有合作伙伴，"维马尔说，"有时候会把研究成果寄给他们审阅。"

"还有其他的翻译中心？"罗宾问。

"当然，"安东尼说，"巴别塔只是最近才在语言学和文献学领域取得首屈一指的地位。在18世纪的大多数时间里，法国人一直掌控着局面，德国浪漫主义者也风光过一阵子。现在的区别在于，我们有白银可用，而他们没有。[2]

---

[1] 除了这些，其他项目还包括：
一、对欧洲语言文本和非欧洲语言文本的翻译脚注数量的对比分析。格里芬发现，非欧洲语言的文本往往附加了数量惊人的背景和语境解释，其结果是这些文本永远无法被当作独立的作品来阅读，读者永远要透过（欧洲白人）翻译者具有导向性的眼光进行阅读。
二、研究黑话和行话应用于刻银术的潜力。
三、盗窃罗塞塔石碑、随后将其送回埃及的计划。——原注
[2] 赫耳墨斯社与几所美国大学的翻译中心也有往来，但是这些学府甚至比牛津大学更加专制和危险。原因之一在于，它们由奴隶主创办，由奴隶劳工建造和维护，资金也来自奴隶贸易；另一个原因在于，美国大学自从创办以来便致力于传播基督教，对原住民进行铲除和清洗；哈佛大学在1655年创立的印第安学院承诺为原住民学生提供免费辅导和住宿，但要求他们只能说拉丁语和古希腊语，同时皈依基督教，要么彻底融入白人社会，要么回到他们的村庄去传播英语文化和宗教。威廉与玛丽大学也有类似的课程项目，在校长莱昂·G.泰勒的描述下，这个项目好像一座监狱，原住民儿童"是大量的人质，足以让其他人表现良好"。——原注

"不过他们都是善变的盟友，"维马尔说，"他们帮忙是因为他们也痛恨英国人，但他们并没有真正献身于全球解放事业。说真的，所有这些研究都只是拿未来在赌博，眼下我们还不能充分利用，也没有足够的影响力或资源。所以能做的就是制造知识，把它们写下来，然后盼望某一天出现一个能好好利用这些知识造福他人的国度。"

在图书馆另一头，后墙看起来好像被炮弹轰炸过几次，整面墙上全是坑坑洼洼的烧焦痕迹。墙边并排摆着两张同样焦痕斑驳的桌子，桌腿又黑又皱，但还是勉强立在那里。

"对，"安东尼说，"那就是我们的刻银作坊和，呃，军火工作室。"

"那些痕迹是慢慢积累起来的，还是一次造成的？"维克图瓦淡淡地问。

"那完全是格里芬的错，"维马尔说，"他好像不认为捣鼓火药是室外活动。"

后墙上没有烧焦的部分覆盖着一张巨幅世界地图，地图上分布着不同颜色的图钉，图钉上挂着纸条，上面写满了密密麻麻的小字。罗宾好奇地凑近细看。

"这是一个集体项目，"凯茜也来到地图前，"我们从海外回来的时候，就一点点补充上面的内容。"

"所有图钉都代表不同的语言吗？"

"我们是这么认为的。我们试图追踪世界各地仍在使用的语言的数量，以及它们在哪些地方正在消亡。你也知道，许多语言正在死去。一场大灭绝早在克里斯托弗·哥伦布踏足新世界的那一天就开始了。西班牙语、葡萄牙语、法语、英语就像布谷鸟的雏鸟，它们一直在排挤地方语言和方言。也许有一天世界上的绝大部分人将只说英语，我认为这并非不可想象。"她叹了口气，抬头望着地图，"我出生得不是时候，晚了一代。要是不久之前，我或许还能在盖尔语的怀抱中长大。"

"可那会毁了刻银术，不是吗？"罗宾说，"语言的多样性将彻底崩溃，再也没有可翻译的东西，再也没有导致曲解的差异。"

"可那恰恰是殖民主义的重大矛盾，"凯茜仿佛只是在陈述一个简单的客观事实，"它的建立就是要摧毁它最珍视的事物。"

"你俩别聊了。"安东尼在一扇门边向他们挥手示意，那扇门通向一个被改造成餐厅的小阅览室，"该吃饭了。"

晚餐桌上的食物十分全球化：蔬菜咖喱，一大盘水煮土豆，炸鱼（味道同罗宾曾经在广州吃过的一种鱼惊人地相似），以及很有嚼劲、同其他所有食物都很搭配的面饼。他们八个人围坐在一张装饰精美、看上去与朴素的木墙板很不协调的餐桌旁。椅子不够，安东尼和伊尔丝便从图书馆里拖来长凳和矮凳。餐具和镀银器皿没有一件是配套的。房间一角的壁炉里燃烧着欢腾的火苗，屋里的温度很不均匀，罗宾身体的左半边汗涔涔，右半边却冷飕飕。整个场面处处体现着大学生活的精髓。

"只有你们这些人吗？"罗宾问道。

"什么意思？"维马尔问。

"嗯，你们……"罗宾向围坐桌边的人做了个手势，"你们都非常年轻。"

"那当然，"安东尼说，"这是个危险的营生。"

"但是有没有——我不知道该怎么说——"

"有没有真正的成年人？增援力量？"安东尼点了点头，"有一些。他们分散在全球各地。我不知道他们都是谁，我们当中没有人知道他们所有人的身份，这是有意安排的。甚至可能在巴别塔还有我不知道的赫耳墨斯社伙伴，不过不管他们是谁，我希望他们赶紧开始多出一些力。"

"除此之外，减员也是个问题，"伊尔丝说，"缅甸就是个例子。"

"缅甸出了什么事？"罗宾问。

"出了个斯特林·琼斯。"安东尼克制地回答，但没有细说。

这似乎是个敏感话题。一时间，所有人都盯着自己的食物。

罗宾想起他第一次在牛津遇到的那两个窃贼，那个年轻女人和金发男人。后来他再也没有见过其中的任何一个。他没敢问起，心里已经知道了答案：减员。

拉米问道："可是你们怎么能做成事情呢？毕竟你们连盟友是谁都不清楚？"

安东尼答道："说起来，这和牛津大学的官僚系统没什么区别。大学、各个学院和教授们对于谁负责哪些事从来没有达成过一致，可他们还是能把事情做好，不是吗？"

"Langue de bœuf sauce Madère[1]，"凯茜将一锅沉甸甸的食物放到餐桌中央，"马德拉酱汁烩牛舌。"

"凯茜就爱用舌头做菜，"维马尔向他们介绍，"她觉得这很好玩。"

"她正在创作一本关于舌头的词典，"安东尼说，"水煮舌头，泡菜腌舌头，风干舌头，烟熏——"

"闭嘴，"凯茜轻巧地迈过长凳，坐在他们两人中间，"舌头是我最喜欢的一块肉。"

"是最便宜的一块肉。"伊尔丝说。

"看着真恶心。"安东尼说。

凯茜扔给他一个土豆说："那你就靠这个填饱肚子吧。"

安东尼用餐叉捅起一个土豆："啊，pommes de terre à l'anglaise[2]，你知道法国人为什么把水煮土豆叫作'英式土豆'吗？因为他们觉得水煮食物很乏味，凯茜，就像所有的英国食物一样，乏味得要命——"

"那就别吃嘛，安东尼。"

"把它们烤一烤吧，"安东尼不依不饶地说，"加点黄油炖一炖，或

---

1 "马德拉酱汁烩牛舌"的法语。——译注
2 "英式土豆"的法语。——译注

者和奶酪一起烤着吃，只要别这么英式就行。"

看着这些人，罗宾感到鼻子酸得厉害。此时他的感觉与纪念舞会举办的那天晚上，在彩灯下的桌上跳舞时一样。他心想，这里凝聚着巴别塔所承诺的一切美好，这样一个地方竟然能够存在，这是多么神奇、多么不可思议啊。他觉得自己终其一生都在寻找这样的地方，然而他还是出卖了它。

让他惊恐的是，自己竟然大哭起来。

"噢，好了，好了。"凯茜轻轻拍着他的肩膀，"你安全了，罗宾。你周围都是朋友。"

"我很抱歉。"他痛苦地说。

"没事的。"凯茜没有问他在为什么道歉，"你现在到了这里。这就够了。"

门口传来三下突兀而猛烈的叩门声。罗宾打了个哆嗦，餐叉从手中滑落。但毕业生谁都没有流露出丝毫的紧张神色。

"那肯定是格里芬，"安东尼愉快地说，"我们每次改口令他都记不住，所以就用有节奏的敲门声来代替。"

"他来得太晚，赶不上晚餐了。"凯茜不悦地说。

"嗯，给他添个盘子好了。"

"说请。"

"请给他添个盘子，凯茜。"安东尼站起身来，"你们其他人，到阅览室去。"

跟在其他人后面离开餐厅时，罗宾的心怦怦直跳。他突然觉得非常紧张。他不想看见他的哥哥。自从他们上一次交谈以来，世界发生了天翻地覆的变化，他很害怕听到格里芬对此的看法。

格里芬大步走了进来，看上去和从前一样瘦削、憔悴、风尘仆仆。罗宾仔细看着他的哥哥甩开那件破破烂烂的黑色大衣。在罗宾知道他都做过什么之后，此时的格里芬看起来完全像个陌生人。他的每一点外貌特征都在讲述全新的故事：那瘦削而灵活的双手，那双犀利而敏锐的眼睛——那是杀人犯的特点吗？当他将银条扔向埃薇、完全清楚那将撕开对方的胸膛时，他是怎么想的？当埃薇死去的时候，他有没有像此刻看见罗宾那样露出笑容？

"你好，弟弟。"格里芬露出像狼一样的微笑，伸手攥住罗宾的手，"我听说你把老爸杀了。"

那是个意外。罗宾很想这么说，但这话卡在喉咙里。这从来都不是真心话，此刻他无法逼自己这样说。

"干得漂亮，"格里芬说，"我从没想到你有这等魄力。"

罗宾没有回答。他觉得呼吸困难，心里有种奇怪的冲动，想抽格里芬一耳光。

格里芬满不在乎，他向阅览室做了个手势："我们可以开始干活了吗？"

"在我们看来，当前的任务是让议会和英国民众相信，英国对中国开战不符合他们的利益。"安东尼说。

"那场销毁鸦片的灾难将事态推向了紧要关头，"格里芬说，"钦差林则徐已经下令全面封禁英国在广州的贸易。与此同时，渣甸和马地臣等人将这种敌对行为视为开战的正当理由。他们说，现在英国必须采取行动来捍卫本国的荣誉，否则就将永远在东方蒙羞。这是激起民族主义情绪的妙招。上议院在上周已经开始就军事远征进行辩论了。"

但他们还没有投票表决，议员们还在犹豫，对于是否要将全国资源倾注在这样一场遥远且前所未有的事业中举棋不定。不过，眼下的关键在于白银。一旦打败中国，大英帝国将获得世界上最充足的白银储备，他们的战舰速度将更快，枪弹射得更远也更精准。如果议会真的选择开战，殖民世界的未来将难以想象。吞并中国财富的英国可以在非洲、亚洲和南美洲施行各种到目前为止还只是空想的计划。

"但是我们现在对那些阴谋还无能为力，"格里芬说，"我们不能站在全球革命的角度想问题，因为那不切实际。我们没有那么多人。在找到其他办法之前，我们目前必须关注的是如何阻止对广州的入侵。如果英国赢得战争，它将在可预见的未来得到近乎无穷尽的白银供给，而它绝对会赢，这毫无疑问。如果它没有赢，它的白银供给就会枯竭，帝国的能力就会大幅缩水。就是这样。其他所有事都无关紧要。"

他敲了敲黑板，黑板上分成几列写着各位议员的名字："下议院还没有投票。辩论还在进行。议员中有一个强大的反战派系，为首的是詹姆斯·格雷姆爵士、马洪子爵和威廉·格拉德斯通。格拉德斯通是一个非常值得争取的人，他比任何人都痛恨鸦片，我想他有个对鸦片酊成瘾的妹妹。"

"但是还要考虑国内政治的影响，"凯茜解释道，"墨尔本担任首相的政府在国内正面临着一场政治危机。辉格党刚刚挺过一次不信任投票，所以他们现在如履薄冰，在保守党和激进分子之间艰难求生，再加上他们在墨西哥、阿根廷和阿拉伯半岛的对外贸易中处于弱势，情况更是雪上加霜——"

"抱歉，"拉米说，"现在是在说什么？"

凯茜不耐烦地摆了摆手。"关键在于激进分子和他们的北部选区需要健康的海外贸易，而辉格党人需要保住他们的支持率才能制衡托利党人。针对这场鸦片危机展示武力恰恰是实现这些目的的方式。无论如何，这都会是一次胶着的投票。"

安东尼望着黑板点了点头："那么，我们现在的任务就是争取足够的票数，让战争提案被否决。"

"我只想问清楚，"拉米缓缓地说，"你们眼下的计划是去做说客？"

"正是，"安东尼说，"我们必须让他们相信战争与他们选民的最大利益背道而驰。只不过，提出这个观点非常需要技巧，因为它对不同阶层的影响各不相同。显而易见，榨干中国所有的白银对于任何已经拥有财富的人来说都是巨大的利好。但是也有思潮认为，白银逐渐增长的使用对于劳动者而言可能非常糟糕。一台由白银魔法驱动的织布机就能让十多个织布工失业，这正是他们总是罢工的原因，也是足以让激进分子投出反对票的论点。"

"所以你们的目标只是上议院？"罗宾问，"而不是普通民众？"

"好问题，"安东尼说，"议员们是制定决策的人，没错，但是来自媒体和公众的、一定程度的压力可以影响那些摇摆不定的人。关键在于如何让普通伦敦人为一场他们可能从没听说过的战争群情激愤。"

"唤醒他们的人性，还有对受压迫者的同情心。"莱蒂说。

"哈，"拉米说，"哈，哈，哈。"

"我只是觉得，你们这种好斗的情绪有点先入为主，"莱蒂坚持道，"我的意思是，你们甚至没有试过向公众证明你们的立场。你们有没有想过，友好的态度或许能更好地表达自己的观点呢？"

"'友好'这个词来源于拉丁语中表示'愚蠢'的词[1]，"格里芬说，"我们不想表现得友好。"

"不过关于中国的公众舆论确实是可以改变的，"安东尼插话进来，"大多数伦敦人本身就反对鸦片贸易，报纸上对钦差林则徐也有不少持同情态度的报道。在这个国家，你可以利用道德学家和宗教保守派做很多事。问题在于如何让他们对这个话题足够关注，从而对议会施加压力。从前为了更微不足道的事情都曾爆发过不符合民意的战争。"

"说起激发公众的愤怒，我们倒是有一个主意，"格里芬说，"用英

---

[1] 这是真的。英语中的 nice（友好）一词衍生自古法语 nice（软弱的、笨拙的、傻里傻气的），而后者则源自拉丁语 nescius（愚昧的、无知的）。——原注

语 polemic（论战）和它的古希腊语词根 polemikós 组成一对配对镌字。不用说，polemikós 的意思是——"

"战争。"拉米说。

"没错。"

"所以你们要开展一场观念之战，"拉米皱起眉头，"这对镌字能做什么？"

"那是一项正在进行中的工作，我们还在研究。只要我们能用适当的手段将其中的语义扭曲联系起来，没准就能有一些收获。不过关键在于，在让更多人理解我们的出发点之前，我们无法取得任何成果。大多数英国人根本没有充分意识到将要有一场大战。对于他们来说，这场战争是某种想象的东西，某种只会让他们获益、不需要他们直视或者操心的东西。他们不知道这场战争的残酷性，也不知道它会让暴力持续下去。他们不知道鸦片对人的害处。"

"你这套说辞不会取得任何效果。"罗宾说。

"为什么？"

"因为他们不在乎，"罗宾说，"这是一场发生在他们连想象都无法想象的遥远土地上的战争。遥远得没法让他们在乎。"

"你怎么这么肯定？"凯茜问。

"因为我以前就不在乎，"罗宾说，"我以前不在乎，尽管我一次又一次听人说起事情有多么糟糕。直到我身临其境、亲眼看见所发生的一切，我才意识到所有那些抽象的概念都是真的。即使在那时，我还是拼命想要移开目光。让人接受他们不想看见的事情是很难的。"

短暂的沉默。

"好吧，"安东尼强装出轻松的口气，"那我们的游说就不得不发挥创造力了，不是吗？"

于是，当天晚上定下的目标如下：将历史的火车头转向另一条轨道。局面并不像表面上那样让人束手无策。赫耳墨斯社有好几个已经启动的计划，这些计划大多涉及不同形式的贿赂和敲诈，还有一个计划的内容是摧毁一家位于格拉斯哥的船厂。

"投票赞成开战的关键是议会相信英国能轻易赢得这场战争，"格里芬解释道，"从技术方面来看，是的，我们的舰船可以将广州的海军打得落花流水。但是这些舰船的运作依赖于白银。几个月前，托马斯·皮科克——"

"噢，"拉米做了个鬼脸，"他啊。[1]"

"没错。他是支持蒸汽技术的狂热分子，他在莱尔德造船公司订购了六艘铁制汽船。威廉·莱尔德父子的造船公司，基地就在格拉斯哥。这些船比亚洲海域可见的任何东西都要可怕，它们搭载了康格里夫火箭炮，吃水很浅，由蒸汽机驱动，机动性超过中国舰队的任何一艘船。如果议会投票支持开战，这些汽船中至少有一艘将直接开往广州。"

"所以我猜想，你打算去格拉斯哥。"罗宾说。

"明天一早就去，"格里芬说，"坐火车要十个小时。不过我希望我一到那里，议会在当天之内就能听到动静。"

他没有细说在格拉斯哥具体打算做些什么，但罗宾毫不怀疑他哥哥具备捣毁一整座造船厂的能力。

"嗯，这听起来高效多了，"拉米愉快地说，"我们为什么不把所有精力都放在搞破坏上？"

"因为我们是学者而不是士兵，"安东尼说，"造船厂是一回事，但我们不打算对整个英国海军下手。我们要在力所能及的地方施加影响。

---

[1] 托马斯·洛夫·皮科克（Thomas Love Peacock），散文家、诗人，珀西·比希·雪莱的好友。他曾以东印度公司官员的身份长期在印度任职。在故事发生的这一年，他是印度通信部的首席审查官。——原注

第二十二章

戏剧化的暴力行动留给格里芬就行——"

格里芬怒气冲冲地说："那不是戏剧化的暴力行动——"

"暴力的狂欢，"安东尼改口道，但格里芬对此依然怒气冲冲，"我们集中精力思考该如何扭转伦敦的投票结果吧。"

于是，他们的注意力又回到黑板上。在理论上他们都很清楚，一场改变世界命运的战争不可能在一夜之间定输赢，但他们没法停下讨论去睡觉。每小时都涌现出新的主意、新的策略，不过到午夜之后，他们的想法渐渐不再那么有条理。他们设想让莱蒂和凯茜乔装打扮去引诱巴麦尊勋爵，让他陷入狎妓丑闻；设想让英国公众相信中国这个国家实际上并不存在，而是马可·波罗精心编造的骗局。格里芬细致入微地谈起他的计谋：冒充中国地下犯罪团伙，潜入白金汉宫绑架维多利亚女王，将她作为人质挟持到特拉法尔加广场。听到这里，他们都情不自禁地、无助地大笑起来。

他们的使命困难重重，简直不可能完成，没错，但罗宾也在这项工作中找到了某种让他兴奋的欢愉。这是需要创造性才能解决的问题，需要将一项庞大的事业拆分成十几个小任务，他们需要无数好运、或许还需要神明的帮助才有可能取得胜利。这一切都让他想起凌晨四点在图书馆里苦心钻研一份棘手的翻译作业时的感觉。他们歇斯底里地狂笑，因为疲惫得超乎想象；然而他们又兴奋得脑中嗡嗡作响，因为当答案从纷乱潦草的笔记和疯狂的头脑风暴中自然而然地涌现时，他们切实地感觉激动万分。

事实证明，与帝国对抗很有意思。

出于某种原因，他们的讨论总会回到 polemic/polemikós 这对镌字上来，也许是因为他们确实像是在进行一场为英国的灵魂而展开的观念之战。莱蒂指出，议论所用的比喻经常涉及战争的意象。她说："想想看，他们的立场是站不住脚的。我们必须攻击他们的弱点，必须彻底推翻他们论证的前提。"

"法语里也有这样的表达，"维克图瓦说，"Cheval de bataille。[1]"

"意思是'战马'。"莱蒂微笑着说。

"好啊，"格里芬说，"既然谈到了武力解决方案，我还是认为我们应该采取'神之怒'行动。"

"'神之怒'行动是什么？"拉米问。

"别理他，"安东尼说，"那是个愚蠢的名字，也是个愚蠢的点子。"

"上帝见此情景，没有宽纵他们，而是用蒙昧和语言的变乱对他们施以重击，并让他们成为你所见的模样。[2]"格里芬郑重其事地说，"听着，这是个好主意。只要我们能从塔里弄出——"

"靠什么呢，格里芬？"安东尼气冲冲地问，"我们有军队吗？"

"我们不需要军队，"格里芬说，"他们是学者，不是士兵。带一支枪进去，拿着它耀武扬威，再随便开几枪，整座塔里的人就成了你的人质。然后整个国家就成了你的人质。巴别塔是一切的关键，安东尼，它是整个帝国力量的源泉。我们只要占领巴别塔就行了。"

罗宾警惕地看着他。在汉语中，"火药味"这个词字面上的意思是"火药的味道"，而它的比喻义则是"好战的、好斗的"。他哥哥就是一身火药味，浑身散发着暴力的气息。

"等等，"莱蒂说，"你想袭击巴别塔？"

"我想占领巴别塔。应该不怎么困难。"格里芬耸了耸肩，"而那样可以更直截了当地解决我们的问题，不是吗？我一直试图说服这几个家伙，但他们都害怕得不敢动手。"

1　法语字面意思是"战马"，比喻某人最爱使用的修辞或论点。——原注
2　这段引文并非出自《创世记》（《创世记》讲述巴别塔语言流散的措辞要温和得多），而是出自被误认为书吏巴录·本·内里亚之手的《巴录三书》。在理想破灭的刺激下，格里芬曾经开展过一个短暂的项目，致力于整理记述巴别塔倒塌的不同版本。——原注

"你需要什么东西才能动手？"维克图瓦问道。

"这才是正确的问题，"格里芬咧嘴一笑，"绳索，两把枪，也许连枪都不需要。至少需要几把刀——"

"枪？"莱蒂反问道，"刀？"

"只是为了恐吓他们，亲爱的，我们不会真的伤害任何人。"

莱蒂还是很震惊："你真的——"

"不用担心，"凯茜瞪了格里芬一眼，"对于这件事的看法，我们已经说得很清楚了。"

"但是你们想想会发生什么，"格里芬坚持道，"没有了白银魔法，没有了维护白银魔法的人，这个国家还能做什么？不再有蒸汽机。不再有长明不灭的灯。不再有牢固的建筑。道路质量会下降，马车会出故障。没有了牛津大学，整个英国会在几个月内分崩离析。他们将不得不下跪求饶。整个国家将陷入瘫痪。"

"还有很多无辜的人会死去，"安东尼说，"我们不会考虑这个方案。"

"行吧，"格里芬坐回椅子上，交叉双臂，"听你的。咱们去做说客。"

他们一直讨论到凌晨三点。安东尼带他们来到图书馆后面，那里有一个水池可以让他们洗漱："没有浴缸，抱歉，你只能站着拿肥皂擦擦胳肢窝。"说完，他从壁橱里找出一堆棉被和枕头。

"我们只有三张简易小床"，他充满歉意地说，"我们很少一起在这里过夜。女士们，你们跟着伊尔丝一起去阅览室吧。先生们，你们自己在书架中间打地铺好了，这样还有一点隐私。"

罗宾实在太累了，在他看来，书架之间的硬木地板已经很棒了。他觉得从抵达牛津到现在就像始终没有睡过觉的漫长一天，而这一天里的经历已足够他消受一辈子了。他从安东尼手中接过一叠棉被，向书架走去。但格里芬在他安顿之前出现在他身旁："有空吗？"

"你不打算睡觉吗?"罗宾问。格里芬穿戴整齐,黑色大衣的扣子都扣得一丝不苟。

"不睡了,我要早点出发,"格里芬说,"去格拉斯哥没有直达车,我得先去伦敦,从那里坐早上的第一班火车。你跟我到院子里去。"

"为什么?"

格里芬拍了拍他腰上的枪:"我要教你怎么用这玩意儿。"

罗宾将棉被紧紧抱在胸前:"绝对不要。"

"那你就来看看我是怎么开枪的,"格里芬说,"我觉得我们早就该聊聊了,你不觉得吗?"

罗宾叹了口气,他放下棉被,跟着格里芬出了门。在满月的月光下,院子里十分明亮。格里芬一定经常在这里练习射击,因为罗宾发现院子另一头的树上布满了弹孔。

"你不怕别人听见吗?"

"这一片区域都有迷网保护,"格里芬说,"非常聪明的设计。没人能听见一丝动静,除非他本来就知道我们在这里。你对枪有一点了解吗?"

"半点也不了解。"

"好吧,想学永远不晚。"格里芬把枪塞到罗宾手里。同银条一样,它比看上去更沉重,触感冰凉。木制枪柄的曲线有种不容争辩的优雅,轻松贴合他手掌的弧度。尽管如此,罗宾还是在拿枪时感受到一阵强烈的厌恶。它给人以不怀好意的感觉,仿佛那块金属想咬他一口。他很想将它扔到地上,但又害怕让它走火。

"这是一把胡椒瓶左轮手枪,"格里芬说,"在平民当中非常流行。它采用火帽式设计,也就是说,就算被水打湿了也能开火。别往枪管里面看,你这个笨蛋,永远别直接往枪管里面看。用它瞄准试试。"

"我不明白这有什么意义,"罗宾说,"我永远不会开枪的。"

"重点不是你会不会开枪,重点是让别人认为你会开枪。你知道,我里面那些同事还对人类的善良抱有难以置信的信念,"格里芬斜握枪柄,瞄准院子另一头的一棵桦树,"但我是个怀疑论者。我认为去殖民化一定是个暴力的过程。"

他扣动扳机。爆炸声震耳欲聋。罗宾向后跳了一步,但格里芬却无动于衷。他一边调整枪管一边说:"这不是双动式手枪,所以每打完一枪,你都要把击锤扳回去。"

他的枪法相当好。罗宾眯着眼睛看去,只见桦树正中出现了一处新的凹痕。

"看,一把枪能改变一切。不仅仅在于冲击力本身,还在于它所释放的信号。"格里芬的手指拂过枪管,随即转过身来,枪口对准罗宾。

罗宾向后跳开了:"老天啊——"

"很吓人,不是吗?想想看,这玩意为什么比一把刀更让人害怕?"格里芬举枪的手纹丝不动,"它在说'我有意要杀你,而我要做的只是扣动扳机'。我可以在一段距离之外不费力气地杀人。一把枪去除了谋杀行为的所有困难,让它变得优雅。它缩短了决心和行动之间的距离,明白了吗?"

"你对人开过枪吗?"罗宾问。

"当然。"

"打中了吗?"

格里芬没有回答这个问题:"你得理解我都经历过什么。外面的世界不是只有图书馆和辩论场,弟弟。战场上的情况完全不一样。"

"巴别塔是战场吗?"罗宾问,"埃薇是敌方的士兵吗?"

格里芬放下枪说:"所以我们要为这件事纠缠不休吗?"

"你杀了一个无辜的女孩。"

"无辜?我们的父亲是这么告诉你的吗?说我冷血地杀害了埃薇?"

"我见过那根银条,"罗宾说,"它就在我口袋里,格里芬。"

格里芬冷笑道:"埃薇不是什么无辜的旁观者。我们花了好几个月说服她加入。那很冒险,你知道,因为她和斯特林·琼斯是那么亲密。但如果说他们两人谁还有点良知的话,那只能是她。或者说,我们以为她有。我花了好几个月的时间在扭树根反复劝说她,直到一天夜里,她下定决心,说她准备好了,她要加入。只不过那是个彻底的圈套,在那段时间里,她一直在向警察和教授们汇报,而他们设下这个圈套,是想当场将我抓住。

"你知道,她是个出色的演员,总是用那双大眼睛望着你,对你频频点头,仿佛你赢得了她全部的同情。当然,我那时候不知道那些全都是演戏。我以为找到了一位盟友,在缅甸失去那么多人之后,我觉得非常孤独。当她准备投靠我们时,我激动极了。而埃薇在这件事上做得太聪明了,她问了很多问题,比你问得多多了,听起来,她是迫不及待要加入这项事业才想知道那么多,因为她想知道自己能帮上忙的所有方式。"

"那后来你是怎么发现的?"

"嗯,她还没有那么聪明。如果她再机灵一点,她就该在彻底安全之后再卸下伪装。"

"可是她告诉你了,"罗宾的胃拧成一团,"她想炫耀。"

"她对我微笑,"格里芬说,"警报响起的时候,她对我咧嘴一笑,告诉我一切都结束了。所以我杀了她。我不是故意的。你不会相信我,但这就是真相。我只打算吓唬吓唬她。但我又愤怒又害怕,你知道,埃薇很恶毒。我到现在都认为,假如当时我给她机会,她可能会先伤害我。"

"你真的那么认为吗?"罗宾低声说,"还是说,那只是你为了能睡着觉而编出的谎言?"

"我睡得好着呢,"格里芬冷笑道,"但是你需要谎言,不是吗?让我猜猜看,你一直对自己说那是一场意外?说你不是故意的?"

"我不是故意的,"罗宾坚持道,"事情就那么发生了。我不是有意那么做的，我从来不想——"

"别这样，"格里芬说，"别隐瞒，别假装，那太懦弱了。说出你的感受吧。那感觉很好，承认吧。纯粹的力量让人感觉好极了——"

"如果可以的话，我宁愿收回这一切，"罗宾坚持道，他不知道为什么让格里芬相信他显得那么重要，但这似乎是他不得不坚守的底线，是他必须维护的、关于他身份的最终真相，如果不这么做，他就再也认不出自己，"我希望他还活着——"

"这不是你的真心话。他罪有应得。"

"他罪不至死。"

格里芬响亮地说："我们的父亲是一个残忍自私的男人，他认为所有不是白人、不是英国人的人都不配为人。我们的父亲毁了我母亲的一生，对你母亲见死不救。我们的父亲是对我们的祖国发动战争的主要策划人之一。如果他从广州活着回来，议会此刻根本不会再辩论，他们早就投票通过了。你给我们赢得了好几天、也许是好几周的时间。所以，就算你是杀人凶手又怎么样呢，弟弟？没有教授，这个世界会更好。别再为良心的负担自怨自艾了，敢做就要敢认。"格里芬把枪反过来，枪柄朝前递给罗宾。

"拿着。"

"我说了不要。"

"你还是不明白，"格里芬不耐烦地掰开罗宾的手指，强行把枪塞进他手中，"我们现在已经离开了思想的国度，弟弟，我们在打仗。"

"可是，如果这是一场战争的话，那你们已经输了，"罗宾依然拒绝握住那把枪，"你们没有任何办法在战场上取胜。你们有士兵吗？最多几百个？而你们打算对整个英军开战？"

"噢，在这一点上你弄错了，"格里芬说，"你知道，说起暴力，问题在于大英帝国比我们更输不起。暴力行动会扰乱掠夺型经济。一旦某条供应线被破坏，整个大西洋两岸的物价都会出现波动。他们的整个贸易系统都高度紧张，而且很容易受到冲击，这是他们自己造成的结果，因为资本主义的贪欲难以为继。正因如此，奴隶起义才能成功。他们不能对自己的劳动力来源开火，那无异于杀死下金蛋的鹅。

"但既然这个系统如此脆弱，那我们为什么会如此轻易地接受殖民现状呢？我们为什么认为那是不可避免的呢？那个叫星期五的人为什么不给自己弄一把来复枪，或者在夜里抹了鲁滨孙·克鲁索的脖子呢？问题就在于我们一直以为自己已经输了，我们一直像你一样活着。一看到他们的枪支、他们的刻银术、他们的舰船，我们就认为自己已经完蛋了。我们不会停下来考虑局势可能是什么样子。而且我们从来没有考虑过，如果我们拿起枪又会发生什么。"格里芬再一次把枪递给罗宾，"小心，它前面很重。"

这一次，罗宾接受了它。他摸索着瞄准那几棵树。的确，枪管沉甸甸地向下坠。他握住手腕，试图保持稳定。

"暴力能让他们看到我们愿意放弃多少，"格里芬说，"暴力是他们理解的唯一一种语言，因为他们的掠夺系统本身就是暴力的。暴力能对这个系统造成冲击，而它无力承受。你不知道你有能力做什么，真的。你无法想象世界会有怎样的改变，除非你扣动扳机。"格里芬指向中间那棵桦树，"扣下扳机，孩子。"

罗宾照做了。爆炸声几乎撕裂了他的耳朵，他险些把枪扔出去。他很确定自己没有瞄准。他对后坐力的冲击毫无准备，从手腕到肩膀都被震得发麻。那棵桦树毫发无伤。子弹漫无目标地飞进了黑暗之中。

但他不得不承认格里芬是对的。那一刻的冲动，在他手中爆发的冲击力，只要他动动手指就能触发的纯粹的力量——感觉好极了。

第二十三章

噢，那些白人的心眼太小，小到只顾自己的感受。
——玛丽·普林斯，《玛丽·普林斯的历史》

格里芬动身前往格拉斯哥后，罗宾久久无法入睡。他坐在黑暗中，神经质的能量令他大脑嗡嗡作响。他感到令人窒息的眩晕，就像纵身跃入悬崖之前从峭壁边缘向下望。整个世界似乎即将滑向某种灾难性的剧变，而他只能紧紧抓住身边的事物，与它们一起冲向崩溃的转折点。

一小时后，老图书馆热闹起来。七点的钟声刚一敲响，此起彼伏的鸟鸣声便在书架之间回荡。鸟鸣声十分响亮，不像是从外面传来的，倒像是书本之间栖息着一大群看不见的小鸟。

"这是什么声音？"拉米揉着眼睛问，"你们是在后面的橱柜里建了一座动物园吗？"

"是这里发出的声音，"安东尼将一台边缘雕刻着各种鸣禽的木制落地摆钟指给他们看，"这是我们的一位瑞典同事送的礼物。她将瑞典语 gökatta 翻译成'在日出时分起床'，只不过 gökatta 这个词在瑞典语中还有'为了聆听鸟鸣而早起'的特殊含义。摆钟里有某种八音盒装置，但白银让鸟鸣声听起来像真的一样。很可爱，不是吗？"

"再小声一点就好了。"拉米说。

"啊，我们这个只是雏形，而且也旧了。你知道，现在在伦敦的商店里就能买到这些摆钟。它们很受欢迎，有钱人特别喜欢。"

男孩们排着队，轮流用水池里的冷水洗漱，然后去阅览室同女孩们会合，围在昨天积累的笔记前继续工作。

莱蒂看上去也整晚都没有合眼。她的黑眼圈又深又重，一打哈欠就将双手痛苦地抱在胸前。

"你还好吗？"罗宾问。

"我觉得自己好像在做梦，"她失去焦点的目光望着整个房间，又眨了眨眼睛，"一切都天翻地覆，一切都前后颠倒。"

说得很对。罗宾心想。综合各方面来看，莱蒂的表现还算不错。至于接下来想说的话，他不知该如何措辞才不失礼貌，只好拐弯抹角地问："你怎么想？"

"关于什么，罗宾？"她没好气地问，"我们掩盖的那场谋杀？大英帝国的覆灭？还是我们下半辈子都要逃亡的事实？"

"我觉得……所有这些吧。"

她揉了揉太阳穴："正义让人精疲力竭。这就是我的想法。"

凯茜端出一壶热气腾腾的红茶，他们感激地递上自己的马克杯。维马尔打着哈欠，摇摇晃晃地从盥洗室走向厨房。几分钟后，油煎食物的美妙香气弥漫在阅览室里。维马尔一边将铺在番茄糊上的炒蛋盛到他们的餐盘里，一边介绍："玛莎拉炒蛋。一会儿还有吐司。"

"维马尔，"凯茜感慨道，"我简直可以嫁给你。"

他们狼吞虎咽，在沉默中迅速而机械地吞下面前的食物。几分钟后，桌面被清理干净，用过的餐盘被送回那间小厨房。大门在刺耳的摩擦声中打开。进来的是伊尔丝，她从市中心带回了当天早晨的报纸。

"有议会辩论的报道吗？"安东尼问。

"他们还是争执不休，"她说，"所以我们还有一点时间。辉格党还不能确定他们的得票数，在有信心获胜之前他们是不会进行投票的。但我们还是想在今天或者明天把那些宣传册送到伦敦去。派人乘中午那班火车，把它们送到弗利特街去印刷。"

"我们在弗利特街还认识什么人吗？"维马尔问。

"认识，特雷莎还在《旗帜报》。他们每周五印刷。我可以进去使用印刷机，这一点我敢肯定，只要你们今晚给我一些能拿去印刷的东西。"她从斜挎包里抽出一张皱巴巴的报纸，沿着桌面滑了过来，"顺便说一句，这是伦敦来的最新报道。我猜你们想看一看。"

罗宾伸长脖子去看那上下颠倒的文字。上面写着：

牛津大学教授在广州遇害。行凶者与中国说客合谋。

"好吧，"他眨了眨眼，"大部分细节都说对了。"

拉米翻开报纸："噢，快看。上面有我们的画像。"

维克图瓦说："看起来并不像你。"

"确实不像，他们没把我的鼻子画对，"拉米赞同道，"而且把罗宾的眼睛画得太小了。"

安东尼问伊尔丝："牛津的报纸也刊登这些了吗？"

"让人惊讶的是，并没有。他们完全没有声张。"

"有意思。那好吧，你们几个的伦敦之行还是取消吧。"安东尼话音刚落，他们全都异口同声地抗议起来，但是安东尼举起一只手，"别闹。这太危险了，我们不能冒这个险。你们就躲在老图书馆，等这阵风头过去再说。你们绝对不能被人认出来。"

"你也不能啊。"拉米反驳道。

"他们认为我死了和他们认为你是杀人犯，这是两件完全不同的事。我的脸又没被人印在报纸上。"

"可是我想出去，"拉米闷闷不乐地说，"我想做些事情，我想帮忙——"

"你别把自己弄进监狱就是帮忙了。不管亲爱的格里芬多喜欢宣扬这是一场公开的战争,但它毕竟还不是。这些事务必须讲究技巧。"安东尼指了指黑板,"把注意力集中在这个计划上。我们言归正传吧。我记得昨晚我们最后说到阿瑟诺勋爵的事。莱蒂?"

莱蒂喝了一大口茶,她闭上眼睛,然后打起精神说:"是的。我相信阿瑟诺勋爵和我父亲关系不错。我可以给他写信,试着安排一次会面——"

罗宾问:"你不觉得你父亲正为你是杀人犯的新闻心烦意乱吗?"

"新闻里没说莱蒂是凶手,"维克图瓦迅速浏览着那栏报道,"只有我们三个的名字。根本没提到她。"

短暂而尴尬的沉默。

"没事,那对我们非常有利,"安东尼镇定自若地说,"这给了我们一些活动的余地。莱蒂,你现在就去给你父亲写信。其他人,都去做各自的任务。"

他们一个接一个走出阅览室,去执行分配给他们的任务。伊尔丝去巴别塔继续搜集关于伦敦事态发展的消息。凯茜和维马尔走进工作室,去捣鼓那对用到 polemikós 的配对镌字。拉米和维克图瓦被安排去给知名的激进派领袖写信,假装自己是支持激进分子的中年白人。罗宾和安东尼一起坐在阅览室里,从洛弗尔教授的信件里挑出证明各方勾结的最有力证据,放在煽动舆论的简短宣传册中作为引文。他们希望这些证据能制造足以引起伦敦报纸注意的丑闻。

"注意你的措辞,"安东尼对他说,"尽量不要使用反殖民主义的辞藻,要尊重国家主权。可以用丑闻、勾结、腐败、缺乏透明度之类的词语。用能让普通伦敦人义愤填膺的说法来描述事情,不要把它变成种族问题。"

"你想让我为白人做翻译。"罗宾说。

"完全正确。"

第二十三章

他们在惬意的沉默中工作了一个小时，直到罗宾写得手指酸痛。他靠在椅背上，默不作声地捧着茶杯，等待安东尼写完一个自然段然后说道："安东尼，我能问你一件事吗？"

安东尼放下笔："你在琢磨什么呢？"

罗宾对那沓宣传册的草稿点了点头说："你真心相信这能奏效吗？我是说，靠公共舆论赢得胜利？"

安东尼靠在椅背上放松手指："我看出来了，你哥哥让你很烦恼。"

"格里芬昨晚一直在教我怎么用枪。"罗宾说，"他认为革命没有暴力起义不可能成功。而且他的话很有说服力。"

安东尼思考了一会儿，点点头，将笔靠在墨水瓶上："你哥哥总爱说我太天真。"

"我不是那——"

"我知道，我知道。我只是想说，我并不像格里芬所想的那么软弱。我想提醒你，在他们决定法律上不能再称我为奴隶之前，我就来到了这个国家。我一生中的大多数时间都生活在一个让我深深困惑自己是否算作完整之人的国家。相信我，对于英国白人的道德良心，我绝不是没心没肺的乐观主义者。"

罗宾说："但是我想，他们在废奴问题上最终还是改变了看法。"

安东尼温和地笑了笑："你认为废除奴隶制是一个伦理问题吗？不，废除奴隶制之所以赢得民意，是因为英国人在失去美洲之后决定让印度成为下一只下金蛋的鹅。但如果不将法国淘汰出局，产自印度的棉花、靛蓝和糖就无法主宰市场。而你知道，只要英国的奴隶贸易在西印度群岛让法国人有利可图，法国就不会被淘汰出局。"

"可是——"

"没有可是。你所了解的废奴运动只是表象，只是华丽的辞藻。皮特当初提出这项动议是因为他看出了切断对法奴隶贸易的必要性。而议会之所以同废奴主义者站在一边,是因为他们极其害怕西印度群岛爆发黑人叛乱。"

"所以你认为这纯粹是风险与经济的问题。"

"嗯,也不尽然。你哥哥总喜欢争辩说,牙买加的奴隶起义虽然失败了,却成为促使英国人立法废除奴隶制的原因。他说得对,但只对了一半。你看,这场起义能赢得英国人的同情是因为领导起义的一部分人是浸信会的成员。起义失败之后,牙买加支持奴隶制的白人开始捣毁教堂、恐吓传教士。那些浸信会教徒回到英国争取民众的支持,他们的立场是宗教,而不是与生俱来的人权。我想表达的是,废除奴隶制之所以得以实现,是因为白人们找到了关心这一问题的理由,不管是经济还是宗教方面的理由。你要做的只是让他们自以为是他们自己想到这个主意的,你不能寄希望于他们内心的良善。指望他们出于同情心去做正确的事,在我见过的英国人里没有一人值得我那样信任。"

"嗯,"罗宾说,"莱蒂就是啊。"

"是啊,"安东尼顿了一下,随即说,"我猜莱蒂就是。但她这种情况很罕见,不是吗?"

"那我们面前的道路会是什么样呢?"罗宾说,"这一切又有什么意义呢?"

"意义在于建立同盟,"安东尼说,"而且要吸纳难以争取的同情者。我们可以随心所欲地挪用巴别塔的资源,但还不足以撼动渣甸和马地臣之辈树大根深的权力杠杆。如果我们要扭转历史的潮流,就需要让那样的人成为盟友,就是那种在拍卖会上把我和我的同胞卖出去也毫不在意的人。要让他们相信,建立在白银的金字塔尖上的英国全球扩张不符合他们的利益。因为他们唯一能听进去的逻辑就是他们的切身利益。不是正义,不是人的尊严,不是他们自称无比珍视的自由主义。而是利益。"

"你还不如说服他们去大街上裸奔呢。"

第二十三章

"哈,不至于,因为同盟的种子已经播下了。你知道,在英国掀起革命的时机已经成熟。过去几十年来,整个欧洲一直热衷于改革,这都是从法国人那里学来的。我们要做的只是将革命塑造成一场阶级之战,而不是种族之战。这也确实是一场阶级之战。表面上看,这是一场关于鸦片和中国的争论,但中国人并不是唯一面临损失的群体,对吗?事物彼此相连。在这个国家,白银工业革命是导致不平等、污染和失业的最大驱动力之一。事实上,一个广州贫困家庭的命运同一位约克郡的失业纺织者有着千丝万缕的联系。二者都无法从帝国的扩张中获益。当贸易公司日渐富有时,另外二者都越来越贫穷。因此,倘若这二者能够结为联盟……"安东尼将手指绞在一起,"但是你看,那正是问题所在。没有人关注我们之间的联系。我们只想着自己作为个体所遭受的苦难。这个国家的穷人和中产阶级没有意识到,他们与我们才更有共同点,而不是同威斯敏斯特[1]那些人。"

"汉语里有一个很精妙的成语,"罗宾说,"兔死狐悲。兔子死了,狐狸感到悲伤,因为它们都是动物,是同类。"

"完全正确,"安东尼说,"只不过必须说服他们:我们不是他们的猎物,森林里有一个猎人,我们都有危险。"

罗宾低头望着那些宣传册。在那一刻,它们显得那么微不足道,只是文字,只是薄薄白纸上的潦草墨迹。"那你真的认为你能说服他们吗?"

"我们不得不说服他们,"安东尼又活动了几下手指,随即拿起笔,继续翻看洛弗尔教授的书信,"我看不到其他的出路。"

那一刻,罗宾很想知道安东尼一生中花了多少时间小心翼翼地将自己翻译给白人,他那和善亲切的外表有多少是刻意为之,好迎合英国白人对黑人的刻板印象,让自己在巴别塔这样的机构中尽可能容身。罗宾

---

[1] 在政治上,"威斯敏斯特"一词常指位于威斯敏斯特宫中的英国议会。——译注

还想知道，会不会有那么一天，这一切都再也没有必要，白人将正视他和安东尼，好好听他们说话，他们的话也有分量和价值，他们不再需要隐藏自己的身份，不再需要历经数不清的曲解才能被人理解。

中午，他们在阅览室里集合吃午餐。凯茜和维马尔为他们研究 polemikós 配对镌字的进展而兴奋不已。格里芬的预期没有错，这对镌字能让抛到半空中的宣传册四处飘飞、在围观者身边团团转。维马尔还用另一对镌字作为补充：将英语 discuss（讨论）和它的拉丁语词源 discutere（散播、传播）结合起来。

"假设我们将这两根银条用在一沓印刷好的宣传册上，"维马尔说，"不管有风没风，它们都能飞遍整个伦敦。用这办法来吸引人们的注意怎么样？"

那些在昨夜显得无比荒谬的主意，那些在睡眠不足时胡乱涂写的点子渐渐整合成了一套令人印象深刻的行动计划。安东尼将他们集思广益的成果汇总整理，写在黑板上。在接下来的几天或几周（如果必要的话），赫耳墨斯社将以一切力所能及的方式尽力干预辩论。伊尔丝在弗利特街的联络人很快就会发表一篇攻击性报道，揭露挑起这事端的威廉·渣甸如何在切尔滕纳姆的温泉小镇挥霍度日。维马尔和凯茜打算通过几位相对值得尊敬的白人去说服摇摆不定的辉格党人，让他们相信与中国恢复良好关系至少能保障茶叶和大黄等合法货物的贸易渠道畅通。此外还有格里芬在格拉斯哥的行动，以及即将飞遍全伦敦上空的宣传册。安东尼总结道，借助勒索、游说和向公众施压，他们或许可以争取到足够驳回战争动议的票数。

"这有可能成功。"伊尔丝对黑板眨了眨眼，似乎很意外。

"有可能成功，"维马尔附和道，"我的老天爷啊。"

"你们确定我们不能一起去吗？"拉米问。

安东尼同情地拍了拍他的肩膀："你该做的已经做完了。你们所有人都非常勇敢。但现在该把事情交给专业人士了。"

"你顶多比我们大五岁，"罗宾说，"怎么就是专业人士了？"

"我不知道，"安东尼说，"反正就是。"

"那我们只能一无所知地等在这里吗？"莱蒂问，"我们在这里连报纸都收不到。"

"我们等投票结束就回来，"安东尼说，"我们也会隔三岔五来看看你们的，如果你们那么紧张的话，隔一天看一次好了。"

"可是，万一出事了怎么办？"莱蒂坚持道，"万一你们需要我们帮忙呢？万一我们需要你们帮忙呢？"

毕业生交换着眼神，似乎在进行一场无言的交谈。罗宾猜想，那是一场他们已经重复过很多次的交谈，因为每个人的立场似乎都很清楚。安东尼挑了挑眉毛。凯茜和维马尔双双点了点头。伊尔丝噘起嘴唇，显得不太情愿，但她最后还是叹了口气，耸了耸肩。

"行吧。"她说。

"格里芬一定会说不行。"安东尼说。

"嗯，格里芬不在这儿。"凯茜说。

安东尼起身消失在书架之间，片刻之后，他拿着一个密封的信封回来了。他将信封放在桌上："这里有全球各地十几位赫耳墨斯社联络员的联系方式。"

罗宾震惊极了："你确定要把这个给我们吗？"

"不确定，"安东尼说，"我们真不该这么做。我看得出来，格里芬的被害妄想也传染给了你，但那并不是坏事。不过，万一只剩下你们几个了呢。这里面没有名字或地址，只有联络点和联系的具体指示。万一最后只能靠你们自己，那你们至少还有让赫耳墨斯社存活下去的办法。"

"说得好像你们有可能回不来似的。"维克图瓦说。

"嗯，不是没有这种可能性啊，不是吗？"

图书馆陷入沉寂。

突然间，罗宾觉得自己真是太年轻、太幼稚了。与赫耳墨斯社密谋到深夜，还把玩哥哥的枪支，他原本觉得这是一场特别有意思的游戏。他们的处境是如此怪异，胜利的希望是如此渺茫，以至于这更像是一场练习而不是真实的生活。此时此刻，他才真切地明白，他们与之对抗的力量其实相当恐怖，他们试图操纵的贸易公司和政治游说团体并不是他们虚构的、可笑的妖魔鬼怪，而是势力强大得令人难以置信的组织，他们在殖民贸易中的利益根深蒂固，甚至会为了维护自身利益而杀人。

"可是，你们一定会没事的，"拉米说，"对吧？巴别塔以前从没抓住过你们——"

"他们抓住我们很多次了，"安东尼温和地说，"所以才有被害妄想。"

"所以才有减员，"维马尔边说边将一把手枪塞进腰里，"我们很清楚风险。"

"不过，就算我们出了事，你们在这里也是安全的，"凯茜宽慰他们说，"我们不会抛弃你们的。"

伊尔丝点了点头："我们会先咬舌自尽。"

"抱歉，"莱蒂猛然站起身来，她的脸色非常苍白，她轻轻碰了碰嘴唇，好像快要吐了，"我就是——我就是需要透透气。"

"你要喝点水吗？"维克图瓦关切地问。

"不，我一会儿就没事了，"莱蒂推开紧凑的椅子向门口走去，"我就是需要呼吸一些新鲜空气，如果可以的话。"

安东尼为她指了指路："院子在那边。"

莱蒂说："我想去前面转一圈。院子感觉有点……有点闭塞。"

"那就在建筑周围走走吧，"安东尼说，"别让人看见。"

"好的——好的，当然。"莱蒂显得十分心不在焉，她的呼吸变成了急促短浅的喘息，罗宾担心她会晕过去。拉米把椅子挪到一旁让她出去。走到门口，莱蒂停下脚步，回头看了一眼。她的目光在罗宾身上徘徊，看上去欲言又止。但是她随即抿紧嘴唇，匆匆走出门去。

在毕业生出发前的最后几分钟里，安东尼向罗宾、拉米和维克图瓦细细交代了家务方面的注意事项。小厨房的食物储备足够维持一周，如果他们愿意只吃麦片粥和腌鱼的话可以维持更久。获取清洁的饮用水要麻烦一些，老图书馆的确可以通过城市的水泵获得供水，但他们不能在夜深时打开水龙头，一次也不能开太久，以免用水引起注意。除了这些，图书馆里的书可供他们打发时间，而且绰绰有余。不过，安东尼明令禁止他们摆弄工作室里正在进行的任何项目。

"还有，尽可能待在室内，"安东尼收拾好行李之后又说，"如果你们乐意，可以轮流去院子里转转，但是声音要小。迷网有时候会失效。如果你们必须呼吸新鲜空气，那也要等到太阳落山以后。如果你们害怕，那个放扫帚的橱柜里有一把来复枪。我很希望你们永远不需要，不过，万一需要用到，你们谁会——"

"我觉得我应该可以，"罗宾说，"原理和手枪一样，对吗？"

"差不多，"安东尼系紧靴子上的鞋带，"你有空的时候自己研究研究，它的配重和手枪有点不一样。至于提高舒适度的用品嘛，你们可以在盥洗室的柜子里找到肥皂之类的东西。记住，每天早晨一定要把壁炉里的灰清干净，否则会影响通风。噢，我们以前有一个洗衣盆，但是格里芬捣鼓铁管炸弹的时候把它弄坏了。你们几天不换衣服应该没事吧，行吗？"

拉米冷笑一声。"这个问题要问莱蒂。"

短暂的沉默。接着，安东尼问："莱蒂去哪里了？"

罗宾看了看钟。他没有留意时间的流逝。莱蒂走出这座建筑已经快半个小时了。

维克图瓦站起身来说:"也许我应该——"

尖叫声在正门附近骤然响起。那声音尖锐而刺耳,很像人的惨叫,罗宾过了一阵子才反应过来:那是水壶发出的声音。

"该死,"安东尼一把拿起来复枪,"去院子,快点,你们所有人——"

然而为时已晚。尖叫声越来越响,图书馆的墙壁似乎在颤动。几秒钟后,正门向内倒下,牛津的警察蜂拥而入。

"举起手来!"有人大喊。

毕业生们似乎为此做过演习。凯茜和维马尔从工作室里跑出来,两人手里都握着好几根银条。伊尔丝用身体撞向一座高大的书架,它向前倒下,引发一串连锁反应,堵住了警察面前的道路。拉米冲上去想帮忙,但是安东尼大喊道:"别去,躲起来!阅览室——"

他们跌跌撞撞地向后退去。安东尼一脚关上了门。他们听见阅览室外面传来隆隆的声响和撞击声。安东尼高声喊着什么,听起来像是"烽火"。凯茜尖叫着回应。毕业生们在战斗,为了保护他们而战斗。

可是战斗有什么意义?阅览室是死路一条。没有其他的门,也没有窗户。他们只能蜷缩在桌子后面,听着外面的枪声瑟瑟发抖。拉米提出要把门堵上,然而就在他们将椅子向门口推去时,门砰的一声打开了。

莱蒂站在门口,手里拿着一把左轮手枪。

"莱蒂?"维克图瓦不可思议地问,"莱蒂,你在干什么?"

罗宾心中涌起一阵短暂而天真的宽慰,然后才意识到莱蒂不是来救他们的。她抬起左轮手枪,依次瞄准他们每一个人。她用枪的动作很熟练,她的手臂没有因枪支的重量而颤抖。这个场景太荒谬了。他们的莱蒂,他们端庄而古板的英伦玫瑰手持武器,如此冷静,如此致命地精准,竟让罗宾一时间以为是自己出现了幻觉。

但他很快想起来:莱蒂是海军上将的女儿。她当然知道怎么用枪。

第二十三章

"把手放到头顶，"她的声音高亢而清脆，宛如打磨过的水晶，听起来像个彻头彻尾的陌生人，"他们不会伤害你们任何人，只要你们安安静静地过来。只要你们不反抗。他们杀了其他人，但会活捉你们，不会伤害你们的。"

维克图瓦的目光滑向桌上的信封，又滑向噼啪作响的壁炉。

莱蒂顺着她的目光看去说："要是我就不会那么做。"

在那短短的一瞬间，维克图瓦和莱蒂站在那里瞪着彼此，两人都喘着粗气。

好几件事在同一刻发生了。维克图瓦一跃上前去抢信封；莱蒂挥着枪转过身来；罗宾本能地向她冲了过去，他不知道自己想做什么，但他确定莱蒂会伤害维克图瓦。然而就在他快要碰到她时，拉米将他推到一边。他在桌腿上绊了一跤，向前倒了下去。

就在那时，莱蒂撕碎了整个世界。

咔嗒一声，砰的一响。

拉米倒下了。维克图瓦尖叫起来。

"不！"罗宾跪倒在地。拉米浑身软绵绵的，一动不动。罗宾手忙脚乱地将他翻过来，让他仰面躺着。"不，拉米，拜托——"有那么一瞬间，他觉得拉米一定是在假装，毕竟这怎么可能是真的呢？拉米在一秒钟之前还站得笔直，行动敏捷，生机勃勃。世界不可能终结得如此突兀；死亡不可能来得如此迅速。罗宾轻轻拍拍拉米的脸颊和脖颈，拍着他身上任何可能有反应的地方，可是没有用，拉米的眼睛再也不会睁开了。它们为什么不再睁开了？这肯定是个玩笑；罗宾没看见一丝血迹。但是，他很快就发现了血，拉米的胸口有一个微小的红点，红色迅速绽放开来，浸透了拉米的衬衫和外衣，浸透了一切。

维克图瓦从壁炉旁向后退了一步。几张纸在火焰中噼啪作响，烧成漆黑的炭灰。莱蒂没有采取任何挽救的行动。她呆呆地站在那里，瞪大眼睛，那把左轮手枪软绵绵地垂在她身侧。

没有人动弹。他们都直勾勾地盯着拉米。无法否认、无可挽回且静止不动的拉米。

"我没想……"莱蒂轻轻碰了碰嘴唇。她不再冷静。现在，她的声音尖锐刺耳，就像一个小女孩。"噢，我的上帝啊……"

"噢，莱蒂，"维克图瓦轻声哀叹，"你做了什么啊？"

罗宾将拉米放在地板上，然后站起身来。

后来的某一天，罗宾会自问：他的震惊为何会如此轻易地化为狂怒，他的第一反应为什么不是对背叛感到难以置信，而是黑暗的、吞噬一切的仇恨。这答案将使他困惑，令他困扰，因为它绕不开紧紧纠缠在一起的爱与嫉妒，而他们全都深陷其中。他们说不出这份纠缠的名字，也无法解释。他们刚刚开始领悟其中的真相。现在，在经历这一切后，他们永远也不会承认了

而在当时，他只知道红色模糊了视野，遮蔽了莱蒂之外的一切。现在他终于明白，真心想要一个人死去、想将他们的四肢一一扯断、听他们尖叫、让他们痛苦是什么感觉。现在他终于体会到了谋杀的感觉、狂暴的感觉，就是这种感觉，这就是他在杀死父亲时理应体会的：杀戮的意愿。

他向莱蒂冲去。

"不要，"维克图瓦哭喊着，"她——"

莱蒂转身逃走。罗宾紧追不舍，直到她躲到一大群警察身后。罗宾推搡着想挤过去；他不在乎危险，不在乎警棍和枪支；他只想抓住莱蒂，拧断她的脖子，将那个白肤贱人撕成碎片。

强有力的臂膀将他扯了回来。一股钝重的力量抵在他的腰窝上，他打了个趔趄。他听见维克图瓦的尖叫声，但是隔着乱哄哄的警察，罗宾看不见她在哪里。有人将布袋蒙在他头上。他暴烈地挣扎着，手臂撞到

第二十三章

了某个坚硬的物体。抵住后背的压力减轻了一些，但一个坚硬的东西打在他的颧骨上，爆炸般的疼痛使他眼冒金星，浑身发软。有人将他的双手铐在背后，并抓住他的两只手臂将他抬起来，拖着他走出了阅览室。

斗争结束了。老图书馆里一片寂静。罗宾疯狂地摇头，想甩掉头套，但他只瞥见了翻倒的书架和烧黑的地毯，接着便有人将布袋扣得更紧了。他没有看见维马尔、安东尼、伊尔丝或凯茜的任何痕迹。他再也听不见维克图瓦的尖叫。

"维克图瓦？"他惊恐地喘着气，"维克图瓦？"

"闭嘴。"一个低沉的声音说。

"维克图瓦！"他大喊起来，"你在哪——"

"把嘴闭上。"有人将头套抬起一点，只为将一块破布塞进他嘴里。接着，他又陷入黑暗之中。什么也看不见，什么也听不见。当他被拖出老图书馆的废墟、被拉进等在外面的马车时，只有荒凉而可怕的寂静。

第二十四章

永生的鸟呵,你不会死去!
饥饿的世代无法将你踩躏。

——约翰·济慈,《夜莺颂》[1]

颠簸的鹅卵石路面,痛苦的推搡。下车,走。罗宾没多想便照做了。警察将他拉出马车,扔进牢房,然后便任凭他沉浸在自己的思绪里。

可能过了几小时,也可能过了几天。他失去了对时间的感知,无法分辨。他不在他的身体里,也不在这牢房中。他痛苦地蜷缩在砖石上,将浑身瘀伤、隐隐作痛的当下抛在脑后。他还在老图书馆,无助地一遍又一遍看着拉米抽搐着向前摔倒,仿佛肩胛骨之间被人踢了一脚。看着拉米软绵绵地躺在他怀里,看着拉米不再动弹,他怎么做都无济于事。

拉米死了。

莱蒂背叛了他们。赫耳墨斯社覆灭了。拉米死了。

拉米死了。

悲痛让人窒息。悲痛让人麻痹。悲痛是一只狠狠踩在他胸口的靴子,让他无法呼吸。悲痛让他从身体中抽离,让身上的伤痛停留在理论层面。他在流血,但他不知道是何处在流血。他浑身都在疼。手铐深深勒进手腕,硬邦邦的砖石地板硌着他的四肢,警察将他扔进牢房时似乎想折断他全身的骨头。他将这些疼痛作为事实来接受,但他无法真正感

---

[1] 引自《穆旦(查良铮)译文集》第三卷《拜伦诗选 济慈诗选》,人民文学出版社,2020年。——译注

知它们。失去拉米的痛苦遮蔽了一切，除此之外，他感受不到任何事物，而他也不想去感受，不想回到身体中体会那些疼痛，因为肉体的疼痛意味着他还活着，而活着意味着他不得不继续前进。可是他无法再走下去，无法放下这件事。

他被禁锢在过去。他上千次重温那段记忆，就像当初重温他父亲的死。只是这一次，他试图让自己相信的不是他没有杀人的意图，而是拉米可能还活着。他真的看着拉米死去了吗？还是只听见了枪响、只看见喷涌而出的鲜血和拉米的倒下？拉米的肺叶里有没有一息尚存，拉米的眼睛里还有没有一丝生命？这似乎太不公平了。不，拉米不可能如此突兀地离开这个世界，不可能前一秒还生龙活虎，下一秒就气息全无。拉米兹·拉菲·米尔扎居然因为一颗如此微小的子弹而永远沉默，这似乎违背了物理法则。

再说，莱蒂绝对不会瞄准他的心脏。那同样是不可能的。她爱他，几乎和罗宾一样爱他，他记得莱蒂亲口说过。倘若她说的是真话，那她又怎么可能看着拉米的眼睛，开枪将他打死呢？

这意味着拉米或许还活着，他或许能历尽艰险幸存下来，爬着离开老图书馆的屠杀现场，找到藏身之处，如果有人发现他并及时帮他处理伤口，他或许还能恢复。可能性不大，但是没准，没准，没准……

没准等到罗宾逃出这个地方、等到他们重逢的时候，他们会对这段经历捧腹大笑，笑到肋骨生疼。

他怀有希望，希望着，直到希望本身也成为一种折磨。希望一词最初的含义是"渴求"，而罗宾正是用他的全部生命渴求一个不复存在的世界。他怀有希望，直到他觉得自己快要陷入疯狂，直到他开始听见心中所想的只言片语仿佛在他身躯之外，听见那些低沉粗哑的词语回荡于石墙之间。

我但愿——

我后悔——

接下来响起的是一阵阵不属于他的忏悔。

我真希望当初好好爱她。

我真希望我从来没碰过那把刀。

这不是他的想象。他抬起抽痛不止的头，脸颊上沾满黏糊糊的鲜血和泪水。他惊诧地四下环顾。石墙在说话，在低声诉说上千段各不相同的证词，每句证词都被下一句迅速淹没，他听不出任何完整的句子，只有一段段一闪而过的词句。

早知当初，他们说。

这不公平，他们说。

我是罪有应得，他们说。

然而，在所有绝望之中，也有这样的话语：

我希望——

我希望——

我在绝望中希望——

他瑟缩着站起身，将脸贴在石墙上，一寸一寸地向下摸索，直到发现问题所在：白银的光泽。这根银条上雕琢的镌字是古希腊语、拉丁语和英语组成的连锁配对。古希腊语 epitaphion 的意思是"葬礼上的致辞"，是说给人听的口头演讲；拉丁语 epitaphium 的含义与之相似，同样是"悼词"的意思。只有现代英语中的 epitaph 是指被写下来的、无声的墓志铭。翻译的扭曲将话语化为书面文字。他被死者的忏悔团团围住。

罗宾瘫坐下来，双手紧紧抱住头。

多么别出心裁的可怕折磨。这是哪位天才的设计？显然，这一设计意在用曾经被囚禁在此的每一个可怜人的绝望淹没他，让他陷入无尽的悲伤，这样一来，他在受审时将出卖任何人、任何事，只为让这些声音停止。

第二十四章

但是这些低语对他而言是多余的。它们无法让他的思绪更加阴沉，它们只是他思绪的回声。拉米死了。赫耳墨斯社毁了。世界无以为继。未来只是一片浩瀚无垠的黑暗，他唯一尚存的一线希望就是这一切总有一天将彻底终结。

门开了。铰链吱呀作响的声音将罗宾惊醒。进来的是个优雅的年轻男子，金色的头发在后脑勺绾了个结。

"你好，罗宾·斯威夫特，"他的声音像音乐一样温和而悦耳，"你还记得我吗？"

当然不记得。罗宾差点脱口而出，然而当男人走近一些时，他把话又咽了回去。这个男人的五官同大学学院小教堂浮雕上的肖像如出一辙：同样笔挺的、贵族气的鼻子，同样聪慧而深邃的目光。三年多以前，罗宾在洛弗尔教授的餐厅里见过这张脸。他永远不会忘记。

"你是斯特林。"才华横溢、大名鼎鼎的斯特林·琼斯，当代最伟大的翻译家威廉·琼斯爵士的侄子，他的出现实在出乎意料，一时间，罗宾只是对他眨了眨眼睛，"你为什么——"

"我为什么在这里？"斯特林大笑起来，就连他的笑声也不失优雅，"我可不能错过。他们告诉我，抓住了格里芬·洛弗尔的小弟弟，我当然不能错过。"

斯特林拖来两把椅子放在房间里，跷起二郎腿在罗宾对面坐下。他向下扯了扯外衣将它拉直，然后歪头打量着罗宾说："我的天。你们真的越长越像。不过你更秀气一点。格里芬总是龇牙咧嘴、毛发倒竖，活像条落水狗。"他将双手放在膝头，身体前倾。"所以，你杀了你父亲，是吗？你看起来可不像个杀人犯。"

"你看起来也不像郡警。"罗宾说。

就在说出这句话时，他脑中构筑的最后一个虚伪的二元论——学者与帝国的刀锋之间的二元论——也消失了。他回想起格里芬的话，回想起他父亲的信笺。奴隶贩子和士兵。时刻准备着的杀手。他们全都是。

"你太像你哥哥了，"斯特林摇了摇头，"汉语里那个成语怎么说的来着？一丘之貛，还是一丘之貉？厚颜无耻，鲁莽放肆，自以为是得让人无法忍受。"他交叠双臂架在胸前，又靠到椅背上，端详着罗宾，"请帮我厘清一下。我和格里芬永远也说不清楚这个问题。一个很简单的问题：为什么呢？你拥有你能想到的一切。你一辈子都不用工作一天，至少不用真正地劳动，学术研究不算劳动。你在财富里遨游。"

"我的同胞没有。"罗宾说。

"可你不是你的同胞！"斯特林激动地说，"你是例外。你是幸运儿，是高人一等的人。难道你真的觉得，和牛津大学的伙伴相比，你和广州那些愚蠢的穷光蛋更有共同点吗？"

"是的，"罗宾说，"你的国家每天都在提醒我，是的。"

"所以说，这就是问题所在吗？某些英国白人对你不够友善？"

罗宾觉得继续争辩毫无意义。配合他辩论根本就是愚蠢的做法。斯特林·琼斯和莱蒂一模一样，只不过他没有出于所谓友谊的肤浅的同情。他们俩都认为问题在于个人的命运，而不是系统性的压迫。他们俩都无法跳出白人的视角看待事物。

斯特林叹了口气："噢，别和我说你已经有了那种不成熟的想法，认为帝国在某种程度上是恶劣的，是吗？"

"你知道他们做的事是错的。"罗宾疲惫地说。他受够了委婉的说辞，他再也不能、也不愿相信，像斯特林·琼斯、洛弗尔教授和贝利斯先生那样的聪明人真的相信他们口中那些蹩脚的借口。只有他们那样的人才能用灵巧的辞藻、雄辩的反驳和错综复杂的哲学推理为剥削其他人民和国家的行径辩护。只有他们那样的人才会觉得这问题仍然可以讨论。"你知道的。"

第二十四章

"假设你们得逞了，"斯特林毫不让步地说，"假设我们不会开战，广州保住了所有的白银。你觉得他们会拿那些银子做什么？"

"也许会花掉吧。"罗宾说。

斯特林嗤笑道："这个世界属于能抓住机会的人。你我都明白这一点，我们就是这样来到巴别塔的。与此同时，统治你的祖国的是一群好逸恶劳的懒惰贵族，一提到铁路他们就吓得魂飞魄散。"

"这是我们的一大共同点。"

"很有意思，罗宾·斯威夫特。所以你认为，英国敢于利用上帝赐予的那些天然恩赐，所以我们就该为此受到惩罚吗？我们应该将东方丢给那些腐败无能、将财富挥霍在丝绸和小妾上的人吗？"斯特林前倾身体，他的蓝眼睛闪闪发亮，"又或者，我们才应该成为领袖？英国正在奔向辽阔而光明的未来。你完全可以成为这个未来的一部分。为什么抛下一切？"

罗宾一言不发。说任何话都没有意义。这不是一场真诚的对话。斯特林只想让他归信。

斯特林抬起双手："这到底有什么难以理解的，斯威夫特？为什么要对抗时代的潮流？为什么要咬那只给你食物的手？为什么会有这种荒谬的冲动？"

"这所大学并不拥有我。"

"得了吧。这所大学给了你一切。"

罗宾说："这所大学强迫我们背井离乡，让我们相信自己未来只能为王室效力。这所大学告诉我们，我们是特别的、被选中的、经过精挑细选的，而事实上我们被切断了同祖国的联系，在一个我们永远不可能真正融入其中的阶层身边长大。这所大学让我们与族人为敌，让我们相信只能选择成为它的同谋或者流落街头。这不是恩惠，斯特林，这是残忍。别要求我爱我的主人。"

斯特林对罗宾怒目而视。他的呼吸声十分粗重，罗宾心想，他竟然气成这样，真是太奇怪了。斯特林脸颊通红，前额渗出亮晶晶的薄汗。罗宾很好奇：为什么在有人不赞同他们的意见时，白人会如此气愤？

"你的朋友普赖斯小姐提醒过我，你变得有些狂热。"

这简直是赤裸裸的诱饵。罗宾管住了舌头。

"来啊，"斯特林冷笑道，"你难道不想问问她的情况吗？你难道不想知道原因吗？"

"我知道原因。你们这种人的行动都在意料之中。"

斯特林的脸因愤怒而扭曲变形。他站起身，将椅子又拖近了些，直到他们的膝盖快要碰到一起。

"我们有让你吐出真话的办法。英语 soothe（抚慰）衍生自原始日耳曼语中的一个表示'真相'的词根，我们将它与瑞典语 sand（歌唱）连锁配对。这能让你平静下来，让你放松警惕、感到安慰，直到你唱出实话。"斯特林身体前倾，"不过我一直觉得这个设计挺无趣的。"

他在外衣口袋里摸索一阵，掏出一对银手铐放在膝头。"你知道英语 agony（极度的痛苦）这个词源自何处吗？最早来自古希腊语，然后经由拉丁语和古法语传到英语中。古希腊语 agōnia 指的是竞赛，最初是指运动员之间展开的体育竞技。这个词在很久之后才有了'痛苦'的内涵。但我将英语反向翻译回古希腊语，这样一来，这根银条就可以引起痛苦，而不是消除痛苦。很巧妙，不是吗？"

斯特林看着那副手铐，露出满意的微笑。那笑容中没有恶意，只有欢欣的成就感，为拆解古老的语言、利用它们实现自己预期的目标而感到欣慰。"我们做了好些试验才成功，但现在效果已经很完善了。它会弄疼你的，罗宾·斯威夫特，你会疼得生不如死。我以前试过，但只是出于好奇。你要知道，那不是表层的疼痛，不是被刺了一刀的那种痛，甚至不是被火炙烤的那种痛。疼痛来自你体内。就像你的手腕一次又一次被敲碎。只不过，这种剧痛没有上限，因为你的肉体毫发无损，一切都发生在你头脑中。这很让人难受。当然，你会挣扎。身体无法承受，那不是身体能忍得住的痛感。但是你每挣扎一次，痛感就会加倍，然后再加倍。你想亲自体验一下吗？"

我累了。罗宾心想。我太累了。我宁愿你给我头上来一枪。

"来，我给你戴上，"斯特林站起身，跪在罗宾身后，"试试看。"

斯特林扣上手铐。罗宾尖叫起来。他没能忍住。他本想默不作声、不让斯特林满意，但压倒性的疼痛让他失去了对身体的控制和感知，只剩下疼痛本身。这比斯特林描述的疼痛剧烈太多了。那感觉不像手腕被折断，而像是有人用锤子将粗壮的铁钉敲进他的骨头里，直直钉入骨髓。每当他扭动手腕想挣脱时，疼痛都变本加厉。

控制。他脑海中有个声音说道，听起来很像格里芬的声音。控制住自己，停下别动，就不那么疼了——

但疼痛只增不减。斯特林没有说谎：疼痛没有上限。每当罗宾以为到此为止、再多忍受片刻就会死去时，疼痛总有办法继续增长。他还不知道人的肉体可以感受到如此强烈的疼痛。

控制。格里芬的声音再次响起。

这时，另一个熟悉得可怕的声音出现了：这倒是你的一个优点，你挨打的时候不会哭。

克制。压抑。这不是他一生都在练习的吗？让疼痛像雨滴一样从你身上滑落，不要承认，不要回应，因为假装它不存在是唯一活下去的办法。

他的额头汗如雨下。他拼命想推开遮蔽一切的疼痛，找回对手臂的知觉，让手臂静止不动。这是他做过的最困难的事。那感觉就像强迫自己把手腕伸到重锤之下。

"相当不错，"斯特林说，"看你能坚持多久。不过，我还有别的东西要给你看。"他从口袋里掏出另一根银条，举到罗宾面前。银条左侧刻着：φρήν。"我猜你应该不懂古希腊语？格里芬的古希腊语很差劲，不过我听说你学得比他好。不过你肯定知道 phren 的意思：智慧和情绪的所在。只不过，古希腊人不认为这个所在位于脑中。比如荷马就写道，phren 位于胸口。"他将那根银条放到罗宾胸前的口袋里，"你猜猜，它能做什么。"

他收回拳头，然后一拳打在罗宾的胸骨上。

肉体上的折磨不算太糟，更像是重压而不是剧痛。但是，就在斯特林的指关节触及他胸口的瞬间，罗宾的头脑整个炸开了：无数感受和记忆、他深深埋藏的一切、他害怕恐惧的一切、他不敢承认的所有真相都如洪水般袭来。他成了一个口齿不清的白痴，根本不知道自己在说些什么。汉语和英语交杂着从他口中喷涌而出，前言不搭后语，不知所云。他不知道自己是在说还是在想。拉米，拉米，拉米，我的错，父亲，我的父亲——我的父亲，我的母亲，我已亲眼看着三个人死去，每一次都无能为力——

他隐约意识到斯特林怂恿他继续说下去，试图引导他如泉涌一般的胡言乱语。斯特林一直在说："赫耳墨斯社。和我说说赫耳墨斯社的事。"

"杀了我。"他大口喘息着说。他说的是真心话。他从来没有过比这更强烈的渴望。人的头脑注定无法承受这么多。只有死亡能让这场合唱噤声。"上帝啊，杀了我——"

"噢，不，罗宾·斯威夫特。你不能那么轻松解脱。我们不想让你死，那违背了我们的本意。"斯特林从口袋里掏出怀表仔细看了看，随后侧耳细听门外的动静，仿佛在等待什么。几秒钟后，罗宾听到了维克图瓦的尖叫。斯特林说："对她就不一定了。"

罗宾屈起双腿用力一蹬，向斯特林腰间撞去。斯特林闪到一旁。罗宾狠狠撞在地面上，脸颊在石头上擦得生疼。他的手腕在手铐里挣扎扭动，手臂再一次爆发出源源不断的疼痛，直到他蜷起身体大口喘息，集中全部精力保持静止。

"我们是这样安排的,"斯特林在罗宾眼前晃动着表链,"告诉我你知道的关于赫耳墨斯社的所有事情,一切痛苦都会停止。我会打开手铐,还你的朋友自由。一切都会好起来的。"

罗宾瞪着他,大口喘着粗气。

"告诉我,这就可以停止。"斯特林又说了一遍。

老图书馆毁了。拉米死了。安东尼、凯茜、维马尔和伊尔丝,他们应该全都死了。莱蒂说过,他们杀了其他人。还有什么可交代的呢?

还有格里芬,一个声音说道,还有信封里的那些人,还有数不清的你不知道的人。这就是关键所在:他不知道还有谁在外面,也不知道他们在做什么,他不能冒险透露任何可能让他们身陷险境的信息。这样的错误他已经犯过一次,他不能再一次辜负赫耳墨斯社。

"告诉我,否则我们就打死那个女孩。"斯特林在罗宾面前晃动他的怀表,"一分钟之后,到半点钟的时候,他们就会朝她的头颅开一枪。除非我让他们住手。"

"你在说谎。"罗宾气喘吁吁地说。

"我没有。五十秒。"

"你不会的。"

"我们只需要你们有一个人活着,而她比你难对付多了。"斯特林又看了一眼怀表,"四十秒。"

他在虚张声势。他一定是在虚张声势。他们不可能将时间把握得如此精准。而且他们肯定想要他们俩都活着,两个信息来源总比一个要好,不是吗?

"二十秒。"

他疯狂地思考,想编一个说得过去的谎言,或者任何能让倒计时停止的话。他吸了口气:"还有其他学校,其他学校里也有联络点,快停下——"

"啊,"斯特林收起怀表,"时间到。"

在过道尽头,维克图瓦尖叫起来。罗宾听见一声枪响。尖叫戛然而止。

"老天爷,"斯特林说,"叫得真惨啊。"

罗宾用身体撞向斯特林的双腿。这一次,斯特林措手不及,罗宾成功了。他们一起倒在地上,罗宾压在斯特林身上,戴手铐的双手悬在他头上。他的拳头落在斯特林的额头和肩膀上,落在所有他能够到的地方。

"Agony,"斯特林喘着粗气喊道,"Agōnia."

罗宾手腕上的剧痛变本加厉。他看不见东西,也无法呼吸。斯特林挣扎着从罗宾身下爬了出来。罗宾抽搐着滚到一旁,连连咳嗽,满脸都是泪水。斯特林喘着粗气,俯身看了他一会儿。接着,斯特林抬起一只穿靴子的脚,恶毒地踹在罗宾的胸骨上。

疼痛。白热的,让人视线模糊的疼痛。罗宾觉察不到其他任何东西。他没有尖叫的力气。他彻底失去了对身体的控制,失去了尊严。他目光涣散,口腔松弛,口水流淌在地板上。

"上帝啊,"斯特林直起身来,扶正他的领带,"理查德是对的。你们这些人就是动物。"

* * *

接着,罗宾又是独自一人了。斯特林没有说他何时回来,也没说罗宾接下来将面对什么。只有浩瀚无垠的时间,以及吞噬时间的黑色的悲痛。他流着眼泪,直到身体成为一具空壳。他大声嘶喊,直到连呼吸都让他疼痛。

有时,痛苦的浪潮略微平息,容他整理思绪、分析眼下的处境、考虑下一步行动。接下来怎么办?胜利是否还有可能?还是只剩下生存?

但拉米和维克图瓦的身影无处不在。每次瞥见一丝未来的微光,他都想起未来不会再有他们两人,泪水便再次奔涌而出,那只让人窒息的悲痛的靴子再次狠狠踩在他胸口。

他考虑过寻死。那应该不会太难。只需要使出足够的力气一头撞在石墙上,或者设法用手铐将自己勒死。他不害怕死前的疼痛。他的整个身体都已麻木。除了淹没一切的溺水感之外,他似乎不会再有任何感觉。他心想,或许死亡是冲出这水面的唯一出路。

也许他不需要自己动手。等自己的脑子被榨干,他们不也要送他去法庭受审、然后吊死他吗?有一回,年纪尚小的他曾在纽卡斯尔瞥见过绞刑的场面。在那座城市短途旅行时,他看到人群聚集在绞刑架周围,不明就里的他也跟随人流凑到跟前。高台上并排站着三个男人。他还记得活板门松开时的巨大声响,以及脖颈骤然断裂的场景。他还记得听到有人失望地嘟囔,抱怨受刑的人没有挣扎。

吊死或许很快,甚至可能很轻松,没有痛苦。他为考虑这一点而感到愧疚。拉米曾经说过,那样很自私,你不能这么轻松地脱身。

但是,他继续活下去究竟是为了什么呢?罗宾看不出他从今往后所做的任何一件事还能有什么意义。他彻底绝望了。他们输了,输得如此惨烈而彻底,没有留下任何余地。如果他在仅剩的几天或几周里继续苟且偷生,那完全是为了拉米,因为他不配轻而易举地得到解脱。

时间悄然流逝。罗宾在清醒与睡眠之间飘荡。疼痛和悲伤让他不可能真正得到休息。但他很累,实在太累。他纷乱的思绪变成了梦魇般生动的记忆。他又回到"希腊号"上,说着引发这一切的那对词语。他低头注视着他的父亲,看着鲜血从他残损的胸口汩汩流出。那真是一场完美的悲剧,不是吗?弑父,古已有之的故事。切斯特先生总爱说,古希腊人热爱弑父故事,因为弑父蕴含着无尽的叙事潜力,涉及遗产、骄傲、荣誉和统治地位等主题。古希腊人热爱它，因为它狡黠地颠覆了人类存在于世的最基本的信条，强烈地冲击着每一种可能的情感。一个生命创造了另一个生命，以自己的形象塑造它、影响它。儿子变成父亲，然后取而代之。克罗诺斯杀了乌拉诺斯，宙斯杀了克罗诺斯，最终也变成了父亲的样子。但是，罗宾从不嫉妒他的父亲，除了父亲的承认，罗宾也从不想从那里得到任何东西，而且，他痛恨在那张冰冷的、死去的脸上看到自己的倒影。不，洛弗尔教授没有死去，他还魂归来，阴魂不散。洛弗尔教授正注视着罗宾，在他身后，广州沿海的鸦片正在熊熊燃烧，散发出蒸腾的、甜美的热浪。

"起来，"洛弗尔教授说，"起来。"

罗宾惊醒过来。父亲的脸变成了他哥哥的脸。浑身黢黑的格里芬正俯身看着他。在他身后，牢门成了碎片。

罗宾目瞪口呆："你怎么——"

格里芬挥了挥手中的银条："老办法。**无形**。"

"我还以为你用不了它。"

"很有意思，不是吗？坐起来。"格里芬跪在他身后，开始研究罗宾的手铐，"在你第一次念出那对镌字之后，我终于掌握了诀窍。就好像我这一辈子都在等某个人念出它们。我的天，老弟，这是谁干的？"

"斯特林·琼斯。"

"当然是他。混蛋。"他摆弄着手铐上的锁。金属陷进罗宾的手腕里。罗宾抽搐着，尽全力不让自己动弹。

"啊，该死。"格里芬在他的包里翻来翻去，然后掏出一把大剪刀，"我要把它剪断，别动。"罗宾感到一阵让他痛不欲生的强烈压力，然后便什么都没有了。他的双手突然自由了，还戴着手铐，但不再拴在一起了。

疼痛消失了。他轻松得浑身一软说："我还以为你在格拉斯哥。"

"我走出五十英里就得到了消息。于是我跳下车等了一会儿，坐上

第二十四章　481

我能找到的第一班火车赶了回来。"

"得到消息？"

"我们自有办法。"这时罗宾才注意到，格里芬的右手上有发炎的红白斑痕，像是烧伤的伤痕，"安东尼没有细说，他只发了一个紧急信号，但我猜到情况很糟。后来巴别塔的传闻全都在说，你们被拖到这里来了。所以我没去老图书馆，不管怎么样，那里都太危险，于是我来了这里。我赌对了。安东尼呢？"

"他死了。"罗宾说。

"知道了。"格里芬脸上泛起一阵涟漪，但他眨了眨眼，随即恢复了平静，"那——其他人呢？"

"我想他们全都死了，"罗宾觉得很难受，他无法直视格里芬的眼睛，"凯茜，维马尔，伊尔丝，屋里所有的人。我没看见他们倒下，但我听到了枪声，然后再也没见到他们。"

"没有其他幸存者？"

"还有维克图瓦。我知道他们把维克图瓦抓来了，但是——"

"她在哪儿？"

"我不知道。"罗宾痛苦地说。她可能已经躺在牢房里死去了。她的尸体可能已经被拖出去，扔进草草挖出的浅坑里。他无法说出这些，那会让他崩溃的。

"那我们就去找。"格里芬抓住他的肩膀，用力摇了他一下，"你的腿没事，对吗？来，站起来。"

不可思议的是，过道里空无一人。罗宾向左右张望，心中十分困惑："看守都去哪儿了？"

"赶走了。"格里芬拍拍腰带上的另一根银条，"以英语单词 explode（爆炸）为基础的连锁配对。拉丁语 explōdere 是戏剧领域的术语，意思是用掌声将演员轰下台。这个词传承到古英语中，就成了'用巨大的声音表示抵制或将人赶走'的意思。直到现代英语中，explode才有'爆炸、爆破'的意思。"他看起来对自己很满意，"我的拉丁语比汉语好。"

"所以炸开门的不是它？"

"不是，它只能发出一种难听的声音，把听到的人都赶走。我把他们全都赶去了二楼，然后爬到这里，把身后的门都锁上。"

"那么，那个洞是怎么来的？"

"黑火药而已，"格里芬拉着罗宾向门口走去，"不能事事都依赖白银。你们学者总是忘记这一点。"

他们沿着过道搜索每一间牢房，寻找维克图瓦的身影。大多数牢房都是空的。随着他们走过一扇扇门，罗宾的恐惧也越来越沉重。他不想再看，不想看见血迹斑斑的地板或者更可怕的场面：软绵绵的身体一动不动地躺在地上，一颗子弹洞穿她的头颅。

"在这里。"格里芬在过道尽头喊道，他用力敲了敲门，"醒醒，亲爱的。"

"谁？"听到维克图瓦沉闷的回应，罗宾险些如释重负地瘫软在地。

"还能走吗？"格里芬问。

"可以。"这一次，维克图瓦的声音清晰了许多，她一定是来到了门边。

"你受伤了吗？"

"没有，我没事，"维克图瓦听上去很困惑，"罗宾，是你——？"

"我是格里芬。罗宾也在这里。别着急，我们这就救你出来。"格里芬把手伸进口袋，掏出一个看起来像是简易手榴弹的东西：一个四分之一板球大小的陶瓷小球，顶端伸出一根引线。

在罗宾看来，那东西相当小。"它能炸穿铁板吗？"

"不需要。牢门是木头做的。"格里芬抬高了声音，"维克图瓦，躲到最远的角落里去，用胳膊肘和膝盖护住头。准备好了吗？"

第二十四章

维克图瓦肯定地喊了一声。格里芬将手榴弹放在牢门一角，用火柴点燃引线，然后赶紧拉着罗宾在过道上后退了好几步。爆炸声在几秒钟后响起。

罗宾咳嗽着挥手驱散面前的烟雾。牢门没有被炸碎——那种规模的爆炸定然会让维克图瓦送命。但是底部被炸开了一个刚好能让儿童爬过的洞。格里芬踹开烧焦的木板中最大的几块问："维克图瓦，你能不能——"

她咳嗽着爬了出来。格里芬和罗宾各自抓住她的一只手臂，把她从门下拉出来。当她终于重获自由时，她撑着膝盖站起身来，一把搂住了罗宾说："我还以为——"

"我也是。"罗宾喃喃地说，紧紧拥抱住她。感谢老天，她没受什么伤。她的手腕上有一些擦伤，但身上没有血迹，也没有子弹撕开的伤口。斯特林的确是在虚张声势。

"他们说把你枪毙了，"她浑身发抖地靠在他胸口，"噢，罗宾，我听见枪声了——"

"你有没有——？"他的问题只问了一半，刚一开口就后悔了。他并不想知道。

"没有，"她小声说，"我很抱歉，我以为——反正我们都落到他们手里了，我以为……"她的声音哽咽了。她移开了目光。

罗宾知道她想说什么。她的选择是让他去死。这并没有他以为的那样让他伤心。相反，这倒让一些事情更加分明：他们要面对怎样的危险，以及与他们所选择的事业相比，自己的生命多么微不足道。罗宾看着维克图瓦先是道歉，发现说错话之后又赶紧住口。他心想，这样很好，维克图瓦没有任何需要抱歉的地方，因为在他们两人之中，只有一个拒绝屈服。

"出口在哪边？"维克图瓦问。

"往下四层楼，"格里芬说，"看守们都被困在楼梯间，不过他们很快就能冲出来。"

罗宾从过道尽头的窗户向外瞥了一眼,发现自己在很高的位置。他原本以为他们在格洛斯特绿地的城市监狱,但那座监狱只有两层楼。从他们所在的地方看去,地面距离很远。"我们在哪里?"

"牛津城堡北塔。"格里芬说着,从包里掏出一捆绳索。

"没有其他楼梯了吗?"

"没有,"格里芬朝窗户点了点头,"用胳膊肘打碎玻璃。我们爬下去。"

格里芬第一个下去,后面是维克图瓦,再后面是罗宾。向下爬比格里芬说的困难多了。到最后十英尺,罗宾的手臂没了力气,他向下滑得太快,绳索使他手掌疼得像火烧一般。在室外,格里芬制造的骚动显然不是简单的干扰。牛津城堡的整个北墙都燃起了大火,火光和烟雾正迅速向整座建筑扩散。

这些都是格里芬一个人的所作所为吗?罗宾侧目看了看他的哥哥,就好像看着一个陌生人。每一次见到格里芬,他留下的印象都焕然一新,而这一次的形象最令人畏惧:一个冷硬的、锋芒毕露的男人,开枪、杀人、放火都毫不退缩。这是他第一次将他哥哥对暴力的抽象信念与其造成的实际结果联系在一起。而这些结果相当可观。罗宾不知自己是该害怕还是该钦佩格里芬出色的能力。

格里芬从包里掏出两件朴素的黑色斗篷扔给他们。从远处看,它们和警察的斗篷颇有几分相似。接着,格里芬带领他们沿城堡一侧向主大街走去。他小声叮嘱道:"走快点,别回头看。他们都忙着呢。沉着一点,动作快点,我们就能顺利离开这里。"

有那么一瞬间,他们似乎真的可以那样轻易地逃走。整个城堡广场上都没有人影,岗哨上的人都忙着灭火,高耸石墙投下大片可以藏身的阴影。

只有一个身影挡在他们与大门之间。

"Explōdere。"斯特林·琼斯跛着脚向他们走来。他的头发烧焦了，贵族气质的脸上有伤痕和血迹，"很聪明。没想到你还有这拉丁语的能耐。"

格里芬伸出一只手拦在罗宾和维克图瓦身前，仿佛要替他们挡住一头狂奔的野兽。"你好，斯特林。"

"我发现你的破坏力达到了全新的高度。"斯特林朝城堡做了个含糊的手势，他浅色的头发染上了鲜血，外套上全是灰白的尘土，在昏暗的灯光里，他看起来十分癫狂，"杀了埃薇对你来说还不够吗？"

"埃薇的下场是她自己选的。"格里芬咆哮起来。

"杀人犯说这种话真是大胆。"

"我是杀人犯？在缅甸那件事之后？"

"她当时手无寸铁——"

"她知道自己都做了些什么。你也一样。"

他们之间有故事，罗宾看得出来。不仅仅是同班同学之间的故事。格里芬和斯特林说话的口气十分熟悉，像是深陷某种爱与恨的复杂纠葛之中的老朋友，那是罗宾无从知晓的纠葛，在多年岁月里持续发酵。罗宾不了解他们的故事，但是显而易见，格里芬和斯特林都对这场对峙期待已久。

斯特林举起枪说："现在我要你们举起手来。"

"三个目标，"格里芬说，"一把枪。你要瞄准谁呢，斯特林？"

斯特林这才意识到他在人数上处于劣势，但他看起来并不在乎。"噢，我想你知道的。"

罗宾还没反应过来发生了什么，一切就在电光石火中结束了。格里芬抽出他的左轮手枪。斯特林举枪对准格里芬的胸膛。他们一定是同时扣动了扳机，因为撕裂夜空的声音听起来只有一枪。他们两人同时倒下了。

维克图瓦尖叫起来。罗宾跪倒在地，他拉扯格里芬的外衣，在格里芬胸口疯狂地摸索，直到他在格里芬的左肩上找到蔓延的鲜血。肩膀上的伤不会致命，对吗？罗宾拼命回想他从探险故事中零星读到过的少得可怜的内容：中枪的人有可能流血致死，但如果及时得到帮助，如果有人替他止血，替他包扎或者缝合伤口，或者像医生那样为他处理穿过肩膀的子弹，他就不会死——

"口袋，"格里芬大口喘息着说，"前面的口袋——"

罗宾将手探进他胸前的口袋深处，掏出一根细细的银条。

"试试看——是我写的，不知道能不能——"

罗宾念出银条上的镌字，然后将它按在哥哥的肩头。"**修**。"他低声说，"Heal（治愈，痊愈）。"

修，修理。不仅仅是治愈，而是修复、让伤口恢复如初，用粗暴而机械的方式来处理伤口。这对镌字的语义扭曲十分微妙，但它确实有可能起作用。他感觉到手掌下发生了某些变化，感受到破损的血肉正在弥合、骨骼重新生长发出噼里啪啦的轻响。但血没有止住，鲜血漫过他的指缝，染红银条，染红镌字。有些地方不太对劲：血肉在移动，但是没有愈合；子弹深深地嵌在血肉里，他没法将子弹撬出来。"不，"罗宾哀求道，"不，拜托——"不要再来一次，不要再有第三次。还要有多少次，他注定要俯身在一具濒死的身躯旁，眼看生命流逝却束手无策？

格里芬在罗宾身旁痛苦地蠕动着身体，表情也因疼痛而扭曲。"停下，"他哀求道，"停下吧，就让它——"

"有人来了。"维克图瓦说。

罗宾觉得浑身麻痹。"格里芬——"

"走。"格里芬的脸变得像纸一样惨白，甚至有些发绿。罗宾糊里糊涂地想起一个古希腊语单词：χλωρός。这是他此时唯一能想到的一件事，他回忆起一场关于颜色翻译的激烈讨论。他不由自主、事无巨细地想起，克拉夫特教授曾向他们提问，为什么人们总是将 χλωρός 翻译

第二十四章　487

成"绿色",却无视荷马也用这个词来形容嫩枝、蜂蜜和被吓得发白的面孔。难道只是因为这位吟游诗人是盲人吗?不,克拉夫特教授指出,或许这个词形容的就是大自然中的新鲜事物和新生命的颜色。但是,这种看法肯定不对,因为格里芬身上病态的绿色只可能昭示着死亡。

"我尽量——"

"不,罗宾,听好。"格里芬在疼痛中抽搐起来。除了紧紧按住他,罗宾什么都做不了,"还有你没想到的事。赫耳墨斯社——安全屋,维克图瓦知道在哪,她知道该做什么——在我的包里,无形,还有——"

"他们来了,"维克图瓦催促道,"罗宾,警察来了,他们会看见我们的——"

格里芬推开了他说道:"走,快跑。"

"不。"罗宾将手臂伸到格里芬背后。但格里芬太沉重,罗宾的手臂又太无力。鲜血溅得他满手都是。血的气味很咸。他的视野模糊一片。他努力想把哥哥扶起来,却两人一起倒向一边。

"罗宾,"维克图瓦握住他的手臂,"求你了,我们得躲起来——"

罗宾将手伸进包里四处摸索,直到他触碰到冰冷而灼热的白银。**无形**,"他小声念道,"Invisible。"

罗宾和维克图瓦的身形闪烁几下便消失了,就在这时,三个警察从广场那边冲了过来。

"上帝啊,"其中一个说,"是斯特林·琼斯。"

"死了吗?"

"不动了。"

"这个还活着,"一个警察弯腰察看格里芬。一阵衣料的摩擦声。警察拔出了枪。一声刺耳而惊讶的大笑。一句漫不经心的话:"别——他是——"

扣动扳机的脆响。

不！罗宾险些喊出了声，但维克图瓦用一只手牢牢捂住他的嘴。

枪声听起来像炮响。格里芬剧烈抽搐了一下便不动了。罗宾蜷起身体尖叫起来，但他的心痛没有声响，他的痛苦没有形状。他没有实体，没有声音，他动弹不得，尽管他正承受着锥心之痛，那痛能将人撕碎，能逼得人尖叫，捶胸顿足，不得不撕裂世界（如果不撕裂世界，那就要撕裂他自己）。在广场上的人离开之前，他能做的只有等待，只能看着。

看守们终于走了，那时格里芬的尸体已经变成了骇人的白色。他睁着眼睛，眼珠好像玻璃。罗宾将手指按在他颈间，想寻找血管的跳动，但也知道什么都找不到。那一枪太直接，距离太近了。

维克图瓦站在他身边说："他——"

"是的。"

"那我们必须走了，"维克图瓦紧扣住他的手腕，"罗宾，我们不知道他们什么时候会回来。"

他站在那里。多么可怕的画面啊，他心想。格里芬和斯特林的尸体双双躺在地上，靠得很近，两人身下都是一片血泊，在雨中渐渐融为一体。这个广场见证了一场爱情故事的落幕，一场交织着欲望、不满、嫉妒和憎恨的残酷三角恋，埃薇的死是开场，格里芬的死是终章。罗宾永远无法全面了解其中晦暗不明的细节[1]，他唯一能确定的是，这不是格里

---

[1] 比如，罗宾永远都不会知道，格里芬、斯特林、安东尼和埃薇一度认为他们会是永远相辅相携的伙伴，就像罗宾他们四个一样。又比如，格里芬和斯特林曾经为开朗、明艳、聪颖而美丽的埃薇吵过一架。又比如，格里芬确实不是有意要杀死她。在讲述那一夜的经过时，格里芬将自己塑造成一个冷静而从容的凶手。但真相是：和罗宾一样，他动手前没有思考，他的行动是出于愤怒和恐惧，而不是蓄意行凶。他甚至不相信那根银条会起作用，因为它只有偶然几次奏了效。格里芬并不知道自己做了什么，直到埃薇躺在地板上血流如注。另外，罗宾永远都不会知道，与他不同的是，格里芬在做了这件事之后没有同伴可以依靠，没有人帮助他化解这次暴行带来的震惊。于是，他只能吞进肚里独自消化，将其化为自己的一部分。对于其他人而言，这或许是陷入疯狂的第一步，但格里芬·洛弗尔却将这种杀戮的能力转化成了锋利且必要的武器。——原注

芬和斯特林第一次试图杀死彼此,只是其中一人终于得逞。但是,所有的主角现在都已死去,兜兜转转的纠葛画上了句号。

"我们走吧,"维克图瓦再次催促道,"罗宾,没多少时间了。"

这样留下他们感觉很不对劲。罗宾希望他至少能将哥哥的尸体拖走,安放在某个宁静而无人打扰的地方,合上他的双眼,将他的双手交叠在胸前。但是此刻,他们只有逃跑的时间,只能将这场屠杀抛在身后。

第二十五章

所有生者之中唯余我孤身一人,
圈禁在这狭隘可怖的罪孽之中。

——托马斯·洛弗尔·贝多斯,《死亡趣谈》

罗宾不记得他们是如何不为人觉察地逃出牛津城堡的。他的思绪随着格里芬的死一起飞走了。他无法做任何决定,连自己身在何处也茫然不知。他顶多只能将一只脚迈到另一只脚前面,盲目地跟随维克图瓦,任由她带路。他们钻进森林,穿过灌木和荆棘丛,在河岸边的泥泞中蜷缩一团,等待野狗吠叫着从他们身边跑开,再沿蜿蜒的道路向市中心走去。当他们回到熟悉的环境里、几乎走进巴别塔和拉德克利夫图书馆的阴影中时,罗宾这才恢复冷静,开始判断他们要去往何处。

"这里是不是太近了?"他问,"我们是不是该试试运河……?"

"不能走运河,"维克图瓦低声说,"那会把我们直接送到警察局。"

"可我们为什么不直接去科茨沃尔德?"他不知道自己为什么会无端想起位于牛津西北的科茨沃尔德丘陵,那里随处都是地势起伏的原野和森林,看起来是得天独厚的逃亡地。也许他曾经在某个廉价刺激的地摊故事中读到过,从此便以为科茨沃尔德是逃亡者的好去处。看上去,那里比牛津市中心更安全。

"他们会在科茨沃尔德搜捕我们,"维克图瓦说,"他们一定预料到我们会逃跑,会让警犬细细搜查每一片树林。但市中心附近有一座安全屋——"

"不，我们不能——我把那个地方供出去了，洛弗尔知道那里，所以普莱费尔一定也——"

"还有另外一座。安东尼带我去过，就在拉德克利夫图书馆旁边，隧道入口在'穹顶与花园'咖啡馆后面。跟我走就行了。"

就在他们走近拉德克利夫图书馆的方庭时，罗宾听到远处传来犬吠声。警方一定在全城范围内展开了搜捕，每条街上一定都徘徊着抓捕他们的人和狗。然而荒谬的是，他突然没了逃跑的冲动。手里格里芬给的无形银条可以随时帮他们消失不见。

夜晚的牛津依然如此宁静，依然像是一个安全的、不可能被捕的地方。它看起来依然像是一座从昔日时光中雕刻出来的城市，处处是古老的尖塔、尖顶和角楼，柔和的月光洒落在老旧的砖石和磨损的鹅卵石路面上。这里的建筑依然厚重坚固得令人安心，古老且永恒。拱窗里透出的光线依然让人感到温暖，室内散发出旧书和热茶的气息。暖光依然让人想起田园牧歌般的学者生活，理念依然只是抽象的消遣，四处散播也不会产生任何后果。

但那个梦破碎了。那个梦始终建立在谎言之上。他们谁也不曾拥有过真正融入这里的机会，因为牛津大学只想要一种学者：生来为牛津效力的学者，他们接受教育就是为了今后在牛津所创造的权力岗位上奔走。除此之外的所有人都被牛津吃干抹净，然后抛弃。这些高耸的建筑是用出卖奴隶所得的钱币建成的，维持其运转的白银来自波托西染血的银矿。白银由薪水微薄的本地劳工在不透气的熔炉中冶炼而成，随后乘船渡过大西洋，由被迫离开祖国、被拐到这片遥远土地、永远不许归乡的翻译者打造成魔法银条。

罗宾曾觉得自己可以在这里安身立命，真是太愚蠢了。现在他明白了，他不可能横跨界线两侧，不可能在两个世界之间来回游走，不可能明明看见了却视而不见，不可能像嬉戏的孩子一样用手遮住一只眼睛。

你要么是这个机构的一部分，是支撑它屹立的砖瓦，要么就不是。

维克图瓦的手指和他的交握在一起。

"没有挽回的余地了，对吗？"他问。

维克图瓦用力捏了捏他的手说："对。"

犯的错误太明显了。他们以为牛津或许不会背弃他们。他们对巴别塔的依赖根深蒂固，连自己都浑然不觉。在某种程度上，他们依然相信这所大学以及他们就读于此的学生身份或许能保护他们。尽管一切迹象都指向相反的方向，但他们还是觉得，那些从帝国的持续扩张中获利最多的人或许会良心发现，去做正确的事。

宣传册。他们以为能靠宣传册赢得这场战争。

何等荒谬，他险些哑然失笑。权力不在笔尖上。权力不会和自身的利益作对，只会向它无法忽略的反抗之举低头，向不屈不挠的粗暴蛮力低头，向暴力低头。

"我认为格里芬是对的，"罗宾喃喃地说，"必须解决的一直都是巴别塔。我们必须占领巴别塔。"

"嗯哼，"维克图瓦噘起嘴唇，手指握紧罗宾的手，"你想怎么做？"

"他说那一定很简单，他们是学者，不是士兵。他说只需要一把枪，或许一把刀就行。"

她苦涩地笑出了声："我信。"

这只是一个想法，或者不如说只是一个愿望，但它也是一个开始。这个想法在他们心中生根发芽，逐渐枝繁叶茂，直到它不再是滑稽可笑的幻想，而是需要规划方法与时机的组织问题。

在城市另一头，学生们还在熟睡。在他们身边，一册册柏拉图、洛克和孟德斯鸠的著作正等着被人阅读、探讨、手舞足蹈地议论；那些已经享有自由的人将对自由等理论层面的权利高谈阔论，而熟读这些陈旧概念的人们将在毕业典礼后迅速将其忘在脑后。现在，那种生活及其所关注的一切在罗宾看来都是疯狂而愚蠢的。他不敢相信，曾经他最关心的事竟然是该从兰德尔商店订购哪种颜色的领带，或者在划船时如何痛骂堵住河道的游艇。这些全都是毫无意义的鸡毛蒜皮、琐碎的消遣，它们都建立在持续不断的、难以想象的残酷基础上。

罗宾凝望着月光映衬下巴别塔的曲线，凝望着周围增援的警力散发出的微弱银光。突然，他清清楚楚地看到了这座高塔成为废墟的景象。他想要巴别塔化为齑粉。它的卓尔不群建立在痛苦之上，罗宾想要它也感受一回这种痛苦。"我想让它土崩瓦解。"

维克图瓦的喉头紧了一下。罗宾知道她在想安东尼，想着那阵阵枪声，想着老图书馆的断壁残垣。"我想让它在火中燃烧。"

第五卷

插 曲

莱蒂

利蒂希娅·普赖斯不是个恶毒的人。

或许可以说她苛刻。冷淡，直率，严厉——对于一个要求在世界上得到和男人一样多的东西的女孩，这些都是可能用在她身上的形容词。但原因在于，只有为人严肃才能让别人认真对待她；她宁愿别人害怕她、讨厌她，也不愿被视为一只甜美、可爱而愚蠢的宠物；再说，学术界尊重刚硬的人，也能容忍残酷的人，却绝对不会接受软弱的人。

莱蒂所拥有的一切都是她拼尽全力争取来的。啊，只看她的外表绝对想不到这一点。她是美丽的英伦玫瑰，是海军上将的女儿。她在布赖顿的庄园里长大，身边有五六位仆人伺候，今后不管谁娶了她都将得到两百英镑的年金。利蒂希娅·普赖斯什么都有，伦敦舞会上那些嫉妒她的丑姑娘这样说。但是，莱蒂是家中的次女，她哥哥林肯才是父亲的掌上明珠。她的父亲海军上将大人连看都不想多看她一眼，因为在莱蒂身上他只能看到已故的阿梅莉亚·普赖斯夫人虚弱的身影，后者因分娩而死，死时屋里潮湿的血腥气好像一片海洋。

"我当然不怪你，"一天夜里，他在醉酒之后对莱蒂说，"但是利蒂希娅，请你理解，我宁愿你不要出现在我的视线里。"

林肯注定要去牛津大学学习，而莱蒂注定要早早嫁人。林肯的家庭教师换了一轮又一轮，全都是最近刚毕业、尚未找到正式工作的牛津大学的学生。每到生日和圣诞节，他都会收到精致的钢笔、奶油色的信纸和光鲜亮丽的厚书。至于莱蒂,好吧,她父亲对女性识字的看法是,只要能在结婚证书上签名就足够了。

但在兄妹俩中,莱蒂才是具备语言天赋的那一个,她像掌握英语一样轻松地掌握了古希腊语和拉丁语。她自己读书学习,也在林肯的家庭教师上课时坐在房间外面,将耳朵贴在门上听课。她那惊人的头脑能像捕兽夹一样将知识牢牢抓住。她像其他女人记仇一样将语法规则牢记在心。她用坚定的、数学一般的精准研习语言,用纯粹的意志力将最棘手的拉丁语语法结构一一拆解。当哥哥背不熟单词表时,是莱蒂陪他复习到深夜;当他学得无聊,出去骑马、打猎或者参加男孩们的其他室外活动时,是莱蒂替他做完翻译作业、修改他的作文。

假如他们互换性别,她将被誉为天才。她将成为下一个威廉·琼斯爵士。

但这不是她的人生轨迹。她试着为林肯高兴,试着同那个时代的无数女性一样将她的希望和梦想寄托在哥哥身上。如果林肯有朝一日成为牛津大学的教师,那她或许可以做他的秘书。但是他的头脑就像一堵砖墙。他痛恨上课,瞧不起他的家庭教师。他觉得阅读材料非常无趣,满脑子只想着出门消遣。打开书本静坐一分钟,他就开始烦躁不安。而莱蒂完全不理解,她不理解一个坐拥机遇的人为什么拒绝把握机遇。

"假如去牛津大学的是我,我会读书读到眼睛流血。"莱蒂对他说。

"假如去牛津大学的是你,世界就该翻天了。"林肯说。

她爱她哥哥,真的很爱。但她无法容忍对方如此忘恩负义,对世界赠予他的礼物不屑一顾。结果,基本不出乎意料,林肯无法适应牛津。贝利奥尔学院的老师们给普赖斯上将写信,抱怨林肯酗酒、赌博、在宵禁之后夜不归宿。林肯则写信回家要钱。他给莱蒂的信简短却引她遐想,让她得以一窥那个林肯显然没有好感的世界:上课犯困,没必要来,赛艇季还行,不管怎么说,明年春天你得来看我们的赛艇对抗赛。

起初，普赖斯上将满不在乎地认为，这些都是自然而然的成长之痛。第一次离家生活的年轻男子总要有一段适应的时间，为什么不让他们纵情狂欢呢？林肯迟早会拿起书本的。

但事情越来越糟。林肯的成绩始终没有提高。老师们的来信也越来越缺乏耐心，越来越有威胁意味。当林肯在三年级回家度假时，事态起了变化。莱蒂看得出来，某种质变出现了。某种永久的、阴暗的质变。哥哥的脸变得浮肿，说起话来缓慢辛辣、充满怨恨。在整个假期里，他几乎没对家人说一个字。每天下午，他总是独自待在房间里，不紧不慢地喝光一整瓶苏格兰威士忌。夜里，他要么出门玩到凌晨才回来，要么就和父亲吵架。虽然他们会锁上书房的门，但愤怒的争吵声传遍了宅子里的每一个房间。你真丢我的脸，普赖斯上将说。我恨那地方，林肯说，我不快乐，再说那是你的梦想，不是我的。

终于，莱蒂决定和他正面对峙。那天夜里，当林肯走出书房时，莱蒂就等在走廊里。

"看什么看？"他没好气地瞅了一眼，"来看笑话吗？"

"你让他伤透了心。"她说。

"你才不在乎他的心。你就是嫉妒。"

"我当然嫉妒。你拥有一切。一切啊，林肯。我不理解是什么让你这样挥霍。如果你的朋友们拖你的后腿，那就和他们断绝关系啊。如果课程太难，我可以帮你，我可以和你一起去，检查你的每一份作业——"

但他摇摇晃晃，眼神涣散，几乎没听见莱蒂在说什么。"去给我拿瓶白兰地。"

"林肯，你到底有什么毛病？"

"啊，你可别来评判我。"他噘起嘴，"无可指摘的莱蒂，才华横溢的莱蒂，要不是两腿中间有条缝，她本来该去牛津大学读书的——"

"你让我恶心。"

林肯只是哈哈大笑着转过身去。

"你别回家了，"莱蒂在他身后喊道，"你最好滚出去，最好死了拉倒。"

第二天一早，警察敲响他们家的门，询问这里是不是普赖斯上将的宅邸，以及能否劳驾上将跟随他们去辨认一具尸体。警察说，马车夫根本没看见他，甚至不知道他卡在马车下面，直到今天早晨马匹受了惊吓。当时天色很暗，还在下雨，林肯一定是在喝醉之后横穿马路。警察还说，上将可以起诉，这是他的权利，但他们怀疑法庭不会站在他这一边。这是一场意外。

在这件事之后，莱蒂始终对区区一个词的力量感到恐惧和惊奇。她不需要银条就知道，说出一件事就足以让它成真。

在她父亲筹备葬礼期间，莱蒂给林肯的老师们写了信，信中附上了她自己的几篇作文。

被录取后，她在牛津大学依然要承受上千种羞辱。教授们对她说话的态度居高临下，仿佛她是白痴。职员们总想用目光穿透她的衬衫。她去上每一堂课都要走一段长得让人生气的路，因为学院强迫女生住在学校以北近两英里的一栋楼里，那里的女房东好像分不清租客和女佣的区别，总在她们拒绝打扫卫生时冲她们大吼大叫。在学院派对上，学者们总是直接越过她去同罗宾或拉米握手，如果她开口说话，他们就假装她并不存在。如果拉米纠正某位教授的观点，那他就是勇敢而聪慧的；如果莱蒂这么做，那她就是故意惹事。她如果想在夜里放心地独自出行，那就不得不穿上男装，像男人一样走路。

这一切全都不意外。毕竟，在这个国家，表示"疯狂"的词语与表示"子宫"的词语同源，而她就是这个国家的一位女性学者。这很让人气愤。她的朋友们总是提起他们身为外国人所遭受的歧视，但是牛津大学对女人同样残忍，为什么没有一个人在意？

话虽如此，但是看看他们。他们排除万难来到这里，过得蒸蒸日上。他们走进了童话中的城堡，在这里拥有一席之地，可以超越自己的出身。他们有机会成为饱受赞美的例外，只要抓住机遇。除了感恩戴德、感激不尽，为什么还会有其他想法？

但是去了广州之后，他们突然开始说一种她无法理解的语言。突然之间，莱蒂被排除在外。她无法忍受这一点，无论她多么努力，都无法破解其中的密码。她每一次开口问，回答永远是，难道这还不明显吗，莱蒂？难道你看不出来吗？不，她看不出来。她觉得他们的原则十分荒唐，简直愚蠢至极。她认为帝国势不可挡，未来不可撼动，抵抗全无意义。

他们的信念让她困惑。她想不通，人为什么要用身体撞击一堵砖墙？

尽管如此，她还是帮助他们，保护他们，替他们保守秘密。她爱他们，愿意为了他们去杀人。她尽量不相信那些关于他们的最恶劣的说法，以及她的成长环境向她灌输的那些说法。他们不是野蛮人，他们并不低人一等，不懦弱，也不忘恩负义。他们只是——很不幸，很糟糕——被误导了。

啊，但是莱蒂绝对不愿看他们重蹈林肯的覆辙。

他们为什么意识不到自己有多幸运？获准进入空旷的大厅，从他们出生的肮脏环境来到皇家翻译学院耀眼的殿堂！为了在牛津大学的教室里争得一席之地，他们所有人都拼尽了全力。每一天，当坐在博德利图书馆中、手指摩挲着书本时，她都为自己的幸运而心潮澎湃。如果没有身为翻译者的特权，她绝不可能将书本从书架上取出来。莱蒂与命运抗争之后才来到这里。他们全部都是。

所以，难道这还不够吗？他们已经钻了系统的空子。看在上帝的分上，他们为什么一心想击垮这个系统？为什么要咬那只给你食物的手？为什么抛弃这一切？

他们告诉她（居高临下、颐指气使的口气，仿佛她是年幼的孩童，仿佛她什么都不懂）：但是还有更紧要的事。这是全球范围内的不公正，莱蒂。这是对整个世界的掠夺。

她再次努力摒弃偏见，保持开放的心态，去了解究竟是什么让他们如此烦恼。她一次又一次地发现自己的道德观受到质疑，而她不断重申自己的立场，似乎想证明自己其实并不是一个坏人。她当然不支持这场战争，当然反对所有形式的偏见和剥削，当然站在废奴主义者这一边。

她当然可以支持力主改变的游说活动，只要那是和平的、值得尊重的、文明的。

但是当时他们讨论的是敲诈勒索，是绑架，是暴动，是炸毁一座造船厂。这是报复性的，暴力的，令人厌恶的。她无法忍受。看着那个可怕的格里芬·洛弗尔侃侃而谈，眼中闪耀着狂喜的光芒；看着拉米，她的拉米连连点头称是。她无法相信对方会变成这样。他们都变成了这样。

他们掩盖了一场谋杀，难道这还不够恶劣吗？难道她不得不再合谋参与更多的谋杀吗？

那就像是大梦初醒，就像被劈头盖脸浇了一盆冷水。她在这里做什么？她在玩什么游戏？这不是高尚的斗争，只是共同的幻想。

这条路没有未来。现在她意识到了这一点。她受到了愚弄，在这场病态的、装模作样的游戏中被人牵着鼻子走。但是这场游戏只有两种结局：监狱或绞刑。她是现场唯一一个没有疯狂到看不清这一点的人。尽管这让她痛彻心扉，但她必须坚决采取行动。因为，如果她不能拯救她的朋友们，她至少要拯救自己。

第二十六章

> 殖民主义不是一台思想机器,不是一个具有理智的物体。它是自然状态下的暴力,它只有在一个更加强大的暴力面前才可能屈服。
>
> ——弗朗兹·法农,《全世界受苦的人》[1]

"穹顶与花园"咖啡馆储备食物的地窖旁有一扇暗门,门后是一条狭窄的土隧道,勉强够他们手脚并用向前挪动。隧道仿佛没有尽头。他们盲目地摸索着,一英寸一英寸地往前爬。罗宾真希望能有一点光亮,但他们没有蜡烛、火柴或打火石。他们只能信赖安东尼的话,一直向前爬行。短促的呼吸声在他们身边回响。终于,隧道顶部向上倾斜,一缕冷气拂在他们冰冷湿滑的皮肤上。他们张开手掌在土壁上四处搜寻,总算摸到一扇有把手的门。推开门,他们发现眼前是一个低矮的小房间,月光从天花板的小格栅中流泻而下,将房间照亮。

他们走进屋里,眨着眼睛四下打量。

最近有人来过这里。桌上放着一大块还很新鲜的面包,摸起来还是软的,旁边立着一根点了一半的蜡烛。维克图瓦翻遍抽屉,总算找到一盒火柴。她点起蜡烛照亮了房间。"原来这就是格里芬藏身的地方。"

这座安全屋让罗宾感到难以言说的熟悉,片刻之后他才意识到原因所在。房间的布局与喜鹊巷的宿舍完全一致:桌子摆在格栅窗下,墙角

---

[1] 引自《全世界受苦的人》,[法]弗朗兹·法农著,万冰译,译林出版社,2005年。——译注

的简易小床收拾得整整齐齐，对面靠墙摆着两个书架。在这里，在牛津的地下，不管有意还是无意，格里芬都在试图重现他的大学岁月。

"你觉得我们在这里过夜安全吗？"罗宾问，"我是说——你觉得会不会——"

"这里看起来还没被发现，"维克图瓦小心翼翼地在小床边坐下来，"我想，假如他们知道，肯定早就把这里毁了。"

"你说得对。"罗宾在她身边坐下。直到此刻，他才感觉到极度的疲惫从双腿慢慢涌上胸口。既然现在他们安全地藏身在大地腹中，逃亡时的肾上腺素便全部退去。他想蜷成一团睡去，永不再苏醒。

维克图瓦探身到小床边，那里有一个木桶，桶里似乎是清水。她将一件衬衫拧成团，往上面浇了些清水，然后递给罗宾："擦擦吧。"

"什么？"

"血，"她轻声说，"你身上全是血。"

他抬眼看着维克图瓦，在他们逃跑以来第一次认真看着她。"你身上也全是血。"

他们并排坐着，在沉默中将自己擦拭干净。他们浑身上下的污垢多得惊人。两人各自用完一件衬衫，接着又用了一件。不知为什么，格里芬的血不仅染红了罗宾的手和手臂，就连他脸上、耳后、脖颈和耳朵之间的凹陷处都覆盖着一层层混杂着尘土的血污。

他们轮流擦干净彼此的脸。这种简单的身体接触让他们感到舒适，让他们的注意力集中在具体的事情上，暂时不去想所有那些没有说出口的沉重话语。不提这些话也让他们感到舒适。此刻他们无论如何都无法说清楚这些话，它们不是散漫的想法，而是令人窒息的黑云。他们都在想拉米、格里芬和安东尼，还有每一个在残暴手段下骤然离世的人。但他们无法触碰那悲伤的深渊。现在倾诉这份悲伤、用语言平复悲伤为时尚早，这方面的任何尝试都会将他们击垮。他们只能擦去彼此身上的血迹，努力保持呼吸。

终于，他们将脏衣服扔到地板上，向后靠在墙上，依偎着彼此。潮湿的空气很冷，房里也没有壁炉。他们紧靠在一起，用薄毯紧紧裹住肩膀。过了很久，两人之中才有人开口。

"你说我们现在该做什么？"维克图瓦问。

如此沉重的问题，却问得如此轻声细语。他们现在能做什么？他们说过要让巴别塔在火中燃烧，但凭他们的力量怎么能做到这件事？老图书馆被摧毁了。他们的朋友死了。每一个比他们更勇敢、更优秀的人都死了。但他们两人还在这里，他们有责任不让朋友们白白死去。

"格里芬说你知道该做什么，"罗宾说，"他是什么意思？"

"意思是我们能找到盟友，"维克图瓦低声说，"还有我们不知道的朋友，只要我们能来到这座安全屋。"

"我们来了。"罗宾做了个毫无意义的手势，"这里是空的。"

维克图瓦站起身来。"噢，别这样。"

他们开始在房间里搜寻线索。维克图瓦负责橱柜，罗宾负责桌子。桌子的抽屉里放着一沓又一沓格里芬的笔记和书信。他将这些拿到闪动的烛光下细看。格里芬的英语字迹看得他心口疼，那弯弯曲曲、挤在一起的字体和罗宾的字，和他们父亲的字太相像了。这些书信、这一行行密密麻麻的粗体字勾勒出一位狂热但一丝不苟的作者形象，让罗宾窥见了他从不了解的格里芬的另一面。

格里芬的关系网比他之前疑心的还要广泛得多。他看到了寄往波士顿、纽约、开罗和新加坡的信件。但收信人的名字都是代号，有些明显是文学典故，比如"匹克威克先生"和"亚哈王"，有些则是过于常见、所以不太可能是真名的英语词，比如"棕先生"和"粉先生"。

"嗯。"维克图瓦皱着眉头，将一张方形小纸片举到眼前。

"那是什么？"

"一封信。给你的。"

"我能看看吗?"

她犹豫片刻才把信递给他。信封很薄,而且封了口。背面写着他的名字:罗宾·斯威夫特。是格里芬有力的笔痕。但是,他是什么时候抽空写下这封信的呢?不可能是在安东尼带他们来到赫耳墨斯社之后,格里芬不知道他们会在那个时候回来。这封信只可能写在罗宾与赫耳墨斯社断绝联系之后,在罗宾声称不想再和格里芬有任何牵连之后。

"你打算读吗?"维克图瓦问。

"我——我想我做不到。"他将信封递还给她。信中的内容令他恐惧,令他呼吸急促到无法握住信封。他无法面对哥哥的审判。现在不行。"你能替我保管吗?"

"万一里面是有用的信息呢?"

"我觉得应该不是,"罗宾说,"我觉得……一定是其他内容。拜托了,维克图瓦,你之后可以读一读,如果你想读的话。但我现在不想看见它。"

她犹豫了一下,然后将信放进内侧口袋说:"当然。"

他们继续翻找格里芬留下的物品。除了书信,格里芬的武器储备数量也很惊人:刀,绞索,一堆银条,至少三把手枪。罗宾不愿碰那些枪;维克图瓦仔细检查它们,用手指轻抚枪管,最后挑出一把别进腰里。

"你知道怎么用那东西吗?"他问。

"知道,"她说,"安东尼教过我。"

"你真是个了不起的女孩,充满了惊喜。"

她哼了一声:"啊,你只是没有注意过。"

但是这里没有联系人名单,也没有关于其他安全屋或潜在盟友的线索。格里芬用密码掩盖一切,打造出一张在他死后便再也无法还原的、隐蔽的关系网。

"那是什么?"维克图瓦指着高处问。

在书架顶部几乎看不见的深处，放着一盏灯。

罗宾伸长手臂去够那盏灯，怀着几近失控的希望。是的，就在那里，底部镶嵌的白银散发着令人熟悉的光泽。Beacon（烽火），安东尼曾经喊道。他想起格里芬手上的烧伤，想起格里芬即使在几英里外也能知道这里发生了可怕的事。

他将灯翻过来仔细查看。银条上刻着汉字：燎。

这是格里芬的设计。在汉语中，"燎"既可以表示"火烧"，也可以表示"照明"，还可以形容传递信号的灯火。在这根银条上方还有一根更小的银条，上面刻着：Bēacen。这个词看起来像是拉丁语，但罗宾在记忆中搜索一番，却没想起它的具体词义和词源。又或许这是德语？[1]

不过，他隐约猜到了这盏灯的功能。这就是赫耳墨斯社沟通的手段。他们利用火焰传递信号。

"你觉得它的原理是什么？"维克图瓦问。

"也许他们全都通过某种方式联系在一起，"罗宾将灯递给她，"所以格里芬知道我们遇到了麻烦，他身上一定也带着一个。"

"可是还有谁有这个呢？"她翻来覆去地观察那盏灯，用手指抚摸干枯的灯芯，"你觉得另一头会是什么人？"

"朋友，但愿吧。你觉得我们该告诉他们什么？"

她思考片刻说："召唤他们来战斗。"

他看了她一眼问道："我们真的要这么做吗？"

"我看不出还有什么其他选择。"

---

[1] 这第二根银条是极其稀少的古英语 - 英语配对镌字之一，其设计者是赫耳墨斯社的成员约翰·菲格斯。此人在 18 世纪 80 年代参与了一个项目：学者们将自己锁在一座城堡内，在整整三个月间只用古英语相互交流。（后来再也没有开展过这类试验，不是因为缺乏资金，而是因为这类试验要承受极端的与世隔绝，加之无法充分而准确地表达自己的想法，巴别塔找不到参与试验的志愿者。）古英语单词 bēacen 是指各种能听见的信号、预兆和迹象，而现代英语中的 beacon 含义则平淡得多，仅仅是指用来传递信号的大型烽火。——原注

"你知道，汉语里有句俗话叫'死猪不怕开水烫'。"

她无力地对他笑了笑："一不做二不休嘛。"

"我们已经是活着的死人了。"

"但正是这样，我们才让人畏惧。"她将那盏灯放在两人中间，"我们再没有什么可以失去的了。"

他们从桌子里翻出笔和纸，开始构思讯息。灯油所剩不多，令人有些忐忑，灯芯也快要烧到底了。他们的讯息必须尽可能简明无误，所表达的意思不能有任何含糊之处。等商定要写什么之后，维克图瓦用蜡烛点燃了灯芯。微弱的火花隐约一闪，紧接着，火苗嗖的一声蹿到一尺多高，在他们眼前摇曳起舞。

他们不清楚烽火运作的机制。罗宾大声念出汉语配对镌字，但是对于另一对神秘的配对镌字，他们只能期望它的效果是长期持续的。他们穷尽了每一种能够想到的传递讯息的方法。他们对着灯火朗诵讯息，将讯息译成莫尔斯电码，还对着灯火拍手。他们在火苗上挥舞金属棒，然后再次重复密码，让火苗伴随每一个点和短横线的节奏闪动。最后，在灯油爆出噼啪声响时，他们将纸条扔进了灯火中。

效果立竿见影。火苗变成原来的三倍大小，长长的火舌围着纸条跃动，像某种恶魔般的生物一样吞噬着纸上的文字。纸条没有被烧毁，也没有皱缩，它直接消失不见了。片刻之后，灯油燃尽，火苗短暂急促地跳了几下之后便熄灭了。房间里又变得昏暗。

"你觉得我们成功了吗？"维克图瓦问。

"我不知道。我都不知道有没有人能听见。"罗宾放下灯盏，他感到无法承受的疲惫，四肢像铅一样沉重。他不知道引发了什么后果。他的某一部分永远不想知道答案，只想蜷缩在这凉爽黑暗的空间里，从世界上消失。他知道，他有责任完成这项工作，等到明天，他将振作起仅剩的全部力量去面对一切。但是此刻，他只想像逝者一样沉睡。"我想我们会知道的。"

破晓时，他们悄悄穿过城市，前往老图书馆。那座建筑周围镇守着几十名警察，或许他们是在守株待兔，看看有没有还敢回来的蠢货。罗宾和维克图瓦从院子后面的树林里小心翼翼地爬上后墙。这很愚蠢，是的，但他们无法抗拒统计损失的冲动。他们原本希望能找机会溜进去拿一些补给，但现场的警察太多，他们根本做不到。

于是，他们只能前来做一个见证。尽管风险很高，但终究必须有人记住这背叛的场面，必须有人记录这场损失。

老图书馆已被彻底摧毁。整个后半部分都被炸开，破开的豁口将图书馆内部赤裸裸地暴露在外，那场面显得十分残忍，令人感到耻辱。书架有一半都空了。在爆炸中未被烧毁的书本都堆放在建筑周围的手推车上，罗宾猜测它们将被运走，供巴别塔内部的学者们研究。他怀疑这些成果中的绝大部分将永远不见天日。

所有那些杰出的、独创的研究成果都将被封存在帝国的档案馆中，唯恐它们为更多人提供启迪。

罗宾爬得更近了一些。这时他才发现，尸体依然躺在碎石堆里。他看见倾倒的砖石中半掩着一只惨白的手臂。他看见一只鞋还挂在烧焦的小腿上。在更靠近老图书馆的那一边，他看见一团满是尘土的黑发。在看清黑发下的那张脸之前，他赶紧转过身去。

"他们没有清理尸体。"他感到天旋地转。

维克图瓦捂住了嘴："啊，上帝啊。"

"他们没有清理尸体——"

他站起身。他不知道自己打算做些什么。将尸体一个个拖进树林里？在图书馆旁边为他们挖掘墓穴？或者至少在他们死不瞑目的眼睛上蒙一块布？他不知道，他只觉得，不该让他们毫无遮拦、无助地躺

第二十六章

在那里。

但是维克图瓦拉着他向树林间退去:"我们不能,你知道的,我们不能——"

"他们就那么躺在那里,安东尼、维马尔、拉米——"

警察没有把尸体运到停尸房去,甚至没有给他们盖上白布,就那样将他们留在倒下的地方,任由鲜血流过瓦砾和书页。就那样在他们周围走来走去,搜查整座图书馆。这就是警察狭隘的报复、对他们一生不屈的惩罚吗?还是说,警察根本就不在意?

这个世界必须崩溃,他心想。必须有人为此付出代价,必须有人血债血偿。但是,维克图瓦已将他拖回到来路上,她紧紧拉住罗宾,这是唯一阻止他冲向废墟的力量。

"这里什么都没了,"她压低声音说,"时间到了,罗宾。我们该走了。"

他们为革命选了个好日子。

那是新学期的第一天,也是牛津难得的天气好得不像话的日子。天气和暖,阳光明媚,一改往年希拉里学期不可避免的凄风冷雨。天空湛蓝,宜人的微风隐隐透出春意。今天,所有人都会待在室内,无论是教员、研究员还是学生。塔楼的会客大厅里也不会有客户,因为今年巴别塔在新学期的第一周将为整理修缮而闭门歇业。没有平民会被卷入交火。

因此,问题就在于如何进入塔楼。

他们不可能大摇大摆地从正门进去。全伦敦的报纸上都张贴着他们的画像,就算牛津没有声张,肯定也有一些学者有所耳闻。正门外有五六名警察。另外,此时普莱费尔教授肯定已经销毁了装着他们的血样,那些表明他们属于塔楼的玻璃瓶。

尽管如此,他们仍然具备三大优势:格里芬用来驱散人群的

explōdere 银条，用来隐身的银条，以及正门结界只拦截物品，却不阻拦人进入的事实。最后这一点只是理论，却大有用处。根据了解，结界只会在人离开时启动，而不会在进入时启动。只要有人开门，窃贼们总能顺利潜入塔楼。离开才是棘手的问题。[1]

不过，他们如果今天能够完成预定的计划，那在相当长的一段时间里都不会走出塔楼了。

维克图瓦深吸了一口气："准备好了吗？"

没有别的路可走了。他们绞尽脑汁想了一整夜，都没有想出别的办法。现在除了行动，他们别无选择。

罗宾点了点头。

"Explōdere。"他小声念道，然后将格里芬的银条扔到草坪上。

声波震碎了空气。罗宾知道在理论上这根银条不会造成伤害，但它发出的噪声实在是太骇人了。那是整座城市崩塌、金字塔轰然倾覆才会发出的声音。他本能地想要逃往安全的地方，尽管他知道那只是银条在他脑中制造的效果。他不得不拼命克制自己，才不至于转身落荒而逃。

"我们走吧。"维克图瓦扯了扯他的手臂，坚定地说。

和他们预料的一样，警察从草坪上跑远，一群学者跑进塔楼，大门眼看就要关上了。罗宾和维克图瓦冲上前去，绕过封条，跟在他们后面挤了进去。跨过门槛时，罗宾屏住了呼吸。但是警报声没有响起，也没有突然弹出的机关。他们进来了。他们安全了。

会客大厅里显得比平时更加拥挤。是因为有人收到了他们的讯息吗？这些人中有来响应号召的吗？他完全无法判断谁是赫耳墨斯社的

---

[1] 事实上，这个漏洞是故意为之。在早年间，巴别塔对进入和离开塔楼者的袭击同样不留情面，但是结界的判断并不精准，误伤事件不断升级，直到市政府坚持要求巴别塔方面予以改进。对此，普莱费尔教授的回应是在窃贼离开时再将其抓获，这样一来便可人赃并获。——原注

第二十六章　511

成员，谁又不是。所有和他对视的人都只是对他淡漠而客气地点点头，随后便继续忙着自己手头的事。一切都寻常得有些荒诞。这里没人知道世界已经崩溃了吗？

在圆形大厅的另一头，普莱费尔教授正倚在二楼的楼厅边上同查克拉瓦蒂教授闲聊。查克拉瓦蒂教授大概说了个笑话，因为普莱费尔教授正在哈哈大笑，他摇了摇头，顺便向会客大厅扫了一眼。他撞上了罗宾的目光，然后眼球突了出来。

就在普莱费尔教授冲下楼梯时，罗宾跳到位于会客大厅中央的一张桌子上。

"听我说！"他大喊道。

塔楼里忙乱的人群对他置若罔闻。维克图瓦爬上桌站在他身旁，手里拿着普莱费尔教授宣布考试成绩时的礼仪钟。她将钟高举过头顶，狠狠摇了三下。整座塔楼都安静下来。

"谢谢。"罗宾说，"啊，是这样。我有话要说。"面对这么多紧盯着他的面孔，他的头脑忽然一片空白。他惊诧地眨着眼睛，一句话也说不出来，过了好几秒钟才恢复语言能力。他深吸了一口气说道："我们要关闭塔楼。"

克拉夫特教授推开人群，挤到会客大厅前面："看在上帝的分上，斯威夫特先生，你在干什么？"

"等一等，"哈丁教授说，"你们不该出现在这里。杰尔姆说——"

"现在正在进行一场战争。"罗宾脱口而出。说出这话的瞬间，他不禁有些畏缩：这话太笨拙、太没有说服力了。他事先准备了演讲稿，但突然间，他只能想起其中的要点，而这些话一旦大声说出口就显得可笑至极。他扫视整个会客大厅和二楼的楼厅，怀疑、看热闹和厌烦的神情在众人脸上交织。就连此刻刚刚奔下楼、在楼梯边气喘吁吁的普莱费尔教授看起来也是困惑多于不安。罗宾感到眩晕。他想吐。

换作格里芬，他一定知道该说什么。格里芬擅长讲故事，他是真正的革命者。他用短短几句话就能鞭辟入里地描绘出一幅关于帝国扩张、阴谋串通、罪行与责任的画面。但格里芬不在这里，罗宾只能尽最大努力传达死去的哥哥的精神。

"议会正在辩论是否要对广州开展军事行动。"他强迫自己抬高音量，让他的声音尽可能响彻会客大厅。"这场军事行动没有正当的理由，只是因为贸易公司们贪得无厌。他们计划用枪炮强行打开对中国人销售鸦片的大门，而在我们这趟旅途中引发的重大外交事故恰好成了开战的借口。"

这句话说到了点子上。塔楼里弥漫的不耐烦变成了好奇与困惑。

"议会和我们有什么关系？"来自法务部的一个名叫科尔布鲁克或者康韦的学生问道。

"没有我们的帮助，大英帝国什么都做不了，"罗宾说，"我们创作的银条为他们的枪炮和舰船提供动力。我们磨利统治的尖刀。我们为他们起草条约。如果我们不再施以援手，议会就无法对中国采取行动——"

"我看不出那为什么是我们的问题。"那位科尔布鲁克或者康韦说。

"这是我们的问题，因为我们的教授就是背后的助力。"维克图瓦插话进来，她的声音微微颤抖，但是比罗宾更响亮、更肯定，"这个国家的白银快要用完了，整个国家都处于赤字状态，而我们学院的一部分教员认为，解决这一问题的办法就是向外国市场输送鸦片。为了实现这个目的，他们愿意做任何事。他们谋杀了那些试图揭露这件事的人。他们杀了安东尼·瑞本——"

"安东尼·瑞本死于海上事故。"克拉夫特教授说。

"不，他没有，"维克图瓦说，"他一直躲在暗处，努力阻止帝国的这种所作所为。他们上周枪杀了他。还有维马尔·斯里尼瓦桑、伊尔

第二十六章

丝·出岛和凯茜·奥内尔——到杰里科去,过了桥,去树林后面的那座老楼看一看,你们就能看见废墟和尸体——"

这话引发了大家的低声议论。维马尔、伊尔丝和凯茜在学院的人缘都很好。低语声越来越多。此时,大家显然注意到他们三人都不在场,也没有人知道他们的下落。

"他们疯了。"普莱费尔教授厉声说。他恢复了冷静,就像一位演员终于想起了台词。他夸张地伸出一只手指指向他们两人,宛如控诉一般。"他们疯了,他们和一群闹事的窃贼搅和在一起,他们应该进监狱——"

但是,对于在场的众人而言,他的话比罗宾的故事更难以接受。普莱费尔教授洪亮的嗓音在平时是那么娓娓动听,此时却适得其反,好像仅仅是为了渲染舞台效果。其他人对他们三人在说些什么毫无头绪,在旁观者看来,他们都像是在表演。

"你们为什么不告诉我们理查德·洛弗尔出了什么事?"普莱费尔教授质问道,"他人在哪里?你们对他做了什么?"

"理查德·洛弗尔是这场战争的设计者之一,"罗宾高喊道,"他去广州是为了从英国间谍那里获取军事情报。他与巴麦尊有直接的联系——"

"可这是无稽之谈啊,"克拉夫特教授说,"这不可能是真的,这也太——"

"我们有书面证据。"罗宾说。这时他突然想起,那些书信现在肯定已经被销毁或查封了,不过从演讲的角度来看,这话依然奏效,"我们有摘录自书信的话,有证据,全部都在。他计划这件事已经很多年了。普莱费尔也是同谋,问他好了——"

"他在说谎,"普莱费尔教授说,"他在胡说八道,玛格丽特,这男孩已经疯了——"

"可是疯子的话应该前言不搭后语才是,"克拉夫特皱着眉头来回打量他们两个人,"而谎言应该对自己有利。这个故事对任何人都没有益处，至少对这两个孩子肯定没有，"她指着罗宾和维克图瓦说，"而且他们说的话条理很清楚。"

"我向你保证，玛格丽特——"

"教授，"罗宾直接对克拉夫特教授开口道，"教授，请听我说。他想发动战争，他已经计划很多年了。您去他的办公室里看看，洛弗尔教授的办公室。去看看他们的文件，全都清清楚楚。"

"不。"克拉夫特教授低声说。她眉头紧皱，扫视着罗宾和维克图瓦，她似乎觉察到了什么——或许是他们空洞的疲惫、低垂的肩膀或者从骨子里渗出的悲痛。"不用，我相信你们……"说着，她转过身来，"杰尔姆？你早就知道这事吗？"

普莱费尔教授顿了一下，似乎在思忖是否有必要继续伪装下去。接着，他气冲冲地说："别表现得这么震惊。你知道支撑巴别塔运转的是什么。你早就知道权力的天平必须倾斜，你也知道我们必须对赤字采取行动——"

"但是对无辜的人民宣战——"

"别装作这是你的底线，"他说，"你对其他一切事情都无所谓。除了消费者之外，中国没什么能提供给世界了。我们为什么不——"他止住话头，意识到了自己的错误：他刚刚坐实了罗宾的指证。

太迟了。塔楼里的氛围发生了变化。疑云油然而生。气愤变成了恍然大悟，大家意识到这不是一场闹剧，不是歇斯底里发作，而是真实发生的事。

现实世界极少影响巴别塔。他们不知道对此该作何反应。

"我们用其他国家的语言为这个国家创造财富。"罗宾一边说，一边环视整座塔楼。他提醒自己：他不打算说服普莱费尔教授，他要向房间里的人发出呼吁。"我们占据了太多不属于我们的知识。我们能尽的微薄之力就是阻止战争爆发。这才是唯一符合道德的事。"

"那你们计划怎么做呢?"马修·杭斯洛问,他听起来没有敌意,只有充满困惑的试探,"像你说的,这件事的决定权在于议会,所以怎么能——"

"我们要罢工。"

是的,现在他找到了立足点,他知道这个问题的答案。罗宾扬起下巴,试图向声音中注入格里芬和安东尼的权威:"我们要关闭巴别塔。从今天开始,会客大厅不再允许客户进入。任何人都不再制造或出售银条,也不再维护和保养银条。我们拒绝为英国提供一切翻译服务,直到他们投降。而他们一定会投降,因为他们太需要我们了。他们需要我们甚于一切。这就是我们的制胜之道。"他停顿了一下。大厅里寂静无声。他无法判断自己是否说服了他们,无法判断听众的表情意味着勉强接受还是怀疑。"听着,只要我们能——"

"但是你们得封锁塔楼,"普莱费尔教授不怀好意地嗤笑道,"我的意思是,你们必须制服我们所有人。"

"我想我们是要这么做,"维克图瓦说,"我们现在就是在这么做。"

全场的牛津学者渐渐意识到,接下来无论发生什么都将涉及武力,这时,现场出现了不同寻常的停顿。

"你,"普莱费尔教授指着最靠近大门的那个学生,"去找警察,让他们进来——"

那个学生没有动弹。那是个二年级学生,罗宾记得他叫易卜拉欣,是一位来自埃及的阿拉伯语学者。这个娃娃脸的男孩看上去年轻得令人难以置信。二年级学生都那么显年轻吗?易卜拉欣匆匆瞥了一眼罗宾和维克图瓦,又皱眉看看普莱费尔教授说:"但是,先生……"

"别动。"克拉夫特教授对他说。就在这时,两个三年级学生突然向出口走去,其中一个将易卜拉欣一把推到书架上。罗宾拿起一根银条指向门口:"Explōdere, Explode。"高亢而骇人的噪声在会客大厅里回荡，这一次是刺耳的号叫。那两个三年级学生像受惊的兔子一样从门口跑开了。

罗宾从胸前的口袋里掏出另一根银条，将它高举过头顶。

"我用这个杀死了理查德·洛弗尔。"他不敢相信这些话是从自己嘴里说出来的。说话的不是罗宾，而是格里芬的鬼魂，是他更勇敢也更疯狂的哥哥从幽冥世界操纵着他的一举一动。"如果任何人靠近我一步，如果任何人试图向外界求助，我就毁灭他。"

他们看起来全都吓坏了。他们相信罗宾的话。

他担忧起来。一切进展得太顺利了。他原本认为自己肯定会面临某些阻力，但大厅里的人似乎完全被制服了，就连教授们也没有动弹。事实上，勒布朗教授和德弗雷瑟教授双双挤在桌子下面，仿佛在躲避炮击。他可以命令两人跳一支快步舞或者把书一本一本撕成碎片，而他们一定会照做。

他们一定会照做，因为罗宾威胁要使用暴力。

他不记得从前为什么一想到采取行动就那么恐惧。格里芬是对的，障碍不在于抗争本身，而在于根本无法想象有抗争的可能，在于对安全、对可以勉强维生的现状紧抓不放。但是现在，整个世界都已脱离正轨。每一扇门都敞开了。现在，他们已经迈出思想的国度，踏入行动的疆域，而牛津大学的学者们对此毫无准备。

"看在上帝的分上，"普莱费尔教授厉声说，"谁去把他们抓起来。"

几个研究员上前一步，神情中透露出犹疑。他们都是欧洲人，都是白人。罗宾歪着头说："好啊，来吧。"

接下来发生的事毫无尊严可言，永远不可能被写进书里、与歌颂英勇气概的伟大史诗一同摆在书架上。因为牛津大学的学者们养尊处优，他们只会坐在扶手椅中用流畅精巧的笔触描写血淋淋的战场。巴别塔的夺取是一场笨拙而愚蠢的冲突，在抽象的观念与具体的现实之间展开。那几个学生走近桌子,犹犹豫豫地伸出手。罗宾踢开了他们,感觉就像在踢小孩子,因为他们心怀恐惧,所以毫无恶意,不够绝望也不够愤怒,所以无法真正伤害到人。他们看起来甚至不确定自己究竟想做什么,是要将罗宾拉下去、抓住他的腿,还是只想擦伤他的脚踝。因此,罗宾的还击也同样敷衍。他们只是在演示一场打斗,所有人都只是表演爱好者,得到的舞台指令是"斗争"。

"维克图瓦!"罗宾高喊一声。

其中一个学生从她身后爬上了桌子。她猛然转过身。那个学生犹豫片刻,上下打量她一番,然后挥出一拳。但从他的表现来看,似乎只是在理论上知道该如何挥拳,只知道挥出一拳的分解动作:双脚站稳,手臂回收,握拳送出。他估计错了距离,结果只是在维克图瓦肩上轻轻擦了一下。维克图瓦抬起左脚一踢,那人弯腰捂住小腿呻吟起来。

"住手!"

混战结束了。普莱费尔教授不知从哪里找到了一把枪。

"别再犯蠢了。"他用枪指着罗宾,"现在立马住手。"

"来吧。"罗宾沉着地说。他不知道这股荒谬的勇气来自何处,但他一点也不害怕。不知为什么,那把枪看起来十分抽象,一点儿都不真实,那些子弹似乎不可能触及他的身体。"来吧,我看你敢不敢。"

他赌的是普莱费尔教授的懦弱,赌他或许能拿起枪,但绝不敢扣动扳机。和巴别塔的所有其他学者一样,普莱费尔教授痛恨做脏活儿。他设计过致命的陷阱,但从不自己亲手操刀。他也不知道真正动手杀一个人需要多大的意志或恐慌。

罗宾没有转身去看维克图瓦在做什么。他很清楚。他张开双臂,牢牢盯住普莱费尔教授的眼睛问道:"你要怎么样?"

普莱费尔教授的面色凝重。他的手指动了。枪声响起时,罗宾浑身一紧。

普莱费尔教授歪歪倒倒地向后退了几步，身体中段溢出鲜红。塔楼里爆发出阵阵尖叫。罗宾回头看了一眼。维克图瓦放下格里芬的左轮手枪，触手般的烟雾在她脸旁腾起，她的眼睛瞪得滚圆。

"就是这样，"她喘着气，胸口上下起伏，"现在我们都知道那是什么感觉了。"

突然，德弗雷瑟教授冲过大厅，想去拿普莱费尔教授的枪。罗宾从桌上跳下来，但离得太远了。然而就在此时，查克拉瓦蒂教授从侧面扑向德弗雷瑟教授。轰的一声，两人双双倒地，随即扭打在一起，那场面十分笨拙、毫不优雅：两个大腹便便的中年教授在地上滚来滚去，长袍掀到腰部以上。罗宾震惊地看着查克拉瓦蒂教授扭住德弗雷瑟教授的手腕、让他松开手枪，然后勉为其难地将他按在地上。

"先生？"

"我收到你的讯息了，"查克拉瓦蒂教授气喘吁吁地说，"干得漂亮。"

德弗雷瑟教授的胳膊肘狠狠撞在查克拉瓦蒂教授的鼻子上。查克拉瓦蒂教授向后一仰，德弗雷瑟教授顺势挣脱出来，两人继续扭打在一起。

罗宾从地上抄起那把枪，枪口向下对准德弗雷瑟教授。

"站起来，"他命令道，"双手抱头。"

"你不知道怎么用那东西。"德弗雷瑟教授冷笑道。

罗宾举起枪，对准枝形吊灯扣动了扳机。吊灯随之四分五裂，碎玻璃溅满了整个会客大厅。所有人都在惊叫躲闪，仿佛他刚刚向人群开了一枪。德弗雷瑟教授转身就跑，没想到脚踝绊到了桌腿，仰面摔倒在地。罗宾重新装上子弹，然后再次用枪对准德弗雷瑟教授。

"这不是在辩论。"他高声宣布。他浑身颤抖，充斥着和他第一次学习射击时一样的恶毒能量。"这是接管。还有其他人想挑战试试吗？"

没有人动弹，没有人说话。所有人都惊慌失措地连连后退。有人哭了起来，有人紧紧捂住嘴，仿佛只有这样才能抑制住尖叫。所有人都看

第二十六章

着他，等待他发布下一步指令。

一时之间，塔楼里唯一的声音就是普莱费尔教授的呻吟。

罗宾回头看了看维克图瓦。她心中的不知所措都写在脸上，手枪无力地垂在身侧。在内心深处，两人都没预料到他们能走这么远。在预想中，今天将陷入一片混乱：充满暴力、毁灭一切的最后一战，不论怎么看，这场争斗都将以死亡终结。他们做好了牺牲的准备，但没做好赢得胜利的准备。

然而，他们就这样轻而易举地占领了巴别塔，一如格里芬一直以来的预测。现在，他们不得不扮演好胜利者的角色。

"任何东西都不许搬离巴别塔，"罗宾宣布，"我们要查封所有的刻银工具。我们要停止对全城银条的日常维护。我们要等着机器自己出故障，希望他们能在那之前投降。"他不知道这些话来自何处，但听起来很不错，"没有我们，这个国家撑不过一个月。我们要罢工，直到他们让步。"

"他们会派军队来对付你们。"克拉夫特教授说。

"他们不会的，"维克图瓦说，"他们不能伤害我们，没有人能伤害我们。他们太需要我们了。"

这正是罗宾他们可能赢得胜利的原因，也是格里芬的暴力理论的关键。他们终于想通了这一点。这就是格里芬和安东尼对抗争如此有信心、如此坚信殖民地能与帝国抗衡的原因。帝国必须以压榨为生。暴力将撼动帝国的系统，因为这个系统不能摧毁它榨取利益的对象。而巴别塔，它与那些甘蔗田、那些市场和那些被迫出卖劳力的人一样，都是一份资产。大英帝国的运转需要汉语，需要阿拉伯语、梵语和所有殖民地的语言。大英帝国不能伤害巴别塔，否则必然伤及自身。因此，只要巴别塔这一资产拒绝配合，就有可能阻挡帝国前进的脚步。

"那么，你们打算做什么呢？"德弗雷瑟教授质问道，"在此期间一直把我们当人质关在这里?"

"我希望你们加入,"罗宾说,"但是你们如果不愿意,那也可以离开塔楼。先让警方离开,然后就可以依次出去。任何人都不许从塔里带走任何东西,你们只能带着身上现有的东西离开。"[1] 他停顿了一下,"另外,我想你们一定能理解,如果你们走了,我们就不得不毁掉你们装在玻璃瓶里的血样。"

他话音刚落,一大群人就向大门冲去。罗宾数了数人数,不禁心下一沉。离开的足有几十人,包括所有专精于欧洲语言的学者、所有的欧洲人,以及几乎所有的教员。还在呻吟的普莱费尔教授被德弗雷瑟教授和合丁教授一前一后抬着,毫无尊严地被运了出去。

最后只剩下六位学者:查克拉瓦蒂教授,克拉夫特教授,两个本科生——易卜拉欣和一个名叫朱利安娜的小个子女孩,还有两个研究员——优素福和麦格哈娜,两人分别在法务部和文学部工作。除了克拉夫特教授以外,他们都是有色人种,都来自殖民地。

但是这有可能成功。只要能维持对巴别塔的控制,他们可以在人数上做出让步。巴别塔拥有全国最丰富的刻银术资源,包括语法汇编、雕刻笔、镌字簿和参考资料,以及比这一切都要重要的白银。普莱费尔教授和其他人或许可以在其他地方再建一所翻译中心,但就算他们能凭记忆还原维持全国白银魔法运作的知识,也需要数周甚至数月时间才能获得规模足以与巴别塔相提并论的物资。如果一切按计划推进,等到那时,这个国家应该已经做出了让步。

"现在做什么?"维克图瓦小声对他说。

---

[1] 这是罗宾和维克图瓦经过激烈讨论才做出的决定。罗宾原本想把所有学者都当成人质,但维克图瓦却提出一个很有说服力的观点:几十名学者更有可能接受被枪指着、被强行逐出大楼,而不是连续数周被关在地下室里,连沐浴、洗衣和方便的地方都没有。——原注

第二十六章　521

罗宾跳下桌子，血流涌上头顶："现在我们要告诉世界发生了什么。"

正午时分，罗宾和维克图瓦爬上八楼的北阳台。这座阳台基本上只是装饰，是为那些从未摆脱"需要新鲜空气"这一执念的学者设计的。但从来没有人踏足此地，连门都快要锈死了。罗宾用身体抵住门框用力一推，门猛然打开了，他往前跌了几步，发现自己已经扑到了阳台边缘的栏杆上。在短暂的恐慌之后，他才恢复了平衡。

在他脚下，牛津看起来非常微小，像一座洋娃娃的房子，像精心矫饰的真实世界的模型，专供永远不必真正踏入真实世界的小孩们赏玩。他很想知道，这是不是渣甸和马地臣那类人所看到的世界：微不足道，尽在掌控之中；人和地点都按他们画出的路线移动；在他们的践踏之下，城市四分五裂。

在塔楼正门前石阶上的地面燃起了火堆。除了留在塔里的八位学者之外，所有人的血样都被扔在砖头上砸碎，并浇上没用完的灯油付之一炬。严格来说，这样做并无必要，只要将那些玻璃瓶拿到塔楼外面就够了。但是罗宾和维克图瓦都坚持要举行这场仪式。他们从普莱费尔教授那里学到了表演的重要性。这场令人毛骨悚然的展示是为了昭告天下，也是一种警告：城堡已被攻破，魔法师被扫地出门。

"准备好了吗？"维克图瓦将一沓纸放在栏杆上。巴别塔没有印刷机，他们只好花一上午的时间辛苦抄完这一百份宣传册。这份宣言借鉴了安东尼要求建立同盟的说法和格里芬的暴力哲学，罗宾和维克图瓦也加上了他们自己的声音，一个雄辩地呼吁所有人携手为正义而战，另一个对反对者发出了寸步不让的威胁。最后写就的是一份能够说明他们意图的、清晰简明的宣言：

我们，皇家翻译学院的学生们，要求英国停止考虑对中国发到那时，再也没有人能视而不见。整个世界都不得不直视它们。

"你还好吗？"罗宾问。

维克图瓦像雕塑一样静止不动，目光死死盯着那些宣传册，仿佛她可以凭意志化作一只小鸟，和它们一同飞翔。她说："我为什么会不好？"

"我——你知道的。"

"真有意思，"她没有回头直视罗宾的眼睛，"我以为那一枪会打死他，结果只是——但我没有。不像你那时候。"

"那不一样。"罗宾尽量选择能够安慰她、尽量顾左右而言他的话语，"我那是自卫。而他没准还能活下来，没准可以——我的意思是，不一定——"

"那一枪是为了安东尼。"她用嘶哑的声音说，"对此我只想说这么多。"

第二十七章

你们播下的种子，他人来收割；

你们发现的财富，他人来占有；

你们织就的衣衫，他人穿上身；

你们铸造的武器，他人握在手。

——珀西·比希·雪莱，《致英国人民的歌》

那天下午，他们在紧张和忧虑中度过，就像踢翻蚁穴的孩子，此刻正紧张地观望结果会有多么可怕。几小时过去了，逃跑的教授们肯定已经和城里的决策者取得了联系。现在，伦敦那边肯定已经读到了那些宣传册。对方将做出何种形式的激烈反应呢？他们多年来都对巴别塔的牢不可破深信不疑。到目前为止，巴别塔的结界一直庇护他们免遭一切伤害。尽管如此，他们还是觉得一场充满恶意的报复正在进入倒计时。

"他们一定会调派警察过来，"克拉夫特教授说，"哪怕警察进不来，也会试图逮捕我们，这是肯定的。就算不是因为罢工，那也还有——"她看了看维克图瓦，眨了眨眼，没有说完后半句话。

短暂的沉默。

"罢工同样是非法的，"查克拉瓦蒂教授说，"《1825年结社法》取缔了工会和行会举行罢工的权利。"

"可我们又不是行会。"罗宾说。

"事实上，我们是，"在法务部工作的优素福说，"建院文件里有相关条款：巴别塔的毕业校友和在校学生凭借其与该机构的隶属关系而组成翻译者行会。所以，如果较真的话，我们举行罢工就已经构成了违法行为。"

他们看了看周围的人，接着，所有人都大笑起来。

但他们的好心情很快就烟消云散。他们的罢工与行会之间的联系在所有人心中都留下了一丝阴霾，因为19世纪30年代的工人运动（白银工业革命导致的直接后果）都遭遇了惨痛的失败。卢德分子的下场不是牺牲就是被流放到澳大利亚。兰开夏郡的纺纱工人不到一年就因面临饥饿而被迫复工。斯温暴动中那些砸毁打谷机、焚烧谷仓的暴动者在薪酬和工作条件方面得到了短暂的改善，但这些改善措施很快就被推翻，十来名暴动者被处以绞刑，数百人被流放到澳大利亚的殖民地。

在这个国家，罢工者从未引起过公众的广泛关注，因为公众只想享受现代生活的各种便利，却不愿承担知晓便利从何而来的负罪感。而在其他罢工者、而且还是白人罢工者纷纷失败时，翻译者又凭什么成功？

至少还有一个饱含希望的理由。他们是在顺势而为。促使卢德分子捣毁机器的社会力量没有消失，反而愈演愈烈。由白银提供动力的织布机和纺纱机越来越廉价、越来越普遍，但除了工场主和金融家之外，没有人从中获得财富。年复一年，机器让更多的人失去工作，让更多家庭陷入贫困，机器运转速度太快，人的眼睛无法跟上节奏，更多童工因此残废或失去生命。白银的使用制造了不平等，在过去十年的英国，这二者都呈指数级增长。这个国家正在分裂。这种状态不可能永远维持下去。

罗宾相信，他们的罢工是不同的。他们的影响更加广泛，更难被掩盖。巴别塔没有替代品，也没有人能破坏塔楼的罢工。没有其他人能完成他们所做的事。就算议会现在不相信这一点，也很快就会明白的。

到了夜里，警察依然没有出现。这种缺乏回应的状况令他们十分困惑。但是，后勤问题成了手头更亟待解决的事务，换句话说，就是吃饭和睡觉。现在,眼看罢工没有确切的结束日期,他们显然还要在塔里待上好一阵子。食物总有耗尽的一天。

地下室里有一个极少使用的小厨房,在翻译学院停止为勤杂工免费提供住宿之前,仆人们就住在地下室里。做学问到深夜的学者偶尔会溜到楼下去吃些点心。清点橱柜之后,他们发现了耐储存的食品数量不少,有坚果、腌渍果蔬、坚硬无比的佐茶饼干,还有煮粥用的干燕麦。储备不算丰盛,但他们总不至于在一夜之间饿死。此外,他们还发现了很多很多瓶酒,都是多年来学院活动和花园派对留下的积存。

"绝对不行,"当朱利安娜和麦格哈娜提议拿几瓶酒上楼时,克拉夫特教授说,"把那些放回去。我们需要保持头脑清醒。"

"我们需要打发时间,"麦格哈娜说,"再说,如果要饿死的话,那还是喝醉了比较好。"

"他们不会让我们饿死的,"罗宾说,"他们不会眼睁睁地放任我们死去,也没法伤害我们。那是问题的关键。"

"就算是这样,"优素福说,"可刚宣布完准备打垮这座城市,我不觉得能溜达出去吃一顿热乎乎的早餐,你觉得呢?"

他们也不能探出头去,向食品杂货商订货。他们在城里没有朋友,没有人能充当他们与外界的联络员。克拉夫特教授在雷丁有个兄弟,但她没办法送信过去,对方也没有安全的办法将食物送进塔楼。至于查克拉瓦蒂教授,他们后来才得知,教授与赫耳墨斯社的联系非常有限。他在晋升为初级教员之后才加入赫耳墨斯社,但是鉴于他与高级教员的关系,赫耳墨斯社没有冒险让他深度参与其中。因此,他对赫耳墨斯社的了解仅限于匿名信和联络点。除了他以外,没有人回应他们的烽火。据他们所知,他们就是硕果仅存的成员。

"你们俩在闯进塔楼举枪乱挥之前,就没考虑过这些?"查克拉瓦蒂教授问。

"我们当时有点分心。"罗宾难为情地说。

"我们——说真的,我们一直在临场发挥,"维克图瓦说,"再说也没那么多时间。"

"计划革命不是你们的强项,"克拉夫特教授哼道,"我去看看能用那些燕麦做些什么。"

很快,一系列其他问题也涌现出来。巴别塔拥有自来水和室内盥洗室,但是没有淋浴的场所。他们谁都没有准备换洗的衣物,塔里当然也没有洗衣设施,他们所有人的衣服都是由舍监默默清洗的。八楼有一张供研究员打盹的简易小床,除此之外再没有床铺、枕头和床单。除了他们自己的大衣,也没有任何可以在夜里充当舒适被褥的东西。

"我们要这样想,"查克拉瓦蒂教授勇敢地想让大家振作起来,"谁没有梦想过住在图书馆里呢?难道我们的处境没有某种浪漫色彩吗?我们当中有谁会拒绝毫无拘束的精神生活呢?"

看起来,没有人赞同这份奇思妙想。

"我们就不能在夜里悄悄溜出去吗?"朱利安娜问,"可以在午夜之后出去,早上再回来,没人会注意——"

"那太荒唐了,"罗宾说,"这不是什么——什么日间选修活动——"

"我们身上会臭的,"优素福说,"那多恶心啊。"

"就算是那样,我们也不能进进出出——"

"那就只出去一次,"易卜拉欣说,"就去弄点吃的——"

"别说了,"维克图瓦厉声喝道,"你们所有人都住口,行吗?我们都选择了背叛王国。我们还要不舒服好一阵呢。"

十点半,麦格哈娜从会客大厅跑上来,气喘吁吁地宣布伦敦发来了电报。他们挤在电报机旁边,紧张地看着查克拉瓦蒂教授记录并转译电文。教授看着电文眨了眨眼,然后说:"意思差不多是'让我们见鬼去吧'。"

第二十七章

"什么？"罗宾伸手拿过电报，"别的什么都没说？"

"**请重新开放巴别塔，恢复正常营业。完毕。**"查克拉瓦蒂教授念道，"这就是全部内容。"

"连署名都没有？"

"我只能推测这是从外交部直接发出的电报，"查克拉瓦蒂教授说，"这么晚了，他们不会处理私人发报。"

"没有提到普莱费尔吗？"维克图瓦问。

"就这一行字，"查克拉瓦蒂教授说，"没别的了。"

这就是说，议会拒绝考虑他们的要求，或者说，议会完全拒绝认真对待他们。白银的匮乏尚未产生后果，期待罢工这么快得到回应也许很愚蠢，但他们期待议会至少能认识到威胁的存在。议员们认为整件事会自然而然地平息下去吗？他们是想避免引起广泛的恐慌吗？这就是没有一个警察来敲门，草坪和平时一样安宁空旷的原因吗？

"现在怎么办？"朱利安娜问。

没有人知道答案。他们不禁有些气急败坏，就像蹒跚学步的孩子大发脾气却无人理会。费了那么大功夫，却只得到如此草率的回复。这一切都显得如此可悲。

他们又在电报机旁边逗留了好一阵子，盼望它再次跳动起来，送来更好的消息：议会对此高度关注，他们将在午夜展开辩论，抗议者成群涌向特拉法尔加广场要求取消战争，等等。但是指针始终静止不动。他们一个接一个回到楼上，饥肠辘辘，垂头丧气。

那一夜，罗宾偶尔会去塔顶俯瞰全城，搜寻改变或骚乱的迹象。但是，牛津始终平静安宁。他们的宣传册躺在街头任人践踏，卡在格栅之间，在温柔的夜风中毫无意义地翻飞。甚至没有人费心去清扫它们。

那天夜里，他们在书架之间打地铺，裹着大衣和多余的长袍睡下，彼此之间都没什么话可说。那天下午轻松愉快的氛围不见了。他们都在心里承受着没有说出口的恐惧，那是一种悄然蔓延的恐慌：这场罢工或许没有任何作用，只会害了他们自己。在无情的黑暗中，他们的呐喊无人倾听。

第二天早晨，莫德林塔坍塌了。

他们谁也没预料到这件事。事后，他们在查看工作订单账簿时才明白发生了什么，同时意识到自己原本可以出手阻止这起事故。莫德林塔是牛津第二高的建筑，数百年来，水土流失不断侵蚀塔基，从 18 世纪开始，这座塔楼便一直依靠由白银魔法提供便利的工程技术来支撑它的重量。巴别塔的学者每 6 个月对其承重结构进行一次常规维护，一次在 1 月，另一次在 6 月。

在灾难发生后的几小时里，他们得知过去 15 年来一直是普莱费尔教授负责一年两次的加固工作，关于具体操作流程的笔记都锁在他的办公室里，因此被驱逐的巴别塔教员们无法取得笔记，甚至没人想起莫德林塔即将面临检修。他们在信箱里发现了市议会议员们寄来的多如雪片的信件，议员们前一天晚上就盼望普莱费尔教授前往，却到第二天早上才发现他躺在医院里，因大量使用鸦片酊而昏迷不醒。他们得知，当天清晨有一位市议员来到巴别塔门前疯狂地敲门，只不过，结界将可能打扰塔中学者的一切喧哗都屏蔽在外，所以谁也没听见或看见。

就在此时，莫德林塔的时间走到了尽头。9 点整，塔底开始发出响彻全城的隆隆声。在巴别塔中，他们早餐桌上的茶杯都叮叮当当地震动起来。他们原以为是地震，冲到窗边才发现，周围的一切都没有明显的晃动，除了远处的一栋建筑。

接着，他们冲到塔顶，围在克拉夫特教授身旁，听她描述从望远镜里看到的场面："它——它正在崩塌。"

此时，莫德林塔的变化已经明显到肉眼就能看见。瓦片像雨点一样

第二十七章

从塔顶落下。硕大的角楼从塔身整块剥落，砸落在地。

维克图瓦问出了那个别人不敢提的问题："你们觉得塔里有人吗？"

就算有人，那些人至少有足够的时间逃生。整座塔楼已经摇晃了足足十五分钟。这是他们的道德辩护。他们不允许自己考虑其他可能。

9点20分，莫德林塔的十口钟同时响了起来，毫无节奏，极不和谐。钟声越来越响，响得让人胆战心惊。不断增强的钟声越来越急迫，听得罗宾自己也想放声尖叫。

接着，莫德林塔分崩离析，就像从底部被踢翻的沙堡一样干脆而彻底。整座建筑不到十秒钟就彻底倒塌，但隆隆的余波持续了将近一分钟才平息下来。在这之后，莫德林塔曾经矗立的地方只剩下一堆高耸的砖块、残石和尘土。这场面看上去竟有种莫名的、令人不安的美妙，因为它太可怕，因为它完全违背事物运动的规律。在短短一瞬间，城市的天际线就发生了如此天翻地覆的变化，这既让人叹为观止，又让人心生敬畏。

罗宾和维克图瓦看着，双手交握在一起。

"这是我们干的。"罗宾喃喃地说。

"这甚至不是最严重的后果，"维克图瓦说，罗宾听不出她是欣喜还是害怕，"这只是个开始。"

所以格里芬是对的。这正是他们要做的：展示力量。如果不能用话语赢得人心，那就用破坏说服他们。

他们推断，议会再过几小时就会投降。这场灾难恰恰证明罢工不可接受，证明这座城市无法承受巴别塔停止服务的代价，不是吗？

教授们却没有这么乐观。

"这不会加速事态进展，"查克拉瓦蒂教授说，"如果说它有什么影响，那也只会延缓破坏的进程。现在他们知道，必须提高警惕了。"

"但这预示着即将发生的事，"易卜拉欣说，"对吗？下一个倒塌的会是哪栋楼？拉德克利夫图书馆？谢尔登剧院？"

"莫德林塔是个意外,"克拉夫特教授说,"但是查克拉瓦蒂教授说得对。这会让其他人提高警惕,尽力掩盖我们罢工的影响。现在我们是在同时间赛跑,他们肯定要在其他地方重新集结,就在我们说话的此刻,可能已经在组建新的翻译中心了——"

"他们可以吗?"维克图瓦问,"我们已经占领了巴别塔。我们掌握了所有的维护记录、工具——"

"还有白银,"罗宾说,"我们掌握了所有的白银。"

"从长远来看,他们会陷入困境,但是在短期内,他们会设法堵住那些最严重的漏洞,"克拉夫特教授说,"他们会等我们自己消停。我们的燕麦粥最多能维持一周,斯威夫特,然后怎么办?等着饿死?"

"那我们就加快速度。"罗宾说。

"对此你有什么建议吗?"维克图瓦问。

"共振。"

查克拉瓦蒂教授和克拉夫特教授对视了一眼。

"他怎么会知道?"克拉夫特教授问。

查克拉瓦蒂教授内疚地耸了耸肩说:"好像给他看过。"

"阿南德!"

"嗐,看一下能有什么后果?"

"哼,当然是现在这样——"

"什么是共振?"维克图瓦问。

"在八楼,"罗宾说,"咱们走,我带你去看。这是维护那些分布在远方、效果无法持续的银条的办法,从中心向外围辐射。如果我们挪走中心,那外围的银条肯定会开始失效,对吗?"

"嗯,这是一条道德底线,"克拉夫特教授说,"停止服务、扣留资源,这是一回事。但是蓄意制造破坏——"

罗宾冷笑一声:"我们要在这件事上钻道德的牛角尖吗?这件事?"

"整座城市都会停止运转，"查克拉瓦蒂教授说，"整个国家都会。那将是世界末日。"

"可那正是我们想要的——"

"你想要的是制造损失，让你的威胁足够可信，"查克拉瓦蒂教授说，"仅此而已。"

"那我们一次只拆几根共振柱。"罗宾站起身来。他决心已定，不想再讨论下去，而且看得出来，其他人也都不想。他们太焦虑、太害怕，只希望有人来发出指令。"一根接一根地拆，直到他们明白我们的意图。你们要来挑选该拆哪些吗？"

教授们拒绝了。罗宾猜想，让教授亲手拆毁共振柱太为难他们了，因为他们对这一举动的后果再清楚不过。他们需要维持无辜的幻觉，至少是无知的幻觉。不过教授们没有进一步表示反对。于是在那天夜里，罗宾和维克图瓦一起登上八楼。

"一次十二根左右，你觉得呢？"维克图瓦提议，"每天十二根，然后再看看需不需要扩大规模？"

"也许可以从二十四根开始。"罗宾说。房间里的共振柱肯定多达数百根。他有种将它们全部踢翻、抓起其中一根捣毁其他所有共振柱的冲动。"我们不是要营造戏剧化的效果吗？"

维克图瓦对他做了个鬼脸说："戏剧化是一回事，不计后果是另一回事。"

"这场行动从头到尾都是不计后果的。"

"可我们连只拆一根会怎么样都不知道——"

"我只是想说，我们需要引起他们的注意。"罗宾一拳敲在手掌上，"我想要壮观的大场面。我想要世界末日。我想要他们觉得，在他们听我们的话之前，每天都会坍塌十几座莫德林塔。"

维克图瓦将双臂抱在胸前。罗宾不喜欢她用探寻的眼神打量他，仿佛捕捉到了什么他不想大声承认的真相。

"我们在这里所做的不是复仇，"她挑了挑眉，"这一点我们要说清楚。"

他选择不在此时提及普莱费尔教授："我知道，维克图瓦。"

"那就好。"她干脆地点了点头，"就拆二十四根。"

"一开始先拆二十四根。"罗宾伸出手，将身边最近的一根共振柱从基座里拔了出来。柱子从中滑出，出乎意料地轻松。他原以为会遭遇一些阻力，会出现某种象征断裂的噪声或变化。"就这么简单吗？"

一个帝国的基础竟然如此纤细、如此脆弱。移除中心之后，还剩下什么？只剩下痉挛无力的、失去基础和根基的外围。

维克图瓦伸出手，随即拔出第二根共振柱，然后是第三根。"我想我们很快就会知道。"

在此之后，牛津就像纸牌屋一样开始溃散。

情况恶化的速度快得令人瞠目结舌。第二天，所有钟楼的时钟都停止了运转，精准地定格在早上六点三十七分。到了下午晚些时候，一股浓烈的恶臭弥漫在城市上空。原来，牛津城利用白银促进污水排放，现在污水全都停滞不动，积成一团纹丝不动的淤泥。那天夜里，牛津城里一片漆黑。起初只有一盏路灯开始闪烁，接着是另一盏，然后又是一盏，直到高街上的所有路灯都熄灭。在街道安装煤气灯以来的二十年里，牛津第一次在黑暗中度过夜晚。

"你们俩在上面做了什么啊？"易卜拉欣惊叹道。

"我们只拆了二十四根共振柱，"维克图瓦说，"只是二十四根而已，怎么会——"

"巴别塔就是刻意设计成这样的，"查克拉瓦蒂教授说，"我们让这座城市尽可能依赖于翻译学院。我们在设计银条时故意让效果只能维持

第二十七章

几周而不是几个月，因为维护保养服务能带来财富。这就是哄抬价格和人为创造需求的代价。一切都运转得很好，直到问题开始出现。"

第三天早晨，交通运输开始崩溃。英国的大多数马车都使用了各种以"速度"这一概念为核心的配对镌字。在现代英语中，speed（速度）一词专指物体运动的迅速，但从一些常见短语——比如 Godspeed（一路顺风）、good speed to you（一路平安）——可以看出，这个词源自拉丁文 spēs 的词根有"希望"的意思，与好运和成功息息相关，指的是更广泛意义上的"前往目的地、跨越遥远的距离实现目标"。以 speed 为基础的配对镌字常常使用拉丁语，在个别情况下还用到了古斯拉夫语，它们能让马车在速度更快的同时避免交通事故的风险。

但是，马车夫们太习惯于依赖银条了，当银条失效时，他们毫无准备。交通事故率翻了好几番。牛津的道路被翻倒的货运马车和急转弯的出租马车堵得水泄不通。在科茨沃尔德，一辆载有一家八口的马车径直翻进了深谷，因为马车夫已经习惯于在崎岖路段任由马匹前行，自己则坐在一旁袖手旁观。

邮政系统也停摆了。多年来，皇家邮政的邮递员在运送沉重货物时一直在用一套配对镌字：法语 parcelle 和英语 parcel。法语和英语曾经都用 parcel 这个词表示组成整片地产的小块土地，后来，在这两种语言中，这个词又都演化出了商业领域的语义，它在法语中保留了"小块、碎片"的含义，但在英语中仅仅指"包裹"。将这根银条嵌在邮政马车上，包裹只有其实际重量的几分之一。然而现在，马匹承载的负荷是它们素日里习惯的三倍，许多马车都在半途中报废了。

"你觉得人们现在意识到这是个问题了吗？"到了第四天，罗宾问，"我是说，人们还要多久才能明白，这件事不会就这样过去？"

但是他们在巴别塔里无从知晓。他们没法揣测牛津或伦敦的公众舆论，只能通过报纸了解消息。好笑的是，报纸依然在每天早晨被投递到塔楼门前。他们正是从报纸上知道了科茨沃尔德的家庭悲剧、交通事故和全国范围内邮政滞后的新闻。但是，伦敦的报纸几乎没有提起对中国的战争或巴别塔的罢工，只是言简意赅地报道"声名显赫的皇家翻译学院"出现了一些"内部骚乱"。

"我们的声音被压制了，"维克图瓦阴沉地说，"他们故意这么做。"

可是，议会以为消息还能封锁多久？第五天早晨，他们被一阵极其不和谐的可怕噪声吵醒，花了好些时间翻找账簿才明白发生了什么。基督堂的大汤姆钟是牛津最洪亮的一口钟，它发出的降 B 音一向有些轻微跑调。现在，调节其音准的刻银术（不管究竟是哪对镌字）不再奏效，大汤姆钟的钟声成了震耳欲聋的、高亢而诡异的呻吟。那天下午，圣马丁教堂、圣玛丽教堂和奥斯尼修道院的钟声也加入了这一行列，汇聚成一场此起彼伏、悲惨呻吟的大合唱。

巴别塔的结界能在一定程度上将噪声隔绝在外，不过到了那天夜里，他们都学会了忍受那阵穿墙而入、持续不止的可怕轰鸣。他们用棉花堵住耳朵才能入睡。

钟声为幻觉奏响了挽歌。梦幻尖塔林立的城市不复存在。牛津状况的恶化肉眼可见，它就像一座变质的姜饼屋，正以小时为单位化为碎片。显而易见，牛津无比依赖白银，没有了翻译团队孜孜不倦的劳动，没有了从海外引进的人才，这座城市立刻就会四分五裂。它揭示的不只是翻译的力量，它还揭示了英国人赤裸裸的依赖：如果没有窃取自其他国家的文字，英国人连烤面包、连从一个地方安全到达另一个地方这样基本的事情都无法完成，真是令人震惊。

而这依然仅仅是开始。维修账簿长得望不到头，还有数百根共振柱没有拆除。

"议会打算让事情发展到什么地步？"他们在塔里不断问着这个问题。因为，牛津城至今没有承认这场罢工背后的真正原因，议会至今没

第二十七章　537

有采取行动,这令他们都很惊奇,也感到莫名的恐慌。

私下里,罗宾不想结束眼下的局面。他永远不会向他人坦白这一点,但在内心深处、在格里芬和拉米的灵魂盘踞的地方,他不想要一场进展迅速的革命,不想让一套名义上的解决方案掩盖数十年的剥削。

他想看看自己能走多远,想看着牛津彻底崩毁,想让它褪去那层金光灿烂、富丽堂皇的丰饶外衣,把它苍白优雅的砖块化为齑粉,让它的角楼坠落在鹅卵石地面上,使书架像多米诺骨牌一样倒下。他希望这个地方被彻底拆毁,仿佛它从未存在过。所有那些由奴隶搭建、用奴隶的血汗支付的建筑,所有那些填满从被征服的土地上偷来的工艺品的建筑,所有那些没有权利存在的建筑,它们的存在意味着源源不断的榨取和暴力,他想要它们被摧毁、被消灭。

到了第六天,他们终于引起了城市的注意。上午十点左右,一群人聚集在塔楼底下,高喊着要求学者们出来。

"哦,看啊,"维克图瓦嘲讽地说,"是'民兵'。"

他们围在四楼的窗户旁边,小心地往下看。人群中有许多是牛津大学的学生。穿黑袍的年轻人正为保卫他们的城市而游行,眉头紧皱,胸膛高挺。罗宾通过蓬乱的红发认出了文西·伍尔科姆。还有将火把高举过头顶的埃尔顿·潘登尼斯,他正在向身后的人群喊话,仿佛在战场上指挥军队一般。不过,人群中也有妇女和儿童,还有酒吧老板、商店店主和农民。这是一支罕见的、市民和学者结成的同盟。

"或许我们应该去和他们谈谈,"罗宾说,"不然他们会在那里闹一整天。"

"你不害怕吗?"麦格哈娜问。

罗宾冷笑道:"你怕吗?"

"他们人可不少。你不知道他们会做什么。"

"他们是学生，"罗宾说，"他们不知道自己想做什么。"

的确，这些闹事者看上去并没有充分考虑过该如何进攻塔楼。他们连口号都喊不整齐。大多数人只是在草坪上打转，困惑地四下环顾，好像在等待别人发号施令。这些人不是过去几年间那些威胁巴别塔学者、由失业工人组成的愤怒的暴徒。他们只是学生和镇上的居民，对他们来说，要得到他们想要的东西，暴力是一种完全陌生的手段。

"你打算就这么走出去？"易卜拉欣问。

"为什么不？"罗宾问，"没准还能喊回去呢。"

"老天爷啊，"查克拉瓦蒂教授突然紧张起来，"他们要把这里烧了。"

他们回到窗边。现在，那群暴民靠近了一些，罗宾看到他们推来了堆满柴火的马车。他们举着火把，带着油。

他们打算把罗宾和其他人活活烧死吗？愚蠢，那可太愚蠢了。他们肯定知道巴别塔绝对不能遭受损失，因为巴别塔和塔里容纳的知识正是他们为之奋斗的目标。但也许他们已经失去了理性，也许他们只是纯粹的暴民，认为属于他们的东西被夺走了，这令他们怒火中烧。

几个学生开始在塔楼脚下堆放柴火。罗宾第一次感到一阵担忧。这不是随意的威胁。他们真的打算将塔楼点燃。

他推开窗户，将脑袋探出窗外喊道："你们要干什么？烧死我们，你们的城市就永远别想恢复正常了。"

有人冲着他的脸扔出一个玻璃瓶。他站在高处，玻璃瓶还没靠近就落回地面。尽管如此，查克拉瓦蒂教授还是赶紧将罗宾拉了回来，用力关上窗户。

"好吧，"罗宾说，"我觉得和疯子讲道理没什么意义。"

"我们接下来该怎么做？"易卜拉欣问，"他们要把我们活活烧死！"

"巴别塔是用石头造的，"优素福轻蔑地说，"我们不会有事的。"

"但是烧起来的烟雾——"

第二十七章

"我们有办法，"查克拉瓦蒂教授突然说，仿佛刚刚想起，"楼上，在缅甸的那些文件下面——"

"阿南德！"克拉夫特教授惊呼起来，"他们是平民啊。"

"这是自卫，"查克拉瓦蒂教授说，"是合理的，我觉得。"

克拉夫特教授看了看下方的人群。她的嘴唇紧紧抿成一条线。"噢，那好吧。"

两位教授没有进一步解释便向楼梯跑去。其他人面面相觑了一阵子，完全不知道该做什么。

罗宾走上前，一只手打开窗户，另一只手在大衣内侧的口袋里摸索。维克图瓦一把握住他的手腕："你想干什么？"

"格里芬的银条，"他低声说，"你知道的，就是那根——"

"你疯了吗？"

"他们打算把我们活活烧死，我们就别讨论道德原则了——"

"那会把所有燃油都点着的，"她握得更紧了，紧得让他手疼，"那能杀死五六个人。你冷静一下好吗？"

罗宾将那根银条放回口袋，他深吸一口气，对血管中的怦怦跃动感到惊奇。他想战斗。他想从四楼跳下去，用拳头打得对方满脸是血，让这些人知道他究竟是什么人：他是这群人最可怕的梦魇，未开化、残忍而暴力。

但是一切在开始之前就结束了。同普莱费尔教授一样，潘登尼斯和他的同党也不是士兵。他们喜欢威胁和虚张声势，喜欢假装世界会服从他们的每一次异想天开。但是归根结底，他们并不是实践斗争的料。对于攻陷一座塔楼需要耗费多大的努力，他们一点儿概念也没有。而巴别塔是全世界最坚固的塔楼。

潘登尼斯放低火把，点燃了引火的柴堆。火舌蹿上墙壁，人群爆发出阵阵欢呼。但火始终烧不起来。火舌贪婪地跳动，探出橙红色的触手，仿佛想要找一个落脚点，但总是毫无意义地落了回去。有几个学生冲向塔楼外墙，试图爬上墙头，但他们还没碰到砖石就被某种看不见的力量甩回到草坪上。

查克拉瓦蒂教授气喘吁吁地跑下楼，手里举着一根银条，上面刻着 भिन्त्ते[1] 的字样。"是梵语，"他解释道，"这能驱散他们。"

他将头探出窗外，观察乱糟糟的人群，片刻之后，他手握银条向那群暴民的中心一挥。人群作鸟兽散。罗宾不太清楚具体发生了什么，但地面上的人群似乎陷入了争执，闹事者的表情在愤怒和困惑之间来回切换，人们像水塘里的鸭子一样绕着彼此乱兜圈子。接着，他们一个接一个离开了塔楼，回到家中，回去吃饭，回到等待中的妻子、丈夫和儿女身边。

一小群学生多逗留了一会儿。埃尔顿·潘登尼斯还在草坪上侃侃而谈，挥舞着高举过头顶的火把，大声喊着无法穿透结界的咒骂。显然，塔楼永远不会着火。火苗毫无意义地炙烤着石头，发出噼里啪啦的响声，火星四溅。抗议者的声音越喊越哑，叫喊声渐渐弱了下去，随后完全消失了。到了日落时分，最后一批乌合之众也各自回家了。

翻译者们直到快午夜时才吃上晚餐，每人都分到一些淡而无味的稀粥、糖腌桃子和两块佐茶饼干。克拉夫特教授架不住他们的反复哀求，终于做出让步，允许他们从地窖里拿出几瓶红葡萄酒。她一边用颤抖的手慷慨地倒满酒杯，一边说："好嘛，倒也没有那么刺激。"

第二天一早，翻译者们开始加固巴别塔。

在前一天，他们并没有面临任何真正的危险。就连前一晚哭着睡去

---

[1] 动词 भिन्त्ते（bhintte）的梵语词根是 भिद्（bhid），意思是"打破、穿透、击打或摧毁"。动词 भिन्त्ते 有一系列不同的含义，其中包括"折断、使……分心、使……分解、使……解体"的意思。——原注

第二十七章

的朱利安娜现在回忆起来也哈哈大笑。但是，那场不成熟的暴动只是开始。牛津还将继续崩塌，这座城市里的人只会越来越痛恨他们。他们不得不为下一次做好准备。

他们投身于工作之中。突然间，巴别塔仿佛又进入了考试季。他们在八楼坐成一排，低头翻看文献，房间里唯一的声响是书页翻动的声音，还有某人偶然发现一个有望派上用场的词源时发出的感叹。这种感觉很好。他们在这里终于有事可做，不至于在等待外界的消息时只能紧张兮兮地消磨时光。

罗宾仔细翻阅他在洛弗尔教授的办公室里找到的一沓笔记，其中包含许多可能在对中国的战争中派上用场的配对镌字。有一对镌字让他十分兴奋：汉字"利"的意思是将自己的武器打磨锋利，不过这个字也有"利益"和"优势"的含义，"利"的字形就是一把刀在收割谷物。用这个镌字打磨出的刀刃薄得吓人，而且总能准确无误地刺中目标。

"这能有什么用？"当他把这对镌字拿给维克图瓦看时，她问道。

"在战斗中能派上用场，"罗宾说，"设计它不就是为了这个吗？"

"你认为会和什么人进行白刃战吗？"

他烦恼地耸耸肩，觉得有些难为情："有可能会走到那一步。"

维克图瓦眯起眼睛说："你想走到那一步，不是吗？"

"当然不想，我甚至不——当然不想。但如果他们闯进来，如果严格来说真有那个必要——"

"我们在努力保卫巴别塔，"她温和地说，"我们只想保证自己的安全，而不是在身后留下一片血淋淋的战场。"

他们开始像围城战中的守城者一样生活。他们查阅古典文献——军事史、战地手册、关于战略的专著，学习如何管理这座塔楼。他们规定了严格的进餐时间和口粮配给，不允许像易卜拉欣和朱利安娜那样在半夜偷吃饼干。他们把剩下的旧天文望远镜都拖到塔顶，以便监视这座情况不断恶化的城市。在七楼和八楼的窗边他们排班守望，一班两小时，以便在下一次暴动开始时从远处看到闹事者的动静。

就这样，一天过去了，又一天过去了。他们终于清楚地意识到，已没有回头路可走，这不是暂时的分歧，他们不会再回归正常生活了。他们要么以胜利者的身份、作为崭新的英国象征走出这座塔楼。要么，他们不会再活着离开这座塔楼。

"伦敦人在罢工，"维克图瓦推了推他的肩膀，"罗宾，醒一醒。"

他猛地坐起身。时钟显示的时间是十二点过十分。今晚轮到他值午夜的那一班岗，他刚刚睡着了。"什么？谁罢工？"

"所有人。"维克图瓦的声音十分茫然，似乎连她都不敢相信，"安东尼的宣传册一定起作用了，我是说那些写给激进分子的宣传册、那些关于劳工的宣传册，因为，你看——"她朝罗宾挥舞着一份电报，"就连电报处都在罢工。他们说议会门口一整天都围着很多人，要求议会驳回战争提案——"

"所有人都是谁？"

"所有在几年前罢过工的人：裁缝、鞋匠和纺织工人。他们都开始重新罢工了。还有更多的人，码头工人、工厂的雇工、煤气厂的司炉工——我是说，真的是所有人。你看，"她晃了晃手里的电报，"你看。明天所有报纸都会刊登。"

罗宾借着微弱的光线眯眼看那封公文，努力理解文字的含义。

在一百英里之外，在工厂劳动的英国白人正聚集在威斯敏斯特议会厅前举行抗议活动，为了一场他们从未踏足过的国家面临的战争。

安东尼说对了吗？他们是否建立起了最不可思议的同盟？他们的活动并不是这十年中第一次反对白银的起义，只不过是最有戏剧色彩的一次。威尔士的利百加暴动、伯明翰的牛环暴动，以及这一年早些时候

第二十七章

在谢菲尔德和布拉德福德发生的宪章派起义都曾试图阻止白银工业革命，但它们都失败了。报纸将这些事件塑造成彼此孤立的、不满情绪的爆发。但是现在局面很清楚，这些事件彼此相关，全都陷落在一张充满胁迫和剥削的网络之中。发生在兰开夏郡纺纱工人身上的事首先发生在印度的纺织工人身上。在镶嵌着白银的英国工场里，汗流浃背、精疲力竭的纺织工加工着美国奴隶采摘的棉花。白银工业革命给所到之处带来的都是贫穷、不平等和痛苦，唯一受益的是处于帝国中心的掌权者。帝国规划最了不起的成就在于：它对众多地方进行掠夺，在每个地方都只掠夺很少一点；它将痛苦分割成小块，在任何时候都不至于超出整个群体的承受范围。直到有一天，痛苦超出了整个群体的承受范围。

如果受压迫的人团结起来，如果他们为了一个共同的事业携手共进，那这便是格里芬经常提起的、不可思议的关键节点之一。就是现在，就是此刻。这就是他们改变历史轨迹的机会。

一小时后，伦敦发来了第一份停战建议：**恢复巴别塔的服务。即使是斯威夫特和德格拉夫也能得到完全赦免。否则进监狱。完毕。**

"这些条件很糟糕。"优素福说。

"真荒唐，"查克拉瓦蒂教授说，"我们要怎么回复呢？"

"我觉得我们不用回复，"维克图瓦说，"我觉得要让他们急得冒汗，把他们逼到绝境。"

"但是那很危险，"克拉夫特教授说，"他们现在打开了对话的窗口，不是吗？我们不知道这个窗口能开放多久。假如我们忽略，然后窗口关上了——"

"还有别的消息。"罗宾尖声说。

他们在惊恐中一言不发地看着电报机敲出讯息，维克图瓦记录下来。她念道："**军队已上路。投降。完毕。**"

"天哪。"朱利安娜说。

"可是这对他们有什么好处？"罗宾问。"他们不可能穿透结界——"

"我们不得不假设他们可以，"查克拉瓦蒂教授阴沉地说，"至少假设他们很快就可以。我们不得不假设杰尔姆在帮他们。"

这引发了一阵恐慌的小声议论。

"我们必须对他们说些什么，"克拉夫特教授说，"否则我们会错过谈判的窗口——"

易卜拉欣说："假如他们把我们关进监狱——"

朱利安娜开口道："如果我们投降就不会——"

但维克图瓦坚定而激越地说："我们不能投降，否则就一无所获——"

"等等。"罗宾提高声音压过他们的喋喋不休，"不，这个军队的威胁——它恰恰意味着我们的行动奏效了，你们看不出来吗？这说明他们害怕了。在罢工第一天，他们还以为能对我们发号施令。但是现在他们感受到后果了。他们恐慌了。这就意味着，只要我们再坚持一段时间，只要我们保持这样的节奏，我们就能赢得胜利。"

第二十八章

你如何解释那爆发的时刻，
当半城的民众在同一种欲望、仇恨、
愤怒或恐怖的驱使下涌出？

——威廉·华兹华斯，《序曲》[1]

第二天早晨醒来时，他们发现塔楼周围在一夜之间冒出了一组神秘的街垒。摇摇晃晃的庞大障碍物堵住了通往巴别塔的每一条主要街道，包括高街、宽街和谷物市场。他们心下暗想：这是军队的手笔吗？但是，这些街垒搭得太仓促、太随意，不像是军队所为。它们取材于日常所用的物品，比如倒放的手推车、装满沙子的木桶、倒下的路灯、从牛津的公园围栏上拆下的铁条，还有各个街角积攒的乱石堆，那是这座城市缓慢恶化的证据。军队在他们自己的街道上设卡有什么好处？

他们问昨晚站岗的易卜拉欣有没有看见什么。但是易卜拉欣睡着了。他辩解道："我在天快亮的时候醒了，不过那时候它们已经在那里了。"

查克拉瓦蒂教授从会客大厅冲了上来。他对罗宾和维克图瓦点点头说："外面有个男人要和你们两个说话。"

"什么男人？"维克图瓦问，"为什么是我们？"

"不清楚，"查克拉瓦蒂教授说，"反正他坚持要和负责人谈话，不管负责人是谁。而这件事完全是你们的主场，不是吗？"

---

[1] 引自《序曲或一位诗人心灵的成长》，[英]威廉·华兹华斯著，丁宏为译，北京大学出版社，2017年。——译注

他们一起来到会客大厅。透过窗户，只见一个宽肩膀、大胡子的高个子男人正在台阶上等候。他似乎没带武器，也没有明显的敌意，但他的出现还是令人十分困惑。

罗宾反应过来，自己以前见过这个男人。这一次他没有肩扛标语，但站在那里的样子和当初磨坊工人抗议时一样：握紧拳头，扬起下巴，毅然决然地瞪着巴别塔，仿佛只用思想就能推翻这座塔楼。

"看在上帝的分上，"克拉夫特教授从窗口向外打量，"他是那些疯子中的一个。别出去，他会袭击你们的。"

但罗宾已经披上了外衣。他隐约猜到了正在发生的事，尽管他不敢怀有希望，但心还是激动地怦怦直跳。"不，他不会的。我想他是来帮忙的。"

他们打开门[1]，那个男人彬彬有礼地向后退了几步，举起双手示意他没带武器。

"你叫什么名字？"罗宾问，"我以前在这里见过你。"

"埃布尔，"那个男人的嗓音像砖石一样低沉而扎实，"埃布尔·古德费洛。"

"你朝我扔过一个鸡蛋，"维克图瓦指责道，"就是你，去年二月——"

"是的，但那只是一个鸡蛋而已，"埃布尔说，"完全不是针对你。"

罗宾朝那些街垒做了个手势。距离最近的街垒几乎将高街整个横向拦住，截断了通往巴别塔的主要入口。"这是你们做的？"

埃布尔微微一笑。大胡子的他笑起来显得有些古怪，好像突然变成了一个快乐的小男孩："你们喜欢吗？"

"我看不出这有什么意义。"维克图瓦说。

"军队已经上路了，你们没听说吗？"

---

[1] 克拉夫特教授重新抽取了罗宾和维克图瓦的血样，将他们的血样瓶重新放到墙上。现在他们可以和从前一样自由进出巴别塔了。——原注

第二十八章

"我不明白这怎么能阻止他们，"维克图瓦说，"除非你打算告诉我们，你也带来了一支守卫街垒的军队。"

"这东西抵御军队的效果比你想象的要好，"埃布尔说，"不仅仅是街垒本身，当然，街垒本身也能抵挡军队，你会看到的。这是心理战。街垒给人的印象是人们正在开展一场真正的抵抗运动，而军队现在还以为他们正在向一座毫无还手之力的塔楼进军。街垒让我们这些抗议者胆子更大，它创造了一个安全的避难所，一个可以撤退的地方。"

"那你们来这里是要抗议什么呢？"维克图瓦谨慎地问。

"当然是白银工业革命。"埃布尔举起一份被水打湿的、皱巴巴的宣传册，那是他们的宣传册，"事实证明，我们是同一条战线的。"

维克图瓦歪着头问道："我们是吗？"

"在工业方面肯定算是。我们一直在努力让你们认识到同样的事实。"

罗宾和维克图瓦对视了一眼。此刻他们都为自己在过去一年中对罢工者的蔑视而备感羞愧。当时他们接受了洛弗尔教授的论调，即罢工者都是懒惰的可怜虫，不配享有最基本的经济尊严。但是说实在的，他们双方的目标又有多大差别呢？

埃布尔说："这从来都不是白银本身的问题。你们现在明白过来了，不是吗？问题在于薪酬缩减，工作条件恶劣，女人和小孩成天被关在闷热不透气的厂房里，机器没经过测试，人眼又跟不上，太危险了。我们在受苦。我们只是想让你们看清这一点。"

"我知道，"罗宾说，"我们现在知道了。"

"我们那次来的时候没想伤害你们任何人。好吧，没想真的伤到你们。"

维克图瓦犹豫片刻后点了点头："我可以努力相信这一点。"

"不管怎么说，"埃布尔朝身后的街垒做了手势，他的动作骄傲又有些尴尬，好似向心上人献玫瑰的求婚者，"我们听说了你们的打算，心想没准可以来帮帮忙。至少我们可以阻止那些小丑烧毁塔楼。"

"嗯,谢谢你。"罗宾不确定该作何反应,他还没法儿完全相信这是真实发生的事情,"你——你想进来吗?我们仔细谈谈?"

"嗯,好啊,"埃布尔说,"我就是为这个来的。"

两人后退一步,将埃布尔迎进塔里。

就这样,他们划定了战线。那天下午,罗宾此生见过的最古怪的合作开始了。几周前还在对巴别塔的学生破口大骂的人此刻却和他们一起坐在会客大厅里,仔细探讨巷战的战术和街垒的坚固程度。克拉夫特教授和一个名叫莫里斯·朗的罢工者站在一张牛津地图前,脑袋凑在一起讨论如何设置更多的街垒,封锁军队进城的理想地点。莫里斯说:"街垒是我们从法国人那里引进的唯一一样好东西。[1]在宽阔的道路上,我们要准备低矮的障碍物,比如铺路石、倒下的树干之类的。清理这些东西需要不少时间,而且可以阻止他们运进马匹或重型火炮。而在这里,如果我们切断方庭周围相对狭窄的道路,我们就能把他们困在高街上……[2]"

维克图瓦和易卜拉欣同另外几位罢工者坐在桌边,认真记录下哪些银条可能有助于防御工程。Barrel(兼有"木桶"和"枪管、炮管"之义)这个词的出现频率相当高;罗宾偷听了几句,发现他们计划洗劫几

---

[1] 起义的战术传得很快。英国纺织工人从 1831 年和 1834 年的里昂工人起义那里学习到了这些搭建街垒的技术。那些起义全都遭到了残酷的镇压,但最关键的原因在于他们没有控制整个国家的支柱作为筹码。——原注
[2] 如果有人对这些罢工者的组织能力感到惊讶,请记住巴别塔和英国政府犯了一个严重的错误:认为这个世纪所有抵制白银的运动都是由没有受过教育、心怀不满的社会底层人员自发开展的暴动。举例来说,卢德分子被恶语中伤成恐惧技术的机器破坏者,事实上,卢德运动是一场高度复杂的起义运动,参与运动的小团体纪律严明,他们懂得利用伪装和暗号,筹集资金,收集武器,恐吓对手,展开精心策划、有针对性的袭击。(另外,虽然卢德运动最终确实以失败告终,但那是因为议会出动了一万二千人的兵力对其进行镇压,这比参加半岛战争的军队人数还要多。)埃布尔的人给巴别塔罢工带来的正是这种高水平的职业素养和专业精神。——原注

第二十八章

座酒窖来加固街垒结构。[1]

"你们打算在这里住几个晚上?"埃布尔朝会客大厅做了个手势。

"需要多久就住多久,"罗宾说,"这是关键。他们可以使出一切手段,但只要我们还占据着这座塔楼,他们就没有办法。"

"你们这里有床吗?"

"没有正经的床。只有一张简易小床,我们轮流睡,但大部分时候我们就直接睡在书架中间。"

"肯定不舒服。"

"一点儿也不舒服,"罗宾对他苦笑,"半夜去卫生间的人总是踩在我们头上。"

埃布尔哼了一声。他环视开阔的会客大厅,将锃亮的桃花心木书架和一尘不染的大理石地板都看在眼里:"牺牲还真大。"

* * *

那天夜里,英国军队进入了牛津。

学者们在塔顶上看着身穿红军装的部队排成一列纵队在高街上行进。一个武装排的到来原本应该是壮观的盛大场面,却很难引起真正的恐惧。部队行进在市中心的联排别墅和商店之间,与周围环境格格不入。夹道欢迎的市民让他们看起来更像是在接受阅兵,而不像一支执行任务的军队。他们缓缓前行,为过街的平民让出道路,彬彬有礼,颇有风度。

他们走到街垒跟前停了下来。指挥官蓄着精致的八字胡,盛装打扮,身上挂满勋章,他跳下马背,大步走到第一辆翻倒的马车跟前。他看起来对街垒深感不解,他望向围观的居民,好像在等待某种解释。

---

[1] 街垒(barricade)一词来源于西班牙语 barrica,意思是"木桶",因为木桶是早期街垒的基本组成部分。除了历史渊源之外,还有其他几个原因让木桶成为搭建街垒的好材料:易于运输,易于装填沙子或石块,易于堆放,还可以为躲在街垒后面的狙击手留下射击的空间。——原注

"你们觉得那是希尔勋爵吗?"朱利安娜好奇地问。

"那可是陆军总司令,"查克拉瓦蒂教授说,"他们不会派陆军总司令来对付我们的。"

"他们应该那么做,"罗宾说,"我们威胁到了国家安全。"

"别那么激动,"维克图瓦示意他安静,"看,他们在说话。"

埃布尔·古德费洛独自一人从街垒后面大步走了出来。

指挥官和埃布尔在街道中间走到一起。两人交谈起来。罗宾听不见他们在说什么,但对话似乎很激烈。一开始,两人都很文明,但是过了一会儿,两人都开始激烈地打起手势,有几次罗宾甚至担心指挥官是要给埃布尔戴上手铐。最后,他们终于达成了某种一致。埃布尔倒退着撤回到街垒后方,倒着走似乎是为了确保不会有人从背后向他开枪。八字胡指挥官回到他的队伍中。接着,让罗宾没想到的是,军队开始撤退了。

"他给了我们四十八小时的撤退时间,"埃布尔一回到巴别塔会客大厅就向他们汇报,"他说,四十八小时后,他们就要强行清除街垒。"

"所以我们只有两天,"罗宾说,"时间不够。"

"不止两天,"埃布尔说,"这种事情不是一蹴而就的。他们会再次发出警告,接着是第三次,第四次,然后还有一次,这一次措辞会强硬得多。他们能拖多久就会拖多久。如果他们有对我们发动猛攻的计划,当时在那里就会动手了。"

"他们对斯温暴动的参与者开枪时可没有一点儿犹豫,"维克图瓦说,"还有披毯者暴动的参与者。"

"那些不是占领领土的暴动,"埃布尔说,"那些是针对政策的暴动。暴动者不需要坚守阵地,他们一遭到枪击就散开了。但我们扎根在城市的心脏地带。我们已经声明占领了塔楼和牛津本身。如果任何一名士兵不小心击中了某个旁观者,他们就会丧失控制权。他们不可能在不摧毁这座城市的情况下摧毁街垒。而我认为这正是议会无法承受的。"他站起身准备告辞,"我们会把他们拦在外面。你们就继续写你们的宣传册吧。"

于是,罢工者与军队在高街的街垒之间僵持不下,这就是他们的新现状。

认真说起来,塔楼本身提供的庇护远胜于埃布尔·古德费洛拼凑起来的障碍物。但是,街垒的存在绝不只有象征意义。它们覆盖了一片足够宽敞的区域,让关键的供给线得以进出塔楼。这意味着学者们现在有了新鲜的食物和水(当天的晚餐是由松软的小圆面包和烤鸡组成的盛宴),也意味着他们具备了了解塔外事态进展的可靠信息来源。

超出所有人预期的是,埃布尔的支持者在接下来的几天里越来越多。这些罢工工人传播信息的效果比罗宾的所有宣传册都要好。毕竟,他们所说的是同一种语言。英国民众对埃布尔有一种认同感,这是异国出生的翻译者做不到的。来自英国各地的罢工劳动者纷纷前来加入他们的事业。在家里憋得无聊、想找点儿事做的牛津男孩们来到街垒跟前,只因为这看起来很刺激。失业的女裁缝和工厂女工等妇女也加入了这支队伍。

守卫者不断涌入塔楼的场景多么壮观啊。街垒出乎意料地发挥了促进社区构建的作用。无论出身如何,他们全都成了一道墙内的同志。定期送到塔楼的食物都附带着手写的、鼓舞人心的话语。罗宾原以为他们只会遭遇暴力,却从没想到还会有团结。他不确定该如何应对眼下的支持。这与他对世界的预期背道而驰。他害怕这会让他心生希望。

一天早晨,他发现埃布尔给他们留下了一份礼物:一辆运货马车停在塔楼大门前,车上高高地堆满了床垫、枕头和自家纺织的毯子。车身上钉着一张字迹潦草的纸条。上面写着:暂时借给你们,完事后记得还给我们。

与此同时,在巴别塔内部,他们致力于让伦敦对持续罢工的后果产生恐惧。

伦敦所有的现代化便利设施全部仰仗白银魔法。白银为伦敦富人厨房里的制冰机提供动力。白银为啤酒厂和磨坊的发动机提供动力，这样伦敦的酒馆和整座城市才有了啤酒和面粉。没有白银，机车将停止运行，新的铁路也将无法建造。城市用水将会发臭。空气将因烟尘而变得污浊。当所有实现纺纱、织布、梳棉和粗纺流程机械化的机器全部停摆时，整个英国的纺织业将全面崩溃。整个国家都可能面临饥饿，因为全英国农村的耕犁架、播种机、脱粒机和排水管里都有银条。[1]

这些影响在未来几个月内都完全无关痛痒。伦敦、利物浦、爱丁堡和伯明翰仍然有区域性的刻银术中心，在那里，那些在大学期间不够出色、没有赢得奖学金的巴别塔学者负责修理天赋更高的同龄人发明的银条，以此勉强维持平凡的生活。这些刻银术中心将在这段过渡期内帮忙应急。但它们不能完全弥补损失，尤其关键的是，它们无法接触到维修账簿。

"你不觉得他们能回忆起来吗？"罗宾说，"至少那些跟普莱费尔教授一起离开的学者能回忆起来？"

"他们是学者，"克拉夫特教授说，"我们只熟悉精神生活。除了写在日记里或者被圈出来好几遍的内容之外，我们什么也不记得。杰尔姆会尽他所能，假如他从手术的药效中恢复过来的话。但是他们没法儿靠回忆记起那么多内容。这个国家在几个月内就会垮成碎片。"

---

[1] 关键在于，所有依靠蒸汽动力运行的设备都陷入了困境。原来，洛弗尔教授的一项发明将蒸汽动力从一项麻烦且复杂的技术转化成了一种可靠的能源，几乎为整个英国舰队提供了动力，这正是他大部分财富的来源。他的伟大创新其实相当简单：在汉语中，表示"蒸汽"的词语是"气"，而这个词还有"精神"和"能量"的内涵。当这对镌字安装在理查德·特里维西克几十年前设计的发动机上时，它只消耗原先几分之一的燃煤就产生了惊人的能量。（19世纪30年代的研究人员曾经探讨过将这对镌字应用到空中运输设备上的可能性，但他们没有取得理想的成果，安装这对镌字的气球不是爆炸，就是弹射进入了平流层。）
有人认为，这一项发明正是英国在特拉法尔加海战中的决胜因素。如今整个英国都依靠蒸汽维持运转。蒸汽机车取代了许多马拉车辆；蒸汽船基本取代了帆船。但是英国的汉语翻译者实在太少，除了罗宾和查克拉瓦蒂教授之外，其他汉语翻译者不是死了就是身在国外，全都派不上用场。如果没有按期维护，蒸汽动力不会完全失效，但是会失去其独一无二的能量和难以置信的效率，而正是这一点让英国舰船处于美国或西班牙舰队望尘莫及的水平。——原注

"而经济早在那之前就会崩盘。"优素福说,在他们几个人中,只有他对市场和银行业略有了解,"你们知道,那些都是投机活动,在过去十年里,人们一直在疯狂购买铁路和其他以白银为动力的行业的股票,都觉得自己快要发大财了。当他们意识到所有这些股票都将化为泡沫时,会发生什么?铁路工业可能需要几个月才会衰退,但市场本身在几周之内就会崩盘。"

市场失灵。这个想法很荒谬,却也很让人心动。他们有可能以引发股票市场崩溃和势不可挡的银行挤兑为威胁,从而赢得这场战争吗?

毕竟这才是关键,不是吗?要想让计划奏效,他们就必须让有钱有势的人感到恐慌。他们知道,罢工会对辛勤劳动的穷人造成不成比例的巨大冲击:当空气变污浊、水变臭时,那些生活在伦敦最肮脏、最拥挤之处的人不可能轻松收拾行李逃往乡下。但是,从另一个重要的层面上说,白银稀缺将对那些从白银发展中获利最多的人产生最猛烈的打击。私人俱乐部、舞厅、新近修缮的剧院等最新建造的建筑将率先倒塌。伦敦那些破旧的廉租公寓用普通木材建造,地基没有使用白银来支撑比天然材料沉重得多的楼体。建筑师奥古斯塔斯·皮金与巴别塔翻译学院有长期合作关系,他在最近的项目中大量使用银条,比如兰开夏郡的斯凯里斯布里克乡村别墅、奥尔顿塔的改造项目,以及最出名的威斯敏斯特宫在1834年火灾后的重建项目。根据工作订单账簿,上述所有建筑都将在年底前坍塌。如果拆除对应的共振柱,甚至还要更快。

当脚下的地面塌陷时,伦敦的有钱人将如何回应?

罢工者发出了充足的警告。他们大声宣传这些信息。埃布尔将他们撰写的无数本宣传册交给了他在伦敦的伙伴。宣传册上写道:你们的道路将损毁。你们的水源将枯竭。你们的灯火将熄灭。你们的食物将腐烂。你们的船只将沉没。所有这些都将一一兑现,除非你们选择和平。

"这就像《圣经》里的十灾。"维克图瓦评价道。

"十灾?"罗宾已经很多年没碰过《圣经》了。

维克图瓦说:"摩西要求法老允许上帝的人民离开埃及。但是法老铁石心肠地拒绝了。于是上帝在法老的领土上降下了十灾。他将尼罗河的河水变成血水,让蝗虫、青蛙和瘟疫降临,让整个埃及陷入黑暗。他用这些壮举迫使法老认识到他的力量。"

"那法老放他们走了吗?"罗宾问。

"放他们走了,"维克图瓦说,"但那是在第十灾降临之后,在他的头生子惨死之后。"

罢工产生的后果偶然会出现逆转。有时,灯光会闪烁着恢复一晚上的照明。有时,某一片道路会清洁一新。有时会传来消息说,拥有净水功能的银器正在伦敦的某些街区以超高价格出售。账簿上预言的灾难偶尔也不会应验。

这并不意外。被驱逐的学者——德弗雷瑟教授、哈丁教授以及所有没留在巴别塔的教员和研究员在伦敦重新集结,成立了一个对抗罢工者的防卫协会。现在,这个国家正在承受一场文字和语义之战的无形的剧痛,它的命运在大学这个中心和绝望挣扎的外围之间摇摆不定。

罢工者们对此并不在意。流亡学者不可能获胜,他们缺乏巴别塔的资源。他们可以继续按老规矩办事。但他们无法阻止河水流动,也无法阻止大坝裂开。

"真让人尴尬,"一天下午,维克图瓦在喝茶时指出,"到头来,一切都这么依赖于牛津。我本来觉得,他们应该知道不该把所有鸡蛋都放在一个篮子里。"

"是啊,这真是太有意思了,"查克拉瓦蒂教授说,"从技术上说,那些辅助站点确实存在,而且正是为了缓解这样的依赖性危机才会存在。比如说,剑桥这么多年来一直试图制订一个与我们分庭抗礼的计

第二十八章

划。但是牛津不愿意分享任何资源。"

"因为稀缺性吗?"罗宾问。

"因为嫉妒和贪婪,"克拉夫特教授说,"稀缺性从来不是问题所在。[1]我们只是不喜欢剑桥的学者。那些惹人讨厌、自命不凡的后起之秀,他们以为可以靠一己之力成功。"

"能在这里找到工作的人是不会去剑桥的,"查克拉瓦蒂教授说,"真可悲。"

罗宾向他们投去惊奇的目光。"你们是想告诉我,这个国家之所以濒临崩溃,是因为学术领域的院校之争?"

"嗯,是啊。"克拉夫特教授将茶杯举到唇边,"这里是牛津啊,你以为呢?"

议会依然拒绝合作。外交部每天夜里都向他们发出内容相同、连措辞都完全一致的电报,仿佛一遍又一遍呐喊同一条讯息就能诱使他们服从:**即刻停止罢工。完毕。**一周之后,电报里不再包括关于赦免的提议。不久之后,电报中又附加了一项多余的威胁:**即刻停止罢工,否则军队将收复塔楼。完毕。**

很快,他们的罢工开始产生致命的后果。[2]事实证明,道路是最重要的突破点之一。在牛津,交通是市政官员面临的首要问题,他们必须

---

[1] 举例来说,共振柱上所使用的巴雷什字母表严格来说并不是维持其运行所必需的设计,巴别塔的学者们设计这套字母表纯粹是为了让外人无法破解共振技术的专利。令人震惊的是,事实上,学术界所感受到的资源稀缺在很大程度上是人为制造的。——原注

[2] 埃布尔源不断地给他们带来令人心惊肉跳的最新消息。在查韦尔河上,一艘游艇与一艘运输驳船的导航系统双双失灵,两艘船撞在一起,在河中央引发了一连串蒸汽冲天的事故。三人被困在淹没的船舱中丧生。在杰里科,一个四岁的孩子被失控的马车卷入车轮下轧死。在肯辛顿,一个十七岁少女和情人在午夜幽会时被活埋在教堂塔楼倾倒的废墟之中。——原注

管理好川流不息的推车、马匹、行人、驿站马车、出租马车和货运马车，避免交通拥堵或事故。在伦敦更是如此。过去，城市一直靠刻银术防止交通堵塞。加固木制路面，管理收费道路，加固收费站和桥梁，确保推车顺利转弯，为除尘水泵补水，让马匹保持驯顺，一切都仰赖于刻银术。失去巴别塔的维护保养，以上所有精密的调节装置逐一失效，导致数十人丧生。

交通运输引发了多米诺骨牌效应，一连串不幸接踵而至。杂货商店无货可补；烘焙师无法获得面粉；医生无法为病人诊治；律师无法出庭。伦敦富人区有十几辆马车安装了洛弗尔教授设计的一对巧妙利用汉字"**辅**"的镌字。这个字的意思是"帮助"或"协助"，它最初是指夹在马车车轮两侧、用于保护车轮的木条。洛弗尔教授原本应当在一月中旬来到伦敦对它们进行修缮。现在银条失效了。这些马车现在过于危险，无法再上路。[1]

他们预料中将在伦敦发生的一切已经在牛津成为现实。因为距离巴别塔最近的牛津是全世界最依赖白银的城市。而牛津正在溃烂。城里人即将破产，他们填不饱肚子，也没法儿做生意，河流被堵住，市场关门歇业。他们请求伦敦提供食物和补给，但马路已变得危机四伏，从牛津到帕丁顿的火车也已不再运行。

对巴别塔的攻击变本加厉。市民和士兵一起聚集在街道上，对塔楼的窗户破口大骂，与守在街垒边的人发生争执。但是这么做无济于事。他们不能伤害翻译者，因为只有翻译者才能终结他们的苦难。他们无法穿过塔楼的结界，无法烧毁塔楼或在塔底使用炸药。他们只能乞求对方停手。

宣传册已经成了罗宾回应市民抗议的方式，他在一系列宣传册中

---

[1] 在某个周三，两辆推车撞在一起，其中一辆推车载有好几桶上等白兰地。当甘甜的酒香飘到大街上时，一小群围观者冲了上去，争相用手捧起洒落的白兰地。场面很有趣，直到一个男人拿着点燃的烟斗走进混乱的现场，整条街的人和马都陷入了酒桶爆炸的火海。——原注

写道：

我们只有两点诉求，议会对此很清楚：拒绝发动战争；赦免我们。你们的命运掌握在他们手中。

他要求伦敦在所有灾难成为现实之前投降。他希望并且知道，他们不会投降。他现在已经完全接受了格里芬的暴力理论：压迫者在认为他们不会有任何损失时，是绝对不会坐到谈判桌前的。不，事情必须变得血腥。到目前为止，所有威胁都只是假设。伦敦必须吃点苦头才能接受教训。

维克图瓦不喜欢这样。每次登上八楼，他们都要为拆除哪些共振柱、拆除多少共振柱而争吵。罗宾想一次抽去二十四根；维克图瓦只想抽去两根。通常情况下，他们妥协的结果是五六根。

"你太急于求成了，"她说，"你连回应的机会都没留给他们。"

"他们想什么时候回应都可以，"罗宾说，"有什么在阻止他们吗？再说，军队都已经到了——"

"军队来这里，是因为你把他们逼到了这一步。"

他不耐烦地哼了一声："我很抱歉，我不想神经过敏——"

"我没有神经过敏，我只是谨慎。"维克图瓦叉起双臂，"我们动作太快了，罗宾。我们一次做了太多事。你得让辩论辩出个结果。你得让公众舆论倒向反战的一面——"

"这还不够，"他坚持道，"他们以前从来没有靠自己领悟到公平正义，现在也不会。恐惧是唯一起作用的因素。这只是战术——"

"你的动机不是战术，"她的嗓音尖锐起来，"是悲痛。"

罗宾没有转身。他不想让维克图瓦看到他的表情："你自己说过，你想让这地方在火中燃烧。"

维克图瓦将一只手放在他肩头："但是，我更想让我们活下来。"

到头来，他们也说不清这样迅速的破坏究竟发挥了多大的作用。选择权始终掌握在议会手中。伦敦的辩论仍在进行。

没有人知道上议院内部是什么情形,只知道辉格党和激进分子对己方争取到的人数都不够满意,双方都觉得投票的时机尚未成熟。报纸则披露了更多关于公众情绪的信息。代表主流思想的报纸所表达的观点与罗宾的预料相同,即对中国的战争事关国家尊严,中国人令英国国旗饱受屈辱,入侵中国仅仅是对此予以公道的惩罚,而来自异国的学生占领巴别塔是叛国之举,牛津的封路和伦敦的罢工是野蛮而心怀不满之人所为,政府应当坚决反对他们的要求。支持战争的社论总是强调,中国很容易被击败。这将是一场规模很小的战争,甚至算不上是战争。只需发射几门大炮,中国人在一天之内就会认输。

对于翻译者们,各家报纸的观点相持不下,无法统一。支持战争的出版物提出了十几种论调:他们与腐朽的中国政府串通一气;他们是印度反叛者的同谋;他们是恶劣的忘恩负义之徒,除了伤害英国、恩将仇报之外没有任何其他欲求。这些论调不需要更多解释,因为这是全英国公众都乐于相信的动机。议会辩论双方都承诺:我们不会同巴别塔谈判。英国不会向外国人低头。[1]

---

[1] 媒体总是用外国人来指代巴别塔的罢工者,将他们称为中国人、印度人、阿拉伯人或非洲人。(对克拉夫特教授不管不顾。)他们从来不是牛津人,也不是英国人,而是来自国外的旅行者,他们利用了牛津的善意,现在却以整个国家相要挟。巴别塔现已成为异国的同义词,这非常古怪,因为皇家翻译学院从前一直被视为国家宝藏,是一个典型的英国精英机构。

不过,英国和英语一直以来都受惠于穷人、社会底层和外国人,人们只是不愿承认而已。英语中的 vernacular(地方的、本土的)一词衍生于拉丁文 verna,后者的意思是"家奴",这一词源突显出 vernacular language(地方语言)的本土性和局限于一地的特征。与此同时,verna 这个词根也表明权贵们所使用的语言有着卑微的起源。奴隶、劳工、乞丐和罪犯创造的术语和短语(土话和黑话)被英语所吸收,逐渐成为正统英语的一部分。严格来说,英语并不算是完全诞生于英国本身的地方语言,因为英语词汇的词源词根来自世界各地。Almanacs(年鉴)和 algebra(代数)来源于阿拉伯语;pyjamas(睡衣)来源于梵文;ketchup(番茄酱)来源于中国方言;paddies(稻田)来源于马来语。只有当英国的精英生活方式面临威胁时,真正的英国人(不管他们究竟是谁)才会与这一切造就他们的事物一刀两断。——原注不过，并非所有报纸都反对巴别塔、支持开战。事实上，有多少头条新闻呼吁迅速在广州采取行动，就有多少出版物（尽管规模更小，受众更少，更加激进）指责这场战争是道德和宗教上的暴行。《旁观者》对主战派的贪婪和追求暴利大加控诉。《观察家》称这场战争是无可辩驳的犯罪。《冠军报》在头条刊出：**渣甸的鸦片战争是耻辱**。其他一些报纸则更加委婉。《政治年鉴》写道：**瘾君子意图染指中国**。

英国的每一个社会派系都有自己的观点。废奴主义者发表了支持罢工者的声明。女性参政论者也支持他们，不过声音没有那么响亮。基督教组织刊印了许多宣传册，抨击这种在无辜民众中散播的非法罪恶。然而，支持战争的福音布道者也用所谓的基督教论点予以回应，认为让中国人民接触自由贸易是上帝的杰作。

与此同时，激进分子的出版物指出，中国开放口岸与英格兰北部工人的利益相悖。由幻想破灭的工人和手工劳动者组成的宪章派是罢工者最坚定的支持者。宪章派报刊《红色共和党人》刊出头条，将翻译者称为工人阶级的英雄。

这给罗宾带来了希望。毕竟，激进分子是辉格党要安抚拉拢的派系，如果这类头条新闻能让激进分子相信战争不符合自身的长远利益，也许事情就能解决。

事实上，在公共舆论场上，关于刻银术危害的探讨比关于中国的争论更受关注。刻银术是与自身息息相关的议题，以普通英国人能够理解的方式对他们产生影响。白银工业革命对纺织业和农业都造成了毁灭性打击。报纸刊登了一篇又一篇文章，揭露以白银为动力的工厂内部恶劣的工作条件。（不过这些文章都有针锋相对的反驳，比如安德鲁·尤尔就指出，工厂工人只要少喝些杜松子酒、少抽烟就会感觉好很多。）1833年，外科医生彼得·加斯克尔发表了一份经过深入研究的手稿，题为《英格兰的制造业人口》，文中重点阐述了应用刻银术的机械对英国劳工的道德观念、社会地位和身体健康的损害。当时，除了以夸大其词闻名的激进分子之外，几乎没有人留意这部作品。而现在，反对战争的报纸每天都在摘录其中的内容，详细报道阴森可怖的细节：年幼的儿童将煤粉吸入身体，被迫钻进成年人无法进入的隧道，手指和脚趾被以白银为动力、高速运转的机器毫不留情地切断，还有女孩因长发卷入飞快旋转的纺纱锭子和织布机中而被勒死。

《旁观者》刊登了一幅漫画插图，画面中骨瘦如柴的儿童被压死在某种用途不明的奇特装置的轮子之下，这幅画的标题是**《白银革命的白奴》**。在巴别塔内，他们对这种对比反差笑得前仰后合，但普通公众似乎对此深感惊骇。有人质问一位上议院议员，他为什么支持工厂剥削儿童。议员轻描淡写地答道，法律在1833年便已禁止雇用不满9岁的儿童。这番回答让全国上下对10岁和11岁儿童所遭受的苦难提出了更广泛的抗议。

"真的有那么糟糕吗？"罗宾问埃布尔，"我是说那些工厂。"

"比报纸上更糟，"埃布尔说，"他们只顾着报道那些少见的意外事故，却没有报道在狭窄的场地内日复一日地干活是什么感觉。天不亮就起床，工作到晚上九点，中间几乎没有休息。而这些正是我们渴望得到的条件。这就是我们希望重新获得的工作。我猜大学逼你们做的工作还没有这一半辛苦，对吗？"

"对，"罗宾难为情地说，"没有那么辛苦。"

《旁观者》刊登的故事对克拉夫特教授的影响似乎格外强烈。在其他人吃完早餐之后很久，罗宾发现她拿着报纸坐在茶桌旁，两眼通红。注意到他走近时，教授赶紧用手帕擦了擦眼睛。

罗宾坐在她身旁问道："您还好吗，教授？"

"噢，挺好，"她清了清嗓子，沉吟片刻之后，她推了推那份报纸，"只是……只是我们很少考虑故事的这一面，不是吗？"

"我想我们都养成了选择不去想某些事情的习惯。"罗宾说。但她似乎并没有听到罗宾的话。她透过窗户望着塔楼下的草坪,罢工者们在草坪上搭建的抗议场地现在就像是一座军营。她说:"我获得专利的第一对镌字大大提高了泰恩郡矿场的设备效率。它让满载煤炭的推车在轨道上稳稳当当地行驶。矿场的老板们对此大为赞赏,他们邀请我去参观,我当然去了。能为国家做一点贡献让我非常激动。我还记得,当时我对矿坑里有那么多孩子感到震惊。当我问起这事时,矿工们说他们下矿绝对安全,说他们的父母都去工作了,去矿井里帮工能让他们少惹麻烦。"

她颤抖着吸了口气:"后来他们告诉我,我的银条让推车无法离开轨道,哪怕轨道上有人也不会避让。矿上出了事故。一个小男孩失去了双腿。他们想不出变通的办法,于是就不再使用那对镌字。但我当时根本没有多想。那时我已经拿到了奖学金,眼看就要得到教授职位,况且我已经投身于其他规模更大的项目了。我没有再想过这件事。我根本就没再想过这件事,这么多年都没再想过,这么多年。"

她扭头看向罗宾。她的眼睛湿润了:"问题是逐渐积累起来的,不是吗?问题不会自己消失。有一天,你开始探究一直压抑在内心的东西。那是一团黑色的腐烂物,无边无际,恐怖又令人厌恶,而你再也无法对它视而不见。"

"老天爷啊。"罗宾说。

维克图瓦抬起眼睛:"怎么了?"

他们躲在六楼的一间办公室里仔细翻看账簿,查阅还有哪些灾难即将发生。他们看完了牛津城一直到明年的预约。伦敦的维护日程表相对难找一些。巴别塔的账簿管理混乱得让人震惊,文员使用的分类系统既没有按日期编排(这本该是最符合逻辑的安排),也没有按语种编排(这没有那么合理,但至少可以理解),相反,他们按相应伦敦街区的邮政编码来编排预约。

罗宾轻轻拍了拍手中的账簿说:"我想我们或许快要迎来转折点了。"

"为什么?"

"威斯敏斯特桥在一周后就到维修期限了。这座桥上的银条是在1825年新伦敦桥建成时订购的,银条的效力在十五年后到期。也就是现在。"

"然后会怎么样?"维克图瓦问,"桥上的旋转门会锁住吗?"

"应该不是,而是规模相当大的……字母F代表地基,对吗?"罗宾的声音渐渐减弱,随即陷入沉默。他的目光在账本上下反复游走,试图认清摆在他面前的究竟是什么。这是一张条目众多的表格,清单上罗列出的采用各种语言的银条和配对镌字占据了半页纸。其中有许多配对镌字还在后面一栏里标注了对应的数字,这意味着它们通过共振链发挥作用。他翻到下一页,随即眨了眨眼。表格占满了接下来的两页纸。"我想它会直接垮塌,掉进河里。"

维克图瓦靠在椅背上,极其缓慢地长舒了一口气,像泄气的皮球。

这件事意义非凡。威斯敏斯特桥虽然不是唯一一横跨泰晤士河的大桥,却是流量最大的一座。如果威斯敏斯特桥垮塌,不论是蒸汽船、游艇、赛艇还是独木舟都别想绕过废墟。如果威斯敏斯特桥倒下,整座城市都将止步不前。

而在接下来的几周内,让泰晤士河免遭煤气工厂和化工厂废水污染的银条也即将过期,到那时,河水将重回散发瘴气、恶臭发酵的原形。水面上将浮起肚皮朝天、恶臭熏人的死鱼。此时已在下水道中缓慢流动的排泄物将彻底停滞不前。

埃及将遭受十灾。

但是,听到解释的维克图瓦脸上丝毫没有与罗宾同样的喜色。相反,她用一种十分反常的神情望着罗宾,紧皱眉头,抿着嘴唇。这让罗宾心里很不舒服。

"这是世界末日。"他扬起双手强调。怎么才能让维克图瓦明白呢？"这是可能发生的最坏的情况。"

"我知道，"她说，"只不过，你一旦走出这步棋，我们就什么也没有了。"

"我们不再需要其他任何东西了，"他说，"我们只需要在这一次施加压力，把他们逼到绝境——"

"逼到一个你知道他们肯定会无视的绝境？罗宾，拜托——"

"不然还有什么办法？缴械投降？"

"要给他们时间，让他们看清后果——"

"还有什么好看清的？"他本来不想大吼大叫，只好深吸了一口气，"维克图瓦，拜托了，我只是认为我们应该加快速度，否则——"

"我认为你就是想让它垮塌，"她指责道，"我认为你把这当成了报复，因为你就是想看到它垮塌。"

"为什么不呢？"

他们已经为此争执过。安东尼和格里芬的幽灵在他们之间游荡：一个坚信敌人即使没有施惠于人的想法，至少也会遵循理性的自身利益行事；另一个的行动则不受信念和目的驱使，而是出于纯粹的、不受约束的狂怒。

"我知道这很痛苦，"维克图瓦的声音发紧，"我知道——我知道放不下是什么感觉。但是驱动你的目标不应该是步拉米的后尘。"

沉默。罗宾想否认这一点。但是欺骗维克图瓦或者欺骗他自己没有任何意义。

"一想到他们做了什么，看看他们的嘴脸，你难道不心痛吗？"他的声音变了腔调，"我想象不出双方共存的世界。这难道不会把你的心撕碎吗？"

"当然会，"她哭喊道，"但那不是放弃活下去的借口。"

"我没打算去死。"

"那你觉得把这座桥弄垮会发生什么呢？你觉得他们会对我们做什么呢？"

"那你又要做什么？"他问，"结束这场罢工？开放塔楼？"

"假如我这么做了，"她说，"你会阻止我吗？"

两人都盯着账簿。在很长一段时间里，谁也没有开口。他们不想顺着这个话题再说下去。他们谁也无法忍受再一次的心碎。

终于，忍无可忍的罗宾提出："投票表决。我们不能——我们不能就这样破坏这场罢工。这不取决于我们俩。别让我们俩来做决定，维克图瓦。"

维克图瓦的肩膀沉了下去。罗宾在她脸上看到无尽的悲伤。她抬起下巴，有那么一瞬间，罗宾以为她要继续争辩下去，但她只是点了点头。

投票结果以微弱的优势倒向罗宾这一边。维克图瓦和两位教授都投了反对票；其他所有学生都支持罗宾。学生们认可罗宾的观点，认为必须将议会逼到崩溃的边缘，但是他们对此并不觉得激动。易卜拉欣和朱利安娜在投票时都将双臂抱在胸前，仿佛这一票让他们犹豫退缩。就连素日里热衷于帮罗宾撰写投向伦敦的宣传册的优素福也低头盯着自己的脚。

"那么结果就是这样。"罗宾说道。他赢了，但并没有胜利的喜悦。他无法直视维克图瓦的眼睛。

"这事什么时候发生？"查克拉瓦蒂教授问。

"这周六，"罗宾说，"时机非常好。"

"但议会是不会在周六前投降的。"

"那我们应该就会听到大桥垮塌的消息。"

"那你对这件事就心安理得吗？"查克拉瓦蒂教授四下环顾，仿佛

第二十八章

在测量房间里的道德气温,"数十人将因此丧生。从早到晚都有成群的人在桥边等着上船,那时候怎么——"

"那不是我们的选择,"罗宾说,"那是他们的选择,是他们不作为,是他们见死不救。我们甚至没有去碰那些共振柱,到时候它自己就会倒下——"

"你很清楚那不是问题的关键,"查克拉瓦蒂教授说,"不要拿伦理道德来诡辩。让威斯敏斯特桥垮塌就是你的选择。但是无辜的人无法左右议会的想法。"

"但政府有责任替他们高瞻远瞩,"罗宾说,"那正是议会存在的意义,不是吗?我们却不可能得到议会的以礼相待,或者恩惠。我们手里举着无差别攻击的火炬,这一点我承认,但这是形势所迫。你们不能在道德上指责我。"他咽了口口水接着说道:"你们不能。"

"你是这件事发生的直接原因,"查克拉瓦蒂教授坚持道,"你可以阻止它。"

"但这正是敌人狡猾的地方,"罗宾坚持道,"这正是殖民主义运作的方式。它让我们相信反抗导致的后果完全是我们自己的过失,让我们相信不道德的是反抗本身,而不是逼我们反抗的环境因素。"

"就算你说的对,有些底线也是你不能打破的。"

"底线?如果我们按规则行事,那他们早就赢了——"

"你想通过惩罚整座城市来取胜,"查克拉瓦蒂教授说,"而那意味着一整座城市和城里的每一个人,男人、女人、孩子。生病的孩子无法得到医治。有些家庭没有任何收入,也没有食物来源。这对他们而言不仅仅是生活上的不便,这是死期将至。"

"我知道,"罗宾沮丧地说,"这正是重点。"

他们瞪着彼此。罗宾觉得,现在他终于理解了格里芬当初看他的眼神。他们毫无胆气。拒绝将事情做绝。暴力是唯一能让殖民者坐到谈判桌边的因素，暴力是唯一的选项。枪就在那里，静静躺在桌上等着他们。为什么他们连看都不敢看它一眼？

查克拉瓦蒂教授站起身来："我不能跟着你一条道走到黑。"

"那您就该离开巴别塔，"罗宾立刻说道，"这能让您问心无愧。"

"斯威夫特先生，请你讲讲道理——"

"把您的口袋都翻开，"罗宾抬高嗓音，盖过阵阵耳鸣，"不能带任何东西出去，不管是白银、账簿还是您写给自己的笔记。"罗宾一直等着别人来打断他，等着维克图瓦站出来说他做错了。但是没有人说话。他将这种沉默视为默许。"我想您一定清楚：如果离开这里，您就不能再回来了。"

"这条路无法通向胜利，"查克拉瓦蒂教授警告他，"只会得到愤恨。"

罗宾冷笑一声："他们不可能比现在更恨我们了。"

但这不是真的。不。他们两人都清楚这一点。英国人不恨他们，因为仇恨总是与恐惧和怨怼捆绑在一起，而后两者的前提是将对手视为道德上独立自主的存在，值得尊重和对抗。但英国人对中国人的态度只有居高临下的蔑视，并非仇恨。到目前为止还没有仇恨。

或许在大桥倒下之后会有所改变。

但是罗宾心想，唤起仇恨没准是件好事。仇恨或许会迫使人们尊重他们。仇恨或许能迫使英国人直视他们的眼睛，看到一个真正的人而不是一件物品。格里芬曾经告诉他：暴力能对这个系统造成冲击，而这个系统无法承受冲击。

罗宾说："Oderint dum metuant。[1] 这就是我们的制胜之道。"

"这是卡利古拉[2]说的话，"查克拉瓦蒂教授说，"你在引用卡利古拉的话？"

1　原文为拉丁语："让他们恨吧，只要他们心怀恐惧。"——原注
2　卡利古拉是古罗马著名的暴君，在29岁遇刺身亡。——译注

"卡利古拉成功了。"

"卡利古拉被刺杀了。"

罗宾毫不在意地耸了耸肩。

查克拉瓦蒂教授说："你知道，你们都知道，梵语中最常被误解的一个概念就是 ahimsa，非暴力。"

罗宾说："我不需要说教，先生。"但查克拉瓦蒂教授没有理会，他继续说了下去。

"很多人以为'非暴力'就意味着绝对的和平主义，从而以为印度人是一个怯懦顺从、对任何事都卑躬屈膝的民族。但是《薄伽梵歌》中提到了 dharma yuddha（正义战争）的例外。以暴力作为最后手段的战争，不为自身利益或个人原因，而是为了献身于更伟大的事业而进行的战争。"他摇了摇头，"这就是我为这场罢工找到的合理性，斯威夫特先生。但是你现在所做的已经不是自卫，而是掺杂了恶意的行为。你的暴力是带有个人恩怨的报复，而我不能支持这种行为。"

罗宾的喉头抽动了一下："那就拿上您的血样，然后出去吧，先生。"

查克拉瓦蒂教授端详了他片刻，然后点了点头，开始将口袋里所有的东西都掏出来放在中间的桌子上。一支铅笔，一个笔记本，两根空白的银条。

所有人都在沉默中静静看着。

罗宾感到一阵突如其来的烦躁。他厉声说："还有谁有怨言吗？"

谁也没有说一个字。克拉夫特教授起身向楼上走去。片刻之后，易卜拉欣跟了上去，接着是朱利安娜，然后是其他人。最后只剩下罗宾和维克图瓦站在会客大厅里，目送查克拉瓦蒂教授大步走下正门口的台阶，向街垒走去。

第二十九章

我听到扫烟囱的人的叫喊
震惊每一座污黑的教堂；
还有不幸的兵丁的叹息
带着鲜血飘下了宫墙。

——威廉·布莱克，《伦敦》[1]

查克拉瓦蒂教授离开后，巴别塔里的气氛变得阴郁起来。

在罢工刚开始的那几天，他们忙着处理眼下亟待完成的各项事务，比如散发宣传册、研读账簿、加固街垒等等，因此无暇顾及处境的危险。一切都事关重大，大家齐心协力。他们享受彼此的陪伴，畅谈到深夜，了解彼此的过往，感慨他们的故事是多么惊人地相似——都在年幼时被人从故乡掳到英国，受到的训导都是要么拼命学习、要么被驱逐出境。他们中有好几个人都是孤儿，除了语言之外，他们与祖国的所有纽带都已断绝。[2]

但是现在，忙乱的准备工作暂时告一段落，他们陷入了阴沉得令人窒息的时刻。他们已经走完了每一步棋，亮出了所有底牌。他们已经在

---

[1] 引自《布莱克诗选》，[英]威廉·布莱克著，宋雪亭译，人民文学出版社，1957年。——译注

[2] 而这正是巴别塔的聪明之处：让这些学生彼此孤立，用沉重的课业负担让他们无暇他顾，这样一来，他们就永远没有机会与同班同学之外的学生建立联系。通过这种手段，巴别塔斩断了学生之间有意识团结的所有渠道，让他们始终相信自己的处境是与众不同、独一无二的。——原注

塔顶上高声喊出所有的恐吓，再也提不出新的威胁。现在，摆在他们面前的只有时间，只有通往不可避免的崩溃的倒计时。

他们已经下达了最后通牒，发布了他们的宣传册。威斯敏斯特桥将在七天后倒塌，除非，除非……

这个决定在他们心中投下了一道阴影。他们说完了所有该说的话，但没人想挑明话中的暗示。反思是危险的做法。他们只想熬过这一天天的时光。现在，更多的时候，他们分散在塔楼的各个角落里，读书，做研究，或者做任何能消磨时间的事。易卜拉欣和朱利安娜总是在一起度过所有醒着的时光。有时，其他人不禁揣测这两个人会不会坠入爱河。但这是个无法深入的话题。这让他们想到未来、想到这一切可能如何收场，只会让他们太过悲伤。优素福始终独来独往。麦格哈娜偶尔会同罗宾和维克图瓦一起喝茶，谈论他们都认识的故人。她不久前才毕业，同维马尔和安东尼关系都很好。但随着日子一天天过去，她也开始离群索居。有时候罗宾会想，麦格哈娜和优素福此刻是否后悔当初留下的决定。

巴别塔中的生活、罢工时期的生活一开始都是那么新鲜刺激、让人无比兴奋，现在却呈现出乏味单调的气氛。起初，他们要面对许多难题。他们对如何保持生活区的整洁知之甚少，这给他们带来了许多乐趣，也让他们有些难为情。没有人知道扫帚在哪里，所以地板上一直积着灰尘，到处都是垃圾。没有人知道该怎么洗衣服。他们尝试用英语 bleach（漂白）和几个衍生于原始印欧语词根 bhel（闪亮的白色、闪光、燃烧）的词语设计出一套配对镌字，但这只能暂时让他们的衣服变成白色，而且十分烫手。

他们每天还是准时聚在一起吃三顿饭，但只是因为这样更便于安排食物配给。奢侈品很快就消耗殆尽。第一周结束后，咖啡喝完了。第二周结束后，茶叶也快喝完了。他们的对策是往茶里兑水，越兑越多，最后喝下肚的只是略有茶色的清水。牛奶和糖就更不用说了。麦格哈娜提议用最后几匙茶叶煮一壶真正的、滋味醇厚的浓茶，但克拉夫特教授坚决反对。

"我可以舍弃牛奶，"克拉夫特教授说，"但不能舍弃茶。"

在那一周里，维克图瓦就是罗宾的支柱。

他知道，维克图瓦对他有一肚子气。那一周的前两天，他俩都在赌气沉默，不过还是待在一起，因为他们需要彼此的慰藉。他们并肩坐在六楼窗边，一坐就是好几个小时。罗宾不再强调他的立场，维克图瓦也不再出言责备。再没有什么可说。前路已成定局。

第三天，沉默变得难以忍受，他们这才开始交谈。起初只聊琐事，后来便想到什么就聊什么。有时，他们追忆在巴别塔读书的日子，重温在一切天翻地覆之前的黄金岁月。有时，他们将现实暂时抛在脑后，想方设法忘记已经发生的所有事，闲聊大学生活中的流言蜚语，聊科林·桑希尔和夏普兄弟是否会为比尔·詹姆森那个前来做客的漂亮妹妹大打出手，仿佛那就是眼下最重要的话题。

直到四天后，他们才终于鼓足勇气提起莱蒂。

罗宾率先开口。莱蒂一直在他们两人的记忆深处游荡，就像一处他们不敢触碰的、溃烂的伤口。他不能再继续绕着它兜圈子，只想拿起灼热的利刃剜出烂肉。

"你觉得她是一直都打算出卖我们吗？"他问，"你觉得对她来说她做的那些很艰难吗？"

维克图瓦不需要问指的是谁。短暂沉默之后，她说："那就像练习如何心怀希望，我是说，爱她这件事。有时候，我觉得她一定能改变观念。有时候，我看着她的眼睛心想，我看到的是一个真心的朋友。然后，她总会说一些话，脱口而出地发表一番评论，于是循环又从头开始。这就好像不停地向筛子里倒沙子。什么都留不住。"

第二十九章

"你觉得有没有可能，你当初如果说了什么话，或许就能让她改变想法？"

"我不知道，"维克图瓦说，"你呢？"

同往常一样，一个汉字在他脑海中跃然而出，挡住那个他不敢面对的想法。"每次想到莱蒂，我都会想到汉语里的'隙'字，"罗宾在空气中把这个字写给她看，"它最常用的意思是'裂缝'或者'裂痕'。但是在古汉语中，它也有'怨恨'或'不和'的意思。传闻大清皇帝就在记录皇室血统的壁画下面安放了一根银条，上面的配对镌字是 feud 和'隙'。只要墙上出现裂缝，就说明有人在策划谋反。"他咽了口口水，"我觉得，我们之间的裂缝一直都在。我不觉得我们能做什么。只要施加一点压力，一切都会彻底崩溃。"

"你觉得她就那么恨我们吗？"

他沉默片刻，在心中掂量要说的话的分量和后果。"我想，她是有意要杀他的。"

维克图瓦端详了罗宾很久才有所回应，也只问了一句："为什么？"

"我想她就是想要他死，"他声音嘶哑地说下去，"从她的表情就能看出来，她不害怕，她知道自己在做什么，她本来可以瞄准我们中的任何一个人，而她知道她只想要拉米。"

"罗宾……"

"她爱他，你知道的。"他说。现在，话语像洪流一样从他口中奔涌而出。闸门破裂了，水再也止不住。无论多么惨烈、多么悲痛，他都不得不大声说出这些话，不得不让别人也背负起这个可怕的、无比可怕的怀疑。"在纪念舞会那天晚上，她告诉过我。她靠在我肩膀上哭了将近一个小时，因为她想和他跳舞，可他连看都不看她一眼。他从不看她一眼，他不……"他不得不停下。他差点被泪水呛到。

维克图瓦握紧他的手腕："噢，罗宾。"

"你想想，"他说，"一个棕皮肤的男人拒绝了英伦玫瑰。莱蒂无法容忍这一点。何等的羞辱。"他抬起衣袖擦去眼泪，"所以她杀了他。"

维克图瓦很长时间都没有说话。她凝望着正在崩溃的城市陷入沉思。最后，维克图瓦从口袋里掏出一张皱巴巴的纸塞到他手里："这个应该给你。"

罗宾展开那团纸。那是他们四人在达盖尔照相机前拍下的照片。反复折叠太多次之后，照片上已出现了纵横交错的纤细白线。但他们的面容还是那么清晰。莱蒂骄傲地瞪着眼睛，长时间保持一个表情让她的脸有点僵硬。拉米的手亲昵地放在她和维克图瓦的肩头。维克图瓦露出浅浅的微笑，下巴内收，炯炯有神的眼睛直视前方。罗宾害羞而拘谨。拉米咧嘴笑着。

他倒抽了一口气，胸口发紧，仿佛肋骨紧紧卡在一起，像铁钳一样夹紧他的心脏。他没想到自己还能感受到如此强烈的痛楚。

他想将照片撕成碎片，但那是他仅有的一张拉米的肖像照。

"我都不知道你还留着这个。"

"莱蒂留的，"维克图瓦说，"她装了个相框，一直摆在我们的房间里。我在去花园派对前一天的晚上把它拿了出来。我想她应该没注意到。"

"我们看起来真年轻，"他看着他们的表情感慨道，从他们在达盖尔照相机前摆好姿势到现在，感觉已经过去了整整一生，"看起来就像孩子。"

"那时候我们很快乐，"维克图瓦低头望着照片，手指划过他们褪色的脸，"你知道，我想过要烧掉它。我想得到补偿。在牛津城堡，我无数次拿出这张照片研究她的脸，想看到……看到那个这么对我们的人。但是看得越多，我越是……我只是替她难过。这想法很扭曲，但是站在她的角度上，她一定觉得她才是那个失去一切的人。你知道，她是那么孤独。她只是想要一群朋友，想要有人理解她的经历。而她觉得我们就是她一直在寻找的人。"维克图瓦颤抖着吸了一口气,"我猜,当一切化为泡影时,我猜她和我们一样感觉自己遭到了背叛。"

他们注意到,易卜拉欣常常在一本皮面笔记本上写东西。

当问起时,他回答说:"这是一部编年史。记录塔里发生的一切。说的每一句话。做出的每一个决定。我们坚持的每一件事。你们想做点儿贡献吗?"

"和你一起写吗?"罗宾问。

"做我的采访对象。把你们的想法告诉我。我会把它们都写下来。"

"明天再说吧。"罗宾觉得很累,而且不知出于什么原因,那些写满字迹的纸页使他满心恐惧。

"我只是想记录得详尽彻底,"易卜拉欣说,"我已经记录了克拉夫特教授和几位研究员的陈述。我只是觉得,嗯,万一事情进展不顺的话……"

"你认为我们要输了。"维克图瓦说。

"我认为没人知道结局会是什么样,"易卜拉欣说,"但我知道如果结局不好的话,外界会怎么说。当巴黎的那些学生死在街垒前时,所有人都将他们称为英雄。但是如果我们死在这里,没有人会认为我们是烈士。我只是想确定能有一些关于我们的记录保存下来,一份没有将我们塑造成恶人的记录。"说到这里,易卜拉欣瞥了罗宾一眼,"可是你不喜欢这个项目,是吗?"

自己刚才是在瞪眼吗?罗宾赶紧调整面部表情说:"我没那么说。"

"你看起来很厌恶这个想法。"

"不,我很抱歉,我只是……"罗宾不明白为什么组织语言变得如此困难,"我想,我只是不喜欢把我们看作历史,我们甚至还没有在当下留下痕迹。"

"我们已经留下了痕迹，"易卜拉欣说，"无论这痕迹是好是坏，我们已经被载入了史册。这份记录是个与官方档案对抗的好机会，不是吗？"

"里面都写了些什么？"维克图瓦问，"只有粗略的白描？还是个人角度的观察？"

"你想说什么都可以，"易卜拉欣说，"如果你愿意的话，可以说说早餐吃了什么，怎么消磨时间之类的。不过我最感兴趣的当然还是我们大家究竟是怎么走到这一步的。"

"我猜，你是想了解赫耳墨斯社的事。"罗宾说。

"我想知道你愿意告诉我的一切。"

在那一刻，罗宾感到胸口无比沉重。他想说些什么，将他知道的一切都和盘托出，用笔墨记录下来。但是话没到嘴边就消失了。他不知道如何说清自己的想法：问题不在于这份记录本身，而在于它远远不够。面对官方档案，它的反抗是如此微不足道，因此让人觉得毫无意义。

要说的话太多，他不知道该从何说起。以前他从未想过他们生存在书面历史的空白之中，从未想过他们要与诋毁和压迫的叙述相对抗。而现在，当他终于想到这一点时，这看起来是无法逾越的障碍。关于他们的记录太稀少了。除了这份记录之外，完全没有其他关于赫耳墨斯社的编年史。作为最出色的秘密社团之一，赫耳墨斯社在改变英国历史的同时也在抹除自身的历史。没有人颂扬他们的成就。甚至没有人知道他们是谁。

他想起被摧毁、被拆成碎片的老图书馆，想起所有那些被锁起来永远不见天日的、堆积如山的研究成果。他想起那个烧成灰烬的信封，想起那几十个从未联系过的赫耳墨斯社的联系人，或许他们永远不会知道发生了什么。他想起格里芬在国外度过的那些年，不断与一个比他强大无数倍的系统相抗争，不断奋斗，不断怒斥。罗宾永远不会知道自己哥哥做过的全部事情，不会知道哥哥遭受的所有痛苦。那么多历史，全被抹得一干二净。

"这只是让我害怕,"他说,"我不希望这就是我们存在过的全部证明。"

易卜拉欣看着他的笔记本点了点头说:"那就更值得写下来了。"

"这是个好主意,"维克图瓦坐了下来,"我来。随便问我什么。看看我们能不能改变未来的某些历史学家的想法。"

"也许我们会像牛津殉道者一样被人铭记,"易卜拉欣说,"或许我们也能得到一座纪念碑。"

"牛津殉道者以异端之名遭受了审判,被绑在木桩上烧死了。"罗宾说。

"这样啊,"易卜拉欣眨了眨眼睛,"但牛津现在是英国圣公会的大学了,不是吗?"

在接下来的几天里,罗宾总是在想,他们那天晚上感受到的是不是一种对死亡的共同感知,类似于战场上士兵一起挤在战壕里的感觉。街道上正在爆发的也确实是一场战争。威斯敏斯特桥还没有倒下,暂时还没有,但事故还在不断发生,各种短缺也越来越严重。伦敦的耐心已经到了极限。公众要求展开报复,要求采取行动,无论是何种形式的行动。议会仍然不愿否决入侵中国的提案,于是只能对军队不断施压。

看起来,城中守军接到的命令是不要攻击巴别塔本身,但若是有机会可以向塔中的学者开枪。有一次,罗宾与埃布尔·古德费洛的会面被一连串来复枪的射击打断,之后他便不再冒险离开塔楼。还有一次,维克图瓦正在书堆里找一本书,她脑袋旁边的窗玻璃被一枪击碎。所有人都趴到地板上,手脚并用地爬进地下室,那里四面都有墙壁保护他们。事后他们才发现,在维克图瓦当时站的位置后面的书架上嵌入了一颗子弹。

"这怎么可能？"克拉夫特教授不解地问，"没有什么能穿透塔楼的窗户。没有什么能穿透这些墙壁。"

出于好奇，罗宾仔细查看那颗子弹：它很厚重，有些变形，触感异常冰冷。他举到明亮处细看，发现弹壳底部有一道薄薄的银色。"我猜普莱费尔教授想出了某种对策。"

这增加了风险。巴别塔不再牢不可破。这不再是罢工，而是一场围城战。如果士兵突破街垒，如果他们手持普莱费尔教授的发明攻打正门，那他们的罢工事实上就结束了。在据守塔楼的第一天晚上，克拉夫特教授和查克拉瓦蒂教授就更换了普莱费尔教授的结界。但就连两位教授也承认，他们在这方面不如普莱费尔教授，也不能确定自己的防御措施能撑到什么时候。

"从现在起，我们还是离窗户远一点儿吧。"维克图瓦提议。

目前街垒还在原地，但外面的小规模冲突愈演愈烈。起初，埃布尔·古德费洛的罢工者们在街垒后面的战斗纯粹是防守。他们不断加固街垒架构，保障供应线畅通，但他们没有主动挑衅城中的守军。现在，街道上有了血腥味。现在，士兵们经常向守在街垒后面的人开枪射击，而守卫街垒的罢工者也会还击。他们用布头、油和玻璃瓶做成燃烧瓶，将它们扔向军队的营地。他们爬上拉德克利夫图书馆和博德利图书馆的屋顶，向下方的部队投掷铺路石，泼洒沸腾的开水。

平民和守军原本不该这样势均力敌。从理论上说，这些罢工者连一周都撑不过去。但埃布尔手下的很多人都是退伍老兵，是在拿破仑败北后从陷入困境的军队中退役的人。他们知道可以在哪里找到枪支，也知道如何使用枪支。

翻译者们也帮了忙。维克图瓦一直在不知疲倦地翻阅法国异见人士留下的文献，她设计出了 élan（冲劲、激情）和 energy（能量）这对镌字。英语 energy 一词承载着法国大革命所特有的激情，这个词可以上溯到拉丁语 lancea，意思是"长矛"。这个词传承了投掷的动作和前进的推动力之间的关联，英语 energy 一词保留了这种潜在的扭曲。因此，这对镌字让街垒守卫者射出的子弹和扔出的东西飞得更远、打得更准，比普通砖头和鹅卵石的攻击性更强。

他们还有一些更疯狂的想法，但没有任何实际的成效。Seduce（引诱）这个词发源于拉丁文 seducere，后者的意思是"将人引入歧途"，而"劝人放弃忠诚"的语义正是在 15 世纪由此衍生而来。这个构思看上去很有前景，但是他们想不出展现这个效果的办法，除非派女孩们去前线（没有人愿意提出这样的建议）或者让埃布尔手下的男士穿上女士的衣服（看起来不太可能成功）。另外，德语 Nachtmahr 是一个如今很少使用的单词，它可以指"噩梦"，也可以指坐在熟睡之人胸口的邪恶生物。他们的实验证明，这对镌字能让人的噩梦变得更加可怕，但它似乎无法凭空产生噩梦。

一天早晨，埃布尔带着几个细长的布包裹出现在会客大厅。他问："你们当中有人会用枪吗？"

罗宾想象着手拿那些来复枪瞄准活人的身体、然后扣动扳机的感觉。他不确定他能做到。"用得不好。"

"没用过这种。"维克图瓦说。

"那就让我的人进来几个，"埃布尔说，"你们占据着全城最有利的射击点。不好好利用太可惜了。"

日子一天天过去，街垒依旧坚守在原地。罗宾惊奇地发现，它们在几乎持续不断的炮火轰击下竟然没有迸裂成碎片。但埃布尔很自信，他认为只要一直能找到材料不断加固受损的部分，这些街垒就能无限期地坚持下去。

"因为我们将街垒搭成了倒 V 形结构，"他解释道，"炮弹打在突起的地方，这样只会让主体压得越来越紧。"

罗宾对此表示怀疑："但它们不可能永远撑下去。"

"是啊，也许不行。"

"那等他们冲破街垒的时候，会发生什么呢？"罗宾问，"你们会逃跑吗？还是留下来战斗？"

埃布尔沉默了一阵，然后说："在法国的街垒战中，革命者们会迎面向士兵走去，敞开衣服向士兵高喊，如果有胆量就尽管开枪。"

"他们会开枪吗？"

"有时候会。有时候士兵会将他们当场打死。但是也有另一些时候，嗯，你想想看。你直视着某个人的眼睛，他们和你一样大，或者比你还要年轻。你们来自同一座城市，没准就来自同一片街区。没准你还认识他们，或者觉得他们长得很像你认识的某个人。你会开枪吗？"

"我想我不会。"罗宾坦诚地说。但是一个微弱的声音在他脑海中低语：莱蒂开枪了。

"每个士兵的良心都是有底线的，"埃布尔说，"我想他们会逮捕我们。但是向镇上的人开枪？展开一场大屠杀？这我可不确定。但是，我们会挑战他们的底线。我们倒要看看会发生什么。"

很快，一切都会结束。夜里，当他们俯瞰全城，看着火把和炮火灼灼燃烧时，他们都努力让自己相信这一点：他们只需要撑到周六。与他们相比，议会更无法忍受眼下的局面。那些人不可能任由威斯敏斯特桥倒塌。

接着，他们总会陌生地、试探性地想象停火会是什么样子。他们是否该撰写一份包含赦免条款的协议？优素福动手起草了一份能让他们免受绞刑的条约。等到巴别塔恢复正常运营时，他们还会是其中的一员吗？在帝国之后的时代，当他们知道英国的白银储备终将慢慢耗尽时，学术研究又会是什么样子？他们以前从未考虑过这些问题，但是如今，

第二十九章

当这次罢工的结果处于千钧一发的紧要关头时,他们唯一的安慰就是尽可能详细地预测未来,详细到这样的未来看上去真的会实现。

但是罗宾无法这样做,他无法忍受这样的对话。每当别人谈起这些时,他都会找借口离开。

没有拉米,没有格里芬,没有安东尼、凯茜、伊尔丝和维马尔,就没有未来。在他眼里,时间在莱蒂那颗子弹出膛时就已停止。此刻发生的一切都只是那颗子弹的余波。以后的事情就让别人去奋斗吧。罗宾只想结束这一切。

维克图瓦在塔顶上找到了他,他将膝盖抱在胸前,随着枪炮声前后摇晃。维克图瓦在他身边坐了下来。"听法律术语听烦了?"

"那就像是在做游戏,"他说,"感觉很荒诞——我知道,所有这一切从一开始就很荒诞,但是——谈论以后的事,就像是在练习如何幻想。"

"你必须相信还有以后,"维克图瓦喃喃地说,"他们当初都相信。"

"他们比我们优秀。"

"确实。"维克图瓦倚靠在他的手臂上,"但一切最终还是交到了我们手里,不是吗?"

第三十章

威斯敏斯特桥倒了。[1]

---

[1]

大桥倒塌时,整个伦敦正在沉睡。伦敦一片寂然,未曾觉察。就像华兹华斯诗中所写的那样,伦敦"在烟尘未染的大气里粲然闪耀",像披上新袍一般,"披上了明艳的、寂然、坦然的晨光"。

事后,牛津的居民声称他们知道威斯敏斯特桥是在哪一瞬间倒下的。尽管两座城市相隔离一百多英里,尽管牛津城里没有足够高的建筑物可以遥望伦敦,但还是有数十名目击者声称他们听到了大桥垮塌之前的断裂声。这也许是某种群体性幻觉,又或许是共振柱无形的影响。

"那是一种让人备受折磨的可怕感觉,"默顿学院自然哲学系的哈里森·刘易斯教授说,"是最强烈的恐慌。你知道即将发生些什么,但到事后你才知道那究竟是什么。"

据伦敦当地的目击者讲述,大桥崩塌前发出了一阵持续而低沉的隆隆巨响。

"那些石头在尖叫,"洗衣妇萨拉·哈里斯太太说,"好像在喊你快跑。感谢上帝,我听了它们的话。"

请注意,这是一座对桥梁破损失修习以为常的城市。在历史上,伦敦桥至少有三次无法使用,一次是因为结冰,还有许多次是因为火灾。不过,尽管儿歌里一直唱着"伦敦桥要塌了",但伦敦桥只有过部分坍塌的经历。它从未整体垮塌跌落河中。而这一次威斯敏斯特桥正是如此。

"它塌得相当干脆,"烟囱清洁工蒙克斯·克里迪先生说,"前一秒还在空中,下一秒就没了。"

大桥的垮塌并非毫无预兆。据目击者称,桥上的石块在二十分钟前就发出沉闷的声响,因此大多数行人都有时间逃向桥头两端。轰隆声响起时,两艘蒸汽船正从桥下驶过，它们都试图尽快远离桥体。一艘船选择后退，另一艘则加速向前。结果在河面上造成交通拥堵，这两艘船和其他许多船只都被困在桥下。

"大桥倒塌时就像耶利哥古城墙的崩毁，"马丁·格林先生说，"它倒塌得那么彻底整齐。就像听见了无声的号角似的，一下子就完全坍塌了。"

伤亡人数目前仍有争议，因为坍塌时桥上行人的数量目前尚不确定（至少有六十三人，其中包括一名持反战立场的议员），桥下船只上的受害者人数以及在随后的河上事故中死亡的人数均不确定。

"我看到一位女士在岸上大喊大叫，"管家休·斯威特太太说，"她尖叫着要求一艘游艇过去接她。可是游艇离她太远了。等她想起来要逃跑的时候，石头已经砸在她身上了。"

当被问及她是否认为威斯敏斯特桥的垮塌可能有利于翻译者的罢工时，斯威特太太说："不，我不认为这是他们干的。人是不可能做到这一点的。这样的事只可能出自上帝的手笔。"

上文首段两处引文均出自《华兹华斯诗选》，[英]威廉·华兹华斯著，杨德豫译，外语教学与研究出版社，2012年。——译注

第三十一章

威斯敏斯特桥倒下了。牛津陷入了公开的战争交火。

大家挤在电报机旁边,焦急地等待最新消息。就在这时,一名枪手从楼上冲下来,上气不接下气地宣布:"他们杀了一个女孩。"

众人跟着他来到塔顶。罗宾用肉眼就能看到北边的杰里科一片骚乱,人群中涌动着激愤之情。罗宾笨拙地操作起望远镜,片刻之后才看清枪手所指的方向发生了什么。

枪手告诉他们,在杰里科的街垒旁,士兵和罢工者刚刚发生了交火。通常情况下,交火不会导致任何结果,这些天来,整座城市里一直回荡着警示性的枪声。通常情况下,双方轮流射击,然后退守到街垒后面。象征性的交火,这一切本该如此。但是这一次,一具尸体倒在了街头。

望远镜的镜头展现出惊人的细节。死者很年轻,是白人,发色很浅,长得很漂亮。从她腹部涌出的鲜血将地面染成了鲜艳夺目的猩红。在石灰色鹅卵石的映衬下,那摊鲜血就像一面旗帜。

她穿的不是长裤。加入街垒保卫战的女人通常都身穿长裤。她围着一条披肩,穿着飘逸的裙子,左手还握着一个倾倒的篮筐。她可能正走在去杂货店的路上。她可能正走在回家与丈夫、父母和孩子团聚的路上。

罗宾直起身子说:"是不是——"

"不是我们,"另一个枪手说,"看角度。她是背朝街垒倒下的。我可以告诉你,不是我们的人干的。"

塔楼下传来阵阵呐喊。子弹从他们头顶飞掠而过。他们吓了一跳,赶紧走下楼梯,回到塔楼内的安全地带。

他们紧张地聚集在地下室里,眼睛四处乱瞥,仿佛是因为刚刚淘气犯下大错、惊慌失措的孩子。这是第一位在街垒战中丧生的平民,这件事意义非凡。底线被彻底打破。

"结束了,"克拉夫特教授说,"现在这是在英国领土上公然开战。这一切必须结束了。"

于是,他们展开了讨论。

"但那不是我们的错。"易卜拉欣说。

"他们不在乎是不是我们的错,"优素福说,"是我们开的头——"

"那我们要投降吗?"麦格哈娜质问道,"在经历过这么多之后?我们就这么收手吗?"

"我们不会收手。"罗宾说。话语中的魄力连他自己都吃了一惊。这句话来自他身体之外的某个地方,听起来比他更加成熟,更像是格里芬的声音。这句话想必引起了大家的共鸣,因为讨论顿时偃旗息鼓,所有面孔都转向了他,害怕的、期待的、抱有希望的面孔。"这正是扭转局面的时刻。这是他们能做出的最愚蠢的事。"热血在他耳中如雷电般轰鸣,"你们难道看不出来吗?以前全城人都反对我们,但现在军队搞砸了。他们射杀了城里的平民。这件事是无法挽回的。你们认为牛津现在还会支持军队吗?"

"如果你是对的,"克拉夫特教授缓缓地说,"那么事态将进一步恶化。"

"那很好,"罗宾说,"只要街垒能撑住就行。"

维克图瓦眯起眼睛看着他。他知道维克图瓦在怀疑什么:这件事没有对他的良心造成任何负担,他一点儿也不像其他人那样为此感到哀痛。

嗯,为什么不承认呢?他并不感到惭愧。他是对的。不管这个女孩是谁,她都是一个象征:她证明大英帝国没有任何顾虑,大英帝国为了自保不择手段。继续吧,他心想,再来一次,杀死更多的人,用你们自己的鲜血染红街道。让人们看清你们的嘴脸。让人们知道即使身为白人也救不了自己的命。这是一桩无可饶恕的罪行,况且加害者身份明确。军队杀死了这个女孩。如果牛津想要报仇,那只有一个办法。

那天夜里,牛津街头爆发了真正意义上的暴力冲突。战斗从城市远端,也就是第一位平民丧生的杰里科开始。接着,许多地方都爆发了局部冲突,战火不断蔓延。炮声持续不断。整座城市在呐喊和骚乱中彻夜未眠。罗宾看到街道上人来人往,他没想到牛津竟然有这么多人。

学者们聚在窗边,在接连不断的枪击声中小心翼翼地向外看。

"真是疯狂,"克拉夫特教授不断低声说,"彻底的疯狂。"

罗宾心想,crazy(疯狂)这个形容词远远不够。英语不足以形容眼前的一切。他的思绪飘荡到古汉语文本之中,想起一个用来形容王朝更迭、变化巨大的成语:天翻地覆。表达天空垮塌,大地陷落,整个世界上下颠倒。英国正在抛洒自己的鲜血。英国正在剜自己身上的肉。经过这件事,一切都再也无法回到从前了。

午夜时分,埃布尔将罗宾叫到会客大厅。

"结束了,"埃布尔说,"这条路我们快走到头了。"

"这话是什么意思?"罗宾问,"这对我们有好处——他们激怒了全城的人,不是吗?"

"这样撑不了多久,"埃布尔说,"他们现在很愤怒,但他们不是军人。他们没有耐性。我以前见过这种情况。等到今天凌晨,他们就会散开,各回各家。另外,我刚刚得到军队送来的消息:到日出时,就会开始对还留在外面的人开火。"

"但是街垒怎么办?"罗宾绝望地问,"它们还在——"

"我们只留下了最后一圈街垒,只剩下高街上的这些了。那些人不会再披着文明人的伪装了,他们会强攻进来。问题不在于'会不会',

而是'什么时候'。而事实就是:我们是一群起义的平民,对方训练有素、全副武装,后面还有增援的营队。如果历史还有参考价值的话,如果这真的发展成一场战役,那我们将输得一败涂地。我们不太想重蹈彼得卢[1]的覆辙。"埃布尔叹了口气,"让对方有所顾虑的假象只能维持这么久。但愿为你们赢得了一点时间。"

"我想,他们到底还是乐意向你们开枪的。"罗宾说。

埃布尔向他投去沮丧的目光说:"我想,说对了的感觉也不好。"

"那就这样吧。"罗宾心中涌起一阵沮丧,但强抑住了这股沮丧。将事态发展归咎于埃布尔是不公平的,要求他留下也是不公平的,因为他所面临的几乎肯定是死亡或被捕。"我想我应该谢谢你。感谢你所做的一切。"

"等一等,"埃布尔说,"我来可不只是为了通知我们要抛弃你们了。"

罗宾耸了耸肩,尽量让自己的声音听起来不那么愤恨:"没有那些街垒,事情很快就会结束。"

"我来是要告诉你们,这是你们逃出去的机会。我们会在军队的进攻真正开始之前把人都送走。我们当中会有几个人留下来保卫街垒,那能分散军队的注意力,至少足够让其他人逃到科茨沃尔德。"

"不,"罗宾说,"不,谢谢你,但我们不能走。我们要留在塔里。"

埃布尔挑起一边的眉毛:"你们所有人吗?"

他真正的意思是:你能做这个决定吗?你能告诉我,这里的每一个人都想去死吗?他这么问合情合理,因为罗宾不能替留在塔里的全部七名学者说话。事实上,罗宾发现自己根本不知道其他人下一步将做出怎样的选择。

---

[1] 1819 年的彼得卢屠杀最显著的直接后果是引发了政府对激进组织的镇压。骑兵冲进向议会施压的示威人群,对男人、女人和儿童进行无差别的攻击。十一人丧生。——原注

"我去问问,"罗宾内疚地说,"还有多长时间——"

"一小时以内,"埃布尔说,"如果可以的话,越快越好。最好别耽搁。"

回到楼上之前,罗宾花了好一阵子让自己镇定下来。他不知道该如何转达,说这就是结局。他很难控制自己的表情,不由得哭丧着脸,暴露出那个藏在哥哥的幽灵身后、担惊受怕的小男孩。是他捆绑着这些人迎来了最后的战役。他无法忍受在告诉他们一切都已结束时,他们脸上的表情。

所有人都聚在四楼靠东的窗户边。罗宾和他们站在一起。外面的士兵正在向草坪进军,他们的步伐犹豫得有些怪异。

"他们在做什么?"克拉夫特教授不解地说,"是要冲锋吗?"

"如果是冲锋,那应该有更多人才对。"维克图瓦说。

她说得有道理。高街上驻守着十几支小队,但只有五名士兵继续向前,往塔楼走来。在学者们的注视下,士兵们分散开来,一个孤独的身影穿过他们的队列,走完了通向街垒的最后一段路程。

维克图瓦猛然倒吸一口冷气。

那是莱蒂。她挥舞着一面白旗。

第三十二章

> 她骑在她的洗衣奴身上，
> 欣赏昏星的星光，
> 所有执扇人经过时都在高喊：
> "天哪，你真是美丽无双！"
>
> ——爱德华·利尔，《腰带》

在开门之前，他们让其他人都去了楼上。莱蒂不是来谈判的。对方不会派一个本科生来谈判。这是个人行为。莱蒂是来和他们算账的。

"让她过来。"罗宾对埃布尔说。

"什么？"

"她是来谈话的。告诉你的人，让她过来。"

埃布尔对他手下的人说了什么，那人跑到草坪另一头去通知看守街垒的人。两个人爬到街垒顶部，片刻之后，他们弯下身子将莱蒂抬了上来，然后不太温柔地将她放到街垒内侧的草地上。

她佝偻着肩膀走过草坪，白旗拖在身后的人行道上。她目光低垂，直到来到等在门槛上的两人面前才抬起眼睛。

"你好，莱蒂。"维克图瓦说。

"你好，"莱蒂低声说，"谢谢你们愿意见我。"

莱蒂的状态很差，显然很久都没有睡过觉了。她的衣服又脏又皱，面颊凹陷，双眼哭得红肿。她佝偻肩膀的样子好像在躲避攻击，让她看起来小了一圈。尽管发生了这么多事，但是在那一刻，罗宾还是不由自主地想要给她一个拥抱。这种本能的反应吓了罗宾一跳。

当莱蒂走向塔楼时,罗宾曾在一瞬间产生过杀死她的念头,只不过,她的死会令在场所有人都陷入灭顶之灾,他又没法儿只用自己一命去换对方一命。但是此刻看着她时,他却很难不将莱蒂看作朋友。你怎么能爱一个对你造成这么大伤害的人?近距离直视她的眼睛时,罗宾难以相信眼前这个属于他们的莱蒂真的做了那些事。她看起来悲痛欲绝、脆弱不堪,就像骇人的精怪故事中楚楚可怜的女主角。

但是罗宾提醒自己:这恰恰是莱蒂这副形象的优势。在这个国度,她拥有能够激起同情的面容和肤色。无论发生什么事,他们几人之中只有莱蒂能够毫发无伤地走出这里。

罗宾对她的白旗点点头说:"来投降?"

"来谈判,"她说,"就是这样。"

"那就进来。"维克图瓦说。

受到邀请的莱蒂跨过门槛。大门在她身后砰的一声关上了。

一时间,他们三个只是望着彼此。他们不知所措地站在会客大厅正中间,构成一个不规则的三角形。这种感觉从根本上就不对劲。他们一直是四个人,总是成双成对行动,总是一个和谐的小团体。而现在,罗宾眼中只有拉米突兀的缺席。没有他,没有他的笑声、他敏锐而幽默的智慧,闲聊时再也没有他的妙语连珠让他们大脑飞速旋转,其他人也失去了自我。他们不再是一个班集体。现在他们只是行尸走肉。

维克图瓦用毫无感情色彩的平淡声调问:"为什么?"

莱蒂瑟缩了一下,但只是微微一下。"我不得不那么做,"她高高扬起下巴,毫不动摇地说,"你知道那是我唯一能做的事。"

"不,"维克图瓦说,"我不知道。"

"我不能背叛我的国家。"

"那你也不用背叛我们。"

"你们当时被暴力犯罪组织控制了。"莱蒂这句话说得无比流畅,罗宾只能假设它们是事先排练过的,"我只能假装同意你们的观点,只能暂时同你们合作,否则我看不出还有什么办法能活着脱身。"

罗宾很想知道,她真的相信这些话吗?这就是她一直以来对他们的看法吗?他无法相信这些话是从莱蒂口中说出来的,他无法相信这就是曾经和他们一起熬夜、一起笑到肚子疼的女孩。只有汉语中有一个字能概括简单几句话可以带来多大的伤害:"刺",表示荆棘、刺伤和批评指责。一个无比灵活的汉字。在"刺言、刺语"这样的表达中,它的意思是"讽刺的,刺人的话语"。"刺"也可以是"刺激、激励"的意思。"刺"也可以是"刺杀、谋杀"的意思。

"那现在这是什么意思?"罗宾问,"议会顶不住了?"

"噢,罗宾,"莱蒂哀伤地看了他一眼,"你们必须投降。"

"谈判恐怕不是这样进行的,莱蒂。"

"我是说真的。我来就是为了警告你们。他们根本不想让我来这里,但我苦苦哀求,我给我父亲写信,我动用了我所有的关系。"

"警告我们什么?"维克图瓦问。

"他们将在日出时强攻巴别塔。他们将用枪炮摧毁你们的抵抗。别再等了。都结束了。"

罗宾将双臂抱在胸前:"那就祝他们顺利收复城市吧。"

"可他们就是要这样做,"莱蒂说,"他们之前按兵不动是因为觉得,等你们耗尽食物自然会出来。他们不想让你们死。不管你信不信,他们不喜欢向学者开枪。你们都非常有用,这一点你们是对的。但是国家再也忍不了了。你们逼得他们别无选择了。"

"这样说来,符合逻辑的做法应该是答应我们的要求才对。"维克图瓦说。

"你知道他们不可能那样做。"

"他们打算摧毁自己的城市吗?"

"你们以为议会在乎你们都摧毁了什么吗?"莱蒂不耐烦地质问,"那些人根本不关心你们对牛津或者对伦敦做了些什么。路灯熄灭时,他们哈哈大笑;大桥倒塌时,他们还在大笑。那些人就是想让这座城市摧毁。他们认为它变得太庞大、太难驾驭,城市里阴暗肮脏的贫民窟正在侵蚀那些文明的城区。而你们知道,受苦最多的一定是穷人。富人可以骑马去乡下,待在夏季庄园里享受洁净的空气和水,直到春天来临。穷人将成群死去。听着,你们两个。管理这个国家的人更在乎大英帝国的骄傲,而非轻微的不便。他们会任由城市崩溃,但是不会向在他们看来只是——只是一群所谓的嚼舌人低头。"

"想说什么就直说吧。"维克图瓦说。

"一群外国人。"

"那可真是相当傲慢。"罗宾说。

"我知道,"莱蒂说,"我就是在这种傲慢中长大的。我知道那有多根深蒂固。在这一点上,请相信我。至于他们愿意为傲慢付出多少血的代价,你们根本没有概念。那些人任由威斯敏斯特桥倒下了,还有什么能威胁他们?"

罗宾和维克图瓦陷入了沉默。威斯敏斯特桥是他们的撒手锏。他们还有什么应对之策?

最后,维克图瓦开口道:"所以你是想说服我们受死。"

"我没有,"莱蒂说,"我是想救你们。"

她眨了眨眼,突然间,泪水在她的脸上划出两条清晰的细线。这不是做戏。他们知道莱蒂不会做戏。她悲伤得撕心裂肺,是真的撕心裂肺。她爱他们。罗宾并不怀疑这一点。至少她真的相信她爱他们。她希望他们安然无恙。只是,她所认为的妥善解决就是将他们送进监狱。

"我不想让这些事中的任何一件发生,"她说,"我只想让事情回到

第三十二章

从前的样子。我们曾经有过共同的未来，我们所有人。"

罗宾咬牙不让自己笑出声。他平静地问："你在想什么？你觉得在这个国家对我们的祖国宣战之后，我们还能继续在一起享用柠檬饼干？"

"那不是你们的祖国，"莱蒂说，"它们可以不是。"

"它们必须得是，"维克图瓦说，"因为我们永远不可能成为英国人。你怎么还是不明白呢？我们没有权利获得这个身份。我们是外国人，因为这个国家已经给我们打上了这样的标记。既然我们每天都要因为与祖国的联系而受到惩罚，那我们最好还是要保卫我们的祖国。不，莱蒂，我们无法再维持这种幻想了。只有你才能维持这种幻想。"

莱蒂的脸绷紧了。

停战到此为止。他们之间竖起了高墙。这又让莱蒂想起了当初抛弃他们的原因：她永远不可能真正成为他们当中的一员。而莱蒂这个人如果不能在一个地方找到归属感，那她宁愿将其彻底拆毁。

"你们要明白，如果我带着否定的答复走出这里，那么他们来的时候就做好了杀死你们所有人的准备。"

"但他们不能那么做，"维克图瓦瞥了罗宾一眼，仿佛想得到确认，"这场罢工的关键就在于他们需要我们，他们不能拿我们的生命冒险。"

"请你们理解，"莱蒂的声音变得冷硬，"你们很令人头疼，这一点你们做得很好。但你们归根结底只是可消耗品。你们所有人都是。失去你们是微小的挫折，但是帝国的规划所关涉的可不只是区区几个学者。这套规划将跨越数十年的时间。这个国家正在努力实现历史上其他任何文明都没有做到过的事情，如果铲除你们意味着暂时耽误一些时间，那他们是会这么做的。他们会训练新的翻译者。"

"他们不会的，"罗宾说，"经过这件事，没有人会再为他们卖命了。"

莱蒂冷笑一声："当然有人会。我们当初也非常清楚他们在做什么，不是吗？他们在第一天就告诉我们了。可我们还是爱上了这个地方。

他们永远能找到新的翻译者。他们将重新学习失去的知识。他们将继续前进，因为没有人能阻止他们。"她抓住罗宾的手。这个动作是那么突兀、那么令人震惊，所以罗宾没来得及缩回。她的皮肤冷得像冰，她握得是那么用力，罗宾不禁担心莱蒂握断他的手指。"如果你死了，你就什么都改变不了了，小燕子。"

罗宾猛然甩开她的手："别叫我小燕子。"

她假装没听见这句话："别忘了你最终的目标。如果你想修正帝国的问题，那最好的途径就是在帝国内部工作。"

"像你一样？"罗宾问，"像斯特林·琼斯一样？"

"至少我们没有被警方通缉。至少我们有行动的自由。"

"你觉得这个国家还有可能改变吗，莱蒂？我的意思是，你想过如果你们赢了会发生什么吗？"

她耸了耸肩："我们将迅速赢得一场不伤及自身的战争。然后全世界的白银都将归我们所有。"

"再然后呢？你们的机器越来越快，薪酬下降，不平等与日俱增，贫困日益严重。安东尼预言的一切都将成为现实，这种狂欢是不可持续的。然后会怎么样？"

"我想，到那一步自然就会有对策，"莱蒂噘起嘴唇，"从前也是如此。"

"不会的，"罗宾说，"没有解决办法。你们处于一列没法儿跳车的火车中，难道你看不出来吗？最后任何人都不会有好下场。解放我们也就是在解放你们自己。"

"又或许，"莱蒂说，"这列火车就这样一直越开越快，而我们会任由它疾驰，毕竟，既然这列火车的速度超过其他所有人，那坐在上面的最好是我们。"

这一点无法争辩。不过，如果他们对自己诚实的话，他们从来都辩

第三十二章

不过莱蒂。

"这不值得，"莱蒂继续说道，"街上有那么多尸体，为了什么呢？就为了表明一个观点？追求意识形态方面的正义很好，这没问题，但上帝啊，罗宾，你是在让人为一件你明知注定要失败的事去送死。而你必然是要失败的。"她毫不留情地说下去，"你没有足够的人手，你没有公众的支持，你没有选票，你也没有推动力。你不了解帝国夺回白银的决心有多么坚定。你觉得自己准备好牺牲了吗？他们会不惜一切代价把你们轰出去。你应该知道，他们并不打算损失你们所有人。他们只需要杀死你们中的几个，逮捕剩下的人，然后就能摧毁你们的罢工。

"告诉我，假如你刚刚看着你的朋友死去，假如一把枪顶着你的脑袋，你难道不会回去工作吗？你知道吗，他们已经逮捕了查克拉瓦蒂。他们将用酷刑折磨他，直到他配合。你来告诉我，等到被逼无奈的时候，这座塔里还有多少人会坚持自己的原则？"

"这里不是所有人都和你一样是软骨头，"维克图瓦说，"他们守在塔里，不是吗？他们和我们在一起。"

"那我再问一遍。你们觉得他们还能坚持多久？他们到现在还没有失去过一个自己人。等到你们这帮革命者中的第一具尸体倒在地板上的时候，你们觉得他们会怎么想？当枪顶到他们的太阳穴的时候又会怎样呢？"

维克图瓦指向大门："出去。"

"我想救你们，"莱蒂坚持道，"我是你们得救的最后机会。现在投降，以和平的态度走出塔楼，配合参与重建的工作。你们不会在监狱里待太久。他们需要你们，这是你自己说的。你们很快就能回到巴别塔从事梦寐以求的工作。这是你们能得到的最好的提议。我来这里就是为了提出这项建议。接受它，否则你们只能去死。"

那我们就去死，罗宾险些脱口而出，但他控制住了自己。他不能给楼上的每一个人都判死刑。而莱蒂也知道这一点。

莱蒂让他们无话可说。他们无法通过辩论解决这个问题。莱蒂完全把他们逼得走投无路。她预见到了每一件事，他们再也没有后手了。

威斯敏斯特桥已经倒下了，还能拿什么来威胁？

罗宾痛恨接下来从口中说出的话。那听起来就像投降，就像卑躬屈膝。"我们不能替他们所有人做决定。"

"那就召开会议，"莱蒂噘起嘴唇，"让所有人投票，用你们这里的那一点点民主来达成共识。"

她将那面白旗放在桌上："不过，一定要在日出前给我们答复。"

她转过身准备离开。

罗宾跟了上去。"莱蒂，等等。"

她停下脚步，一只手放在门把手上。

"为什么是拉米？"他问。

莱蒂僵住了，看起来就像一尊雕像。在月光下，她的面颊散发出大理石一般的苍白光泽。罗宾心想，莱蒂在他眼中本就该是这副模样。冰冷，毫无血色，就好像她生来就不是一个有血有肉有呼吸、会爱也会伤害别人的、活生生的人。

"你瞄准了，"他说，"扣动了扳机，而且打得特别准，莱蒂。为什么是他？拉米怎么得罪你了？"

他明知故问，他们两个都知道答案，这一点毋庸置疑。但罗宾就是想要挑明，想要确认莱蒂知道他知道，想要让这段刺眼而恶毒的记忆再次鲜活地出现在他们面前，因为他能看到莱蒂眼中因此而涌现的痛苦，因为这是她应得的惩罚。

莱蒂盯着他看了很久。她静静地站在那，只有胸口在剧烈地起伏。当她开口时，她的声音高亢而冰冷。

"我没有。"她说。通过她眯起眼睛、拖长声调、一字一顿的样子，

第三十二章

罗宾都能猜出她接下来要说的话。他自己说过的话，又被甩了回来。"我完全没有思考。我太惊慌了。然后我就杀了他。"

"谋杀没那么简单。"他说。

"事实证明它就那么简单，小燕子，"她轻蔑地看了他一眼，"我们不就是这么走到这一步的吗？"

"我们爱过你，"维克图瓦小声说，"莱蒂，我们可以为你去死。"

莱蒂没有回答。她转过身拉开大门，消失在夜色里。

大门砰的一声关上，随即是一片沉寂。他们还没做好将这个消息告诉楼上众人的准备，他们不知道该如何开口。

最后，罗宾问："你觉得她是认真的吗？"

"她绝对是认真的，"维克图瓦说，"莱蒂从不退让。"

"那我们就这样让她胜出吗？"

维克图瓦缓缓问道："你觉得我们有什么办法让她失败吗？"

可怕的沉重感悬在两人中间。罗宾知道答案，只是不知该如何说出口。维克图瓦知道他心中所想的一切，唯独不知道这个答案。这是罗宾对她隐瞒的唯一一件事，一方面是因为罗宾不想让她一同背负重担，另一方面是因为他害怕后者可能做出的反应。

她眯起眼睛。"罗宾。"

"我们要摧毁巴别塔，"他说，"同时消灭我们自己。"

她没有畏缩。她只是突然泄了气，仿佛揣测得到了确认。罗宾掩饰得并没有自以为的那么好，她早就等着罗宾这么说了。"你不能这么做（You can't）。"她说。

"有一个办法能做到，"罗宾故意曲解了她的意思，暗自期望她的反对只是出于逻辑上的考虑，"你知道有办法。他们在一开始就向我们展示过。"

这时，维克图瓦变得极度平静。罗宾知道她想到了什么——普莱费尔教授手中那根不断振动、发出刺耳噪声的银条仿佛身受剧痛一般尖叫，迸裂成无数锋利而闪亮的碎片。将这种效果重复一次又一次。想想看，迸裂的不只是一根银条，而是一座高塔，一个国家。

"连锁反应，"他低声说，"白银将自己完成一切。记得吗？普莱费尔给我们演示过整个过程。只要它接触到另一根银条，效果就会通过白银传递下去，不会停止，就这么一直传递下去，直到所有白银都无法再使用。"

巴别塔的高墙之中堆放着多少白银？当这一切结束时，这些银条全都将一文不值。到那时，翻译者的配合将无足轻重。他们的设施将消失，图书馆将消失，语法汇编将消失，共振柱和白银将毫无用处，一同消失。

"你从什么时候开始计划这件事的？"维克图瓦质问道。

"从一开始。"他说。

"我讨厌你。"

"这是我们取胜的最后办法。"

"这是你的自杀计划，"她愤怒地说，"别和我说不是。你想这么做，你一直都想这么做。"

正是如此，罗宾心想。他该如何解释压在他胸口的重量和一直无法呼吸的感觉？"自从拉米和格里芬出事以来，不，自从去广州以来，我觉得……我……"他顿了一下，"我觉得我没有权利活着。"

"别说这种话。"

"是真的。他们是更好的人，可他们死了——"

"罗宾，事情不是这样的——"

"而我又做了什么呢？我过着本不该有的生活，我拥有数百万人都没有的东西，那么多人在受苦受难，维克图瓦，而我却一直喝着香

第三十二章

槟——"

"你再说试试。"她举起一只手,仿佛要给他一记耳光,"别告诉我你是那种弱不禁风的学者,看到世界沉重的一面就承受不了了。这完全是胡扯,罗宾。你不是那种一听到苦难就晕过去的花花公子。你知道那都是些什么人吗?他们是懦夫,是浪漫主义者,是白痴,他们觉得世界令人无比不满,却从没做过一件改变世界的事,他们太内疚了,所以干脆躲起来——"

"内疚,"他重复道,"内疚,那正是我的感受。拉米曾经对我说,我并不关心什么才是正确的事,我只想轻松脱身。"

"他说得对,"她凶巴巴地说,"那就是懦夫的做法,你很清楚——"

"不,你听好。"他抓住维克图瓦的双手。它们在颤抖。她想抽回手,但罗宾紧紧捏住她的手指。他需要维克图瓦在他身边,需要她的理解,趁现在,她还没有因为自己将她抛弃在黑暗中而恨他一辈子。"他说得对,你也说得对。我很清楚,自己一直都想把这句话说出来:他说得对。我非常抱歉。但是我不知道该怎么活下去。"

"过一天是一天,小燕子,"她眼中满是泪水,"你要活下去,活一天是一天。就像我们过去做的那样。这并不难。"

"不,我——维克图瓦,我做不到。"他不想哭出来。如果他现在开始哭泣,那他所有的话都将化为乌有,他永远无法说出该说的话。在眼泪落下之前,他赶紧说下去:"我很想相信我们为之奋斗的那个未来,但它不存在,根本就不存在。而我没法儿一天接一天地活下去,因为我一想到明天就惊恐万分。我就像在水底。这么长时间以来,我一直像在水底,我想找一条出路,但是找到的每一条路好像都要——都要放弃巨大的责任。但是现在这样——这就是我的出路。"

她摇了摇头。现在,她肆无忌惮地哭了起来。他们两个都哭了起来。"别和我说这个。"

"必须得有人念动镌字,必须得有人留下。"

"那你不打算让我和你一起留下来吗?"

"噢,维克图瓦。"

他还能再说什么呢?他不能向她提这样的要求,而她也知道他绝不敢提出这样的要求。然而,这个问题始终悬在他们之间,没有答案。

维克图瓦直勾勾地看着窗户,看着外面漆黑一片的草坪,看着火炬燃烧的街垒。她哭了,不停地哭,静静地哭,泪如泉涌;她不停地擦去泪水,但是无济于事。他看不出她在想什么。自从一切开始以来,这是他第一次无法读出她的心事。

终于,她深吸一口气,然后抬起了头。她没有转过身,只是问他:"你有没有读过一首很受废奴主义者喜爱的诗?就是比克内尔和戴写的那首,诗名是《垂死的黑人》。"

事实上,罗宾确实在伦敦偶然间拿到的一份废奴宣传册里读到过这首诗。这首诗令他很受触动,他至今还记得其中的细节。这首诗讲述了一个非洲人的故事,面对即将被捕和重新成为奴隶的下场,他选择了自杀。[1] 当时罗宾觉得这首诗浪漫而感人,但是现在看着维克图瓦的表情,他才意识到完全不是那样。

"读过,"他说,"很——很悲惨。"

"我们只有去死,才能得到他们的怜悯,"维克图瓦说,"我们只有去死,他们才会认为我们高贵。这样一来,我们的死就是反叛的壮举,是突显他们毫无人性的悲凉哀歌。我们的死就成了他们的战斗口号。但是我不想死,罗宾,"她哽咽起来,"我不想死。我不想成为他们的伊莫

---

[1] "用你最后的馈赠武装自己——也就是死亡的权利!/严酷的命运啊,现在我大可以藐视你的打击。"(托马斯·戴和约翰·比克内尔创作于1775年的诗歌。)——原注

因妲或奥鲁诺克。[1] 我不想成为他们悲惨又可爱的涂漆玩偶。我想活下去。"

维克图瓦伏在他肩头。罗宾张开双臂搂住她,紧紧拥抱着她,身体前后摇晃。

"我想活下去,"她不断重复着,"活下去,活得好,活得比他们更久。我想要未来。我不认为死亡是解脱,我认为它是——它就是终结。它消除了一切可能性,包括我可能得到幸福和自由的未来。这不是勇不勇敢的问题,而是渴望再得到一次机会。哪怕我从此只能逃跑,哪怕在今后的一生中再也不会伸手帮助任何人,至少我还可以得到幸福,至少世界还有可能好起来,哪怕只有一天,哪怕只是在我看来。我这样是自私吗?"

她耸起肩膀。罗宾将她紧紧抱在胸前,心想,维克图瓦是他的支柱,一个他不配拥有的支柱。她是他依赖的磐石,是他的光,是唯一支撑他前进的存在。而他衷心希望,他衷心希望这足以让他继续坚持下去。

"你要自私,"他低声说,"要勇敢。"

---

[1] 在(英国白人女性)阿芙拉·贝恩创作于1688年的浪漫小说《奥鲁诺克》中,非洲王子奥鲁诺克与爱人伊莫因妲奋勇反抗,为了不让伊莫因妲被英国军人强暴,奥鲁诺克杀死了自己的爱人。后来,奥鲁诺克被俘,被绑在木桩上惨遭肢解。《奥鲁诺克》这部小说以及后来由托马斯·萨瑟恩改编的戏剧在那个时代都被视为浪漫主义的杰作。——原注

第三十三章

分手的时候到了,我去死,你们去活,谁的去路好,唯有神知道。

——柏拉图《苏格拉底的申辩》[1]

"整座塔楼?"克拉夫特教授问道。

她是第一个说话的人。其他人都盯着罗宾和维克图瓦,脸上的表情是不同程度的难以置信。就连克拉夫特教授在大声说出这个主意可能的影响时,也是一副摸不着头脑的神情。"那是几十年、几百年的研究成果,一切都将被埋葬,都将遗失,噢,谁知道有多少……"她的声音越来越小。

"这对英国的影响将要严重得多,"罗宾说,"这个国家靠白银维持运转。英国的血管里流淌着白银,没有白银它就活不下去。"

"他们会重建一切——"

"假以时日的话,是的,"罗宾说,"但是在那之前,英国之外的世界将有时间集结起来实施防卫。"

"那中国呢?"

"英国不会开战了,它不会再有那个能力。你们知道,战舰靠白银提供动力。白银养活了海军。在巴别塔被毁之后的几个月,也许是几年里,英国将不再是全世界最强大的国度。至于在那之后会发生什么,谁

---

[1] 引自《游叙弗伦 苏格拉底的申辩 克力同》,[古希腊]柏拉图著,严群译,商务印书馆,1999年。——译注

也说不准。"

未来将充满不确定性,正如格里芬所预言的那样。个体在恰当的时机做出选择,这就是对抗历史潮流的办法,也是改变历史前进方向的办法。

而到最后关头,答案是如此醒目:他们只需要拒绝参与其中。一劳永逸地拒绝让他们的劳动和劳动成果成为贡品。

"不可能就是这样,"朱利安娜说,她的声调在句尾上扬,她是在提问,而不是宣告立场,"一定还有——肯定还有其他办法——"

"他们将在日出时对我们发动强攻,"罗宾说,"他们会开枪打死我们当中的几个以儆效尤,然后用枪逼迫剩下的人就范,直到我们开始修复损失。他们将给我们戴上枷锁,强迫我们工作。"

"但是街垒——"

"街垒终将倒下,"维克图瓦低声说,"它们只是墙而已,朱利安娜。墙是可以摧毁的。"

先是沉默,然后是让步,最后是接受。他们已经生活在不可能的处境之中;现在他们认知范围内最亘古不变的存在倒下,这又有什么关系呢?

"那我觉得我们必须尽快逃出去,"易卜拉欣说,"在连锁反应启动之后立刻逃出去。"

可是你没法儿尽快逃出去。罗宾险些脱口而出,但他及时管住了嘴。反驳的理由显而易见。他们无法尽快逃出去,因为他们根本就逃不出去。镌字只念一遍远远不够。如果做得不够彻底,塔楼或许只会部分垮塌,剩余的部分还可以挽救,可以轻松恢复原状。那样一来,他们只能制造一些零星的损失和挫败感。他们所遭受的苦难将一无所获。

不。要想让这个计划成功,要想给帝国造成无法恢复元气的打击,他们不得不留下来,留下来一遍又一遍地念诵镌字,在尽可能多的节点上造成破坏。

但是他该怎么告诉这一屋子的人,他们必须去死呢?

"我……"他开了个头,但话卡在喉间说不出口。

他不需要解释。他们全都明白了。一个接一个,他们全都想到了同一个结论,而他们眼中的神情令人心碎。

"我会一直走到最后,"他说,"我不打算要求你们所有人都和我一起,如果你们不愿意的话,埃布尔可以送你们出去,但是我想说的只是……我……我一个人无法完成这件事。"

维克图瓦双臂抱在胸前,目光望向别处。

"我们不需要所有人,"他继续说下去,不顾一切地想用话语填补沉默的空白,也许他说得越多,听起来就没那么可恶,"我想,语种肯定是越多越好,可以加强效果。当然,我们还要让塔楼的所有角落都有人,因为……"他顿了一下,"但是我们不需要所有人。"

"我留下。"克拉夫特教授说。

"我……谢谢您,教授。"

她无力地对他笑了笑:"我猜,反正我就算出去也得不到终身教职了。"

他看得出来,那一刻他们都在进行同样的权衡:将死亡的定局与离开塔楼会面对的迫害、牢狱之灾和可能的死刑做比较。从巴别塔活着出去并不意味着就一定能活下去。而罗宾看得出来,他们正在心中思量:能否接受在此刻奔赴死亡,以及死亡是不是更轻松的结局。

"你不害怕。"麦格哈娜对他说,又或者是在问他。

"对。"罗宾说。但他只能说出这一句。他自己也不明白心中的想法。他觉得自己很坚定,但那也许只是肾上腺素的作用,也许他的恐惧和犹豫只是暂时被挡在一堵薄薄的墙壁后面,只要凑近细看,这堵墙就会轰然倒塌。"对,我不害怕,我……只是——我准备好了。但我们不需要所有人。"

"也许年纪比较小的学生……"克拉夫特教授清了清嗓子,"我是说,完全不了解刻银术的学生,他们没有理由——"

"我想留下。"易卜拉欣忧心忡忡地看了朱利安娜一眼,"我不……我不想逃跑。"

朱利安娜的脸色像纸一样苍白,她什么都没说。

"有办法出去吗?"优素福问罗宾。

"有。埃布尔的手下会把你们悄悄送出城外,他们已经答应了,他们正在等我们。但是你必须尽快离开。在那之后,你只能逃跑。我想你得一直逃跑,永远不能停下。"

"没有赦免的条件了吗?"麦格哈娜问。

"有,只要你为他们工作,"罗宾说,"只要你帮助他们将局面恢复到从前的样子。这是莱蒂的提议,她希望你们知道。但你将永远被他们控制。他们永远不会放你走。她只透露了这些。他们将拥有你,而且让你对此感激涕零。"

听到这里,朱利安娜握住易卜拉欣的手。易卜拉欣用力捏住她的手指,两人的指关节都变得煞白。这幅场景是那么亲密,罗宾不禁眨眨眼睛,然后移开了目光。

"但我们还可以逃跑。"优素福说。

"你们还可以逃跑,"罗宾说,"你们在这个国家的任何地方都不安全——"

"但我们可以回家。"

维克图瓦的声音轻柔得几乎听不见:"我们可以回家。"

优素福点了点头,他思索片刻,然后走过去站在她身旁。

他们就这样轻易地做出了谁逃走、谁去死的决定。罗宾、克拉夫特教授、麦格哈娜、易卜拉欣和朱利安娜站在一边。优素福和维克图瓦站在另一边。没有人为自己辩解,没有人哀求,没有人改变心意。

"那么,"易卜拉欣看起来非常渺小,"什么时候——"

"日出的时候,"罗宾说,"他们将在日出的时候进攻。"

"那我们最好开始堆放银条,"克拉夫特教授说,"而且,既然只有一次机会,那我们最好把它们安放得恰到好处。"

"怎么说?"埃布尔·古德费洛问,"他们正在慢慢向我们靠近。"

"让你的人回家吧。"罗宾说。

"什么?"

"尽快。撤离街垒,赶紧去逃命。时间不多了。那些守军——他们不再在乎平民的伤亡了。"

埃布尔领会了罗宾的意思,他点了点头:"谁和我们一起走?"

"只有两个人。优素福,维克图瓦。他们正在道别,很快就会做好准备。"罗宾从外衣内侧的口袋里抽出一个严严实实的包裹,"还有这个。"

埃布尔想必从罗宾的表情和声音中读出了什么,他眯起了眼睛:"那你们其他人留在里面打算干什么?"

"我不该告诉你。"

埃布尔拿起那个包裹问:"这是遗书吗?"

"是书面记录,"罗宾说,"它记录了这座塔里所发生的一切。我们的主张。还有份备份,只是为了以防遗失。我知道你一定有办法把这个运出去。在英国各地把它印制成书。告诉大家我们做了什么。让他们记住我们。"埃布尔看起来想要争辩,但罗宾摇了摇头,"拜托了,我已经下定决心,再说也没多少时间了。我不能解释这一切,我觉得你最好还是别问了。"

埃布尔端详了他片刻,接着,他似乎重新想了想要说的话:"你打算结束这一切?"

"我们准备试试。"罗宾感到胸口十分憋闷。他实在是精疲力竭。

第三十三章　605

他想蜷缩身体躺在地上好好睡一觉。他想让这一切都宣告终结。"但是今晚，我不能告诉你更多细节了，我只想请你离开。"

埃布尔伸直手臂："那，我猜该说再见了。"

"再见。"罗宾握了握他的手掌，"噢——那些毯子，我忘了——"

"别管了。"埃布尔伸出另一只手覆在罗宾的手上。他的手掌是那么温暖、那么踏实。罗宾感觉喉头发酸，他很感激埃布尔让道别变得简单，没有强迫他解释自己的所作所为。他必须赶紧动身，坚定地走向最后的结局。

"祝你好运，罗宾·斯威夫特，"埃布尔用力握紧他的手，"上帝与你同在。"

在日出之前的几小时里，他们将数百根银条堆成金字塔形，布置在塔楼上下易受攻击的结构点上：地基承重点周围，窗户下方，墙壁和书架旁边，还围绕着语法汇编摆出了一座座名副其实的金字塔。他们无法预测这场破坏的规模和强度，但尽自己所能做好了充分的准备，让敌人几乎不可能从废墟中抢救出任何材料。

维克图瓦和优素福在凌晨一点离开。他们的告别简短而克制。这是一场无比艰难的离别。有太多话要说，然而又无话可说。每一个人都在极力隐忍，生怕打开宣泄的闸门。如果说得不够，他们将永远心存遗憾；如果说得太多，他们将永远不忍心离开。

"一路平安。"罗宾抱住维克图瓦，喃喃地对她说。

她挤出一声干笑："会的。谢谢你。"

他们紧紧拥抱在一起，过了很长时间，最后所有人都告辞，好给他们留出独自相处的空间。会客大厅里只剩下他们两个人。终于，她后退一步，向四周看了看，目光慌乱地来回游移，似乎不确定该不该开口。

"你觉得这样行不通。"罗宾说。

"我没那么说。"

"你是这么想的。"

"我只是对我们要做出这样规模宏大的声明感到惊恐。"她抬起双手，随即又放了下来，"而他们只会把这看作一次暂时的挫败，可以弥补。他们永远不会理解我们想表达的意思。"

"说到这，我觉得他们从来都不会听我们在说什么。"

"是啊，我也觉得。"她又哭了起来，"噢，罗宾，我不知道该怎么——"

"走吧，"他说，"给拉米的父母写信，好吗？我只是——他们有权知道。"

她点了点头，最后一次紧紧握住他的手，然后飞似的冲向大门，冲向等在草坪上的优素福和埃布尔的手下。最后一次挥手。维克图瓦的表情在月光下显得十分煎熬。然后，他们就消失了。

接下来再也无事可做，除了等待结局。

人是如何与自身的死亡实现和解的呢？根据《克力同》、《斐多》以及《苏格拉底的申辩》中的记载，苏格拉底赴死时毫无悲愁，反而超乎寻常地镇定，甚至多次拒绝让他逃跑的恳求。事实上，他是那么豁达而超脱，那样深信死亡的公平，因此，他用他的理性思辨、他那令人难以忍受的正义之道一遍又一遍地开解他的友人，就连他们为他痛哭时也不例外。在罗宾第一次涉猎古希腊语文本时，苏格拉底对自身生命终结完全无动于衷的态度曾令他深受震撼。

当然，抱着这样豁达的态度赴死更好、更轻松。没有疑虑，没有恐惧，心中安宁。在理论上，他可以相信这一点。他时常将死亡视为一种解脱。从莱蒂向拉米开枪的那一天起，他就再也没有停止过对死亡的梦想。他喜欢将天堂想象成绿草如茵、山丘绵延、天空湛蓝的乐土，他

第三十三章　607

和拉米可以坐在那里一边聊天,一边欣赏永恒的日落。但是这样的幻想并没有给他带来多少安慰,相比之下,他依然认为所有死亡都意味着虚无,意味着一切的终止,无论是疼痛、苦恼还是令人窒息的可怕悲伤。既然一切都化为乌有,那么死亡当然意味着安宁。

然而,当这一刻来临时,他还是惊恐万分。

完成手头的工作后,他们坐在会客大厅的地板上,在群体的沉默中寻求慰藉,聆听彼此的呼吸。克拉夫特教授犹豫是否宽慰他们,她从记忆中翻找出关于这一人类终极困境的古老名言。她同他们谈起塞内加的《特洛亚妇女》,谈起卢坎笔下的乌尔提尤斯,谈起加图和苏格拉底的殉道之举。她向他们引用西塞罗、贺拉斯和老普林尼的名言。死亡是大自然最珍贵的馈赠。死亡是更优越的状态。死亡将不朽的灵魂从肉身释放。死亡是超越。死亡是勇敢之举,是光荣的反抗之举。

塞内加这样描述加图的死: una manu latam libertati viam faciet。[1]

维尔吉尔这样描述狄多的死: Sic, sic iuvat ire sub umbras。[2]

这些话他们全都没听进去。没有一句触动他们的心,因为关于死亡的理论学说永远不可能触动他们。永恒的终结近在眼前,面对这条无法撼动的界限,语言和思想都无能为力。尽管如此,她沉着坚定的声音依然是一种安慰,他们任由这声音在耳边起伏,在最后时刻带来短暂的平静。

朱利安娜向窗外瞥了一眼:"他们穿过草坪来了。"

"还没日出呢。"罗宾说。

"他们行动了。"她直截了当地说。

"好吧,"克拉夫特教授说,"我们最好开始行动。"

他们站起身来。

他们无法一同面对结局。每个男人和女人都要守在自己的位置上,

---

[1] "他将用一只手打开自由的通途。"原文为拉丁语。——原注
[2] "就这样,它就这样让人陷入阴影之下。"原文为拉丁语。——原注

守在分散在建筑各层、各个侧厅的白银金字塔旁。这样的布置是为了避免塔楼留下任何完好无损的部分。当轰然倒塌的墙壁将他们掩埋时，他们都将是孤身一人。正因如此，在最后一刻不断逼近时，分别显得无比艰难。

泪水不断从易卜拉欣脸上滑落。

"我不想死，"他低声说，"肯定有别的办法——我不想死。"

他们都有同感，都在绝望中抱着一丝逃脱的希望。在最后的时刻，几秒钟远远不够。从理论上说，他们做出的这个决定无比美好。从理论上说，他们将成为殉道者、英雄和改变历史轨迹的人。但是这些都无法安慰他们。在那一刻唯一重要的是：死亡是痛苦的、骇人的、永恒的，而他们谁都不想死去。

不过，尽管他们浑身发抖，但没有一个人精神崩溃。毕竟，逃脱只是不切实际的奢望。军队已经出动。

"不要耽误时间了。"克拉夫特教授说，于是他们登上楼梯，在各楼层就位。

罗宾留在会客大厅中央破碎的枝形吊灯下，在他周围，是八座和他一样高的、用银条堆成的金字塔。

他深吸一口气，望向大门上方的时钟，看着秒针转动。

牛津的钟楼在很久以前就停止了运转。最后一分钟不断迫近，唯一能显示时间的只有几座落地摆钟同步发出的嘀嗒声，每层楼的落地摆钟都放在相同的位置。他们选择在六点整行动。这是他们随意选择的结果，但他们需要一个最终时刻，让心中的意愿具象化为不可撼动的事实。

距离六点还有一分钟。

他颤抖着长舒了一口气。他的思绪四处飘荡，拼命搜索除了眼前这件事之外的任何可以思考的东西。他想不起前后连贯的记忆，只有异常具体的细节：海上空气潮湿的咸味，维克图瓦长长的睫毛，拉米在肆意大笑之前的短暂停顿。他紧紧抓住这些记忆，尽可能在这些记忆里停留得久一些，不肯让思绪游离到其他事情上。

还有二十秒。

"穹顶与花园"咖啡馆的司康温热厚重的口感。派珀太太粘着面粉的美好拥抱。黄油柠檬饼干在舌尖融化的甜蜜感觉。

十秒。

麦芽酒的苦味。格里芬讽刺的苦笑。鸦片的酸腐气味。老图书馆的晚餐，香料味十足的咖喱，还有放多了盐、底部烤煳的土豆。欢笑，响亮的、绝望的、歇斯底里的欢笑。

五秒。

微笑的拉米。伸出手的拉米。

罗宾将手放在最近的一堆白银上，闭上眼睛，低声念道："Translate。翻译。"

刺耳的声音响彻整个空间，像海妖的尖叫一般在他体内回荡。死亡短促而尖厉的声音在塔楼上下此起彼伏，每一个人都完成了自己的任务。没有人临阵退缩。

罗宾长舒了一口气，他浑身颤抖。没有犹豫的余地。没有害怕的时间。他将手移到旁边一堆银条上再次低语："Translate。翻译。"再一次。"Translate。翻译。"然后再一次。"Translate。翻译。"

他感受到脚下的地面在震动，他发现墙壁在颤动，书本纷纷从书架上翻落。头顶响起了某种呻吟。

他以为自己会害怕。

他以为自己会一心想着疼痛，想着八千吨砖石一下坍落在他身上是什么感觉，想着死亡是瞬间来临还是缓缓蚕食他的生命，砸断他的四肢，让他的肺在不断缩小的空间里绝望地扩张。

但是，真到了这一刻，最让他震惊的是其中的美感。银条在歌唱，在颤抖。他认为它们是在试图表达关于它们自身的某种无法言说的真相：翻译是不可能完成的任务，白银所描述和表现的是纯粹的语义领域，人类永远无法、也不可能了解这个领域，巴别塔的事业从创立之初就注定不可能完成。

因为，亚当的语言怎么可能存在呢？此刻想起这个说法，他只觉得可笑。不存在与生俱来的、所有人都能完美理解的语言。不存在有望成为亚当的语言的候选，无论是英语还是法语，任何一种语言都不可能通过欺凌和吸收其他语言成为独一无二的霸主。语言就是差异，是成百上千种不同的看待世界、在世界上行走的方式。不，它们是包含在一个世界中的上千个世界。而翻译就是为了在这些世界之间行走所需要付出的努力，无论这种努力是多么徒劳。

他回到了在牛津的第一个早晨，和拉米一起爬上洒满阳光的小山坡，手里提着野餐篮。接骨木花饮料，热乎乎的圆面包，口味刺激的奶酪，甜点是巧克力挞。那一天的空气里飘荡着承诺的气味，整座牛津城都在闪闪发光，而他正在坠入爱河。

"真奇怪，"罗宾说，那时的他们已经迈入坦诚相待的阶段，对彼此说话时不假思索，也无须担心后果，"好像我已经认识你一辈子了。"

"同感。"拉米说。

"但这不可能啊，"罗宾说，尽管接骨木花饮料里没有酒精，但他已经醉了，"因为我认识你还不到一天，可是……"

"我想这是因为，我说话的时候你在听。"拉米说。

"因为你很迷人啊。"

"因为你是个出色的翻译者，"拉米身体后仰，手肘撑地，"我认为这正是翻译的本质，也是所有话语的本质。听别人说话，试着超越你自身的偏见，去体会他们想要诉说的内容。你向世界展示自己，同时希望别人能够理解你。"

  天花板开始崩塌。最先落下的是雨点般的小块砾石，接着是整块的大理石、暴露在外的木板和折断的横梁。书架纷纷倒塌。阳光从原本没有窗户的地方渗进室内。罗宾抬起头，看着向他塌陷下来的巴别塔，看着塔楼之外、日出之前的天空。

  他闭上眼睛。

  其实，从前他也曾等待死亡到来。他直到现在才想起，他与死亡打过照面。只是没有这么突然，没有这么猛烈。尽管如此，行将消亡的记忆仍然闭锁在他身体深处：了无生气的闷热房间，瘫软无力的身体，关于结局的梦境。他记得那种寂静，那种安宁。当窗户砸落下来时，罗宾闭上眼睛，想象着母亲的脸。

  她在微笑。她呼唤着他的名字。

尾声

维克图瓦

维克图瓦·德格拉夫一直擅长生存。

她深知生存的关键在于拒绝回首往事。即使在她骑马穿过科茨沃尔德向北疾驰、弯腰低头避开迎面抽来的树枝时，她心中的一部分依然想留在塔里，和她的朋友们一起感受墙壁坍塌。如果他们必须死，那她也想与他们一同埋葬。

但是生存要求她斩断羁绊。生存要求她只看将来。谁知道今后会发生什么？今天发生在牛津的事件是不可思议的，其后果也是无法想象的。这一事件史无前例。帝国被击中了要害。这一次，历史充满了不确定性。

但是，维克图瓦已经见惯了不可思议的事。她的祖国的解放甚至在成为现实的那一刻都让人感到不可思议，因为在法国或英国，没有人相信奴隶会要求得到解放，就连最激进的拥护普遍自由的那帮人也不相信，他们从不认为奴隶这种"生物"属于理性的、拥有各项权利的、开明进步的人类。1791年8月海地革命的消息传出两个月之后，让·皮埃尔·布里索（他本人是废奴组织"黑人之友"的创始成员）向法国议会宣称，这一定是假消息，毕竟任何人都知道，奴隶根本没有能力进行如此迅速、协调的公然反抗。革命开展一年之后，很多人仍然相信这场动乱很快就将平息，局面将恢复常态，而常态则意味着白人对黑人的统治。

当然，他们错了。

但是，在亲身经历的历史之中，又有谁能理解自己在整幅历史画卷中的角色呢？在她一生中的大部分时间里，维克图瓦甚至没有意识到她来自世界上的第一个黑人共和国。

在遇见赫耳墨斯社之前，这就是她知道的全部：

1820年，她出生在海地。同一年，海地国王亨利·克里斯托夫因为担心政变而自尽。他的妻子和女儿们逃亡到一位英国救命恩人位于萨福克的家中。维克图瓦的母亲是流亡王后的女仆，她也一同出逃。母亲总是将这次旅程称为她们的大逃亡。刚一踏上巴黎的土地，她便拒绝再将海地视作家乡。

维克图瓦对海地历史的认知包括：黑夜中的咒骂；一座名为无忧宫的壮观宫殿，那是新世界第一位黑人国王的居所；持枪的人们；她无法理解的、含混不清的政见分歧，正是这些分歧迫使她背井离乡，流落到大西洋彼岸。作为一个孩子，她知道自己的祖国是个充满暴力和野蛮权力斗争的地方，因为在法国大家都这么说，而她那位流亡中的母亲也选择相信这种说法。

"我们很幸运，"她的母亲低声说，"我们活着离开了。"

但她的母亲没能活着离开法国。维克图瓦尔始终不明白，她的母亲身为自由人究竟为何会从萨福克被送往巴黎，在退休学者埃米尔·德雅尔丹教授家中劳作。她不知道自己母亲的朋友们对她做了怎样的许诺，其中又是否涉及金钱交易。她只知道在巴黎，德雅尔丹府不允许她们离开，因为这里依然存在各种形式的奴役，与世界上的其他许多地方一样。这里是一片灰色地带，规则没有写在纸上，却不言自明。而当她的母亲病倒时，德雅尔丹一家没有去请医生。他们只是将生病的母亲关在房间里，然后等在外面，直到一位女仆进屋探了探她的呼吸和脉搏，宣布她去世的消息。

在这之后，他们害怕感染，便将维克图瓦锁在橱柜里不让她出来。

然而，疾病还是传染了全家上下。医生们再次无能为力，只能眼看疫病传播开来。

维克图瓦活了下来。德雅尔丹教授的妻子活了下来，他的女儿们也活了下来。教授死了，维克图瓦与那些声称爱她母亲、却以某种方式出卖了她的人们唯一的联系也随教授一同消失了。

这个家陷入了窘境。德雅尔丹夫人是个总绷着脸的金发女人，她不擅长记账，花钱大手大脚。家中入不敷出。他们解雇了女仆，理由是既然有维克图瓦，还留女仆做什么呢？一夜之间，维克图瓦背负起几十项杂活：生火、擦拭银器、打扫房间、端茶送水。但她没有接受过干杂活的训练。她从小接受的教育让她擅长阅读、写作和翻译，而不是操持家务。为此，他们经常责骂和殴打她。

德雅尔丹夫人的两个小女儿没有让维克图瓦得到任何安慰。她们总是兴高采烈地告诉来客，维克图瓦是她们从非洲救回来的孤儿。她们总是齐声吟唱："从桑给巴尔来的，桑——给——巴尔！"

但这还不算太糟。

他们告诉她，她的处境同她所出生的海地相比还不算太糟，那里罪恶横行，正被一个无能且非法的政权推向无政府的贫困状态。他们说，能和我们在一起是你的幸运，这里是安全的文明开化之地。

她相信这一点。她无从得知其他任何说法。

她本可以逃跑，但是德雅尔丹教授夫妇一直将她关在家中，与外面的世界完全隔绝，以至于她根本不知道自己拥有获得自由的法定权利。维克图瓦在法国的尖锐矛盾中长大：这个国家的公民在1789年发表了人权宣言，却没有废除奴隶制，而且保留了对奴隶的财产权。

解放是一连串巧合、智谋、资源和运气共同造就的结果。维克图瓦翻遍德雅尔丹教授的书信，想要找到一份契约或者任何能证明他确实拥有她和她母亲的文件。她始终没有找到。不过，她倒是得知有一个名叫

尾声

皇家翻译学院的地方，教授年轻时曾在那里接受教育，事实上，教授曾给那个地方写信提起过她。他告诉那里的人，自己家里有个才华横溢的小女孩，记忆力出众，擅长古希腊语和拉丁语，自己原本打算带她在欧洲巡回展览。也许他们有兴趣面试她？

就这样，她为自己的自由创造了条件。德雅尔丹教授在牛津的朋友们终于回信，说他们很乐意请天资聪颖的德格拉夫小姐前往学院就读，并且会支付路费。这时，她觉得自己成功逃脱了。

但是维克图瓦·德格拉夫真正得到解放，是在她遇到安东尼·瑞本之后。直到她加入赫耳墨斯社之后，她才学会以海地人自居。她学会了为她的海地克里奥尔语感到自豪，为这种不完整的、有相当一部分已被遗忘的、与法语难以区分的语言感到自豪。（从前，每当她用海地克里奥尔语说话时，德雅尔丹夫人都会给她一记耳光。夫人总是说："闭嘴。我告诉过你，你必须说法语，法国人的法语。"）她还了解到，对于世界上的其他许多地方来说，海地革命并不是失败的实验，而是希望的灯塔。

事实上，她了解到革命总是无法想象的。革命将击碎你所熟知的世界。未来不是白纸黑字的定局，而是充满潜在的可能性。殖民者不知道即将发生什么，这让他们惊慌失措，也令他们感到恐惧。

很好。就该如此。

此时此刻，她不确定要去往何方。她的外衣口袋里有几封信：有安东尼临别前的忠告，还有几位联系人的代号。他们在毛里求斯、塞舌尔和巴黎还有朋友。也许有一天她会回到法国，但是现在她还没有做好准备。她知道爱尔兰有一处基地，不过眼下她只想离开欧洲。也许有一天她会回到家乡，亲眼看一看在历史上令人难以置信的自由海地。现在，她即将登上一艘驶向美国的航船。在那里，像她这样的人依然没有自由，但这是她能买到票的第一班船，而她需要尽快离开英国。

她还有那封格里芬写给罗宾的信。罗宾从未打开过它，然而她已经读了太多遍，读到可以背下来了。她记住了三个名字：马特利特、奥丽尔和鲁克。她可以在脑海中看到那封信的最后一句——仿佛事后才想起一般在署名前潦草写下的一句：不是只有我们。

她不知道这三个人是谁。她不知道最后这句话是什么意思。但她总有一天会明白的，而真相将让她眼冒金星、惊恐万分。但是此刻，它们只是象征着无数种可能性的悦耳音节，而可能性——希望——是她现在唯一能抓住的东西。

她口袋里装着许多银条，衣服里也缝着银条，她带着那么多白银，以至于身体僵硬沉重、行动不便。她的眼睛哭得红肿，喉咙因抽泣而酸痛。她将死去的朋友们的面孔深深刻在记忆里。她不断想象着他们的最终时刻，想象着墙壁在他们周围坍塌时，他们所感受到的恐惧和痛苦。

她没有也不愿意回想她的朋友们当初鲜活而快乐的模样。不去想在最美好的年纪被夺去性命的拉米。不去想因为不知该如何活下去而摧毁一座塔楼的罗宾。她甚至不愿去想依然活着的莱蒂；如果知道维克图瓦还活着，莱蒂会追她追到天涯海角。

她知道，莱蒂不可能允许她自由徜徉。对莱蒂而言，哪怕想起维克图瓦都是一种威胁，一种对她生存的内核的威胁。维克图瓦的存在证明了她是错的，而且一直都是错的。

维克图瓦不让自己为这场友谊哀悼，这场友谊真实、可怕、充满伤害。以后自有她哀悼的时候。在海上航行的无数个夜晚，悲伤强烈得快要将她撕碎，她将后悔做出活下去的决定，她将诅咒罗宾将这个重担丢给她，因为罗宾是对的：他不是因为勇敢，他不是在选择牺牲。死亡是一种诱惑，而维克图瓦拒绝了。

现在她不能哭。她必须继续赶路。她必须逃跑，越快越好，哪怕不知道前方等待她的是什么。

她对自己即将遭遇的事情不抱任何幻想。她知道自己将面对难以估量的残酷。她知道面前最大的障碍将是冰冷的漠不关心,而这种漠不关心诞生于一个深入人心的经济体系,这个体系赋予一部分人特权,却对另一部分人极尽压榨。

但她或许能找到盟友。或许她能找到一条前进的道路。

安东尼说,胜利是必然的结果。安东尼相信英国的客观矛盾将撕裂这个国家,而他们的运动将取得成功,因为帝国的繁盛从根本上是无法持续的。安东尼认为,这就是他们的机会。

维克图瓦比他更明白事理。

胜利不是必然。胜利或许已经初具雏形,但是他们必须通过暴力、苦难、殉道者和鲜血才能夺取胜利。胜利要靠智谋、坚持和牺牲来实现。胜利是一场失之毫厘、谬以千里的游戏,其中充斥着历史的偶然,一切所谓的顺利都是人们努力的结果。

她无法知道这场斗争今后将采取何种形式。世界上还有许多战斗,许多战线,在印度、中国和美洲都有,对非白人或非英国人的剥削将这些战线联系为一个整体。她只知道,她将出现在每一个不可预测的转折点上,她将战斗到只剩最后一口气。

"Mande mwen yon ti kou ankò ma di ou。"当安东尼第一次问起她对赫耳墨斯社的看法、问起她是否认为他们有可能成功时,维克图瓦这样告诉他。

他绞尽脑汁,用所了解的法语来分析这句海地克里奥尔语的语法,最后还是放弃了。"这句话是什么意思?"他问。

"意思是'我不知道',"维克图瓦说,"至少,当我们不知道答案或者不愿意和别人分享答案时,我们就会这么说。"

"那这句话的字面意思是什么呢?"

她对他眨了眨眼:"'过一会儿再问我,到那时我就告诉你'。"

致谢

《巴别塔》讲述了不同语言、文化和历史的辽阔世界，其中许多都是我本不了解的内容，如果没有与我分享知识的朋友们，我不可能创作出这个故事。我要依次感谢很多很多人：

首先感谢谢泼德·奔、埃希伯尔·舒尔茨、法拉赫·纳兹·里希、萨拉·莫卧儿和纳塔莉·热代翁，他们让我得以将罗宾、拉米和维克图瓦写得细致入微、令人同情。感谢卡罗琳·曼和艾莉森·雷斯尼克提供的古典学专业知识；感谢萨拉·福斯曼、沙乌迪亚·加纽和德安德烈·费雷拉在翻译方面的帮助；感谢我亲爱的耶鲁大学教授们，尤其是石静远、骆里山和何若书，他们塑造了我对殖民性、后殖民性以及语言对权力影响的思考。

最出色的哈珀旅行者（Harper Voyager）团队在大洋两岸予以我强力的支持。感谢我的编辑，戴维·波默里科和娜塔莎·巴登。也感谢弗勒尔·克拉克、苏珊娜·佩登、罗宾·沃茨、维基·利奇、杰克·伦宁森、米雷娅·奇里沃加、霍利·赖斯-巴图林和 D. J. 德斯米特。

感谢设计《巴别塔》的艺术家们：尼科·德洛尔、金伯利·杰德·麦克唐纳和霍利·麦克唐纳。

感谢汉娜·鲍曼，没有她，这一切都不可能实现。感谢莉莎·道森事务所的整个团队，尤其是哈维斯·道森、乔安妮·法勒特、劳伦·邦考和莉莎·道森。

感谢朱利叶斯·布赖特-罗斯、泰勒·万迪克、凯蒂·奥内尔，以及"穹顶与花园"咖啡馆，他们让我得以在牛津度过陌生而伤感的几个月。感谢纽黑文的伙伴们：托希·奥涅布希、阿坎莎·沙阿和詹姆斯·詹森，感谢他们的比萨和欢笑。感谢巨蛋餐厅。

感谢蒂夫和克里斯经营的"科科的可可"咖啡馆，本书书稿的大部分都是在这家无比美妙、有可爱狗狗的跨次元咖啡馆里完成的。

感谢本内特，在创作《巴别塔》那漫长、孤独、可怕的一年里，他是我能希求的最好伴侣，他的建议塑造了故事中的许多细节。他想让大家知道，这本书的书名和赫耳墨斯社的名字都是他的创造，我有对文学的直觉，而他有奇思妙想。

最后，感谢妈妈和爸爸，我的一切都归功于他们。

译后记

语词的盛宴

每一个对语言心存热爱的人，心中都矗立着一座巴别塔。

《圣经·创世记》中有这样一个故事：在古老的时代，人们曾计划建造一座通天塔，以此传扬人类的功名。然而这番雄心却惊动了神祇：如果凡人能完成这一壮举，今后哪里还有人做不到的事？于是，神扰乱人类的言语，使众人分散到各地，建造通天塔的豪情就此化为泡影。后世将建塔之地称为巴别，这座塔也就得名巴别塔——在希伯来语中，"巴别"是"变乱、混淆"的意思。

巴别塔的传说有无数解读方式，其中最为语言学和翻译学研究者津津乐道的一点是：这座塔得以动工的前提，是天下万民语言统一，齐心协力。巴别塔也顺理成章地成了象征语言、翻译与交流的意象。

由此可见，"语言的力量"与"翻译的可能"是这本《巴别塔》重点探讨的主题之一。

自古以来，语言的力量始终是文学、文化和文明领域的重要母题。在书写材料相对稀少珍贵、文字传播受到诸多限制的古代，语言文字一度承载着某种不容忽视、令人敬畏的力量。许多宗教都有"言出法随"的理念，最典型的莫过于《圣经·创世记》中的那句：神说"要有光"，于是就有了光。在中美洲玛雅人的创世神话中，众神在第三次创造人类之后才对自己的造物感到满意，而评判的标准之一就是人类能否用语言赞美众神。在欧洲的凯尔特神话中也经常出现"戒誓"，即誓言一旦说出口，就具备了超越话语本身的神秘约束力。即便在信息碎片化、机器可以迅速产出文字的当代，语言仍然是文化群体最璀璨的珍宝。每每提到"中华文化博大精深"时，我们总是将汉语视作最有说服力的典范。

语言之所以曾经拥有如此强大的力量，是因为语言的内核是思想。词语的外壳下包裹的是历史，是文化，是民族身份，是一方文明由诞生之初一路走过的全部记忆。

既然语言拥有如此强大的力量，与之相伴相生的问题也就自然而然地浮现：翻译是否可能完美传达语言的精髓？

这本书的回答同大部分翻译理论研究者的理念一致：没有完美的翻译。在第八章，普莱费尔教授在课堂上借用了翻译界众所周知的意大利俗语"翻译即背叛（Traduttore traditore）"的概念。翻译是戴着镣铐舞蹈，是遗憾的艺术，是巴别塔的诅咒。幸运的是，在《巴别塔》的时空里，人们用刻银术化解了这种诅咒。白银将语言中无法翻译的微妙差异转化为物理的真实，让语言的古老魔法进一步成为对日常生活与社会发展不可或缺的技术力量。刻银术几近完美地解决了"不可译性"的问题，却丝毫没有减损语言本身的魅力。

《巴别塔》是一本充满文字游戏的小说，对于语言爱好者来说无疑是一场觥筹交错的盛宴。作者精心打造了数十对魔法镌字，在汉语、英语、法语、德语、瑞典语、拉丁语、古希腊语、梵语乃至原始印欧语之间轻灵地跳跃，令人目不暇接。故事中许多人物的名字也都独具匠心。比如，"格里芬"（Griffin）在英语中的意思是"狮鹫"，这种神话生物常被视为勇气的化身。罗宾·斯威夫特这个名字则由两种鸟类构成："罗宾"（Robin）意为"知更鸟"，这种不起眼的小鸟在英国文化中也是勇气的象征，《谁杀死了知更鸟》更是经久不衰的民间歌谣；"斯威夫特"（Swift）则是"雨燕"。这个名字看起来是书中人物的随意选择，却也与巴别塔这座"金鸟笼"暗中呼应。另外，普莱费尔（Playfair）

教授的姓氏可以拆分为词组 play fair，意思是"行事正直、光明正大"，这很难说不是一种讽刺。而"斯特林"（Sterling）这个名字同样一语双关：作名词时意为"高纯度的白银"，由此衍生出形容词"优秀"的意思，用在对刻银术领域有杰出贡献的人物身上再合适不过。

《巴别塔》的故事发生在平行时空，有些事件刻意与史实交错开来，但广州的十三行、伦敦的科文特花园和哈查德书店、牛津的喜鹊巷和王后巷咖啡馆都是现实中真实存在的。读者甚至可以追随罗宾的脚步一一前去寻访，在文字游戏之外平添一份故事照进现实的乐趣。

不仅如此，罗宾在学习英语时所经历的好奇、困惑和恍然大悟想必也令许多读者感同身受。原来一个单词是由这样几个词根和词缀组合而成的；原来一个短语背后有这样的典故；原来外语和我们的母语之间竟然有如此相似或相反的表达逻辑。

这种体验在第二章罗宾初到伦敦时表现得淋漓尽致：

> 他逐渐理解了词语和句子的真正含义，它们不再让他困惑不已，但在许久之后，它们仍然会让他产生有趣的联想。在他的想象中，Cabinet（内阁）就是一排排巨型 cabinet（橱柜），上面整整齐齐地摆放着像玩偶一般衣着光鲜的男人们。他觉得 Whigs（辉格党人）得名于他们的 wig（假发），而 Tories（托利党人）则得名于年轻的 Victoria（维多利亚）公主。在他的想象中，Marylebone（玛丽勒本区）由 marble（大理石）和 bone（白骨）修建而成，Belgravia（贝尔格莱维亚区）则是一片随处可见 bell（铃铛）和 grave（坟墓）的土地，而 Chelsea（切尔西区）则因 shell（贝壳）和 sea（大海）而得名。

在这一段中，大量的文字游戏既凸显了罗宾在探索伦敦这座陌生城市时的新鲜感，又切实具体地展现了有天赋的外语学习者将单词在头脑中具象化、赋予其鲜活形象的思考过程。正是得益于这份天赋的火花，罗宾才会在常人看来无异于虐待的废寝忘食中收获学有所成的满足：

> 熬过第一年之后，古希腊语和拉丁语逐渐变得饶有趣味，他已经积累起足够的语言砖瓦，可以靠一己之力拼凑出语义的片段。从此，每当他接触一篇全新的文本时，他不再觉得自己是在黑暗中摸索，而是在填补空白。精准分析出一个曾经让他灰心丧气的句子的语法结构，由此产生的满足感就像把一本书放回书架上原本属于它的位置，又像是找到一只丢失的袜子——所有碎片拼在一起，一切完整无缺。

读完全书再回头看第二章的这一段，少年罗宾的这份满足让人欣慰又心酸。语言是他在陌生国度唯一熟悉的事物。语言是他唯一的价值所在。语言是他捍卫尊严的唯一的武器。

以亚裔视角审视白人本位的主流思想，也是本书重点探讨的主题之一。

在以罗宾为代表的主要人物身上，不难看出作者本人的影子。作者匡灵秀在中国广州出生、在美国长大，据她讲述，《巴别塔》的写作灵感有相当一部分来自她前往英国牛津大学学习的经历。亚裔美国人的身份让她感受到了双重意义上的"独在异乡为异客"。身为美国人，她与欧洲以王室传承自居的老派传统格格不入；身为亚裔，她的一举一动都受人凝视。牛津大学如梦似幻的学术氛围令她陶醉，无法融入、不被理解的孤独又使她如坐针毡。

这些复杂的情绪和感受都在罗宾身上得到了细致入微、循序渐进的展现。

初到伦敦时，罗宾小心翼翼，曲意逢迎，渴望通过努力学习而赢得英国绅士的褒奖和认可。在牛津大学的第一年，与同龄人的相处和教员们微妙的态度让他意识到，他永远不可能像白人男孩那样在牛津大学的校园里如鱼得水，更不可能融入那些人所代表的英国社会。此时的罗宾陷入了困惑和迷茫，格里芬的出现对他而言并不是通往觉醒与救赎的坦途，而是一个不能算作选择的选择。甚至在进入二、三年级之后，罗宾对于格里芬和赫耳墨斯社都还时常心存怀疑和不满。他就像茫茫大海上的一叶孤舟，不知该漂向何处。对于罗宾而言，故乡和他乡，都是陌生的彼岸。

直到四年级，罗宾踏上那艘开往故土的航船。

这次广州之行以极其残酷的方式迫使他直面更加残酷的真相。面目全非的家园和洛弗尔教授的冷言冷语是击碎幻梦的最后两块拼图，过去曾让罗宾困惑迷茫的无数碎片交织在一起。他这才看清将他与巴别塔、与大英帝国捆绑在一起的链条：巴别塔是帝国开展殖民和剥削的铁拳，而他和他的朋友对巴别塔而言只是工具和资产。

站在少数族裔的立场上审视学术与暴力的关系，是《巴别塔》贯穿全书的一条暗线。知识本身是纯粹的，但掌握知识的人却可能成为施暴的机器。

面对压迫和歧视，故事中的几位少数族裔做出了大相径庭的选择：格里芬和罗宾以暴制暴，安东尼和拉米在隐忍中默默反抗，维克图瓦在夹缝中艰难求生。除了罗宾之外，其他角色或许没有那么完整的人物弧光，但我们依旧可以从他们的选择中窥见每个人的过往。尤其是维克图瓦。她或许是故事前半部分最缺乏存在感的一位，却是最后唯一幸存的少数族裔；而在来到巴别塔之前，维克图瓦的遭遇最接近我们通常认为的虐待和奴役。这不是巧合。痛苦的经历在维克图瓦心底埋下了更强烈的生存本能。在她心里，只要活下去，就可能还有希望；只要活下去，朋友的牺牲就不会被遗忘。从某种程度上说，如果没有维克图瓦，我们就不会读到这个故事。

翻译《巴别塔》，是一次回望的旅途。回望历史，也回望过往的生命体验。关心和关注这本《巴别塔》的朋友们最常问我的，是两个问题：

这本书是不是很难翻译？

这本书的主题就是关于翻译的魔法，它还有翻译的必要吗？

对于第一个问题，我的回答是：无论是语言还是思想情感，《巴别塔》这本书的密度都超乎我的预期。我原本以为它是一个适合闲暇时轻松捧读的奇幻故事，然而结局的苍凉空旷让人久久不能平静。

对于第二个问题，我想到的是钱钟书先生关于翻译的论述。好译本的作用是"消灭自己"，因为它吸引读者去阅读原作，而读者在读到原作之后便会将译本抛开；反之，坏译本却能起到"消灭原作"的效果，因为拙劣的译文代替作者赶走了读者，读者觉得译本不忍卒读，就会连原作也不想看。

而《巴别塔》恰恰是一本值得读完译本再读原作的书，对于热爱语言文字和翻译的朋友来说，这本书能让你收获双倍甚至三倍的乐趣。

当然，完美的翻译并不存在。这不是否定翻译之必要的理由。翻译的本质是在语言之间搭建桥梁——只要语言的差异还存在，翻译便不可或缺。而语言的本质是思想，是人性——只要语言的使用者还是人类中的一分子，我们之间就存在跨越语言、沟通思想的基石。语言的力量从未消失。巴别塔的断壁残垣始终静静矗立在思想的彼岸。至于它究竟是诅咒还是赠礼，最终还是取决于我们自己。

陈阳
2023 年 8 月 8 日